감사합니다.

윤소리 Sore

<Silver Tree> 2023. 3. 31

실버트리

실버 트리 2

2023년 3월 28일 초판 1쇄 인쇄
2023년 3월 31일 초판 1쇄 발행

지은이 윤소리
발행인 강준규

기획 편집 정시연 이은정 주종숙 이예슬
마케팅 지원 배진경 임혜솔 송지유 장선영 김다운 조진숙

발행처 (주)로크미디어
출판 등록 2003년 3월 24일
주소 서울특별시 마포구 마포대로 45 일진빌딩 6층
편집 문의 (02)6365-5170 **구입 문의** (02)3273-5134
홈페이지 rokmedia.blog.me
E-mail romance@rokmedia.com

값 13,500원

ISBN 979-11-408-0803-8 04810(2권)
ISBN 979-11-408-0801-4 04810(세트)

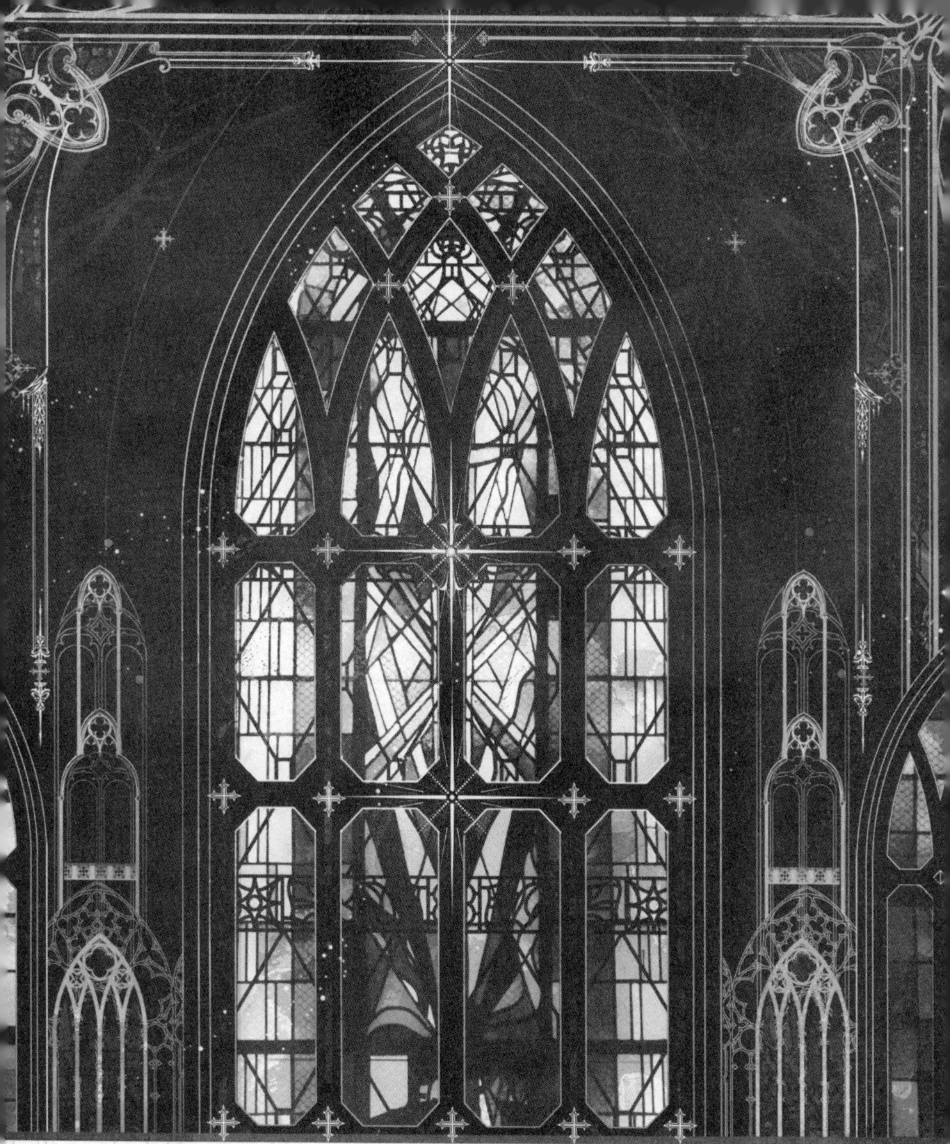

VOLUME 2 윤소리 장편소설

실버트리

Silver Tree

Contents

4-9. 거짓말하지 않는 왕 7

4-10. Ne Nos Indvcas In Tentationem
저희를 유혹에 빠지지 않게 하시고 27

4-11. 어떤 제안 37

4-12. 어느 쫄보의 용기 61

5부. 필립 르 벨 75

5-1. 리옹의 굴욕 77

5-2. 발타의 정원 119

5-3. 비밀 회담 145

5-4. 고백 183

5-5. 왕의 정원 Jardin du Roi 195

5-6. 아크레의 숙녀가 훔친 것 215

6부. 오마주 Hommage 249

6-1. 정보 251

6-2. 동생의 결혼식 265

6-3. 오마주 Hommage 신종 서약 281

6-4. 불청객 297

6-5. 도주 339

6-6. 비밀 임무 367

6-7. 제발, 변명해 보세요 417

6-8. 릴리트의 시간 437

7부. 데우스 불트-신께서 원하신다 459

7-1. 비밀 정보원 461

7-2. 고요한 밤 거룩한 밤
비밀에 묻힌 밤 491

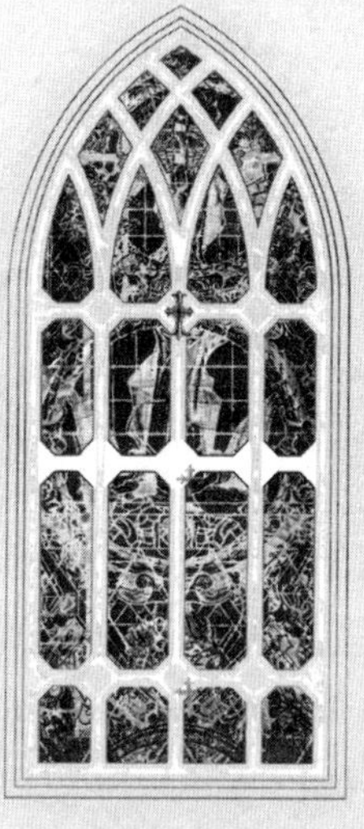

4-9. 거짓말하지 않는 왕

“저, 발타 님, 혹시 좋아하시는 숙녀가 있으십니까……?”

“하.”

말이 떨어지기가 무섭게 코웃음이 튀어나온다. 이 반응에서, 레아는 저분이 정말 이 게임을 난생처음 해 보는 것이라는 걸 확인했다. 레아는 어깨를 으쓱하며 설명했다.

“발타 님, 벌써 시험에 드시면 곤란합니다. 거짓말하지 않는 왕 게임에서 제일 많이, 제일 먼저 나오는 게 바로 이 질문입니다. 기본 중의 기본, 단골 오프닝이란 말이죠.”

“……없네.”

발타가 내뱉듯 대답한다.

“인기 엄청 많으시다면서요. 무패의 백은의 기사님이라면 숙녀분들이 손수건에 소맷자락에…….”

“없다지 않은가.”

"전에 좋아하셨던 숙녀분도요? 설마 지금까지 좋아하던 숙녀분이 단 한 명도 없었나요?"

"……."

단호한 대답이 갑자기 멈춘다. 무슨 말이 나올 듯 입술이 살짝 들썩였지만, 그는 이내 시선을 돌리며 아래로 흘러내린 머리카락을 위로 쓸어 올렸다. 왠지 가슴이 천천히 아리기 시작했다.

"후우……."

그는 속이 터질 때까지 대답을 미루다가 이마를 짚고 가늘게 한숨을 쉬었다.

물론 술에 취하지 않으셨으면 이런 장난에 진지하게 임할 일은 결코 없었을 것이다. 레아는 탁자 위에서 한들거리는 촛불을 바라보며 더듬더듬 오금을 박아 물었다.

"맹세코 진실만을 말씀하시기로 한 겁니다. 좋아하셨던 숙녀분이 하나도 없으셨습니까?"

"음, 그……건 아니고……."

"아니면요?"

"……그, 아크레, 아니, 성 안나 삼거리에……."

나직한 목소리가 들린다. 난데없는 말에 레아의 입이 저절로 벌어졌다. 그는 얼굴이 심하게 붉어진 것도 전혀 모른 채, 눈을 조심스럽게 내리깔고 태연한 척 말을 이었다.

"음, 아모…… 아니, 그, 유명한 세공사 장인의 딸이…… 있었는데."

"아, 예."

레아는 당황해서 저도 모르게 얼빠진 소리를 냈다.

"그…… 너무 보고 싶어서, 에퀴에르 때 몰래 밖으로 빠져나가서 그녀의 집 근처를 배회했어. 나무 뒤에 숨어서 그녀가 잠시 밖으로 나오는 그 짧은 순간을 한참 기다리곤 했지."

……아, 어떡해. 난데없이 이런 고백이 나올 줄은 몰랐다. 어둠에 잠긴 작은 방이 빙그르르 도는 것 같다.

발타 님. 지금 그때 이야기를 끄집어내면 반칙 아닌가요.

발타는 붉어진 뺨을 손등으로 누르며 느릿느릿, 꿈을 꾸듯 말을 이었다.

"잠깐이라도 얼굴을 보거나 노랫소리라도 한 자락 들으면 큰 횡재라도 한 것 같았어. 종일 아무것도 안 먹어도 배가 안 고프고, 발이, 음, 그…… 붕붕 허공에 떠 있는 것 같고. 랄랄라, 랄랄라, 랄라리랄라. 그 노랫소리가 아직도 들리는 것 같네."

레아는 안절부절못하며 손을 쥐어뜯었다. 내일 저분이 술에서 깨면 내가 레아인 걸 몰라도 분명 나를 죽이고 싶어질 것이다.

정말, 진심으로 말하건대, 이런 고백을 들으려고 했던 건 아니다.

여기서 멈춰야 하나? 안 되는데. 오늘 같은 기회는 절대 다시 오지 않을 텐데.

하지만 마음 한편으로는, 대체 저분이 어쩌다가 나를 이렇게 마음에 두게 되었는지 궁금하기도 했었다. 그래서 레아는 굳이 그 이야기를 제지하지 않았다. 그의 낮은 목소리가 어쩐지 꿈결처럼 느껴진다.

"그녀가 새벽에 화덕에서 굽는 빵 냄새를 맡으면서 한참 앉아 있기도 했어. 그 냄새가 아직도 생각이 나. 그 빵을 한 번 먹어 보는 게 간절한 소원이었는데……. 끝내 못 먹어 봤어."

그가 고개를 숙이자 머리카락이 흘러내려 그의 얼굴을 가려 버린다. 그의 희미한 웃음소리가 어깨의 움직임을 타고 흘러나왔다.

제기랄. 그때 헤어지기 직전에 빵 좀 달라고 부탁했던 이유가 그것 때문이었구나. 그것도 모르고 배가 고파 구차하게 부탁하는 거라고 생각했다.

고작 그따위 것이 소원이었다니. 그까짓 빵, 산더미처럼 구워 드릴 수 있었는데. 눈이 시큰해진다.

그는 조심스럽게, 느릿하게 자신의 숙녀에 대해 고백을 이어 나갔다.

"그녀의 손은 무엇이든 잘 만들고, 잘 길러 냈어. 그녀의 집 마당에는 언제나 눈부신 꽃들이 환하게 피어 있었고, 동생이나 그 집에서 기르는 동물들은 늘 쾌활하고 생기가 넘쳤어. 그녀의 손에서 빚어지는 것들은 하나같이 눈부시게 아름다웠고, 그 안에 영혼과 자부심이 담겨 있는 것 같았네."

"……."

"성전기사가 되어 예루살렘 수복을 위해 목숨을 바치는 게 나의 사명이고 삶의 의미인 것처럼, 그녀에게는 아름다운 물건을 만들어 세상을 빛내고, 주변을 따스하게 만드는 게 신에게 받은 사명이고, 삶의 의미였어. 그 말을 할 때의 그녀는 천사처럼 고귀하고 눈부시게 아름다웠네."

레아는 그가 자신에게 애정을 넘어선 어떤 감정을 느끼고 있었음을 깨닫고 조금 놀랐다. 누군가에게 단순히 호감을 갖거나 첫눈에 반하기는 쉽지만, 그런 종류의 동경, 혹은 영혼의 동질감을 느끼기는 쉽지 않다.

"내 이상 속 세상은…… 지극히 신성하고 거룩하지만, 온통 바위와 강철과 얼음으로 만들어진 곳 같았어. 그래서 나는 빛을 향해 달려드는 나방처럼 그녀의 주변을 배회할 수밖에 없었네."

발타는 눈을 깊이 감은 채 고요히 미소 지었다. 노란 모닥불에 일렁이는, 입술 끝이 부드럽게 말려 올라간 그의 얼굴이 지나치게 아름다워서 레아는 오히려 깊은 슬픔을 느꼈다.

레아는 그의 삶이 자신을 만나기 전과 후로 나뉘었다는 것을 이제야 알게 되었다.

그는 자신과의 짧은 만남에서 생의 의미를 찾았고, 오로지 그녀를 통해서 삶의 다채로움과 경이를 느꼈다. 레아와의 만남은, 희고 검은 것으로만 채워져 있던 그의 영혼에 쨍하게 비쳐 들어온 한 줄기 햇빛과 비슷했다.

그는 빛을 향해 달려드는 날벌레처럼, 물에 빠졌을 때 본능적으로 수면 위로 올라가려 버둥대는 것처럼, 절박하게 소녀를 찾았다.

……그래서였구나. 기사단의 원칙을 거스르면서까지 나를 구해줬던 이유가. 아버지 어머니를 묻어 주고 나를 끝까지 살려 주려고 했던 이유가.

그래 놓고는, 이런 마음을 내색조차 하지 않고 먼 곳에서 무사히 살아가도록 보내 주려 했었구나.

대체 발타 님은 전투 중에 나를 다시 만났을 때 어떤 마음이었을까. 내가 도망쳤을 때는, 또 선장실의 침대 바닥에서 다시 만났을 때는 어떤 마음이었을까. 다른 남자를 만나 행복하게 살라고 축복해 줄 때는 또 어떤 마음이었을까.

그리고 내가 성 십자가를 갖고 있다는 걸 알았을 때의 마음은 또 어땠을까. 그 허탈함과 배신감을 어떻게 견디셨을까. 내가 도망치다가 바다에 빠졌을 때는 또 어떤 심정이었을까.

어느 것이든 감히 상상할 수 없다. 차마 상상할 수 없다. 레아는 속에서 오열이 터지려는 것을 간신히 누르며 더듬더듬 물었다.

"발타 님, 그때 그 숙녀분께 청혼하실 생각은 없으셨습니까?"

그의 목소리가 갑자기 확 커졌다.

"무슨 말도 안 되는 소릴! 나는 성전기사단에 입단하기로 오래전에 서원했어. 그런 불순한 감정은 감히 품을 수 없었네."

"아, 예."

"한때 그런 마음이 있었다는 거야. ……그나마 아크레가 함락되면서 인연은 끝났고."

발타는 취한 와중에도 성 십자가니, 세공사니 하는 말은 입에 담지 않고 적당하게 끊어 냈다. 그냥 들으면 풋풋한 첫사랑의 이야기처럼 들릴 수 있도록.

"아마…… 진작 결혼해서 아이도 낳았을 거야. 몇 해 더 지나면 아이들 결혼 준비할 나이라고. 정말 오래전 이야기일세……."

하, 하, 하하, 그래, 그다음엔 손자 손녀까지 볼 거고. 아이도 손자도 어머니를 닮았으면 꽤 예쁘겠지. 지금도 어딘가에서 남편하고 아이들에게 둘러싸여 행복하게 살고 있겠지. 아이들을 좋아하니까. 웃으면 웃을수록 그는 괴로워 보였다.

레아는 뭐라고 대답해야 할지 몰라 고개를 숙이고 손톱의 거스러미만 쥐어뜯었다.

이분은 그때나 지금이나 자신의 신분에 대한 자각이 전혀 없다. 외부에 떳떳이 알릴 순 없지만, 그래도 생 루이 선왕의 혈통으로 알려져 있으며 필립 폐하께서 신뢰하는 왕실 기사 아닌가.

왕의 신임을 받는 가신들은, 왕의 도움으로 자신보다 지위가 높은 숙녀나 부유한 영지를 상속한 과부와 결혼하는 경우가 많다.

발타 님 같은 분이 일개 장인의 딸을 그렇게 눈여겨보고 오랫동안 마음에 담아 두고 있다는 것은 상식적으로 생각할 때 너무 이상한 일이었다.

그는 벽에 몸을 기댄 채 눈을 감고 가늘게 숨을 고르고 있었다. 유난히 긴 속눈썹이 모닥불 빛을 받아 금빛으로 물든 채 가늘게 떨리고 있었다. 아마 맨정신으로는 절대 이런 말씀을 못 하셨을 것이다.

다음에 왕으로 뽑힌 사람은 레아였다. 레아의 맹세가 끝나자마자 그가 몸을 기울이며 진지하게 물었다.

"자네는?"

"……네?"

"내 얘길 들었으면 자네도 얘기해야 공평하지. 자넨 좋아하는 사람 있나?"

발타 역시 원래 뭘 캐물으려 했는지 깜박 잊었다. 레아는 냉큼 대답했다.

"어, 없습니다. 있으면 제가 그렇게 장가갈 걱정을 안 하겠지요."

"음, 그럼 좋아했던 사람도 없었나? 아까 생 미셸의 심판의 검에 대고 맹세했다시피, 자네는 절대 거짓말을 해서는 안 되고……."

레아는 입술을 뾰죽하게 오므려 비죽 튀어나오려는 웃음을 틀어막았다.

"짝사랑이야 당연히 해 봤죠. 속으로 가슴앓이 한 번 안 해 본 사람이 어디 있겠습니까? 수녀원에도 수도원에도 탑의 꼭대기 골방에서도 사람들은 다 사랑을 하게 되어 있지요. ……뭐, 오래전 이야기입니다만."

"어떤 분이었나."

그는 한 손으로 관자놀이를 짚은 채 고개를 비스듬히 기울였다. 매끄러운 은빛 폭포가 옆으로 흘러내려 그의 얼굴을 반쯤 감추어 주었다.

"세상에서 가장…… 아름답고 고귀한 분이었습니다. 눈부셔서 볼 수도 없을 만큼."

세상에서 가장 아름답고 고귀한 분이 이해한다는 듯, 고개를 끄덕인다. 낮고 무거운 웃음이 천천히 어둠 속으로 스며든다.

레아는 눈앞의 촛불로 시선을 돌렸다. 저 끈질기게 팔락대는 촛불을 확 불어 꺼 버렸으면 좋겠다. 슬금슬금 목이 잠긴다.

"하지만 마음은 더욱 고귀하고 아름다운 분이었습니다. 겸손하고, 지혜로우시며 자비가 넘치는 분이었습니다. 그리고 세상의 어느 누구보다 진실하고 용기가 있으셨습니다. 그분의 은혜와 도움이 아니었으면 저는 지금까지 살아 있지 못했을 것입니다."

발타의 목소리가 조심스러워진다.

"신분이 높은 분이셨나."

"……그렇습니다."

무슨 일인지 알 만하다는 듯, 그가 고개를 끄덕인다. 고귀한 숙녀나 귀부인에게 흠모와 애정을 바치는 것이 기사의 미덕으로 여겨지다 보니 엉뚱한 오해를 하신 것 같다. 물론 바로잡아 줄 생각은 추호도 없었다. 어쨌든 그 오해 덕에 속에서 썩어 문드러지던 이야기를 조금 더 털어놓을 여지가 생겼다.

"……죽어도 갚지 못할 큰 은혜를 입고, 감히 마음에 담았는데, 실수로 그분을 배신하고 마음에 비수를 꽂는 짓을 해 버렸습니다. 그때 제대로 말씀드리고 용서를 구했어야 했는데, 무서운 마음에 그대로 도망치고 말았습니다. 끌려가서 고문이라도 당할까 봐 정신이 하나도 없었거든요.”

“비겁한 자로군. ……혹 고귀한 숙녀의 명예를 훼손할 몹쓸 짓을 한 건가?”

목소리에 서슬 푸르게 날이 선다. 아, 이런. 무슨 생각을 하시는지는 알겠는데, 전혀 아니올시다. 그때 님께서 너무 수줍어하셔서 우리 그때 손도 제대로 못 잡았습니다, 네.

“그건 아닙니다. 제가 전혀 모르고 했던 일이, 그분의 신뢰를 저버리고 크게 뒤통수를 친 꼴이 되어 버린 거죠. 저도 나중에야 알게 되었는데, 일은 벌어졌고, 오해를 풀 방법도, 변명을 할 여지도 없었습니다. 살다 보면 운명이 작정하고 장난을 치는 듯한 날이 있잖습니까. 그런 날이었습니다.”

“……그래. 그런 날이 있지. 운명의 덫에 걸린 듯한 날. 이해한다.”

발타가 다소 누그러진 목소리로 고개를 끄덕인다.

레아는 레아대로 머리를 싸쥐고 고민했다. 이 미친년! 덫에 걸린 건 발타 님이 아니라 바로 나 아니냐. 정보를 싹싹 캐내도 모자랄 판에 왜 내 정보를 줄줄 늘어놓고 자빠졌지. 진실의 시간이든 영혼의 사혈이든 다 나가 죽으라고 해.

“얼마나 치 떨리게 배신감을 느끼셨을까……. 그 생각만 하면 그냥 죽고 싶죠. 그때 도망친 게 아직도 후회가 됩니다.”

그의 무거운 시선이 느껴진다. 무슨 사연인지 묻고 싶은 듯한 얼굴이지만, 레아가 손가락으로 눈꼬리를 긁는 척 몇 번 문지르는 것을 보더니 당황한 듯 고개를 돌리고 입을 다물었다.

남녀 간에 배신감을 느낄 일이라는 게 너무 뻔한 일이라 구태여 안 묻는 걸까. 아니면 이 처량한 세공사에 대한 배려일까. 레아는 길게 한숨을 쉬며 이야기를 끊었다.

"뭐, 제 첫사랑이자 마지막 사랑 이야기는 이걸로 그냥 끝입니다. 비겁한 쫄보가 이제 와 하는 짓이라고는, 그때 받았던 소맷자락과 수놓인 손수건 같은 걸 깊이 간직해 두고 생각날 때마다 꺼내 보는 것뿐이죠."

발타가 화들짝 놀라며 언성을 높인다.

"설마, 그분께 정표까지 받은 건가? 그래 놓고도 도망을 친 건가, 자넨?"

"그것들을 정표……라고 생각하고 주신 건 아닌 것 같습니다만……."

"그게 정표가 아니라면 대체 뭐가!"

그는 진심으로 화가 난 것 같았다.

하지만 이 비난은 억울했다. 치료를 받을 때 얻은 손수건 정도면 정표라고 억지로 우길 수는 있겠지만 그분이 찢어서 다리를 묶어 주었던 슈미즈 소맷단이나 낡은 속바지, 여기저기 해지고 닳아빠진 쇼스 따위가 정표가 될 수는 없지 않겠는가.

그리고 진짜 궁금한 것은, 레아라는 인간은 대체 왜 나달나달해지고 기운 자국이 얽힌 남자의 속바지 따위를 지금까지 보물처럼 간직하고 있는가 하는 점이다.

발타가 무거운 목소리로 물었다.

"지금이라도 찾아뵐 생각은 없나? 갚을 것은 갚고, 받을 것은 받고, 일을 끝맺는 것이 더 낫지 않겠나. 두려워서 도망치려는 마음은 나 역시 충분히 이해하네만, 그래도 사나이답게 용서를 구하고 아퀴를 짓는 것이 옳지 않겠나."

당신도 두려운 게 있나요? 마상 시합 무패를 자랑하는 백은의 기사, 전장에서 죽음의 대천사, 아크레의 도살자로 불렸던 분이?

“그러잖아도 오래전부터 준비는 하고 있었습니다. 동생만 결혼시키고 나면, 바로 찾아뵙고 죄를 청할 생각입니다. 그분께 빚진 게 너무 많아서, 그동안 열심히 돈을 벌긴 했는데…….”

물론 청빈하게 살아온 당신께 돈이 크게 중요하지 않다는 건 알지만, 그래도 당신이 가난하고 굶주리고 있던 게 마음이 아팠었다. 당신이 내 돈으로 편하게 살기를 바라기도 했다.

레아는 멀거니 눈을 깜박이다가 조심스럽게 덧붙였다.

“그래도 용서를 받을 순 없을 겁니다, 아마.”

“계시는 곳은 알고 있나? 자네 마을에서 가까운 곳인가?”

“예, 압니다. 멀지 않습니다.”

“혹 자네가 마을 밖으로 나가지 않는 이유가, 그분과 우연히 마주칠까 봐 그랬던 건가?”

레아는 천천히 고개를 끄덕였다. 발타는 가늘게 한숨을 쉬더니 레아의 어깨에 손을 가만히 얹었다.

“고귀한 분의 명예를 생각해서 무슨 일이 있었는지는 자세히 묻지 않겠네만…….”

“…….”

“사나이답게 용기를 내길 바라네. 격한 감정은 시간이 흘러가면서 닳아 버리기도 하고, 돈 문제라면 의외로 쉽게 풀릴 수도 있어. 고귀한 숙녀분께서 그대를 이해하고 넓은 아량으로 용서해 주시기를 기도하겠네.”

돈 문제는 전혀 아니지만, 레아는 묵묵히 고개를 끄덕였다. 반박하기에는, 자신의 어깨를 두드리는 손길이 너무 따뜻했다.

세 번째 왕은 발타였다. 몽당초는 탁자에 질펀하게 눈물을 퍼뜨리며 손가락 두 마디 정도로 짧아졌다. 촛불은 바닥으로 내려앉을수록 흔들림이 더 커졌다. 레아는 조금 초조해졌다.

"그나저나, 발타 님은 세공품 수집하는 취미는 언제부터 갖게 되신 겁니까? 혹시 어릴 때부터 그런 걸 모으는 취미가 있으셨습니까?"

"무슨 말을. 나는 정말 가난한 견습 기사였어. 그런 호사스러운 취미가 가당키나 한가."

"그러면 왜……?"

"중요한 물건을 찾아야 해서."

레아는 바짝 긴장했다. 그는 정말, 진실을 말하는 중이었다. 일부만 드러나고 대부분은 숨겨진 진실이긴 하지만.

"……혹시, 그걸 갖고 있는 사람이 귀금속 세공사인가요? 그래서?"

레아가 말을 받자 발타는 어깨를 움찔하더니 억지로 고개를 끄덕였다. 레아는 슬쩍 미끼를 던져 보았다.

"각 지역 세공사 동업조합 명부를 보면 쉽게 찾을 수 있을 텐데요."

"이미 다 찾아보았지. 마르세유 항구에서 실마리를 놓친 후부터 신성로마제국, 브라방, 앙글레테르, 시프르 섬까지 안 가 본 곳이 없네. 하지만 아직 찾지 못했어. 하긴, 죄를 짓고 숨어 있는 사람이 동업조합의 명부에 제 이름을 올리겠나."

대답하는 목소리가 점점 낮고 차가워진다. 전혀 다른 사람에 대해 말하는 것처럼 온도 차이가 났다.

"죄를 짓고 쫓기는 사람입니까? 그러면 폐하나 기사단에 청을 넣는 것이 낫지 않습니까? 여러 사람을 동원해 추적하는 것이 더 효과적이고, 세공사 동업조합의 협조도 쉽게 구할 수 있고요."

레아는 목이 졸리는 것 같은 기분을 참으며 한 번 더 속을 떠보았다.

그러고 보니 이상하지 않은가. 얼마든지 기사단이나 왕의 도움을 받을 수 있었는데 왜 혼자 추적하고 계실까?

만약 시테 궁의 필립 폐하나 성전기사단이 나섰으면, 레아와 라셸르는 진작 붙잡혔을 것이다. 아무리 등잔 밑이 어둡고 사람들이 아시케나지 마을을 혐오한다고 해도, 공권력을 동원해 추적하면 버티기 어렵다.

특히 폐하께선 직할령을 빠르게 넓혀 가는 중이라 왕의 직속 관리들도 기하급수적으로 늘고 있었다. 왕에게 고용된 민간 세금 징수관은 프랑스 전역에서 가지 않는 곳, 만나지 않는 사람이 거의 없다. 그들은 왕의 정보망이기도 해서, 왕의 감시를 완전히 피하는 것은 어려웠다.

하지만 발타는 단호하게 고개를 저었다.

"내 손으로 찾아야 해. 다른 이들의 도움은 받을 수 없어."

"무슨 특별한 이유라도 있으십니까?"

드디어 대답이 멈춘다. 취기가 좀 가셨는지, 그의 얼굴에서 붉은 기가 사라지고 눈빛이 조금 명료해졌다. 하지만 그는 '이런 시답잖은 짓은 그만하지.' 하는 대신 묵묵히 생각에 잠겨 있을 뿐이다. 거의 바닥에 달라붙도록 녹아내린 양초는 점점 일렁임이 격해졌다.

그는 어쩌면 대답을 망설이는 것이 아니라, 어떻게 행동할지 망설이는 것처럼 보이기도 했다.

레아는 저도 모르게 두 손을 꼭 쥐고 간절히 그의 입을 바라보았다. 뻔뻔하게도 '용서하고 받아 주고 싶어서', '물건을 받으면, 잊고 덮어 주고 싶어서.' 그런 대답이 나오면 좋겠다.

아크레의 숙녀에 대해 그렇게 애틋하고 그리운 목소리로 추억하시던 분 아닌가. 이름 모를 고귀한 숙녀가 나를 용서하고 이해해 주시기를 기도하겠다고 하던 분 아닌가.

고문실에 매달린 채 가죽 채찍이 날아들기를 기다리는 죄수처럼 레아는 그렇게 숨 막히게 기다렸다.

"특별한 이유라 하면……."

결국 그는 희미하게 웃으며 대답했다.

"물건을 돌려받고 그자를 확실히 처리해야 하니까."

아아. 레아는 고개를 푹 숙이고 눈을 꽉 감았다. 꼭 맞잡은 손이 덜덜 떨렸다.

"그때는 실수했지만, 두 번의 실수는 없어. 그자는 결코 용서받을 수 없는 짓을 저질렀어."

아크레에서 발타 님에 대한 마지막 기억은 배신감에 얼룩진, 극도로 분노한 표정에서 멈춰 있다. 그 이후 성 십자가 조각은 여전히 레아의 손에 있고, 그의 표정이 달라질 만한 일은 일어나지 않았다.

그는 더 이상 극도로 분노한 표정은 짓지 않는다. 하지만 그때의 서슬 푸른 결심은 그의 속에서 여전히 형형하게 살아 있다. 촛불은 이제 가물가물 꺼져 간다. 두 사람은 다시 주사위를 굴렸고, 이번에도 1을 뽑은 발타가 왕이 되었다.

"발타 님, 만약 그자에게 아무것도 모르는 무죄한 가족이나, 이웃이 있으면 같이 처단하실 겁니까."

레아는 드디어 가장 알고 싶은 내용을 입에 담았다. 조금 의심을 살 수도 있지만, 이것만큼은 반드시 확인해야 했다.

발타가 고개를 든다. 이제 그의 얼굴에는 희미한 미소가 올라오고 있었다.

"그자에게 어린 여동생이 하나 있다는 걸 알고 있네. 그리고 지금은 아마 결혼해서 가정을 꾸리고 있을 거야. 다른 자가 추적했다면 일가가 모두 몰살당하겠지만."

그의 대답에 망설임은 없었다.

"하느님께 맹세코, 무죄한 가족이나 주변 사람이 죽는 일은 없을 거야. 그런 일은 내 손으로 막을 것이고."

아아, 그런가. 역시 그런가.

다행이다.

다행……. 속으로 중얼대던 레아는 문득 눈을 깜박거렸다.

……발타 님이 왜 다른 사람에게 추적을 맡기지 않고, 남에게 알리지도 않고 혼자 추적하고 있는지, 그 진짜 이유를 알 듯도 했다.

그것은, 그 나름의 자비와 은혜였다.

눈시울에 천천히 눈물이 괸다. 목이 멘다.

저분은 나를 용서하지 않을 것이다. 그건 확실했다.

하지만 적어도 라셸르나 벵상은 무사할 것이다.

그거면 돼. 이제, 그냥, 그거면 된다.

레아는 자신의 긴 도피 생활이 이제야 종착지에 다다른 것을 실감했다. 그렇게나 피하고 싶던 결말이지만, 어쨌든 영원히 피할 수는 없었던 일이었다. 그래도 가장 두려워하던 사태는 피하게 되었다 생각하니, 이제는 그냥 다 됐다 싶다.

아마 십자가 조각을 갖고 왔다면, 지금 당장이라도 무릎을 꿇고 자신이 범인이라 고백하고 그것을 발타 님께 바쳤을 것이다.

'진실의 시간'의 덫에 걸린 건 결국 레아 자신이었다.

"……."

툭, 눈물이 터져 뺨을 타고 미끄러진다. 레아는 눈물을 닦을 생각도 않고 그를 멍하니 바라보았다. 고요히 앉아 자신을 응시하는 그의 모습이 더는 두렵지 않았다.

"자, 자네 왜 이래!"

발타는 자리에서 벌떡 일어났다. 하지만 레아의 앞으로 다가오지는 못하고 앞에서 손만 엉거주춤 내민 채 멈칫거렸다.

"대, 대체 왜 우나. 무슨 일인가. 이, 이게."

"……흐으, 으, 죄송합니다……. 제, 제가 수, 술버릇이, 이게, 죄송합니다."

"이, 이 무슨 고약한 습관인가. 잠깐, 이봐!"

도무지 눈물이 멈추지 않는다. 발타는 발타대로 어찌할 바를 모르고 주변에 접근했다 물러서기를 반복했다.

그는 주머니를 뒤적이며 뭔가를 찾다가 다시 의자에 주저앉아 한숨을 쉬었다. 손수건이라도 찾는 것 같은데 누군가에게 줘 버린 모양이다.

레아는 조금 더 울었다. 조만간 성 유물을 갖고 와서 정체를 밝힐 테니, 이젠 들키든 말든 상관없을 것도 같다.

발타는 탁자를 덮은 흰 천의 귀퉁이를 칼로 길게 잘라 낸 후, 반듯하게 접어 레아의 앞으로 내밀었다. 레아는 울지도 웃지도 못한 채 급조한 손수건을 받아 들고 그를 멀거니 올려다보았다. 그는 레아를 외면하며 미간을 구겼다.

이것도 정표인가. 모르겠다. 어쨌든 중요한 건 그에게 알아봐야 할 것이 하나 더 남아 있다는 사실이었다. 그녀는 천 쪼가리에 얼굴을 묻은 채 훌쩍대며 물었다.

"발타 님, 그렇게 숨어 있는 자를 어떻게 혼자 찾아내실 생각이었습니까?"

"묻든지 울든지 하나만 하게……. 물건을 보면 알 수 있을 거라 믿었네."

레아의 술주정(?)에 자포자기한 건지, 그는 한숨을 쉬며 순순히 대답했다. 물론 할 말이 아주 많은 얼굴이기는 했다.

"그, 그래서 세공품을 수집하시는 겁니까? 그런데 물건만 보고 어떻게……?"

"가슴에서 뭔가 끓어오르는 느낌을 아나?"

그가 되물었다. 레아는 얼빠진 얼굴로 고개를 저었다.

"물건을 보고 있으면, 가슴이 두근거리고 목이 막히는 느낌이 들지. 피가 부글부글 끓어오르는 것 같아. 상대 기사를 저 앞에 두고 돌진하기를 기다릴 때처럼."

"……!"

소름이 쭉 올라온다. 이런 방법으로 찾아내려는 줄은 꿈에도 몰랐다.

"목걸이, 묵주 팔찌, 거들, 브로치, 피불라, 그녀가 만든 물건을 가슴에 대고 있으면, 맑고 환한 그 목소리가, 노랫소리가 들리는 것 같아. 그때마다 내 영혼은 속절없이 그 물건 속으로 빨려 들어가는 것 같았지."

여전히 취기가 남았는지, 발타는 자신이 '그녀'라고 말하고 있다는 것도 인식하지 못했다. 자신이 그 말을 할 때 어떤 표정인지도.

"그런데 레비, 그 느낌이 틀렸다는 걸 오늘에야 알게 됐네. 어제 자네가 만든 물건들을 보고도 심장이 크게 뛰더란 말이야……. 아시케나지 사람이라 해서 놀랐지만, 틀림없이 그녀와 연결된 사람이라고 생각했어. 음, 그런데……."

"털북숭이 세공사가 나타나서 충격이 크셨겠습니다. 죄송합니다."

"맞아, 자넨 나한테 사과해야 해. 밤새도록 엎드려 빌어야 해……. 자넨 왜 하필 분위기도 비슷하고, 아버지 이름까지 같은 거지? 심장이 떨어지는 줄 알았지 뭔가."

그가 팔다리를 늘어뜨린 채 나직하게 웃는다.

"그래도 미련한 게 인간이라……. 아까 아시케나지 마을까지 가서 자네 가족과 친척들까지 눈으로 확인해 보고서야, 내가 10년 넘게 헛짓을 했다는 걸 받아들였네. 내가 찾는 사람은 대대로 아시케나지 마을에서 일가친척에게 둘러싸여 살던 형제 세공사는 확실히 아니니까. 허탈해도 차라리 속은 시원해."

찬물이라도 맞은 것처럼 정신이 번쩍 난다.

"저, 저희 마을에 들르셨다 오신 겁니까?"

"자네가 올랑드 영지를 모르니, 당연히 공방으로 가서 기다릴 거라 생각했지. 그런데 자네는 없고, 마드무아젤 미셸르께서 울면서 걱정을 하시더군. 내일 찾아뵙고 걱정을 끼쳐 죄송하다고 사과드릴 생각이야."

아, 맙소사, 라셸르까지 만나 보고 오셨다고?

머리가 어찔어찔하다. 성물을 들고 실토하러 가기도 전에 들통이 날 뻔했다.

발타는 여전히 눈을 감은 채 길게 한숨을 쉰다. 어딘지 아파 보이는 표정이었다.

"물건을 가슴에 댔을 때 느껴지던 떨림 따위는 전혀 믿을 만하지 않은 거였어. 불확실한 느낌 하나만 믿고 그 긴 세월을 허송하다니. 나도 내 어리석음을 믿을 수가 없어. ……이렇게 한심할 수가."

"……발타 님."

"내 여행은 이제 끝났네. 이제 다른 방법을 찾아야겠지."

다시 눈물이 흘러나왔다. 내가 이렇게 눈물이 많은 인간은 아닌데.

발타가 한숨을 쉬며 고개를 돌린다. 그는 레아가 눈물을 흘리면 똑바로 쳐다보지 못했다. 몹시 불편한 듯한 목소리가 튀어나왔다.

"이제 그만 좀…… 그칠 수 없겠나."

"죄송합니다. 눈물이란 놈이, 맘대로 안 되는 거라……."

"자네, 술버릇…… 정말 많이 고약해."

마지막으로 굴린 주사위에선, 반대로 레아가 1이 나왔고, 발타는 6이었다.

왕비가 된 발타는 말없이 레아를 오랫동안 응시했다. 물을까, 말까, 그가 궁금해했던 것이 뭘까.

당신은, 확인을 해 볼 건가요? 내가 누구인지?

하지만 발타는 결국 한숨을 쉬며 자리에서 일어났다.

"……됐네. 나는 바람이나 쐬고 들어올 테니, 자네는 먼저 자도록 해."

발타는 비틀비틀 자리에서 일어나더니 슈미즈 한 장만 걸친 채 그대로 문을 열었다.

레아는 그가 도망치는 것처럼 느껴졌다. 찬 바람이 안으로 훅 몰려들고, 가물가물하던 촛불은 이제 날아갈 듯 거세게 펄럭거렸다. 그가 문득 뒤를 돌아보며 묻는다.

"레비, 자네 혹시 우트르메르…… 아크레라는 도시에 가 본 적……."

펄럭펄럭, 푸르르.

순간 촛불이 꺼졌다. 아. 그의 입에서 짧은 신음이 흘러나왔다.

질문은 완성되지 못했고, 거짓말하지 않는 왕은 대답하지 않았다.

4-10. Ne Nos Indvcas In Tentationem

저희를 유혹에 빠지지 않게 하시고

혼자 남은 레아는 탁자에 엎드린 채 조금 더 울었다. 차라리 술버릇이 고약한 세공사로 찍힌 게 다행이다 싶게, 눈물은 쉽게 멎지 않았다. 이 눈물은 이유를 알 수 없었고, 그래서 멈추기가 더 어려웠다.

촛불이 꺼지지 않았으면, 나는 어떻게 대답했을까?

모르겠다. 레아는 지금 자기 자신을 믿을 수 없었다. 촛불이 살아 있었으면 이 자리에서 그냥 솔직하게 실토했을지도 모른다.

삐그덕, 끼이이이이이, 삐그덕, 끼이이이이이.

녹슨 쇠 갈리는 소리가 들어온다. 쿠아아아, 촤르르르. 뭔가 쏟아지거나 부서지는 듯한 소리도 이어진다. 정체를 알 수 없는, 묘하게 낯익은 소리는 간헐적으로 반복되었다.

레아는 눈을 문지르며 자리에서 일어났다. 무슨 일일까, 캄캄한 밤중에 마당에서 혼자 뭘 하시는 걸까.

한참 기다려도 쇠 갈리는 소리는 반복되고, 나간 사람은 돌아오지 않았다. 레아는 시트를 어깨에 두른 채 문을 빼죽 열었다.

삐끄덕, 끼이이이, 끼이이이이이이.

촤아아아.

레아는 눈앞에 펼쳐진 풍경에 입을 벌린 채 그대로 굳어 버리고 말았다.

그는 얇은 슈미즈 한 장만 걸친 채 차가운 우물물을 머리 위에 쏟아붓고 있었다. 밤이 깊어서인지 날이 꽤 추웠다. 그의 입에서는 하얀 입김이 보얗게 흘러나와 까만 밤하늘로 흩어졌고, 맨살이 하얗게 드러난 어깨와 팔, 다리가 우들우들 떨리고 있었다. 찬물로 흠뻑 적셔진 그의 피부에서는 희미한 김이 피어올랐다.

아, 아니, 아크레에서 오래 계셨으니 목욕을 좋아하실 거라고는 생각했지만, 취향도 이상하시지. 이 추운 오밤중에 왜 찬물을 뒤집어쓰고 계실까?

아…… 물 끓일 솥이 없어서……?

촤아아아.

레아가 문 뒤에서 어찌할 바를 모르고 안절부절못하는 사이, 발타는 계속 물을 퍼 올려 머리 위에 쏟아부었다. 긴 전투에서 돌아와 간신히 물 한 바가지를 얻어 땀과 피를 씻어 내게 된 패전 기사처럼, 그는 냉기를 참으며 머리와 어깨 위로 묵묵히 물을 들이붓기만 했다.

희미한 달빛 아래에서 그는 여전히 아름다웠다. 다만 전과는 다른 느낌의 아름다움이었다. 불명예스러운 추문을 걱정해 오랫동안 면갑과 카퓌쉬로 얼굴을 가리고 다녔던 그는, 물에 흠뻑 젖은 슈미즈 한 장만 걸친 자신이 어떻게 보이는지에 대해서는 전혀 자각이 없었다.

레아는 그 모습을 차마 더는 볼 수 없어 얼른 눈을 감았다. 뱃속에 자갈 한 자루가 들어앉은 것처럼 속이 절걱거렸다.

만약 아크레가 알 아슈라프 칼릴에게 점령되지 않고, 나와 발타님이 계속 아크레에 살고 있었다면 나는, 아니 우리는 어떻게 되었을까.

저분은 자신의 마음을 나에게 고백할 수 있었을까. 마음에 깊이 품었던 소녀에게. 서원을 철회하고 보속을 감당한 후에 나에게 와서 결혼해 달라고 말할 수 있었을까.

소녀는 늘 꿈꾸던 아름답고 용맹한 기사의 고백을 받았다면, 과연 어떻게 대답했을까.

좌아아아. 좌르르르.

다시 물 쏟아지는 소리가 들린다. 문을 닫고 들어온 레아는 두 손으로 얼굴을 가리고 벽에 기대어 주르르 바닥에 주저앉았다.

발타가 물을 절벅거리며 맨발로 집에 들어섰을 때, 실내는 말끔하게 정리되어 있었다. 그는 우들우들 떨며 사방을 다시 둘러보았다.

식탁 위는 깨끗해졌고, 문가와 침대 곁에는 맨발로 들어오는 발타를 위한 톡톡한 천이 깔렸으며, 수건은 침대 위에 곱게 접혀 있었다. 벽난로에는 웃장작이 잔뜩 얹혀 불길이 좋았고, 창마다 덧창을 닫아걸어 집 안은 훈훈했다.

그리고 술버릇이 고약한 주정뱅이는 침대 밑에 짚을 깔아 놓고, 시트 한 장 없이 쭈그리고 누워 있었다.

"자네, 자나?"

대답 대신 느릿하고 고른 숨소리만 들린다. 발타는 안도의 한숨을 쉬며 침대 위에 걸터앉았다.

집 안은 이제 깊은 침묵에 잠겼다. 잠든 세공사의 고른 숨소리만 설핏설핏 들린다.

발타는 자루에서 여벌 슈미즈를 꺼내 갈아입은 후 난로 곁에 앉아 차가워진 몸과 머리를 말렸다. 떨리던 몸이 천천히 진정된다. 촛불을 모두 꺼 놓긴 했지만, 침대 가까이 있는 벽난로에서 활활 타오르는 장작불 덕에, 방은 포근한 열감과 노란 빛으로 부드럽게 감싸여 있었다. 장작불의 열기가 주변으로 퍼져 나가며 몸이 기분 좋게 따스해졌다.

발타는 곰곰이 생각했다.

원래 집이라는 게 이렇게 따뜻하고 아늑한 곳인가?

잘 모르겠다. 그는 어렸을 때부터 성전기사단에서 자랐고, 단원들은 공동생활을 했다. 잠도 넓은 공간에서 한꺼번에 잤고, 식사도 한꺼번에 모여서 했다. 시동이든 견습 기사든 정기사든 단체생활은 당연한 것이었다.

기사단 숙소는 아무리 좋게 말해도 따뜻하고 아늑한 곳은 아니었다. 돌벽으로 둘러싸인 공동 침실은 휑하고 썰렁했다. 기사 수도승들이 머무르는 곳인지라, 밤이건 낮이건 무겁고 엄숙한 분위기가 지배하고 있었다. 그래서 발타는 지금 이 집의 분위기가 낯설면서도 포근하고 가슴이 간질거렸다.

이 세공사가 결혼을 하면, 그 아내 될 여자나 자녀들은 꽤 안락하고 행복하지 않을까.

레아가 꾸린 가정도 이런 따스하고 포근한 분위기일까…….

발타는 침대에 걸터앉은 채 잠에 빠진 세공사를 멍하니 내려다보았다. 세공사는 짚 위에 몸을 동그랗게 만 채 꼼짝도 하지 않는다.

"……후우."

발타는 손으로 입을 쓸어내리고, 턱을 매만지고, 머리카락을 쓸어 올리고 고개를 흔들었다. 그럼에도 미묘하게 거북한 느낌을 덮을 수는 없었다.

가는 목, 가는 손목, 허리, 턱선, 부끄러운 줄도 모르고 흘러넘치던 눈물, 그곳에 잠겨 있던 새파란 눈동자.

다시 속이 부글대는 것 같고, 토할 것 같다. 발타는 두 손으로 입을 틀어막고 시선을 옆으로 확 돌렸다.

"이런, 미친……."

……아직도 정신을 못 차렸구나.

발타는 이를 꽉 문 채 침대로 올라가 무릎을 꿇었다. 달이 기울어진 것을 보니 취침 기도는 고사하고 조과 기도 시간이 벌써 가까워지고 있었다.

긴 하루였다. 당혹스럽고, 참회할 것들로 가득한.

아, 진짜. 잠자리를 너무 가까이 붙여 놨어…….

좀 추워도 멀찍이 떨어져 있어야 했는데.

레아는 뒤늦게 후회하며 발가락을 꼼지락거렸다.

……하다못해 돌아누워 있기라도 할걸.

발타는 침대 위에서 무릎을 꿇고 엎드려 취침 기도를 드리는 중이다. 짧게 마치고 잠들 생각이었는데, 취침 기도가 생각보다 길게 이어지고 있다.

"……et ne nos indvcas in temptationem…… sed libera nos a malo……."

기도 소리는 낮고 고요하며 아름다웠다. 레아는 눈을 꼭 감은 채 라틴어 기도문을 자장가 삼아 잠을 청하려 애를 썼으나 잠이 오지 않았다. 차라리 무슨 기도를 하는지 엿들어 볼까 생각했지만, 너무 작은 목소리라 제대로 이해할 수 없었다. 레아는 라틴어를 어느 정도는 알고 있었지만, 자유자재로 구사할 정도는 아니었다.

벽난로의 불빛으로 그가 무릎을 꿇고 엎드린 윤곽선이 또렷하게 보인다. 반듯하게 조각한 듯한 옆얼굴, 우아한 곡선을 그리며 감긴 눈꺼풀과 가늘게 떨리는 긴 속눈썹, 살짝 벌어진 채 가늘게 기도문을 읊고 있는 그의 입술, 뺨을 타고 흘러내리는 은빛 머리카락, 두 손을 맞잡고 가슴에 꽉 붙이고 있는 모습.

후우. 그는 중간중간 기도를 멈추고 입술을 꽉 깨물며 이마를 침대 시트 위에 힘껏 박곤 했다.

"mevs dimittimvs debitoribvs……."

그는 힘겹게 중얼거리며 엎드린 자세 그대로 얼굴을 감싼다. 후우, 후으. 그는 어쩐지 몹시 괴로워하는 것 같았다.

레아는 가느스름하게 실눈을 뜨고 그의 옆모습을 바라보았다. 무섭다는 생각은 진작에 사라졌다. 두려움이 사라지니 이젠 기도하는 모습조차 이상한 느낌을 불러일으켰다.

몹시 불경하고, 위험한. 감히 입 밖에 내선 안 될 듯한.

온몸의 감각이 몇 배나 예민해진 것 같다. 그의 기도뿐만 아니라, 그가 내쉬는 낮은 숨소리, 맨살이 보송보송한 이불에 스치면서 나는 바스락대는 소리, 나직한 한숨 소리까지 지나치게 또렷이 들린다. 한번 이상한 쪽으로 인식하니, 생각이 통제가 되질 않는다.

"……et ne nos indvcas in temptationem……."

기도는 도무지 끝나지 않는다. 같은 말이 반복되는 것 같기도 하다. 취침 기도 하다가 밤새겠다. 대체 저분은 취침 기도를 왜 사순절 회개 기도처럼 하고 계시는 걸까.

그리고 나는 대체 왜 저분한테 시선을 뗄 수가 없을까.

낡고 허름한 슈미즈 한 장, 저 희고 헐렁한 옷이 움직일 때마다 얼핏얼핏 드러나는 넓은 어깨와 근육 잡힌 가슴과 가는 허리의 윤곽, 그의 가슴께를 더듬고 있을, 자신이 만들어 준 은십자가. 날카롭게 치솟아 오르던 팔의 근육. 그의 손목을 어루만지고 있는 자신의 묵주 팔찌, 아무런 거리낌 없이 자신의 눈앞에 드러낸 허벅지와 맨발.

멀미라도 하는 것처럼 머리가 빙그르르 돌았다. 지금 정체를 들키건 말건, 당장 뭘 좀 어떻게 해 봤으면 좋겠다는 미친 생각이 불쑥 치밀었다.

발타 님은 저렇게 경건하신데, 자신의 머릿속에서는 뭉게뭉게 이상한 생각만 떠오르니, 아주 고약한 마귀가 된 기분이었다. 순간 그녀의 고약한 생각에 호통이라도 치는 듯, 목소리가 확 높아진다.

"……Vade post me, Satana!"

레아는 화들짝 놀라 몸을 옹송그렸다.

뭐뭐뭐? 마, 마귀야 물러나라고?

서, 설마, 나한테 하는 말인가? 내, 내가 무슨 생각을 하는지 어떻게 아셨지?

아니다. 그는 이마를 시트에 박고 주먹을 꽉 움켜잡은 채 눈을 감고 엎드려 있다. 그의 입에서 나직한 신음이 샌다. 기도는 속삭이는 것처럼 빠르고 낮아졌다. 레아는 그의 기도가 일반적인 취침 기도와 좀 많이 다르다는 것을 깨달았고, 뭔가 큰 사달이 날 것 같은 두려움에 몸을 바짝 움츠렸다.

그의 목소리가 조금씩 갈팡질팡하더니 다급하고 빨라진다. 이제 레아는 기도 내용을 거의 알아들을 수 없게 되었다. 하지만 그의 목소리가 지독하게 힘겹게 느껴져, 레아가 더 죽을 지경이었다.

Miserere mei, Devs, secvndvm misericordiam tvam et secvndvm mvltitvdinem miserationvm tvarv dele iniqvitatem meam…….

Amplivs lava me ab iniqvitate me et a peccato meo mvnda me…….

Qvoniam iniqvitatem meam ego cognosco et peccatvm mevm contra me est semper…….

……ne indvcas nos in temptationem sed libera nos a malo…….

레아는 도저히 이해할 수 없었다. 아니, 오늘 대체 무슨 짓을 했다고 저렇게 미친 듯이 회개 기도, 악마를 물리치는 기도를 하고 있는 거지?

천천히 목소리가 잦아든다. 그는 엎드린 채 두 손으로 머리를 감싸 안았다.

"……제발 저를 도우소서, 주님……."

레아가 알아들을 수 있는 말은 그것이 끝이었다.

한참 후 발타는 자리에서 일어나 레아의 곁으로 다가왔다. 그는 이불 한 장 없이 꼬부리고 있는 레아에게 자신의 이불을 덮어 주고, 손발이 밖으로 나오지 않도록 이불을 반듯하게 펴 주었다. 그리고 벽난로에 커다란 장작을 대여섯 개 더 던져 넣고 이불도 없이 침대에 누웠다.

레아는 한참 망설이다 입을 열었다. 최대한 졸린 듯, 잠에 깬 듯한 목소리로.

“발타사르 님. ……주무십니까.”

“……자.”

놀란 내색도 없이, 그가 짧게 대답했다. 아, 주무시는군요. 레아는 나직하게 웃었다. 그는 웃어 주지도, 대답해 주지도 않았다. 레아는 이불을 걷어들고 그의 침대로 다가갔다. 그가 벌떡 일어나 뒤로 물러앉았다.

“무슨 일인가!”

“왜, 왜 이렇게 놀라시……. 저, 이불 덮고 주무세요. 저는 괜찮습니다.”

“자네나 덮고 자게. 자넨 침대도 없는 맨바닥이잖나. 나는 망토를 덮고 자면 돼.”

“그게 무슨 말씀을, 어, 어떻게 감히 제가…….”

“그럼 자네가 침대에서 잘 건가?”

그의 말투는 아까보다 훨씬 차갑고 퉁명스러웠다. 그는 레아를 쳐다보지도 않은 채 그녀가 내려놓은 이불을 다시 짚단 위로 던졌다. 레아는 저분이 왜 갑자기 기분이 나빠졌는지 영문을 알 수 없었다.

……혹시, 술이 슬슬 깨시는 건가.

레아는 자리로 슬금슬금 돌아가 이불을 뒤집어썼다. 두 사람 모두 잠을 이루지 못했다.

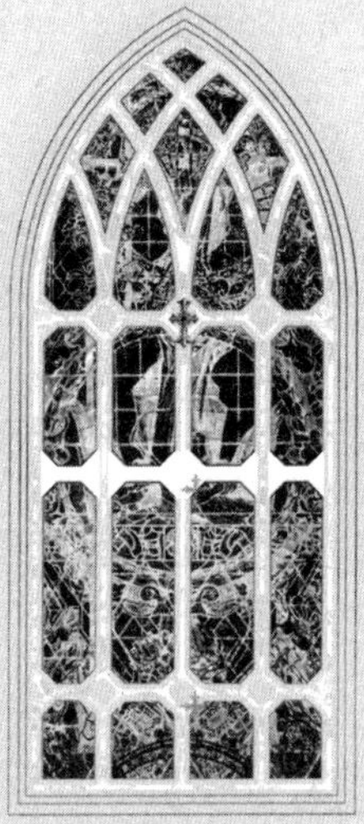

4-11. 어떤 제안

"으으……."

발타는 자리에서 일어나고도 한참 동안 멍하니 앉아 있었다. 뒤늦게 주변을 두리번거리니 덧창을 닫아 놓은 틈으로 노랗게 빛이 새 들어오는 것이 보였다.

벌써 동이 텄나? 발타는 지끈지끈 울리는 관자놀이를 짚으며 빛살을 바라보았다. 갑자기 정신이 번쩍 들었다.

이런 맙소사. 어떻게 지금까지 늦잠을 잘 수가 있지?

발타는 원래 아침잠이 많은 편이긴 하지만, 기사단에서 워낙 엄히 교육을 받았고, 그가 모시는 왕도 지나치게 부지런했기 때문에, 이렇게 해가 중천에 떠서 일어난 적은 드물었다.

대체 이게 무슨 일일까?

징징 울리는 머리를 짚고 생각을 더듬으려는 순간, 밖에서 크레도가 목청 높여 우는 소리가 들렸다. 어젯밤부터 아무것도 못 먹었다고 어지간히 화가 난 듯했다.

"미안, 크레도. 금방 나가마. 내 배가 부르다고 너는 굶기고 늘어져 있었다니."

기사들은 자신의 군마들을 목숨처럼 아꼈고, 발타 역시 새벽에 일어나 가장 먼저 하는 일이 크레도에게 건초를 주고 털을 빗질해 주는 일이었다. 보통 그 일은 말구종이나 데리고 다니는 견습 기사가 하게 마련인데 시동 하나 없는 발타는 그런 일까지 일일이 제 손으로 챙겨야 했다.

발타는 침대에서 짧게 기도를 드린 후 옷을 주섬주섬 챙겨 입었다. 히히히힝, 히힝, 쿠르르, 쿠르르. 크레도가 다시 한번 목청을 뽑으며 울어 댄다.

"나가, 미안해. 나간다니까. 머리 아프니 조용히 좀 해 줄래?"

급하게 움직일 때마다 머리가 징징 울린다. 아니 깨지는 것 같다. 결국 침대에 주저앉아 머리를 감싸고 앓는 소리를 냈다.

……와인은 한 쇼팽 이상 마시면 안 되겠구나.

기사단에서는 금주까지는 아니었지만, 술을 절제하도록 엄하게 교육시켰다. 발타 자신도 술에 취하는 그 몽롱하고 붕붕 들뜨는 감각을 몹시 싫어했다. 술을 한꺼번에 많이 마셔 본 적이 없다 보니 주량을 제대로 몰랐던 게 화근이었다.

그는 주변을 살펴보다가 세공사가 방에 없다는 것을 뒤늦게 알아차렸다. 온 집 안이 따뜻하다 못해 후끈후끈한 걸 보면 새벽녘에 일어나 장작을 엄청 넣은 것 같은데 정작 본인은 없다.

그러고 보니 침대 옆의 짚단도 말끔하게 사라졌고, 이불도 어느새 자신의 몸에 덮여 있었다. 이마가 저절로 찌푸려졌다.

……언제 없어진 거지? 말도 없이 집에 간 건가?

순간 발타는 이마를 짚은 채 미간을 구겼다.

자, 잠깐, 내가 어제 무슨 짓을…….

정신이 돌아올수록 어젯밤 취중에 저질렀던 일들이 하나씩 하나씩 떠오르기 시작했다. 그때마다 미간의 주름은 더욱 깊어졌다.

생각하지 않으려 애쓸수록 실타래처럼 이어지는 기억은 너무나도 또렷했다. 자신이 했던 말, 했던 짓, 했던 생각, 그자가 했던 말, 그의 표정, 그의 모습.

"하느님, 이, 이게……."

발타는 두 손으로 입을 틀어막고 무릎 사이에 머리를 박았다.

믿어지지 않는다. 죽고 싶다. 용납할 수 없다. 내가 미쳤던 게 아닐까. 무슨 악귀가 씌었던 게 아니고서야. 입막음을 위해 죄 없는 일가족을 몰살하려 했던 사람들이 이해가 될 지경이다.

발타는 머리를 감싸 안은 채 목이 매달린 사형수처럼 신음했다. 촛불이 꺼지면 잊어야 한다고? 그는 침대에 머리를 몇 번이나 되풀이해 박았다. 머리가 깨질 것 같은 와중에도, 어젯밤의 일은 죽을 때까지 잊지 못할 거라는 확신이 들었다.

……이자는 그따위 짓을 저질러 놓고 감히 도망을 쳐?

괘씸하다는 생각이 들다가도, 차라리 집에 돌아간 게 다행이다 싶다. 지금은 도저히 얼굴을 볼 수 없을 것 같다.

하지만 어젯밤의 그 미친 짓을 어떻게든 수습해야 할 텐데.

그가 고뇌에 빠진 사이, 크레도는 목이 터질 정도로 크게 울부짖었다. 발타는 비척비척 일어나 신발을 꿰어 신고 문을 열었다.

문이 열리는 순간, 쨍 하는 매운바람과 함께, 고소한 냄새가 안으로 훅 몰려들어 왔다.

"랄랄라, 랄랄라, 랄라리랄라……."

레아는 빵을 구울 때면 늘 노래를 불렀다. 빵을 구울 때는 워낙 새벽이라 아빠도 동생도 엄마도 자고 있었고, 혼자서는 수다를 떨 수 없으니 노래를 부를 수밖에 없었다.

"……그대여 나를 사랑해 주세요, ……나를 선택해 주세요…… 입맞춰 주세요……. 어머나 이렇게 눈부신 날, 어머나 이렇게 아름다운 날, 랄랄라 랄랄라 랄라리랄라……."

습관이라는 게 참 무섭다. 아무리 졸리고 힘들어도, 아무리 무섭고 슬퍼도, 어쨌든 노래는 흘러나왔고, 노래를 하다 보면 기분이 좋아졌다.

발타가 소유한 화덕은 크지 않았지만 그래도 여러 사람이 자주 쓰는 것이라 그런지 나름 관리가 잘 되어 있었다. 엊저녁 누룩을 넣어 반죽해 둔 덩어리로, 레아는 다섯 덩어리의 빵을 구웠다. 고소하고 푸근하게 빵 익어 가는 냄새가 난다.

그사이 레아는 다시 마을을 돌며 먹을 것을 얻어 오고, 깔고 잤던 짚단을 썰어서 시시에게 주었다. 그것을 본 크레도가 격분했다. 눈꼬리가 고약해지더니 앞발을 힘껏 굴렀고, 그래도 돌아보지 않자 이젠 목을 위로 길게 빼고 우렁차게 울기 시작했다. 장닭 열 마리가 한꺼번에 우는 것 같아 레아는 귀를 틀어막았다. 데스트리에 군마답게 덩치도 보통이 아니고 성질은 그야말로 불같았다.

"좀 기다려 봐! 너 배고픈 거 알아! 준다고! 근데 시시는 어제 저녁도 못 먹었으니까 먼저 줄게. 뭐라? 너도 못 먹었어? 알았어, 바로 줄게! 아휴, 좀만 기다리라니까! 구유가 비어야 물이든 밥이든 줄 거 아냐! 맨바닥에다 놓고 먹고 싶어? 어? 야! 고만 좀 울어. 너 소리 지르니까 머리 아파 죽겠다. 알았어! 주면 될 거 아니야."

레아는 얼른 나머지 짚단을 크레도 앞에 갖다 놓고, 물통에 차가운 우물물을 부어 주었다. 크레도는 건초를 순식간에 먹어 치우고는 집을 향해 고개를 돌리더니만 다시 휭휭 콧김을 뿜으며 화를 내기 시작했다. 모자라나? 아니다. 보아하니 '인간, 그만 자빠져 자고 빨리 나와서 나를 돌봐라.' 하는 것 같다. 정말 성질 더러운 놈이다.

그에 비하면 우리 시시 영감님은 천사다 천사. 그저 좀 늙고 고자이고 힘이 많이 달리고 꽤 느린 싸구려 짐말이라는 것만 빼놓으면 저 깡패 군마 새끼한테 꿀릴 게 하나도 없다.

삐그그그그.

문이 천천히 열리는 소리가 들린다. 뒤를 돌아보니 늦잠꾸러기 영주님께서 문을 열고 서 있었다. 천만 다행히, 오늘은 바지도 입었고, 구겨진 망토나마 제대로 두르고 있었다.

부스스하게 뻗친 머리카락, 창백한 얼굴, 반쯤 감긴 눈, 눈 아래 서린 짙은 그림자. 그래도 그림이 되는 것이 참 어이가 없다. 잠이 덜 깬 건지, 술이 덜 깬 건지 미간을 잔뜩 찌푸린 채 이마를 짚고 계시더니만, 허공에 대고 냄새를 몇 번 맡고는 표정이 스르르 풀어진다. 빵 굽는 냄새가 마음에 드신 모양이다.

냄새는 점점 구수하고 진해진다. 옛날 생각이라도 나는지, 무표정하던 얼굴에 부드러운 웃음이 올라온다. 아크레에서 맡던 빵 냄새도 크게 다르지 않을 것이다. 똑같은 사람이 똑같은 솜씨로 굽고 있는 거니까.

아크레의 성 안나 삼거리 공방집 생각이 나시려나. 지금 나무 뒤에 숨어서 열여섯 살 레아를 훔쳐보는 기분이실까. 내 노랫소리를 떠올리실까. 어쨌든 그때 못 드셨던 한이나마 풀어졌으면 좋겠다.

눈을 반쯤 감은 채 씁쓸하게 웃고 있던 발타 님이 갑자기 고개를 확확 흔든다. 그러더니 머리를 감싸 안고 문가에 쭈그려 앉은 채 한참 앓는 소리를 낸다. 술을 드셔 보신 적이 거의 없나 보다. 숙취가 왔을 때, 함부로 머리를 흔들면 지옥을 맛본다는 걸 모르시는 걸 보니.

그가 간신히 일어나 비틀대며 오는 것을 보고, 레아는 머리가 땅에 닿도록 인사를 했다.

"씨에 드 올랑드, 일어나셨습니까. 몸은 좀 어떠십니까."

"……괜찮아. 자넨 좀 어떤가."

하룻밤 새에 목소리가 잔뜩 갈라졌다. 얼굴도 이마부터 턱 끝까지 온통 구깃구깃한 게 영 괜찮지 않아 보인다.

"머리가 깨질 것 같습니다. 아휴, 망할 꼬맹이, 이런 싸구려 포도주를 최고급 포도주라고 바가지를 오지게 씌워서 팔다니."

"남 탓하지 말게. 우리 어제 많이 마셨어."

"그건 그렇죠. 한 예로보암 넘게 배 속에 쏟아부었으니까요."

"누가 빵을 굽고 있나?"

그의 말투는 어제처럼 소탈하고 친근하지 않다. 고개를 비스듬히 옆으로 돌린 채, 꼭 필요한 말만 툭툭 내뱉듯 말한다.

"제가 굽고 있습니다. 어제 얻어 온 밀가루에 누룩을 넣어서 조금 반죽해 놨는데 난로 옆에 놔서 그런지 몽실몽실 잘 부풀었지요. 그리고 돌아다니면서 식재료를 몇 가지 얻어 왔고요. 수확철이 지나서 그런지, 이거 집집마다 꿍쳐 놓은 것들이 아주 그냥 진진……."

"……자네, 빵도 구울 줄 아나? 혹시 어제 내가……."

그가 갑자기 말을 탁 끊더니 고개를 돌리고 입가를 쓸어내린다. 제기랄, 짧게 혀까지 찬다. 그의 귀와 목덜미가 불그레하게 물든 것을 보며, 레아는 다른 이야기가 나오기 전에 질러 대답했다.

"빵이야 어렸을 때부터 제가 구웠는걸요. 쇳밥 먹는 사람들은 기본적으로 불 다루는 데 도사들이고, 성능 좋은 화덕도 있으니까요. 날도 추운데 얼른 들어가십쇼. 크레도 녀석 밥도 물도 다 챙겨 줬고 빗질도 해 줬으니 신경 쓰지 마시고요. 부드러운 속풀이 수프도 거의 다 됐어요."

발타 님이 크레도를 돌아보더니 그 앞으로 다가가 등을 매만져 보고 콧잔등을 툭툭 쳐 준다. 그가 이마를 크레도의 콧잔등에 툭 대자 그 성깔 더러운 녀석이 떼를 쓰듯 힝힝거리며 뭔가 열심히 하소연을 한다. 발타 님은 발타 님대로 녀석의 목을 쓰다듬으며 달랜다.

그래. 미안. 미안. 앞으론 늦잠 안 자마. 그래그래. 많이 추웠지. 내 이불이라도 덮고 있으렴. 그러자 저 깡패 녀석이 힝힝대며 발타 님께 뺨을 문질러 댄다. 기도 안 찼다.

"챙겨 줘서 고맙네."

그는 뒤도 돌아보지 않은 채 짤막하게 말했다.

† † †

발타는 저 세공사가 생각보다 말이 엄청 많고 뻔뻔하다는 것을 알게 되었다. 너무 낯을 가려서 마을 밖으로도 안 나가 봤다더니, 영지민 다섯 집을 골고루 돌며 새로운 식재료를 알차게 징수(?)해 왔다. 양파와 순무 절임이 반가웠고, 부드럽고 뜨거운 수프와 갓 구운 빵이 무척 당겼다. 속이 불편하고 입안이 껄끄러울 때, 저만한 것이 없었다.

"아이고 영주님! 그냥 앉아 계세요. 빵이 다 됐습니다, 수프도 뜨끈하고 계란도 적당히 구워지고, 그 머리 빨간 아가씨, 카미유네 집에서 우유 짜 가도 된다기에 아침에 한 단지 짜 왔습니다. 따끈하고 고소합니다."

세공사는 빵을 굽는 것 말고도 요리를 무척 잘하는 듯했다. 집에서 여동생 대신 이자가 요리를 전담하고 있나 싶을 정도로 손놀림이 익숙했다. 발타는 그가 화덕에서 납작한 밀빵과 둥그렇고 겉이 딱딱한 빵을 꺼내는 것을 보며 잠시 말을 잃었다.

탁자 위에는 약간 얼룩진 식탁보가 다시 깔리고, 세공사는 이것저것 음식을 날랐다. 솥에서는 야채와 고기가 들어간 새로운 수프가 모락모락 김을 피우고 있었고, 나무 그릇에는 짭짤하고 새큼한 초절임이 놓이고, 갓 구운 빵이 수북하게 쌓였다.

발타는 저도 모르게 빵을 하나 들어 손으로 찢어 입에 넣었다. 겉은 딱딱하지만 속은 촉촉하고 뜨거웠는데 입에 들어가자마자 향긋하고 고소한 맛이 호르르 혀에 감긴다. 몸이 사르르 녹아내린다. 꿈을 꾸는 것 같다.

수프에 적시거나 꿀을 찍지 않아도 충분히 맛있다. 중독이라도 된 것처럼, 손이 멈추지 않는다. 정신을 차리고 보니 큼직한 빵 한 덩이가 통째로 사라졌고, 세공사는 멍청한 얼굴로 자신을 바라보고 있었다.

발타는 그의 얼굴을 외면한 채 말했다.

"……자네, 제빵 장인이 되었어도 좋았을 듯해."

"그렇죠? 어렸을 때부터 빵 잘 굽는다는 얘기도 많이 들었습니다. 심지어 제가 구우면 돌덩이 같은 마짜도 맛있다고 해요. 아, 그건 저희 마을에서 유월절마다 먹는 무발효 빵인데요, 접시 빵인트랑슈아르보다 더 딱딱하고 맛이 없어요. 보통은 장작을 씹어 삼킨다는 각오로 먹죠."

이쯤 되니 도저히 모르쇠로 버틸 수가 없다. 발타는 머뭇대며 물었다.

"자네 혹시, 이거, 내가 어제 말했던 것 때문에 구운 건가?"

"네? 점심 먹을 빵이 없어서 구운 겁니다만, 혹 어제 무슨 말씀을 하셨는지……."

세공사가 어리둥절한 눈으로 쳐다본다. 이자가 나를 골탕 먹이려는 건가. 이제 뺨으로 벌겋게 열이 올랐다.

"음, 그, 아침마다 빵을 구웠다는 사람……."

"……저, 어느 제빵사 말씀이신지……."

그가 난감한 듯 머리를 긁으며 쩔쩔맨다. 발타는 저자를 죽여버릴까, 내가 죽어 버릴까 잠시 고민했다. 한참 인상을 우그리고 생각을 더듬던 세공사가 우물쭈물하며 실토했다.

"저, 죄송합니다. 기억이 하나도 안 나서……."

뭐?

"제, 제가, 술을 좀 과히 마시면, 술버릇이 안 좋다고 하는데요, 사람들을 붙잡고 울고불고 시끄럽게 떠들고 별짓을 다 하다가 곯아떨어지면 싸그리 까먹는다고……."

맙소사.

발타는 이마를 짚고 눈을 질끈 감았다. 그게 사실이면 천만다행인데, 왜인지 허탈하고 화가 끓어오르는 기분도 들었다.

사실 이자의 술버릇이 자못 고약하기는 했다. 하지만 고약하기로 따지면 자신이 몇 배는 더했던 것 같다. 폐하께도 말하지 못했던 이야기를 부끄러운 줄도 모르고 떠들어 댔다. 얼굴로 열이 치미는 것을 헛기침과 손부채질로 눅여 보려 했지만 잘 되지 않는다.

"기억 못 한다니 나야말로 고맙네. 어제 취해서 자네에게 추태를 좀 보였어. 혹간 기억나는 게 있어도 잊어 주게."

"아, 정말 죄송합니다. 저는 취하면 그냥 정말 기억이 깜깜하게 사라지거든요. 추워서 눈을 떠 보니 불은 진작 꺼지고 해가 중천에 떠 있지 뭡니까."

세공사가 머리를 긁으며 변명했다. 발타는 허탈하게 웃다가 이내 웃음을 멈췄다.

……이런.

맞다. 이게 게임의 규칙이었다. 촛불이 꺼지면, 그 순간 깨끗하게 잊어 주는 것.

이쯤 되면 저자가 어제 일을 정말 기억하는지 잊었는지 확인할 방법도 없고, 뭐라 추궁할 수도 없었다. 술에 한 번 취했던 대가가 만만찮다. 발타는 고개를 숙이고 쓴웃음을 지으며 말했다.

"식사나 하지. 시중은 필요 없으니 앞에 앉게."

두 사람은 함께 마주 앉아 차려진 음식을 먹기 시작했다.

식사가 시작되면서부터 식탁은 아주 조용해졌다. 기사단에서 '식사 금언' 규칙을 지키던 습관 때문이기도 했지만, 일단 음식 냄새가 너무 좋았기 때문이었다.

지옥의 스튜와 과자, 와인뿐이던 어제와 달리, 오늘의 오찬은 종류도 많고 맛도 훌륭했다. 닭 한 마리를 푹 곤 국물에 버터, 당근과 렌즈콩과 몇 가지 야채, 간단한 향신채와 소금으로 담백하게 간을 한 맑은 수프는 부드럽고 편안해 어젯밤 부대꼈던 속을 편안하게 가라앉혔다.

몇 종류의 채소와 허브가 든 샐러드와 순무, 양파 초절임 덕에 저절로 기분이 산뜻해지고 입맛이 돌았고, 갓 구워 김이 모락모락 나는 뜨거운 빵에 꿀과 잼, 거기에 갓 짜낸 우유까지. 진실로 천국의 맛이었다.

살을 깨끗하게 발라낸 닭고기에 식초와 소금과 꿀과 버터, 그리고 몇 가지 향신채를 갈아 조합한 소스로 촉촉하게 버무린 요리는 아크레에서 먹던 짭짤하고도 다채로운 소테 요리의 풍미를 보여 주었다. 고기는 촉촉했으며 간이 기가 막히게 배어 감칠맛이 돌았다.

그중에서 최고의 궁합은, 속을 파낸 딱딱한 빵에 뜨거운 수프를 넣어, 빵의 부드러운 속살을 수프와 함께 떠먹는 것이었다. 얼얼하던 속이 편안하게 가라앉는다. 몸과 함께 마음도 흐물흐물 녹아내리는 것 같았다.

고작 먹는 것만으로 이렇게 황홀감을 느끼다니, 내가 이 정도로 식탐이 많았던가. 식탐도 수도승이 경계해야 할 7대 죄악 중 하나인데. 죄책감이 들 지경이었다.

그 옛날 소녀가 구워 주던 빵도 이런 맛이 아니었을까.

맞다. 지금 입에 감도는 이 맛은, 발타가 그동안 늘 상상하던 맛과 향기의 기대를 넘치도록 충족시켰다. 처음 보는 세공사가 구워 준 빵이 오랫동안 꿈꾸었던 그 맛처럼 느껴진다니 우스운 일이었다.

그 빵을 먹던 가족들도, 일꾼들도 이렇게 행복했을까.

……이래서, 사람들은 결혼을 하고 가정을 갖는 걸까.

그는 남자들이 결혼을 하는 이유는, 성욕과 후계자 생산이 가장 큰 비중을 차지한다고 믿어 왔다. 그런데 지금 생각으로는 그게 전부는 아닌 듯싶다.

이런 따뜻하고 포근한 분위기와 이 식탁도, 젊은 시절 들끓는 성욕 못지않은 큰 유혹이 아닐까.

물론, 1년 중 거의 열 달을 길바닥이나 더러운 여인숙에서 보내고 있으니 이런 분위기가 더욱 황홀하게 느껴지는지도 모르겠다……. 생각하던 발타는 이내 고개를 저었다.

그건 아니다. 이 소박한 식사는 그가 지금껏 경험했던 어떤 왕이나 대영주들의 식사들보다 훌륭하게 느껴졌다. 귀퉁이가 쪼개진 나무접시나 너덜너덜 결이 일어난 나무 수저 따위는 눈에 들어오지도 않았다.

세공사는 발타가 함께 식사를 하자고 했음에도, 눈치껏 오가며 발타의 식사 시중을 들었다. 마른 로즈마리를 넣은 따뜻한 물로 손을 씻게 하고, 틈틈이 뜨거운 수프와 끓인 우유를 나무 그릇에 채워 주었다. 후식은 난롯가에서 말랑말랑해진 치즈, 그리고 꿀과 계핏가루를 뿌린 아몬드 과자였다.

발타는 불현듯 깨달았다.

자신이 어젯밤 이자에게 베풀었던 식사는 고행이자 만행에 불과했다. 세공사가 마련한 오찬은, 모든 것이 완벽했다.

"잘 먹었어. 고맙네."

식사가 끝난 후, 발타는 짧게 치하했다. 그리고 잠시 망설이다 한마디 덧붙였다.

"나중에 자네 아내 될 사람은 정말 행복하겠어."

세공사의 표정이 묘해진다. 발타 역시 입가를 딱딱하게 굳혔다. 왜 그런 말이 튀어나왔는지 이해할 수 없었다.

다만 자신의 회개 기도가 부족했다는 것만은 확실했다.

“발타 님, 갑옷을 좀 손질해 두었습니다. 잠시만 앉아 계세요.”

식사를 마친 레아는 새벽에 닦아 화덕 옆에서 말려 둔 사슬 갑옷을 가져왔다. 에퀴에르나 시동이 없는 기사가 가장 곤욕스러워하는 게 바로 진흙이 묻거나 녹슨 갑옷을 세척하는 일이었다.

발타의 눈이 가늘어진다.

“갑옷까지 닦아 놓았나?”

“예. 여기저기 녹이 슨 것이 좀 보여서 일어난 김에 손을 봤습니다. 에스토크와 단검도 날을 좀 세워 두었고요.”

명색 귀금속 세공사였지만 아크레에서 온갖 무구武具 제작과 수선, 세척 작업(?)에 시달려 왔던 그녀는 쇄자갑의 녹을 벗겨 내는 일에 익숙했다. 특히 변색이 쉬운 은을 전문으로 다루다 보니 각종 녹을 벗기는 일에는 최고의 전문가가 되어 있었다.

식초나 레몬즙을 짜 넣은 모래를 자루에 담고 갑옷을 하나씩 나누어 넣은 후 힘껏 흔들거나 자루를 통째로 쥐고 요령껏 문지르면 녹이나 더러운 얼룩이 얼추 벗겨진다. 그리고 살짝 적신 천에 고운 연마제를 묻혀 깨끗하게 닦아 낸다.

물론 쉬운 작업은 절대 아니다. 사슬 갑옷의 고리가 풀리지 않게 하면서도 틈새의 녹과 얼룩을 말끔하게 닦아 내려면 적당한 힘과 요령과 경험치가 필요했다.

그 후에는 수건으로 꾹꾹 눌러 가며 물기를 없애고 불 옆에서 바싹 말린 후 기름을 먹인 천으로 반드르르하게 문질러 주는 것이다. 비나 눈이나 땀에 젖었을 때 녹이 슬지 않을 만큼, 하지만 쉬르코나 밑에 받쳐 입는 옷에 기름 얼룩이 생기지 않을 만큼. 그 중간 지점을 찾는 것 역시 오랜 경험과 요령이 필요했다.

새것처럼 깨끗해진 쇄자갑과 새하얗게 날이 선 검을 본 발타는 감탄을 숨기지 않았다.

“원래 야장 집안이라더니, 쇠를 다루는 솜씨가 대단하군.”

“간만에 실력 발휘 좀 했습니다. 그리고 귀금속 세공사라도, 모든 금속을 종류별로 다룰 줄 알아야 제대로 된 장인이 되지요.”

“……음.”

“아, 씨에? 잠시만요. 입으시는 건 제가 도와드리겠습니다.”

“됐어. 혼자 입겠네.”

“이 불편한 걸 어떻게 혼자…….”

“손 떼! 혼자 하겠다는 말 안 들리나!”

레아는 기겁해서 뒷걸음질 치다 뒤로 자빠지고 말았다.

“아, 미안해. ……괜찮나?”

그가 당황한 듯 레아의 팔을 붙잡아 일으켜 놓고는 또 화들짝 손을 놓는다. 제기랄. 그의 입에서 나직한 신음이 튀어나온다.

레아는 한 번만 넘어져도 될 것을 두 번이나 넘어져서 기분이 더러웠다. 어젯밤의 그 소탈하고 부드럽던 분은 대체 어딜 가셨을까? 기껏 동냥해서 잘 먹여 놨더니 대체 왜 이러시나.

레아는 바닥에 주저앉은 채 떨리는 목소리로 물었다.

“저, 발타 님? ……제, 제가 뭘 잘못했습니까?”

“…….”

“저, 저는 그저 입으시는 걸 도와드리려고……. 혼자 입으시기엔 너무 불편하고 시간도 많이 걸리잖습니까.”

“미안하네. 시종 없이 다니던 버릇 때문에 나도 모르게……. 그럼 좀 부탁하겠네.”

그는 가라앉은 목소리로 사과했다.

잘그락, 잘그락, 절컥, 절컥.

기사들의 무장은 시간이 많이 걸리는 일이었다. 물론 갑옷이 무겁고 입는 것 자체도 번거롭기도 하거니와, 속에 받쳐 입어야 하는 것도 만만치 않았다. 평시에는 가벼운 무장만 하고 돌아다닐 수도 있지만, 기사로서 공적인 자리에 참석하거나 궁에 들어갈 때는 정식 무장을 해야 했다.

발타가 허벅지까지 올라오는 긴 쇼스를 신은 후, 레아는 그 위에 사슬로 엮은 쇼스를 한 켤레 덧입혔다. 두 겹의 쇼스는 최대한 팽팽하게 위로 당겨 입은 후 속바지의 허리끈에 묶어 고정시켜야 했다. 느슨하게 묶으면 끈이 풀려 전투 중 갑옷이 헐거덕거리고, 너무 죄게 묶으면 움직임이 불편하고 오금이 아프다고 했다.

하반신 무장이 끝난 후엔 슈미즈 위에 긴팔 튜닉을 걸치고 그 위에 솜을 두둑하게 넣은 누빔 상의를 걸친 후 허벅지까지 내려오는 사슬 갑옷을 착용해야 했다. 그러고는 무릎과 정강이, 팔뚝을 보호하는 판금 보호대를 대고 단단히 묶어야 했다.

레아가 재빠르게 움직였음에도, 착장이 완료될 때까지 시간이 제법 많이 걸렸다. 그나마 겨울이니 견딜 만하지, 한여름에 이런 무장을 하게 되면, 검을 차기도 전에 속옷이 땀에 흠뻑 젖게 마련이었다.

한 번 시중을 들어 드리니, 기사와 시종의 신뢰 관계가 형제 이상으로 돈독할 수밖에 없다는 것을 저절로 알게 되었다. 발타 님이 생각만큼 아주 마르지는 않았고, 생각보다 단단한 몸을 갖고 계시다는 것도.

다만 발타 님은 도움받는 것이 익숙하지 않은 걸 넘어 불쾌한 듯했다. 몸에 레아의 손이 닿을 때마다 이마를 찌푸리며 온몸을 딱딱하게 굳히는 통에, 레아는 어쩐지 서러웠다.

그래도, 이 말씀만은 해 드려야 할 것 같다. 이건 안전에 심각한 위협이 될 수도 있는 문제였다.

"저, 발타 님……? 사슬 갑옷 쇼스가 상당히 짧습니다. 허벅지를 전부 덮어야 하는데, 반밖에 안 올라갑니다. 이 위쪽은 전혀 보호가 되지 않습니다."

"……다리가 쓸데없이 긴 거지."

기가 막혔다. 아니 제가 지금 사냥개 뒷다리 얘기하고 있습니까. 이거 댁의 다리고 댁의 목숨줄이 걸린 일인데요.

"물론 발타 님께서 키가 월등히 크시긴 하지만, 갑옷을 다리에 맞춰서 만들어야지, 다리를 갑옷에 맞추는 법은 없습니다. 대체 어떤 놈의 대장장이가 물건을 이따위로 만들어서 팔아먹었습니까? 그자는 대장장이 동업조합에서 쫓겨나야 합니다!"

"됐어. 다른 기사의 다리에 맞춰 만든 거라 그래. 다친 적 없으니 신경 쓰지 말게."

점입가경이다. 그러고 보니 사슬 갑옷 상의도 묘하게 길이가 짧아, 엉덩이를 반밖에 덮지 못한다. 이것도 다른 기사님 몸뚱이에 맞춘 건가? 왜죠? 대체 왜? 다른 분이랑 키가 비슷하면 또 모르겠는데, 다른 기사님들보다 머리 하나 반은 더 크신 분이?

어리둥절하던 레아에게 갑자기 깨달음이 도래했다.

아, 네. 마상 시합 포로에게 뺏은 갑옷을 주워 입고 다니시는 거군요.

……누군지 모르지만 그 기사분이 다리가 많이 짧으셨군요. 네.

어이가 없어 말이 안 나왔다. 이분은 멀쩡한 것 같다가도 가끔 이렇게 환장할 말씀을 아무렇지도 않게 하신다.

발타 님? 님은 마상 시합의 실력자라면서요. 연전연승 무패의 백은의 기사라면서요. 그럼 돈 좀 벌지 않으셨을까요? 그 돈은 다 어디에 탕진하시고 이렇게 지지리 궁상의 길을 걷고 계신가요? 아, 물론 어디에 탕진하셨는지 몰라서 묻는 건 아닙니다만…….

아니, 말이야 바른 말이지, 걸핏하면 전투에, 그것도 최전선에 소환당하고 마상 경기에 그렇게 열심히 출전하면, 목숨이 아까워서라도 장비에 제대로 투자해야 한다는 생각이 안 들까? 혹시 '좋은 대장장이는 망치를 가리지 않는다' 따위의 생각을 하고 계시는 건가?

하지만 파리 귀금속 세공사 장인 레비의 이름을 걸고 말하건대, 어느 정도 경지를 지나면 장비빨, 그러니까 전문 도구의 위력을 무시할 수 없게 된다. 적절한 도구가 뒷받침이 되어야 실력에 따른 결과물이 나오고, 최고급 물건을 만들려면 최고급 도구가 받쳐줘야 가능한 것이다.

물론 저분께서 예전부터 지나치게 청빈하게 살던 버릇이 있다는 건 안다. 그래도 목숨 중한 줄은 아셔야 하지 않은가. 그 유명한 기욤 르 마레샬 경도 그 얼마나 장비빨에 집착을 하셨던가. 안타깝고 속이 상한 레아는 그에게 조심스럽게 제안했다.

"저, 발타 님. 외람되지만, 부디 언짢게 여기지 마시고……."

"음?"

"몸에 잘 맞게 사슬 갑옷 한 벌 뽑아 드릴 테니 받아 주시겠습니까?"

그가 고개를 확 돌려 레아를 응시한다. 새파란 눈동자에는 의아한 기색을 넘어 불쾌감이 가득했다. 아차 싶었다. 아무리 청빈이 기사의 미덕이라 해도 자존심이 충분히 상할 수 있는 제안이었다.

"왜?"

"저, 이번에 많이 사셨으니 제가 서비스로……. 아, 앞으로 잘 부탁드린다는 뜻으로……."

"값을 지불한 건 시테 궁의 폐하시네. 해 드리려면 그분께 해 드리게."

더 이상 말도 못 붙일 만큼 단칼에 쳐 낸다. 이분이 이렇게 쌀쌀하고 차가운 분이었던가. 레아는 눈물이 날 것 같았다. 애써 유쾌하게 대답하려는데, 그래도 목소리가 떨렸다.

"폐하께선 전속 대장장이를 몇 명이나 두고 계시는걸요. 그리고 새 맞춤 갑옷이 필요하신 분은 폐하가 아니라 발타 님이시죠."

"지금 자네가 이러는 이유를 알 수 없어. 사슬 갑옷 한 세트는 아무리 싸구려라도 최하 10리브르고 보호대와 투구까지 합치면 어지간한 저택 한 채 가격이야. 그런 큰 선물을 이유도 없이 받을 순 없네."

"받으셔도 됩니다. 이래 봬도 잘나가는 세공사라니까요."

"나에게 돈 자랑을 하고 싶은 건가, 자네."

그의 목소리가 더 엄격해진다. 레아는 풀이 죽어 얼른 입을 다물었다. 맞다. 일개 이교도 세공사가 잘 봐 달라고 선물하기엔 너무 거금이었다.

하지만 레아는 도저히 물러날 수 없었다. 어차피 죽을 거, 돈을 쌓아 놓고 죽느니, 이런 식으로라도 마음의 빚을 갚는 게 낫지 싶었다.

아니, 사실 이건 변명이다. 그냥 해 드리고 싶었다. 이런 모습을 보면 눈이 시큰하고, 내가 가진 거라면 뭐든지 퍼 주고 싶은 것뿐이다. 빵도, 요리도, 검도, 사슬 갑옷도, 하다못해 저 빌어먹을 놈의 낡아 빠진 속옷까지, 전부 다.

하지만 발타 님은 전혀 반갑지 않으신 듯했다. 이마를 짚고 한숨만 내쉴 뿐이다.

"자네 대체 나한테 왜 이러나."

"……."

"나를 지금 동정하는 건가? 영지가 작고 집이 이 모양이라? 그동안 자네와 거래했던 영주들과 사는 꼴이 많이 다른 모양이지?"

그의 목소리에 드디어 거부감이 노골적으로 올라온다. 감히? 라는 말이 바로 덧붙을 것 같은 차가운 얼굴이었지만, 그래도 결국은 점잖게 반응해 주었다.

"갑옷 살 돈 정도는 있어. 정 주고 싶으면 값을 지불하겠네."

아, 그렇게 돈이 많으셔서 다 썩어 가는 집을 수리도 안 하시고, 남이 입던 사슬 갑옷이나 주워 입고, 다 낡아 빠진 속옷이나 입고 다니십니까. 제가 어젯밤에 그놈의 알른알른 해진 속옷 때문에 얼마나 시험에 들었는지 아십니까.

"저, 발타 님, 그게…… 제가 갑옷이나 무기를 선물로 드리는 건 괜찮지만, 돈 받고 판매는 못 합니다. 면허가 없어서요."

"……."

"파리의 대장장이 동업조합이 얼마나 무서운지 아시잖습니까. 거기 무기 장인, 갑옷 장인들은 순 깡패 새끼들…… 아니, 어쨌든 물더럽습니다. 아시케나지 세공사 따위가 백은의 기사님께 갑옷과 검을 돈 받고 팔았다는 소문이 나면 야밤에 우르르 몰려와서 저를 쥐어 팬 다음에 자루에 담아서 밀브레 판자 다리 밑으로 던져 버릴 거예요. 제가 빵을 잘 만들지만 돈 받고 팔지 못하는 이유도 똑같죠. 제빵 장인들이 와서 저를 자루에 담아 던져 버릴 테니까요."

발타는 말없이 한숨만 쉬었다. 파리 대장장이 동업조합의 똥군

기는 파리에서 모르는 사람이 없었다.

“그래도 발타 님, 파리 야장들이 나름 자존심 세고 모양 빠지는 건 싫어해서, 가까운 분께 쇠붙이 날붙이 좀 ‘선물’해 드린 것까지 트집 잡진 않을 겁니다.”

레아는 열심히 설득했다. 아니 내가 내 돈 주고 내 기술로 만들어서 선물해 드리기 위해서 이렇게 애를 써야 한다니.

“제가 만든 무구나 갑옷이 못 미더우실 수도 있는데, 자랑 같지만, 품질이 나쁘지는 않다고 자부합니다. 영주님 몇몇 분들께 선물해 드린 적도 있는데, 검 같은 경우는 정말 평이 좋았거든요.”

“…….”

아크레에서는 전투가 잦아, 세공사들까지 무기 제작에 동원되곤 했다. 아모스와 레아는 원래 단조 세공사라, 단단하고 탄성 있는 쇠를 만드는 데는 최고의 전문가였다.

두 사람은 수천 번씩 쇠를 접어 두드려 검을 만들어 냈는데, 그렇게 나온 검들은, 제작 방법이 알려지지 않은 ‘세계 제일의 명검’이라는 ‘다마스쿠스 검’과 비슷한 물결무늬를 갖게 되었다. 강도나 탄력, 파괴력에서도 그것에 크게 뒤지지 않았다.

아마 아크레가 좀 더 버텨 주었으면 아모스와 레아는 ‘아크레 제일의 세공사’가 아닌 ‘다마스쿠스 검’의 제작자로 이름을 더 날리게 되었을지도 모른다.

“발타 님, 제가 만든 검이 그렇게 허접하지는 않아요. 찌를 때 버텨 주는 힘도 좋고, 바위에 대고 쳐도 잘 부러지지 않습니다. 사용해 보신 분들 말로는, 무게도 적당해서 손에 붙는 느낌도 좋다고 하셨습니다.”

결국 발타는 길게 한숨을 쉬고 말았다.

"자넨 대체 못하는 게 뭔가."

"손으로 만드는 건 어지간한 건 다 할 줄 압니다. 요리도 꽤 하고, 침대도 만들고, 궤짝도 짜고, 양피지도 만들 줄 알고, 소기름 양초도 만들어 봤고, 수레바퀴 테도 두르고, 집수리도 잘하고, 꽃도 잘 가꾸고, 아 제가 또 바느질도 잘합니다. 속옷 같은 것도 하루 열 벌씩 만들어 드릴 수 있습니다."

"속옷 같은 건 됐……. 어, 어쨌든 다재다능하군."

"제가 좀 그렇죠. 100년만 먼저 태어났어도 일 드 프랑스의 알자자리로 불리고 있었을 겁니다."

그가 드디어 자포자기한 듯 웃기 시작했다. 레아는 그의 눈치를 슬슬 보며 물었다.

"발타 님, 저, 제가 뭔가 잘못한 게 있습니까."

"없어."

"아까부터 저한테 몹시 언짢아하시는 것 알고 있습니다. 뭔진 모르지만, 제가 잘못한 게 있으면 용서해 주세요. 제가 뭘 몰라서……."

그는 지친 얼굴로 고개를 저었다.

"아니. 자넨 잘못이 없어. 내 잘못이지."

"예?"

하지만 발타는 쓰게 웃기만 했다.

"갑옷은 원하는 대로 해. 정 주고 싶으면 나도 비슷한 가격 선에서 선물을 주는 것으로 갈음할 테니 그것까진 받아 두게."

"발타 님, 그냥 제가 해 드리고 싶어서 그럽니다."

"그러니까, 자네가 왜."

그냥, 발타 님 당신을 보면 볼수록 내 속이 쓰리고 아파서요.

……당연히, 입 밖에 낼 수 없는 이유였다.

발타는 차분한 목소리로 말했다.

"나를 동정해서 이러는 거라면, 그럴 필요까진 없어. 먹고사는 일에 지장은 없고, 물건값을 지불할 여력도 있어. 기사단 금고에 예치해 둔 물품을 감정한 환산가가 10만 리브르 정도는 돼. 그러니 자네의 호의만 고맙게 받겠네."

레아의 턱이 덜걱 소리를 내며 아래로 떨어졌다.

뭐뭐뭐? 뭐? 10만? 10만 드니에도 아니고 10만 리브르?

레아는 벌어진 입을 다물지 못한 채 한참 동안 발타 경의 등짝을 노려보았다.

저, 그 정도면 폐하께서 당신한테 선물 같은 거 해 주실 때는 아닌 것 같은데……요?

그 돈이면 생트 샤펠 성당을 세 채는 짓지 않나……요?

어지간히 산다 하는 소영주님들도 일가친척 부하들을 먹여 살리고 성을 관리하는 데 1년에 100리브르면 된다. 500리브르 가진 자유민이면 부자 소리 듣고, 1천 리브르면 떼부자 소릴 듣는다. 연봉 높기로 소문난 왕실 대법관들 수입도 한 해에 1천 리브르가 안 되는데!

그런데 뭐? 10만? 그런 어마어마한 돈을 갖고 계시면서! 대체 왜 그런 나달나달 해진 속옷에 짤막한 남의 갑옷을 주워 입고 다니시냔 말입니다.

이제는 알겠다. 발타 님은 불쌍한 것도 아니고, 검소한 것도 아니고, 신부님들 말씀대로 '돈은 일만 악의 뿌리'라고 믿어서 그러는 것도 아니다. 그냥 바보다, 바보.

그리고 저 지지리 궁상을 지켜보며 딱하다, 불쌍하다 하며 지지

찔찔 눈물을 찍어 댄 나는 더 바보 멍청이다. 고작 몇백 리브르 모은 걸로 돈 많다고 자랑질을 해 댄 것이 어디 사는 누군지 쪽팔려 뒤지겠다.

하지만 더 알 수 없는 것은, 그가 심각하게 돈이 많다는 것을 알게 된 후에도 뭔가를 해 드리고 싶다는 마음은 조금도 줄어들지 않았다는 점이다.

"세공사. 나를 위해 마음 써 줘서 고맙네. 그리고 잘못 없는 자네에게 화풀이를 한 건 미안해. 내가 수행이 한참 부족해. 진심으로 사과하겠네."

수행이 부족하기는 개뿔이다. 무슨 일로 화가 나셨는지는 모르지만, 이교도 아시케나지에게 이렇게 진심으로 사과하는 귀족을 레아는 난생처음 보았다.

그런데 나는 이런 좋은 분의 손에 죽어야 할 뿐이고.

생각할수록 목이 멘다. 이분이 천에 하나, 만에 하나 용서해 주시면, 평생 노예처럼 따라다니며 내가 해 드릴 수 있는 건 모조리 다 해 드릴 텐데.

저분의 저 단단한 몸에 내가 만든 갑옷을 입혀 드리고, 저 고운 손에 내가 만든 물결무늬 검을 쥐여 드리고, 순결과 안전을 기원하는 은목걸이를 저 우아한 목에 걸어 드리고, 내가 만든 거들을 허리에 맵시 있게 매어 드릴 텐데. 그 가죽띠의 늘어진 끝자락이 걸을 때마다 허벅지 위를 살랑살랑 스치도록.

그뿐이랴. 저분이 쓰셨던 무기를 밤마다 정성껏 수리하고, 아침저녁으로 빵과 스튜와 고기 요리와 후식을 정성껏 만들어서 내가 만든 은접시와 은잔에 담아서 내가 만든 은촛대에 불을 환하게 밝혀 놓고 맛있게 드시게 시중을 들어 드릴 텐데.

그리고 내가 만든 포근한 솜털 이불에 감겨 꿀 같은 단잠을 주무시게 해 드릴 텐데. 내가 바느질해서 만든 편하고 부드러운 속옷과 아름다운 비단으로 만든 겉옷을 입혀 드리고, 화려한 자수를 놓아 만든 질기고 따뜻한 망토를 입혀 드릴 텐데. 내가 만든 비단 주머니에서 내가 수를 놓아 만든 하얀 리넨 손수건을 꺼내 땀을 닦게 해 드릴 텐데.

자네가 만든 갑옷은 정말 편안하군, 자네가 만든 무기는 정말 견고하군, 자네가 만든 옷은 정말 아름답군, 자네가 만든 음식은 뭐든 맛있어, 하는 말을 가끔이라도 들을 수만 있다면 얼마나 좋을까.

이렇게 쫓고 쫓기며 목숨을 걸어야 하는 관계가 아니라, 어젯밤처럼 같이 먹고 마시고, 가슴 간질거리던 옛이야기도 나누고, 얼굴 빨개지도록 주정도 부리고, 그래도 창피해하지 않을 정도로 가까운 관계라면…… 정말, 얼마나 얼마나 행복할까.

들키지 않는다는 보장만 있으면, 평생 '세공사 레비'로 저분 옆에 붙어 있고 싶다. 아니, 평생이 아니라 정체를 밝힐 때까지 잠시라도 지금처럼 시중을 들 수만 있다면!

심장이 터져 나갈 듯 아프다. 레아는 어느새 눈물이 터질 듯했다.

시선이 느껴진다. 수많은 감정이 얽혀 지나치게 무거워진 시선. 그는 한 마디도 입 밖에 내지 않고 고개를 돌린다. 무거운 한숨 소리가 들린 것도 같다.

무엇엔가 홀린 듯, 레아는 더듬더듬 입을 열었다.

"저…… 발타 님, 혹시 시종을 한두 명 거두실 생각은 없으십니까?"

4-12. 어느 쫄보의 용기

"저, 발타 님, 혹시 시종을 한두 명 거두실 생각은 없으십니까?"

"……."

"이런 잡다한 일까지 일일이 신경 쓰시면 너무 피곤하시지 않습니까. 제가 만약 발타 님의 시종이 된다면, 무기 관리든, 말 관리든, 갑옷 시중이든, 요리든, 옷이든, 빨래든, 발타 님 손에 물 한 방울 묻히지 않으시도록 편안하게 모실 텐데요."

"어제는 펄쩍 뛰며 안 오겠다더니, 마음이 바뀌었나? 그러잖아도 폐하나 위그 경에게 시종 좀 두라고 잔소리는 많이 듣고 있어."

발타가 짧게 웃는다. 비웃음은 아니지만, 어제의 다정하고 편안한 웃음은 아니었다.

"자네가 어떤 기사를 모시게 되면, 그 기사는 최고의 행운아가 되겠지. 1만 아르팡의 영지보다 귀한 지원군이 될 걸세."

"아, 하하, 그 정도까지는……."

"하지만 난 생각 없어. 다른 기사를 찾아보게. 어제 전속 야장 제안도 없던 일로 하겠네."

"바, 발타 님, 그게……."

"두 번 말하게 하지 말고. 절대 받지 않을 테니."

어제 레아의 거절을 고스란히 되돌리는 반격이었다. 그것도 말 한마디 덧댈 수 없을 만큼 야멸차게. 레아는 애써 태연한 목소리로 대답했다.

"그럼, 물건이 준비되는 대로 다시 뵈러 오겠습니다. 조금만 기다려 주십시오."

"다시 말하지만 안 가져와도 괜찮아."

"아닙니다. 빠른 시일 안에 꼭 다시 찾아뵙겠습니다."

레아는 기어이 결심을 굳혔다. 갑옷과 무기를 갖다 드리는 날, 성 십자가를 함께 갖다 드리고 이 질긴 악연을 끝내기로.

이제 더는 미룰 이유가 없다. 입단 후면 늦다. 이분이 정식 단원이 되면, 자신의 의지와 상관없이 나를 기사단 참사회에 끌고 가야만 한다. 레아는 그 상황만은 피하고 싶었다.

동생 결혼식까지는 보고 갈 생각이었지만, 상황이 안 되면 어쩔 수 없다. 결혼식 비용과 지참금은 준비해 두었으니, 벵상에게 부탁하면 차질 없이 마무리해 줄 것이다.

마음을 정하니 걷잡을 수 없이 두렵고 서글프면서도, 한편으로는 허탈하고 속이 시원하기도 했다. 아마 오랫동안 이어진 도피 생활과 삶을 짓누르는 공포에 많이 지쳐 있었던가 보다.

그래도 마지막엔 이분께 제대로 사과하고 용서를 빌 기회 정도는 얻어야 할 텐데. 적어도 '일부러 그러지는 않았다. 당신의 호의를 이용해 뒤통수를 친 것도 아니었고, 당신의 감정을 농락한 건 더더욱 아니었다.' 이것만이라도 믿어 주셨으면 좋겠는데.

……그, 그래도, 목숨만은 살려 주시면 좋겠는데. 절도범처럼 눈을 뽑거나 손목만은 자르지 않으면 좋겠는데.

아, 제기랄. 나도 이런 내가 정말 싫다. 레아는 그를 올려다보며 처량하게 웃었다.

발타는 천천히 미간을 찌푸리더니 말없이 몸을 돌렸다. 레아는 탁자보 끝자락으로 얼른 눈가를 문질렀다. 눈물은 이제 시도 때도 없고, 발타는 이제 이유도 묻지 않는다.

어깨 너머로, 그의 조용한 목소리가 흘러나왔다.

"마드무아젤 미셸르와 약속한 게 있으니, 아시케나지 마을까지 데려다주겠네."

발타는 어제보다 느리게 말을 몰았고, 어제보다 더 많이 뒤를 돌아보며 레아가 따라오는지 확인했다. 묻는 말에는 간단하게, 하지만 더는 퉁명스럽지 않게 대답해 주었다.

"발타 님, 혹시 성전기사단 파리 본부에 돈을 맡기면, 정말 다른 지부에서도 돈을 받을 수 있나요?"

"증서만 확실하면."

"제가 맡긴 돈을 찾지 못하고 죽으면, 가족이 물려받게 되나요?"

"수취인을 상속자나 가족으로 지정하면 가능하지. 기사단에서 망자의 가족 관계를 일일이 조사할 수도 없고, 상속 분쟁이라도 나면 그 재판까지 해 줄 순 없으니까."

“헉, 그러면 가족이나 친척 아닌 사람을 수취인으로 해도 되나요?”

“당연하지. 친구나 부하가 받기도 하고, 수도원이나 사제, 은혜를 입은 분에게 남기는 경우도 많네.”

“그럼, 아시케나지의 돈도 받아 주나요? 이교도라고 떼어먹지 않나요?”

발타는 한숨을 쉬면서도 나름 성의 있게 대답하려 애썼다.

“이교도라는 이유로 떼어먹은 사례는 없네. 그럴 거면 애초에 돈을 받지 않았겠지. 기사단이 그런 짓을 한 번이라도 했다면, 지금처럼 신용을 쌓을 수 없었겠지?”

그러더니, 레아의 생각을 짐작한 듯 바로 쓴웃음을 지었다.

“왜, 자네도 기사단에 재산을 맡길 참인가?”

“예, 그, 그게, 저도 몇 푼 안 되는 재산이지만 아무래도 침대 밑이나 땅을 파서 묻어 두는 건 위험천만이라서요. 도둑 떼가 마을을 휩쓸고 지나갈 수도 있고, 폐하의 세금 징수관이 병사들까지 대동하고 마을을 뒤집어서 싹싹 긁어 가기도 하니까요.”

“침대 밑보다는 탕플 수도원 금고가 안전하긴 하겠지. 뺏길 위험도 적고. 적어도 수령 당사자가 증서를 들고 갔을 때 지급을 거절한 사례는 한 건도 없으니까.”

오호, 이런 좋은 방법이 있었구나! 레아는 속으로 쾌재를 불렀다.

어차피 라셸르의 지참금은 떼어 놨고, 남은 전 재산 500리브르는 발타 님께 고스란히 드릴 참이었는데, 그 계획에 약간의 문제가 있었다.

침대 밑에 벽돌처럼 쌓아 둔 리브르 은괴와 금화 뭉치를 덜렁

수레에 실어 갖다 드리면 저 청빈하신 기사님께서 이것이 웬 떡인가 하면서 받으실 리가 없잖은가.

그렇다고 '나 죽거들랑 이 돈을 발타 님께 갖다 주오' 하고 벵상이나 라셸르에게 부탁해 둘 수도 없는 노릇이고.

하지만 기사단에 맡겨 둔 500리브르 위탁 증서 한 장이면 문제가 해결되는 것이다! 그런 담에 '나 죽거들랑 이 종잇조각을 발타 님께 갖다 주오' 하면 된다. 어차피 다른 사람은 그 증서가 백 장이 있어도 드니에 동전 한 푼 못 받을 테니까.

아아. 이런 기발하게 좋은 방법을 여태 모르고 있었다니!

기왕이면 구구절절한 사연을 담은 편지도 같이 넣어 둘까. 그러면 발타 님이 내 억울함을 조금이라도 믿어 주실까. 눈물이라도 조금 흘리시려나. 살려 줄 걸 그랬다고 후회하실까.

나는 그럼 그 모습을 천국에서 내려다보면서 아련하게 중얼거리겠지. 그러게 진작 용서해 주시지 그랬어요……. 잠깐만, 그런데 내가 천국에 갈 수 있으려나. 지옥불에 달달 볶이면서는 그런 말을 못 할 텐데. 아니 그보다 저분한테 500리브르는 푼돈일 텐데 그런 아련한 분위기가 나올 리가…….

우히히히히히힝.

이놈의 뺄소리를 듣기라도 했는지, 앞서가던 크레도가 갑자기 큰 소리로 울부짖는다. 발타의 뒷모습을 바라보며 아련아련 망상에 잠겨 있던 레아는 하마터면 말에서 굴러떨어질 뻔했다.

"그런데 자넨 왜 사후 수취인을 고려하고 있지? 죽을병에라도 걸렸나?"

"아이고 병이라뇨. 저야 두 살 먹은 노새처럼 팔팔합니다. 다만, 전지전능하신 하느님께서 원하시면 누구든 언제든 먼 길을 떠날 수도 있는 거니까요. 천국 길이든 지옥 길이든 또 다른 인생길이든."

"……."

"그런데 저 발타 님, 하나 여쭤봐도 될까요?"

"음."

"만약에 발타 님께서 좋아하지 않는, 아니, 철천지원수가 한 명 있다 하면요."

"없는데."

"아, 있다 치면요! 살라흐 앗딘이나 맘루크 술탄 알 아슈라프 칼릴이나……."

발타는 난감한 표정을 지었지만, 그래도 고개는 끄덕여 주었다.

"……그래그래. 있다 치게."

"근데 그자가 죽으면서 발타 님 앞으로 돈을 좀 남기면, 아, 거금은 아니고 약소합니다, 한 500리브르 정도? 하여간 발타 님 앞으로 기사단 금고에 돈을 맡겨 놨다는 증서를 남겨 놓고 세상을 뜨면 기분이 어떠실까요?"

발타가 다시 뒤를 돌아본다. 이젠 '알 아슈라프 칼릴이 왜 나한테 돈을 맡기나?', '자넨 그런 게 왜 궁금한가?' 묻지도 않는다. 그저 '이번엔 또 무슨 실없는 소리냐.' 하는 듯 바라보다가 덤덤히 대답할 뿐이다.

"난 성전기사단에 입단할 거라, 500리브르든 500만 리브르든 아무 소용이 없어. 소유한 건 전부 다 기사단에 희사하거나 다른 사람에게 물려주고 입단하게 되네."

"아 네, 네? 뭐라고요?"

갑자기 벼락을 맞은 것 같다. 아니, 이게 무슨 해괴한 결론입니까?

"다시 말해 줘? 올랑드 영지는 폐하의 직영지였으니 폐하께 회수될 것이고, 그동안 모아 둔 재물도 다 희사하고 입단하는 거야. 게다가 난 아내도 자식도 친척도 없어. 그러니 백만금을 내 앞에 쌓아 놓은들 무슨 소용이 있겠나."

"안 돼요!"

저도 모르게 천둥 같은 고함이 터져 나왔다. 씨, 씨에? 발타님? 인간적으로 그러시면 안 되죠? 물론 성전기사들이 개인 재산이 없다는 걸 크게 신경 쓰지 않았던 건 인정합니다. 그게, 님이 워낙 가난했으니까. 가난하다고 생각했으니까.

하지만 님께서는 현재 10만 리브르를 갖고 계시다면서요!

강력한 돈독 본능에 사로잡힌 레아는 급히 말을 몰고 달려가 그의 망토 자락을 붙잡고 매달렸다.

"그, 그러시면 안 됩니다. 씨에 드 올랑드? 발타사르 경? 잘 생각해 보세요. 그렇게 엄청난 돈을 그냥 날리다니! 절대 안 된단 말입니다! 10만 리브르면 발타 님이 천년, 만년, 아니 올랑드 마을 사람들 모두가 천년만년 펑펑 먹고살 만한 돈입니다."

"……."

"그, 그냥, 다른 믿을 만한 사람에게 맡겨 놓고 가시면 안 되나요? 폐하께라도, 아, 아니다. 폐하는 남의 돈 떼 드신 전력이 워낙 화려하시니까 일단 패스, 어쨌든 다른 분한테라도, 아이고 아까워. 아이고 이걸 어째."

"이봐."

"입단하셔도 뭔가 돈을 쓰고 싶을 때가 있을 것 아닙니까? 사고 싶은 것도 있고, 먹고 싶은 것도 있고, 속옷이나 장신구 목걸이도 새로 사고 싶을 텐데요! 청빈도 소박도 하루 이틀이지, 청빈의 지존이라는 프란치스코 탁발 수도사님들도 다 뒤로 딴 주머니 차고 비상금 챙기고 있다고요. 아이고, 다시 한번 생각해 보세요, 발타 님, 그런 거금을 기사단에 그냥 넘기시다뇨. 안 돼요. 큰일 납니다. 어차피 기사단은 돈 많잖아요. 필립 폐하께 세금 한 푼 안 내잖아요. 땅도 많고 수입도 많잖아요. 이제 예루살렘도 아크레도 다 잃었으니 지킬 땅도, 돈 쓸 일도 없잖아요. 그럼요."

"레비이이."

그가 이름을 길게 끌며 말을 쳐낸다.

아차. 레아는 찔끔해서 입을 다물었다. 정신없이 떠들다가 성전기사단의 가장 아픈 상처를 건드렸다. 이분은 아직 정단원은 아니지만, 기사단에 대한 소속감과 동질감은 정식 단원 못지않다.

"죄송합니다, 발타 님. 이놈의 주둥이가."

우물쭈물 사과를 하는데, 앞서가시는 분에게선 대답이 돌아오지 않는다. 화가 나셨나. 아 미치겠다. 이 빌어먹을 돈 밝힘증은 이렇게 조심스러운 상황에서도 도저히 숨겨지지 않는구나. 이제 어떡하지. 납작 엎드려 싹싹 빌어야 하나.

그런데 자세히 보니 고삐를 잡고 있는 팔이 가늘게 떨리고 있었다.

"……발타 님?"

"푸하, 하, 와하하하하하하! 자네, 정말!"

갑자기 커다란 폭소가 터졌다. 레아가 어리둥절 눈치를 보는 동안 그는 크레도의 목에 이마를 댄 채 한참 끅끅대며 웃더니 뒤를 돌아보며 물었다.

"그럼 내 재산을 자네에게 맡겨 두면, 알아서 관리라도 해 줄 건가?"

"네?"

레아는 자신이 무슨 소리를 들었는지 이해하지 못했다.

그리고 발타는 두 번 묻지 않았다.

† † †

아시케나지 마을이 가까워질수록 세공사는 말이 없어졌다. 수도원에서 자란 발타는 워낙 침묵에 익숙했지만, 세공사의 침묵은 무겁고 거북하게 느껴졌다. 자신이 차갑게 대해 주눅이 들었나 싶어, 발타는 점잖게 말을 붙였다.

"동생이 조만간 결혼한다고 했나?"

"네. 내년 봄쯤엔 식 올리지 싶습니다."

"결혼하는 남자가 누군지 물어도 되겠나?"

"저희 마을에서 제일 부잣집 아들입니다. 대부업자 엘리의 막내아들 다니엘이라고 하는 녀석이죠. 그나마 제가 돈을 열심히 벌어서 이 결혼이 무사히 성사된 거지요."

세공사는 그것이 무척 기쁘고 자랑스러운 듯했다.

그런데 하필 엘리의 아들이라.

엘리는 왕실 회계 장부에서 자주 보이는 자로, 파리에서 활동하는 아시케나지 대부업자 중 가장 현금이 많은 자였다.

왕은 그에게 상당한 군자금을 빌린 상태였는데, 상환은 요원하고 연체된 이자도 산더미처럼 쌓여 있다. 엘리 말고도 돈을 갚아야 할 대부업자들의 명단은 한참 동안 이어져 있었다. 발타는 뒤통수가 당겼지만, 좋은 일에 초를 치고 싶지는 않아 잠자코 입을 다물었다.

레아, 레아아아!

먼 데서 낯익은 목소리가 들린다. 발타는 몸을 휘청했다.

이게 무슨 소리지? 레아라고?

자세히 보니 마을 안쪽에서 아가씨 한 명이 달려오고 있다. 높은 곳에서 마을 입구를 계속 바라보고 있었던 듯했다.

"……마드무아젤, 미셸르?"

맞다. 콧트 드레스 자락을 움켜잡고 긴 금발을 날리며 달려오는 건 어제 보았던 레비 세공사의 동생이다. 저, 저게! 세공사가 당황한 듯 고함을 지른다.

"미셸르! 뛰지 마! 넘어져!"

"레비! 레비 오빠!"

아아, 그러면 그렇지.

발타는 긴장한 낯을 펴고 가늘게 한숨을 쉬었다. 잠을 제대로 못 잤더니 귀도 이상해진 모양이다.

세공사의 동생은 오빠 말은 들은 척도 하지 않고 정신없이 달려온다. 금발이 흩어져 허공에서 반짝반짝 흩날렸다. 세공사는 말에서 훌쩍 뛰어내려 동생에게로 황급히 달려간다.

"미셸르! 거기 있으라니까! 내가 간다고!"

"……!"

발타는 사슴처럼 가볍고 빠르게 뛰어가는 세공사의 뒷모습에서 묘한 기시감을 느꼈다. 동생의 울먹이는 고함 소리가 쟁쟁 울린다.

"왜 이제 와! 얼마나 걱정했는지 알아!"

"미안해, 어제 너무 늦어서 영주님 댁에서 하루 자고 왔어. 한밤중이라 소식을 전할 수가 없었어. 미안해."

"밤새 잠도 못 자고 걱정했단 말이야! 나쁜 놈들한테 무슨 일이라도 당한 줄 알고! 얼마나 무서웠는데!"

눈이 새빨개진 동생이 오빠의 목을 껴안고 울음을 터뜨린다. 세공사는 동생을 안고 어깨를 토닥이며 한참을 달래 주었다.

"미안하다니까. 이제 왔으니까 그만 울어, 응?"

발타는 눈썹을 찌푸렸다. 아무리 걱정이 되어도, 자매도 아닌 다 큰 남매가 저렇게 행동하기도 하나? 일반적이지 않은 모습이라는 생각이 들었다.

하지만…….

희미한 기시감. 속이 저릿하다. 당혹스러움인지 불쾌감인지 혹은 다른 감정인지 분별하기 어렵다. 발타는 왕과 마찬가지로 자신의 감정을 정확히 명명하는 것이 가끔 어려웠다.

문득, 세공사의 유산 이야기가 떠올랐다.

당신의 철천지원수가 유산으로 500리브르를 남긴다면……?

그 '철천지원수'가 세공사 자신을 말하는 게 아닐까 하는 느낌은 들었지만, 이유는 알 수 없었다. 어제 처음 만난 자가 왜 나의 철천지원수가 되어야 하는지 모르겠고, 내게 전 재산을 남기겠다는 발상은 대체 어디서 나온 건지 이해조차 되지 않았다.

발타에게 500리브르는 아주 큰 액수는 아니지만, 자유민이나 간신히 영지를 꾸려 가는 기사들 기준으로는 충분히 거금이라 할 만했다.

한참 울던 세공사의 여동생은 발타를 보고 화들짝 놀라더니 급하게 무릎을 꿇고 머리를 숙인다.

"마드무아젤!"

당황스러웠다. 그녀는 발타를 볼 때마다 심하게 겁을 먹는 듯했는데, 필요 이상으로 자세를 낮춰서 민망할 정도였다. 아시케나지 사람이긴 하지만 동방의 노예도, 직속 농노도 아닌 장인의 딸이 저렇게 비굴하게 예를 갖출 일은 없지 않은가.

레비 역시 놀라서 눈을 동그랗게 떴지만, 동생을 붙잡아 일으키지는 못하고 주춤거렸다. 귀족에게 인사하는 사람을 만류하는 것은 귀족을 깔보는 행동으로 간주되기 때문이었다.

발타는 말에서 내려 그녀의 손을 잡아 일으킨 후, 한쪽 무릎을 꿇고 정중하게 예를 갖추었다.

"마드무아젤 미셸르를 다시 뵙습니다. 올랑드의 발타사르입니다."

"씨에 드 올랑드, 어제 약속 때문에 예까지 와 주셨군요. 정말 감사합니다."

"별말씀을요. 제가 생각이 짧아서 어제 크게 심려를 끼쳐 드렸습니다. 진심으로 사과드립니다. 부디 편안히 들어가십시오."

동생의 표정은 다시 평온하게 돌아와 있었다. 부드럽게 미소 짓고 있는 그녀의 표정은 자신이 찾던 여자와 꽤 많이 닮았다.

발타는 깊이 허리를 숙이고 미셸르의 손등에 입을 맞추었다. 손등에 입술이 닿지 않도록 주의하며, 손과 팔목 부분을 유심히 살폈다.

그녀의 손은 벵상의 말대로 흉터 하나 없이 깨끗하고 보드라웠다.

레아는 마을 어귀에 서서, 자그마하게 멀어지는 그의 뒷모습을 오랫동안 바라보았다.

어제 종일 이어지던 운명의 똥밭은, 발타 님과 하룻밤을 보내며 나름 합당한 열매를 맺고 끝난 것 같다. 겁에 질려 갈팡질팡하던 긴 세월이 하룻밤 만에 말끔하게 정리된 것이다.

이제 때가 되었다는 것을 알려 주는 것. 그게 운명의 똥밭이 맡은 역할이었다.

레아는 어제의 파란만장을 더 이상 원망하지 않기로 했다.

이제는 최후의 용기를 낼 일만 남았다.

5부. 필립 르 벨

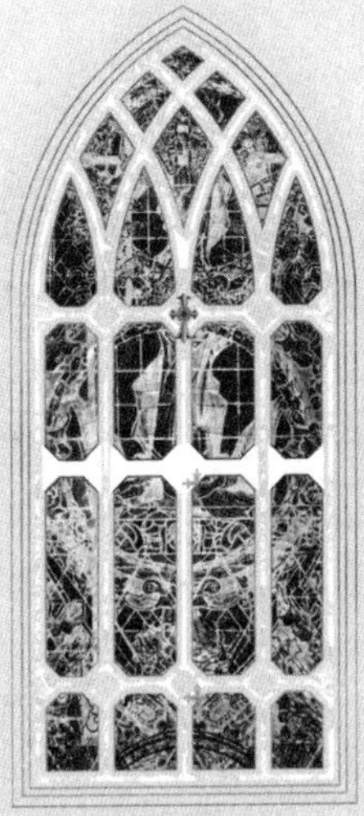

5-1. 리옹의 굴욕

지난 6월, 콘클라베(교황 선출을 위한 추기경 회의)에서 교황으로 선출된 이는 보르도 대주교 베르트랑 드 고Bertrand de Goth였다.

1년 반 가까이 사도좌 공석 기간을 감내해야 했던 로마에서는 적잖이 안도하는 분위기였다. 그들은 프랑스에 머무르고 있는 교황청의 새 주인에게 계속 전언을 보내 로마로 오라고 재촉했다.

하지만 클레망(클레멘스) 5세로 불리게 된 가스코뉴 출신의 사내는, 고집스럽게 프랑스 영토인 푸아티에에 머물렀다. 그에게 로마는 늑대와 이리의 전쟁터와 다름없었다.

그렇다고 프랑스에 있는 것이 편한 것은 아니었다.

프랑스의 왕 필립은 늑대와 이리를 찢어발기는 사자였다.

로마 교황청은 오랫동안 세력 싸움으로 혼돈의 도가니였다. 심지어 차기 교황 선출을 위해 페루자에 모인 추기경들마저도 서로 비난하고 싸우느라 1년 가까이 교황을 선출하지 못할 지경이었다.

그리고 그 혼돈의 배경에는 2년 전 선종한 교황 보니파스(보니파시오) 8세가 있었다.

보니파스는 권력 지향적인 교황으로, 그의 모든 행적은 교황의 권력을 '영광의 옛 시절'로 되돌리는 일에 초점이 맞추어져 있었다. 이를 위해 종교적 위협은 물론이고, 온갖 정치적 술수와 거짓말, 금권이나 무력 동원도 마다치 않았다.

선대 교황 셀레스틴을 감언이설로 꾀어 교황의 자리를 이양받은 후, 그를 감금하고, 그의 지지자들을 척살했다. 특히 셀레스틴을 배출한 로마의 대귀족 콜론나 가문의 경우, 안전보장을 약속해 투항을 받아 놓고 일족을 모조리 참살하고 그들의 영지마저 파괴해 황무지로 만들어 버렸다.

그는 교권 수호를 위해 투사처럼 싸웠다. 그에게 파문당하고 신의 저주를 받은 영주, 귀족, 고위 관리들이 한둘이 아니었다.

하지만 프랑스의 젊은 왕 필립과 싸우는 일은 노회한 교황으로서도 만만치 않았다.

필립은 자신이 신앙과 교회의 수호자이며, 신에게 프랑스의 왕으로 선택받은 자라는 굳건한 믿음이 있었다. 게다가 그는 교황에게 절대복종하며 십자군 전쟁을 두 번이나 이끌다가 전사한 할아버지(성 루이 9세)의 길을 따라 걷기엔, 지나치게 차갑고 이성적인 인간이었다.

'베르트랑, 고향이 가스코뉴라 했소? 그래, 아름답고 풍요한 곳이지. 내 몹시 아끼는 곳이오.'

'지금 로마에는 투사가 아닌 베르트랑 당신 같은 사려 깊은 외교관이 필요한 때요. 그렇지 않소?'

'우리는 서로 많은 도움을 줄 수 있을 거라 믿는데, 그대의 생각은 어떻소?'

필립은 베르트랑과 친분이 있었고, 그를 교황으로 추대하기 위해 오랫동안 공을 들였다. 베르트랑은 프랑스인이며 외교적 수완이 좋고, 중립적인 성향이 강했다.

그를 위협적이라 느끼는 이는 프랑스에서든 이탈리아에서든 거의 찾아볼 수 없었다. 베르트랑은 자신이 왕에게 낙점된 이유가 자신의 무색, 무취, 무해한 분위기 덕임을 잘 알고 있었다.

솔직히 말하자면 그는 필립이 마음에 들지 않았다. 왕은 신심이 매우 깊었고, 신에게 받은 연주창 치유의 은사를 백성들에게 기꺼이 베푸는 자였지만, 한편으로는 탐욕적이고, 비인간적이며 신의 대리인인 교황의 권위를 깔아뭉개는 일에도 망설임이 없었다. 어떤 때는 신성모독이라 불릴 만한 짓도 저질렀다. 그래서 왕 자신은 물론이고 그의 측근 중엔 교황에게 파문과 저주를 받은 자들이 수두룩했다.

다만 베르트랑은 그 속내를 입 밖에 내지는 않았다. 혀에 재갈을 먹이기 위해서는 보니파스 선대 교황의 끔찍한 최후를 떠올리는 것만으로도 충분했다.

베르트랑은 오래전부터 선대 교황의 초강경 행보를 위험하게 느꼈다. 그는 왕을 파문한다거나, 희년 선포식에 운집한 군중을 향해 '필립 왕은 사라센과 동일한 교회의 적이며, 저주받을 자'로 공포한다거나, '프랑스 전역을 파문하겠다!'는 협박을 쉴 새 없이 날렸다. 보니파스는 아마 필립이라는 인간을 전혀 몰랐던 것 같다.

필립은 타고난 사냥꾼이었다. 필립과 함께 몇 번 사냥을 다녀 본 베르트랑은 그의 사냥 스타일을 잘 알고 있었다.

왕은 몸집이 크고 사나운 맹수를 즐겨 사냥했다. 수십 마리의 사냥개를 몰고 다니며 덩치 큰 사냥감을 집요하게 추적하는데, 사냥감 획득이라는 결과를 위해서가 아니라 힘 있고 위협적인 존재가 자신의 손에 쓰러지는 과정 자체를 진심으로 즐기는 것 같았다.

왕은 갑작스러운 돌발상황이나 위험에도 동요하는 법이 없었고, 서두르는 법도 없었다. 그에게 한번 찍힌 짐승은 반드시 그의 손에 도륙당했다.

보니파스는 노한 맹수처럼 길길이 뛰며 으르렁거렸지만, 결국 승자는 끈기 있는 사냥꾼이었다. 필립은 프랑스의 성직자들과 교회, 수도원 영지에 기어이 세금을 매겼고, 로마로 가는 돈줄을 끊어 끝내 교황의 양보를 받아 냈으며, 할아버지 루이 9세를 기어코 성인의 반열에 올렸고, 보니파스가 불법으로 교황 위를 탈취했다는 소문을 널리 퍼뜨렸다.

그리고 프랑스 전체 파문령에 맞서, 교황에게 온갖 더러운 혐의를 뒤집어씌워 재판에 회부하고, 그를 체포할 군대를 교황의 별장으로 보내는 초강수를 두었다.

왕의 병사와 용병들이 교황의 별장이 있는 아나니에 도착한 날, 예상 못 한 참사가 벌어졌다. 교황에게 한이 맺혀 있던 콜론나 가의 가주 시아라 공이, 교황의 관을 쓰고 보좌에서 버티는 교황에게 쇠장갑으로 따귀를 후려갈긴 것이다.

보니파스는 바닥에 나동그라진 채 정신이 나가서, 맞서 싸우라는 명령조차 내리지 못했다. 교황과 그를 보좌하던 사제들은 병사들에게 두들겨 맞으며 끌려다니다가 감옥에 갇혔고, 사흘 만에 동네 주민들의 도움으로 간신히 구출되었다.

교황은 그 충격으로 정신착란을 일으켜 한 달 만에 선종했다.

하지만 필립은 어떤 입장 표명도 하지 않았다. 그저 아나니 백성의 폭동과 교황 직속 군대인 양대 기사단의 반발을 소리 소문 없이 무마한 후, 추기경들을 어르고 눙쳐 가며 콘클라베를 뒤에서 흔들어 대기 시작했다.

보니파스의 굴욕을 전해 들은 이탈리아파 추기경들은 크게 위축되어 제 목소리를 낼 수 없었다. 콘클라베는 점점 필립이 주도하는 프랑스파 추기경들이 장악하기 시작했다.

외교관인 베르트랑은 자신의 침묵이 비겁이라 생각하지 않았다. 오히려 위험은 최대한 회피하고, 문제가 생기면 뒤에서 조정해서 해결하는 것이 가장 지혜로운 방법이라 여겼다. 보니파스가 딱 한 걸음만 양보했으면 그런 파멸에 이르지도 않았을 것이고 긴 세월의 혼란도 없었을 것이다.

대대로 교회와 신앙의 수호자이며 십자군의 주역이었던 프랑스의 왕을 사악한 이교도 취급하고, 프랑스 전체의 파문 명령으로 협박한 것은 확실히 선을 넘은 일이었다. 필립 왕은 감정이 없는 자로 소문이 나 있지만, 모욕과 원한은 결코 잊지 않고, 어떤 식으로든 반드시 대갚음했다.

보니파스가 필립과 싸우는 과정에서, 교회는 너무 많은 것을 잃었다. 베르트랑은 그런 우를 범할 생각이 없었다. 필립과의 관계는 현상유지만 하는 것도 벅차며, 긁어 부스럼은 절대 피해야 한다.

자신이 필립의 정치적 동반자가 된다면, 그나마 로마는 더 잃을 것은 없을 것이다.

그것이 위험 회피 성향이 강한 베르트랑의 결론이었다.

필립은 적어도, 거래의 룰은 아는 자였다. 그는 자신의 사냥개는 찌르지 않는다. 자신을 물지만 않는다면.

그리고 베르트랑이 필립에게 바라는 것은 단 하나였다.

그는 입 속으로 자신의 간절한 바람을 가만히 굴려 보았다.

"……예루살렘 탈환을 위한 새로운 십자군."

이제 성지 회복은 사람들에게 더 이상 매력적인 낱말이 아니었다. 사람들은 예루살렘이 젖과 꿀이 흐르는 신의 땅이 아니란 것을 잘 안다. 그곳에 힘겹게 성지를 개척한 대귀족들이 서서히 타락하거나 몰락해 가는 모습도 200여 년 동안 징그럽게 봐 왔다.

그러나 다행히, 필립은 조부에게 물려받은 깊은 신앙과 십자군에 대한 사명감이 있었다. 베르트랑은 필립이 이끄는 십자군이 성지 회복을 위한 마지막 기회가 되리라는 생각이 들었다.

내가 그에게 협조한다면, 그는 과연 내가 원하는 것을 어느 선까지 안겨 줄 수 있을 것인가.

베르트랑은 그 선을 신중하게 가늠해 보기 시작했다.

† † †

"레아 너 혹시 이번 세공사 조합 상행에 따라올 생각 없어? 모레 새벽에 용병들하고 같이 출발하는데."

"응? 갑자기 왜? 내가 마을 밖에 나가기 싫어서 안 가는 게 아니잖아."

레아는 눈을 동그랗게 뜨고 되물었다.

겨울철이 되면 파리 귀금속 세공사 조합은 상단을 꾸린 후 용병단을 고용해 프랑스 남쪽 지방을 돌았다. 푸아티에 은광에서 세공품 재료들을 공수하고 동쪽으로 빙 돌아 대영주들과 고위 성직자, 수도원, 수녀원에 방문해 인사를 하고 파리로 올라오는 여정이었다. 막 추수를 끝내고 돈이 가장 잘 돌 때 영지를 방문하는 게 영업 효과가 가장 좋다더라 했다.

호기심이 많은 레아는 예전부터 상행에 끼어 보고 싶었지만, 남자들만 득실대는 상단에 끼어 여행하는 것 자체가 큰 부담이었다. 노숙을 하는 경우도 많고, 여인숙에서 묵는다 해도 레아를 위해 독방을 따로 줄 리가 없다. 벵상이 신경을 써 준다고 해도 한계가 있는 법이다.

"이번 상행은 리옹 딱 한 군데만 들른대. 남자들하고 같이 있기 싫으면 낮에는 마차에서 자고 밤에는 방문 앞에서 불침번이나 서든가. 건초도 잔뜩 실어 놨으니 마차에서 짚 더미에 파묻혀 자는 것도 딱히 나쁘지는 않을걸?"

"다른 데는 왜 안 간대? 이번엔 영업 안 해?"

"어휴, 세상 뉴스 좀 듣고 살아라. 올해 리옹에서 교황 성하 착좌식 있잖아. 거기 가면 어차피 고객들 다 만나서 눈도장 찍을 텐데 다른 곳에 들를 게 뭐 있어."

벵상이 시큰둥하게 대답했다. 레아가 고개를 갸웃하며 물었다.

"그런데 벵상, 나까지 가야 할 이유가 있어? 삼위일체 하느님의 이름으로 교황님께 첫 축성이라도 받으라는 거야? 그래 봤자 나는…… 우리는 이교도라고."

"어휴, 저건 말하는 게 진짜."

뱅상이 고개를 비쭉 뒤로 돌리더니 콧잔등에 주름을 잔뜩 잡았다.

"레아 이 똥멍청아, 폐하가 밀던 보르도 대주교님이 교황 성하가 되신 거잖아. 그럼 착좌식에 폐하께서 측근들 좌르르 이끌고 축하하러 가실까, 시테 궁에 남아서 뒤로 깽판이나 놓으실까?"

"……축하하러 가시겠지?"

"이탈리아파 추기경들이랑 주교님들은 당연히 오실 테고, 직속 부대인 성전기사단은 올까 안 올까?"

"당연히 오겠지?"

"아나니 막장 사태 이후로 폐하하고 성전기사단하고 사이가 더럽게 별로였는데, 폐하는 이번 행사에서 화해를 하고 싶을까, 한 판 뜨고 싶을까?"

"화해를 하고 싶으시겠지?"

"그럼 성전기사단 전 단장의 에퀴에르이자, 현 단장의 대자이자, 왕의 최측근에 최고의 협상가로 소문난 은발의 기사님께서 같이 가실까 안 가실까?"

"아……?"

망치로 뒤통수를 맞은 것 같다. 황금 이빨의 뱅상이 지혜의 대천사 라파엘처럼 보인다. 놈이 누런 이빨을 들이대고 으르렁거린다. 내가, 이런 말까진 하고 싶지 않았는데 말이야…….

"네가 얼빠진 얼빠라는 건 잘 알지만 말이야. 그분께 할 말이 뭔지는 전혀 알고 싶지는 않지만 말이야, 네가 왕궁 근처에서 자꾸 얼쩡대는 꼴을 대체 언제까지 봐 줘야 하냐? 내가 아주 염통이 벌렁벌렁해서 정말, 너 때문에 수명이 20년은 줄었을 거야. 어쨌든 리옹엔 갈 거야, 안 갈 거야?"

아, 눈치 빠른 놈 같으니. 저 눈치를 가지고 왜 아직도 장가를 못 갔을까. 레아는 두 번 생각하지도 않고 대답했다.

"갈게."

† † †

"이런 에메랄드를 가루로 만들 수도 있나, 세공사…… 이름이 레비랬던가?"

신임 교황 클레망은 동그랗고 매끈하게 세공된 초록빛 보석 반지를 햇빛에 비추어 보며 물었다. 레아는 두 손을 공손히 잡고 고개를 숙이며 말했다.

"물론입니다, 성하. 밀가루보다 더 곱게 갈아 드릴 수 있지요. 그런데 어디에 쓰시려고 그러십니까?"

교황의 착좌식을 앞두고 '때마침' 리옹에 방문한 '파리 귀금속 세공사 조합 상행단'은 구름처럼 몰려든 왕족과 귀족, 그리고 고위 성직자들 덕에 고대했던 대목을 맞았다.

그중에서도 안목이 높고 취향이 까다로운 신임 교황의 시선을 단번에 사로잡은 것은, 레아가 만든 최고급 세공품들이었다.

"내가 골치 아픈 일이 좀 많아서 두통이 심해졌는데, 해독에 즉효인 에메랄드 가루를 약간 먹으면 증세가 가라앉는다 하더군."

교황은 노글노글한 목소리로 대답했다. 본래 목소리 톤이 느릿하고 부드러운 쪽인 듯했다. 게다가 가슴에 노란 표식을 단 이교도 세공사와도 기꺼이 대화해 주실 만큼 너그러운 분이었고, 세공

품에 대해서도 안목이 높았다. 특이한 것은 보석의 치료 효능에 대해서도 의사들만큼이나 해박하다는 점이었다.

"에메랄드는 눈에도 좋아서 야맹증이나 눈동자에 안개가 끼는 백색 암흑의 저주를 치료하는 데 좋다네. 루비나 핏빛 산호는 지혈과 피를 맑게 하는 데 좋지. 기사들의 자상, 창상, 미친개에게 물렸을 때, 간질 발작이 올 때, 피가 탁해 생기는 부인병에도 좋아. 은설(은가루)이나 수은도 사혈만큼이나 해독에 탁월하다지."

그리고 레아와 벵상의 수다를 합쳐 놓은 것만큼이나 말씀이 많으셨다.

"저 역시 의사에게 들은 적이 있습니다, 성하. 마침 저희에게 질 좋은 에메랄드, 루비, 산호 나석과 은설이 있으니 원하신다면 좋은 가격으로……."

"흠, 가루들은 어떤 방법으로 먹는 것이 가장 좋은지는 아나?"

"와인에 타서 드시는 것이 가장 좋은 것으로 알려져 있습니다만, 어떤 의사들은 그냥 물에 타 먹는 것이 효과가 낫다고 말하기도 합니다."

레아는 여기저기서 주워들은 지식을 총동원해서 열심히 설명했다. 신임 교황이 인자하게 웃으며 고개를 끄덕인다.

신기한 것은, 시테 궁의 필립 폐하 앞에서는 벵상이 옆에 있어도 숨조차 쉬지 못할 만큼 무서웠는데, 여기 임시 교황저의 응접실에서는 혼자 있어도 그 정도로 무섭지는 않다는 점이었다. 레아는 필립 폐하가 얼마나 사람을 얼어붙게 하는 분이었는지 새삼 실감했다.

"젊은 세공사가 제법 아는 게 많군. 은가루는 후추와 소금, 정향을 두껍게 발라 와인에 푹 쪄낸 사슴고기에 얹어 먹거나 부르고뉴 와인 위에 뿌려 먹는 게 가장 좋더군. 새하얀 색감도 그렇고, 쨍하게 톡 쏘는 느낌이 정말 잘 어울린다네."

그가 부르고뉴 와인의 열렬한 애호가라는 소문은 벌써 리옹에 파다하게 퍼져 있었다. 사람들은 이런 종류의 정보에는 기가 막히게 빨라서, 그쪽의 와인을 잔뜩 실은 수레들이 벌써 시내 곳곳을 누비고 있었다.

"어쨌든 소문대로 솜씨가 좋은 자로군. 구경 잘 했네. 나는 잠시 후 중요한 접견 일정이 있으니, 이만 일어나 볼까."

"예? 아, 예. 아, 저, 저기……."

아니, 교황 성하, 저, 저한테 이러시면 안 되시죠……? 반나절 동안 혼자 떠드셨으면 들어 준 값으로 하다못해 구리 반지 하나라도 사 주셔야…….

레아는 부글부글 끓는 속을 가라앉히느라 바보처럼 웃기만 했다. 영업이라는 건 정말 할 짓이 아니구나. 이런 분들을 대상으로 그 비싼 세공품들을 혁혁하게 팔아먹는 황금 이빨이 새삼 존경스러웠다.

"세공사, 산호와 에메랄드 가루를 1온스씩, 그리고 은설을 2온스 가져오라는 명이시네. 온스는 트루아 온스(약재나 보석용 무게 단위, 약 31.1g)이니 꿍꿍이 부릴 생각은 말고."

어깨를 축 늘어뜨리고 밖으로 나오자, 마르코라는 이름의 덩치 큰 사제가 엄한 목소리로 명령했다. 눈이 반짝 뜨였다.

"예? 성하께서는 구입하시겠다는 말씀은 안……."

"그럼, 성하께서 너 따위 더러운 이교도와 직접 거래를 하시며 입을 더럽히시란 말이냐!"

그가 오만한 얼굴로 호통을 친다. 레아는 얼른 허리를 굽신거리며 재빠르게 대답했다.

"아, 아닙니다! 다, 당연히 이런 거래는 입을 더럽혀도 되는 사람끼리 해야죠! 산호와 에메랄드 가루 1온스씩, 은가루 2온스, 꽃가루처럼 고이 갈아서 갖다 드리겠습니다."

얼결에 '입을 더럽혀도 되는' 사람으로 싸잡힌 마르코가 언성을 팩 높였다.

"……됐네! 이교도 따위를 뭘 믿고 가루로 받아? 나석을 가져와서 우리가 보는 앞에서 우리 저울로 무게를 재고, 우리 앞에서 분쇄하도록 하게. 산호 대신 물들인 황토 가루 따위를 섞거나 은에 납 따위를 섞거나, 0.1그람므라도 오차가 있으면 너희는 그날로 귀금속 세공사 면허를 취소당할 것이야! 알겠나!"

"예. 명심하겠습니다."

레아는 욕을 잔뜩 처먹고도 기분이 좋았다. 1차 목표 성공! 임시 교황저에 정식으로 드나들 기회가 생긴 것이다.

이곳에 머무는 시간이 많아질수록 왕의 일행과 접촉할 기회가 늘어날 것이다.

무엇보다, 교황청에선 귀금속 세공사 면허를 취소할 권한이 없었다.

† † †

"지금 제게 십자군의 총사령관직을 정식으로 요청하시는 겁니까, 성하?"

따각.

리옹의 생 장 대성당 옆 임시 교황저의 특별 접견실. 화려한 색유리를 통과한 빛이 왕의 머리에 얹혀 있는 금관과 그곳에 박힌 커다란 사파이어를 말갛게 빛냈다.

베르트랑은 필립이라는 인간이, 저 새파란 보석과 꽤 닮았다는 생각이 들었다. 맑고 아름답지만, 지나치게 차고 단단하여 인간다운 온기가 느껴지지 않는 존재. 산전수전 다 겪었다는 베르트랑 역시 왕에게 낯선 두려움을 느끼곤 했다.

따그락.

왕의 손에서 검고 매끄러운 나이트 하나가 맑은 소리를 내며 체스 판 위로 떨어진다. 왕은 체스를 좋아했고, 체스 두는 시간은 그의 속마음을 듣거나 까다로운 청을 올리기에 좋은 시간이라 들었다.

그래서 베르트랑은 접견실에 투스카니산 대리석 체스와 부르고뉴의 와인을 준비해 두었다. 물론 베르트랑은 체스를 좋아하지 않았고, 잘 두지도 못했으며, 적당히 져 줄 생각이었다.

따각.

"폐하. 저희가 우트르메르의 성지를 모두 상실한 지 10년이 훌쩍 넘었습니다. 그들은 아크레와 시돈, 토르토사의 견고한 요새들을 모두 무너뜨리고 땅에 소금을 뿌려 황무지를 만들고 있습니다."

"……."

"이교도의 손에 계속 이렇게 방치해 둔다면, 그 거룩한 땅은 결국 사마리아처럼 저주받은 땅이 될 것이고, 되찾을 기회는 영원히 오지 않을 것입니다."

왕은 체스의 말들을 그윽이 내려다볼 뿐, 가타부타 말이 없었다. 생각이 많되 말이 적은 자는 상대하기 어려웠다. 접견실에는 교황의 나긋하고 부드러운 목소리만 계속 울려 퍼졌다.

"코헬렛(전도서)에서 솔로몬이 말했지요. 모든 것에는 때와 시기가 있다고. 먼 훗날 신께서는 우리에게 예루살렘을 되찾지 못한 책임을 물으실 것입니다. 우리에게는 몇천 년을 이어 갈 불명예스러운 이름만 남게 되겠지요."

따각.

왕이 나이트로 베르트랑의 룩을 쓰러뜨리며 담담하게 묻는다.

"지금 제게 십자군의 총사령관직을 정식으로 요청하시는 겁니까, 성하?"

"물론 정식이라고 말하기에는 미진한 것이 많으나…… 굳이 말하자면…… 지향점이 같다고 할 수 있겠습니다마는……."

베르트랑이 부드러운 어조로 말을 이리저리 돌렸다.

그는 왕과 교류한 지 오래되었으나 왕의 직설적인 화법에 가끔 뻘쭘할 때가 있었다. 그는 남부 프랑스 기옌 공작령의 수도인 보르도에서 10년 가까이 대주교로 봉직했다. 기옌 특유의 우회적이고 우아한 화법을 그는 몹시 사랑했다. 하지만 왕에게는 그게 잘 통하지 않았다.

"교황 성하, 제가 그 일을 맡기 위해서는 미리 합의해야 할 일이 두어 가지 있습니다. 그 일들을 당신의 이름을 걸고 약조해 주셨으면 합니다."

"합당한 일이면 기꺼이 그리할 것입니다. 무엇을 원하십니까, 폐하?"

오랫동안 생각해 온 내용인 듯, 왕은 조용히, 하지만 망설임 없이 대답했다.

“우선, 저는 프랑스 왕위를 첫째 아들 루이 드 나바르에게 물려주고 비잔틴과 예루살렘의 황제로 여생을 마칠까 합니다.”

따각.

베르트랑은 눈을 크게 뜬 채 입을 꾹 다물었다.

함부로 대답할 수 없는 내용이다. 그것은 성지 탈환에 지휘자로 참여하겠다는 의지인 동시에 탈환한 예루살렘의 왕위와, 같은 그리스도교를 믿는 비잔틴 제국의 황제 자리까지 자신에게 달라는 강력한 요구였다.

……제기랄. 예루살렘 왕좌는 그렇다 쳐도, 콘스탄티노플까지 요구할 줄은 몰랐는데.

하긴, 필립이 옛 로마제국의 위명마저 탐한다는 사실은 베르트랑도 어렴풋이 알고 있었다. 몇 해 전 동생 발루아 백작 샤를 공을 라틴 제국의 여황제 카트린 드 쿠르트네와 재혼시켜, 허울뿐인 공동 황제로 만든 것을 보면 말이다.

카트린은 4차 십자군이 돈에 팔려 동맹국인 콘스탄티노플을 점령한 후 세운 괴뢰국 ‘라틴 제국’의 황위 계승자로, 현재는 나라도 영토도 없이 떠돌다 파리에서 망명 중이었다. 하지만 필립은 그 허울조차도 몹시 중요하게 생각했다.

왕은 자신의 관할하에 있는 귀족 여인이나 영지를 상속받은 과부와 미혼의 숙녀들에게 결혼 대상을 정해 줄 권리가 있었으니, 그것은 왕의 의지가 틀림없었다.

따각.

베르트랑은 한참 에둘러서 조심스럽게 대답했다.

“폐하, 만약 폐하의 지휘로 성지 회복이 예전처럼 이루어진다면, 콘스탄티노플에 라틴 제국을 재건하자고 다시 주장하실 수도 있겠지요. 지금 콘스탄티노플은 스스로를 지킬 힘이 거의 남아 있지 않으니까요."

따그락.

"그 일이 성공한다면, 폐하의 동생이신 발루아 백작께서 콘스탄티노플의 진정한 황제가 되실 것이고, 그렇다면 영광의 비잔틴 역시 신성 프랑스의 일원이 될 수도 있지 않겠습니까."

이 정도가 현재 베르트랑이 해 줄 수 있는 최선의 대답이었지만, 확답은 아니고, 효력조차 없는 말이었다. 왕의 한쪽 입술 끝이 비웃는 것처럼 살짝 올라갔다.

왕은 웃는 모습이 아름다운 사내였지만, 아주 가끔 볼 수 있는 저런 비틀린 형태의 웃음은, 사실 공포스러웠다. 하지만 노회한 베르트랑은 두려움을 초연한 표정으로 능숙하게 덮어 버릴 수 있었다.

따각.

"그럼, 폐하께서 원하시는 두 번째 조건은 무엇입니까."

왕이 고개를 들어 베르트랑의 눈동자를 똑바로 응시하더니 다소 엉뚱한 것을 묻는다.

"무소불위의 퀸을 제외한다면, 이 판에서 어떤 말이 가장 유용하다고 생각하십니까."

"도리상 비숍이라 말하고 싶지만, 모든 말이 중요하지 않겠습니까."

별로 재미있지도 않은 농담으로 받으며 베르트랑이 웃었다. 하나 마나 한 대답. 왕은 대화의 낭비를 싫어했다. 그는 베르트랑을 따라 예의 바르게 웃는 대신 말 머리가 새겨진 나이트 말을 들어 올려 가볍게 흔들었다.

"저는 체스를 둘 때, 퀸을 제외한다면 나이트가 가장 유용한 말이라고 생각합니다. 중거리, 단거리, 협공, 돌파, 비밀 공격, 치명적 일격. 모든 공격과 수비에 능하죠."

따그락, 달칵.

왕의 나이트가 베르트랑의 킹을 지키고 있던 비숍을 쓰러뜨린다. 불길한 느낌이 스멀스멀 올라온다. 그의 뒤에 서 있는 은발의 기사의 얼굴로 미세한 균열이 생겨난다.

"제가 우트르메르에서 체스 판을 제대로 운용하기 위해서는, 두 개의 나이트가 반드시 필요합니다, 성하."

"두 개의 나이트요……?"

베르트랑의 등 뒤로 땀이 진득하게 흘렀다. 설마?

왕은 시선을 체스 판에 박아 둔 채 덤덤하게 대답했다.

"우트르메르의 두 기둥, 성전기사단, 성 요한 기사단 말입니다."

이 미친 새끼. 뭐가 어째?

속으로 욕이 터져 나오려는 것을, 베르트랑은 간신히 집어삼켰다. 말을 옮기는 손이 가볍게 떨리는 것이 느껴졌다. 왕은 태연하게 부연했다.

"우트르메르가 함락될 당시, 기사단들은 예루살렘 왕 앙리 2세에게 통제되지 않았고, 서로 다투며 많은 분란을 일으켰습니다. 성지를 탈환하려면 차기 십자군의 지휘자가 그들에 대한 통수권을 갖고 일사불란하게 힘을 집중해야 할 것입니다. 특히 성전기사단…… 에셰코루아(échec au roi, 체크)."

따그락. 달칵.

왕은 다시 나이트로 폰을 쓰러뜨리며 킹을 위협했다. 베르트랑은 바닥에 나뒹구는 병사를 보며 기가 막힌 표정으로 웃었다.

성전기사단의 통수권을 달라?

왜? 아예 그들의 황금 창고를 털어 달라 하지?

성전기사단은 명목상 교황에게 속했고, 유럽의 어떤 국가보다 부유하고 막강한 군대를 거느렸지만, 교황이 직속 사병으로 부리기엔 지나치게 크고 독자적인 조직이었다.

배교, 이단 등의 신학적이고 중대한 문제가 아니라면, 기사단의 일은 전적으로 단장이나 고위 단원들의 참사회에서 결정되며, 교황도 그들의 의사결정에 거의 개입하지 못했다.

왕의 무리한 요구에 베르트랑 역시 대놓고 왕의 자존심을 긁었다.

"폐하. 해마다 계속된 전쟁과 대규모 관리 임명으로 폐하께서 최근 군자금 확보에…… 다소, 아니, 상당히 곤란을 겪고 있다는 것은 알고 있습니다. 성전기사단이 폐하의 휘하에 들게 되면, 당연히 군자금 문제를 해결하실 수 있겠지요마는……."

흥, 사실 '곤란한 정도'가 아니라 파탄 일보 직전이겠지. 필립은 돈이 되는 일이라면 닥치는 대로 한다. 교회의 수입과 재산에 세금을 매긴 것을 시작으로, 군역 대납을 핑계로 귀족들에게 막대한 세금을 뜯어내고, 성전기사단에 천문학적인 빚을 내고, 롬바르디아 은행가들을 추방하며 재산을 몰수하고, 금화에 들어갈 금을 푹푹 빼돌리고, 온갖 곳에서 갖은 구실을 붙여 세금을 쥐어 짜내고 있지 않은가. 베르트랑은 부드럽게 웃으며 마무리했다.

"그들의 의사를 묻는 것이 먼저 아닐까 합니다. 그들은 참사회라는 저들만의 조직에서 대의를 결정하는데, 외부인은 절대 끼어

들지 못하죠."

"……."

"성 요한 기사단은 이제 성지 대신 그들만의 새로운 근거지를 탐내는 듯하지만, 성전기사단은 여전히 예루살렘 탈환을 염원하고 있으니, 서로 얼굴을 맞대고 진솔하게 대화를 나누어 보신다면, 합의하실 수 있는 부분이 있겠지요. 제 취임식이 끝난 직후 몰래 단장과 비밀 만남을 주선할 터이니 필요한 말씀을 서로 나누어 보심이 어떠신지요."

설득은 필립 당신의 몫. 교황은 우아하게 발을 빼며 왕에게 찬사를 늘어놓았다.

"폐하께서 이끄는 십자군이야말로, 잃었던 성지를 되찾고 하늘의 영광을 지상에 실현하는 마지막 열쇠가 될 것입니다."

"장군 안 받으실 겁니까."

교황의 영양가 없는 장광설을, 왕은 무시한다. 베르트랑은 가늘게 한숨을 쉬었다. 이깟 판에 신경 끈 지가 언젠데. 그냥 져 주는 것으로 할까, 생각하는 순간, 왕이 귀신같이 한마디 한다.

"성하, 저는 승부에서 지는 걸 별로 안 좋아하지만, 상대가 일부러 져 주면 심한 모욕감이 들더군요."

아 정말이지, 어쩌라고.

짜증이 왈칵 몰려왔다. 왜 선대 교황들은 체스 금지령 따위를 내리지 않았던 걸까. 이것도 호승심과 사행심을 불러일으켜 인간의 영혼을 타락시키는 마상 시합과 다른 것이 무언가.

"폐하, 사실 제가 체스를 그리 잘 두지 못합니다. 정히 승부를 보아야 한다면, 저를 대신할 백기사를 요청해도 되겠습니까."

왕은 무표정하게 베르트랑을 빤히 바라보다가 그의 뒤에 서 있는 덩치 큰 호위 기사에게 시선을 옮겼다. 교황은 웃으며 고개를 슬렁슬렁 저었다.

"귀차르디니 경은 체스를 전혀 두지 못하죠. 그를 가르쳐 제 대신 돌을 잡게 하기엔 시간이 촉박하니, 폐하의 기사를 잠시만 빌리는 것이 낫지 않을까 합니다만."

"……발타사르를 말입니까?"

"이름이 발타사르로군요. 발타사르 경? 오늘 나를 위해 백기사 노릇을 해 줄 수 있겠나?"

뒤에서 석상처럼 서 있던 사내가 그제야 움직였다. 그는 주군의 허락을 구하는 듯 잠시 왕에게로 시선을 옮긴다. 왕은 어이없는 표정으로, 하지만 한쪽 입술 끝으로만 웃으며 말했다.

"다 진 게임을 내 작은 솔로몬에게 넘기시는 겁니까, 성하."

내 작은 솔로몬?

왕에게서 처음 들어 보는 호칭이었다. 그는 자신의 부하들, 심지어 아들들에게도 그렇게 살갑게 부르는 일이 드물었다. 베르트랑은 속으로 의뭉스레 웃었다.

베르트랑이 애꿎은 그 기사를 걸고넘어진 데는 이유가 있었다.

이 은발의 기사는 왕이 리옹에 도착한 이래 그림자처럼 따라다니고 있었는데, 아무리 보아도 기사처럼 보이지 않았다. 새하얗고, 파랗고, 붉고, 맑고, 차가운, 신비로울 정도로 아름다운 자였다.

물론, 반년 전 왕비를 잃은 왕의 사생활을 의심하기엔, 그가 도덕적 결벽증이 지나치게 강하긴 했다. 하지만 볼 때마다 이상한 생각이 드는 것도 어쩔 수 없었다.

이 의심을 왕에게 들키면, 보니파스보다 더한 짓을 당할 수도 있겠지. 베르트랑은 속으로 피시시 웃으며 입을 열었다.

"폐하. 백기사 요청이 그나마 제가 도박을 걸어 볼 만한 방법이랍니다. 물론 폐하의 검이 폐하를 제대로 공격할 것 같지는 않지만……."

"그에 대해 잘 모르시는군요, 성하. 내 작은 솔로몬은 나의 검이 아닌 신의 검이며, 신의 앞에서 공평하게 가차 없는 검입니다. 그럼 발타사르 경, 최선을 다해서 나를 이겨 보겠나."

교황은 팔걸이가 있는 교황의 독좌로 옮겨 앉았고, 발타사르라는 기사는 왕의 맞은편에 조심스럽게 앉았다.

딱. 따닥. 은발의 기사는 킹과 룩을 캐슬링하는 것으로 바로 위기를 벗어나며 단번에 왕의 나이트를 공격 범위 안으로 위협한다. 대화는 이제 왕과 은발의 기사로 옮겨 갔다.

"발타. 자크가 나와의 회담에 응하겠나? 그 고집 세고 안하무인인 자가?"

"폐하. 자크 경은 위계와 상명하복에 엄격하니, 교황 성하의 명이 있으면 당연히 받들 것입니다. 만약 일이 여의치 않으면 저도 별도로 청을 드려 보겠습니다."

기사는 조용히 대답했다. 그렇다면, 기대해 볼까. 왕은 무심한 얼굴로 고개를 끄덕였다.

옆에서 듣고 있던 베르트랑은 심한 불쾌감을 느꼈다. 저자가 감히, 교황이 하는 일에 입을 보태겠다 나서는 걸까. 내 권위를 대놓고 무시하겠다는 건가.

게다가 그것을 또 선선히 받아들이는 필립은 또 뭐지.

베르트랑의 노여움을 느끼기라도 한 듯, 왕이 자신의 호위 기사를 소개했다.

"성하께 정식으로 소개를 하는 것이 좋겠군요. 이자는 제가 신임하는 나의 팔라댕, 올랑드의 발타사르 경입니다. 아크레, 루아드, 쿠르트레, 앙글레테르와의 해전에 참가했고 몽상 페벨의 승리에 큰 공을 세웠죠. 백은의 기사라는 별명은 성하께서도 들어 보셨을 겁니다."

"……아, 마, 마상 시합에서 유명한 백은의 기사가…… 시테 궁의 궁정 기사였군요."

베르트랑은 얼어붙은 얼굴로 고개를 끄덕였다. 마상 시합은 구경해 본 적이 없지만, 백은의 기사의 위명은 익히 들어 알고 있었다. 저 외양에 혹해서, 그런 거물급 전사일 거라고는 상상도 하지 못했다.

가만, 아크레에서 싸웠다는 걸 보면, 혹시 몰레 단장과 친분이 있으려나?

성전기사단 현 단장인 자크 경을 다룰 수 있는 자는 거의 없었다. 왕은 자크 경이 '오만하고 고집 세다'고 했으나, 사실 그는 '강한 자에게 강하고, 약한 자에게 약한' 기사 중의 기사였다. 부러질지언정 굽히지 않으며, 왕이나 권력자들 앞에서도 제 할 말 다 하는 것으로 유명했다.

다만 자크 경은 자신의 사람들은 끔찍이도 아꼈다. 특히 아크레에서 함께 싸우다 살아남은 몇 안 되는 기사단 형제들이라면 목숨을 걸고 감싸고 든다 하였다.

"발타사르 경, 혹 자크 경과 인연이 있소?"

"예, 성하. 어릴 때 성전기사단에서 자라며 그분과 인연이 있었고, 아크레에서도 오랫동안 함께 싸웠습니다. 제 대부님이시기도 합니다."

“아, 대부라……? 기사단에서 자라다니, 놀라운 인연이로군.”
“발타는 어릴 때 성전기사단에 입단하기로 서원한 바 있습니다. 조만간 서원을 이행할 예정이니, 제 팔라댕으로 부를 수 있는 기간도 얼마 남지 않은 셈입니다.”
왕이 말을 보탠다. 그의 목소리에서 드물게 아쉬움이 느껴진다. 베르트랑은 잠시 말을 멈췄다. 문득 짚이는 바가 있다.
“폐하. 혹시, 2년 전 가을, 그…… 아나니에서 성전기사단의 반발을 수습한 무명의 중재자가 혹시…….”
“발타가 맞습니다.”
왕이 간단하게 대답했다. 베르트랑의 입이 저절로 벌어졌다.

보니파스가 정신착란을 일으켜 한 달 만에 숨을 거둘 때, 교황의 검이라 불린 성전기사단은 발칵 뒤집혔다. 프랑스 왕실과 성전기사단은 본래 매우 가까운 관계였음에도, 그때만큼은 당장 전쟁이라도 터질 듯 일촉즉발이었다.
하지만 시테 궁에서 비밀리에 사신이 파견되었고, 중재자의 극진한 설득과 사죄로 전쟁을 막는 데 성공했다고 들었다.
……그 주인공이 이자였단 말인가.
이제 알겠다. 더 말할 것도 없다. 왕은 성전기사단을 원하고 있고, 그 중간 다리로 자신과 발타 경을 낙점해 두고 있다. 발타 경을 그림자처럼 계속 끌고 다녔던 이유도 드디어 알게 되었다. 그런 기사를 이상한 쪽으로 잠시나마 오해한 것을 생각하니 무안했다.
베르트랑은 갑자기 좋은 생각을 떠올렸다.
“폐하, 그렇다면, 기사단과 공적인 관계를 맺기 전에, 단장과 사적인 인연을 미리 맺어 둠은 어떠실지요. 일이 훨씬 부드럽게 진행이 될 것입니다."

"사적인 인연? 성하께서는 그의 가문과 왕실의 혼인이라도 주선하실 생각입니까."

왕이 눈썹을 가볍게 찌푸렸다. 몰레 단장은 부르고뉴 롱비의 영주 집안이긴 하지만 왕실과 혼인 말이 오갈 레벨은 전혀 아니었다. 베르트랑은 발타를 곁눈질하며 빙긋 웃었다.

"아닙니다, 폐하. 그를 왕실의 대부로 임명함이 어떨까 하는 겁니다. 폐하의 장자이신 나바르 왕의 대부가 된다면, 그야말로 한 가족이 되는 것이니, 왕실과 기사단이 좋은 관계를 유지하는 데 도움이 되겠지요. 어떻습니까."

"루이 태자의 대부를 말입니까?"

왕은 의외라는 듯 고개를 돌려 베르트랑을 바라보았다. 베르트랑은 눈을 찡긋하며 씩 웃었다.

"원래 성전기사들은 대부 임명을 금하는 것으로 알고 있는데, 지금 보니 그 정도 융통성은 발휘했던 모양입니다. 제 청이라면 자크 경도 기꺼이 받아들일 것입니다."

왕은 보기 좋게 웃었다.

"저로서야, 마다할 이유가 없지 않겠습니까, 성하."

베르트랑은 안도의 한숨을 쉬었다.

왕은 베르트랑의 외교적 수완을 늘 좋게 여겼다. 베르트랑은 당분간 성전기사단과 프랑스 왕 사이를 평화롭게 중재하는 일에 최선을 다하기로 했다.

따그락. 딱, 따그락, 딱, 딱, 따각. 딱.

행마의 속도가 빨라진다. 발타 경은 왕이 말을 놓자마자 바로 다음 수를 놓았는데, 대부분 맹렬한 공격수였다. 판 밖으로 밀려 나가는 희고 검은 말의 수도 빠르게 늘어 갔다.

"에셰크마트(체크메이트)."

발타는 하나 남아 있는 비숍을 길게 대각선으로 이동하며 조용하게 말했다.

"……?"

베르트랑은 갑자기 시간이 뭉텅 잘린 것처럼 느껴졌다. 몸을 일으켜 자신이 버린 체스 판을 확인했다.

한 개의 비숍, 두 개의 나이트, 발타 경의 더블 체크.

언제 이렇게 되었을까?

한 명의 사제, 두 개의 기사단에게 겹으로 포위된 듯, 왕의 킹은 움직일 수 없다. 어떤 수를 써서 이렇게 순식간에 판세가 뒤집혔는지 알 수 없다.

왕은 움직임을 멈추고 가만히 판을 내려다보았다. 발타라는 기사는 눈을 반쯤 감은 채 조용히 기다렸다.

왕의 검이 아닌 신의 검. 누구에게도 관계없이 공평하게 가차 없는 자, 발타사르 드 올랑드.

베르트랑은 주변으로 천천히 한기가 차오르는 것을 느끼며 조심스럽게 물었다.

"폐하, 당신 손의 검이 아닌 신의 검을 이리 총애하며 옆에 두시는 이유가 무엇입니까?"

"신의 검이란, 결국 신에게 선택받은 자의 검이란 뜻이죠, 성하."

베르트랑의 등 뒤로 식은땀이 주르르 흘러내렸다. 왕이 무심하게 덧붙인다.

"그게 교회와 신앙의 수호자인 프랑스의 왕 외에 누가 될 수 있겠습니까."

"……."

똑, 똑, 똑, 똑, 똑……. 발타의 손가락이 탁자를 느릿하게 치는 소리가 들린다. 왕의 결단을 재촉하는 것이다. 왕의 매끈한 미간에 주름이 잡힌다.

"하, 하하……."

왕이 짧게 웃더니 결국 자신의 킹의 십자가 위에 손가락을 얹었다. 투르르르. 옆으로 쓰러진 킹이 격자무늬 돌판 위에서 맑은 소리를 내며 구른다.

판을 뒤집고 승리를 거둔 은발의 기사는 눈을 반쯤 내리깐 채 조용히 일어나 왕과 교황에게 고개를 숙였고, 왕은 판을 들여다보며 조금 더 웃었다.

얼굴이 납빛이 된 베르트랑은, 천천히 자리에서 일어나 두 팔을 들어 올렸다.

"즉위식이 끝나는 대로 이곳에서 성전기사단과 회동을 갖도록 하지요."

† † †

신임 교황의 착좌식이 다가오며 리옹은 도시가 터져 나갈 정도로 북적였다. 교황의 첫 축성을 받고 눈도장을 찍기 위해 유럽 전역에서 몰려온 귀족과 성직자들 때문이었다. 영주관, 대성당, 사제관, 수도원, 귀족들의 사저, 별장들은 물론이고 허름한 여인숙과 농부들의 집까지 높으신 분들로 북적였다.

필립 왕 역시 동생 발루아 백 샤를과 에브뢰 백 루이, 왕의 장남 나바르 왕 루이 태자와 왕실 참사회 귀족, 관료들, 성직자, 왕실 기사들로 이루어진 대규모 행렬을 이끌고 일찌감치 내려온 참이었다. 파리에서 리옹까지 길이 썩 좋은 편은 아니었지만, 왕은 자신이 지원한 교황의 위신을 한껏 세워 주려 작정한 듯했다.

그들 말고도, 인근에서 모여든 백성과 떠돌이들, 한몫 잡기 위해 몰린 장사꾼과 환전상, 매춘부들과 좀도둑, 거지들이 사방 천지 들끓었다.

성내 이곳저곳에서 싸움판 노름판이 벌어졌고, 대목을 만난 장사꾼들은 돈 많은 외지인들에게 바가지를 옴팡지게 씌웠으며, 그렇게 번 돈을 강도나 어중이떠중이 탁발 수도승에게 뺏기거나 야바위꾼에게 날리거나 매춘부들에게 탈탈 털렸다.

혼란을 수습하기 위해 영주의 병사와 교황청 소속 용병들, 그리고 성전기사들까지 투입되었지만, 리옹 시내에서는 하루에 몇 번씩 절도와 폭행과 강간, 살인 사건이 벌어지곤 했다.

"휴, 오늘은 사람들이 얼마나 미어터질까. 에휴 삭신이야."

레아의 일행은 그나마 론 강변의 여인숙 한 층을 빌려 처지가 양호한 편이었는데, 레아 개인의 상황은 그다지 양호하지 못했다. 다른 동료들 눈에 안 띄게 난로에서 가장 먼 구석에 쪼그리고 자거나 마구간 짚단에 파묻혀 잤더니 아침마다 온몸이 삐거덕거려 죽을 지경이었다.

상인들은 명색이 아시케나지 이교도인지라, 교황의 첫 강복 기도 따위는 전혀 관심이 없었다. 그저 최대한 많은 물건을 팔아 실속이나 차릴 궁리들이었다.

레아는 그래도 즉위식에는 꼭 가 볼 생각이었다. 최대한 행사장 근처에서 얼쩡거려야 '우연히' 왕의 일행을 만나기라도 할 테니까.

왕의 일행은 영주의 성에서 거의 움직이지 않는다 했다. 아주 가끔, 임시 교황저에 방문해서 와인을 시음하거나 체스를 둔다고는 했지만 은발의 아름다운 기사님이 계신지까지는 알 수 없다 했다. 기사들은 모두 투구까지 갖춰 쓴 무장 상태였기 때문이었다.

……나라면 투구를 쓰셨어도 알아볼 수 있을 텐데.

왜인지 모르지만, 그냥 알아볼 수 있을 것 같다. 이런 자신감이 레아는 이상했다.

레아는 두꺼운 모직 망토를 걸치고 두건까지 푹 뒤집어쓴 후, 여인숙을 나섰다. 시시 영감의 콧김이 하얗게 쏟아졌다.

강변을 따라 천천히 위로 걸어 올라갔다. 큰 행사가 있어서인지, 날이 꽤 쌀쌀한데도 거리에는 잘 차려입은 사람들이 어깨를 부딪칠 만큼 많았다. 열두어 살 정도 되어 보이는 소년 소녀들이 돼지 서너 마리와 오리 떼를 몰고 나왔다가 즉위식을 미리 준비하는 병사들에게 멀찌감치 쫓겨난다.

착좌식이 거행될 생 장 대성당은 손 강변에 세워져 있었는데. 여인숙에서 강변을 따라 조금 더 올라가야 했다. 아침 일찍부터 사람들이 강변을 따라 삼삼오오 걸어서, 혹은 말이나 마차, 거룻배를 타고 몰려들고 있었다. 파리만큼 큰 도시는 아니었지만, 리옹도 상당히 번성한 도시였다.

화려한 조각상들로 입구를 장식한 대성당이 먼발치로 보인다. 십자가가 있는 첨탑, 종탑, 하얀 돌벽과 화려한 색 유리창, 최근 유행과 달리 간결하고 위엄 있는 건물이었다.

푸르비에르 산이 성당을 푸근하게 감싸 안았고, 청색 점판암으로 지붕을 얹고 돌로 담장을 두른 저택들이 노변에 잇대어 서 있다. 어느 집 지붕에 달린 닭 모양의 풍향계가 강바람에 맹렬하게 돈다.

"오, 저 강물 색깔 좀 봐! 두 가지 색이 나뉘어서 흘러가고 있어."

옆에서 누군가가 감탄사를 뱉는다. 론 강과 손 강이 합쳐진 곳에 다다르자 강물 색깔마저 두 개로 나뉘는 진풍경이 펼쳐진다. 발원지가 다른 손 강과 론 강은 물 색깔조차 완연히 달랐고, 두 강이 하나의 강으로 합쳐진 후에도 한참 동안 각자의 색을 유지하며 나란히 흘러갔다.

신기하다기보다 이상했다. 당연히 합쳐져 하나가 되어야 할 것이 서로를 기를 쓰며 밀어내는 것 같다.

만약 신께서 인간 세상을 보신다면, 이 강물처럼 기묘하게 느끼시려나. 당연히 합쳐져서, 화합해서 살아야 할 인간들이, 사라센이니, 아시케나지니, 카타리니 하며 기를 쓰고 나뉘어 살아가는 모습이.

강물을 바라보는 사람들의 나지막한 감탄사가 이어진다.

"세상에, 저렇게 아름다울 수가."

"하느님의 솜씨가 참으로 신비하지 않은가!"

글쎄. 어쩌면 아름답거나 보기에 좋다고 생각하실지도 모르겠고.

성당으로 다가갈수록 깃발을 앞세운 행렬이 눈에 띄게 많아진다. 모양새는 비슷했다. 문장 깃발을 든 자가 가장 앞에 서고, 그 뒤로 우두머리가 병사들을 거느리고 출정이라도 하듯 위풍당당 행진한다. 인원수가 많을수록 위세가 대단했다.

뿌우, 뿌우.

뒤에서 희미하게 나팔 소리가 들린다.

먼발치에서 다가오는 무리의 깃발 문양이 낯익다. 푸른 바탕에 황금빛 플뢰르 드 리스. 앞에서 무리를 이끄는 위풍당당한 금발의 사내는 먼발치에서도 꽤 낯이 익었다.

“아, 이런…….”

레아는 얼른 말에서 내려 길 가장자리로 물러났다. 말의 편자가 돌길을 두드럭대는 소리가 가까워진다.

새파란 보석이 박힌 왕관을 쓰고 풍성한 털망토를 휘감은 왕, 백합이 새겨진 푸른 망토를 두른 왕실 남자들이 서넛, 투구 쓴 기사가 여덟, 무장 보병이 여덟. 그 뒤로 선물을 실은 나귀들과 구종들이 서너 명. 왕의 일행답게 꼬리가 길었다.

발타 님이 리옹에 오셨을까, 안 오셨을까. 레아는 속으로 침을 꿀꺽 삼켰다.

사람들은 왕의 일행이 지나갈 수 있도록 좌우로 갈라섰고, 일행은 당연하다는 듯 그들 사이를 가로질러 지나간다. 레아는 두건을 푹 뒤집어쓰고 고개를 숙인 채, 힐끔힐끔 그들을 살폈다.

……발타 님이다!

투구를 쓰고 갑옷으로 온몸을 빈틈없이 감싸고 있지만, 레아는 바로 알아볼 수 있었다. 지금 같아선 이런 기사들 백 명이 행진하고 있다 해도 알아볼 수 있을 듯했다.

철그럭, 철그럭. 다그락, 다각, 다그락, 다각.

레아는 그가 자신의 앞을 지나갈 때 살짝 고개를 들어 그를 곁눈질했다.

헉!

그가 지나가면서 자신을 내려다보고 있었다. 몸이 딱딱하게 굳었다.

다그락. ……다각.

그가 아주 잠시 걸음을 멈춘다. 투구의 길쭉한 눈구멍으로 그의 시퍼런 눈동자가 보이는 것 같았다. 멈춰 선 시간은 아주 짧았고, 그는 다시 고개를 돌린 채 왕을 따랐다. 하지만 레아는 분명히 알고 있었다.

그는 자신을 알아보았다.

위에선 두건 때문에 내 얼굴이 안 보였을 텐데. 설마 시시 영감을 알아본 걸까. 아니면, 저분도 나처럼 저절로 알아보신 걸까.

아무래도 상관없다. 리옹에 계신 걸 알게 됐으니, 이제 만날 방법만 찾으면 된다. 레아는 가죽 자루 속에 단단히 감추어 둔 것을 떠올리며 주먹을 꽉 쥐었다.

대성당 앞에는 수많은 인파가 몰렸고, 안에는 추기경들과 대주교, 각지의 수도원 원장들과 영주들이 들어가 미사에 참석했다.

추운 날씨에도 성당 앞의 너른 공터에는 얼굴이 푸르게 얼어붙은 백성들이 새 교황의 첫 강복기도를 받으려 구름처럼 모여 있었다.

미사 후, 새 교황이 추기경들과 대주교들을 대동하고 계단 위에 모습을 드러낸다. 작은 두건이 달린 붉은 모제타(어깨 망토)에 높직한 삼중관을 쓰고 목자의 지팡이를 쥔 새 교황은 그들 앞에 서서 손을 들어 올리고 사람들에게 첫인사를 한다.

"성부와 성자와 성령 삼위 하느님께서는 이곳에 모인 모든 형제자매에게 강복하소서!"

"우와아아아!"

사람들은 모자를 벗어 들고 환호했고, 교황은 두 손을 들어 그들에게 신임 교황으로서 첫 강복 기도를 한다.

"당신의 평화와 축복과 무한한 사랑이 이 땅 위에, 이곳에 모인 모든 자들에게 임하시기를. 암흑으로 물든 이방의 땅에도 당신의 정의와 속죄의 은혜가 임하시기를 기원하나이다."

레아는 기분이 묘해졌다. 나도 어릴 때는 미사에 열심히 참석하고, 신부님 첫 강복을 받으려고 안달하고 그랬는데, 이젠 가까이 가지도 못하게 됐네.

레아는 어깨 덮개에 살짝 가려진 노랗고 동그란 표식을 잠시 내려다보고 뒤로 물러났다. 여기서 아시케나지 표식을 들켜서 좋을 일은 하나도 없었다.

"와아아아!"

신임 교황이 말을 몰고 이동하기 시작했다. 성당에서 출발해 리옹 성내를 한 바퀴 도는 축성 행렬이었다. 교황은 말을 타고 앞장서고, 사도좌를 상징하는 거대한 깃발 세 개가 그 뒤를 따랐다.

사람들이 주변으로 구름처럼 달라붙어 큰 소리로 교황의 강복을 청한다. 교황 성하! 교황 성하! 교황의 손을 잡거나 그의 반지나 옷자락에 입이라도 맞추려는 사람들과, 교황을 보호하는 병사들 사이에서 크고 작은 몸싸움이 벌어진다.

신임 교황이 허리를 굽혀 그들의 손을 잡아 주고 머리에 손을 얹고 강복해 주니 사람들은 병사들을 밀쳐 가며 뭉그러지듯 몰려

들었다.

그 뒤를 따르던 왕의 깃발과 유럽에서 손꼽히는 대영주들의 깃발들도 사람들 속에 이리저리 뒤엉키기 시작했다. 왕들과 대영주들과 그들을 호위하는 기사, 병사들이 교황의 주변에서 우왕좌왕했다.

"아, 폐하시다! 파리 시테 궁의 폐하께서 오셨다!"

"뭐? 폐하께서 오셨다고?"

왕실의 플뢰르 드 리스 문장을 알아본 백성들은 이번에는 그 혼란을 뚫고 왕에게도 몰려가기 시작했다.

'신앙의 수호자'인 왕에게 대대로 연주창 치유의 은사가 임한다는 사실은 널리 알려져 있었는데, 병이 있는 이들은 자신의 병이 연주창이 아님에도 왕에게 다가가 치유의 기도를 청했다. 사제 앞에서처럼, 백성들은 왕의 앞에서도 경건하게 성호를 긋고 고개를 숙였다.

"나 프랑스의 왕, 필립이 기도하고 하느님께서 원하신다면 그대 장 바르도를 괴롭히는 질병이 떠나리라. 그대에게 치유의 은총이 임하기를 성부와 성자와 성령 하느님의 이름으로 기원하노라. 나 프랑스의 왕, 필립이 기도하고 하느님께서 원하신다면, 그대, 알리시아 드 보베를 괴롭히는 질병이 떠나리라……."

필립은 이것을 자신에게 주어진 신성한 의무라고 믿었고, 그들의 머리에 일일이 손을 얹고 진심을 다해서 기도해 주었다.

신의 이적을 행하는 대리자로서의 왕은, 앞서 나가는 교황보다도 엄숙하고 경건하며 신비한 분위기를 풍기고 있었다. 왕의 측근에게 이런 장면은 매우 익숙한 것이었다.

레아는 왕의 행렬 뒤에서, 드디어 발타를 다시 발견했다. 이렇게 엄청난 인파에서도, 머리끝부터 발끝까지 갑옷과 투구로 감싸고 있는데도 바로 알아볼 수 있었다. 하지만 지금 가까이 다가갈 순 없었다. 사람들이 지나치게 빽빽해서 제대로 움직이기도 어려웠다.

답답해진 사람들은 담벼락과 지붕 위까지 올라가기 시작했다. 아무리 기를 써도 교황 가까이 다가갈 수 없으니, 이런 식으로라도 강복 행렬에 동참하겠다는 뜻이었다.

한두 명이 올라가는 것을 본 사람들도 모조리 따라 올라가 이제 길가의 담장과 높은 지붕에는 사람들이 파리 떼처럼 닥지닥지 달라붙었다.

교황은 그들에게도 미소를 지으며 손을 흔들었다. 돌무화과 나무 위의 자캐오(삭개오)의 회심과 축복이 그대들에게 있을지어다. 그들은 지붕과 담장에 올라앉은 채 두 손을 앞으로 뻗고 열렬히 환호했다.

그리고 사고는, 순식간에 벌어졌다.

어……? 이거 뭐지?

레아는 잠시 발을 멈췄다. 교황과 왕이 지나가는 구부러진 길목, 사람들이 잔뜩 올라앉은 모습이 이상하게 휘청 흔들리는 것처럼 느껴진다.

왜 이러지? 현기증인가?

순간, 낡은 기억이 떠올랐다. 먼지 자욱한 거리, 쿵, 쿵, 땅을 울리는 진동음, 허공으로 날아다니던 불화살과 바윗덩어리들. 갑자기 등 뒤로 소름이 쭉 내달리며 오래된 기시감이 레아를 훅 덮쳤다.

"……발타 님? 발타 님!"

레아는 저도 모르게 소리 내어 그를 불렀다. 그렇지만 사람은 너무 많고, 들릴 만한 거리도 아니었다.

레아는 시시에서 내려 사람들을 헤치며 그쪽으로 다가가려 버둥거렸다. 하지만 행렬은 점점 느려지고, 빽빽하게 얽힌 사람들은 아예 돌덩이로 엮인 담벼락처럼 느껴졌다. 이제는 귀족과 성직자, 백성들의 구별조차 없어졌다.

"비켜! 비켜 봐요! 위험해! 아 씨, 좀 비켜 보라니까!"

"발타! 발타 님! 위험해요! 담벼락에서 떨어져요! 위험해요!"

그가 잠시 뒤를 돌아본다. 들렸을까. 들었을까. 그의 움직임이 잠시 멈춘다. 레아를 알아본 것이다. 레아는 다시 외쳤다.

"위험해요. 발타 님, 그쪽으로 가지 마세요!"

초겨울의 쨍하고 매운 공기, 새파란 하늘로 펴져 나가는 사람들의 입김, 지붕과 담벼락에서 닥지닥지 붙어 앉아 몸을 한껏 앞으로 내밀고 손을 뻗은 사람들.

발타는 레아가 외친 것과 반대로, 급하게 말을 몰아 담벼락 쪽으로 다가갔다. 그곳에는 왕이 있고, 교황이 있고, 부르타뉴 공작과 여러 백작들과 고위 성직자들, 기사들, 백성들이 뒤엉켜 있었다.

순간 담벼락이 눈에 띄게 휘청, 하더니 짧은 순간, 사방이 쥐 죽은 듯 고요해졌다.

와지끈 뚝딱.

콰르르르.

"꺄아아아악!"

높고 두꺼운 돌벽이 축하 행렬 위로 와르르 무너져 내렸다. 무거운 돌덩어리와 사람들이 한꺼번에 쏟아지면서 그 밑을 지나가던 사람들을 덮쳐 버렸다. 한 박자 늦게, 사람들이 찢어지는 비명을 내질렀다.

눈앞에서 펼쳐지는 장면에 레아는 그대로 얼어붙었다. 눈앞의 장면이, 아주 이상할 정도로 천천히 흘러간다.

사람들이 너무 빽빽해, 그 담벼락 아래를 지나가는 사람들은 제대로 피할 수 없었다. 하필 왕과 교황과 대영주들이 모여서 지나가던 곳이다.

교황은 간발의 차이로 벗어난다. 왕과 부르타뉴 공작, 그리고 다른 몇몇 귀족들 위로 날벼락이 떨어졌다. 그들은 머리 위로 크고 각진 돌덩어리가 쏟아져 내리는 것을 보면서도 사람들이 너무 많아 몸을 빼낼 수 없었다.

"……!"

왕의 뒤를 따르던 기사 중 한 명이 빠르게 몸을 일으킨다. 그는 말안장을 밟고 화살이 튕겨 나가듯 왕을 향해 몸을 날렸다. 황금 백합이 수놓인 푸른 망토 자락이 허공에서 펄럭였다. 레아는 저도 모르게 입을 틀어막았다.

"아악! 안 돼요, 발타 님!"

발타의 긴 망토 자락이 왕의 몸을 확 감싸 안는다. 두 사람은 한데 엉겨 말에서 굴러떨어지고, 간발의 차이로, 빈 안장 위로 커다란 돌덩이들이 무너져 내렸다. 왕이 타고 있던, 크레도와 닮은 말이 긴 비명을 지르며 다리를 꺾고 옆으로 쓰러졌다. 발타의 다리가 말의 몸뚱이에 깔린다. 뒤이어 지붕이 무너지며 그 위에 있던 사람들과, 청석암 파편들이 다시 쏟아져 내렸다.

꺄아아아, 으아아악! 사, 살려 주세요!

사람들의 비명 소리가 여기저기서 귀청이 터질 것처럼 치솟았다.

죽어 가는 말은 몸을 크게 버르적대며 울어 댔고, 발타는 말에게서 다리를 뺄 수 없었다. 그는 두 팔로 몸을 지탱하며 왕을 보호했다. 돌무더기들이 그들의 위로 쏟아졌고, 그는 등으로 그 잔해를 모두 받아 냈다.

큰 돌이 떨어질 때마다 그의 몸이 비틀렸지만, 두 팔은 완강하게 아래에 있는 왕을 보호하며 버텼다. 레아는 입을 틀어막고 미친 듯이 비명을 질렀다. 그에게 쏟아지는 돌덩이들이 자신의 등으로도 고스란히 내리 찍히는 것만 같았다.

투웅, 퉁. 콰직.

가장 마지막으로 떨어진 푸른 돌판의 모서리가 그의 머리를 찍고 튕겨 나간다. 순간 그의 팔이 휘청 꺾이며 몸이 그대로 무너졌다. 그의 투구 사이에서 흘러나온 피가 왕의 얼굴로 줄줄 흘러내렸다.

"발타, 발타사르?"

들들 떨리는 손으로 투구를 벗기는 왕의 얼굴은 더 이상 힐 수 없을 만큼 창백했다.

주변은 이미 아수라장 아비규환이었다.

"꺄아아악! 폐하! 폐하!"

"사람 살려! 여기 사람이 깔렸어요."

"성하! 교황 성하! 다치진 않으셨습니까."

"아아, 다행입니다. 놀라진 않으셨습니까. 이보게! 교황 성하를 대성당 안으로 다시 모셔!"

"폐하! 괜찮으십니까! 다들 뭣들 하는가! 당장 말과 돌들을 치우고 폐하를 부축해!"

론 강변의 도로는 부서진 건물의 잔해와 그 밑에 깔려 피투성이가 된 사람들의 비명, 신음 소리로 가득했다. 위에서 떨어져 크게 다친 사람들이 바닥을 구르며 고통스러운 비명을 지른다. 놀란 말들이 이리저리 날뛰며 널브러진 사람들을 밟았다.

레아는 정신없이 달려가 크레도를 붙잡았다. 크레도는 피투성이가 되어 쓰러진 주인을 향해 목을 쭉 뺀 채 미친 듯이 울고 있었다.

"발타! 일어나! 정신 차리게! 발타아아!"

왕의 고함 소리가 귀청을 터뜨릴 것 같다. 레아는 이 장면이 현실이 아닌 것 같았다. 바닥에 던져진 그의 투구는 푹 찌그러지고 팔다리는 축 늘어져 움직이지 않는다. 사람들은 죽은 말을 끌어내고, 왕은 그의 멱살을 움켜쥔 채 악을 쓰고 있다.

"발타! 일어나! 제발 일어나! 내 말 안 들리나! 발타!"

레아는 저렇게 다급하고 처절한 왕의 목소리를 처음 들었다. 은빛 머리카락은 순식간에 피로 물들었고, 붉은 핏물은 그의 망토와, 왕의 쉬르코와 회색 돌바닥으로 빠르게 스며들었다.

레아는 입을 틀어막았다. 구토가 치밀며 극심하게 어지러웠다.

"발타 님……!"

"부르타뉴 공! 오, 맙소사! 세니에!"

"조프루아! 일어나! 정신 차려!"

다친 사람은 발타뿐이 아니었다. 교황을 옆에서 보좌하던 부르타뉴 공작 장과 그의 기사들도 담벼락에 깔려 비명을 질러 댄다. 하지만 피에 흠뻑 젖은 채 몸을 축 늘어뜨린 발타는 비명조차 없이 고요했다.

행렬은 순식간에 수라장이 되었고, 여기저기서 살려 달라는 아비규환이 거리를 가득 채웠다. 다친 사람들을 구하려는 백성들과 병사들이 돌덩어리를 들고 우왕좌왕 들뛰고, 다치지 않은 영주와 성직자들은 생 장 대성당 방향으로 뛰기 시작했다.

꾸물꾸물 흐릿해진 하늘에선 어느덧 눈발이 날리기 시작했다. 하지만 여기저기 쌓여 있는 잔해를 치우는 일은 쉽지 않았고, 위중한 부상자도 너무나 많았다. 커다란 사파이어가 박힌 왕관과 왕의 깃발, 검과 방패가 피에 젖은 채 돌바닥을 구르고 있는데, 왕은 신경도 쓰지 않는다.

"폐하! 고정하십시오. 일단 생 장 대성당으로 시신을…… 악!"

한 병사가 시신이라는 말을 입에 담기 무섭게 왕이 주먹으로 얼굴을 후려갈겼다. 병사가 나동그라지자 호위대장 알랭이 황급히 고개를 숙이며 말했다.

"폐, 폐하, 고정하십시오. 부…… 부상자를 생 장 대성당으로 옮겨서 치료해야 합니다."

알랭은 바닥에서 구르는 왕관을 주워 왕에게 바치며, 왕의 상태를 살폈다. 다행히 왕은 무사했다. 다만, 늘 침착하던 왕답지 않게 손을 우들우들 떨고 있었다.

"폐하, 잠시만 기다리십시오. 발타 경은 저희가 모시…… 이봐! 너 지금 뭐 하는 거야?"

어느새 저 옆에서 크레도를 붙잡고 있던 삐쩍 마른 금발 사내가 말을 끌고 다가온다. 크레도는 발타의 앞에서 발을 구르며 울부짖었다.

말을 끌고 온 사내 역시 제정신이 아닌 것 같다. 새하얗게 질린 얼굴로 발타의 옆에 주저앉아 등에 짊어진 가죽 가방을 열었다. 그 역시 당장 쓰러질 것처럼 우들우들 떨고 있었다.

"이봐! 지금 뭐 하는 거야, 이 미친놈은 뭐지? 당장 꺼지지 못해?"

하지만 그 사내는 들은 척도 하지 않는다. 멱살을 잡고 끌어내려던 알랭은 그가 가방에서 꺼낸 것들을 보고 움직임을 멈췄다.

그가 꺼낸 것은 길쭉한 나무 상자였고, 그 안에는 누금 기법으로 화려하게 장식된, 손바닥 크기의 은상자들이 있었다. 상자 안에는 핏빛처럼 붉은 가루가 가득했다.

"자네…… 지금 뭐 하는 건……. 아? 자네, 아시케나지인가?"

금발 사내의 쉬르코에 박혀 있는 노랗고 동그란 표식을 뒤늦게 발견했을 때는, 그가 이미 상자 안에 있던 것을 발타의 머리에 들이부은 후였다.

풀썩.

붉은 먼지가 주변으로 자욱하게 피어올랐다. 드디어 정신을 차렸는지, 왕의 고함이 터졌다.

"이게 대체 뭐 하는 짓인가! ……세공사? 자네가 왜 여기에!"

"폐하, 이, 이건 산호 가루입니다. 상처의 지혈에 좋다는……. 폐하, 흐, 흐으…… 바, 발타, 님을 사, 살려야 하잖습니까……."

왕이 움직임을 멈춘다. 알랭 대장과 주변에 있는 사람들의 입이 동시에 벌어졌다. 산호 가루? 보석 가루라는 말인가? 이자는 세공사인가? 어지간한 대영주들도 너무 비싸서 함부로 쓸 수 없다는 보석 가루를?

"다들 물러나라."

왕은 핏발이 선 눈으로, 하지만 침착하게 명했다. 세공사를 건드리지 말라는 뜻이었다. 세공사는 정신이 반쯤 나간 얼굴로 은상자들의 뚜껑을 모조리 열어젖혔다.

상자 안에는 선명한 녹색 가루, 진한 푸른빛이 감도는 가루, 은가루, 보랏빛 가루, 붉은 가루들이 종류별로 들어 있었다. 사람들은 그 가루들의 색깔로 에메랄드, 사파이어, 은설, 자수정, 루비 가루인 것을 알아차렸다. 저 작은 상자들에 조금조금 들어 있는 가루들은 이미 파리 시내의 저택 한 채 값이 될 만한 가격이었다.

그리고 눈물범벅이 된 세공사는 피가 줄줄 흘러내리는 발타 경의 상처에 그 귀한 것들을 그야말로 먼지처럼 쏟아붓고 있었다.

저 세공사 미친 거 아냐?

사람들은 보석 가루가 먼지처럼 풀썩 피어오르는 것을 보며 기겁했지만, 아무도 입 밖에 그 말을 낼 수 없었다.

꽃가루보다 가벼운 은설 조각들이 피에 젖은 은빛 머리카락 위에서 천천히 붉게 물들어 가고, 그 위로 하얀 눈송이가 하느작하느작 내려오고, 넋 나간 세공사는 보석 가루와 눈물이 얼룩덜룩 얼크러진 꼴로 피에 젖은 옷자락을 움켜잡은 채 하염없이 울부짖는다.

"발타 님! 발타 님! 제발! 죽지 마세요, 눈 좀 떠 보세요, 발타 님! 여기서 돌아가시면 안 돼요. 나는 어떡해! 발타 님한테 할 말이 있는데, 아, 어떡해, 미안해서 저는 어떡해요……."

"들것!"

왕이 명령했다. 사람이 이렇게 빽빽한데 들것을 가져올 수 있을 리 없다. 사람들이 우왕좌왕하는 사이, 세공사가 눈물을 주렁주렁 매단 채 벌떡 일어난다.

그는 주변을 두리번거리더니 바닥에서 나뒹구는 프랑스 왕실의 깃대와 부르타뉴 공작의 깃대를 질질 끌고 와서, 제 망토를 벗어 깃대의 양쪽으로 묶었다. 뒤이어 왕도 자신의 망토를 벗었고, 뒤늦게 알랭 대장과 기사들도 뒤를 따랐다.

들것 위에 누여진 기사는 온몸이 피투성이였으나 얼굴은 석고처럼 새하얗다. 왕은 기사의 손을 꽉 움켜잡았다. 피에 젖은 그의 손이 점점 차가워지는 게 여실히 느껴진다. 창백한 얼굴 위로 눈송이가 하나둘 쌓이기 시작한다. 눈송이는 쉽게 녹지 않고 점점 얼굴을 덮기 시작한다.

고개를 들어 올린 왕의 얼굴은 무섭도록 창백했다. 하지만 그는 주변을 돌아보며 침착하게 물었다.

"……베르트랑…… 교황 성하는?"

"이미 생 장 대성당으로 피신하셨습니다. 부상자들도 일단 그쪽으로……."

"발타도 성당으로 간다. 알랭! 의사!"

빽빽하게 모여들었던 백성들이 천천히 흩어진다. 뒤늦게 도착한 치료사들과 병사들이 길바닥에 널브러진 사람들을 성당으로 옮기기 시작했다.

축하 행렬은 끝났다.

5-2. 발타의 정원

발타는 나무에 걸터앉아 아래를 내려다보았다.

머리가 조금 멍하고 몸이 나른하고 무거웠다. 그래, 어딘가 익숙한 느낌이다. 솜이 물을 먹은 듯 온몸이 축축 늘어지는 느낌.

사실 발타는 이 느낌을 그리 싫어하지 않았다. 몸살기가 들락날락할 때, 근육마다 우릿우릿 저리고, 피부가 따끔따끔하고, 몸이 미지근한 물에 푹 가라앉는 것 같은 느낌. 묵직하게 누르는 따뜻한 이불 속에서라면, 그 느낌도 나름 열은 쾌감처럼 느껴지곤 했다.

……꿈이구나.

발타는 그것이 자각몽임을 바로 알아차렸다.

종종 있는 일이었다. 꿈에서는 이제 기억나지 않는 어린 시절 풍경이 어렴풋이 떠오르곤 했다. 경계가 되는 하천과 들판이 있고, 성과 정원이 있고, 아름드리나무와 꽃이 있었다.

각지를 방랑하면서 꿈속의 풍경과 비슷한 곳이 있는지 찾아본 적도 있었지만, 이제는 포기했다. 부모가 죽고 궁 앞에 버려진 정황으로 추측하면, 모르는 편이 나았다.

그래도 고향 꿈이 싫지는 않았다. 그곳에서 발타는 편안하고 안락했다. 그곳의 휴식은 현실보다 훨씬 달콤하게 느껴졌다.

그 한결같은 장면 속에서, 발타는 나뭇가지에 걸터앉아 아무 생각 없이 아래를 내려다보는 것을 좋아했다. 발밑으로는 하얀 꽃들이 끝도 없이 펼쳐져 있다. 한여름에 눈이 오기라도 한 것처럼, 정원은 온통 하얀 빛이었다.

나뭇잎이 다리를 간질인다. 손을 들면 바람이 훑고 지나가고, 새를 부르면 날아와 어깨에 앉고, 나비를 부르면 나비들이 팔랑대고 날아온다.

아, 기분 좋다.

맨발을 슬렁슬렁 흔들고 있노라니, 발가락 사이로 차가운 바람이 미끄러지듯 지나간다. 시간이 완전히 사라진 듯한, 몽롱하고 나른한 느낌. 영원이 순간 같고, 순간이 또 영원 같은 기묘한 느낌. 발타는 이 기묘한 느낌을 퍽 좋아했다.

그렇게 물과 바람과 햇빛을 일일이 느끼며 공기의 냄새를 맡다가, 배고프면 먹을 것을 찾아 먹고, 졸리면 입을 벌리고 하품을 하고, 무성한 나뭇잎 사이에서 꾸벅꾸벅 졸고 있노라면, 시간이 무척이나 잘 흘러갔다.

꿈속에서 발타는, 아니, 현실에서도 그렇지만, 게으름 부리는 것을 좋아했다. 추운 겨울밤에는 손가락 하나 움직이는 것조차 싫었다.

남들이 자신을 깨우지 못하도록 땅속 깊은 지하에 작고 아늑한 방이라도 하나 만들어서 따뜻하게 난로를 피워 놓고, 그 옆에서 몸을 둥그렇게 구부리고 이듬해 봄이 될 때까지 잠만 자면 얼마나 좋을까 하는 상상을 하염없이 하곤 했다.

그는 요리에는 재능이 없었지만, 맛있는 음식도 무척 좋아했다. 세상에 맛있는 것을 싫어하는 생명체가 어디 있는가. 하다못해 쉬파리라도 제 입에 맞는 똥을 찾아 헤매는데.

그는 고기를 특히 좋아했다. 향신료가 두껍게 뒤덮여 지독한 냄새가 밴 고기는 별로 좋아하지 않았고, 생고기에 최대한 가까운, 입에서 육즙이 살살 녹아내리는 자연 그대로의 맛을 좋아했다.

높은 가지에 걸터앉아 팔을 길게 뻗어서 과즙이 많은 과일도 따 먹고, 새의 알도 꺼내 먹고, 가끔은 저절로 농익은 과일술도 먹었다. 사과주와 포도주, 석청이나 목청으로 만든 꿀술도 좋아했다. 다만 술버릇이 좋지 않다는 걸 안 후로, 그 즐거움은 접어 넣었다. 술을 마시면 외로움이 심하게 느껴졌고, 부끄러운 줄도 모르고 눈물을 떨어뜨렸다.

생명이 없는 돌이나 나무나 흙으로 태어났으면 좋았을 텐데.

그러면 외로움을 느끼지 못할 테고, 혼자서 눈물을 흘릴 일도 없을 텐데.

……외로워.

뼈에 사무치게, 나는 외로워.

발타는 가만히 눈을 감았다.

† † †

"발타는?"

"아직, 정신을 차리지는……. 체, 체온이 계속 낮아지고 있습니다!"

"대체 의사들은 뭘 하고 있는 건가!"

"폐하, 부상자들이 많습니다. 지금 부르타뉴 공작께서도 위중하시고, 추기경 중에서도 부상자가 두 분이나 계십니다. 성전기사단에서도, 다른 귀족 중에서도 부상자가 많이……."

"알랭, 내가 묻는 사람은, 발타사르 드 올랑드 경이다. 부르타뉴의 장이나 자코모가 아니고!"

알랭은 왕의 노여움을 어떻게 감당해야 할지 알 수 없었다.

대기실은 점점 소란해졌다. 이교도 세공사가 발타의 옷자락을 붙잡은 채 펑펑 울고 있었다. 그는 이교도의 방식대로 야웨 하느님께 기도하고 있었는데, 제 목숨을 대신 가져가도 좋으니 제발 발타 님만은 살려 달라고 빌고 있었다. 사람들은 그를 도저히 쫓아낼 수가 없었다.

뒤늦게 어전 시종 위그가 의사를 대동하고 당도했으나, 결과는 더 암담했다.

"폐하, 희, 희망이 보이지 않습니다. 발타사르 경의 체온이 이미 지나치게 많이 떨어졌습니다. 출혈이 지나치게, 심장박동마저 잡히지……. 폐하, 용서하십시오. 저는, 도, 도저히……."

의사는 말을 멈추고 황급히 뒷걸음질했다. 한 마디라도 더 했다가는 왕의 검에 자신이 먼저 죽을 것 같았다. 기사의 피부는 이미 밀랍처럼 혈색을 잃고 차게 굳어 가고 있으나, 왕은 인정하지 않으려 한다.

뒤쪽에서 성 요한 기사단의 의료 요원이 크게 고함친다.

"의사! 의사! 진통제! 부르타뉴 공께서……! 아까 산호 가루를 가지고 있던 세공사는 어디 있나! 혹시 남은 것이 있나? 지혈제!

붕대!"

"추기경 예하! 제발 정신 차리십시오!"

대성당 본당과 옆에 붙은 대기실, 부속실들은 순식간에 부상자들을 치료하는 곳으로 변해 이미 아수라장이었다. 교황의 취임 축하 행렬에서 생긴 일이고 고위 성직자들 중에도 부상자가 있어서 이곳으로 모일 수밖에 없었다.

문득 왕이 꿈에서 깬 것처럼 주변을 두리번거린다.

"위그! 세공사는 어디 있지?"

"부르타뉴 대공의 에퀴에르가 끌고 갔습니다. 산호 가루나 은가루를 찾는 것 같습니다."

"데려와. 발타를 지키게 해."

"예. 폐하."

왕은 오늘 오후 성전기사단과 중요한 회동이 있다. 원래는 발타를 대동하고 들어가거나, 회의 전에 그를 파견하여 회의 안건에 대해 미리 조율을 해 둘 요량인 듯했으나, 지금은 그럴 경황조차 없어 보였다.

"발타, 내 작은 솔로몬. 일어나라. 눈을 떠라."

붉고 푸르고 하얀 가루로 뒤덮인 그의 얼굴은 이상했다. 위그에게 다시 끌려온 세공사의 얼굴도 비슷하게 기괴했다.

"폐하, 성전기사단의 총단장 자크 경과 참사회 회원 20명이 본당에 드셨다고 합니다."

"……."

기사단의 참사회는 기사단의 중요한 정책을 결정하는 회의로, 총단장과 부단장, 감찰관, 원수, 사령관, 각 지역과 지부의 단장 등 지위가 높거나 중요한 인물들로 구성된다. 교황의 취임식 정도 되니 이 인원들이 바로 모이는 것이 가능했다.

"기사단에서 폐하와의 회담을 매우 중요하게 받아들이고, 정책을 결정할 수 있는 인원들을 모두 데려왔다는 뜻입니다."

참사회에서의 결정이 곧 성전기사단의 정책이 된다. 선전포고나 평화 조약, 전쟁배상금 결정부터 신입 단원의 입단이나 단원의 재판에 이르기까지. 기사단은 '단장에 대한 절대복종'을 원칙으로 하되, 평등한 형제애를 표방하고 있으며, 참사회원은 모두 동등하게 한 표씩을 행사했다.

"폐하, 성 요한 기사단 풀크 드 빌라레 단장은 이번 회동에 참여하기 어렵다는 전갈을 보내셨습니다. 고위 단원들이 로도스에 많이 남아 있고……."

왕은 그저 침묵했다. 듣는 것 같지도 않았다. 본당 쪽에서 들어오는 알랭의 보고는 더욱 급박하게 이어졌다. 한참 후 위그는 다시 왕의 앞에 나아가 두 손을 모았다.

"폐하, 발루아 백작께서 왕실 참사회 열두 분을 대동하고 본당에 드셨다고 합니다. 이제는 들어가셔야 합니다."

왕실 참사회는 왕의 아들들과 왕의 두 동생 에브뢰 백과 발루아 백, 상파뉴, 노르망디, 아키텐의 대영주들, 랭스 대주교뿐만 아니라 왕실 대법관 기욤 드 노가레 경, 그리고 왕실 보좌 주교인 앙게랑 마리니 경까지 포함되어 있었다. 왕실 참사회는 귀족과 관료들의 실세들이 모두 포함되어 있으나, 그곳에서 유일한 결정권자는 왕이었다.

"……."

왕은 끝까지 대답하지 않는다. 움직이지도 않고 뒤를 돌아보지도 않는다. 피에 젖은 채 시신처럼 누워 있는 자신의 기사만 내려다보고 있을 뿐이다. 대성당 본당에는 이미 사람들이 모여 있고, 왕의 참석을 재촉한다. 위그는 애가 탔다.

"폐하, 교황 성하께서 세 분의 추기경, 기록관과 함께 드셨습니다. 더는 기다리실 수 없습니다."

"……발타가 아직 일어나지 않았다."

"폐하! 모인 이들을 더는 기다리시게 하면 안 됩니다. 이 회동을 위해 그동안 얼마나 공을 들이셨습니까. 발타사르 경도 이 회의가 깨지는 것을 원하지 않을 것입니다."

뒤따라 들어온 발루아 백작 샤를이 목소리를 높였다.

"폐하! 이 회담을 가장 원하셨던 건 바로 폐하십니다! 이렇게 양측 참사회 인원들까지 함께 모이는 비밀 회담은 쉽지 않을 것입니다. 발타 경이 깨어나기만 기다리시다간 몇 년 만에 간신히 맞이한 기회를 놓치실 것입니다. 폐하."

"세공사, 레비!"

발타 경의 옆에 쭈그리고 있던 이교도 세공사가 고개를 번쩍 든다. 그의 얼굴은 붉고 푸른 가루와 은가루, 눈물 자국이 뒤엉켜 종글뢰르 광대보다 더 우스꽝스러웠다.

"그의 상태가 심각해지면, 모든 방법을 시도해라. 비용은 신경 쓰지 마라."

"예, 흐으, 예, 폐하."

"이곳에서 절대 떠나지 말고 그를 지켜라. 바로 옆의 본당에서 회의가 진행될 것이니, 무슨 일이 생기면 바로 나를 불러라. 회의 중이라도 상관없다."

"예, 폐하."

이교도 세공사가 눈물을 문지르며, 넋이 나간 표정으로 대답한다. 발루아 백작은 형님의 행동을 이해할 수 없었으나 감히 말을 덧댈 수는 없었다.

"위그! 물수건! 그리고 새 의복!"

왕은 피로 얼룩진 얼굴과 팔을 물수건으로 닦고, 튜닉과 쉬르코, 쇼스와 망토까지 새것으로 갈아입은 후, 왕관을 머리에 썼다. 핏자국 하나 없이 원래 모습대로 돌아간 왕은, 엄숙하고 위풍당당한 모습으로 본당으로 통하는 문을 향해 걸음을 옮겼다.

발루아 백 샤를은 황급히 왕을 따라가며 알랭과 위그에게 엄하게 명했다.

"발타사르 경이 부상을 입었다는 말은, 회담이 끝날 때까지 입 밖에 내지 마라."

† † †

부상자들이 누워 있는 대기실은 점점 어둠 속으로 가라앉기 시작했다. 정신을 차린 이들은 부축을 받고 하나둘 빠져나갔고, 끝내 깨어나지 못한 이들은 천에 감싸여 실려 나갔다.

심하게 부상을 입은 부르타뉴 공작이나 기사단의 기사들, 혹은 영주들도 부하들이 숙소로 모시고 나갔다. 그들은 관저나 숙소에서 그들의 지위와 금전에 적합한 치료를 받게 될 것이었다.

하지만 발타는 여전히 성당의 대기실에 누워 있었다. 그를 섣불리 다른 곳으로 옮기다 숨을 거두기라도 하면 그대로 목이 달아날 게 뻔했다.

벽에 붙어 있는 촛대마다 불이 붙었다. 점점 어둠이 내려앉는 방에서, 레아는 발타의 곁을 한시도 떠나지 않고 지켰다.

발타는 그저 고요했다. 레아는 그의 옷자락을 잡은 채 기도했다. 동생이 죽어 갈 때만큼이나, 아니, 그때보다 더 간절했다.

"이렇게 가시면 안 됩니다, 발타 님. 제 사과라도 받으셔야죠, 그동안 저 때문에 그렇게 힘들게 고생하셨는데……. 정말 죄송해요……."

……그러니 제발 일어나세요.

그동안 레아는 그에게 품고 있는 여러 가지 감정 중, 죄의식, 부채 의식이 가장 크지 않을까 생각했다. 그에게 갚아야 할 것이 너무 커서, 그를 더더욱 잊지 못했다고 믿었다.

그렇다면 지금 그의 죽음 앞에서는 기뻐해야 옳지 않겠는가. 내가 성 십자가 유물을 갖고 있다는 것을 아는 유일한 사람이 죽는 것인데, 왜 나는 반갑지 않고, 기쁘지 않을까.

레아는 감정을 똑바로 인정하기가 너무 어려웠다. 그를 덮고 있는 왕실 백합이 수놓인 누군가의 망토 자락을 가만히 걷고 그의 손을 잡았다. 피로 얼룩진 그의 손은 차고 딱딱했다. 살아 있는 자의 몸과 시신의 중간 정도 지점쯤에 와 있는 것 같다.

의사의 말이 맞다. 희망이 보이지 않는다. 발타 님의 옷과 왕의 옷에 쏟아진 피만 모아도 커다란 술통 하나는 나올 것 같다.

"루이 태자의 대부라니, 저로서야 영광일 따름입니다."

"성지 예루살렘을 탈환하는 일에 대하여, 저희 성전기사단은 당연히 힘닿는 데까지, 목숨을 걸고 함께할 것입니다."

"성지 수복은 저희가 성모 마리아께 받은 사명이며 저희의 가장 큰 목표 아니겠습니까."

문 하나를 사이에 둔 본당에서는 40여 명에 이르는 사람들이 회의를 진행 중이다. 그들은 지중해 일대를 지배하는 실세들이다.

약한 자들을 배려해서 양보하거나 높은 분을 위해 희생하는 데 익숙하지 않은 이들. 자신이 원하는 것을 가장 먼저 내세우고, 그것을 위해 남을 압박하는 것을 당연시하는 이들이었다.

초반부의 분위기는 우호적인 듯했다. 교황의 나긋하고 부드러운 웃음소리와 자크 경의 크고 우렁찬 웃음소리가 함께 흘러나왔다. 그 외에도 낯선 목소리들과 웃음이 오갔다. 왕의 웃음소리는 들리지 않았다. 레아는 그가 소리 내어 웃는 걸 들어 본 적이 있던가 잠시 생각했다.

"발타가 급한 용무로 배석하지 못하게 되어 유감입니다. 이 회담의 성사를 위해 기사단까지 세 번이나 방문하여 회담과 협력의 필요성을 호소하더니."

"허허, 발타사르 경은 다음 기수에 입단 예정이라 하지 않았습니까? 하늘 같은 참사회 선배들이 우르르 모여 있는데 부담스러워서 어디 들어올 수나 있겠습니까?"

자크 경의 아쉬운 말에 교황 성하의 농담이 끼어들고, 기사들의 웃음소리가 본당의 천장을 가득 채웠다. 여전히 왕의 웃음소리는 들리지 않는다. 왕의 무표정한 얼굴이 눈앞에 보이는 듯했다.

레아는 발타의 손을 잡은 채 하염없이 기도했다. 듣는 분이 아시케나지가 믿는 엘로헤 이스라엘 야웨라도 좋고, 가톨릭의 삼위일체 하느님이라도 좋았다. 성모 마리아라도 좋고 치유의 라파엘이라도 좋았다. 솔직히 알라께서 고쳐 주신다고 하면 그분께라도 빌고 싶었다.

나중엔 그마저도 집어치우고, 그의 귀에 대고 떼를 쓰기 시작했다.

"발타 님, 제발 일어나세요. 저 회담에 들어가야 한다면서요. 발타 님을 기다리는 분들이 저렇게 많은데, 여기 이렇게 누워만 계시면 어떡해요."

눈물이 그의 뺨으로 툭툭 떨어지며 하얀 길을 남겼다. 레아는 물을 수건에 적셔 피에 젖은 그의 얼굴을 닦아 냈다. 검붉게 굳어 버린 피딱지와 보석 가루를 걷어 내니 하얀, 아니 핏기 하나 없이 창백한 얼굴이 나타났다.

레아는 그의 지저분한 머리카락과 목덜미도 깨끗하게 닦아 냈다. 그의 목에 걸려 있는, 아주 오래전에 자신이 만들어 준 은목걸이를 보며, 레아는 이유도 모르고 서러워졌다.

"은으로 만든 성물들은, 기사님을 지켜 준다면서요. 축성까지 받으셨을 거 아니에요. 그런데 어째서 당신은 여기 이렇게 누워 있는 거냐고요……."

레아는 피로 얼룩진 십자가에 조심스럽게 입을 맞추고, 손으로 그의 뺨을 가만히 만져 보았다. 혈색이 사라진 얼굴은 써늘했다.

"제발…… 발타 님. 돌아오세요. 제발 한 번만, 눈을 떠서 저를 봐 주세요."

"……."

"발타 님! 제발 다시 와 주세요, 제발!"

† † †

삶이 즐거운 적이 있었던가.

발타는 나무 위에 걸터앉은 채 고요히 웃었다.

대부분은 괴로웠다. 다만 괴로움의 갈피갈피에 눈부신 것들이 한 자락씩 숨어 있기는 했다.

찬란한 금빛 햇살, 혹은 눈이 시린 하늘빛, 그 반짝임, 아아, 이렇게 온몸이 뒤틀릴 정도의 황홀함이라니.

발타는 아주 편안한 자세로 누웠다. 시원한 바람, 따뜻한 햇볕, 이곳에서 잠시 편안히 쉬는 것도 좋으리. 길고 긴 잠에 빠져도 좋으리. 실로 꿀과 같은 평안함이었다.

'……일어나세요……!'

누군가가 간절한 목소리로 자신을 부르고 있는 것 같다.

'……돌아오세요. 제발 한 번만, 눈을 떠서 저를 봐 주세…….'

발타는 눈을 반쯤 감았다. 잠이 몰려오는데, 여자의 목소리가…….

……지독하게 신경을 긁었다.

아, 그래. 오래전 자신의 마음을 차지한, 아니, 정복한 소녀가 있었다. 아니, 아직도 그 속박에서 벗어나지 못했으니 '있다'고 말해야 할까. 그 지점에서부터 발타는 갈팡질팡했다.

그녀를 떠올리기만 하면, 발타는 여전히 황금빛 물결 속에 휘감겨 있는 듯했다. 그녀가 어깨를 살짝살짝 움직이거나 고개를 갸웃할 때마다 황금빛 머리카락이 목덜미와 어깨에서 찰랑거렸다. 그녀가 몸을 빙글 돌릴 때마다, 머리카락은 우아한 곡선을 그리며 활짝 벌어지다가 동그란 어깨와 가느다란 허리를 사르르 휘감았다.

그때마다 발타는 가슴을 가만히 누르며 밭은 숨을 쉬었다. 예나 지금이나 수줍음이 많고 말이 적은 발타는 감히 그녀의 앞에 나서서 자신의 떨림을 고백할 수 없었다. 눈을 마주치는 것마저 버거워, 발타는 나무에 걸터앉은 채 말없이 그녀를 내려다보았다.

그녀는 늘 노래했다. 그녀의 움직임은 늘 춤을 추는 것 같았다.

하얗고 가느다란 발목으로 그녀는 사슴보다 가볍게 뛰고, 두 손으로 검을 쥐고 귀엽게 팔을 휘두르기도 했다. 하늘하늘 팔락대는 옷자락 사이로 하얀 발목이 드러날 때면, 목덜미나 이마에 흘러내리는 땀방울이 반짝일 때면, 발타는 얼른 눈을 내리깔고 외면했다.

발타는 그녀의 노랫소리 웃음소리 한 자락에도 숨이 막혔고, 저 경쾌한 움직임에도 눈이 멀 것 같았다. 그녀의 새파란 눈동자에는 자신이 살던 바다보다 새파랗고 맑은 물이 넘실거렸다. 다채로운 색으로 물들어 가는 꽃밭 한가운데 서 있는 그녀를 먼발치에서 바라보며, 그는 사춘기 소년처럼 어찌할 바를 몰랐다.

그녀가 허리를 굽혀 예쁜 꽃들을 어루만질 때, 그는 그녀의 발밑에 피어난 시시하고 구차한 꽃이 되고 싶었고, 과일을 따 먹을 때, 그는 자신의 몸이 아스러져도 좋으니 그녀의 손에 들린 저 붉은 과일이 되고 싶었다.

발타는 사막에서 물을 찾는 것처럼 그녀를 갈구했다. 그녀가 웃을 때마다, 발타는 자신의 영혼에 시원한 샘물이 쏟아져 들어오는 것 같아 속수무책으로 입을 벌리고 떨어지는 물을 달게 마셨다.

누구라도…… 그녀를 사랑하지 않을 수 없을 것이다.

그녀를 떠올리기만 하면 그는 여전히 숨이 가쁘고 몸이 뒤틀렸다. 하아아. 아아. 설핏 지나간 아주 짧은 입맞춤, 그 하나의 기억만으로도 그는 온몸이 들끓는 것 같았다.

그녀를 갖고 싶다. 그녀만 갖고 싶다. 더럽고 사악한 마음은 그의 육체를 쉼 없이 충동했다.

그녀가 내 옆에 있으면 좋겠어. 내 마음을, 내 외로움을, 내 인생을, 내 영혼을 통째로 가져가 주면 좋겠어.

인내심이 실처럼 가늘어진다. 그녀 앞에서는 세상의 모든 것이 의미 없고 하찮았다. 자신의 밑바닥은 얄팍했고, 인내의 끝은 졸렬했다. 세상에서 무슨 말로 칭송하든, 지금 그는 사랑하는 여인을 품에 안고 매일 더러운 욕정이나 맘껏 채우며 살아가고 싶은 하찮은 사내일 뿐이었다.

긴 겨울밤, 짧은 여름밤, 아름다운 봄밤, 결실하는 가을밤, 그 모든 밤을.

당신과 함께 보내는 긴 겨울밤은, 얼마나 황홀하고 따뜻할까.

당신과 함께 보내는 짧은 여름밤은 얼마나 격정적이고 강렬할까.

당신과 함께 보내는 봄밤은 나의 수줍은 설렘과 당신의 호기심 어린 웃음으로 가득할 것이고, 당신과 함께 보내는 가을밤은, 결실의 계절답게 깊고 풍성하고 부드러울 것이다.

하아…….

발타는 나무에 몸을 기댄 채 가만히 눈을 감았다. 느릿하게 다가오는 황홀감이 몸을 감쌌다. 바람이 나뭇잎 사이를 살랑살랑 스치고 지나가며 긴 머리카락을 흩날렸다. 그런 음란한 생각을 할 때마다 몸의 어딘가가 욱신대며 몸이 뜨겁게 달아오르는 것이 부끄러웠다.

숨이 가쁘다. 그는 두 팔로 나무를 끌어안고 뺨을 댄 채 몸을 비틀었다. 날숨이 점점 밭아졌다.

어느 순간 몸이 하늘로 붕 치솟는 것 같다. 갑작스럽게 시커멓게 물든 하늘에서 폭우가 쏟아진다. 그래도 몸의 열기는 식지 않는다. 아, 아아, 하아아. 흐윽. 그는 눈을 감은 채 이를 악물고 거세게 헐떡거렸다. 허공에 떠 있던 것 같던 몸이 한없이 바닥으로 추락하는 것 같다.

…….

얼마나 많은 시간이 흘렀는지, 무슨 일이 일어났는지 발타는 다시 잊었다. 그는 나뭇가지에 몸을 축 늘어뜨린 채 두 손으로 얼굴을 감쌌다.

한심해.

……외로워.

발타는 그녀를 증오했으나, 그녀에게 빠져든 자신을 더욱 증오했다. 더러운 욕망이 싹을 틔우고 이렇게 무성한 나무가 되도록 방치한 자신은 벌을 받아 마땅했다.

그래도 발타는 그녀에 대한 기억을 버릴 수 없었다. 그녀에 대한 기억은, 그의 손에 남은 유일하게 아름답고 눈부신 것이었다. 발타는 더듬더듬 입술을 떼었다.

……신이여, 아버지여, 제가…… 잘못했습니다.

자신이 어쩌다 그렇게 되었는지 이해할 수 없었다. 아마, 너무 오래전이라 기억나지 않는 것인지도 모른다.

그런데, 저는…… 외롭습니다.

……너무 외로웠습니다…….

몸이 천천히 식어 간다. 그는 나무에 축 늘어진 채, 꽃이 만개한 자신의 정원을 멀거니 내려다보았다. 연이어 떨어지는 눈물방울이 땅바닥으로 아득하게 멀어졌다.

사방은 점점 어두워지고, 의식도 아득하게 멀어지기 시작했다.

† † †

"나 자크 드 몰레, 성전기사단의 총단장을 위시한 저희 일만오천 성전기사단원 중, 성지 예루살렘으로 돌아가길 꿈꾸지 않는 자는 단한 명도 없습니다! 우리는 성지 탈환을 위하여 피와 살과 생명과 영혼을 갈아 넣겠다고 맹세한 자들이오!"

이제 회의실에서는 자크 단장의 목소리가 쩌렁쩌렁 울려 퍼지기 시작했다. 그때마다 우레 같은 박수 소리와 환호가 터졌다.

"몰레 단장, 성전기사단 참사회 여러분, 그대들의 후의에 깊이 감사하는 바이오. 신의 영광을 위하여, 우리는 힘과 뜻을 기꺼이 합칠 수 있으리라 믿소."

"폐하께서는 십자군의 사령관으로서, 주님의 뜻을 이루실 수 있을 것이오! 우리 기사단에서는 다음번 십자군에서, 십자군의 오른팔로, 십자군의 날개로 활약할 것을 약속드리오. 우리가 최선을 다해서 도우리다!"

"아, 흐으……."

순간 레아의 손 아래서 꿈틀거림이 느껴졌다. 레아는 화들짝 놀라 펄쩍 뛰어올랐다.

"바, 발타 님? 발타 님!"

"아아, 하아아. 흐윽."

발타의 입에서 신음이 터졌다. 아, 아아. 그가 고통스러운 듯 입술을 깨물며 몸을 꿈틀거린다.

"아아, 발타 님!"

기뻐서 눈시울이 욱신했다. 돌팔이 같은 의사 자식아. 심장이 어떻고 체온이 어쩌고 어째? 이것 봐! 이렇게, 이렇게 멀쩡하신데!

레아가 얼른 그의 손을 붙잡자, 그는 레아의 팔을 확 끌어당겨 품에 끌어안고 밭은 날숨을 토해 낸다. 물에 빠진 사람이 구명 판자를 끌어안고 간신히 물 위로 올라온 것처럼, 그는 절박하고 가쁘게 숨을 쉬었다.

레아의 눈에선 이제 눈물이 걷잡을 수 없이 쏟아졌다.

"아, 하느님, 감사합니다, 감사합니다……."

아, 흐, 으으. 그는 레아의 팔을 끌어안은 채 숨을 밭게 토해 내며 허리를 뒤틀었다. 그의 고통스러운 신음이 순간 교태롭게 느껴졌다.

……뭐래. 나 미친 거 아니야?

레아는 자신을 질책했다. 이렇게 고통스러워하는 분한테, 어떻게 그런 생각을 할 수 있지.

"바, 발타 님, 괜……찮으세요?"

"아, 아아, 하아아……."

신음이 길고 몽롱해진다. 그는 여전히 레아의 팔을 꽉 끌어안고 헐떡대며 몸을 떨고 있다. 당황스럽다. 레아는 이 사태가, 자신이 생각하는 그런 상황은 아닐 거라 믿고 싶었다. 그냥, 내 속에 있는 음란 마귀가 작동한 게 틀림없다고. 그래. 내가 정신이 나간 거야, 그렇지 않고서야 어떻게 이 고결한 분께 이따위 불경한 상상을…….

그의 얼굴로 천천히, 아니 빠르게 혈색이 돌아온다. 붉게 물든 뺨과 목덜미에, 간단없이 이어지는 낮고 깊은 신음 소리.

"……아버지, 저는, 외롭습니다……."

레아는 순간 얼음처럼 얼어붙었다. 자신의 팔을 꽉 끌어안은 채, 그가 흐느끼기 시작했다. 중간중간 그의 입에서 가느다란 중얼거림이 흘러나온다.

"……새야, 내 아름다운 새야……."

"바, 발타 님……?"

그는 지금 어디에 있을까? 무엇을 보고 있는 걸까.

의식을 놓은 채 누군가를 애달프게 부르는 사내는 정신이 나갈 정도로 교태로웠다. 레아는 진땀을 흘리며 그를 깨웠다.

"발타, 발타 님! 정신 차리세요. 발타 님!"

소용없었다. 그를 구성하고 있던 강철의 울타리가 빗장이 풀린 순간, 그의 얼굴은 처음 보는 색으로 물들어 있었다. 입을 살짝 벌리고 홍조를 띤 채 몸을 뒤틀며 신음하는 그는, 위험할 정도로 음란한 분위기를 풍겼다.

평소의 고결하고 금욕적인 분위기는 어디로 사라졌을까.

더 놀라운 것은 이런 모습이 그에게 너무나도 자연스럽게 어울린다는 것이었다.

레아는 세이렌 호에서 그와 헤어질 때를 떠올렸다.

그는 자신의 목덜미에 입을 맞추었다. 아주 조심스럽게, 떨리는 손으로 자신의 어깨를 감싸 안고. 그의 젖은 입술이 목과 머리카락에 머무르던 시간은 짧지 않았다. 분위기에 휩쓸려 그가 잠시 빗장을 풀었던 순간, 그때 목으로, 귓가로 느껴지던 그의 날숨은 무겁고, 짙고, 뜨거웠다.

그래, 발타 님 역시 이렇게 색기 넘치고, 이렇게 짙게 신음할 수 있는 분이었다. 이분도 사내 아닌가. 그것도 한창 혈기 넘치는 젊은 기사.

다만, 오랫동안 눌러두고 있었던 것뿐이다. 신에게 바친 순결의 약속대로 자신을 지키겠다는 엄격한 의지 하나만으로. 그렇게나 필사적으로. 그렇게나 단단하게.

레아는 주변을 자욱하게 감싸고 있는 이 짙은 색을 감당할 수 없었다. 그는 복숭앗빛으로 달아오른 뺨을 레아의 팔에 비비고, 짙게 신음하며 뱉은 숨을 쉬고, 몸을 뒤틀었다. 그 작은 동작들만으로도, 레아는 숨조차 쉴 수 없었다.

발타 님, 제발 이러지 마세요. 제발 저한테 이러지…….

"……나는…… 외로워서, 견딜 수가……."

그의 몸이 순간적으로 후드득 튀어 올랐다. 레아는 화들짝 놀라 몸을 굳혔다. 눈은 여전히 꽉 감겨 있고, 그의 입에서는 이제 거칠게 헐떡이는 신음이 흘러나온다.

"……아아, 흐으, 누구든 나를 어떻게 좀……."

그는 온몸을 경련하듯 떨다가, 한참 후 레아의 팔에서 기진맥진 늘어진다. 꽉 감긴 눈에서 눈물이 흘러내려 귀 뒤로, 은빛 머리카락 사이로 스며들었다. 레아는 눈을 질끈 감았다.

이런 모습은, 차라리 보지 않았으면 좋았을 텐데.

"오호, 외로우신 발타사르 경이 꿈에서 옛 연인과 좋은 시간을 보내고 있나 보군."

뒤에서 비웃음 어린 목소리가 들린다. 레아는 기절할 듯 놀라 펄쩍 뛰어 일어났다.

레아의 뒤에는 흰 수단과 붉은 모제타를 두르고 있는 신임 교황과 붉은 수단 차림의 중년 사내 두 명이 서 있었다. 교황 성하와 추기경 두 분께서 잠시 회담 자리에서 빠져나오신 것이다. 세 분 모두 안색이 그리 좋지는 않았다. 레아는 바닥에 납작 엎드렸다.

"교, 교황 성하."

"발타사르 경은 의식을 회복했나?"

"아뇨, 아직……."

교황은 자연스럽게 레아에게 손을 내밀었고, 레아는 저도 모르게 그의 반지에 입을 맞추려다가 순간 멈칫했다. 이교도가 교황의 반지에 함부로 입을 맞춰도 되는지 알 수 없었다.

뒤늦게 레아의 가슴께에 조그맣게 박힌 노랗고 동그란 표식을 본 교황이 손을 거둬들이며 혀를 찼다.

“구면이로군. 얼굴이 엉망이라 종글뢰르인 줄 알았더니, 이교도 세공사였나? 이름이?”

“예, 성하, 레, 레비라고 합니다.”

옆에 있던 추기경이 덧붙여 대답했다.

“성하, 이자는 성하께 주문받은 에메랄드와 산호 가루를 바치려고 오던 길이었다 합니다. 그러다 발타사르 경의 치료에 산호분을 사용했고, 왕이 여기서 발타사르 경을 지키라 명했습니다.”

“아하. 기사의 치료에 보석 가루를 쏟아부은 자가 있다더니, 내가 주문한 것이었나.”

“무, 물건은 더 남아 있습니다, 성하. 약정한 날짜 내로, 반드시 가져다 드리겠습니다!”

교황은 고개를 끄덕였으나, 여전히 못마땅해하는 눈치였다. 부드럽고 인자하던 표정에서 웃음기가 싹 사라지자, 전혀 다른 사람처럼 느껴졌다.

“왕이 네게 예서 발타사르 경을 지키라 명한 게 사실이냐?”

“예, 성하.”

“믿을 수 없군. 어디 감히 거룩한 성전에 이교도를 들일 생각을.”

레아는 속으로 고개를 갸웃했다. 며칠 전 성하를 배알할 때는 멀쩡히 들어왔었는데? 물론 대성당 본당은 아니지만, 교황 성하의 임시 거처의 접견실에 갈 때는 아무 문제가 없었다.

혹시…… 방금 회의장에서 왕에게 심기가 상했나?

레아는 일단 엎드려 사죄했다.

"서, 성하. 발타사르 경이 의식을 회복하는 대로 바로 물러나도록 하겠습니다. 부디 이 충성스러운 기사를 가련히 여기셔서라도 조금만 양해해……."

"흐윽, 아!"

그 말이 채 끝나기도 전에, 누워 있던 발타에게서 다시 낮은 신음이 흘러나왔다. 허공을 더듬는 손의 움직임마저 야릇하기 그지없었다. 이건 누가 봐도 욕망에 젖은 목소리와 몸짓이었다.

"……발타 님?"

아, 이걸 어떡해. 레아가 허공을 휘젓는 팔을 붙잡자, 그는 레아의 손을 끌어당겨 입술을 댄다. 눈앞이 캄캄한데, 손을 뺄 수도 없다.

교황이 싸늘하게 웃는다.

"점입가경이군. 평소에 행실을 어찌 하고 다녔으면 잠결에서도 이런 짓을."

"그러게 말입니다. 폐하의 충성스러운 기사께선 이제 남자 여자 이교도 구별조차 못 하시게 된 것 같습니다. 유서 깊고 거룩한 생 장 대성당을 소돔으로 만들 참인지, 원."

검은 머리 추기경의 말에 교황은 다시 웃었고, 옆에 모인 이들도 따라 웃었다. 어느 누구도 점잖게 외면해 주지 않았다.

"……?"

레아는 자신의 팔을 붙잡고 있던 손에서 일순 힘이 빠져나가는 것을 느꼈다.

맙소사. 발타 님, 정신이 드셨나?

손을 가늘게 떨고 있는 것이 느껴진다. 진땀이 흘러내린다. 물론 정신이 드신 건 눈물겹게 기쁜데, 왜 하필 이렇게 악담이 만발

할 때 맞춰서 깨셨지. 당장이라도 발타 님의 귀를 막아 드리고 싶다. 당사자가 제정신으로 들어도 될 만한 말은 절대 아니었다.

검은 머리의 추기경께서 점잖은 목소리로 내뱉는다.

“그러고 보니 이자는 폐하께서 자랑스러워하던 ‘순결한 백은의 기사’ 아닙니까? 이번 비밀 회담을 막후에서 성사시켰다던?”

“순결이요? 그 무슨 말씀을. 백은의 기사는 마상 시합에서 귀부인과 숙녀들을 수도 없이 유혹한 걸로 유명합니다. 그래 놓고는 세상 순진한 척 발을 빼고 다니는 거죠.”

“이런 자들 때문에 고귀한 가문의 여인들이 수녀원이나 탑에 갇혀 생고생을 하는 겝니다.”

“뭐, 이 정도로 고혹적인 신음이라면, 정숙한 숙녀라도 버티기 쉽지 않겠군요.”

그들의 비난은 점점 원색적으로 변해 갔다. 레아는 이제 몸 둘 바를 모를 지경이었다. 대체 다들 왜 이러시는 거지?

“왕의 최측근 수준이란 게 고작 이 정도로군요. 이런 자를 교황 성하의 기사단에 밀어 넣어 중재자로 삼을 생각이라니, 하! 기가 막힐 노릇입니다.”

“그래 놓고 파문이라도 당하면, 쪼르르 달려와서 철회해 달라고 생떼나 쓰겠죠. 지금도 보십시오. 자칭 신앙의 수호자라 하는 자가, 그 큰 죄를 지은 부하들을 내쫓지도 않고, 그렇게 당당하게 파문 철회를 요구하다니. 원, 뻔뻔하기가!”

아하, 레아는 뒤늦게 고개를 끄덕였다.

저들이 왜 저렇게 이를 갈며 씹어 대는지 알겠다.

교황 성하께서 방금 회담에서 왕에게 부하들의 파문 철회 요구를 받은 것이다. 선대 보니파스 성하에게 따귀를 날려 선종에 이르게 한 시아라 콜론나 공이나 기욤 드 노가레 법관을 위시한 왕의 측근들에게!

파문과 철회란 전적으로 사도좌의 재량이니, 이들이 모욕감을 느끼고 격분하는 건 당연했다. 게다가 이 회담의 정식 중재자는 교황 성하이니, 이 회담을 뒤에서 성사시킨 자가 일개 기사라는 말에 심사가 뒤틀릴 법도 했다. 하지만 왕을 비난할 순 없으니 발타 님을 작정하고 밟는 것이다.

그래도, 이러시면 안 되죠. 다른 분도 아닌 발타 님에게!

명예를 모르는 건 당신들이에요. 왕을 구하다가 크게 다친 충성스러운 기사를 칭송하지는 못할망정. 다들 너무하시는 거 아닌가요?

뒤이어 교황의 점잖은 목소리가 들렸다.

"발타사르 경은 탁월한 기사일 수는 있어도, 성전기사단 단원으로 끝까지 명예를 지키기는 쉽지 않을 거야. 타고난 죄성은 쉽게 사라지지 않으니. 안타깝지."

밑도 끝도 없는 후려치기에, 레아는 속이 부글부글 끓었다. 하지만 사도좌를 모신 대성당이란, 쫄보 이교도가 함부로 입을 나불댈 만한 곳은 절대 아니었다.

"이자는 기욤 드 보주 단장의 에퀴에르였다 하더군. 그것도 왕이 특별히 부탁해 맡겼다지. 선왕의 사생아라는 말도 있어. 정식으로 밝힐 수는 없는 듯하지만."

"아하. 알 만하군요."

"특이한 건, 아크레에서 보주 단장이 이자의 얼굴을 늘 면갑이나 두건으로 가리게 했다는 거야. 미동을 두는 악습 때문에 안전 문제로 그랬다는데, 사실 이자의 본성을 어릴 때부터 눈치채고 그것을 최대한 눌러 보려 했던 거겠지."

교황 베르트랑은, 독신 사제들만큼이나 바람둥이 귀족들도 많이 접해 보았고, 저런 종류의 '사악한 매력'을 가진 자들도 많이 보아 왔다.

간혹, 죄의 속성을 넘치게 품고 태어나는 자들이 있다. 사람을 홀리는 향기를 담고 태어난 그릇. 저도 모르게 주변 사람을 유혹하고 휘두르는 자들. 눈길 한 자락, 손짓 하나에도 속수무책 음란한 욕구를 불러일으키는 사람들. 그리하여 불쌍한 영혼들을 기어이 타락시켜 진창에 처박는 사람들.

그런데 그런 자들 중 하필, 신께서 원하시는 독신의 길을 택하는 자들이 있다. 육체의 욕망과 죄의 본성을 신앙의 힘으로 엄격하게 짓누르려는 것이다.

그들은 몸과 영혼을 거룩하게 지키기 위하여, 성 바오로의 말대로 자신을 무자비하게 '쳐서 복종시킨다'. 그럴 경우, 저렇게 양가적이며 신비한 분위기가 나타나는 듯했다.

그리하여 저런 종류의 매혹은, 단순한 육욕의 차원을 넘어서서, 더 위태롭고, 더 매혹적이고, 더 신비로운 이끌림을 자아낸다.

그리고 그것은 단순한 육욕보다 더 위험했다. 그것이 베르트랑이 내린 결론이었다.

이쯤 되니, 레아는 도저히 참을 수 없었다. 고개를 번쩍 들고 큰 소리로 외쳤다.

"교, 교황 성하, 말씀드리기 외람되오나, 발타사르 경은 그런 사람이 아닙니다!"

말이 떨어지기가 무섭게, 아차 싶었다. 쫄보 가문의 딸이 본분을 잊고 대형 사고를 쳤구나. 하지만 무를 수도, 무를 생각도 없었다. 레아는 달달 떨리는 목소리로 열심히 변명했다.

"발, 발타 경은 여인들과 접촉할 수 없는 기사단에서 자랐고, 고결한 보주 단장님께 엄하게 교육을 받았습니다. 아직 입단 전이지만, 정단원과 동일하게 순결과 청빈과 복종의 규율을 철저하게 지켜 오신 분입니다. 그런데 유혹이라뇨. 모함이고 헛소문입니다, 성하!"

"네…… 네 이놈! 어디서 감히!"

"이 건방진 이교도! 죽고 싶은가!"

동시다발로 호통이 터졌다.

하지만 레아는 할 말은 해야겠다고 결심했다. 기왕 말아먹은 거, 발타 님 명예 회복이라도 해 드려야 덜 억울하지 않겠는가.

그녀는 잔뜩 쪼그라진 목소리로, 왕까지 팔아 가며 하소연을 했다.

"지금도 폐하를 구하기 위해 이렇게 다치지 않았습니까. 만약 이분이 막지 않아 폐하께서 잘못되셨다면, 기쁘고 영광스러워야 할 교황 성하의 착좌식이 얼마나 혼란스러웠겠습니까. 부디 이 고결한 기사님에 대한 오해를 풀어 주시옵소서, 성하……."

교황은 저자를 끌어내라 명하려다가 잠시 움직임을 멈췄다.

일리가 있다. 분한 김에 쓰러진 자를 모욕하긴 했으나, 사실 저 기사는 왕의 최측근으로, 함부로 모욕해서는 안 될 자였다.

외교관 출신인 교황은 적당한 선에서 뒤로 물러나는 게 낫다는 판단을 내리고는, 바로 목소리를 누그러뜨렸다.

"그 말이 사실이라면 폐하의 홍복이고, 기사단에게도 기쁜 일이겠군. 하긴, 그의 정결한 행실과 경건한 신앙, 그리고 기사다운 품위는 그의 무용만큼이나 널리 알려져 있긴 하지. 자네 청대로, 오해는 거두도록 하겠네."

험담에 대한 사과가 아니라 오해를 풀어 주겠다고 적선하듯 내뱉는다. 하지만 레아는 화조차 나지 않았다. 발타 님에게 더러운 소문이 튀지 않게 된 것만으로도 감지덕지해. 레아는 고개를 연신 조아리며 감사를 올렸다.

하지만 발타는 여전히 레아의 손을 꼭 붙잡고 있었고, 모인 이들은 입술을 비틀며 피식 웃더니 회담장을 향해 천천히 걸음을 옮겼다.

그들이 연결된 문을 열자마자 안에서 우렁찬 고함 소리가 터졌다. 자크 드 몰레 단장이었다.

"그게 말이 되는 소립니까, 폐하! 그건 우리 성전기사단을 당신의 손아귀 아래 넣고 멋대로 좌지우지하겠다는 말이 아닙니까!"

순간 레아를 잡고 있던 손에 팽팽하게 힘이 들어간다. 레아는 소스라쳐 그에게 바짝 다가앉았다.

"발타 님! 발타 님……?"

그의 손에서 천천히 힘이 빠져나간다.

"……!"

잠시 후, 그의 길고 짙은 속눈썹이 깜박거린다. 깜박, 깜박깜박. 푸른 호수 같은 눈동자가 레아의 얼굴을 더듬는다. 온갖 색의 보석 가루와 눈물로 범벅이 되어 있는 레아의 얼굴을 보며 그의 눈동자가 아주 짧은 순간, 커다랗게 벌어졌다.

"……레아?"

5-3. 비밀 회담

"발타 님! 정신이 드셨습니까? 저 레비입니다! 아시케나지 세공사 레비요!"

레아는 기겁하게 놀랐지만 애써 태연한 척 대답했다. 꿈속에서 아무래도 나를 본 게 아닐까 싶었지만 절대 동조하거나 관련 대화를 이어 가면 안 되었다.

아, 이런. 그는 잠시 후 고개를 힘없이 흔들더니, 가물가물 꺼져 가는 목소리로 물었다.

"레비……. 자네가 왜 여기까지."

그의 목소리를 듣는 순간, 눈물이 후드득 떨어졌다. 그의 손목을 두 손으로 꽉 쥐어 보았다. 아까와 달리 따뜻하고 맥박도 제대로 뛰고 있다. 레아는 눈물을 뚝뚝 떨구며 말했다.

"기억나지 않으세요? 벽과 지붕이 무너져서…… 아까 발타 님 돌아가실 뻔했습니다. 흐, 흐으……."

"기억나. 울지 마, 제발. 으…… 머리 울려……. 폐하께선 무사하신가. 크레도는?"

"무사하십니다. 지금 기사단 참사회와 왕실 참사회, 그리고 교황 성하와 회의 중이십니다. 크레도 그 자식은, 아 정말 성깔 더러워……. 너무 시끄럽게 울면서 날뛰어서 순무하고 당근을 열다섯 개나 처먹…… 울면서도 또 다 먹어요……. 어쨌든 무사합니다."

"당근 열다섯……. 흐."

그가 꺼져 가는 목소리로 희미하게 웃었다. 하지만 레아는 웃음이 나오지 않았다. 레아가 계속 질질대자 발타는 괜히 부활했다 싶은 표정을 지었다.

"제발 그만 울게. 사내가 돼서 눈물이 이렇게 흔해서 어디에 써먹을 건가. ……자넨 정말 눈물이 왜 이렇게 많아."

"아까 정말 돌아가…… 흐, 으, 돌아가시는 줄 알았단 말입니다. 아까, 아까 온몸이 차갑고, 돌처럼 딱딱……."

"호들갑 좀 그만 떨게. 시체도 아닌데 딱딱하긴. 깼으니 됐잖은가."

"바, 발타 님, 제, 제가 이 말씀은 먼저 꼭 드려야겠는데요."

"뭔가."

"혹시 주무시다가 꿈에서 하얗고 예쁜 새나 천사나 전사한 동료나 돌아가신 단장님 같은 분이 나와서 같이 가자고 꾀어도 절대 따라가시면 안 됩니다. 아셨죠? 그거 죽음의 대천사나 마귀가 변장한 거라고요. 아까 꿈에 새가 나왔다고 해서…… 얼마나 식겁했는지……."

"새?"

"예쁜 새한테 이리 오라고 하셨잖아요……."

아하……. 발타는 이마를 짚더니 이내 고개를 끄덕였다.

"크게 신경 쓰지 말게. 어렸을 때 꿈을 꿨나 보지. 예전에 꿈에서 가끔 나오던 고향 정원 장면이니까……. 어쨌든 꿈에서 자네 목소리 들었던 기억은 나."

"제 목소리가 들렸습니까?"

"그렇게 시끄럽게 불러 대는데 안 들리겠나? 꿈속에서 편히 한숨 자고 싶었는데 어찌나 시끄러운지. 결국 조용히 좀 하라고 한마디 하려고 힘들게 나왔어."

레아는 눈을 커다랗게 떴다. 적어도 꿈속에서 깊이 잠들고 싶어 하는 건 바로 죽는다는 뜻이라 했다.

설마, 내가 정말 발타 님을 살린 게 맞나? 까딱했으면 정말 돌아가실 뻔했던 건가.

눈앞이 아찔했다. 그 사실을 당사자도 알고 있는 듯, 레아의 어깨에 머리를 툭 기댄다.

"……정말…… 고맙네."

두 사람은 잠시 그렇게 있었다. 다시 눈물이 흘러나왔다. 발타는 이제 레아가 훌쩍대는 것에 더는 잔소리를 하지 않았다.

"……."

힘없이 헐떡이는 그의 숨결이 레아의 목덜미를 간질였다. 눈앞이 아뜩하다. 레아는 이를 꽉 물었다.

한참 망설이던 발타가 어렵게 입을 열었다.

"아까 미안하네. 못 볼 꼴을 보였지."

"아, 처, 천만에요."

"혹시…… 교황 성하 앞에서도 추태를 보였나?"

"지금 그런 걱정 하실 때입니까! 저 같으면 살아난 것만으로도 그냥 고마워서 양초를 백 다스는 바치고 100년간 기쁨의 춤만 추고 돌아다닐 겁니다……."

하지만 발타는 쓰게 웃기만 했다. 어떤 꼴이었는지 자신도 대충 알고 있는 듯했다.

"말 돌릴 것 없어. 교황 성하께 그리 비웃음을 당할 때는 이유가 있었겠지."

"그냥 꿈을 꾸신 겁니다. 꿈에서야 무슨 소리, 무슨 짓을 못 하나요."

"나를 위해 변명해 준 건 고맙네만, 내가 자네 말처럼 그런 고결하고 명예로운 자는 아니야. 교황 성하의 말씀은 틀린 게 없어."

고개를 흔들던 그가 뒤늦게 눈을 감고 힘없이 중얼거렸다.

"예전부터 지겹게 들은 말이야. 더러운 죄 중에 잉태되어 태어난, 음란한 유혹자."

"아니, 그게 무슨……!"

"고결하신 단장님이나 폐하께 그리 엄히 교육받았어도, 생각하지 말아야 할 것을 쉴 새 없이 생각하고, 끊어야 할 것을 끊지 못하고 있으니 말일세. 꿈에서 내 본색이 드러난다 해도 딱히 이상한 일은 아니야."

꿈에서 본색? 이 무슨 산뜻하기 그지없는 헛소리신가.

"발타 님! 이젠 꿈에서 지은 죄까지 고해성사를 하실 겁니까? 그런데요, 여자하고 키스 한 번 못 하시고, 손 한 번 제대로 못 잡아 보신 분이요, 꿈에서 뭔 일 좀 저질렀다고 세기의 바람둥이처럼 회개하는 것도요, 제가 보기엔 같잖아요! 아주 같잖다고요!"

발타의 표정이 기묘하게 변했다. 하지만 찔리는 게 있는지 대놓고 부인하지는 못했다.

그리고 기다리기라도 한 듯, 회의 장소에서 단장님의 우렁찬 고함이 다시 이어졌다.

"필립 폐하! 당신은 우리 기사단을 체스 판의 말로 보는 겁니까? 단단히 오해를 하고 계시는 것 같소!"

"폐하의 앞이오! 말씀이 과하시오! 단장!"

날카롭게 맞받아치는 것은 귀족 참사회의 수장인 발루아 백 샤를 공이었다. 왕의 목소리는 여전히 잘 들리지 않았다. 뒤이어 카랑카랑하고 뻣센 고함이 이어졌다. 툴루즈의 레몽, 단장의 조카라는 기사의 목소리였다.

"폐하께서 우리 기사단에게 한 제안은 과하지 않단 말씀이오? 성전기사단의 통수권을 달라니! 날강도라도 그렇게 막무가내로 집어삼킬 생각은 안 할 겁니다!"

고민하는 사이 회의장에서는 본격적으로 싸움이 진행되기 시작했다.

"몰레 단장, 당신은 조금 전 우트르메르 수복을 위해 폐하와 힘을 합치기로 동의하지 않았습니까? 어쩌면 이번이 마지막 십자군이 될지도 모릅니다!"

"노가레 대법관, 힘을 합치는 것과 성전기사단을 통째로 삼키는 것은 다르오!"

대법관 기욤 드 노가레 경은 레아도 잘 아는 이름이었다. 몽펠리에 법대 교수 출신인 그는 꼬장꼬장한 성격에 대단한 추진력을 가진, 왕의 최측근 실무자였다.

"단장, 두 명의 지휘관은 전력을 절반으로 나누는 결과밖에 나오지 않을 뿐입니다. 기사단과 왕실은 성지에서 2백 년 가까이 좋은 관계로 협력해 왔습니다. 십자군 원정 기간 동안 지휘권을 양보할 정도의 신뢰는 쌓였다고 생각합니다. 우리가 결국 우트르메르 수복을 이루지 못한다면, 하느님께서 우리에게 필히 그 죄를 묻지 않겠습니까?"

"하, 기욤 경, 그런 경건한 말씀을 하시려면 일단 파문 철회부터 받아야 하지 않겠소? 하긴 시테 궁에 파문 철회가 필요한 자가 한둘이어야지."

자크 경의 코웃음 소리가 방문을 넘을 정도로 크다. 저렇게 크게 코웃음을 치려면 콧물깨나 튀었겠다……. 레아는 이 순간에 이따위 생각이나 하는 자신이 정말 싫었다.

회의실이 쥐 죽은 듯 조용해진다. 보니파스 선대 교황이 내린 파문은 왕의 약점 중 하나였다. 왕을 비롯하여 최측근 중 파문 상태인 자들이 한둘이 아니었는데, 노가레 경 같은 경우는 끝까지 파문을 철회받지 못한 자 중 하나였다. 그런 자들을 이끌고 십자군을 말하는 것 자체가 어불성설이기도 했다.

"파문을 내렸던 선대 교황은 콘클라베 부정 선거와 이단 혐의로 재판에 회부되었던 자임을 잊지 마시오. 그 재판은 아직 계류 중이라는 사실도."

드디어 왕의 목소리가 들린다. 여전히 평온하고 담담한 목소리. 하지만 자크 경의 기세는 수그러들지 않았다.

"폐하! 선대 교황 성하는 이미 선종하셨습니다! 게다가 그분께 파문을 당하셨던 분이 감히 교황의 이단과 콘클라베의 부정을 말하는 것입니까."

"자크 경, 이단은 죽은 후에라도 심판을 받는 것이 마땅하오. 이단자들은, 관에서 시신을 끄집어내서라도……."

순간 자크 경이, 대성당의 천장이 떠나갈 정도로 격하게 고함을 지른다.

"왕이여! 이젠 솔직해질 때도 되지 않았습니까! 당신이 필요로 하는 것은 십자군의 동료와 전우가 아니라, 솔로몬 성전의 황금 창고라는 것을 모르는 이가 어디 있습니까!"

간신히 혈색을 찾은 발타의 얼굴이 다시 납처럼 허예진다.

"오, 이런 맙소사……. 저리 말씀하시면 안 되는데. 분위기가 왜 저렇지. 내, 내가, 지금이라도 들어가야……. 레비, 팔은 이만 놓아주게."

발타는 뒤늦게 미간을 찡그리며 레아에게 잡힌 팔을 빼내려 애를 썼다. 물론 팔이 후들후들 떨리기만 할 뿐, 제대로 빼내지도 못한다. 발타는 그 상태로 억지로 몸을 일으키다가 결국 레아의 어깨 위로 몸이 무너지고 말았다. 레아의 목소리가 저절로 높아진다.

"아니, 혼자 서 계시지도 못하면서 놓아주긴 뭘 놓아줘요! 이대로 들어가셨다간 단장님부터 바로 기절하실 텐데요! 피를 열 바가지는 쏟으셨다고요!"

"지금이라도 내가 들어가지 않으면, 저 회담은 결렬될 거야……."

"내가 미쳐……. 이대로 들어가시면 결렬되기도 전에 회담장에서 사망 신고부터 하실걸요?"

레아는 마음이 급해졌다. 만약 발타 님이 지금 저 회담장에 바로 들어가시면 나는 어쩌지? 다시 이렇게 뵐 기회가 언제 올지 모르는데?

그럼 지금 고백하고 물건을 드려야 할까?

갈팡질팡했다. 하지만 아무래도 바로 옆방에 성전기사단 단원들이 있고, 같은 방에도 사람들이 몇 명 있어서 위험하다.

……이런 기회는 언제 다시 올지 모른다. 말씀드려야 한다.

레아는 겹겹이 둘린 망토와 담요를 헤치고, 발타의 옆구리 쪽에 붙여 숨겨 두었던 가죽 자루를 꺼냈다. 단장의 홀은 가죽띠로 꼭꼭 감싸 가장 밑바닥에 꿰매 놓았다.

레아는 자루를 꽉 움켜쥐고 입을 열었다.

"저, 그리고 발타 님……. 제가 지, 지금 중요한 고백…… 아니, 말씀드릴 게 있습니다."

지금 발타 님이 이렇게 힘들고 정신없는 상태에서 고백하는 것이 정말 죄스러웠지만, 지금이 아니면 언제 이런 기회가 있을지 몰랐다.

발타 님의 낯이 창백해진다. 저도 모르게 움찔거리며 몸을 뒤로 물린다. 무슨 말인지 듣고 싶어 하지 않는 눈치다.

……아니 대체 왜? 내가 무슨 짓을 했다고.

레아는 가죽 자루를 끌어당겨 안을 뒤적였다. 안에서는 보석 가루를 담았던 은상자들이 차례차례 튀어나왔다. 발타가 눈썹을 찌푸리며 물었다.

"이게 뭐지?"

"아, 얘들은 보석 분粉을 담아 온 상자입니다."

중요한 건 이게 아니고, 밑바닥에 꿰매 둔 성 십자가……. 손으로 더듬어 잡아 뜯는데 진땀이 줄줄 흘렀다.

"보석 가루를 어디에 쓸 참인가? 음, 비었는데……?"

"아까 다 썼습니다. 발타 님 지혈하려고 산호하고 루비, 에메랄드, 은설을……. 아, 잠깐만요……."

그의 창백한 얼굴이 더욱 해쓱해진다. 그는 텅 빈 상자에 남은 불그레한 가루의 흔적을 보고는 조심스럽게 말했다.

"지금 이런 말 하긴 뭐하지만, 보석 가루는 지혈이나 치료에 아무 소용이 없어."

"아…… 네."

"은설도 지혈 효과는 없네. 덧나지 않게 도움을 주는 정도야."

그가 한숨을 쉬며 덧붙였다.

"……보석값은…… 내가 주겠네. 나를 위해 썼다고 하니."

아? 결론이 이게 아닌데?

레아는 당황해서 허둥지둥했다. 네, 발타 님 그거 아니에요. 발타 님, 오해십니다. 제가 돈을 받으려고 그러는 게 아니고, 이걸 드리려고! 레아는 나뭇조각을 움켜쥐고 황급히 말했다.

"저, 그, 안 주셔도 됩니다. 그냥 살려 드리고 싶어서……. 아니 그게 아니라 제가 이걸 드리려고……."

"안 받아. 이렇게 큰돈을 허공에 날려 놓고, 주긴 또 뭘 줘. 내가 자네 가족이라도 되나. 형도 아버지도 아닌데 왜 이런 정신 나간 짓을 했어? 이런 말 하기는 뭐하지만, 자네보단 내가 부자야. 비용이 얼만지 말이나 하라니까."

말씀하시는 걸 보니 픽 쓰러져 돌아가실 걱정은 안 해도 되겠다. 레아는 막대기를 손에 쥔 채 반사적으로 대답했다.

"저, 100리브르 정도……."

아, 미친! 이게 아니잖아. 말할 타이밍을 놓친 레아는 막대기를 한 손으로 어정쩡 움켜쥔 채 안절부절못했다.

"크레도를 한 필 더 살 수 있는 비용을…… 내 머리에 들이부은 건가? 아…… 다시 말하건대, 그거 치료 효과 없어. 사혈도, 수은 증기도 다 효과 없어. ……그, 고맙지 않다는 게 아니라…… 헛돈을 쓴 거라 안타까워서, 아니 안 주겠다는 게 아니라…….”

그게, 발타 님, 제가 헛돈 썼다는 거 잘 알았고요, 제가 좀 드릴 말씀이…….

“……목숨을 구해 줘서 고맙네. 은혜는 반드시 갚도록 하겠어.”

레아는 어리둥절했다.

“헛돈 쓴 거라면서요. 그런데 은혜는 무슨…….”

“자네는 가장 효과 있는 치료법으로 믿고 쓴 거잖아. 100리브르나 되는 거금을.”

“정말 돈을 받으려고 한 건 아닙니다. 제가 돈을 받으면, 꼭 돈 벌려고 한 짓 같잖아요.”

“아니었나?”

저 불신이 역력한 목소리. 하긴 누가 들어도 씨알도 안 먹히는 말이다. 그가 보는 레아는 여전히, 돈 밝히는 장사꾼에 불과했다.

레아가 어깨를 축 늘어뜨리자, 발타는 미안한 듯 말을 덧대었다.

“호의를 돈으로 계산하는 게 언짢았으면 미안하네. 그걸 원치 않으면 그 마음을 고맙게 받겠네. 나중에 도움이 필요할 때 찾아오게. 내가 기사의 명예를 걸고, 마음의 빚을 갚도록 하지.”

그 말을 듣는 순간 레아는, 번갯불이라도 맞은 것처럼 근사한 생각이 떠올랐다.

……자, 잠깐. 그, 그러면 이 성 십자가를 드리면서 전후 상황을 고백하고, 목숨만 살려 달라고 거래를 해 보면 안 될까?

당신 목숨을 구해 준 대가로, 내 목숨만 살려 달라고…….

가슴이 격렬하게 뛰었다. 너무나도 비열하고 비겁한 흥정이지만, 당연히 경멸당하겠지만, 그래도 목숨은 구할 수 있지 않을까.

하지만 레아는 망설였다. 끝까지 그렇게 비열한 여자로 남고 싶지는 않았다.

게다가 자칫하면 이분이 죄를 뒤집어쓰겠다고 나설 수도 있다. 나는 그 꼴은 절대 못 볼 텐데.

그럼 대체 어떻게 하라는 건데, 너는?

막대기를 쥔 손이 달달 떨린다.

하지만 레아의 고민은 길게 이어지지 못했다. 회의장 안에서 말을 가리지 않는 자크 경이 폭탄 발언을 터뜨렸기 때문이었다.

"왕이여, 지금 당신의 요구는 강도의 짓거리와 다름이 없소!"

벽에 기대 앉아 있던 발타의 몸이 휘청, 한다.

"제기랄……. 단장님."

그는 벽을 짚고 일어나려 버둥거리기 시작했다. 레아는 속으로 욕설을 퍼부으며 그를 부축했다. 오만불손 고집불통으로 소문난 자크 경은 왕의 앞에서도, 교황의 앞에서도 도무지 말을 가리지 않았고, 그게 회담을 점점 막장으로 몰아가고 있었다.

"제기랄. 단장님은 작정하고 판을 깨려 하시는군. 교황 성하께서는…… 제대로 중재하실 생각이 없고. 하긴, 아무리 대의를 위해서라도 성전기사단을 통째로 뺏기는 것이 좋을 리가 없지."

"발타 님!"

"레비, 미안한데 나가서 성한 쉬르코나 망토만이라도 한 벌 구해 오겠나? 아무래도……."

"죄송하지만 못 가십니다. 폐하께서 발타 님을 지키라고 명령하셨어요. 그리고 발타 님은 지금 두 발로 서지도 못하십니다. 어떻게 들어가시려고요."

"이봐. 지금 사정이 급해. 이대로 두면 회담 결렬이야."

레아는 이제 초조해 미칠 지경이었다. 회담 따위 알 게 뭔가. 이것을 돌려 드릴 기회가 언제 다시 오게 될지 모르는데.

"폐하께서는 오로지 우리 기사단의 재산을 탐내는 것뿐이오, 그걸 지금 모르는 사람은 없소. 성전기사단은 단장과 참사회의 결정만 따를 뿐이며, 전투에서 어떤 외부 인사의 개입도 받지 않습니다!"

몰레 단장의 말에는 이제 왕에 대한 예우가 거의 남아 있지 않았다. 그 점은 왕도 마찬가지인 듯했다.

"자크 드 몰레, 롱비의 기사여. 본래 예루살렘 성전에 속해 있던, 솔로몬과 유대의 보물들은 우리 왕실 기사에게 넘겨주신 것이었음을 어째서 모른 척하시오? 그 승부에 당신들의 비겁한 행위가 개입한 것을 모를 줄 아오? 〈신에게 선택된 여자, 여자에게 선택된 남자〉는 본래 우리 가문의 기사였음을 기억하시오."

선을 넘은 양쪽의 수장은 말을 가리지 않았다. 몰레 단장이 이글이글 끓어오르는 목소리로 씹어뱉었다.

"폐하, 정말로 수치스럽고 비겁한 방법을 동원한 것은 왕실 쪽이고, 그러고도 패배한 쪽 역시 왕실 쪽이었습니다. 12 대 1이라니! 저 같으면 입이 열 개라도 할 말이 없었을 텐데요."

"그 신성재판에서, 당신들이 성 유물을 뺏기 위해 몹쓸 약을 사용하고 사악한 소문을 퍼뜨렸던 것을 모를 줄 아시오?"

"아, 폐하……. 지금, 그 말씀은 하시면 안 됩니다……. 그 말씀만은……."

발타는 혼자라도 들어가려는 듯 벽을 짚고 걸음을 옮겼으나, 딱 두 걸음밖에 나가지 못했다. 그는 새하얗게 질린 얼굴로 자리에 주저앉았다.

"지금 뭐라 하시었습니까, 폐하!"

기사단 참사회 쪽에서 폭풍 같은 고함이 터졌다.

"그것은 너무나도 명확한 신의 결정이자 기적이었습니다! 폐하께서는 12 대 1의 신성재판의 결과조차 불복하시겠다는 것입니까!"

"왕이여, 성지를 끝까지 지켰던 것도 우리고, 성지에서 가장 많은 희생을 당했던 것도 우리 기사단이었소! 그 비밀 임무와 자산을 관리할 자격이 있는 것은 우리 기사단이며, 〈신이 선택한 여자, 여자가 선택한 남자〉에 해당하는 것 역시 바로 우리 기사단이오!"

이제 양쪽이 막 나가고 있다. 만류해야 할 교황의 목소리는 들리지 않는다. 발타는 흙빛이 된 얼굴로 기다시피 회담장으로 향했다. 레아가 오만상을 찌푸리며 옷자락을 붙잡자 그가 한숨을 쉰다.

"레비, 도와줄 거 아니면 걷는 것도 힘든 사람 붙잡지나 말게. 아니면 핏자국을 가릴 망토라도 주게. 들어가야겠어."

이제 레아는 도저히 말릴 수 없었다. 지금은 도저히 고백할 만한 상황이 아니다. 대체 나와 이 빌어먹을 유물은 무슨 팔자로 엮여서 내 옆에서 떨어져 나가질 않아. 넌덜머리가 났다.

"한 가지 묻겠소, 단장. 현재 단장은 주님의 홀을 가지고 있는 것이 확실하오? 그대들이 '선택받은 자'라면, 당신들은 어째서 성지를 다 잃은 것이오?"

물론 왕은 성전기사단에서 그것을 잃어버렸으리라고 상상도 하지 못하고, 그저 '선택받은 자'에 대한 그들의 권위와 자부심을 흔들어 보려 한 것이 분명했다.

그리고 그것이 성전기사단과 자크 경의 가장 아픈 지점을 찌른 것은 확실했다. 콰당, 뭔가가 넘어가는 소리가 나더니 갑자기 쩡, 쩡쩡, 검을 뽑아 드는 소리가 들렸다.

자크 경의 커다란 목소리가 들렸다.

"아크레와 루아드에서 수많은 형제의 피를 흘린 우리에게, 그게 감히 할 소리요? 성전기사단을 상대로 결투라도 신청하겠다는 거요, 필립!"

"오만하다 자크, 롱비의 기사여, 그대는 현재 파리로 적을 옮겼고, 신성 프랑스에 속한 신민이다! 왕에게 합당한 예를 취하라!"

폭풍이 지나가기 직전처럼 무시무시한 침묵이 지나간 후, 자크 경의 쩌렁쩌렁한 음성이 터져 나왔다.

"필립! 성전기사단은 세상의 어느 나라에도 속하지 않고, 세속의 어떤 왕도 섬기지 않소! 오로지 삼위일체 하느님과 성모 마리아만 섬기며, 성 베드로의 사도좌만 받들 뿐이오! 여기서 한 걸음만 더 나온다면, 당신의 결투 신청으로 받아들이겠소!"

발타는 기어이 혼자 일어나 휘청휘청하면서도 본당으로 통하는 문을 열었다. 레아는 어쩔 수 없이 그를 부축했다. 그는 레아에게 몸이 닿는 것을 극도로 꺼리는 것 같았지만 한 걸음 디딜 때마다 자꾸 몸이 무너져 내려, 어쩔 수 없이 레아의 어깨에 몸을 실었다.

두 사람이 들어섰지만, 안에 있는 이들은 그들을 바로 발견하지 못했다. 서로 맹렬히 싸워 대느라 다른 곳에 신경 쓸 만한 상황이 아니었다.

"다들 당장 그만두지 못하오!"

"지금 제정신으로 하는 말이오? 어디서 감히 방자하게!"

"네놈들의 오만방자함이 하늘을 찌르는구나. 어느 안전이라고!"

말은 걷잡을 수 없이 치닫고, 양쪽 참사회 사람들은 상대를 향하여 격렬하게 고함을 질러 대기 시작했다. 교황은 중재하지 않았고, 기록관은 기록하지 않았다. 아니, 사실 무슨 말을 했어도 파묻혀서 들리지 않았을 것이다.

발타 님은 멍하니 서서 그 모습을 바라보았다. 수습이 불가능하다는 것을 바로 알아차린 듯했다.

왕이 입을 꾹 다문 채, 그 새파랗고 보석같이 차가운 눈동자로 자크 경을 가만히 노려본다. 과격한 목소리가 서서히 잦아든다. 기사단 측에서도 천천히 이성을 되찾기 시작했다. 왕이 차분한 목소리로 말했다.

"일단…… 목소리를 높인 것 사과하겠소, 단장."

자크 경은 순간 주춤했고, 주변은 다시 조용해졌다. 왕은 단장이 다시 이성을 되찾을 때까지 한참을 기다려 주었다. 결국 자크 경의 목소리도 한풀 낮아진다.

"저도, 분에 겨운 대로 언성을 높였습니다. 큰 결례를 저질렀습니다, 폐하."

"……."

"다만, 단장의 홀 문제에 대하여는 이미 오래전에 신의 판단을 받았음을 기억해 주시기 바랍니다. 그 문제는 신성재판에 맡겨 결론을 내렸고, 신께서는 솔로몬 성전의 옛 황금들과 치유의 십자가의 관리자로 저희 성전기사단을 선택하셨습니다."

"그 일에 부당한 방법이 동원되었음을 알 것입니다, 자크 경."

다시 목소리가 커지려는 것을, 이제야 교황이 사근사근한 목소리로 가로막는다.

"폐하. 오래전에 신성재판으로 결론이 난 문제에 대하여 지금 논하는 것은 적절치 않습니다. 신께서 촛대를 옮기시고자 한다면,

언제든, 어떤 방법으로든 옮겨질 것입니다. 이제 그 유물이나 재산 문제 대신 통수권 합병에 대한 이야기를 마무리함이 좋을 듯합니다."

단장이 엄숙한 목소리로 말한다.

"폐하, 다시 말씀드리건대 저희 성전기사단은 오직 삼위 하느님과 성모 마리아를 섬기고 위로 교황 성하를 받들되, 결코 외인의 통제를 받지 않았습니다. 그것은 초대 단장 위그 드 파이양 경과 9인의 기사들, 그리고 성 베르나르의 가르침 이후 확립한 오랜 전통이기도 합니다. 오로지 단원의 의견을, 특히 단장과 참사회의 결정을 따를 뿐입니다."

잠시 후 왕의 차분한 목소리가 들린다.

"그렇다면 자크. 내가 성전기사단에 단원으로 입단하면 받아주겠소?"

"폐하!"

"아바마마! 그, 그게 무슨 말씀을!"

이번엔 귀족 참사회 쪽에서 기겁한 목소리가 터져 나왔다. 하지만 왕의 목소리는 이상할 정도로 침착했다.

"그대도 알 것이오. 나는 형님이 돌아가셔서 왕위계승자가 되기 전까지, 성전기사단에 입단하여 성지탈환에 한 몸을 바치려던 자였소. 그리고 나는 얼마 전 아내와 사별했소. 독신 서약을 할 수 있고, 왕위를 루이 태자에게 넘기고 청빈한 수도승이자 기사로서 예루살렘 왕국의 수복을 위해 여생을 바칠 각오가 되어 있소."

"폐하!"

"나, 필립 드 프랑스, 열여섯에 서임을 받았고, 지금까지 무수한 전투를 치러 온 기사요. 삼위일체 하느님을 믿고 성모 마리아를 흠숭하며 교회와 신앙의 수호자로서 한 점 부끄러움 없이 서른 일곱 해를 살아왔소. 성전기사단 입단에 아무 결격 사유가 없음을 신의 이름을 걸고 밝히는 바이니."

"폐하……. 제발."

나바르 왕 루이 태자가 겁에 질린 얼굴로 반쯤 우는 목소리를 낸다. 왕은 태자의 얼빠진 얼굴을 냉랭하게 응시하다가 고개를 돌렸다. 그는 허리를 똑바로 펴고 기사단 참사회를 한 바퀴 빙 둘러보며 엄숙하게 말했다.

"그대들이 나를 받아 준다면, 나는 프랑스의 왕위를 맏아들 루이 드 나바르에게 양위하고 성전기사단에 입단하겠소. 그대들 참사회의 입단 허가를 바라오."

쥐 죽은 듯한 침묵이 흘렀다. 왕실 참사회의 귀족들은 사색이 된 채 입을 틀어막고 있다. 노가레 경은 얄팍한 아랫입술을 이로 자근자근 물어 씹고 발루아 백 샤를 공은 머리카락을 쥐어뜯는다. 오, 신이시여, 이 무슨 날벼락……. 마리니 보좌 주교는 불그레하게 열이 오른 얼굴에, 두툼한 손으로 열심히 부채질을 해 댄다.

발타 역시 벽에 기댄 채 고개를 저으며 비틀거렸다. 얼굴은 이미 흙빛이 되어 있었다. 이번 회담의 결말을 예상하는 듯했다.

"폐하께서 승부수를 던지셨는데……."

"발타 님."

"분위기가…… 좋지 않다."

스무 명의 참사회 기사들이 잠시 옆방으로 물러난다. 그들끼리 의논을 하기 위함이었다.

레아는 그제야 발타를 부축해 왕과 교황이 있는 쪽으로 걸어갔다. 그는 똑바로 걸으려 애를 썼으나 오히려 그 걸음이 더 위태로워 보였다.

"거기 누구냐! 쥐새끼같이 비밀 회의를 몰래 엿듣고 있었나! 이것들이 감히……! 이 꼴은 대체 뭐야?"

루이 태자가 달려와 발타의 멱살을 잡아챘다. 레아는 앞뒤 가릴 것도 없이 태자의 팔에 매달렸다.

"전하! 바, 발타사르 경입니다. 전하! 발타사르 경은 부상을 입었습니다. 제발!"

"이, 이, 손 떼! 빌어먹을! 이교도 따위가 감히 나한테 손을 대! 감히 대성당 안에 이교도가 들어오다니 발목을 분질러 주겠다!"

레아의 가슴에 박힌 노랗고 동그란 표식이 태자의 분노에 기름을 끼얹은 듯했다. 루이 위탱(싸움쟁이, 똥고집)이라는 별명을 가진 이답게 욱하고 주먹부터 먼저 튀어나온다.

별수 없이 엎어터지고 멀찌감치 나동그라질 수밖에 없었다. 하지만 아픈 것도 모르겠다. 발타 님이 안 맞아서 다행이라는 생각뿐이었다. 지금 발타 님이 저 주먹에 맞았다가는 영원히 깨어나시지 못할 게 뻔했다.

"루이! 그 손 멈춰라!"

얼음처럼 차가운 목소리가 뒤에서 쩡, 울려 퍼졌다.

왕이 천천히 다가오고 있었다. 교황과 추기경, 참사회 사람들도 의아한 눈으로 힐끔거린다. 바닥에 엎어진 레아는 그대로 땅속에 파묻혀 죽고 싶었다. 이렇게 많은 귀족과 성직자들에게 눈도장을 찍히는 것은 죽어도 바라지 않은 일이었다.

발타는 왕에게 가는 대신 레아에게 비틀비틀 다가가 그녀를 부축해 일으켰다.

"……이봐, 괜찮나? 괜찮아?"

아, 아이고 이분이 앞뒤 모르고 왜 이러시나.

"바, 발타 님. 지금 저 같은 이교도를 부축하실 때가 아니고요. 걱정해서 돌아가실 뻔한 폐하한테 얼른 가셔서, 멀쩡한 얼굴 보여 드리고……."

"저자가 뭐라고 나불대는 거지? 발모가지를 찍어 내기 전에 성전에서 썩 꺼지라는 말 안 들리나!"

태자의 거센 고함이 귓가에 쩡쩡 울렸다. 태자가 쿵쿵대며 다가오자 이번엔 발타가 무릎을 꿇은 상태로 레아의 앞을 막았다. 바닥을 짚은 그의 팔이 휘청대는 것을 보니, 레아는 그만 미쳐 버릴 것 같았다.

"전하, 이자는 제 목숨…… 왕실 기사의 생명을 구한 자입니다."

"발타, 아바마마의 신임을 받고 있다 하여 기본적인 것도 무시할 참인가. 그것도 성지 회복을 위한 중요한 회담을 하고 있는데, 이교도가 감히 쥐새끼처럼 기어 들어와서!"

루이 태자는, 부친과 달리 흥분을 잘하고 말을 가리지 않았다. 그 '쥐새끼'에 발타도 포함된다는 생각조차 하지 않는다.

"전하. 제가 현기증이 나서 잠시 부축을 부탁했습니다. 제가 사경을 헤맬 때 목숨을 걸고 기도한 자입니다. 이자에겐 잘못이 없으니 부디 양해를 구하나이다."

"자네, 끝까지 이교도를 감싸고돌 건가! 이교도가 감히 대성전에 들어와 저희의 방식으로 기도를 하여 신성모독의 죄를 범했다. 자네 발목도 같이 찍히고 싶지 않으면 당장 비켜!"

앞에서 버티고 있는 발타 님의 어깨가 우들우들 떨리고 있다.

"태자 전하, ……지금 전하께서 쓰시는 라틴어도…… 이교도의 언어입니다."

"뭐?"

"성 히에로니무스의 불가타 성경도 이교도 로마인들의 언어입니다. 신약에 쓰여진 그리스어도 이교의 언어입니다. 파리도 이교도의 땅이었고, 성지 예루살렘도 이교도들의 땅입니다. 솔로몬 성전이 세워진 아라우나의 타작 마당도 본래 카나안 이교도들의 제사 장소였습니다. 전하의 말씀대로라면 예수 그리스도께서도 성모 마리아께서도 이교도 유대인이니 이곳에 들어오지 못하셨을 것……."

"네 이놈!"

루이 태자가 그의 따귀를 후려갈겼다. 발타는 머리를 바닥에 박고 나동그라진 채 한동안 일어나지 못했다.

하지만 누구도 태자를 말리지 못했고, 발타를 부축하지도 못했다. 사방은 쥐 죽은 듯 조용했다. 발타가 쏟아 낸 말의 충격이 대단했던 것이다.

발타 님, 왜 이러세요. 발타 님, 발타 님. 레아 혼자 축 늘어진 그의 몸을 붙잡아 일으키며 볼썽사납게 울었다.

스르릉, 뒤에서 발검 소리가 들린다.

"루이 드 나바르, 내가 그만하라고 말했다."

"아바마마."

뒤를 돌아본 태자는 그 자리에서 얼어붙었다. 왕이 칼을 빼 들고 아들을 향해 똑바로 겨누고 있었다.

주변 사람들은 아무도 왕에게 말을 붙이지 못했다. 젊은 나바르의 왕은 경솔하고 난폭했다. 왕의 목숨을 구하느라 죽을 뻔한 팔라댕에게 주먹질이라. 입이 열 개라도 변명의 여지가 없었다.

"제가…… 실수했습니다. 아바마마."

왕은 한참 동안 말 한마디 없이 아들을 응시했다. 루이는 별수 없이 쓰러진 발타를 붙잡아 앉히고 정중하게 사죄해야 했다. 아들을 응시하던 왕은 검을 다시 집어넣고 발타와 레아의 곁으로 다가갔다.

"일어났나, 내 작은 솔로몬. 다행이다."

"심려를 끼쳐서 죄송합니다, 폐하. 괜찮습니다."

"의사가, 아까 네 맥이 잡히지 않는다 했었다."

"……폐하."

"네 몸이 차가워지고 있다고 했다."

"……."

"네 곁을 지킨 것은 이교도 세공사이고, 자신의 목숨을 내놓고 신에게 이적을 구한 것도 이교도 세공사다. 나는 회의에 들어가야 했고, 네 옆을 지키지 못했고, 신에게 목숨을 내놓고 이적을 구하지도 못했다."

"……폐하."

"하지만 너를 잃어도 괜찮다고 생각했던 건 아니었다. ……너를 다시 보게 되어 기쁘다."

왕은 그에게 손을 내밀었고, 발타는 레아의 부축을 받아 왕의 앞에 무릎을 꿇고 그의 반지에 입을 맞췄다. 왕은 고개를 숙이고 나직하게 말했다.

"돌아와 줘서 고맙다, 내 작은 솔로몬."

주변은 조용해졌다. 허리를 편 왕은 천천히 눈을 깜박이더니 천장을 향해 고개를 들어 올렸다. 새파란 눈동자에는 눈물이 괴어 있지 않았다. 강철의 왕은 우리와 우는 방식마저 다른가. 사랑하는 왕비님이 돌아가셨을 때도, 저렇게 눈물 없이 우셨을까.

레아는 이 장면이 이상할 정도로 현실감이 없었다. 꼭 꿈속에 들어와 있는 것 같았다. 그래서 그녀는 왕이 자신의 앞으로 다가와 왕관을 벗더니 그것을 두 손으로 내미는 것을 멍하니 바라보기만 했다. 푸른 사파이어가 박힌 황금관이 눈앞으로 다가온다.

"폐, 폐하……? 이, 이게 무슨……."

퍼뜩 정신을 차렸을 때는 이미 두 손에 왕관이 들어와 있었고, 왕은 그의 앞에 머리를 깊이 숙이고 있었다.

"그대에게 감사한다."

"폐하! 저는 한 게 아무것도 없습니다!"

왕의 행동에, 뒤에 서 있는 다른 귀족들도 똥 씹은 표정으로 함께 고개를 숙였다. 기겁한 레아는 왕관을 두 손으로 높이 받쳐 든 채 황급히 바닥에 머리를 박았다.

발타 님이 보석 가루를 쓰는 것이 지혈에 아무 효과가 없다고 했고, 은설도 마찬가지라 했다. 하지만 지금 그런 말을 할 분위기는 아니었다. 레아는 이마를 바닥에 박은 채 덜덜 떨며 말했다.

"폐하! 아닙니다! 정말 아니에요! 대가를 받으려 한 일이 아닙니다. 바, 발타 님은 그냥 혼자 다시 살아나신 겁니다. 제발 다시 받아 주십시오. 저는……."

"그대의 손실이 컸을 것이다. 받아."

"하, 하지만 어떻게 감히 폐하의 왕관을, 저, 절대 받을 수 없습니다, 폐하."

치료 효과도 없는 것을 쏟아붓고 돈을 받고 싶지는 않았다. 그리고 발타 님의 목숨을 걸고 돈벌이를 했다고 여겨지는 것도 몸서

리나게 싫었다.

게다가 비용을 돈으로 지불한 것이 아니라 왕관을 주었다는 것은 의미가 아주 달랐다. 왕과 특별한 인연이 생긴다는 의미인데, 레아는 저 무서운 왕과는 어떤 인연도 맺고 싶지 않았다.

더욱이 이 물건은 벵상이 왕실 아르장트리에 납품했던 최고가 장신구로, 눈이 높고 까다로운 왕은 이 왕관을 특별히 마음에 들어 해서 항상 착용하고 다닌다 들었다. 왕관을 들어 올린 레아의 팔이 달달 떨렸다.

발타가 왕관을 대신 받아 들고 왕의 앞에 내밀며 조용히 말했다.

"폐하. 이자에게는 폐하의 왕관이 영광을 넘어 부담이 될 수 있음을 부디 헤아려 주십시오."

"발타사르 경, 그대는 내가 가장 아끼는 나의 동생, 나의 골육이며, 나의 수족이다. 네가 나의 목숨을 구했고, 이자는 너의 목숨을 구했으니 결과적으로 나의 목숨을 구한 것과 같다. 그것에 대한 고마움은, 이자가 이교도라 해도 달라지지 않는다. 이에 대해 제대로 감사를 표하지 않는 것은, 왕실의 명예에 먹칠을 하는 일이다."

뒤에 서 있는 사람들의 입에서 큰 술렁임이 지나갔다. 발타도 믿을 수 없다는 듯 눈을 크게 뜨고 왕을 올려다보았다. 이렇게 많은 사람 앞에서, 공식적으로 발타를 형제라 칭한 것은 이번이 처음이었다.

왕은 차가운 목소리로 덧붙였다.

"하지만 나, 프랑스의 왕 필립은 기독교 신앙의 수호자이며 교회의 보호자로서 이교도를 진멸할 중차대한 임무를 갖고 있다. 따라서 이교도에게 어떤 형태의 빚도 남겨 두어서는 안 된다. 너 역시 마찬가지다. 명심해라."

레아의 눈에서 뜨거운 눈물이 쏟아졌다. 이교도라는 말을 하루 이틀 들어 본 것도 아닌데, 왜 눈물이 쏟아지는지 알 수 없었다. 바닥으로 눈물을 뚝뚝 떨어뜨리는 레아를 내려다보며, 왕이 잠시 침묵했다.

"나는 그대에게 진심으로, 깊이 감사한다."

여전히 차분한 목소리였지만, 감정이 실려 있었다. 그는 발타에게 왕관을 받아 다시 레아에게 바쳤다.

"그러니 받아라, 세공사. 명령이다."

레아는 서럽게 울면서 받았고, 왕은 무미건조한 얼굴로 그녀의 앞에 무릎을 꿇었다. 그리고 허리를 바짝 구부리고 그녀의 발에 입을 맞추었다.

레아는 그제야 자신의 한쪽 신발이 벗겨져 있는 것을 깨달았다. 너덜너덜 구멍 난 양말 사이로 비어져 나온 발가락은 시퍼렇게 얼어 있어서, 왕의 입맞춤을 감각하지 못했다.

왕은 자신의 손수건으로 발을 감싸 묶어 준 후, 어깨를 감싸 부축해 옆방으로 데려가, 작은 의자에 앉히고 자신의 망토를 어깨에 둘러 주었다.

레아는 그가 귀부인이나 높은 가문의 숙녀에게 하듯 정중하게 자신을 에스코트하고 있다는 것조차 인식하지 못했다. 그저 왕실 백합이 새겨진 망토 자락으로, 루이 태자에게 얻어맞아 욱신대는 뺨을 문질러 댈 뿐이었다.

발타는 휘청휘청 따라 들어와 왕의 앞에 깊이 허리를 숙였다.

"폐하. 심려를 끼쳐 드렸습니다. 이번 회담에서 아무런 도움이 되어 드리지 못해 죄송합니다."

"발타, 혹 그들이 나의 제안을 받아들이겠나."

"받아들이지 않을 것입니다, 폐하."

"……."

"그 제안이 수용되기 위해서는 나오지 말아야 할 말들이, 너무 많이 오갔습니다."

그는 이를 지그시 문 채 덧붙였다. 루이 태자에게 주먹질을 당한 그의 뺨에도, 붉은 자국이 선명했다.

† † †

"참사회의 결정이 나왔습니다."

몰레 단장과 참사회 회원들이 본당으로 한꺼번에 입장했다. 몰레 단장은 모여 있는 사람들을 향해 큰 소리로 결과를 알렸다.

"성전기사단 참사회는 프랑스의 국왕이며 신앙과 교회의 수호자이신 필립 폐하의 입단 신청을 거절하기로 결정했습니다."

왕은 여전히 무표정한 얼굴로 턱을 들어 올리고 그들의 대답을 들었다. 레아는 뺨을 문지르며 교황과 추기경들의 표정을 살폈다. 표정을 감추는 데 능한 사람들이었지만, 희미하게 배어 나오는 웃음까지 누르지는 않았다.

"폐하의 청을 받아들이지 못하게 되어 유감이지만, 우리 성전기사단 참사회의 의견은 만장일치로 거절이었습니다. 결국 폐하께서 원하시는 것이, 기사단의 금고와 당신의 수족이 되어 줄 2천의 정예 기사와 1만 5천 병사임은 자명하며, 또한 프랑스의 왕위를 버린다 해도 아드님인 나바르의 루이 태자께 양위하는 것이며, 본인께서는 비잔틴과 예루살렘 왕국의 동시 황제 자리를 원하고 있다 하시니, 기사단의 무소유 원칙에 부합하지 않습니다."

원래 교황청은 벽에도 바닥에도 귀가 붙어 있는 곳이라고 했다. 왕이 동방 황제 자리를 요구했다는 정보 역시 기사단 참사회에도 들어간 듯했다. 당연히 거부 반응이 나왔겠지.

하지만 만장일치라니, 자크 단장 자신도 거부 표를 던졌다는 말을 참 적나라하게도 하신다.

레아는 자신이 왕도 아니면서 몹시 불쾌하고 부끄러웠다. 자존심 강하고 긍지 높은 왕이 얼마나 모욕감을 느낄지 상상도 되지 않았다.

"더욱이 폐하의 입단이 빠른 시간 내에 단장의 자리에 올라 기사단을 지배하기 위함임을 우리가 모르지 않는 바, 도저히 폐하의 입단을 수락할 수 없다는 결론이 나왔습니다. 아시겠지만, 단장직은 종신직이며, 제가 사망하기 전까지 새로 단장을 선출하게 될 일은 없을 것입니다."

단장은 말을 돌려 하는 법을 몰랐다. 결정 사항을 정확하고 가감 없이 그대로 전달한다.

아무리 뒤끝 없고 호쾌한 성격이라지만, 그래도 왕의 입장이라는 걸 조금이라도 생각해서 돌려 말해 주면 좋았을 텐데. 지중해 전역의 돈줄을 장악한 권력자로 산 세월이 길다 보니, 돌려 말할 필요를 잊은 걸지도 몰랐다.

"정 입단을 원하신다면, 단장의 자격으로 폐하께 제안을 하나 드리겠습니다. 입단 후 일반 평단원으로 평생 헌신하신다 약조하신다면, 폐하의 마음의 진정성을 믿고, 단장의 보증하에 특별 입단을 허가할 것입니다. 혹시 그렇게 하시겠습니까?"

단장의 질문에, 왕은 웃음기가 완전히 걷힌 얼굴로 그를 한참 바라보았다. 왕이 상대의 얼굴을 물끄러미 응시하는 습관은 자크 경에게도 익숙한 듯했다. 왕은 대답하지 않았고, 무언의 대답을 이해한 단장은 두 손을 들고 엄숙하게 말했다.

"우리 성전기사단 참사회는, 매우 유감스럽지만 폐하의 입단 신청을 정식으로 거절했음을 알려 드립니다."

"그대들의 결정을 받아들이오."

왕의 주먹이 꽉 쥐어졌다가 천천히, 아주 천천히 풀렸다. 자크 경이 왕의 앞으로 다가와 허리를 굽히며 정중하게 말했다.

"폐하께서 교황 성하를 통해 말씀하신, 나바르 왕이신 루이 태자 전하의 대부 요청은 영광으로 알고 기꺼이 받아들이겠습니다."

주변에 서 있는 사람들에게 기가 막힌 듯한 헛웃음이 번져 나갔다. 병 주고 약 주는 것도 유분수지. 지금 따귀 때려 놓고 살살 달래 주는 건가?

지금 성전기사단은 왕에게 엄청난 모욕을 주었다. 왕은, 교황과 추기경, 자신의 기사들과 대귀족과 고위 관리들 앞에서 그야말로 대망신을 당한 것이다.

하지만 왕은 내색하지 않았다. 그는 빙그레 웃으며 단장에게 다가가 단장을 안고 뺨을 맞댔다.

"고맙소. 자크."

왕의 미소는 늘 그러하듯 반듯하고 우아해서 보기 좋았다.

† † †

리옹에서 파리로 올라가는 길은 험했다. 눈이 왔고, 추워서 길이 얼었다. 최근 몇 해 동안 악천후가 잦아졌다. 여름에는 홍수가, 겨울에는 폭설이 잦았고 기이할 만큼 추운 날이 계속되었다.

그리고 레아는 발타와 함께 마차를 타고 파리로 돌아가는 중이었다.

리옹의 흥청망청 분위기는 사고로 인해 순식간에 얼어붙었다. 부르타뉴 공국의 장 1세가 기어이 서거했고, 이탈리아에서 온 추기경과 대주교도 선종했으며 그 외에도 많은 부상자가 나왔다.

개점 휴업 상태가 된 세공사 조합은 분위기가 텄다는 결론을 내리자마자 바로 짐을 쌌다. 돈의 흐름에 민감한 사람들이라 결단도 빠르고 털고 일어나는 것도 빨랐다. 성전기사단에게 크게 모욕을 당한 왕 역시 딱 하루, 탑 꼭대기에 홀로 틀어박혀 있다가 바로 귀환령을 내렸다.

발타는 어지럼증이 심해 크레도에 오른 지 세 걸음 만에 낙마했다. 말 타는 것을 배운 이래 낙마한 적은 처음이었다.

깜짝 놀란 크레도가 난동을 부렸다. 쓰러진 발타를 주둥이로 치받고, 발을 구르고, 심지어 그의 머리채를 물고 몸을 일으키려는 만행을 부려서, 입단식 삭발을 하기도 전에 머리카락이 몽땅 빠질 뻔했다.

사람들이 황급히 크레도를 떼어 놓자 놈은 목을 길게 빼 들고 수탉처럼 우렁차게 울어 댔다. 자신이 잘못해서 주인님을 떨어뜨렸다고 우는 것 같은데, 그런 것치고 너무 뻔뻔하고 당당했다.

그 소란 덕에 뒤따르던 세공사 상행단에 끼어 있던 레아는 점잖은 시시 영감의 짐마차에 발타 님을 모시고 가도 되느냐고 제안할 수 있었다.

물론 레아의 시커먼 속셈은, 같이 마차를 타고 가며 발타 님에게 기회를 보아 성 유물에 대해 고백하고, 이후의 사태에 대해 거래를 해 보려는 것이었다. 이런 천재일우의 기회를 놓칠 순 없지 않은가!

레아는 열심히 머리를 굴리기 시작했다. 자신의 거취에 대해 엄청난 변수가 생긴 것이다.

일단 발타 님을 구해 준(?) 것을 핑계로 목숨을 구걸해 볼 여지는…….

없다! 응. 왕이 왕관을 안겨 주며 싹수를 완전히 뽑아 버렸다.

게다가 발타 님의 의학적 소견에 의하면, 레아가 한 일은 아무것도 없고, 그냥 발타 님이 레아의 시끄러운 목소리가 짜증나서 알아서 깨어난 것뿐이다.

진짜 중요한 관건은, '신의 선택'이라는 말이다. 이 물건은 말 그대로 우연히, 운명의 장난처럼 내 손에 들어왔다. 그럼 나도 '신의 뜻대로 선택받은 것'이라 우겨 볼 수도 있지 않나? 교황 성하께서도 말씀하셨잖은가. '신께서 촛대를 옮기시고자 한다면, 언제든, 어떤 방법으로든 옮겨질' 거라고.

이건 거래의 판도를 뒤집을 수 있을 만큼 어마어마한 조건이다.

잘하면 발타 님이 아닌 왕하고 거래를 할 수도……?

잠시 후 레아의 어깨가 축 늘어졌다.

……아 맞다. 나 이교도지.

이건 꿈도 희망도 없구나. 전지전능한 신께서 아시케나지 이교도를 선택해서 이 귀한 성 유물을 10년이 넘도록 맡겨 두실 리가 없다.

아아, 차라리 며칠 전 발타 님 대신 내가 몸을 날려서 장렬하게 죽었으면 좋았을 텐데. 그러면 그분이 나를 영원히 아름답고 슬프게 기억해 주었을 텐데.

아니 그러면 내가 왕을 대신해서 죽는 거잖아.

아, 그건 또 싫다. 아무리 미남이라도 싫은 건 싫은 거라고. 나도 취향이란 게 있잖아…….

레아는 머리를 쥐어 싸고 고개를 숙였다. 한심해 죽겠다. 이 심각한 상황에 이따위 생각이나 하다니. 아빠는 이런 성격이 고통을 이겨내는 큰 힘이라고 했지만, 그래도 너무 한심했다.

이 모든 것이 너무나 지겹고 힘들었다. 이제는 거래를 하든, 애걸을 하든, 구걸을 하든, 이제는 이 무거운 짐에서 벗어나고만 싶었다.

레아는 짚단에 푹 파묻혀 있는 발타를 힐끔대며 한숨을 쉬었다.

"그런데 진짜 너무하시네. 어떻게 사람이 이렇게 한 번도 안 깨고 밤이고 낮이고 주무실 수가 있지?"

식사도 거의 안 하시고, 엉덩이에 피멍이 들도록 덜컹거리는 마차에서, 눅눅하고 냄새나는 짚단에 파묻혀서 잘도 주무신다. 일부러 이러는 게 아닐까 의심스러울 지경이었다.

"……진짜 개구리 두꺼비도 아니고! 이 정도면 겨울잠이다, 겨울잠!"

투덜대던 레아의 뒤통수로 낯익은 목소리가 날아들었다.

"발타는 원래 잠이 많아. 특히 겨울엔. 게다가 출혈이 심했으니 당연하지."

히익, 레아는 기겁하며 가슴을 쓸어내렸다. 왕이 짐마차 옆에 붙어 가면서 안을 예의 주시하고 있었다. 이게 무슨, 스토커도 아니고 와 진짜, 욕이 쇠뇌처럼 튀어나올 뻔했다.

"쿠르트레 전투에서 포위를 뚫고 나왔을 때는 보름 넘게 잠만 잖어. 전신이 성한 곳이 없었지."

3년 전, 쿠르트레 회전會戰에서 플랑드르 백에게 대패했을 때, 겹겹이 포위된 왕과 측근 귀족들을 보호하며 혈혈단신 활로를 뚫었던 것이 발타 님이라 했다. 왕의 갑옷을 걸친 채 집중공격을 혼자 막아 냈던 발타 님은 보름간 깨어나지 못했고, 두 달 가까이 침대에서 일어나지 못했다고 했다.

왕은 그답지 않게 평정을 잃었다. 그는 시뻘건 피에 흠뻑 절여진 팔라댕의 옷에 자신의 왕관과 검을 올려놓고 피의 보복을 맹세했다. 그리고 작년, 몽상 페벨의 대승으로 그 모욕을 갚았다.

막대한 전쟁 배상금 중 2만 리브르를 발타 님에게 하사하는 것으로 그의 공로를 치하하기도 했다. 그래도 그 일은 왕의 마음에 늘 빚처럼 남아 있었던 듯했다.

그런데 몇 년 되지 않아 리옹에서 똑같은 일을 당했던 것이다. 왕이 과민하게 구는 데는 충분히 이유가 있었다.

"그래도 이 정도면 거의 겨울잠입니다, 폐하."

"그러잖아도 자기가 다람쥐로 태어났으면 정말 행복했을 거라 하더군. 도토리하고 밤을 잔뜩 쌓아 두고 하나씩 까먹으면서 잠만 자면 너무 좋을 것 같다고."

"아, 예……. 하하."

"방해 말고 편히 놔두게."

그런데 방해하지 말라는 댁은 대체 이 좁아터진 마차에 왜 들어오시는데요……?

거래의 기회는 쉽게 다가오지 않았다. 발타 님의 겨울잠도 문제지만, 진짜 애로사항은 왕이었다.

눈치 없는 왕은 정분난 아들과 애인을 감시라도 하듯 짐마차 근처에서 시도 때도 없이 배회했고-아, 실은 눈치가 빠른 건가?-걸핏하면 마차 안에 들어와 팔짱을 끼고 앉아 있었다.

왕은 기사 중의 기사였다. 거짓말 조금 보태서 달리는 말 위에서 잠도 잘 수 있을 만큼 승마에 익숙한 분이다. 그런데 대체 왜 자꾸 짐마차 안으로 꾸역꾸역 기어 들어오시는 거냐고. 길도 좋지 않은데, 뱃멀미 버금가는 마차 멀미를 굳이 겪고 싶으신 걸까.

낡고 좁고 어둡고 퀴퀴한 냄새까지 나는 짐마차에 세 명이 들어앉으면 그야말로 옴짝달싹할 수 없었다. 물론 왕은 동승자의 거북함 따위는 눈곱만큼도 신경 쓰지 않았다.

다른 마차가 없냐 하면 또 그건 아니었다. 태자비 마르그리트님이나 몇몇 왕족들이 타고 온 호화로운 마차가 있긴 했지만, 왕은 부득부득 이 좁아터진 짐마차에 올라왔다.

이쯤 되니 시시 영감이 거품을 물기 시작했다. 왕은 마차에서 내리는 대신 크레도를 마차에 묶었다. 새까만 털이 반드르르한 최고급 군마가 플뢰르 드 리스가 수놓인 망토를 덮어쓰고 비루먹은 거세마와 함께 허름한 마차를 끄는 모습은 상당히 볼만했다.

왕은 투구를 제외한 완전 무장 상태이고 다리까지 길어서, 레아는 왕이 마차에 탈 때마다 개구리처럼 벽에 몸을 붙이고 가야만 했다. 크레도는 힘차게 달렸고 레아는 바퀴가 자갈에 튀어 오를 때마다 벽에 부딪치거나 짐짝처럼 흔들리는 발타의 몸에 납작하게 짓눌려야 했다.

잠에 빠져서 해파리처럼 흐느적대는 남자의 몸은 아주 무거웠다.

왕은 정말 말이 없는 사람이었다. 파리로 가는 내내 그 좁아터진 마차에서 셋이 함께 부대끼며 가는데도 거의 대화가 오가지 않았다.

다만 레아는 이제 왕의 무표정한 듯한 얼굴에서도 제법 감정을 읽어 낼 수 있게 되었다. 그는 가끔 미간을 굳히거나, 턱을 괴고 있는 주먹을 지그시 움켜잡곤 했다.

으음. 무겁고 짧은 신음은, 그가 회담의 실패 순간을 곱씹고 있다는 뜻이었다. 공들인 회담이 실패했다는 아쉬움보다 부하들과 귀족들 앞에서 크게 망신을 당한 일에 대해 속으로 분노를 삼키고 있는 것 같았다.

꽉 움켜잡은 손등에, 팔뚝에 푸른 핏줄이 돋고, 입가가 딱딱하게 굳고, 그의 호흡이 미세하게 가빠진다. 그의 새파란 눈동자가 유난히 반짝이며 살기등등해지고, 그러다가 지그시 눈을 감고 고개를 쳐들고 후우, 후우. 가늘고 긴 한숨을 흘린다. 그 순간 왕은, 치솟는 노기를 다스리는 중이었다.

레아는 그 모습을 보면서, 왕을 상대로 거래하려는 생각을 말끔히 접었다. 저런 사람을 상대로 딜을 걸어서 뭔가를 얻어 낼 수 있을 리가 없다. 차라리 자크 단장님이 더 가능성이 있을 것 같다.

잘생긴 얼굴은 언제나 옳지만, 살다 보면 잘생긴 얼굴이 다가 아닐 때도 있다. 그게 인생이다.

† † †

세상에는 술을 마셔서는 안 되는 사람들이 있다.

그중의 하나가 발타 님이었다.

왕과 왕실의 의사는 발타 님에게 귀한 포도주와 사과주, 꿀술을 일주일 내내 퍼먹였다. 밖에서는 눈이 펑펑 왔고, 난로를 피울 수 없는 마차 안은 이불과 털 망토로 몸을 둘둘 감고 있어도 몹시 추웠다.

사람들은 얼어 죽지 않기 위해 물 대신 술을 마셔 댔다. 특히 잠에 취해 있는 발타 님에게는 밥 대신 술을 퍼먹이는 지경에 이르렀다.

하지만 올랑드에서 있었던 일을 생각해 보면, 발타 님은 술에 약했고, 숙취에는 더 약했다.

"아, 음, 으음……."

어깨에 이마를 기대고 있던 발타가 나른하게 긴 한숨을 내쉰다. 레아는 눈을 꼭 감은 채 깊이 탄식했다.

아이고, 하느님, 사람이 잠꼬대, 잠투정에서까지 이렇게 색기가 줄줄 흐를 일인가요…….

고양이처럼 몸을 비스듬히 늘어뜨리고 어깨나 허리, 다리를 살짝 비틀거나 꿈틀거리는 것만으로도 머리가 아찔아찔, 숨이 턱턱 막힌다. 삼위일체 하느님과 생 미셸 대천사께 맹세하건대, 이렇게 숨 내쉬는 것만으로도 머리가 핑 돌게 하는 남자는 지금까지 단 한 명도 보지 못했다.

그런데 문제는, 이분이 의식도 없이 저지르는 짓이니 대책도 없다는 점이었다.이분이 지옥에서 작정하고 올려 보낸 유혹자가 아니라면, 지금까지 레아 주변을 둘러싸고 있던 남자들은 죄다 하마나 코끼리 원숭이 아종이었던 게 틀림없다.

교황 성하의 말씀은 다 옳다. 이분은 그냥 태초부터 야해 빠지게 태어난 분이다. 정신이 온전할 때는 금욕적이고 단정해서 바늘 들어갈 틈조차 없는 철벽이지만, 잠이 들거나 무방비한 상태가 되면 손가락 하나 까닥이는 것만으로도 음란한 마녀 릴리트에 버금가는 유혹자가 되어 버리는 것이다. 아, 정말 죄 많은 분 아닌가.

이런 분이 자신의 달란트를 발휘해 세상을 널리 이롭게 하지 않고 성전기사가 되어 후천적 고자로 살아야 한다니, 세상에 이런 아까운 일이 있나. 장담하건대, 신께서도 이 아름다운 분을 고자의 용도로 창조하지는 않으셨을 것이다…….

"내 작은 솔로몬, 무슨 좋은 꿈이라도 꾸는 모양이군."

왕이 중얼거렸다. 괜히 뜨끔해진 레아는 망토를 벗어 발타 님의 야해 빠진 몸을 덮어 주며 조심스럽게 대답했다.

"꿈도 함부로 꾸시면 곤란할 것 같습니다, 폐하. 저번에 혼수상태로 계실 때도 어릴 적 고향 꿈을 꾸셨다고 하더라고요."

"고향 꿈?"

"네. 글쎄 잠꼬대로 새를 부르고 계셨지 뭐예요. 제가 시끄럽게 깨우지 않았으면, 꿈속에서 영영 주무실 뻔했던 거죠. 꿈에 하늘을 나는 새나 돌아가신 부모님, 할아버지가 나타나서 같이 가자 하면 절대 따라가지 말고 도망치라 했거든요. 죽음의 대천사나 마귀가 변장한 거라고."

"누가 그런 헛소릴."

"……아버지가요."

"쫄보 집안이라더니 만사가 도망질인가."

왕은 픽 웃으며 혼잣말을 했다.

"아직도 그 꿈을 고향 정원이라고 우기고 있다니. 자기가 왕가의 일원임을 여전히 부인하겠다는 건가."

"네? 발타 님이 어떤 꿈을 꾸는지 아세요?"

레아는 눈을 동그랗게 뜨고 물었다. 폐하께선 연주창 치유 능력 말고 남의 꿈속을 들여다보는 초능력도 있으신가?

왕은 마차의 작은 창을 열고 밖을 보고 있었다. 밖에서는 새하얗게 눈이 날리고 있었다. 저 멀리 강이 보인다. 센 강의 지류다. 파리에 거의 다 왔다는 뜻이었다.

"그 꿈은 성 유물이 우리 왕실에 주어진 것임을 증명하는 꿈이다. 성모께서 보여 준 환상이 꿈에 나오는 것인데, 왕의 아들에게만, 그것도 매우 드물게 나타나지."

"……예?"

"새하얀 꽃으로 덮인 아름다운 정원, 들판을 둥글게 둘러싸고 흐르는 강, 나뭇가지에 걸터앉아 있는 정원의 아름다운 주인과 세 구혼자가 나오는 꿈이지. 발타는 정원의 풍경 정도만 간신히 떠올리는 모양이지만 나는 첫 풍경부터 구혼자들이 왕관과 검과 황금을 바치던 모습까지 생생하게 기억한다."

"헉, 어, 어떻게 그런……."

"내가 회담장에서 말했지 않나. 성 유물을 위해 선택받은 건 우리 가문이라고. 그 꿈이 진짜 증거지. 내가 헛소리를 했다고 생각한 건가, 세공사?"

레아는 혼란에 빠진 얼굴로 왕을 멀거니 올려 보았다. 다른 사람이 같은 꿈을 꾸는 게 가능한가? 그것도 대를 이어 가면서?

글쎄. 신에게 선택받은 가문쯤 되면 보통 사람이 상상할 수 없는 일도 일어날 순 있겠지.

그래도 여전히 의문점이 남는다. 레아 역시 그 '세 명의 구혼자' 이야기를 어렸을 때부터 알고 있었기 때문이었다.

그건, 동생에게도 자주 들려주었던 꽃의 전설이었는데, 그 꽃은 레아의 집 마당에 항상 피어 있었다. 그렇게 신비하고 대단한 예언 같은 게 아니었다.

심지어 레아 역시 '세 명의 구혼자'와 비슷한 꿈을 꾸기도 했었다—물론 똑같은 꿈은 아니었다. 청혼받는 미인이 레아 취향에 꼭 맞추어서 미남으로 바뀌어 있던 걸 보면. 역시 취향의 힘은 무섭긴 하다.

그런데 그게 왕실 혈통에서만 나타나는 꿈이다?

……어, 그럼, 혹시…… 출생의 비밀……?

레아는 저도 모르게 얼굴을 우그리고 웃음을 참았다. 백번 생각해도 '이교도 제사장 가문의 딸'과 '교회와 신앙의 수호자 가문의 왕자' 사이에는 '출생의 비밀' 정도로는 도저히 커버할 수 없는 간극이 존재했다.

레아는 생각하기를 포기했고, 왕은 예의 무미한 표정으로 한마디 한다.

"파리에 거의 도착했어. 내일쯤이면 시테 섬에 도착할 테니, 눈이나 붙여 두지."

왕이 짚단에 등을 기대고 앉아 팔짱을 끼고 눈을 감는다. 마차는 새하얀 눈을 헤치며 서그럭서그럭 천천히 굴러갔고, 작은 짐마차 안에는 단잠에 빠진 두 사내의 나른한 숨소리가 사박사박 쌓이기 시작했다.

"내 아름다운 새……."

발타의 입에서 나직한 잠꼬대가 흘러나왔다.

어느덧 레아도 두 남자와 함께 꾸벅꾸벅 졸기 시작했다. 졸며 설핏 꿈을 꾸었다.

작은 마차 안으로 새하얀 정원이 눈부시게 펼쳐진다. 아크레 공방의 뒷마당을 뒤덮던 아몬드 꽃일까, 아니 창밖에 쏟아지는 함박눈이나 새의 새하얀 솜털 같기도 하다.

아, 혹시 아까 들은 그 꿈속의 장면일까?

그럼 이건 누구의 꿈속일까. 폐하의 꿈일까. 발타 님의 꿈일까.

레아는 꿈과 현실의 경계에서, 가물가물하는 의식을 붙잡으며 그 장면을 기억하려 애를 썼다. 순간 레아는 어렴풋이 기시감을 느꼈다.

끝이 보이지 않는 아름다운 정원, 한가운데 솟아오른 나무, 그 나무 아래 서 있는 사람이 먼발치로 보인다. 바람에 펄럭이는 옷자락, 흩날리는 긴 머리카락, 하늘을 향해 내민 팔, 하얗고 긴 손가락.

눈부시게 희고 거대한 새가 하늘 꼭대기에서 하강한다,

새는, 눈앞에 펼쳐진 정원으로, 그 아름다운 정원의 주인을 향해 우아하게 날아들었다.

5-4. 고백

따뜻하다……?

발타는 천천히 눈을 떴다. 마차 안이라고 생각했는데, 푹신한 짚단이 깔린 침대 위였다. 어둡고, 편안하고, 조용하고, 따뜻했다.

고개를 이리저리 돌리고 몸을 움직여 보았다. 어지럼증이 느껴지지 않는다. 대신 몹시 배가 고팠다.

발타는 몸이 좋지 않으면 대체로 잠을 자곤 했다. 잘 때는 제대로 먹지도 않고 정말 죽은 듯이 잤다. 그러면 몸이 알아서 회복되었다. 지금 느껴지는 맹렬한 허기는 몸이 얼추 회복되었다는 의미였다.

덧창은 닫혀 있었지만, 안에 작은 촛불이 하나 켜져 있었다. 아주 작은 방이었다. 덧창을 살짝 열어 보았다. 공기는 차가웠지만 바람은 없었다.

"눈이 왔나?"

바깥은 온통 새하얗고 고요했다. 눈은 정강이 정도까지 쌓였고, 계속 쌓이고 있었다. 어제 파리 시내로 들어간다고 서두르는 것 같더니, 눈이 와서 어쩔 수 없이 여인숙을 잡은 듯했다.

보통 여인숙에선 커다란 방에서 다 같이 엉켜 자게 마련인데, 방을 따로 잡아 준 걸 보면 조용히 쉬라고 특별히 배려해 준 모양이었다.

그는 촛대를 들고 방을 둘러보다가 고개를 저으며 한숨을 쉬었다.

"……레비."

바닥의 짚단에서는 세공사가 자고 있었다. 꼭 아무린 가죽 주머니를 허리끈에 묶고 그것도 모자라 꽉 끌어안고 자는 것을 보니, 저 안에 보석 상자라도 들어 있는 모양이다.

발타는 침대에 걸터앉아 그를 물끄러미 내려다보았다. 한숨이 저절로 나왔다.

이상한 자다. 아니, 이해할 수 없는 자다.

이자는 처음 궁에서 만난 이래, 자신을 몰래 쫓아다니는 중이다. 게다가 감정을 숨기는 일에 너무 미숙해서 자신에게 어떤 마음을 갖고 있는지 훤히 읽혔다.

처음 만났을 때는 잔뜩 겁에 질리고, 말도 제대로 못 하고, 자신의 전속 야장이 돼 달라는 제안도 칼같이 거절하더니 올랑드에서 하룻밤을 보내고서는 태도가 돌변했다.

시종이 되겠네, 갑옷과 무기를 선물하겠네, 모아 둔 돈을 주겠네, 그따위 헛소리를 하는 것도 모자라서 이제는 왕궁 앞 바리에리 거리나 유대인 거리에서 오락가락하는 것이 눈에 띈다 했다.

그러더니 난데없이 리옹까지 따라와서, 오만 사람들에게 눈도장까지 박아 버린 것이다.

나한테 중요한 할 말이 있다 했지?

발타는 이마를 짚은 채 고개를 절레절레 저었다. 무슨 말일지 이미 얼추 짐작하고 있다. '고백' 혹은 죄의 고해에 가까운 내용일 것이다.

"……대체 내게 뭘 어쩌라는 거지."

생각이 있는 건가, 없는 건가. 몹쓸 마음을 품고 있으면 마땅히 숨기고 드러나지 않게 해야지, 대놓고 실토를 하겠다니. 미친 게 아니고서야.

발타는 자신이 여인들에게뿐 아니라 사내들에게도 몹쓸 감정을 불러일으킨다는 말을 너무 많이 들어 왔다. 그런 말을 들을 때면 분노를 참을 수가 없고, 저도 모르게 살의가 치솟았다.

서임을 받기 직전까지 항상 면갑이나 두건을 쓰고 다닌 이유는, 사람들이 생각하는 이유와는 조금 달랐다. 남을 유혹에 빠뜨리는 것을 막기 위함이 아니었다. 오히려 그런 시선을 받는 순간, 순간적으로 뻗쳐오르는 살심을 갈무리하기 어려워서였다. 서임 후에는 그런 자의 턱 밑에 바로 칼을 들이댔고, 가끔 유혈 사태도 벌어졌다.

이제 면전에서 그따위 시선을 받는 일은 사라졌지만, 뒤통수에 들러붙는 시선은 여전히 질겼다. 교황 성하께서도 자신이 음란한 유혹자의 속성을 갖고 있다 하셨다. 아마 틀린 말은 아닐 것이다.

하여, 발타는 이자의 반응이 딱히 놀랍지도 않았다.

문제는 이자가 그것을 감히, 내 앞에서 입 밖에 내려 했다는 것이다.

발타는 침대에 걸터앉아 한숨을 쉬었다.

당연히 그따위 고백(?)은 절대 들어 줄 생각이 없다. 그 말이 입 밖으로 나오는 순간, 이자는 죽음을 면치 못할 것이다.

세공사가 더러운 죄의 유혹에 빠졌다 해도, 굳이 자신의 손으로 치죄할 생각까진 없었다. 기회를 주지 않고 돌려보내면, 이자는 아시케나지 마을로 돌아가서 정신을 차리게 될 것이고, 돈도 적당히 모아서 괜찮은 마을 여자와 결혼하게 될 것이다.

그러면 되는 것이다.

……그러면 되는 것이다…….

발타는 자신의 침대 아래에 꼬부리고 누운 사내를 하염없이 내려다보았다.

난로의 불은 따뜻하고, 창밖에서는 눈이 펑펑 쏟아지고 있었다.

고요했다.

그리고 누워 있는 사내는, 아름다웠다.

발타는 천천히 얼굴을 쓸어내렸다. 자신의 목숨을 구해 주기 위해 그 귀한 보석 가루를 모조리 털어 낸 자. 이자의 울부짖는 목소리가 희미하게 떠오른다. 이상하다. 그때는 내가 의식이 없었을 텐데. 이자는 자신이 대신 죽을 테니, 발타 님을 살려 달라고 신에게 빌었다. 그리고 자신을 용서해 달라고도 했다.

자신을 용서해 달라고.

나를 향한 마음이 얼마나 깊고 절절하기에 그런 기도까지 나올 수 있을까?

물론 더러운 죄악을 증오하시는 하느님께서 더러운 마음으로 드리는 기도를 가납하셨을 리 없다. 하지만 발타는 이자가 자신을 제 목숨만큼이나 소중하게 생각했다는 것 자체만으로도 가슴이 찢어지는 것 같은 기분이었다.

그의 얼굴은 짚단에 파묻혀 엉망이었다. 발타는 그의 얼굴을 찌르고 있는 짚단을 하나하나 떼었다. 제대로 씻지 못해 때 묻고 지저분한 얼굴이 드러났다.

부드럽게 흩어진 금발이 뺨을 덮고 있었다. 그의 턱은 각진 구석 하나 없이 유려했고, 목은 여인의 목처럼 매끄럽고 가늘었다.

발타는 뺨에 붙은 머리카락도 떼어 주었다. 곤할 테니 깨지 않도록 아주 조심스럽게 떼었다.

그는 속눈썹이 길고 콧대가 부드러우며, 입술은 거칠게 갈라졌지만 붉고 단정한 선을 갖고 있었다.

……세상에는 이렇게 비슷한 분위기를 가진 사람도 존재할 수 있다.

내가, 이자에게…… 이런 감정을 조금이나마 품게 된 것은, 그저 닮았기 때문이다.

발타는 세공사의 머리카락을 아주 조심스럽게 귀 뒤로 넘겨 주었다.

그저, 닮았기 때문이다.

발타는 이를 꽉 깨문 채 고개를 숙였다. 그의 손끝이 세공사의 귓가로 가만히 다가간다. 가슴으로 뜨거운 쇳물이 쏟아져 들어오는 것처럼 들들 끓어 댄다. 후우. 후우.

그, 그저…… 닮았기 때문입니다. 이것은, 그저 닮았기 때문에.

……신이여. 제발…….

신께서는 말씀하셨다. 네 손이 너를 죄짓게 하거든, 잘라 버리라고, 네 발이 너를 죄짓게 하거든, 그 역시 잘라 버리라고. 네 눈이 너를 죄짓게 하거든, 빼서 던져 버리라고.

주님의 말씀은 엄정하고 단호하다. 변명의 여지가 없다. 발타는 눈을 감은 채 지그시 이를 물었다.

솔직하게 인정한다. 진짜 문제는 세공사가 아니다. 올랑드에서 함께 밤을 보낼 때부터, 발타는 내면에서 더러운 본성이 발현한 것을 인식했다. 발타는 기겁하게 놀랐고, 그 자리에서 죽고 싶을 만큼 절망했다.

사람들의 말이 맞았다. 결국, 나는 그런 자였다.

발타는 할 수만 있다면 지금 그의 뺨을 더듬는 이 손을 찍어 내고 싶었다. 할 수 있다면, 이자를 핥듯이 훔쳐보는 자신의 눈을 뽑아내고 싶었다. 이자를 보며 멋대로 날뛰는 심장을 도려내고 싶었다. 멋대로 발정하는 자신의 몸을 칼로 끊어 내고 싶었다.

유혹이 한순간에 몰아닥친 게 아니라는 것이 더 끔찍했다. 몇 달 전 올랑드에서 이 미친 감정을 자각한 후, 발타는 지금까지 내내 이렇게 지옥 같은 시간을 버텨 왔다. 변명의 여지가 없는 일이었다.

"……바…… 발타 님?"

비몽사몽 잠에 취한 듯한 목소리. 그의 귀에 손끝을 닿을락 말락 대고 있던 발타는 소스라치게 놀라 뒤로 물러앉았다. 심장이 내려앉는 것 같다. 손끝에 남은 그의 피부가, 그의 머리카락, 귀의 감촉이 생생하다. 온몸이 저린데 속옷에는 식은땀이 흥건하고, 이마와 뺨으로 땀이 주르르 흘러내렸다.

"더…… 자게. 아직 새벽이야."

세공사는 발타가 앉아 있는 것을 보더니 황급히 눈을 비비며 자리에서 일어났다.

발타는 고개를 돌리고 숨을 가다듬었다. 제발, 들키지 않았기를. 제발. 내가 이 끔찍한 마음을 가진 것을 눈치채지 못했기를.

"몸은 괜찮으십니까."

"다 나았어. 오늘부터는 말을 탈 수 있을 걸세. 그동안 폐를 많이 끼쳤어."

"폐라니요. 별말씀을요."

"오늘 아마 파리에 도착할 걸세. 눈이 많이 오긴 했지만…… 오후엔 시테 궁에 도착할 테고 자네도 마을로 돌아가겠지."

"발타 님."

"정말 고마웠네. 이제 얼굴 볼 일도 없고, 폐하께서 자넬 불러낼 일도 없을 테니 예전처럼 마을 안에서 편히 살게."

발타는 자신의 손으로 인연을 끊어야 한다고 생각했다. 이자는 제힘으로 끊을 수 없으니 여기까지 질질 끌려온 것이다. 그가 졸음이 덜 가신 눈으로 멍하니 발타를 보다가 머뭇머뭇 입을 열었다.

"발타 님……. 저를 계속 피하시는 이유가 있으십니까?"

눈치 빠른 사내는 알고 있었다. 발타가 그를 피하기 시작한 게 먼저였다는 것을.

"내가 왜 자넬 피해? 더는 볼 일이 없는 거지."

"발타 님, 저, 제가…… 고백할 것이 있습니다."

갑작스러운 공격에 놀란 것은 발타였다. 적당히 돌릴 겨를도 없이 날카로운 반응이 튀어나왔다.

"듣고 싶지 않네, 세공사."

"발타 님! 들으셔야, 들어 주셔야 합니다. 제발!"

그의 단호한 목소리에 발타는 당황했다. 이렇게 당당하게 밀어

붙일 줄은 몰랐다.

"말하지 마. 안 듣겠네."

"저, 주, 중요한 일입니다, 제가 발타 님께 큰 죄를 지었습니다. 발타 님을 오랫동안 속이고……."

"……."

나도 마찬가지로 죄를 지었다고 말하려다 발타는 입을 다물었다. 지금 이자에게 여지를 줘서 어쩌자는 거지? 내가 제정신이 아니구나. 발타는 고개를 저으며 나직한 목소리로 말했다.

"말 안 해도 돼. 자네가 무슨 말을 할지, 어느 정도 짐작은 하고 있어."

세공사의 얼굴이 새하얗게 질렸다. 발타는 가책으로 가슴이 뭉그러지는 것 같았다. 이 말은, 똑같은 죄를 지어 놓고, 이자에게만 뒤집어씌우는 말이다. 하지만 이 상황에서 다른 말을 할 수가 없었다.

"어, 어떻게, 언제부터 아셨습니까?"

"올랑드에서부터 눈치채고 있었어."

"오, 올랑드에서부터요?"

세공사는 큰 혼란에 빠진 표정을 지었다.

"서, 설마 아시면서도 덮어 두신 겁니까? 혹시, 저를 용서하신…… 설마, 그럴 리가……?"

그의 얼굴 위로 종잡을 수 없는 감정들이 하나씩 스치고 지나간다. 혼란과 공포, 좌절감, 기쁨, 의문, 공존할 수 없는 감정들이 얼굴에 번갈아 가며 나타났다. 그는 그 짧은 순간, 가족이 죽기라도 한 것처럼 좌절했다가, 죽은 자가 살아난 것처럼 기뻐했다.

이자는 지금 제정신이 아니다.

발타는 그의 눈에 눈물이 천천히 괴는 것을 보고 기어이 눈앞이 아뜩해졌다. 세공사는 자리에 엎드린 채 발타의 손을 잡았다. 발타는 바닥과 천장이 빙빙 도는 것 같아 손을 뿌리칠 수 없었다.

하필, 이 손의 흉터마저도 누군가를 떠올리게 한다.

이제는 포기한 나의 생명수이자 눈부신 태양, 내 피를 지글지글 뜨겁게 끓어오르게 하는 이름, 그리고 나의 영혼을 끝없는 나락과 암흑과 저주에 빠뜨린 이름이기도 했다. 레아, 레아, 레아. 그 쓰고 달콤한 이름은 발타의 알파와 오메가였다.

그리고 이자는, 그녀를 기이할 정도로 닮았다. 모든 점에서. 자신을 황홀한 천상으로 끌어올렸다가 지옥의 바닥까지 동댕이친다는 점까지 똑같았다.

세공사는 홀린 듯, 그의 거칠고 상처투성이인 손에 입술을 갖다 댔다. 왕에게, 교황에게, 고귀한 분들께 최대한의 예우를 바치듯, 그는 정성을 담아 손등에 입을 맞추었다.

후드득, 발타는 기겁하며 손을 빼냈다. 갑자기 힘을 주어 그런지 눈앞이 핑그르르 돌았다. 발타는 침대에 주저앉아 머리를 짚은 채 이를 갈았다.

"이게…… 뭐 하는 짓인가."

방을 꽉 채우고 있던 팽팽한 긴장감은 발타가 불러일으킨 적대감으로 순식간에 바뀌었다. 발타는 세공사를 치죄하는 날 선 말들이, 사실은 자신에게 향해야 한다는 것을 똑똑히 인식하고 있었다. 그래서 더욱 가차 없이 말했다.

"바, 발타 님?"

"내가 굳이 덮어 주겠다 한 이유는, 자네의 마음에 조금이라도 동조해서도 아니고 자네가 딱해서도 아니야. 이따위 일에 휘말리는 것 자체가 나에게 씻을 수 없는 치욕과 오명이 되니 그러는 거야. 알겠나."

세공사의 얼굴이 멍청해진다. 발타는 휘청대며 자리에서 일어났다.

"안 들은 걸로 하겠네. 자네도 괜히 인생을 망칠 이유가 없으니 이쯤 해서 입 다물게. 자네에게 고마워하는 마음이 한 자락 정도라도 남아 있을 때."

세공사는 혼란스러운 얼굴로 발타의 얼굴을 올려다보며 더듬더듬 말했다.

"어, 무, 물론 발타 님…… 저도 죽……기는 싫습니다. 가늘고 길게, 조용히 소리 소문 없이 잘 먹고 잘 사는 게 인생 목표……라고요. 이, 이렇게 결심하는 것도 힘들었어요. 하지만 발타 님을 생각하면…… 도저히."

"……."

"어쨌든 제 이야기를 좀 들어 주십시오. 딱 한 번만, 용서까지는 바라지도 않습니다만, 저로서는 불가항력의 일이 있었어요. 그날 있었던 일은, 우연히, 운명의 장난처럼……."

그는 바닥에 엎드린 채 눈물을 뚝뚝 떨구었다. 정말로 눈물이 흔한 자였다. 그 역시 레아와 닮았고, 발타는 여전히 그 눈물을 견딜 수 없었다. 이가 갈리는 소리가 부득부득 밀려 나갔다.

"내가 이 선까지 용납하고 덮어 준다 했으면 거기서 멈춰야지. 아니면 내 손에 모가지를 묶여서 개처럼 온 마을을 질질 끌려다니며 돌에 맞아 죽고 싶은 건가? 자네가 원하는 게 그건가?"

"……예?"

그의 얼굴로 당혹감이 번져 나간다. 큰 혼란에 빠진 것처럼 보였다. 그는 허리춤에 묶어 둔 가죽 자루를 움켜쥐고 어찌할 바를 모르며 허둥거렸다.

"발타 님, 잠시만요. 뭔가 좀 이상한, 그게 아닙니다. 아, 원래 내 계획이 이게 아니었는데……."

"계획? 자네 계획은 아시케나지 마을에서 형제들과 조용히 잘 먹고 잘 사는 거라면서. 그렇게 해. 나한테 이따위 역겨운 소리 늘어놓지 말고."

발타는 자리에서 일어나 문고리를 잡고 나가려는 순간, 그가 달려와 옷자락을 붙잡았다.

"발타 님. 아닙니다! 뭐, 뭔가 오해를 하신 것 같습니다!"

"오해? 나를 바보로 아나? 사람 감정이란 그렇게 쉽게 감춰지는 게 아닐세."

세공사는 그 말을 부인하지 못하고 망연자실했고, 발타는 그의 손을 뿌리쳤다. 몸이 회복된 지 얼마 안 되어 팔이 푸들푸들 떨렸다.

그가 바닥에 나동그라진 채 멍청한 얼굴로 눈물을 흘리는 꼴을 뒤로하고, 발타는 밖으로 나와 문을 힘껏 닫았다. 찬 바람이 훅 몸을 감싸며 정신이 번쩍 들었다.

세공사가 문을 벌컥 열고 뒤따라 나온다.

"발타 님! 아……."

세공사의 손에서 가죽 자루가 툭 떨어진다. 뒤엉킨 머리, 지푸라기가 묻은 옷 따위는 신경 쓰지 못한 채, 그가 두 손으로 입을 가린다.

"폐하?"

왕이 몇 발자국 앞에 그림처럼 서 있었다. 시종이나 호위 기사하나 없이, 튜닉 한 벌에 쇼스, 홑겹 쉬르코와 망토만 두른 차림으로 그곳에 서 있었다. 눈은 정강이까지 쌓여 있었고, 왕의 머리와 어깨 위에도 눈이 상당히 쌓여 있었다. 왕관 없이 맨머리에 눈이 소복이 쌓여 있는 왕의 모습은, 평소보다 생기 있고 인간다워 보였다.

"네 상태를 보러 들렀다."

왕이 짧게 말했다. 발타는 그의 앞에 무릎을 꿇고 반지에 입을 맞추었다.

"많이 회복되었습니다. 그간 심려를 끼쳐 드려 죄송합니다."

"따라오너라. 잠시 후면 첫 미사 시간이다."

왕은 앞장서서 걸음을 옮겼다. 발타는 잠자코 뒤를 따랐다. 이교도인 세공사는 따라오지 못했고, 발타는 뒤를 돌아볼 수 없었다.

발타는 왕이 무엇을 들었는지 묻지 않았다. 왕 역시 말하지 않았다.

5-5. 왕의 정원

Jardin du Roi

"씨에 드 올랑드, 아무리 생각해도 세공사 레비라는 자는 경의 무훈과 고결한 인품과 기사다운 태도를 대단히 흠모하게 된 것 같습니다."

발타는 깃펜의 끝을 다듬다가 칼끝을 종이 위에 지그시 박았다.

위그 드 부빌, 30대 초반의 나이에 60대만큼이나 노회한 어전 시종. 그의 호기심 어린 공격은 늘 은근하면서도 급작스럽다.

현재 왕실의 군자금 및 적자 재정 문제를 떠맡은 자는 위그 드 패로 경으로, 성전기사단의 감찰관이었다. 왕이 기사단에 워낙 채무가 많기 때문이기도 하거니와, 기사단이 전 유럽에서 가장 뛰어난 회계 기술을 갖고 있었기 때문이었다.

그리고 기사단에서 그 기술을 제대로 배운 발타는 가장 골치 아픈 검수 작업 및 계산에 동원되곤 했다.

발타는 특이한 형태의 숫자와 도표형 주판이 빼곡하게 그려진 양피지를 접어 시선을 차단하고 고개를 들었다.

"무슨 말씀이신지 이해하기 어렵습니다, 위그 경. 그에게 무슨 문제가 생겼습니까?"

몇 달 전, 왕에게 선물을 받은 인연으로 잠시 동행했던 세공사. 밤새 술을 마시고 진탕 취해서 서로 정신없는 짓거리를 해 댄 것을, 발타는 누구에게도 말하지 않았다.

게다가 리옹에서 있었던 일은, 맙소사. 두 번 다시 생각하고 싶지 않았다.

그것은 세공사에게도 마찬가지였을 것이다. 조금이라도 이상한 소문이 퍼졌다간, 그 자그마한 세공방은 바로 문을 닫아야 할 것이고, 그자는 끌려다니며 돌을 맞아 죽을 테니까.

"오, 문제는요. 아닙니다. 그런 경외와 흠모의 정을 아낌없이 받으시는 발타 경이 부러워 드린 말씀입니다."

"……무슨 문제가 있는지 알아듣게 말씀해 주시면 고맙겠습니다."

발타는 이런 궁중식 화법이 몹시 피곤했다.

왕이나 최측근 부르주아 관료, 친위대 기사 등은 왕의 성향에 따라 간결하고 명확한 화법을 구사하는 편이었다.

하지만 귀족들의 수장인 발루아 백이나 마리 드 브라방 선왕비, 그의 아들 에브뢰 백 루이를 비롯한 다수의 귀족과 궁인들은 늘 이렇게 구름 잡는 말만 늘어놓았다. 심지어 발타에게 우호적인 어전 시종 위그마저도 그런 태도를 버리지 못했다.

"이런, 백은의 기사님, 시테 궁은 야전이나 투르누아 시합장이 아니랍니다. 이곳에선 다급하게 찔러 넣는 공격이 전혀 미덕이 아니지요."

"부빌 경. 용건을 말씀하십시오."

위그는 콧수염을 꼬아 올리며 한숨을 쉬더니 허리를 굽히고 소곤대듯 말했다.

"올랑드 영지에서 열두 번째 편지가 도착했습니다. 아시케나지은 세공사의 아름다운 나뭇가지 문장으로 봉인된."

발타는 담담하게 고개를 끄덕이며 옆에 놔둔 수건을 들어 방금 깎은 깃펜에 붙은 부스러기를 찬찬히 닦아 냈다. 빠지직. 수건 속에서 기껏 깎은 펜 끝이 부러지는 소리가 났다. 옆에서 장부를 뒤적이고 있던 신참 관리가 겁먹은 눈을 하고 힐끔거린다.

발타는 칼을 다시 집어 들고 깃펜의 끝을 새로 깎으며 냉랭하게 말했다.

"누가 보면 제가 숙녀의 편지라도 받은 줄 알겠습니다."

"오오, 숙녀의 편지라니, 말씀만으로도 제 가슴이 다 설레는군요. 도움이 필요하시면 언제든지 말씀하십시오."

"나중에 확인할 테니 놔두고 가십시오."

위그가 한껏 우호적인 미소를 띠며, 눈까지 초롱초롱 반짝이며 편지를 내밀었다.

발타는 한숨을 쉬며 눈을 감았다. 죽고 싶었다.

문 밖으로 나온 위그는 흥흥 코웃음을 누르며 골똘히 생각에 잠겼다.

위그는 궁중의 선남선녀를 엮어 주는 일에 크나큰 사명감을 갖고 있었다. 그래서 연애 한 번 못 해 보고 입단하게 될 발타사르 경 생각만 하면 걱정이 태산이었다.

입단을 할 때 하더라도 아름다운 숙녀와 연애는 한번 해 보고 입단해야 한다는 것이 그의 지론이었다. 하지만 유감스럽게도 발타사르 경은 저 얼굴과 실력을 가지고도 오랜 세월 동안 깨알만 한 스캔들 하나 없었다. 요령껏 철벽을 쳤다기보다 그냥 숙맥이었다, 위그가 보기엔.

아니 그런데, 이제 와서 이 무슨 대형 스캔들이란 말인가.

……그것도 이렇게 엉뚱한, 아니 기겁할 방향에서.

사태가 자못 흥미진진하다. 이교도 세공사는 리옹에서의 일 때문에 이미 궁에서 꽤 유명 인사가 되어 있었다. 왕이 '그 세공사를 감시하고 근황을 자세히 보고하라' 하고 명령해 둔 것은 더 오래전의 일이다.

그래 놓고 왕은 보고를 받을 때마다 싸늘하게 냉기를 뿜어 댔고, 발타사르 경은 그에 대한 소식을 들을 때마다 헛기침을 하며 말을 돌리기에 바빴다.

세공사는 리옹에서 돌아온 후부터 올랑드 영지에까지 출몰하기 시작했다. 왕궁 근처에서만 얼쩡거리다가 씨알도 안 먹힐 것을 알았는지, 방향을 바꾼 듯했다.

처음에는 '영주님이 언제 오시느냐, 오해가 있었다, 꼭 전해 드릴 것이 있다.' 하면서 얼쩡거리다가, '영주님 오시면 연통 좀 넣어 달라'고 부탁을 하다가, 이제는 '영주님께 편지 좀 보내 달라' 하며 영지민들을 볶아 대기 시작했다.

그가 영지에 출몰하기 시작하면서, 발타 경은 자신의 영지 쪽으로는 발걸음도 하지 않았다. 원래도 자주 가는 편은 아니었지만, 이건 누가 봐도 기사님께서 세공사를 피해 도망 다니는 꼴이었다.

그랬더니 그 세공사, 아예 영주님 집 앞에 죽치고 앉아서는, 오가는 영지민들을 붙잡고 앉아 주구장창 수다를 늘어놓기 시작하더란다. 영주님은 대체 언제 퇴근하시느냐, 폐하께서 좀 너무하신 것 아니냐, 어째 몇 달 동안 휴가 한 번을 안 주시냐. 어지간히 말도 많고 언변도 좋은 사내라 했다.

그러더니 기다리는 게 지루하다며 팔을 둥둥 걷어붙이고 봄맞이 대청소를 시작했더란다.

그 '대청소'만 해도, 처음에는 영지민들에게 '따뜻한 봄도 오고, 기다리기도 심심하니, 영주님 댁 청소나 좀 해도 괜찮겠느냐'고 물었다 했다. 어차피 영주의 집을 돌보는 것은 농노들의 의무라, 나름 가책을 느껴 왔던 그네들은 '당연히 해도 된다, 식사도 제공하겠다' 하며 열렬히 환영했다.

그랬더니 그자가 간도 크게 바로 사다리를 놓고 올라가 썩어 빠진 지푸라기 지붕을 활딱 걷어 홀랑 태워 버리더니, 다음 날부터 아예 집을 전면 개축하기 시작했더란다.

날만 새면 늙은 말이 끄는 짐수레를 몰고 찾아와서는, 나무로 지붕을 얹고, 시커멓게 썩은 창틀을 갈고, 덧창도 달고, 울타리도 새로 치고, 벽의 갈라진 틈도 말끔히 메꿔 회반죽까지 싹 바르고, 바닥도 새로 깔고, 마당에 꽃도 심고, 마구간도 수리하고, 심지어 판자 두 개만 걸쳐 둔 냇가의 약식 뒷간(?)에 사방 번듯한 판자까지 둘러, 발타사르 경의 품위 유지에 혁혁한 공로를……. 어쨌든 별 희한한 짓은 다 해 놓고 있는 모양이었다.

그리고 사이사이, 궁으로 뻔질나게 연통을 보냈다. 폐하께서 왕궁의 출입을 금하셨으니 직접 찾아오지는 못했지만, 그 웃기는 세공사는 몇 안 되는 영지민들에게 드니에 한 닢씩 주어 가며 야

무지게 심부름을 시키고 있었다.

마을에서 제일 덩치 좋은 노총각 파스칼이나 똘똘하고 야무진 소녀 카미유는 동전 하나에 피 튀기는 결투를 벌였고, 승부에서 이긴 자가 나귀를 타고 왕궁까지 부리나케 달려와, 밀랍으로 주둥이를 봉한 작은 편지 항아리를 전해 주곤 했다.

「올랑드 영주님을 꼭 뵙고 싶습니다. 딱 한 번만 만나 주세요.」

중요하게 드릴 말씀이 있다 했다가, 전해 드릴 물건이 있다고 했다가, 갑옷을 선물한다 했다가, 검이라고도 했다가, 겁나 귀하고 비싼 것이라 했다가, 어쨌든 횡설수설이었다.

그리고 발타는 모양 빠지게 꼬리를 사린 채 한 번도 답신을 보내지 않았다.

"파스칼. 물건을 받아 두고 그자를 그만 오게 하게."

"카미유, 그 세공사에게 갑옷이나 무기는 안 받아도 좋으니 그만 오라 하렴. 대체 일은 언제 하고 돈은 언제 벌 거냐고 물어보겠니."

"파스칼, 집을 청소하는 건 상관없는데, 쓸데없는 돈은 들이지 말라 해라. 돈 안 줄 거야. 땡전 한 푼 안 준다고. 선물을 꼭 전해 주고 싶으면 네가 대신 가져오고, 비용은 계산해서 주겠다고 해."

"카미유, 어머니하고 할머니한테 밥 좀 챙겨 주지 마시라 해라! 밥까지 주니 자꾸 오잖니. 그자는 거지가 아니야, 돈 많은 귀금속 세공사라고!"

하지만 세공사는 고집불통이었다.

「딱 한 번만 뵈면 됩니다. 그때 뭔가 오해를 좀 하셨습니다. 그러니 정말 딱 한 번만.」

「언제 영지에 오시는지 알려 주시면 번개처럼 달려오겠습니다. 제발 죽은 목숨 하나 살려 주시는 셈 치고, 아니, 그 반대인가? 어쨌든 자비를 베풀어 주십시오. 네?」

이제 발타는, 위그가 나타나기만 하면 두려움에 몸을 떨었다. 몹쓸 부랑배가 달라붙은 가련한 숙녀가 따로 없었다.

하지만 영지민의 편지마저 안 받을 수는 없었다. 아무리 영지민이 열아홉 명밖에 안 된다지만, 그래도 명색 영주님이니 영지 관리와 재판, 이웃 영지와의 분쟁 등에 대해서는 개입을 해야 했다.

위그는 이 사태가 무척 흥미롭기도 했지만, 걱정스럽기도 했다. 이해할 수도 없었다. 나 같으면 한 번 만나서 받을 건 받고, 줄 건 주고, 호되게 혼찌검을 내 주고 끝낼 텐데.

어쨌든 시테 섬 왕궁에는 올랑드 영지에서 작은 나귀를 타고 온 소녀와 덩치 큰 노총각이 뻔질나게 드나들었고, 그때마다 애꿎은 깃펜만 무수히 부러져 나갔다.

† † †

왕과 발타는 '왕의 정원'에 있었다.

왕의 정원은 시테 궁에서부터 시테 섬 서쪽 끝까지 쭉 이어진 삼각형 형태의 정원으로, 왕궁에서 정원 끝까지 이르는 거리는 줄잡아 30페르쉬(약 170m)에 이르렀는데, 높은 성벽과 센 강으로 삼면이 빙 둘러 있어 조용하고 안전한 왕의 개인 공간이었다.

왕은 자신의 정원을 아꼈다. 아름다운 풍경을 좋아해서라기보다, 조용하고 방해받지 않는 시간과 공간을 좋아하는 왕의 취향 때문이었다.

여름에 접어들어, 왕의 정원은 한창 아름다워졌다. 성 전체가 공사 중이라 커다란 나무는 몇 그루 없었지만, 새파랗게 물이 오른 풀밭과 정원사가 신경 써서 심어 놓은 꽃들이 화사하게 피었다. 담장에 접한 그늘에는 요리사들이 심어 놓은 약초와 채소들이 빼곡하게 자라고 있었다.

왕이 앉아 있는 곳은, 아름드리나무 한 그루가 시원하게 그늘을 드리운 곳이었다. 왕은 일정이 없을 때는 그곳에 앉아 시종이나 트루베르들이 책을 낭독하는 것을 들으며 오후 시간을 보내곤 했다.

높은 담장을 넘어 시원하게 강바람이 분다. 센 강을 지나가는 거룻배의 사공들이 서로 부딪치지 않게 후여, 후여 소리를 지르며 성벽 곁을 지나가는 소리가 들렸다.

왕은 등받이 의자에 비스듬히 기대앉아 있었다. 회계실에서 머리를 싸매고 있던 발타는 왕의 소환령에 정원으로 끌려와 이번에는 두꺼운 양피지 책을 읽어야 했다.

자고새 우는 소리가 희미하게 지절거리고, 꽃밭의 나비들이 여름의 쨍한 햇살에 힘겹게 나풀거리는 사이로, 낮고 부드러운 목소리가 퍼져 나갔다.

"……성 십자가는 먼저 지상의 낙원에 있던 아담의 아들 셋에 의해 발견되었습니다. 우리가 아래에서 곧 보게 되겠지만, 레바논에서는 솔로몬에 의해서, 솔로몬 성전에서는 스바의 여왕에 의해서, 연못 물가에서는 유대인들에 의해서, 그리고 이날에는 성 헬레나에 의해서 갈보리 산 위에서 발견되었습니다."

<니고데모의 복음서를 보면 아담이 늙어 허약하게 되자 그의 아들 셋이 낙원 문으로 가서 자비의 나무에서 나는 기름을 달라고 애걸했습니다. 그것을 그의 아버지의 몸에 발라 건강을 회복시키고자 함이었습니다.

그때 미가엘 천사장이 나타나 말했습니다.

"자비의 나무에서 나는 기름을 얻어 내기 위해 애써 눈물을 흘리거나 헛수고를 하지 말아라……."

또 다른 기록에는 천사가 셋에게 그 나무의 가지를 하나 주며 레바논 산에 심으라고 명령했다고 합니다. 어떤 헬라 외경의 역사에는 분명히 천사가 그에게 아담이 범죄했던 나무의 가지를 주었다고 기록되어 있습니다. 천사는 그 가지에서 열매가 맺힐 때 그의 아버지가 완전히 건강해지리라고 알려 주었습니다.

셋은 아버지가 이미 죽은 것을 발견하고, 그 가지를 아담의 무덤 위에 심었습니다.

그 가지는 자라면서 큰 나무가 되었고 솔로몬의 시대까지 여전히 서 있었다고 전해집니다…….>[1]

수도사 야코부스의 레젠다 아우레아(Legenda Aurea, 황금전설)를 낭송하는 발타의 뺨을 타고 땀이 흘러내렸다. 목덜미도 속옷도 땀으로 흥건했다. 그는 왕을 곁에서 모실 때는 늘 무장 상태로 지내

1) 황금전설, 보라기네의 야코부스, 윤기향 역, 크리스찬다이제스트, 2007.

야 해서 이렇게 뙤약볕에 앉아 있으면 온몸이 땀에 흠뻑 젖기 일쑤였다.

왕은 눈을 감은 채 듣고 있느라 그 모습을 보지 못한다. 덥고 목이 말랐지만 발타는 내색하지 않는다. 기사단에서는 신체의 고통을 호소하는 것을 기사의 수치라 가르쳤다.

<솔로몬 왕은 이 나무의 아름다움에 대해 극찬하며, 그 나무를 베어다가 자신의 숲속의 집을 짓는 데 사용했습니다. 그러나…… 줄기들은 항상 너무 길든지 아니면 너무 짧아서…… 일꾼들이 그것을 어떤 연못 위에 두었습니다. 연못을 건너기를 원하는 사람들에게 다리로 쓰이라는 것이었습니다.

스바 여왕이 솔로몬의 지혜로운 말을 듣기 위해 이 다리를 막 건너려고 할 때, 그녀는 세상의 구세주가 어느 날 이와 똑같은 나무 위에 매달리게 될 것을 보았습니다. 그래서 그녀는 그 위를 걸을 수 없어서 즉시 무릎을 꿇고 나무에 경배했습니다.

솔로몬은 그 나무를 가져다가 땅속 깊은 곳에 파묻었습니다. 그 후에 그곳에서 프로바티카(벳자타, 베데스다)로 불리는 연못이 솟아올랐습니다. ……그곳은 가끔 주님의 천사가 내려올 때나 나무의 능력으로 물이 동하면 병자들이 고침을 받게 되었습니다.

그리고 그리스도께서 고난받으실 시간이 다가오자 그 나무가 연못의 수면 위로 둥둥 떠올라, 그것을 본 유대인들이 주님의 십자가를 만드는 데 그 나무를 사용하게 되었습니다…….

……그리고 이 진귀한 십자가 나무는 200년이 넘도록 땅속에 묻혀 감춰져 있다가 콘스탄티누스 대제의 어머니인 헬레나에 의해 발견되었던 것입니다…….>

목이 아려서 끝이 조금씩 갈라질 때쯤 되자 왕의 목소리가 끼어 들었다.

“성 십자가의 이야기는 늘 신비롭고 놀랍지. 에덴의 생명나무가 지상에 내려와 자랐고, 솔로몬이 그것을 보았고, 벳자타 연못에서 치유의 기적을 일으켰고, 결국 그리스도의 속죄의 나무가 되었다는 것이.”

눈을 감은 채 의자에 비스듬하게 누워 있던 왕이 중얼거리다가 문득 말을 멈춘다.

“……그런데, 정말일까.”

“무엇이 말씀이십니까.”

“생트 샤펠에 안치된 성 십자가 조각이나 기사단에서 탈취한 단장의 홀이, 정말 에덴에 있던 그 생명나무일까.”

“저자인 보라기네의 야코부스도 그 부분에 대해서는 출처를 대지 못한다 하였습니다. 그 역시 온전히 믿지는 못했다는 뜻이겠지요. 또한, 제가 부르고뉴에서 필사했던 내용과 왕궁에 있는 필사본의 내용도 부분부분 차이가 있습니다.”

“가령, 어떤?”

“부르고뉴나 로마, 시프르 필사본이나 유대인의 기록에서는 생명나무에서 나온 지팡이가 모세 혹은 아론의 지팡이가 되어 유대인들에게 오랜 시간 치유의 능력을 보였다는 기록이 남아 있습니다.”

“흠.”

“그리고 언급되는 천사가 생 미셸이 아닌 라파엘 대천사라는 기록도 많이 있습니다. 생명의 나무를 지키는 천사는 치유의 대천사 라파엘이라는 것이 정설이니까요. 천사, 주님, 신이라는 낱말로 쓰인 필사본도 꽤 여럿 있었습니다. 필사자에 따라 내용이 임의로 추가되고 어느 부분은 누락되었다는 뜻이니 모든 기록을 절대적으로 믿기는 다소 어려움이 있겠습니다.”

“그대는?”

“적어도 성 헬레나께서 발견한 성 십자가와⋯⋯ 현재 성전기사단에서 보유하고 있는 성 유물은 공식 기록된 치유의 이적과 두 명 이상의 증인이 있었습니다.”

발타의 대답이 낮고 느릿해진다. 왕은 여전히 단조로운 목소리로 묻는다.

“그럼, 생트 샤펠에 가시면류관과 함께 안치된 성 십자가는?”

“성 유물이라 확증한 성직자들의 의견을 존중합니다.”

“흠 없고 완벽한 대답이로다.”

왕이 턱을 비스듬히 들고 눈을 가느스름하게 치뜨고 바라본다.

“하지만 의견을 존중한다는 것이, 믿는다는 대답은 아니지. 내 작은 솔로몬.”

“아크레에서는 순례객을 대상으로 장사를 하는 숱한 성 유물 사기꾼들이 있었나이다. 어떤 천인공노할 자들은 자신의 아비, 어미, 혹은 이교도의 무덤을 파서 뼈를 주석 상자에 넣어 팔기도 합니다. 성물에 대한 믿음을 보류하는 것을 해량하소서.”

발타는 별로 난감해하는 기색도 없이 답했다. 왕은 기어이 웃기 시작했다.

“너무하는군, 동방의 현자여. 생트 샤펠에 봉헌한 가시관과 성 십자가는 우리 할아버지께서 어마어마한 로비를 한 끝에 13만 5천 리브르라는 거금을 들여 사 온 성물인데. 물론 성전기사단에게 성 십자가를 뺏긴 것은 치 떨리게 분히 여기셨지만, 그들에게는 일절 내색하지 않으셨다 들었다."

"저처럼 믿음이 약한 자는 성 토마스가 부활하신 주님의 옆구리 상처에 손을 넣었던 것 같은 방법 외에는 납득할 방법이 없으니 저의 무지와 연약함을 용서하소서."

"그대는 성 유물이 이적을 발현하는 것을 직접 보아야만 진품으로 믿겠다는 건가."

"그러하나이다."

"대부분의 사람들이 그렇지. 나는 난감한 질문에 거짓으로 대답하지 않는 그대의 용기를 사랑한다."

"황공합니다, 폐하."

"하지만 어떤 트집도 잡히지 않도록 뱀장어처럼 쏙쏙 빠져나가는 그대의 지혜를 더 사랑하지."

왕은 웃음 한 자락 없는 얼굴로 농담을 했다. 무표정한 얼굴에 억양의 변화가 없는 말투라서, 왕의 말은 농담인지 진담인지 쉽게 구별하기 어려웠다.

왕이 말을 끊고 뒤늦게 발타의 땀에 젖은 얼굴을 응시했다. 표정 변화는 없었지만, 발타는 그가 조금 당황했다는 것을 알아차렸다.

왕이 의자에서 몸을 일으켰다.

"낭송은 이쯤 하지. 목마르지 않은가."

왕은 물이 담긴 단지를 내밀었고, 발타는 두 손으로 공손히 받아 한 방울도 남기지 않고 모두 마셨다. 왕이 들릴락 말락 혀를 찼다.

"인내의 미덕과 미련함은 종이 한 장 차이야. 목마르면 말을 하게."

"예. 그러겠습니다."

"물을 더 가져오게 하겠네. 마침 위그가 오는군."

왕이 고개를 들어 시테 궁 쪽으로 연결된 출입문을 응시했다. 작고 통통한, 익숙한 실루엣의 시종 한 명이 총총대며 다가오고 있었다.

"자, 내 작은 솔로몬. 맞춰 보게. 부빌의 용건이 자네에게 있을까, 나에게 있을까."

"위그 경이 제게 무슨 볼일이 있겠습니까?"

"왜. 최근 올랑드 백성들이 편지 단지를 들고 궁에 자주 들르지 않던가."

발타의 움직임이 딱 멎었다. 그는 물단지를 두 손에 든 채 잠시 입술을 들썩이다가 이내 고개를 숙였다.

"죄송합니다. 앞으로는 편지를 받지 않도록 일러두겠습니다."

"왜 결론이 그렇게 나지? 그자가 만나고자 하는 이유를 시원하게 듣는 게 낫지 않았겠나?"

리옹에서의 일을 이야기하시는 것이다. 문밖에서 대화를 들으셨던 게 틀림없다. 딱히 비난하거나 추궁하시는 것 같지는 않았지만, 얼굴로 열이 치받았다.

"그 세공사가 그대를 그리도 만나고자 하는 이유가 뭔가."

왕은 기본적으로 타인에게 무심했지만, 발타에 대해서는 그렇지 않았고, 세공사에 대해서는 정기적으로 상당히 자세한 보고까지 받고 있었다. 스캔들 수집가 위그 경이나 그물 같은 정보망을 가진 마리니 보좌 주교 덕에 왕에게 들어가는 정보의 양은 결코 적지 않았다.

"별다른 내용은 없었습니다."

"발타. 그자가 그대를 만나고자 하는 이유가 뭔가."

왕은 두 번 되풀이해 묻는 것을 좋아하지 않았다. 발타는 손등으로 뺨을 지그시 눌렀다. 땀이 축축하게 묻어난다. 왕에게 거짓을 고하지는 않지만, 곧이곧대로 말할 수 없는 내용도 종종 있었다.

"편지 내용대로라면, 그자가 직접 만든 사슬 갑옷과 무기를 제게 선물하고 싶다 합니다."

"왜."

"제 쇄자갑 소스가 짧아 위험하다는 핑계를 대고 있습니다."

왕의 눈빛이 기묘해진다. 그는 팔을 뻗어 발타의 허벅지를 덮고 있는 쉬르코를 걷어 보더니 바로 차갑게 내뱉었다.

"굳이 핑계라고 발 뺄 것 없네. 사슬 갑옷이 많이 짧은 건 사실이니. 자네 제정신인가."

"크게 불편하지 않습니다, 폐하."

"전투 중에 허벅지를 도끼로 찍히면 그때는 다소 불편하겠지. 몸에 맞는 것을 선물하겠다는데 왜 거절인가? 직접 받으러 가는 게 마땅찮으면 사람을 시켜 받아 오게 하면 되었을 텐데."

발타는 곁으로 다가선 위그를 보더니 이내 입을 다물었다. 두 사람의 대화를 들은 위그가 얼른 끼어들어 발타의 애로사항을 공손히 고했다.

"폐하, 그러잖아도 발타사르 경이 '정 주고 싶으면 맡겨 두고 가라, 비용은 별도로 보내겠다'고 제안을 했음에도, 그자가 영주님을 꼭 뵙고 드려야겠다며 고집을 부리고 있다 합니다."

"건방지고 고약한 아시케나지. 리옹에서 방자함을 키워 준 모양이군.”

왕은 여전히 고저 없는 목소리로 내뱉었다. 발타는 무릎에 책을 내려놓고 두 손을 모은 채 조용히 왕의 말을 기다렸다.

“사슬 갑옷을 새로 맞춰 주겠다는 이야기는 대체 어쩌다 나온 말인가, 발타?”

“폐하께서 하사하신 세공품을 영지로 운반했을 때, 아침에 그 자가 제 갑옷 시중을 도와주었다가 우연히 보게 되어 한 말입니다.”

“아침에? 왜 그자가 아침에 갑옷 시중을 들게 되었지?”

“전날 저를 따라오다가 놓치는 바람에 밤늦게 도착했습니다. 혼자 돌아가라 하기 위험하여 하루 자고 가라 했던 것뿐입니다.”

위그의 입이 슬금 벌어지고, 왕의 눈도 커졌다.

“하룻밤을 자고 갔다?”

“예, 폐하.”

“그러고도 별다른 일이 없었다?”

“별다른 일이 있어야 합니까?”

발타가 조심스럽게 반문했다. 왕은 미간을 보일락 말락 접더니 가볍게 코웃음을 쳤다.

“별다른 일이 없었다면 자넨 왜 몇 달 동안 같잖게 플라겔랑(자신을 채찍질하며 돌아다니는 수도승) 행세를 한 게지? 노숙자 편력기사로 떠도는 꼴 좀 안 보나 했더니, 이젠 고행 수도승 꼴을 매일 보라는 거냐?”

“그걸 어떻게……. 폐하, 그게.”

“설마 내가 모르리라 생각했나? 네 몸에 자계 채찍 따위 함부로 쓰지 마라. 네 피비린내를 맡는 건 쿠르트레 전투나 리옹에서 있던 일만으로도 충분하니까."

"폐, 폐하. 그, 제가 자계 채찍을 썼던 것은, 그날 술에 취해 그 자의 앞에서 추태를 보인 일을 반성하기 위함이었습니다. 사소한 일이고, 심려하실 일도 아니라 굳이 고하지 않았습니다."

"세공사와 함께 취하도록 술을 마셨어? 그대가?"

"주량을 가늠할 수 없어 취한 줄 몰랐습니다. 제가 요리를 심하게 실패하는 바람에…… 와인 없이는 도저히 그냥 먹을 수 없었는데……."

"그대가 요리를 했다?"

"그, 그게, 폐하. 스튜가 너무 짜고 쓰고 시어서 차마 요리라고 하기는 어려웠습니다. ……독약을 먹는 것 같았습니다."

크흡. 버티다 못한 위그는 고개를 돌리고 입을 틀어막았다. 추궁하면 할수록 희한한 이야기들이 끝도 없이 흘러나온다. 발타 경은 난감한 얼굴이었지만 왕의 입가는 비틀리듯 크게 휘어 올라갔다.

"그 요리가 궁금하군."

"궁금해하실 만한 맛은 절대 아니었습니다, 폐하."

"그걸 먹어 봤으면 평생 놀릴 건수가 하나 더 생겼을 텐데, 애석해."

"……."

"그나저나 취해서 그자에게 무슨 짓을 했기에? 그에게 주먹다짐이라도 했나?"

"주먹다짐……과 좀 비슷한 일도 있긴 있었습니다만 큰 문제는 없었습니다. 어쨌든 그날 일은 깊이 회개하고 고해 신부님께도 모두 고했습니다."

고해 신부에게 털어놓은 일은 캐묻지 않는 것이 예의로, 부끄러우니 제발 더 이상 묻지 말아 달라는 완곡한 부탁이기도 했다. 주먹다짐 비슷한 일이라……. 왕은 입을 살짝 비틀며 애매하게 웃어 보였다.

"자네가 무용이 뛰어난 기사라는 건 한 번도 의심해 본 적 없지만, 사적으로 주먹다짐하는 건 상상조차 할 수 없는데."

"황공합니다, 폐하."

"이유가 어찌 되었든, 그대가 이교도 세공사 따위를 피해 다니는 꼴은 영 마땅치 않아."

"저는 납득이 가지 않는 선물은 받고 싶지 않고, 용건이 없으면 만날 생각도 없습니다."

"그러면 내가 알아서 처리함이 옳겠지. 아무리 리옹에서의 인연이 있다 해도, 아시케나지 이교도 따위가 감히 나의 팔라댕을 번잡케 함이 과하니."

발타가 고개를 번쩍 들었다. 당혹한 기색이 빠르게 번지기 시작했다.

"폐하, 제가, 최대한 빨리 그자를 만나 보도록 하겠습니다."

"당연히 그리해야겠지. 그래서 자넬 이리로 불러냈던 거야. 위그!"

왕이 시종에게 가볍게 손짓을 하자, 위그가 왕궁 방향으로 몸을 돌리더니 하얀 손수건을 펴 들고 크게 흔든다. 그러자 성문 안쪽에서 있던 병사와 시종들이 한 사람을 양쪽에서 붙잡고 들어온다. 붙잡힌 사내는 넋이 나간 것처럼 질질 끌려 들어오고 있었다.

발타가 자리에서 벌떡 일어나는 바람에 무릎에 놓인 성인전 필사본이 풀밭으로 굴러떨어졌다. 하지만 그는 그 귀중한 것을 주워 올릴 생각도 하지 못한 채, 경악한 목소리로 소리쳤다.

"폐하! 왜 저자가 여기에!"

"내가 불렀어. 그대가 번거롭게 따로 부를 일이 없도록."

왕이 단조로운 어조로 덧붙였다.

"나 역시, 그자에게 궁금한 것이 많아, 내 작은 솔로몬."

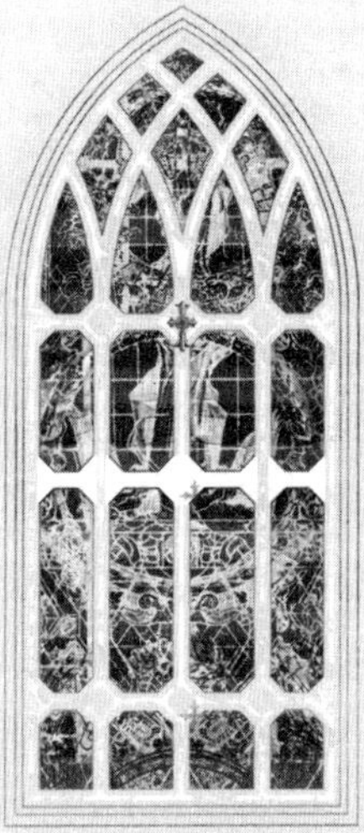

5-6. 아크레의 숙녀가 훔친 것

레아는 정신이 하나도 없었다. 올랑드 영지에서 담벼락을 수리하고 있다가 흙손을 든 채로 병사들에게 끌려온 참이었다. 병사들은 이유도 설명하지 않고, 왕궁으로 가야 한다는 말 한마디만 하고는 불문곡직 레아를 끌어냈다.

포승줄에 묶이거나 한 건 아니었지만, 말투나 데려가는 모양새를 보면 모셔 가는 게 아니란 건 분명했다. 그나마 혹시 몰라서 턱수염이나마 간신히 붙이고 온 게 다행이었다. 턱 전체를 덮는 구레나룻은 너무 번거롭고 시간이 많이 걸려, 두 번은 못 할 짓이었다.

예감이 영 좋지 않다. 오지 말랄 때는 언제고, 또 이렇게 끌고 가는 걸까.

오늘은 궁 안으로 들어가는 것도 아니다. 궁의 안뜰을 가로질러 한참 들어가 문을 하나 더 지나자, 온통 푸르게 물든 넓은 정원이 나타났다.

그리고 그곳에는, 레아가 가장 만나고 싶어 하는 남자와, 죽어도 만나고 싶지 않은 남자가 나란히 앉아 있었다.

"보트르 마제스테."

그래도 일주일간 같이 여행이라도 했다고, 이제는 조금 여유가 생겼다. 레아는 왕의 앞에 한쪽 무릎을 꿇고–자세가 맞는지는 여전히 확신할 수 없었다– 왕의 반지에 입을 맞추었다.

"아시케나지 마을의 세공사 레비, 강녕하신 폐하를 이렇게 다시 뵙게 되어, 여, 영광입니다."

"그대에게 삼위일체 하느님의 은혜와 축복이 임하기를."

아, 여전히 고약한 답변이었다. 이제 레아는 왕이 일부러 그러는 것임을 확실히 알 수 있었다.

왕의 옆에 서 있는 발타 님의 얼굴은 이미 우유처럼 창백했다.

그가 자신을 계속 피하고 있다는 것은 알고 있었다. 정말 어이없는 오해였지만, 오해가 생긴 건 순전히 자신의 탓이었다. 감정을 그렇게 사방팔방 흘리고 다녔으니, 눈치 못 채면 바보 아니겠는가.

저분이 그날 새벽에 보여 주었던 반응은, 이교도 세공사를 정말 최대한 배려해 주신 것이고, 최대한 참아 주신 것이었다. 원래대로라면 질질 끌어내서 돌로 때려죽이거나 모가지를 매달아 죽여도 할 말이 없을 일이었다.

아크레에서나 파리에서나, 세속법에서나 교회법에서나, 남색은 사형에 해당하는 중죄였다.

왕의 고요한 목소리가 흘러나온다.

"세공사, 자네를 부른 이유는, 묻고 싶은 것이 몇 가지 있어서야."

"예, 하문하시옵소서, 폐하."

"우선, 그대가 내 기사를 이렇게 번거롭게 하는 이유를 알고 싶다."

"황공하옵니다. 어, 제, 제가 올랑드 영주님께 전해 드릴 물건이 있사온데……."

"갑옷과 무기라 하였나?"

"……그, 그렇습니다."

물론 훨씬 중요한 물건도 전해 드려야 하지만, 댁에게 말씀드릴 건 아니고요.

"그런데 발타는, 그것을 받을 이유도 없고, 그대를 만날 생각도 없다고 분명히 전했다는데? 만약 정 선물하고 싶으면 사람을 통해 보낼 수도 있었을 텐데. 물건값은 주기로 했다니 말일세."

발타 님은 여전히 창백한 얼굴로 말없이 서 있다. 왕의 취조를 막아 줄 생각이 전혀 없는 것 같다. 왕의 냉랭한 목소리가 이어진다.

"그런데도 기어이 얼굴을 보겠다 고집을 부렸다며."

"그, 그게, 황공하오나 제가 일단 돈은 받을 생각은 좁쌀만큼도 없사옵고, 물건은 당사자에게 직접 전달하는 것이 가장 확실하고 안전한지라……."

"건방지고 오만한 아시케나지. 그럼, 자네 물건을 살 영주, 왕족, 귀부인들이 모두 자네 앞에 출두해서 얼굴도장을 찍고 물건을 하사받아야 한단 말인가? 리옹에서의 잠시의 인연으로 이런 오만함까지 용납해야 한다는 말인가?"

폐하, 대체 왜 이러세요…….

레아는 드디어 속으로 울부짖기 시작했다.

아니 그러잖아도 댁이 계속 끼어들어서 내가 천금 같은 고백의 기회를 놓친 것도 분통 터져 죽겠는데, 왜 갑옷 무기를 선물로 바치는 일마저도 건방지고 오만하다는 욕을 먹어야 하나요.

그저, 얼굴 한 번만 뵙겠다는 건데, 그게 여기까지 개처럼 질질 끌려와서 취조를 당할 일입니까! 왕관을 내리시면서 마음의 빚을 갚네 어쩌네 있는 대로 폼을 잡으실 때는 언제고!

아무리 생각해도 저 미남왕 폐하와 이렇게 악연으로만 얽히는 이유는 단 한 가지다. 아크레 얼빠 시절, 파리 시테 궁의 폐하가 세상에서 제일 잘생겼다는 소문을 듣고, 그 멋진 얼굴 한 번 보고 싶다고 간절히 소원을 빌었던 게 문제였다. 세상 사람 아무도 모르는 작고도 소중한 불경죄를 가지고 이렇게 큰 죗값을 치러야 하나.

"그, 그게, 치수를 잴 때, 갑옷 장착을 도와드리며 눈대중으로 잰 것이라 걱정돼서 그렇습니다. 몸에 잘 맞아야 불편함이 없으시죠."

"꽤 합리적이고 마땅한 이유로군. 지금 갑옷은 가져왔나?"

"예, 폐하, 이자가 가져온 수레에 무기와 사슬 갑옷 일습으로 보이는 짐이 실려 있었습니다."

똥똥하고 이마가 빤들빤들한 시종 나리께서 얼른 대답한다.

왕이 고개를 가볍게 끄덕이자 레아를 끌고 온 병사들이 달려가 시시와 짐수레를 끌고 왔다.

시시 영감님은 레아가 없어서 불안한 듯 한참 두리번거리다가 먼발치에서 레아를 발견하고 헝헝 울며 달려왔다. 영감님은 크레도처럼 예민하거나 성질이 고약하진 않지만, 낯선 곳에서는 주인만큼이나 겁을 집어먹었다. 쫄보병은 집에서 기르는 동물들에게까지 옮겨 붙는 악성 전염병이었다.

시종이 수레에 실린 것들을 탁자 위에 공손히 올려놓았다. 집수리를 위해 싣고 온 공구와 아교, 못 따위가 잔뜩 들어 있는 커다란 주머니, 향나무를 정교한 문양으로 깎아 장식한 커다란 궤짝, 그리고 붉은 벨벳 천으로 감싸 둔 무기들과 방패가 탁자 위에 차례차례 놓였다. 지나치게 정성껏 만든 것이 오히려 수상해 보일까 봐 레아는 진땀을 흘리며 변명했다.

"저, 전투를 하실 때, 이 갑옷과 무기가 발타 님을 조금이라도 더 안전하게 보호해 주리라는 기원을 담아, 은으로 장식을…… 어, 정말 열심히…… 정성껏 만들었습니다."

"발타, 풀어 보게."

왕의 명령에, 발타는 얼굴을 딱딱하게 굳힌 채 벨벳 천을 풀었다.

"오, 맙소사……."

희게 빛나는 장검 두 자루가 모습을 드러낸 순간, 병사들은 저도 모르게 입을 틀어막으며 신음을 삼켰다. 그도 그럴 것이, 레아는 은의 결정 모양이 새겨진 은판을 검집에 아낌없이 박아 넣었던 것이다. 은으로 장식된 무기나 장신구는 기사를 악한 세력에서 보호하는 데 최고의 효과를 발휘한다고 여겨졌다.

발타는 그중 큰 검을 들어 올려 검집에서 천천히 빼냈다. 우웅, 검이 묵직한 소리로 울린다.

"헉…… 물결무늬 검날이다!"

"오 맙소사. 혹시 다마스쿠스 검……입니까?"

알랭과 위그의 입에서 기겁한 목소리가 터졌다. 왕 역시 눈을 크게 뜨고 레아를 바라보았다.

"……."

두꺼운 칼날에 짙은 물결무늬가 빼곡히 일렁거린다. 동방의 다마스쿠스 지역에서만 만들어진다는 그 검은, 살라흐 앗 딘이 사용하면서 기사들에게 유명세를 탔는데, 가볍고 단단하며 예리한 동시에 탄성도 좋아서 바위에 힘껏 내리쳐도 부러지거나 이가 나가지 않는다 했다. 그래서 현존하는 최고의 명검이라 불리곤 했다.

애석하게도 유럽 쪽 대장장이들은 그 검을 만들지 못했다. 동방의 특정 상단에서만 수입하는 특수 철광석으로 제작해야 하는데, 재료를 구하기도 어렵고, 제련 방법도 독특하고, 최고의 단조 공법을 총동원해 수천수만 번 접고 두드려 만들기 때문이었다.

아버지는 그 검의 원조 기술을 전수받은 것은 아니었다. 하지만 시도 때도 없이 날붙이 제작에 동원되어 들들 볶이는 동안 최고급 철광석을 입수해 여러 가지 실험을 하게 되었고, 결국 '잘 부러지지도, 휘지도 않는 단단한 물결무늬 검'을 만드는 데 성공했다. 아모스가 합금과 제련의 전문가이자 우트르메르 최고의 단조 세공사여서 가능했던 일이었다.

물론, 손끝이 야문 첫째 딸이 아빠의 기술을 어깨너머로 낼름낼름 집어삼킨 것은 당연한 일이었다. 아크레가 함락되고 아버지도 돌아가셔서 그 기술이 빛을 발할 수는 없었지만, 철광석을 구하는 상단의 이름이나 만드는 방법까지 잊은 것은 아니었다.

레아는 오늘 이후, 프랑스에서 발타 님보다 좋은 무기를 가진 기사는 없을 거라고 확신했다.

……믿을 수 없군. 어떻게 보석 세공사가 이런 수준의 무기까지.

발타는 속으로 찬탄하며 검을 한 바퀴 빙그르르 돌린 후, 두 손으로 똑바로 세워 보았다.

무게를 실어 베는 데 특화된, 검날이 넓고 두꺼운 검. 무게감이 있지만 무게 중심이 적절히 잡혀 안정적이고, 움직임이 편안하도록 만들어졌다. 검날의 특별함을 제하고 보아도, 저자는 이미 파리 최고의 도검 장인이었다.

"시험해 보겠나? ……위그!"

왕이 손을 들자, 위그 경이 허공으로 하얀 리넨 수건을 한 장 던진다. 다마스쿠스 검을 시험해 볼 때 흔히 사용되는 방법이다. 발타는 팔랑거리며 떨어지는 수건을 향해 빠르게 검을 그었다. 핏, 짧은 소리와 함께 수건은 깨끗하게 잘려 풀밭에 떨어졌다.

사람들의 입에서 감탄사가 흘러나온다. 발타 역시 탄성을 감출 수 없었다. 제작 비용이 얼마인지를 떠나, 가치를 헤아리기 어려운 명검이다. 무게감도 적절해, 손에 착 붙고, 몸의 일부처럼 안정적으로 움직인다.

이번에는 에스토크를 꺼내 검신을 지그시 눌러 보았다. 창대처럼 가늘고 길지만, 틈새 찌르기 전용 검답게 휘청임이 적도록 단단하게 만들어졌다. 한 번 눌러만 봐도 최상품의 훌륭한 검이라는 것을 느낄 수 있었다.

향나무 상자를 열자 이번엔 곧은 단검 두 자루와 휘어진 단검이 한 자루 나온다. 단검 역시 기사들의 기본 장착 무기로, 뒤엉켜 싸우는 백병전이나 투척용으로 사용되기 때문에, 탄력을 줄여 단단하게 만들어진다. 검날의 물결무늬는 동일했고, 이 역시 칼집과 손잡이에 아낌없이 은판을 박아 넣었다.

등에서 식은땀이 흘러나온다. 이 무기 일습에 들어간 정성이나 기술은 차치하고라도, 들어간 은의 양만 해도 리브르 은괴 두엇은 족히 넘을 듯싶다. 아무리 은이 기사의 안전과 순결을 지켜 준다 해도, 그 비싼 은을 이렇게 싸바르는 건 미친 짓이다.

"가만, 발타 경, 상자 바닥에 아직 남은 게 더 있는 것 같습니다만……."

단검 아래에는 사슬 갑옷이 들어 있었다. 하반신용 쇼스가 한 켤레, 머리와 어깨를 덮는 카퓌쉬가 하나, 허벅지의 절반 정도까지 덮는 긴소매 오베르가 한 벌, 투구, 쇠로 만든 장갑, 팔과 무릎을 보호하는 판금 보호대에 박차까지 빠짐없이 갖췄다.

발타는 말 한마디 없이 물건들을 내려다보기만 했다. 이것들은 프랑스 최고의 무기 장인이 명예를 걸고 혼신의 힘을 다해 만든 무구라 해도 부족함이 없었다. 세공사가 '마음을 담아, 열심히, 정성껏' 만들었다는 말은 이제 실감이 나는 수준을 넘어, 이해할 수 없는 수준으로 넘어가고 있었다.

사슬 갑옷 아래에는 두툼한 흰색 리넨 천이 깔려 있었다. 발타는 그것을 상자의 깔개라고 생각했다. 하지만 위그는 고개를 갸웃했고, 그것을 본 왕이 깔려 있던 것들을 친히 꺼내보면서 그 남사스러운 것들 정체가 밝혀졌다.

"이건……."

왕이 친히 펼쳐 든 그 물건은, 지금까지의 감동을 산산조각 내는 데 충분했다.

상자 바닥에는 사슬 갑옷 아래 받쳐 입는 얇은 누빔 솜옷이 한 벌, 피부가 비쳐 보일 정도의 고급 리넨으로 만든, 봉제선이 느껴지지 않도록 깔끔하게 바느질된 슈미즈가 세 벌, 속바지인 브레가 세 벌, 발목 부분에 자수까지 놓인 긴 쇼스가 세 켤레, 그리고 나뭇가지 패턴의 자수가 곱게 들어간 손수건이 열 장 남짓 들어 있었다.

“난해한 선물이로다, 세공사. 이건 뭔가?”

왕의 목소리에선 어느새 노기가 걷혀 있었다. 발타의 얼굴은 밀랍처럼 허옇게 변했고, 세공사는 진땀을 흘리며 해명하기 바빴다.

“아, 그, 그게, 발타 님에게 완전 무장을 위한 상하의 풀 세트를 해 드린다는 생각에 서비스로 넣은 건데, 불쾌하셨으면 진심으로 사과드립니다……. 제가 손으로 만드는 걸 이것저것 잘하다 보니, 제 옷이나 형님 옷, 랍비님의 옷이나 동생 손수건까지 다 만드는데, 속옷이야 원래 금방 낡는 것이고, 수건도 많을수록 좋은 것 아니겠습니까……. 아 그게, 발타 님의 속옷이 너무 낡아서 해 드린다는 이야기는 결코 아니고요…….”

세공사가 횡설수설하는 꼴을 보아하니 낡은 속옷의 당사자 역시 이런 난망한 사태가 벌어질 것을 전혀 예상하지 못했던 게 틀림없다. 발타의 얼굴로 핏기가 올라오기 시작했다.

왜 이런 선물이 끼어들었는지 이유를 알게 된 사람들은 표정 관리가 되지 않아 애를 먹었다. 어지간하면 표정을 읽을 수 없는 왕의 얼굴도 괴상하게 일그러졌다.

“발타, 이 세공사의 마음 씀이 괴이하긴 하지만, 악의는 없는 듯하니 과히 민망해하지는 마라.”

“저는…… 괜찮습니다, 폐하. 이 귀한 것들을 제작한 세공사의 세심한 마음이 고마울 뿐입니다.”

레아는 속으로 피눈물을 흘렸다. 누가 봐도 이를 갈며 억지로 대답하는 것이 빤히 보인다.

저래 봬도 저 속옷 손수건들, 내 영혼을 갈아 넣은 마스터피스인데! 대체 어쩌다가!

저 '마스터피스'들은 레아가 리옹에서 돌아온 후, 며칠 동안 넋 부랑자로 살다가 마음을 다잡기 위해 정말 열과 성을 다해 만든 것이다. 몇 달 동안 벵상에게 욕을 처먹으면서, 세공 작업도 돈벌이도 다 집어치우고 밤새 한 땀 한 땀 수놓아 만든 것들인데.

이럴 줄 알았으면 속바지나 손수건은 뺄걸. 하다못해 자수라도 넣지 말걸.

"이 옷과 갑옷들을 선물하고 싶어서 그리 드나들었다니, 아예 예서 확인해 주는 게 어떻겠나."

"여기서…… 말입니까?"

백랍처럼 하얗던 발타의 얼굴은 이제 핏기가 올라와 목덜미와 귓불까지 시뻘게졌다. 쇄자갑 정도는 야외에서 갈아입을 수 있지만, 슈미즈나 브레 같은 속옷은 사정이 다르다.

레아가 아는 발타 님은 이렇게 훤하게 툭 트인 정원에서, 그것도 모시는 왕과 신하들 앞에서 알몸으로 옷을 갈아입을 만큼 뻔뻔한 사람이 못 되었다. 왕이 뒤늦게 웃으며 정원의 서쪽 끝에 있는 작은 건물을 가리켰다.

"위그는 발타와 메종 데제튀브로 가서 착장을 도와주게. 로랑, 그대는 부하들을 데리고 물러나 있고."

저 멀리 보이는 성벽 끝 쪽에는 한증실이라는 별명을 가진 건물이 있었다. 바로 옆의 건물인 생 루이 궁보다 서너 배나 멀리 떨어진 곳이었다.

발타는 정말 할 말이 많은 얼굴로, 하지만 입을 꽉 다문 채 짐을 챙겨 등을 돌렸다. 로랑 경과 병사들도 왕에게 고개를 숙이고 생 루이 궁 쪽으로 물러났다.

가, 가만, 그러면 여기는 왕과 나만 남게 되는데?

레아는 사색이 됐다. 그냥 울고 싶은데 눈물도 안 나온다. 발타님을 만나려 안달한 건 사실이지만, 이분이 끼어들면 되는 일이 없다.

왕은 자리에 앉더니 레아를 무표정하게 응시하며 물었다.

"세공사, 그동안 많이 수척해졌군그래."

"예."

"심란한 일이 있었나."

댁이 심란의 원흉이요, 폐하.

"……아닙니다."

왕은 레아를 한동안 바라보다가 그가 떨어뜨리고 간 책을 턱짓하며 말했다.

"발타가 읽던 부분부터 자네가 다시 읽게. 올 때까지 꽤 기다려야 할 테니. 라틴어 읽을 줄 알지?"

왕은 바닥에 떨어진 두꺼운 책을 가리키며 등을 뒤로 기대고 눈을 감으며 덧붙였다.

"황금전설."

레아는 달달 떨며 두꺼운 양피지 책을 들어 올렸다. 읽던 부분에는 가름끈으로 표시가 되어 있었다.

흙이 묻은 책을 탁탁 털어 내자 책 사이에서 종이 한 장이 비죽비어져 나오더니 아래로 팔랑팔랑 떨어진다. 레아는 기겁했다. 책값은 곧 금값이라, 망가뜨리면 대형 사고였다.

살그머니 주워 들고 얼른 내용을 훑어보았다.

「옛날 옛적 작은 시골 마을에 아름다운 아가씨가 한 명 살았습니다.
어느 날 그녀 앞에 고귀한 왕자님이 나타났습니다. 그는 머리에 쓴 왕관을 바치며 말했습니다.
"아름다운 분이여, 당신을 사랑합니다. 제가 가진 왕관을 당신에게 드리겠습니다. 저와 결혼해 주세요."
하지만 그녀는 고개를 저으며 대답했습니다.
"미안해요, 저는 아직 대답해 드릴 수 없어요……."」

아, 다행이다. 책에서 떨어져 나온 게 아니라 그 성 유물에 대한 전설을 누가 적어서 책갈피에 끼워 둔 듯했다.
"지금 뭘 한 거지? 책을 찢은 건가?"
왕이 눈을 가늘게 뜨고 노려보고 있다. 레아는 그 종이를 허둥지둥 보이며 대답했다.
"아, 아닙니다, 폐하. 이거 원래 따로 떨어져 있던 종이입니다. 누군가 필사해서 끼워 두고는 깜박 잊어버린 것 같습니다."
"……."
"저, 정말입니다. 이거 보십시오. 양피지 색이 다르지 않습니까. 이게 훨씬 나중에 쓰인 거죠."
금방이라도 날벼락이 떨어질 것만 같았는데, 아무 소리도 들리지 않는다. 살그머니 눈을 들어 보니, 왕은 여전히 레아를 빤히 응시하고 있었다.
아 정말, 꽤 익숙해진 것 같은데도 오금이 졸아붙는 건 여전하다. 없던 죄를 만들어서라도 실토해야 할 것 같다. 고약한 성격만큼이나 고약한 습관이었다.

그는 양피지를 받아 들고는 눈썹을 찌푸렸다.

"……내 글씨로군. 잔느가 라틴어 배울 때 읽어 보라고 써 준 건데, 하필 여기에."

휴, 간신히 안도의 한숨이 푹 흘러나왔다.

잔느 왕비는 한 살 때 프랑스 왕실로 망명을 와서 두 살 때 약혼하고 열한 살에 필립 왕자와 결혼했다고 들었다. 왕의 글씨는 필사 전문 수도승들의 그것에 비하면 아름답다고 할 수는 없었으나, 읽기 수월하도록 한 글자 한 글자 정자로 정성껏 쓰여 있었다.

무감정 무표정의 대명사로 불리는 왕이, 어린 약혼녀를 위해 직접 필사를 해 주기도 했다니, 기분이 이상하다.

"그렇죠? 첫머리만 딱 읽어 봐도 아니란 건 바로 알겠더라고요. 이건 저도 알고 있던 동화라……."

"동화? 어디서 그따위 헛소리를. 이건 우리 왕실과 기사단에만 전해지는 비밀 전승이야."

왕이 피시시 웃는다.

알고는 있다. 발타 님에게도 들었고, 왕은 그 내용을 꿈으로도 꾼다고 했었다. 그것이 신에게 선택된 진짜 증거라면서.

하지만 그건 왕의 착각이다. 레아 역시 그 전설을 아주 어렸을 때부터 알고 있었다. 비슷한 꿈도 가끔 꾸었다. 그런 걸로 신의 선택의 증거라니. 지나가던 개가 웃겠다.

레아는 최대한 조심스럽게 반박했다.

"아닙니다. 저도 어릴 때부터 알고 있던 이야기인걸요. 동생 재울 때마다 들려주기도 했었습니다."

"세공사. 나는 거짓말을 싫어해. 특히 이교도의 거짓말은 끔찍하게 싫어하지."

왕은 차가운 목소리로 말을 끊었다.

거짓말 아닌데. 왕실의 비밀 전승이 고작 동화 따위로 치부되는 것이 기분 나빴을까?

레아는 곁눈으로 왕을 흘끔거리다 그만 눈이 딱 마주치고 말았다. 왕의 눈이 실처럼 가늘어졌다.

"자네 말이 사실이라면, 지금 내 앞에서 그 내용을 이야기해 봐. 조금이라도 다른 내용이라면, 나를 능멸한 것으로 알겠다."

이건 또 무슨 신종 날벼락일까. 하지만 여기서 정신줄을 놓으면 그대로 황천길이다. 레아는 정신을 바짝 붙잡고 입을 열었다.

"옛날 옛적 작은 시골 마을에 아름다운 아가씨가 한 명 살았습니다……."

이야기를 하노라니, 옛날 아크레에서 동생에게 들려주었던 온갖 사랑 이야기가 떠오른다. 가웨인 경과 괴물 여인의 사랑, 귀니에브르 왕비와 랑슬로 경의 몹쓸 사랑, 다윗 왕과 부하의 아내 밧세바와의 사랑, 열혈 삼손과 그를 파멸로 끌고 간 세기의 미녀 들릴라.

그들의 사랑은 다들 왜 그렇게 어그러지고 힘겹고 뒤틀려 있었을까.

그리고 사람들은 왜 그런 뒤틀린 사랑 이야기에 그렇게 열광했을까.

잠시 눈을 감으니, 바다 내음 가득한 태양의 도시, 아크레의 풍경이 순식간에 가까워진다.

바늘처럼 따갑게 느껴지던 햇살, 시원한 나무 그늘, 말 울음소리, 먼지를 일으키며 도로를 지나가던 위풍당당한 기사님들, 알록달록한 꽃밭에 둘러싸인 작은 세공방. 그 주변을 돌아다니던 염소, 오리, 닭과 병아리들. 아빠, 엄마, 그리고 라셸르와 직인들……, 조금씩 목이 잠기는 듯하다.

"어떤 꽃에 대한 이야기인지 아는가?"

왕이 갑자기 끼어들어 묻는다. 그의 목소리에서 노기가 사라진 걸 보니, 레아가 말한 내용이 대충 비슷했던 모양이다.

"당연히 알죠, 폐하. 저희 마당에 가득 피어 있던 꽃이니까요. 어…… 지금은 아니고 아주 오래전에, 저 어릴 때요."

레아는 파리로 와서는 그 꽃을 보지 못했다. 아니, 생각해 보니 아크레를 떠난 후로는 단 한 번도 보지 못했다. 왕은 한 손으로 턱을 괴더니 차갑게 코웃음을 친다.

"아하? 이 꽃이 마당에 가득 피어 있었다?"

"네. 봄이 되면 빨갛고 노랗고 하얀 꽃이 화려하게 피는데, 정말 꽃봉오리는 왕관 같고, 잎은 기사의 검처럼 뾰족하고, 뿌리는 누르스름한 황금 덩어리 같죠. 마을에서 꽃 이름을 정확하게 아는 사람은 없었는데, 꽃봉오리 모양이 투르방(터번)의 동글 뾰족한 모습을 닮아서, 저희는 '튤리파'라는 이름으로 불렀어요."

하지만 왕은 레아의 말을 전혀 믿지 않는 눈치였다. 입술 끝을 비죽이 비틀며 혼잣말이다.

"대체 어디서 그 이야길 주워들었는지 모르겠군……. 어떤 가벼운 주둥이가 이 이야길 함부로 흘린 거지?"

레아는 억울했지만, 저 살벌한 얼굴에 대고 반박할 용기는 없었다. 그 '가벼운 주둥이' 중에 발타 님도 있었다고는 더더욱 실토할 수 없었다.

레아가 쥐 죽은 듯 침묵하는 사이, 왕이 냉랭하게 내뱉었다.

"자네가 잘못 알고 있어. 이건 프랑스 왕실의 꽃, 백합에 대한 비밀 전승이야."

"네? 그, 그럴 리가요!"

"왜 그럴 리가 없다 생각하지?"

"아, 그, 그게……."

하지만 여기서 아크레의 경험을 들이대며 고집을 부릴 수는 없었다. 레아는 우물우물 후퇴했다.

"아, 저 물론 백합도 꽃은 왕관 같고, 잎도 적당히 뾰족하고, 뿌리도 황금 덩어리 같긴 하죠. 하지만 그건 삼위일체 하느님과 성모 마리아의 순결함을 나타내는 꽃 아닌가요? 그렇게 희망 고문과 저울질로 똘똘 뭉친 세속적 사랑 이야기에 백합은 어울리지 않을 것 같아서요……."

왕의 눈이 더욱 가느스름해진다.

"그것 참 이상하군. 동방 우트르메르가 아닌 프랑스 파리의 아시케나지 마을에 사는 자가 왜 하필 터번의 꽃이라는 이름을 붙여 주었을까? 본토박이 파리지앵 중 사라센의 모자를 친숙하게 느끼는 자가 몇이나 된다고. 게다가 아시케나지 유대인들이 쓰는 모자는 터번이 아니라 노랗고 흉한 뿔 모자 아니었던가?"

왕의 새파랗게 치뜬 눈이 레아를 날카롭게 훑어 내린다. 사냥감을 몰고 몰아 잡기 직전에 느끼는 그 아슬아슬한 쾌감과 긴장감이 느껴진다. 소름이 오싹 끼쳤다.

"폐, 폐하. 제가 우트르메르에 살지는 않았지만, 터번이 뭔지는 압니다. 폐하께서도 아시케나지 마을에 오신 적이 없으시지만 저희가 쓰는 키파나 뿔 모자를 잘 아시지 않습니까."

"왕에게 말하는 방식이 오만하고 건방지다, 아시케나지."

"아, 아이고 죄송합니다. 폐하."

"모르고 싶어도 알 수밖에 없지. 그 누렇고 흉한 모자를 쓴 인간들이 고개를 빳빳이 쳐들고 떼를 지어 왕궁 앞 유대 거리를 종일 활보하고 있으니. 안 그런가, 이교도."

그는 입술을 비딱하게 올리며 다시 묻는다.

"그래서, 그 아름다운 여자는 결국 어떤 선택을 한 것 같은가, 세공사?"

응? 날 의심해서 추궁하는 게 아니었나?

레아는 계속 갈팡질팡했다. 왕은 말투가 매끈하고 평이한 데다 표정 변화가 미세하고 너무 순식간에 지나가서, 그가 어느 화두에 집중하고 어느 화두를 흘려버리는지는 짐작하기 어려웠다.

그녀는 왕의 눈치를 살피며, 상식적이고 무난한 답을 내놓았다.

"묻힌 땅에서 피어난 꽃은 그 여자의 마음이겠죠. 그 말은, 끝까지 양다리 아니 세 다리, 음, 어쨌든 모두를 선택했다는 건데요. 그건 결국 누구도 선택하지 않았단 뜻이겠죠."

"셋을 한꺼번에 차지해 보겠다는 생각은 안 드나? 그럼 자네라면 어떤 선택을 할 건가."

오, 이건 생각지도 못한 방향이다. 여자관계가 깨끗하고 경건하기로 소문난 왕도 저런 썩어 빠진 생각을 하는구나.

"일단 남자들을 봐야 결정을 하겠죠. 평생을 함께 살려면 일회용 선물보다 따져 볼 게 좀 많으니까요. 제가 얼굴이나 몸을 좀 보는 편이고, 성격이나 능력도 좀 보는데, 아! 그, 그게 아니고……."

아무 위화감 없이 이상형을 술술 불던 레아는 기겁하며 말을 끊었다. 왕은 비죽이 웃으며 말을 이었다.

"사실 그 이야기는 아직 끝난 게 아니야."

"네? 이어지는 이야기가 있나요?"

"성모님께서 동굴에서 보여 준 환상 내용은 거기까지지만, 왕실에 전해지는 꿈에서는 그 후의 이야기가 더 이어지고 있지, 비극적이게도. ……듣고 싶은가?"

왕의 입가에 웃음이 짧게 스치고 지나간다. 레아는 눈을 크게 뜨고 고개를 끄덕였다. 세상에, 뒷이야기가 있었단 말인가? 내가 알던 이야기는 반토막짜리였구나.

그나저나 남자들이 떠나고 여자가 죽었는데 거기서 어떻게 더 비극적으로 변할 수가 있을까?

"그 여자는 청혼을 거절한 게 아니었어. '아직' 대답할 수 없다고 했을 뿐이지. '아직'이란 말은 거절이 아니라 기다려 달라는 말이고. 안 그런가?"

"죽었다면서요? 그럼 끝난 거 아닙니까."

"인간의 일은 죽는다고 끝나는 게 아니니까."

엥? 저도 모르게 눈이 동그래진다. 레아는 저도 모르게 주먹을 꽉 움켜쥐고 왕에게 몸을 바짝 기울였다.

"그, 그래서 어떻게 됐나요? 만났나요? 소녀가 살아났나요? 천국에서 만났나요? 아니면 다시 태어났나요?"

"자네, 잔느랑 똑같이 물어보는군. 표정까지 똑같아."

왕이 의외로 싱긋 웃는다. 물론 레아는 돌아가신 왕비님의 표정 따윈 전혀 궁금하지 않았다.

"그래서 그 후에 여자랑 세 남자는 어떻게 되었나요?"

"그녀는 죽기 전에 구혼자들에게 전언을 남겼다고 해."

<그대여, 부디 기다려 주세요. 당신을 다시 만나면, 그때는 반드시 제대로 대답해 드리겠습니다.>

아, 세상에! 그렇게 뻔뻔할 데가! 레아가 중얼거리자, 왕의 웃음이 뚜렷해진다.

"그런데 정말 구혼자 중 한 명이, 그 말을 믿고 기다리기 시작했지. 여자가 차가운 땅속에 잠들었다는 것을 알면서도, 꽃이 활짝 핀 정원, 그녀가 묻혀 있는 나무 그늘에 앉아 하염없이 기다렸어."

"그, 그게 누군가요? 그래서 어떻게 되었나요?"

"그게 누군지는 몰라. 어쨌든 그 구혼자는 정원에서 기다리고 기다리다가 결국 그녀가 잠든 나무에 기대앉은 채 돌이 되어 버렸어."

"아, 신이여……."

레아는 그 불쌍한 사내에게 사정없이 이입해서 바로 눈물을 글썽거렸다. 왕은 입술을 비틀며 웃었다. 꼭 비웃는 것처럼 느껴졌지만, 한편으로는 기묘한 느낌도 들었다. 왕이 자신에게 뭔가를 떠보는 것 같기도 하고, 확인해 보려는 것 같기도 했다.

"그 구혼자는 돌이 되어 가며 간절히 빌었지. 나는 더 이상 당신을 기다릴 수 없게 되었으니, 이제는 당신이 나에게 찾아와 달라고. 아주 먼 훗날에라도, 당신과 함께 태어나 다시 만날 수 있게 해 달라고. 나는 당신을 여전히 사랑할 것이고, 여전히 같은 선물을 바치며 다시 고백할 터이니, 그때는 제대로 대답해 달라고."

"오, 하느님 맙소사. 그 정도면 사랑이 아니라 미련한 집착 아닌가요. 그래서요?"

왕은 입술 끝을 묘하게 비틀면서도 의외로 끝까지 이야기를 해 주었다.

"시간이 지나면서 돌로 된 몸은 비바람에 부서져 나갔지만, 돌보다 더 딱딱하게 굳은 심장과 그곳에 깃든 영혼은 나무에 깊이 붙박인 채, 해마다 피고 지는 꽃들을 내려다보며 그녀가 돌아오기를 기다리게 되었지."

"아……."

"먼 훗날, 그 정원의 아름다운 주인은 돌이 되어 부서져 나간 구혼자의 흔적을 끌어안고 사죄하며 맹세하지. 나는 반드시 약속을 지킬 터이니, 당신도 약속을 지켜 달라고."

레아는 그녀의 뻔뻔함에 몹시 화가 났지만, 끝이 궁금한 것이 더 컸다. 자신은 이런 종류의 호기심에 너무 약했다. 그래서 겁도 없이 왕에게 이야기를 채근했다.

"그, 그래서 끝이 어떻게 됐나요, 폐하? 구혼자는 살아났나요? 아니면 다시 태어났나요? 그래서 그 후에 두 사람은 어떻게 되었나요? 다시 만났나요? 천국에서? 지상에서? 여자의 선택은요?"

"……그 뒷이야기가 궁금한가?"

레아가 눈을 부릅뜨고 맹렬히 고개를 끄덕이는 것을 본 왕은 아예 이를 드러내며 웃었다.

"그 이후의 이야기는 더 이상 전해지지 않는다."

뭐가 어쩌고 어째?

머릿속에서 펑, 폭발한다. 와. 똥 싸다 끊은 것도 아니고, 인간적으로 이딴 식으로 사람 놀리면 안 되지!

표정 관리가 안 되어 붉으락푸르락하고 있으니 왕이 짤막하게 웃는다.

"이건 연애 나부랭이 이야기가 아니라, 신의 선택과 관련된 이야기이고, 그렇다면 이야기는 그것만으로도 충분하다. 성모 마리아께서 이 꿈을 우리 가문에만 나타나도록 하신 것 자체가, 우리 가문이 그 거룩한 홀의 소유자로 선택되었다는 방증이다. 그것이 그 이야기의 진짜 결론이다."

……대체 어떻게 생각하면 결말이 그렇게 나오는데요?

"또한 성모 마리아께서는, 우리 가문을 택하셨다는 증거로, 성전 앞 빈 들에 백합을 가득 피우는 이적을 나타내신 것이다."

아니 그러니까, 폐하. 댁의 논리대로라면, 대대로 이교도인 제가 꾼 미남 짝퉁 꿈은 뭐고, 우리 집 앞에 피어 있던 튤리파 꽃은 뭐냐고요.

레아는 저도 모르게 고개를 갸웃하며 중얼거렸다.

"서, 설마요, 말도 안 돼……."

"말도 안 된다?"

갑자기 왕이 말을 탁 끊어 낸다.

"신께서 프랑스 왕가를 선택하셨다는 이야기가 말도 안 되는 이야기인가? 아직도 아시케나지가 선택받은 자들이라 우기고 싶은 건가? 혀 절단형이나 화형을 당하고 싶다면, 당장 소원을 들어주겠다, 오만방자한 이교도여."

감정이 느껴지지 않는 담담한 목소리가 오히려 더 소름이 끼쳤다. 레아는 황급히 고개를 숙이고 사죄하면서도 속으로는 도저히 납득할 수 없었다.

전에도 나에게 출생의 비밀이 있었던 건 아닐까 잠시 망상해 본 적도 있지만, 그러기엔 출생과 가문의 증인들이 너무 많은 게 문제다. 출생의 비밀도 아무에게나 허락되는 게 아니다.

"나는 프랑스의 왕이자, 용맹한 기사이며, 십자군을 위해 하느님 앞에 아낌없이 황금을 바쳤던 교회와 신앙의 수호자다. 현재 나 외에 감히 어떤 자도 그 선택에 부합하는 자는 없을 것이다."

"예, 폐하."

아, 혼자서 세 몫의 인간이 되어 기어이 신의 선택을 받겠다? 역시 이분의 욕심은 나 같은 소심한 장사꾼이 도저히 범접할 수 없는 천상계다.

"나는, 빼앗긴 것은 반드시 돌려받는다."

왕은 손에 들린 종이를 다시 건네주며 고개를 까닥한다. 다시 끼워 두라는 말이었다.

레아는 그것을 끼우기 위해 맨 뒷부분을 펼치다가, 그곳에 남아 있던 다른 종이 한 장을 발견했다.

똑같은 왕의 필체다. 두 장이 애초에 같이 있었던 것 같다. 혹시 이 이야기에 이어지는 내용인가? 눈으로 쭉 훑어 내리던 레아는 저도 모르게 입을 멍하니 벌렸다.

그것은 시였다. 그것도 사랑 시였다.

……그것도, 왕의 필체로 적힌, 애절한 사랑 시였다!

「지나간 세월에 혹여 우리가 서로를 잊을지라도,
나는 그대를 다시 만나게 되겠지요.
나는 그대를 다시 사랑하겠지요.
나는 그대에게 다시 사랑을 고백하며
다시 사랑의 정표들을 바치겠지요.

그대여, 그날엔 나를 사랑해 주세요.
그대여, 그날엔 나를 선택해 주세요.
내 마음과 영혼의 작은 조각을 이곳에 놓아두고 갈 터이니,
내 영혼의 주인이여, 나를 찾아와 주세요.」

……아 맙소사. 돌아가신 왕비마마께 쓰신 건가?

아무리 봐도 의심할 바 없는 왕의 필체고, 행간마다 안타까움과 진한 슬픔이 배어 있었다.

레아는 저도 모르게 왕을 힐끔 곁눈질했다. 아니 이분이 이렇게 감성이 풍부한 분이셨던가. 그동안 왕비님을 이렇게 애절하게 그리워하고 계셨던가?

다만 감동을 와장창 깨뜨리는 점은, 그 시에 쓰인 몇몇 구절들은, 레아의 귀에 익은 노랫말이었다는 점이었다. 차라리 쓰지를 말지, 사랑 고백에 남의 노랫말을 갖다 붙이는 것만큼 손발 오그라드는 일이 있을까.

왕이 싸늘한 목소리로 묻는다.

"한 번 시켜서 바로 듣는 법이 없군. 대체 뭘 보는 건가?"

"사랑 시……입니다. 폐하께서 지으신…… 어, 같이 끼워져 있었습니다. 이것도 낭독해 드릴까요?"

레아가 그 종이를 들어 보였다. 그걸 본 순간 왕의 미간이 크게 꿈틀거렸다. 그답지 않게 당황한 걸까. 왕은 내키지 않는 목소리로 내뱉었다.

"낭독은 됐어. 그냥 책에 넣어 두게."

"……예."

"오해하지 말게, 내가 지은 시가 아니니까."

"아, 예."

"……그, 아까 그 구혼자가 남겼다는 노래 가사다. 꿈에서 들은 것이라 잊기 전에 바로 적어 책에 끼워 둔 것뿐이다."

"아, 예……."

레아는 속으로 가차 없이 콧방귀를 뀌었다. 누굴 바보로 아시나. 댁이 창피해하는 마음은 잘 알겠사온데, 그래도 거짓말을 하려면 좀 그럴듯하게 하셔야죠? 네?

하지만 혀 절단형에 처해지고 싶지 않았던 레아는 얌전히 믿어 주는 척했다. 저분이 아무리 대리석이니 무쇠 인간이라는 별명이 있어도, 창피해하는 감정이 전혀 없을 수는 없으니까. 게다가 북부 프랑스, 특히 일 드 프랑스나 부르고뉴 프랑슈콩테의 사나이들이란, 남쪽 남자들처럼 애절하게 감정을 실어 노래하느니 입에 칼을 물고 죽겠다 하는 작자들 아니냐고.

음, 가만. 그러고 보면, 아까 왕이 말했던 구혼자의 마지막 유언에도 비슷한 내용이 있던 것 같고?

하지만 레아는 왕이 남몰래 사랑 시를 썼다고 믿기로 했다. 그래야 조금이라도 덜 무서울 것 같았다. 일단, 꿈속에서 나온 내용을 받아쓰는 것도 나름 시적 영감靈感 아니겠는가.

……아이고 맙소사. 저 인간에게 시적 영감이라니, 차라리 시시 영감님께 노래를 시키고 말지.

레아는 종이 두 장을 다시 책 뒤에 끼워 넣고 얌전하게 탁자에 내려놓았다. 그리고 초조하게 메종 데제튀브 쪽을 바라보았다. 하지만 옷을 갈아입기 위해 가신 발타 님은 여전히 감감무소식이다.

그 모습을 본 왕은 의미심장하게 웃더니, 가까이 와 보라는 듯 손을 까닥거렸다.

"자, 그럼 늦기 전에 내가 진짜 궁금한 걸 물어봐야겠지? 발타가 오기 전에."

레아는 주춤대며 한 걸음씩 다가갔다. 왕은 나무 상자 안에 있는 단검을 집어 들더니 칼끝을 손가락으로 매만지기 시작했다.

"사실 그대를 특별히 부른 이유는, 일전에 기사단의 자크 경에게 재미있는 말을 들었기 때문이야. 나는 그가 오만방자하고 고집불통이라 별로 좋아하진 않지만, 적어도 그가 신심이 깊고 거짓을 경멸하는 자라는 건 알고 있어."

대체 단장님이 뭔 말씀을 하셨기에? 댁이 재미있는 게 나한테 재미있을 것 같지는 않은데요.

레아가 주춤대는 것을 본 왕이 피시시 웃으며 다시 손짓했다.

"더 가까이, 바짝 와서 앉아."

"……."

"그가 무슨 말을 했는지 궁금하지 않은가?"

주변에 아무도 없음에도, 왕의 목소리는 속삭이는 것처럼 작아졌다. 나무 그늘에 서 있는데도 등으로 진땀이 줄줄 흐른다. 레아는 도살장에 끌려가는 소처럼 상반신을 최대한 뒤로 빼며 의자에 엉덩이 끝을 걸치고 앉았다.

"헉!"

왕이 갑자기 손을 내밀어 레아의 어깨를 꽉 누른다. 레아는 입을 딱 벌린 채 꽁꽁 얼어붙었다. 저 무섭도록 새파란 눈, 저 현실감 없는 얼굴이 눈앞으로 들이닥쳤다.

"움직이지 마. 다쳐."

왕의 손에 들린 칼이 레아의 얼굴로 다가온다. 피해야 하는데, 온몸이 빳빳하게 굳어서 움직이지 않는다. 자신이 날을 바짝 벼려온 단검이 느릿하게 턱으로 향했다.

"폐하! 지, 지금 뭐 하시는……!"

하지만 말은 끝까지 나오지도 못했다. 목이 졸리는 것 같고 숨조차 쉴 수 없다. 뿌리치고 일어날까. 그럼 죽을까? 죽겠지? 이분이 미쳤나 대체 왜, 왜? 우드드드, 우드드드, 잇새로 격한 소리가 새 나왔다.

"떨지 말게, 세공사. 죽이진 않아."

왕이 눈을 느릿하게 깜박거렸다. 한쪽 입술 끝이 움직인다. 레아는 그가 웃고 있다는 것을 깨달았다. 그 모습이 숨 막히게 무서우면서도 지독하게 아름다워 레아는 오히려 현실감을 잃었다.

왕실의 남자들은, 정말 인간이 아닌 어떤 존재 같다.

사그락, 사각, 삭, 삭.

왕은 레아의 어깨를 누른 채, 한 손으로 레아가 아교로 붙여 놓은 수염을 깎아 내기 시작했다. 턱을 밀어 버리고는 바로 콧수염까지 밀어 버린다. 아교가 말라붙은 꺼풀을 손가락으로 하나하나 떼어 낸 왕이 단검 끝으로 레아의 턱 선을 사르르 긁어내리며 천천히 웃는다.

"처음 봤을 때부터, 대단히 선이 고운 얼굴이라 생각했다, 세공사."

레아는 공포로 정신이 나갈 지경이었다. 턱 선을 따라 움직이는 칼끝의 감각은 차갑지도 따갑지도 않았지만, 레아는 칼끝이 목을 후비는 것처럼 느껴졌다. 숨이, 숨이 쉬어지지 않는다.

왕은 손을 천천히 움직이며 무심하게 말을 이었다.

"자크에게 물었지. 당신이 활약하던 아크레에서 유명한 세공사가 누구였느냐고."

"……."

"그가 망설이지 않고 말하더군. 아크레에는 우트르메르 최고의 귀금속 세공사이자 탁월한 무기 제작자이며 오토마타의 장인, 알 자자리의 후계자가 한 명 있었다고. 은혜롭게도 그는 내 할아버지의 두 번째 십자군에 어린 나이에 참전했던 신실한 가톨릭교도인데 ……이름이 아모스라 했다던가."

"아……."

"신기하지 않은가. 아크레가 함락될 때 죽었다는 세공사가, 자네의 아버지와 이름도 같고, 직업도 같고, 연배조차 비슷하다는 것이."

아아, 레아는 모든 것이 끝장났다는 사실을 알아차렸다. 눈앞이 까맣게 물들기 시작했다.

"그리고 그자에게는 아비의 재능을 고스란히 물려받은 딸이 하나 있었다고 하더군. 그 이름이……."

레아는 숨을 쉴 수 없었다. 구역질이 울컥 튀어나오려고 한다. 왕은 레아를 한참 응시하다가 느릿하게 그녀를 불렀다.

"아모스의 딸, 레아 다크레."

"무슨 마, 말씀을 하시는지……."

레아는 덜덜 떨면서도 필사적으로 대답했다. 왕은 칼을 천천히 목으로 끌어 내리며 차갑게 말했다.

"나는 발타가 아니다, 세공사. 거짓말을 하려면 목숨을 내놓고 해야 할 거야."

"……."

"나는 발타가, 그날 궁에서 왜 자네 옷을 벗겨 보지 않았는지 이해가 가지 않았어."

"……."

"왜 눈앞의 목표물을 알아보지 못하는지도. 그는 야전에서 뛰어난 추적자이자 사냥꾼인데."

그는 무심하게 혼잣말을 하며 손을 움직였다. 레아의 칼은 지나치게 잘 벼려져 있어, 매끈한 목을 감추기 위해 두르고 있던 수건이 사각 소리를 내며 흘러내렸다. 레아는 여전히 꼼짝도 할 수 없었다. 맹독을 가진 짐승에게 물린 먹잇감처럼.

"좋다. 움직이지만 않으면 다치지는 않는다."

칼끝이 목젖이 없는 매끈한 목선을 따라 가볍게 미끄러졌다. 상반신을 단단히 감싸 묶어 놓은 가죽 지퐁의 끈을 칼끝이 지그시 누른다.

"대답해라, 아크레의 숙녀여. 네가 나의 팔라댕에게서 훔쳐 간 게 무엇인지."

극심하게 어지럽다. 눈앞에 이제 아무것도 보이지 않는다. 하지만 진실을 말할 수는 없었다. 레아는 이를 딱딱 부딪치며 대답했다.

"……서, 성을 탈출하면서 크레도를……."

"그래. 크레도를 한 번 잃어버렸다가 되찾았다 했어. 전시 중인 아크레에서 군마의 절도는 사형이나 적어도 손발의 절단이었을 텐데 용케 살아났군그래."

왕이 귓가에 얼굴을 가까이 가져다 대고 웃는다. 그의 숨결이 느껴져서인지, 소름이 오싹 돋았다.

"저, 저도 모젤 선장에게 뺏겼고, 그걸 발타 님께서 되찾으셨……."

"도둑질한 물건을 도둑질당한다고 죄가 없어지진 않지."

"네, 아, 압니다. 나중에 뵙고 사죄를…… 급한 상황이었으니 용서해 주신다고…… 그래도 그, 빚진 것을 어떻게든 가, 갚고 싶어서……."

왕의 눈이 가늘어진다. 표정 변화는 거의 없었지만, 레아는 그가 몹시 불쾌해하고 있다는 것을 뒤늦게 알아차렸다.

"크레도는 내가 선물한 말이야. 가스코뉴에서 최고급 데스트리에 망아지를 구해서, 내가 이름까지 지어서 보낸 녀석이지. 지금 내가 타는 군마들도 크레도와 한 배에서 나온 형제들이고."

크레도. '나는 믿는다'라는 뜻의 라틴어. 사도신경의 첫머리 글자. 왕은 오래전부터 발타 님을 진심으로 신뢰하고 의지하고 계셨던 듯했다.

"발타가 그 말을 찾기 위해서 아크레에서 탈출하지 못할 뻔했다는 건 알고 있나? 아크레에 남아 있던 자들은 알 아슈라프 칼릴에게 모조리 처형당했어. 만약 그랬다면 발타가 아니라 내가 자네를 찾아내 목을 매달았을 거야."

"죽을죄를 지었습니다."

"오늘 그대가 바친 것들을 보니, 발타에게 빚진 것을 갚고자 했다는 말이 거짓은 아닌 듯하군. 물론 이제 와서 군마 탈취의 죄를 물을 생각은 없어. 여기는 아크레도 아니고, 나는 예루살렘 왕국의 앙리 드 뤼지냥도 아니니."

"……."

"물론 발타가 지금까지 그대를 찾아 헤맨 것은 크레도를 찾기 위함이 아니야. 그렇지?"

왕의 칼끝이 가죽 지퐁의 끈을 다시 누른다. 레아는 몸을 움찔거렸지만, 어깨를 누른 손의 악력이 너무 커서 꼼짝을 할 수 없었다. 어떡하지. 지퐁의 가죽끈과 슈미즈의 매듭이 잘리면 가슴을 꽉꽉 눌러서 묶어 둔 붕대가 들통이 날 수도 있다.

그는 얼굴이 거의 맞닿을 정도로 몸을 기울이더니 속삭이듯 말했다.

“딱 한 번만 더 묻겠다. 그대가 나의 팔라댕에게 훔친 것이 무엇이지?”

“폐하.”

레아는 이를 악물고 중얼거렸다. 어깨가 너무 아파 부서질 것만 같았다. 새파란 눈동자는, 온기나 생명이 전혀 느껴지지 않는 스테인드글라스의 유리 조각 같다. 토할 것 같다. 무슨 말이든 해야 한다. 무슨 말이든, 하지만, 거짓말은 안 돼.

뚝. 머릿속에서 뭔가가 끊어지는 소리가 들렸다.

“제, 제가…… 발타 님의…… 마음을 훔쳤나이다.”

왕의 눈이 커다랗게 벌어지는 것이 보인다. 일순 사방은 무시무시한 정적에 싸였다.

“와, 하, 와하하하하하하!”

미망에서 깨어난 듯, 뒤늦게 왕이 파안대소했다. 그는 한 손으로 레아의 어깨를 짚은 채, 얼굴을 일그러뜨리며 한참 웃었다. 웃는 일에 익숙하지 않은지 꽤 어색한 표정이었지만 왕은 진심으로 유쾌해 보였다.

“……그대, 매우 곤란한 것을 훔치지 않았는가.”

“…….”

레아는 여전히 딱딱하게 얼어붙어 있었으나 왕은 전혀 개의치 않았다.

“그는 내가 가장 신뢰하는 팔라댕이고, 내 영혼의 형제이며, 내

평생을 건 거룩한 사명을 함께 이룰 동지다. 그는 조만간 순결을 서약하고 성전기사단에 입단해서 나를 위해 임무를 수행해야 해."

"아, 알고 있습니다, 폐하."

"그러니, 그대가 훔쳐 간 것을 원상복귀 시켜 놓지 않으면 나도 매우 곤란해. 나는 지금까지 꽤 오래 기다렸단 말이지."

툭. 칼이 탁자 위로 떨어진다. 왕은 손가락으로 레아의 매끈한 목을 주르르 훑어 내렸다. 들키지 않도록 조심하라 경고하듯이. 그는 앨모너에서 수건을 한 장 꺼내 펼치더니 레아의 목에 감고 가볍게 묶었다.

"그대에게 마지막 기회를 주겠다. 마드무아젤 다크레."

폐하! 폐하!

순간 바람결에 희미한 목소리가 들린다. 레아는 퍼뜩 정신을 차렸다.

발타 님의 목소리다!

왕의 정원의 끝, 성벽에 붙은 작은 건물에서 누군가 구르듯 튀어나오더니 빠르게 달려오기 시작한다. 갑옷을 갈아입던 발타 님이 왕의 행동이 뭔가 이상한 것을 알아차리고 뛰쳐나온 것이다.

나무가 거의 없는 휑뎅한 정원인지라, 그가 급하게 달려오는 모습이 환히 보였다. 폐하! 폐하! 다급한 목소리가 점점 생생해진다. 발타 경? 무슨 일이십니까! 잠시만 기다려 주십시오, 발타사르 경! 이어지는 것은 키가 작고 통통한 시종, 위그의 목소리다.

"폐……하, 이, 이……자가 폐……하, 께, 무, 무슨 일이라도……."

발타는 숨이 턱에 닿도록 달려와 레아의 앞을 막아서더니 왕의 앞에 한쪽 무릎을 꿇었다. 그가 숨을 고르느라 고개를 숙이고 한참 헐떡대는 동안 왕은 툭툭 던지듯 대답했다.

"내가 위험해 보여 이리 달려온 건가?"

레아의 앞을 막아선 것을 보면 그의 생각은 정반대인 듯했다. 다행히 발타 님은 그걸 곧이곧대로 말할 정도로 생각이 없는 분은 아니었다.

"멀리서는 정확히…… 분별이 어려웠습니다. 다만 폐……하와 이 세공사의 거리가 안전하게 보이지 않았고, 폐하의…… 주변에는 폐하를 지킬 자들이 아무도…… 없어서……."

"위그! 마실 물을 좀 가져오게."

왕은 대답하는 대신 뒤따라 달려온 시종마저 본궁으로 보냈다. 이제 넓은 정원에는 딱 세 명만 남아 있다.

발타는 숨을 가다듬은 후에 뒤늦게 허리를 폈다. 투구와 무기는 장착하지 못했지만, 갑옷 착용은 다 된 듯했다. 왕이 물었다.

"새로운 갑옷은 편안한가."

"예, 몸에 딱 맞습니다. 움직임도 몹시 편하고 부드럽습니다."

"눈썰미가 좋은 자로다. 자네가 전투 중에 허벅지를 잘릴 염려를 덜게 되었으니, 기쁘군."

"황공합니다, 폐하."

왕의 눈길이 레아에게 와 닿는다. 저절로 어깨가 움츠러들었다. 느낌이 불길했다.

"자, 세공사, 이제 발타에게 할 말이 남았으면 하도록 해."

"씨에 드 올랑드. 잘 맞는다니 정말 기쁩니다. 제가 보기에도 착용하신 게 편안해 보이십니다. 그럼 이걸."

레아는 탁자에 놓인 두 자루의 검과 상자를 그의 앞에 공손히 바쳤다. 발타는 두 자루의 검과 세 자루의 단도를 거들에 장착했다. 여전히 시선을 마주치지 않은 채였다.

그가 조용히 말했다.

"레비. 이렇게 훌륭한 물건들을 만들어 주어 진심으로 고맙게 생각하네."

"벼, 별말씀을요."

"자네의 노고를 어떻게 치하해야 할지 모르겠어. 원하는 보수를 말해 주게. 이런 물건들을 그냥 받을 수는 없어."

"아, 천만에요, 선물이라고 말씀드렸잖습니까. 돈을 받으면 야장 놈들이 저를 가죽 부대에 넣어서 밀브레 판자 다리 밑으로 던져 버린다니까요. 발타 님께서 기쁘게 써 주신다면 저야말로 평생의 영광이 될 것입니다."

발타는 다시 입을 다물고 시선을 피했다. 왠지 꽤 거북한 듯한 얼굴이었다.

레아는 점점 초조해졌다. 지금 이따위 이야기나 하고 있을 때가 아니다. 하지만 왕의 분위기를 보아하니, 자리를 피해 줄 눈치 따위는 전혀 없는 것 같다. 레아마저 꿀 먹은 벙어리처럼 서 있자, 팔짱을 끼고 앉아 있던 왕이 말했다.

"발타사르 드 올랑드. 그대는 세공사에게 더 할 말이 없는가?"

"없습니다. 대가를 받지 않는다면, 비용을 갈음할 만한 적정한 선물을 세공방으로 보내겠습니다."

"아, 아닙니다! 그러시지 않아도……."

"또 내 말을 가로막은 건가, 건방진 이교도."

왕이 레아의 말을 쳐 내며 물었다. 레아는 허둥지둥 용서를 구했다.

왕은 이번에는 레아에게 물었다.

"그럼 세공사, 그대는 올랑드의 영주에게 더 이상 할 말 없나?"

레아는 입술을 꽉 깨물었다. 여기서 대체 무슨 말을 할 수 있겠나.

"바, 발타 님. 제, 제가 그동안 발타 님께 여러 가지로 심한 민폐를 끼쳤는데, 부디, 용서해 주시기를……."

"천만에. 나야말로."

발타 역시 딱 잘라 말을 가로막는다. 여전히 시선을 돌린 채, 빨리 이 자리가 끝나기만을 바라는 눈치가 분명했다. 레아는 점점 암담해졌다.

왕이 결론을 내리듯 말했다.

"이제 주고받을 것은 다 끝난 듯하고, 서로 할 말도 다 했다 하니."

다 끝나지 않았다. 레아는 입술을 바들바들 떨었다. 안 돼요, 정말 꼭 할 말이 남아 있다고요. 돌려 드릴 것이 있어요.

뒤늦게 발타가 고개를 들어 레아의 얼굴을 바라본다. 레아의 다급하고 비통한 얼굴에, 그가 뒤늦게 당혹한 표정을 짓는다.

왕이 건조한 목소리로 결론을 내린다.

"프랑스의 왕으로서 명하건대, 아시케나지 세공사 레비, 이제 다시는 나의 기사를 찾아오지 마라."

6부. 오마주

Hommage

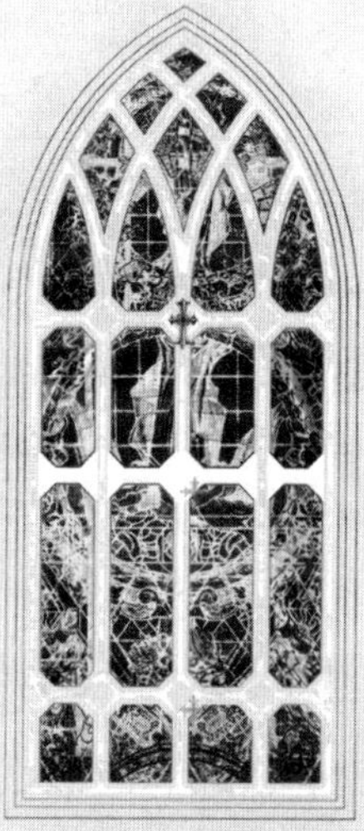

6-1. 정보

시테 궁에서 발타는 바빴다.

그는 왕의 최측근 호위 기사로서 왕을 밀착 보좌했다. 떠돌이 기사 노릇을 포기하고 영지도 나 몰라라 하는 게으름뱅이 가신을, 시테 궁의 악덕 고용주가 그냥 놔둘 리가 없었다.

호위 업무 외에도 기사단 감찰관 패로 경이 맡고 있는 왕실 회계의 감사도 떠맡았고, 10년 넘게 이어지는 시테 궁 개축 현황도 짬짬이 보고해야 했다. 왕은 말이 적은 대신 일을 많이 벌였다.

왕은 크고 화려한 왕궁이 왕실의 위엄을 높이고, 백성들의 존경심을 고취한다 믿고, 왕궁 개축에 힘을 기울였다. 그는 화려한 의복, 장신구, 무기와 갑옷마저도 백성에게 존경심과 위압감을 불러일으키도록 효과를 계산하곤 했다.

왕은 사냥을 좋아하고, 잘했다. 궁에 있을 때보다 잘 훈련된 사냥개들과 함께 퐁텐블로의 숲을 달릴 때, 왕은 훨씬 편안하고 인간적으로 보였다.

지적인 호기심이 강하고 독서를 좋아했다. 라틴어 읽기와 쓰기에 능했으나, 자신이 직접 소리 내어 읽는 대신 책 읽는 자들을 늘 곁에 두었다. 발타가 궁에 머무르는 동안에는 '각지의 언어에 통달한' 그에게 낭독을 떠맡기곤 해서, 몇몇 방문객은 발타를 트루베르로 오해하기도 했다.

발타는 언어에도 천부적인 재능이 있었다. 일 드 프랑스에서 쓰이는 오일어와 공용어인 라틴어 말고도 남부에서 쓰이던 오크어, 앙글레테르의 평민 언어인 영어, 우트르메르에서 종종 쓰이던 아랍어, 성경에 쓰인 히브리어와 그리스어까지 두루 사용할 수 있었으되, 그 재능은 로망스와 샹송, 성인전 낭독에 하염없이 낭비되었다.

기나긴 밤은 체스 시간이었다. 왕은 검고 흰 대리석을 깎아서 만든 체스를 애용했다. 산뜻하고 차가운 감촉이 마음에 든다 했다.

왕은 잔느 왕비와 사별한 후 재혼 생각은 없는 듯했으나, 긴 밤을 혼자 무미하게 보내는 것까지 달가워한 것은 아니었다. 별다른 대화 없이 누군가와 무언가를 할 수 있다는 것 자체를 좋아한 것일 수도 있고, 몰이사냥을 좋아하는 왕의 취향이 반영된 것일 수도 있다.

솔직히 말하자면 발타는 사냥도, 전투도, 돈 계산도, 공사 감독도, 낭독도, 머리를 열심히 굴려야 하는 체스도 좋아하지 않았다.

그가 가장 좋아하는 것은, '아무것도 안 하는 것'이었다.

기도실에서 눈을 감은 채 묵상을 빙자해 멍하니 앉아 있는 것, 푹신한 의자에 몸을 반쯤 기대고 말린 과일 조각을 하나하나 집어 먹는 것, 침대에서 맨몸으로 꿈지럭대며 햇볕에 바싹 말린 이불의 가슬가슬한 감촉을 느끼는 것, 타닥타닥 타오르는 모닥불이나 지붕에서 떨어지는 빗방울을 하염없이 바라보며 몽상에 잠기거나 벽에 기대 꾸벅꾸벅 조는 일 따위에서 그는 깊은 행복을 느꼈다.

그는 자신이 꽤 게으른 인간이라 생각했다. 특히 추운 겨울이면 몸을 움직이는 것이 더욱 힘들었다. 그는 왕이 '종일 난로 앞에서 멍 때리고 있어라.' '비도 오고 하니, 오늘은 침대 속에서 종일 대기하고 있어라.' 하는 명령을 내려 주면 얼마나 좋을까, 하는 부질없는 상상을 하곤 했다. 그는 잠만 실컷 자게 해 준다면 다람쥐나 도마뱀이 되어도 상관없다고 생각했다.

물론 깜깜한 새벽부터 첫 기도와 미사를 드려야 하는 기사단에서 자란 터라, 이런 낯부끄러운 소원을 대놓고 말하지는 못했다. 그저 달콤하고 다소 경건치 못한(?) 상상에 잠시 잠겼다가 긴 한숨과 함께 회개 기도를 올릴 뿐이었다.

만성 수면 부족인 그는, 일을 하다가도 가끔 벽에 기대어 깊이 졸았다. 궁의 시종들이나 하인들은 그의 조는 모습을 보아도 깨우지 않았고, 왕 역시 한쪽 입술 끝을 비틀고 발끝으로 방을 빠져나갔다.

하지만 악덕 고용주는, 일을 줄여 주지는 않았다.

† † †

"오호! 올해 입단식이라고? 드디어 올랑드 경도 대 성전기사단 단원이 되는 게요? 결국 연애 한 번 못 해 보고? 저런!"

회계실에 잠시 들른 덩치 큰 사내가 발타를 보더니 어깨를 펑펑 친다. 왕실 보좌 주교인 앙게랑 르포르티에 드 마리니, 왕국의 재정과 세금 문제를 관리하는 왕의 최측근 관리로, 가끔 발타에게 뜬금없이 친한 척을 하곤 했다.

"오랜만에 뵙습니다, 보좌 주교님. 노르망디 상공회의소 일은 잘 마무리되셨습니까?"

"어휴 쟁그러운 노르망디 놈들. 허구한 날 누군가의 뒤통수를 쳐서 뭔가 털어먹으려고 안달이지. 하는 짓 보면 여전히 해적 떼를 보는 것 같다니까."

그는 꽤 호남형의 얼굴에 풍채도 좋고, 중저음의 미성을 지닌 매력적인 사내로, 사람들을 휘뚜루마뚜루 잘 휘어잡는 유형의 인간이었다.

뇌물 수수에, 사치에, 폭음과 탐식 습관에, 일가친척 낙하산에, 여자 문제까지, 하여간 여러 가지로 시끄러운 사내였지만, 일을 추진하는 능력 하나는 최고여서 시테 궁의 최고 실세 중 한 명으로 꼽혔다.

그는 유럽 각지에 정보원들을 그물처럼 깔아 두고 있었고, 윗분들을 어르고 눙치는 외교 솜씨나, 사람들을 끌어모아 상대의 콧대를 작신 밟아 놓거나, 세금을 쥐어짜는 데 탁월한 재능을 갖고 있었다.

보니파스 교황과 맞장을 뜨려는 왕을 지원하기 위해 '3신분회의(삼부회)'라는 희한한 집회를 만들어 낸 것도 이자의 솜씨였다. 로마 교황청에선 공공의 적이고, 아나니 사태 때는 싸잡혀 파문까지 당했음에도 눈썹 하나 까딱하지 않는 강심장이기도 했다.

"진지하게 생각해 봐요, 발타사르 경. 기사단에 입단하면 남은 건 기나긴 고자 라이프뿐이라오. 세상 딱한 일이지. 시간이 얼마 안 남았지만, 그래도 연애는 한번 해 보고 입단하시구려. 아름다운 숙녀들과 다리라도 놓아 줄 테니. 어전 시종께서도 쌍수 들고 환영일걸? 그대라면 손수건, 아니 슈미즈까지 벗어 줄 숙녀들이 한둘이 아니라오."

"보좌 주교님, 이 회계실에 계시는 분들도 기사단 단원이십니다."

"알아, 알아! 그러고 보니 경의 선배가 될 분들이구려. 그런데 저 두 분 아키텐 출신 아니오? 그럼 괜찮소, 괜찮아. 남부 사나이들이라면 갓난아기 때부터 알 거 다 알고 태어나! 서임식을 할 때쯤 되면 여자에 대해선 득도해서 산파를 시켜 먹어도 될 경지에 이른다오. 아무렴, 여인의 품이 얼마나 기가 막힌지도 모르면서 어찌 인생의 기쁨을 논하고, 어찌 사람 구실을 해. 신께서는 애초에 여자하고 남자하고 짝지어서……."

"앙게랑 르포르티에 경!"

뒤에서 날 선 목소리가 터져 나온다. 득도하셨다는 선배들의 분위기가 매우 흉흉하다. 발타는 한숨을 내쉬며 보좌 주교를 끌고 밖으로 나왔다.

입단하면 이 지긋지긋한 연애 타령은 듣지 않아도 되겠군.

필립 왕은 보수적이고 신심이 깊은 북부 프랑스 남자였다. 기사와 귀부인들의 연애 행각이나 혼전, 혼외 관계를 극도로 혐오했다. 파레이유 호위대장도 그렇고, 금욕의 아이콘 카타리 교도를 조부모와 부모님으로 둔 노가레 대법관 역시 비슷했다. 발타는 북부 프랑스 특유의 강직하고 보수적인 분위기가 편했다.

하지만 귀족 영주들, 마리 드 브라방 선왕비, 위그 드 부빌 같은 궁정 사람들은 오래전 알리에노르 왕비가 들여온 남부식 궁정 문화를 적극적으로 전파하고 있었다. 그들의 기준에선 북부 프랑스의 건조하고 금욕적인 분위기가 촌스럽고 세련되지 못하며 교양 없는 것으로 여겨졌다.

하지만 발타는 예술적 감수성에 까다롭고 섬세한 예절, 복잡미묘한 뉘앙스와 오만 상징으로 가득한 분위기가 너무 피곤했다.

그리고 그중 가장 끔찍한 것은, 저놈의 '연애 문화'였다.

'제대로 된 기사라면, 결혼까지는 아니라도 귀부인이나 숙녀와 연애는 반드시 해 보아야 한다, 그것도 영혼까지 하나가 되는-실제로는 육체를 말하는 것 같다- 지고의 사랑을 해 봐야 진정한 기사가 되는 법이다'라니. 아니, 대체 기사가, 하느님 잘 믿고 주군에게 충성하며 싸움만 잘하면 되지 왜 불륜까지 통달해야 하냔 말이다.

"리옹의 그 정신 나간 이교도 세공사 말이오. 소식 들었소?"

복도 밖으로 나온 보좌 주교의 표정이 진지하게 변한다.

"들은 바 없습니다. 혹 그자가 보좌 주교님께 무슨 불편이라도 끼쳤습니까."

"당연히 끼쳤지. 폐하께서 그자의 근황을 매일매일, 최대한 자세하게 보고하라 하셨는데, 그 빌어먹을 작자가 댁의 영지로 뻔질나게 드나들어서 얼마나 귀찮았는지 아시오!"

"……아, 예."

"뭐 요새는 동생 결혼식 준비 때문에 얌전히 마을에 박혀 있어서 좀 살 만하오만, 거 잠재 고객한테 선물로 영업 좀 하겠다는데, 경도 대충 받아먹고 털었으면 얼마나 좋아. 내 그간 뒤에서 당신 욕 좀 했소. 하하하핫!"

그가 호탕하게 웃으며 덧붙여 묻는다.

"그런데 발타 경, 예전에 그자한테 전속 야장인지 시종인지 좀 해 달라고 제안한 적이 있었다지? 하긴, 나도 그자가 만든 장신구나 다마스쿠스 검을 보니 솜씨가 탐나긴 합디다."

그의 목소리가 은근하게 낮아진다. 발타는 그제야 그가 자신에게 어떤 정보를 주려 한다는 것을 눈치챘다.

마리니 보좌 주교는 자신의 풍부하고 질 좋은 정보를 필요한 사람에게 제공하는 데 크게 비싸게 굴지는 않는 편이었다. 정보란 어차피 시간이 지나면 쓸모없게 되니, 필요한 사람에게 미리 제공하는 것이 가장 가치 있다는 것이 그의 철학이었다. 다만 은근슬쩍 흘리는 것이다 보니 듣는 사람이 눈치껏 잘 알아듣고 알아서 처신해야 했다.

"지금은 아닙니다, 보좌 주교님. 그자도 원치 않을걸요. 제 시종으로 고용되는 것보다는 세공사 벌이가 워낙 좋으니까요. 마을에서 소리 소문 없이 잘 먹고 잘 사는 것이 꿈이라 합니다."

"글쎄, 나 같으면 납치라도 해서 올랑드로 끌고 와 시종을 삼았을 게요. 난 성질이 좀 드러워서 탐나는 게 있으면 사람이든 물건이든 손에 쥐어야 직성이 풀리거든. 게다가 성전기사단엔 재산은 가져갈 수 없지만, 시종은 데려갈 수 있잖아. 안 그렇소?"

"무슨 말씀을."

"그 구질구질 냄새나고 더러운 이교도 마을에서 푼돈이나 벌며 무슨 좋은 꼴을 보겠다고. 이렇게 인품이 훌륭하고 용맹한 기사를 보호자로 섬기는 것이 얼마나 안전하고 풍족하며 편안한 일인지 그자가 아직 몰라서 그러는 게요."

안전, 풍족, 편안?

……보호자……?

드디어 말에 숨은 의도가 드러난다. 보좌 주교는 새로 얻은 커다란 자수정 반지를 햇빛에 이리저리 비추어 보며 심드렁하게 말을 이었다.

"신께서 만든 세상은 신묘막측하여 내일 일이 어찌 될지 알 수 없소. 그자도 마음이 바뀌어 결국 눈물을 흘리면서 경에게 감사하게 될지 어찌 아오?"

발타는 주변의 말을 다 집어치우고 직설적으로 물었다.

"보좌 주교님, 레비 세공사가 지금 누군가의 보호를 받아야 할 상황입니까?"

"이런이런, 내가 언제 그런 이야기를 했소?"

이런 우아하지 못한 반응이라니, 대충 척하고 알아들어 주면 안 되겠냐, 투덜대는 소리가 들리는 것 같다. 발타는 조금 더 구체적으로 물었다.

"세공사가 폐하께 노여움을 샀습니까? 아시다시피, 이제 그자는 저와 만날 일이 없습니다만."

"아 물론, 나 역시 폐하의 명은 잘 기억하고 있소. 그자는 당연히 경을 만나러 올 수 없지요. 발타 경도 회계실 업무가 너무 바빠서 만나러 갈 짬도 없을 게고."

마리니 보좌 주교는 짓궂은 표정으로 눈동자를 빙그르르 돌린다. 두 사람 사이에 짧은 침묵이 흘렀다. 보좌 주교는 발타의 어깨에 손을 턱 올려놓으며 의미심장하게 웃었다.

"왕실 회계실이 정신없다는 건 이 동네 검둥개도 다 아오. 돈은 모자라지, 이자는 새끼에 새끼를 치지, 금화는 점점 얄팍해지지, 물가가 한 해 만에 몇 배나 뛰어 놓으니 개나 소나 왕궁 코앞까지 떼로 쫓아와서 지랄하지. 쳐 죽일 것들. 폐하께서 어찌나 심려가 크신지, 밤마다 잠을 못 이루시지 않소. 정말 걱정이라니까."

발타는 드디어 그가 말하고자 하는 바를 이해했다. 발타가 알아차린 것을 눈치챈 보좌 주교는 덩치에 어울리지 않게 귀여운 척 눈웃음을 치고는 옆으로 물러났다. 볼일은 끝났고, 나중에 적당한 걸로 고마움 표시나 하라, 이 뜻이었다.

"대부업자 엘리 영감 막내아들하고 세공사 여동생하고 결혼한다지. 양쪽 집안이 막내들 결혼식에 기둥뿌릴 다 뽑을 모양이오. 워낙 꿍쳐 놓은 돈이 많은 곳이니 이럴 때나 돈지랄을 하는 게요. 그 세공사네도 꽤 알부자일걸?"

그는 커다란 몸을 흔들며 복도 끝으로 사라졌다. 그의 모자에 달린 긴 술이 좌우로 멋지게 한들거렸다. 리옹 생 장 대성당에서 그자에게 왕관을 넘겨주며 했던 왕의 말이 떠올랐다.

'하지만 나, 프랑스의 왕 필립은 기독교 신앙의 수호자이며 교회의 보호자로서 이교도를 진멸할 중차대한 임무를 갖고 있다. 따라서 이교도에게 어떤 형태의 빚도 남겨 두어서는 안 된다. 너 역시 마찬가지다. 명심해라.'

발타의 목숨을 구한 데 대한 최고의 감사와 예우, 하지만 후일 그가 어려움에 처할 때는 어떤 사정도 봐주지 않겠다는 의지가 담긴 말.

새끼에 새끼를 치는 왕실의 빚. 악화 일로를 걷는 재정. 물가 폭등을 유발한 통화정책. 폭동 일보 직전의 파리.

10여 년 전, 롬바르디아 은행가들의 배교 판정과 추방 사태.

……하느님.

발타는 이마를 짚고 한숨을 쉬었다. 징징 두통이 일기 시작했다.

† † †

"자네 아들이 결혼한다는 얘기를 들었네."

"아, 송구합니다. 저희 못난 막내 놈 결혼 소식이 경에게까지 닿았나 봅니다."

발타의 앞에서 두 손을 모으고 공손히 머리를 조아리고 있는 자는 아시케나지 마을의 대부업자 엘리로, 왕이 빌린 군자금의 이자를 받기 위해 들른 참이었다.

발타는 함께 일하던 성전기사단의 관리들이 모두 숙소로 돌아간 것을 확인한 후, 지나가는 말처럼 묻기 시작했다.

"며느리 될 아가씨의 집안은 어떤 집안인가?"

"랍비 토비아스와 가까운 친척으로 제사장 가문인 레위 집안입니다. 대제사장 차독 계열이라는 말도 있습니다. 가문만으로는 나무랄 데가 없지요. 오빠가 둘이 있는데 세공사로 꽤 유명합니다. 벵상 세공방이라고."

여기저기 흩어져 떠돌이로 살던 아시케나지 족속에게 대제사장의 후예라. 발타는 속으로 피시시 웃으며 대답했다.

"알고 있네. 동생 세공사 솜씨가 좋더군. 왕실 아르장트리에 납품도 하고 있잖은가. 몇 번 얼굴 본 적도 있어."

"맞습니다. 그 집 첫째는 천생 장사꾼인데, 둘째 아들이 성실하고 솜씨가 무척 좋죠."

"원래 알고 지내는 집안이었나?"

"어렸을 때 그 집 아버지와 얼굴이나마 알고 지내는 정도였죠. 한세월 교류가 없어 몰랐는데, 알고 보니 아들들이 그리 컸고 아비와 그의 처는 벌써 세상을 등졌다더군요. 세월이 순식간에 갔다는 생각이 들었습니다."

발타는 고개를 끄덕였다.

엘리는 아시케나지 마을에서, 아니 파리에서도 손꼽히게 부유한 자였다. 하지만 직업이 직업이다 보니 빈말로라도 존경을 받는다고 보기는 어려웠다. 사람들은 아쉬울 때마다 돈을 빌리면서도, 공공연히 그를 경멸했고, 그의 발치에 대놓고 침을 뱉었다. 돈을 받으러 다니다 맞아 죽는 경우도 있어서, 엘리는 늘 용병을 달고 다녔다.

레비는 집안 형편이 나쁜 것도 아닌데 왜 고리대금업자와 사돈을 맺는 걸까? 가문도 상당히 좋은 듯한데. 게다가 마드무아젤 미셸르는 사내들이라면 한눈에 반할 정도로 대단한 미인 아닌가?

아. 하긴. 레비는 돈에 유난히 관심이 많긴 했다. 전 재산을 기사단에 희사한다는 말에 사색이 되어 망토 자락을 부여잡고 뜯어말리던 그를 생각하니 다시 웃음이 나왔다.

"결혼식은 언제쯤 할 생각인가?"

"나흘 후 예정입니다. 저희는 결혼식을 보통 화요일 밤에 시작합니다."

"특이하군. 밤에 결혼식을 한단 말인가?"

"시작을 밤에 하는 거지 일주일 내내 결혼 잔치가 이어집니다."

"일주일이라. 준비하는 일도 보통이 아니겠어."

"그런 셈이지요. 전통대로 하다 보니."

"아시케나지 마을의 결혼식은 우리네와 많이 다른가? 좀 궁금하군그래."

엘리는 슬그머니 고개를 들었다.

발타사르 경은 왕의 최측근 실세이긴 한데, 원래 말이 많은 분도 아니고, 대부업자의 개인 정보 따위에는 더더욱 관심이 없는 분이었다. 그래서 아까부터 꼬치꼬치 묻는 것도 이상하다 싶었는데, 막내아들 결혼식까지 궁금하다……?

설마, 이교도 결혼식을 구경하고 싶다 하는 건가?

아니면 우리 집안에 관심이 있다는 걸 돌려 말하는 건가?

입이 벌쭉 벌어졌다. 그게 사실이면 행운도 이런 행운이 없다.

그러잖아도 왕실에 빌려준 돈은 이자 받기가 고역이었다. 사실 왕에게 나가는 대출은 대부분 울며 겨자 먹기다. 왕이 '돈 없다, 배 째라' 해도 정말 왕의 배를 쨀 수도 없고, 국고는 이미 꼬들꼬들 말라붙은 상태고, 그러면 원금 회수는커녕 이자 독촉마저 조심스러워진다.

그런데 회계를 맡은 왕의 측근이 관심을 보인다니. 조그만 친분이라도 쌓아 둔다면 장차 큰 도움이 되지 않겠는가!

"씨에 드 올랑드, 외람되지만 시간이 괜찮으시면 저희 막내 아들놈의 결혼식에 잠시 들러 주시면 이 늙은이의 큰 기쁨이 되겠습니다. 일주일 내내 노래할 트루베르도 열두 명 불렀고 춤추고 묘기를 부릴 광대와 집시도 벌써 와서 기다리고 있습지요."

"……."

"요리사와 일꾼들이 포도주와 맥주, 말린 과일을 창고 가득 쌓아 두었고, 소와 양도 백 마리 넘게 잡고, 닭은 500마리 넘게 준비해 두었습니다."

"음……."

"초청하고 싶은 마음은 굴뚝같았지만, 저희 마을에 오시는 걸 꺼리실까 하여 말씀을 올리지 못했습니다. 올랑드의 영주님께서 참석해 주신다면야, 이 늙은이에게 그만큼 큰 영광이 없겠습니다."

"그렇게 부탁까지 한다면야……. 별일이 없다면 시간 한번 내 보도록 하지."

발타는 가늘게 안도의 한숨을 쉬었다. 폐하께 한 며칠 말미를 얻어야 할 듯싶다.

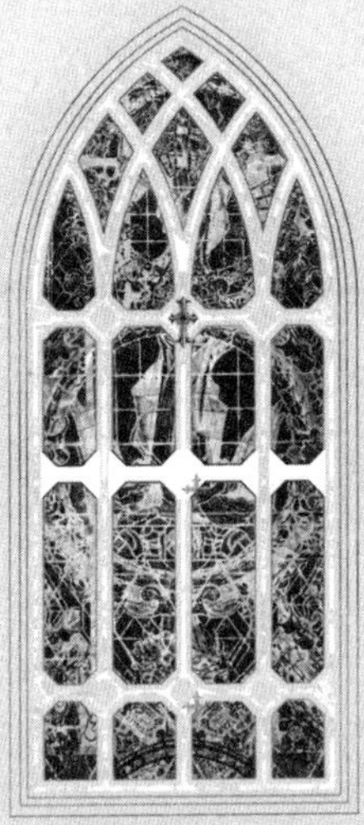

6-2. 동생의 결혼식

"우와, 이게 누구야? 너무 눈부셔서 누군지 못 알아보겠잖아!"

레아는 눈앞에 늘어진 얇은 휘장을 걷어 올리고 요란하게 호들갑을 떨었다. 화사한 신부복을 입은 라셸르가 화려한 깔개 위에서 살짝 눈웃음을 친다.

"아, 레비 오빠…… 언니 왔어?"

살풋 내려앉은 어둠 때문인지, 동생의 오뚝한 콧날과 긴 속눈썹, 매끈하고 도톰한 입술의 윤곽이 더욱 선명해 보인다.

드디어 라셸르가 결혼한다. 마을에서 가장 부잣집 막내아들인 다니엘과 약혼한 지 1년, 드디어 신랑이 신혼집을 근사하게 짓고, 동생을 데리러 온다는 소식이 전해졌다.

결혼 소문은 이미 동네에 파다하게 퍼져 있었다. 사람들이 구름처럼 몰려오겠지. 동네 사람들은 물론이고 길을 지나던 사람까지 모두 와서 결혼 잔치를 즐기게 되어 있다.

세상에서 제일 예쁘고 착한 내 동생, 라셸르.

레아는 동생의 뺨을 손바닥으로 부비며 속삭였다.

"이거 참 큰일이야. 아무리 내 동생이라지만 너무 예쁘단 말이야. 다니엘에게 주기 아까워!"

"이거 참 야단이야. 언니 눈에 그 콩깍지는 대체 언제 벗겨져?"

뺨을 매만지는 손에 눈물이 묻어난다. 동생의 웃음기 어린 눈에 눈물이 함씬 괴어 있었다.

"이 울보야. 이렇게 좋은 일에 울긴 왜 울어."

"언니, 고마워. 언니 미안해."

라셸르가 레아의 목을 끌어안고 속삭였다. 레아는 목이 메는 것을 애써 참으며 퉁명스럽게 말했다.

"미안하긴 뭐가 미안해? 난 속 시원해 죽겠다!"

"거짓말. 언닌 나 때문에 결혼 안 하고 지금까지 혼자 산 거잖아……."

"또 쓸데없는 소리 한다. 너 때문에 결혼 안 한 거 아니라니까?"

라셸르는 언니가 남자로 살아온 것을 자신 때문이라고 생각하고 있었다. '네 결혼 지참금을 모으려면 돈을 많이 벌어야 하고, 여기서 돈을 많이 벌려면 귀금속 세공사 장인이 되어야 하고…….' 운운하며 둘러댄 것을 정말 그대로 믿고 있는 듯했다.

그래서인지 라셸르는, 레아가 가슴을 가죽띠로 돌처럼 졸라매고, 사내들의 남루한 작업복을 입고, 성큼성큼 걷고, 돌격마처럼 달리고, 손으로 입을 가리는 대신 허리에 손을 얹고 와하하하 웃을 때마다 뜬금없이 미안해하곤 했다.

레아가 뒤늦게 '사실 난 이게 더 좋아, 난 원래 팜므 솔로로 세공 장인이 되고 싶었어! 남편 따위 쥐똥만큼도 필요 없어!' 하고 강변해 보았지만, 영 믿어 주지 않았다. 그렇다고 기사단의 눈에 띄면 죽으니까, 라는 사실을 털어놓을 수도 없었다.

라셸르는 어릴 때의 기억을 까맣게 잊었다. 아크레를 떠났을 때는 어린 나이에 너무 힘들었는지 심하게 악몽에 시달리고 환청을 듣고 이곳에 와서도 항상 겁에 질려 있었지만, 나이가 들어 가며 점차 나아졌다.

의외로 벵상의 수다스럽고 앞뒤 없이 유쾌한 성격 덕을 많이 보았다. 벵상이 그렇게 살갑게 챙기고 도와주지 않았다면, 라셸르는 제대로 적응하지 못하고 몹시 힘든 시간을 보내야 했을 것이다.

라셸르는 지금도 벵상이 자신의 친오빠이며, 자신이 태어날 때부터 이 마을에서 살았다고 믿고 있다. 엄마 아빠의 얼굴도 잊었고, 앞마당의 빨갛고 노랗고 하얀 튤리파 꽃밭도, 성 안나 삼거리 장사꾼들의 시끄럽던 고함도, 아크레의 모래 먼지도, 따가운 햇볕과 탁 트인 푸른 바다도 기억하지 못했다.

생강과자와 유리구슬을 챙겨 주던 다정한 기사님도, 자신을 도와준 요정처럼 아름답던 기사님도, 그의 시리도록 푸른 눈동자도, 배신감에 몸을 떨던 그의 처참한 표정도, 찬란한 보물이 가득하던 세이렌 호의 비밀 선창도 모두 잊었다.

아무것도 기억하지 못하는 라셸르는, 모든 것을 기억하는 레아보다 더 행복하고 덜 힘들었다. 레아는 아무것도 말하지 않았다. 앞으로도 영원히 말하지 않을 것이다. 그리고 라셸르는 앞으로도 오늘처럼 행복할 것이다.

그래도, 나도 아주 불행했던 건 아니야. 나쁘지 않았어. 무서울 때도 많았지만, 즐겁고 좋은 일도 있었잖아? 사람 사는 게 다 그런 거 아니야?

"라셸르, 가서, 내 몫까지 행복하게 살아."

라셸르는 고개를 힘껏 저었다.

"싫어. 언니 행복은 언니가 챙겨! 나보다 백배 천배 행복하게 살라고!"

"라셸르!"

"언니는 그래도 돼! 꼭 그래야 해."

레아는 동생을 꼭 끌어안으며 볼을 비볐다. 왜 눈물이 나오는지 모르겠다.

"오랫동안 억지로 제 곁에 모셔 두어서 정말 죄송합니다. 조금만 더 기다려 주세요."

레아는 다락방으로 올라와, 큼직한 향나무 궤짝에 귀중품과 옷가지, 손에 익은 세공 도구들을 챙겼다. 왕에게 하사받은 왕관도, 침대 밑에 숨겨 두었던 성 유물도 단단히 감싸 궤짝에 넣고, 커다란 자물쇠로 봉한 후, 그 앞에서 고개를 숙이고 작은 목소리로 사죄했다.

눈물이라도 날 줄 알았는데, 그냥 덤덤하기만 하다.

재산 정리도 끝냈고, 짐 정리도 끝냈고, 마음의 정리도 끝냈다. 라셸르에게 보낼 지참금과 예물, 혼수는 수레에 실어 놓았고, 남은 재산 500리브르는 발타사르 드 올랑드 경을 수취인으로 하여 기사단에 맡겨 두었다. 그 수탁 증서도 궤짝 안에 얌전히 넣어 둔 상태다.

결혼식 끝나는 것까지만 보고 바로 올랑드 영지로 가야지.

그래서 발타 님을 뵙고, 이걸 돌려 드리고, 마무리를 지어야지.

이젠 만나지 말라는 왕명 따위는 아무런 의미가 없어졌다. 어차피 죽으러 가는 건데, 왕이 죽인다는 협박이 무슨 상관이 있겠는가.

'오해? 나를 바보로 아나. 사람 감정이란 그렇게 쉽게 감춰지는 게 아닐세.'

리옹에서 있었던 오해는 정말 뼈아팠다. 발타 님이 자신이 하려던 말을 어떻게 오해했는지는 바로 알아차렸지만, 그의 말을 그 자리에서 부인하지는 못했다.

생각과 달리, 내 감정은 전혀 감춰지지 않았던 모양이다. 그 순간 아니라고 단호하게 말했어야 했는데, 멍청하게도 그 말을 차마 부인할 수 없었다.

'안 들은 걸로 하겠네. 자네도 괜히 인생을 망칠 이유가 없으니 이쯤 해서 입 다물게. 자네에게 고마워하는 마음이 한 자락 정도라도 남아 있을 때.'

'내가 이 선까지 용납하고 덮어 준다 했으면 거기서 멈춰야지. 아니면 내 손에 모가지를 묶여서 개처럼 온 마을을 질질 끌려다니며 돌에 맞아 죽고 싶은 건가? 자네가 원하는 게 그건가?'

이렇게 매섭고 아픈 말씀을 하던 분이 그 직전에 어떤 행동을 했는지, 레아는 똑똑히 기억하고 있었다. 자신의 턱을 타고 미끄러지던 손가락, 그 조심스러운 떨림. 억눌린 날숨과 그곳에 스며 있던 열기, 자책과 치욕, 자신에 대한 경멸로 고통스럽게 일그러지던 얼굴.

'개처럼 온 마을을 질질 끌려다니며 돌에 맞아 죽고 싶은 건가?'

……그것은 발타 님이 스스로를 가차 없이 난도질하던 말이었다.

하지만 발타 님. 당신 말대로, 감정이란 게 그렇게 쉽게 감춰지는 게 아니죠.

대체 발타 님은 어쩌다가 그렇게 되셨나요.

이제는 그렇게 방치하지 않을 것이다. 그날의 오해부터 바로 풀어 드리고, 억지로 묶여 있던 악연을 내 손으로 풀 것이다.

다행히 입단을 앞둔 발타 님이 황금 같은 휴가(?)를 얻어 영지에 와 계신다고 했다. 카미유라 하는 빨강 머리 소녀가 소식을 총총히 전해 주고, 후임 영주님이 어떤 분이 오실지 걱정이라며 구구절절 하소연까지 한 후–대충 요약하면 '우리의 꿀 빨던 시절은 끝났다'는 말 같다– 약속대로 드니에 동전 두 닢을 받아 갔다.

발타 님 말씀대로라면, 라셸르나 벵상은 무사할 것이다. 레아는 그것이 가장 고마웠다.

벵상에게는 신기할 정도로 남은 감정이 없다. 처음엔 볼 때마다 화가 나고 원망스러웠지만, 그가 우리 두 사람을 오랫동안 헌신적으로 보살피는 것을 느끼면서, 해묵은 원망이 고마운 감정으로 덮여 가기 시작했다.

인정할 건 인정할 수밖에 없다. 우리는 벵상 덕에 이 마을에서 무난하게 정착해서 살아 나갈 수 있었다. 난생처음 와 보는 아시케나지 마을에서 큰 불편 없이 뿌리내리고 살 수 있었던 데는, '아모스의 자식'이라는 이유보다, 사실 벵상의 '무작정 들이대기'가 더 큰 역할을 했다.

특히 레아가 여자라는 것을 들키지 않고 지금까지 좋아하는 일을 하며 장인까지 될 수 있었던 것은, 전적으로 벵상의 보호와 노력 덕분이었다.

그는 외부와 접촉하는 일은 아무리 귀찮아도 군소리 없이 자신이 도맡았다. 자신의 잘못을 그런 식으로 갚는 건가 싶다가도, 말하는 싸가지나 해맑은 행동거지를 보면 그냥 원래 성격이 그런가 싶기도 하다.

레아는 그에 대한 원망이나 미움은 풀어 버리고, 고마운 마음만 가지고 갈 생각이었다.

가기 전에 고맙다는 말이라도 하고 가야겠지. 잘 지내라는 말도.

……이제 정말 좋은 여자하고 결혼해서 행복하게 살라는 말도.

레아는 그의 반응을 상상하며 가늘게 한숨을 쉬었다. 내가 잘못되었다는 소식을 들으면 벵상은 무척 충격을 받을 것이다. 라셸르도 아마 식음을 전폐하고 슬퍼할 거고.

물론 억울하고 슬프기로 따지면 내가 제일 심하겠지. 하지만 세상에 나처럼 억울하게 죽는 사람이 한두 명일까. 아크레 성벽에서 죽은 병사들도, 며칠 전 마을 어귀에서 미친개에 물려서 죽은 사람도, 센 강의 그랑퐁 다리가 홍수로 무너질 때 죽었던 사람도, 다들 죽어 마땅한 죄를 지어 그리된 게 아니다.

그나마 동생이라도 살고, 지금까지 먹고 싶은 것 잘 먹고, 하고 싶은 일 잘 하고, 돈도 잘 벌며 살아왔으니 그것만으로도 고마워

해야겠지.

……그래. 그것만으로도.

레아는 침대 위에 펼쳐 놓은 드레스를 들어 올렸다.

이것은 그녀가 파리에 와서 처음이자 마지막으로 만든 자신의 드레스였다.

동생의 결혼 잔치가 끝나는 대로, 이것을 입고 발타 님을 찾아갈 것이다. 꼭 한 번 입어 보고 싶었던, 몸매를 한껏 드러내는 새하얀 공단 드레스와 나뭇가지 문양이 금실로 수놓인 순백의 쉬르코를 차려입고, 머리를 곱게 틀어 올린 후 양 끝이 우아하게 올라간 아름다운 모자도 써 볼 것이다.

높은 성에 사는 고귀한 숙녀처럼 머리를 단정히 감싸 장식하고, 레이스가 촘촘한 베일을 두르고, 거친 손과 상처를 가리는 긴 장갑을 끼고, 코끝이 길고 은장식이 달린 벨벳 구두를 신고, 두 마리 말이 끄는 마차를 불러 타고 올랑드, 호젓하고 아담한 그의 영지로 찾아갈 것이다.

그리고 그의 앞에 서서 차분하게 말할 것이다.

……당신께 전해 드릴 중요한 물건이 있습니다.

구구절절 억울함을 토로하거나 눈물로 하소연하지 않을 것이다. 있었던 일을 그대로 말하고, 이렇게 늦게 돌려 드려 미안하다고, 그동안 당신을 힘들게 했던 것을 용서해 달라고, 진심 어린 사죄만 드릴 참이다.

레아는 최후의 순간에 자신이 바닥까지 비굴해지지 않기만 간절히 바랐다. 그의 마지막 기억에서만큼은 용기 있고 기품 있는 당당한 숙녀로 남고 싶다. 그가 숱하게 만나 봤던 숙녀들처럼 고귀한 신분은 아니지만, 적어도 비굴하거나 더러운 모습으로 남고 싶지는 않다.

다만, 이 말만은 꼭 하고 싶었다. 딱 한 번만이라도.

나도 당신을 좋아했다고. 오랫동안 당신을 잊을 수가 없었다고. 혹은.

"……사랑했다고."

입 밖에 내어 조그맣게 중얼거린 레아는 이내 눈을 꽉 감고 힘껏 고개를 저었다.

그 말은 절대 하면 안 되겠다.

지금까지 생각했던 말 중, 그 말이 가장 비굴하고 더럽고 비참했다.

† † †

궁궁궁 궁궁 궁궁궁 궁궁.

삐이삘리리~♫♬ 삘리리 삘리리♪

창문 너머에서 북소리, 피리 소리가 들려오기 시작한다. 남자들이 억세게 외치는 고함 소리, 웃음소리가 점점 커진다.

새신랑 행차요! 새신랑 행차요! 길을 비켜요!

세상에서 가장 예쁜 신부 집으로, 새신랑 행차시요!!

"어, 언니, 오빠! 지금 오나 봐. 나 어떡해."

라셸르는 안절부절못하며 앉았다 일어났다 한다. 마당에 모여 기다리는 친구, 친척들의 발걸음 소리가 요란해진다.

"미셸르, 거의 다 도착했어! 신랑 행렬이 지금 엘리나 아줌마네 집 앞을 지났대."

"미셸르, 괜찮아? 울었어? 아, 화장 어떡해! 실비아? 마망 실비아!"

"르네, 르네에에! 손수건하고 분 좀 다시 가져와. 시간 없어!"

오빠들만 있는 신부의 결혼식을 진두지휘하는 건 가장 가까운 친척인 토비아스 랍비의 며느리 마망 실비아였다.

"오호, 레비! 너도 이렇게 보니 꽤 멋진데. 맨날 더러운 작업복만 입다가 새 옷 입으니까 너도 새신랑 같다? 이번엔 숙맥처럼 멀뚱멀뚱 있지 말고 마을 아가씨들하고 눈 좀 맞춰 보든가."

공단으로 지은 새 옷을 입고 새 모자를 쓴 벵상이 예복을 차려입은 레아를 멀뚱히 바라보더니 되도 않는 말을 씨불거린다. 아아, 마지막으로 좀 애틋할 뻔했는데.

하긴 그래야 벵상이지. 아무리 무겁고 진지하고 우울한 분위기라도 와장창 깨 버리는 재주를 가진 황금 이빨의 벵상. 아빠 말마따나 귀한 재능인지는 모르겠고 지금까지 왜 장가를 못 가고 있는지는 잘 알겠다.

"마망 실비아! 신랑이 와요! 저 골목 앞까지 왔어요!"

"벌써? 아이고 이걸 어째. 들러리들 다 어디 있어? 미셸르! 준비 다 됐니? 자자 양쪽으로 나눠서 서 봐! 꾸물대지 말고! 벵상! 신부 오빠들은 어디로 튀었어? 레비, 얼른 안 나오니! 뭔 놈의 작별인사를 하루 종일 해!"

마망 실비아가 이리 뛰고 저리 뛰는 와중에 꽃과 베일로 곱게 단장한 신부의 들러리들이 문 앞에 모여 환영 노래를 시작한다.

내 사랑, 일어나요. 내 아름다운 신부여, 내게로 오세요.

그대여, 내게 입 맞춰 주세요. 당신의 입술은 포도주보다 달콤해.
그래요, 나는 그대의 입술로 흘러 들어가는 포도주랍니다.

당신의 눈동자는 깊고도 맑은 호수 같고,
당신의 입술은 붉은 실을 문 것 같고,
당신의 뺨은 붉게 물든 석류 같아라.

솔로몬 대왕이 지은 아가雅歌서의 내용을 따서, 트루베르인 마이유 르 쥐프Mahieu le Juif가 만든 사랑 노래라 했다. 이 유대인 출신 트루베르는 사랑 때문에 가톨릭으로 넘어간 배교자였으나, 맞춤한 가사 덕인지 아시케나지 마을의 결혼식 때마다 단골로 소환되고 있었다.

횃대에 하나씩 불이 붙고, 등잔에 기름이 채워지고 심지가 당겨진다. 노랫소리는 점점 커져서 골목길로 퍼져 나가고, 불이 꺼져 있던 이웃집에서도 등불을 들고 하나둘, 대문 밖으로 나온다. 지금부터 꼬박 이레 동안 이어질 결혼 잔치의 시작이었다.

레아는 마지막으로 라셸르를 꼭 안아 주며 속삭였다.

"잘 가, 라셸르. 가서 행복하게 살아."

나 같은 언니가 있었다는 것도, 그동안 힘들었던 것도 잊어버려. 아크레를 잊고, 아빠 엄마를 잊고, 생강과자 아저씨도 잊고, 우리를 살려 주었던 발타 님도 모두 잊었던 것처럼. 그래서 행복했던 것처럼.

무엇을 예감이라도 한 것일까. 라셸르가 젖은 눈을 깜박이며 작은 목소리로 속삭인다.

"그동안 너무 고마웠어, 언니. 이 은혜를 어떻게 갚아야 할지 모르겠어."

"라셸르……."

"이제부터 언니 가고 싶은 데로 가. 어디에서 뭘 하든, 언니 마음이 가는 대로. 내 걱정은 하지 말고."

레아는 깜짝 놀랐다. 내가 어디 가려는 걸 어떻게 눈치챘을까? 들키지 않게 짐도 한밤중에 몰래몰래 쌌는데?

라셸르는 레아의 두 손을 꼭 잡고, 여전히 눈에 눈물을 담뿍 담은 채 말했다.

"언니, 아빠가 좋아했던 여자가, 돌아가신 다니엘 엄마였던 거 알아?"

레아는 너무 놀라서 한마디도 할 수 없었다. 라셸르는 눈물을 담은 채 살짝 웃었다.

"마망 실비아가 몰래 알려 줬어. 그분도 속으로 아빠 좋아하셨었대. 그런데 둘 다 몰랐었대."

"라, 라셸르, 너……."

"그런데, 따져 보니까 두 분이 같은 날 돌아가신 거 있지. 정말 바보 같지, 그치."

레아는 그대로 얼어붙어 한마디도 할 수 없었다.

사실 이번 결혼은 오랫동안 상사병을 앓다 죽어 가던 막내아들을 위해 엘리 영감님이 밀어붙여 성사된 것이다. 라셸르는 다니엘에게 내내 심드렁했지만, 청혼을 거절하지는 않아 '싫지는 않은가 보다' 하고 있었다.

이런 이야기가 있었을 줄은…….

라셸르는 천천히 허리를 굽히더니 레아의 귀에 대고 아주 작은 목소리로 속삭였다.

"언니 가고 싶은 데로 가. 언니 마음 가는 대로 해……. 언니라도."

동생은 눈을 아래로 내리깐 채 곱게 웃고 있었다. 세상에서 가장 아름답고 행복한 신부답게.

가장 나중에 붙은 말은, 아마 내가 잘못 들었던 거겠지……?

레아는 멍하니 눈을 깜박였다.

"새신랑 행차시요! 새신랑 행차시요!"

신랑의 도착을 알리는 고함이 들리자 안에서 기다리던 사람들이 문을 활짝 열어젖힌다. 말에서 내린 신랑이 앞장서고, 횃불을 높이 든 일행이 길게 꼬리를 물고 따라 들어온다. 마당은 이제 대낮처럼 환해진다.

예복을 입은 신랑이 신부의 두 오빠에게 다가와 인사를 한다. 소맷자락이 긴 키텔에 운두가 높은 전통 모자, 화려한 자수와 보석, 매듭으로 장식된 술띠, 앞코가 한 뼘이 넘고 반짝이 은장식이 달린 가죽신 차림이었는데 입성만으로도 호사스러움이 극에 달했다.

새신랑 다니엘은 키가 작았지만, 체격이 다부지고 인상이 좋은 편이었다. 그는 곱게 단장한 라셸르를 먼발치로 보자마자 얼굴이 새빨개진다. 신랑이 손가락을 비틀어 대고, 옷자락을 쥐었다 놨다 안절부절못하는 꼴을 보며, 사람들이 와르르 웃음을 터뜨렸다.

"아유 저걸 어째. 신랑이 좋아서 야단이네."

"엘리 영감이 반대하다가 막내아들 상사병으로 잃을 뻔했다며."

"세상에 신부가 저리 고우니 상사병 걸릴 만하지 뭐야."
사람들이 웃으며 소곤대는 소리가 밤하늘에 사그락사그락 흩어진다.

달이 높이 솟았다. 열렬한 환대를 받은 다니엘이 다가와 의자에 앉아 있는 동생에게 손을 내민다.

"자, 그럼, 저쪽에서도 기다리고들 있을 테니, 슬슬 출발해 볼까요."

이제 떠날 시간이다. 동생이 그의 손을 잡고 자리에서 일어나는 것이 보인다. 사람들의 환호성과, 손뼉 소리가 요란하게 터졌다.

레아는 벵상의 옆에 서서 멍하니 라셸르의 뒷모습을 바라보았다. 베일로 앞이 가려진 동생은 그의 손을 잡고 걷는다. 몇 번 멈칫거리며 오빠들이 있는 쪽을 돌아본다. 라셸르는 설렌다기보다 담담한 표정이었다.

정 붙이고 살다 보면 사랑도 생기겠지. 다니엘이 라셸르를 저렇게 사랑하는걸.

동생이 사랑하는 남자가 있으면 그와 결혼시키고 싶었다. 하지만 몇 번을 물어도 좋아하는 남자는 없다고 했다. 그렇다면 동생을 열렬히 사랑하는 남자와 결혼시키는 것도 나쁘지 않다고 생각했다.

물론 대부업자란 유대인 안에서도 평판이 썩 좋은 건 아니지만, 어차피 똑같이 무시당하는 사람들끼리, 평판의 고하를 따지기도 우스웠다. 적어도 동생은 다니엘의 울타리에서 안전하고, 풍족하고, 사랑받고, 행복할 것이다.

레아는 눈물이 살짝 괸 눈으로 동생과 다니엘, 벵상, 그리고 모인 사람들을 죽 둘러보았다.

이제 안심하고 떠날 수 있을 것 같다.

"새신랑 행차요! 새신랑 행차요! 세상에서 가장 예쁜 신부를 데리고, 새신랑 행차시요!"

호기로운 고함과 함께 혼인 행렬이 이동하기 시작했다. 말에 오른 신랑 신부 뒤로 들러리와 신부의 가족, 친척, 마을 사람들, 지참금과 각종 선물을 실은 수레까지. 길게 꼬리가 이어졌다. 북소리, 피리 소리, 흥겨운 노래와 떠드는 소리에 밤거리는 이내 흥청흥청 들뜨기 시작한다.

내 사랑, 일어나요. 내 아름다운 신부여, 내게로 오세요.

나는 그대 목에 걸린 몰약 주머니,
그대 가슴 사이에서 밤을 지샌다오.
그대가 드리운 머리카락에 나는 그만 매여 버렸네…….

레아는 천천히 주변을 둘러보았다. 달이 높이 솟았고, 가는 길목마다 사람들이 넘쳐, 흥청흥청 잔치 분위기다. 결혼식에 손님이 많으면 많을수록 신랑 신부도 다복하다 했으니, 행렬의 꼬리가 길게 늘어지는 일에 아무도 타박하지 않는다.

조만간 떠날 마을, 다시는 돌아오지 못할 제2의 고향, 내가 아크레를 떠날 때는 기분이 어땠더라. 잘 생각나지 않는다. 그때 마지막으로 보았던 장면이 아득한 꿈결처럼 느껴졌다.

갑자기 뒤에서 낯익은 목소리가 들린다.

"동생 결혼 축하하네."

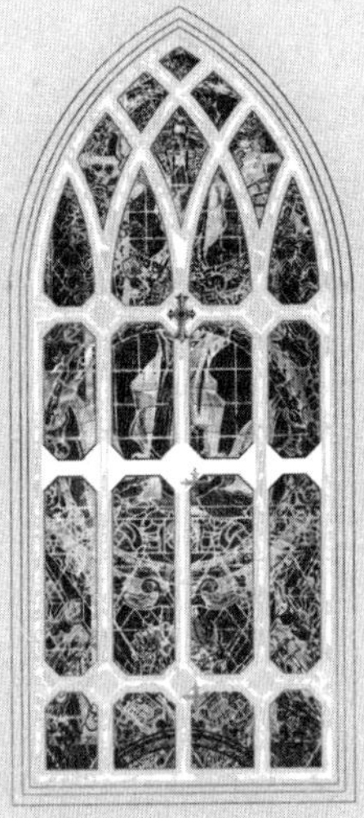

6-3. 오마주

Hommage 신종 서약

"동생 결혼 축하하네."

귀청이 떨어질 듯한 소란 속에서도 이분의 목소리는 정확하게 들린다. 발타 님이 뒤에 그림자처럼 와서 서 있었다.

레아는 너무 놀라서 입을 벌린 채 그대로 얼어붙었다. 아, 아니 바, 발타 님이 왜 여기서 나타나지? 한밤중에 뜬 태양을 보는 것처럼 이상한 느낌이었다.

아 물론, 결혼식 끝나고 뵈러 갈 생각이긴 했는데, 그래도 이건 너무 갑작스럽지 않은가.

사람들은 왕실 기사가 이 잔치에 와 있는 것도 모르는 채, 노래하고 춤을 추며 두 사람의 곁을 스쳐 지나간다. 레아는 미친 듯이 날뛰는 심장을 진정시킨 후 간신히 말했다.

"제, 제 동생의 결혼식까지 와 주시다니, 감사합니다."

"자네 때문에 온 건 아니야. 엘리가 초대해서 온 거지."

"아, 예……."

"무료해서 와 본 것뿐일세. 음, 그런데, 알고 보니 신부가 자네 동, 동생이고, 그러다 보니 자네 동생이 결혼한다는 말이 생각났는데, 음, 우연도 이런 우연이……."

발타 님의 말이 길어진다. 이분은 진짜 거짓말에 소질이 없다. 대부업자 엘리 님이 외부인을, 그것도 몇 안 되는 왕의 팔라댕을 초대했다니. 간덩이가 미어터지지 않고서야!

물론 자신의 말이 씨알도 안 먹히는 말이라는 건 당사자가 가장 잘 알고 있었다. 그가 시선을 옆으로 돌리며 헛기침을 한다. 레아는 얼른 웃으며 고개를 끄덕였다.

"아, 그러셨군요. 하긴, 아시케나지 마을 결혼식 구경은 처음이시죠. 어떠십니까."

"좀 정신이 없군……. 그런데 자네 요새는 수염 안 기르나?"

아니 이분은 왜 나를 볼 때마다 이렇게 줄기차게 수염 타령이신가. 레아는 한숨을 쉬며 대답했다.

"더워서요. 잘 어울립니까."

"어…… 숙녀들이 더 좋아할 것 같아."

"칭찬인 거죠?"

"……."

그는 대답하지 않는다. 주변이 점점 시끄러워진다. 무슨 할 말이 있으신가. 여기까지 왜 오신 걸까, 레아는 열심히 생각했다. 그는 레아의 얼굴은 쳐다보지도 않으면서, 계속 레아의 곁에 붙어서 걷는다.

레아는 조심스럽게 입을 열었다.

"저, 발타 경, 실은 제가 긴히 드릴 말씀이 있습니다만……."

"음. 실은 나도 그래."

그 역시 덤덤하게 대답한다. 예전처럼 듣지도 않겠다는 날 선 반응이 아니라서, 레아는 조금 놀랐다.

"그런데, 지금 여기서는 좀 아닌 것 같지."

"……저도 그렇게 생각합니다."

두 사람은 사람들 틈에 파묻혀 나란히 걸었다. 달빛은 밝고, 횃불도 밝고, 사람들은 흥겨웠다. 시끄럽게 떠들던 사람들은 이제 한목소리로 노래를 부르기 시작했다.

……당신의 목덜미는 하얀 상아로 깎은 조각 같고,
당신의 머리카락은 눈부시게 흘러내리는 비단실 같고,
당신의 허리는 백합화로 질끈 묶은 밀 짚단 같아라…….

……당신의 가슴은 종려나무에 달린 탐스러운 야자송이 같고,
당신의 배꼽은 달콤한 포도주를 부은 동그란 술잔 같고,
당신의 허벅지는 장인이 깎아 만든 매끈한 구슬 같아라…….

연가戀歌는 성경에서 따온 내용이라고 믿기 어려울 만큼 적나라하고 야했다. 나이 지긋한 어르신들은 분위기가 조금이라도 야시시하다 싶은 노래면 으레 호통부터 쳤지만, 그 노래만큼은 트집 잡지 못했다. 자그마치 솔로몬 대왕의 시에서 따온 가사였기 때문에! 게다가 지금은 다들 조금씩 들떴고, 이미 포도주를 서너 잔 걸친 사람들도 있어서 다들 조금씩 너그러웠다.

하지만 발타 님은 이 노래가 영 거북한 듯했다. 곁에서 걷기는 걷는데, 시선은 길바닥에 처박히고, 표정이 어색하게 굳어 있고,

미간에 주름까지 잡혔다. 빨리 노래가 끝나기만 바라고 있는 듯한데, 안타깝게도 사람들은 다니엘의 집에 도착할 때까지 이 야한 노래를 줄창 불러 댈 것이다.

레아는 심드렁하게 말했다.

"……그래도 이런 분위기라면, 여자한테 사랑 고백하기에는 좋을 것 같습니다."

"그것도 별로 적절하진 않은 것 같네만. 왜, 누구한테 고백이라도 할 건가?"

그의 귓가와 목덜미가 붉어진 것 같기도 한데, 횃불의 불빛만으로는 아무래도 확실치 않다.

"그래 볼까 생각 중입니다……. 왜 그런 이상한 얼굴을 하십니까."

"좋아하는 여자가 없다고 하지 않았나?"

"좋아하는 분이야 있죠. 고백할 수 없는 분이라 그렇죠."

"……그, 아직, 그 숙녀분은 안 뵈러 간 건가……. 아, 아닐세."

그는 이내 입을 다물고 손으로 턱을 만지작거렸다. 오해는 여전했고, 레아는 굳이 고쳐 주지 않는다. 다만, 촛불이 꺼지면 새까맣게 잊어 놓기로 맹세한 것을 여전히, 굳세게 지키려는 이분은 여전히 순진했다.

레아는 속으로 피시시 웃었다. 주변에서 울려 퍼지는 노랫말은 점점 더 은근해지고 야시시해진다.

……나는 그대 목에 걸린 몰약 주머니,
그대 가슴 사이에서 밤을 지샌다오.
그대가 드리운 머리카락에 나는 그만 매여 버렸네…….

……그대의 숨결은 짙은 향료보다 더 향기롭고,
그대의 혀 밑에는 꿀과 포도주가 괴어 있다오…….

……북풍아 일어나라 남풍아 오라, 우리의 정원에 향기를 날려라.
우리, 아름다운 과일나무 가득한 그곳에 가서,
종려나무에 매달린 야자를 따서 맛보고,
동산에 숨겨진 맑은 샘에서 시원한 물을 마시려 하네…….

"나는 길게 머물 생각은 없어. 식이 끝나는 대로 바로 돌아갈 생각인데."

"예. 발타 님."

"가기 전에 시간 좀 내 주게. 부탁할 게 좀 있어서."

레아는 잠시 머리를 굴렸다. 대체 무슨 부탁을 하시려고 여기까지 오셔서 이러시나. 걱정과 두려움이 지나가니 이젠 슬슬 궁금해지기 시작한다.

물론 중간에 잠시 시간을 내 드릴 순 있지만, 별로 바람직하지는 않다. 발타 님이 용건을 얘기하면, 나도 용건을 말하게 될 터인데, 그래도 결혼식 중간에 신부 오빠의 모가지가 떨어지는 꼴을 만천하에 보여 줄 순 없지 않은가.

"잔치가 진행되는 동안은 신부 오빠들도 자리를 지켜야 할 텐데요. 혹시 급하신 일이시면, 여기서 짧게라도 알려 주시겠습니까?"

레아의 말에 그는 눈썹을 찌푸리고 사방을 둘러보았다. 시끄러운 노랫가락 사이사이로, 잔치 준비를 도운 여자들이 이번 결혼식에 대해 큰 소리로 떠들어 대며 분위기를 한껏 돋우기 시작한다.

이번에 새로 지은 신혼집이 그렇게 근사하다며?

아무렴! 새로 만든 별채가 화려하기가 끝이 없더라. 새하얗게 바른 벽에 사슴뿔 장식에 오색 태피스트리를 줄줄이 걸었고, 덧문을 가릴 커튼은 금사 은사 섞어서 짠 모슬린인데 어찌나 화려한지 천사 가브리엘의 옷자락 같다지 뭐야.

신부는 좋겠네! 알리에노르 왕비님이 부럽잖겠네…….

주변의 왁자한 소란에 그가 난감한 표정으로 머뭇거린다. 확실히, 진지한 대화를 나누거나 뭔가를 고백하기에는 전혀 적절치 않아 보인다.

"레비, 그동안 내가 잘 생각해 봤는데 말일세."

……뭘요?

"자네가 나한테 했던 제안 말이야."

……제가 무슨 제안을요?

"생각해 보니 나쁘지 않은 것 같아."

그러니까 뭐가요. 레아는 슬슬 복장이 터져 나간다.

"1년에 얼마면 되겠나?"

"저…… 그러니까, 씨에? 무슨 제안을……."

"내 시종이 되어 달라는 말일세. 그러니 원하는 금액을 말해 보게."

아 그런데, 신부 지참금도 보통이 아니라며?

놀라지들 말어, 플로린 금화만 100개에, 따로 딸려 보내는 궤짝도 자그마치 네 개란다?

곱게 수놓은 옷이 가득한 궤가 하나에, 플랑드르산 모직물도 한 궤짝, 보들보들 무두질한 가죽이 또 한 상자, 둘째 오빠가 직접 만들어 준 은그릇에 은촛대에 온갖 보석이며 세공품도 진진하단다.

아무렴 파리에서 따르르한 은장색이니 어련할까. 어째 세숫대야 요강은 은으로 안 만들었대? 모르지, 그것두. 깔깔깔깔.

신부는 좋겠네. 스바의 여왕님이 부럽잖겠네…….

"네? 시종이요? 그게 무슨 말씀이십니까?"

레아는 깜짝 놀라 걸음을 멈췄다. 이건 또 무슨 새로운 종류의 날벼락인가.

물론 작년에 그런 제안을 먼저 하기도 했었고, 시종으로 봉사하면 얼마나 행복할까 망상도 안 해 본 건 아니었다.

하지만 그때 발타 님은, 너무나도 야멸차게 거절하지 않으셨던가.

"그때 거절했던 건, 어, 미안하네. 생각해 보니 나도 이제 괜찮은 시종이 한 명 정도는 있어야 할 것 같아서. 음, 꼭 기사 후보생일 필요는 없으니까."

"저, 하지만, 폐하께선 분명히 발타 님께 접근하지 말라고 명령을……."

"그건 내가 불편할까 봐 내리신 명령이지. 내가 양해를 구하면 되네."

아니 이게 대체 무슨 꿍꿍이신가. 거절은 둘째 치고 날 만나지 않으려고 그렇게 결사적으로 피해 다니시던 분이?

아, 잠깐만? 중요한 건 그게 아니지……?

발타 님의 시종이 되어 마을을 떠난다 하면, 벵상과 라셸르의 걱정을 덜 수 있다. '소식 전하기도 쉽지 않으니, 알아서 잘 먹고 잘 살아라!' 말해 놓고 떠나는 거다.

발타 님께 집에 아무 소식도 전하지 말아 달라고 마지막으로 부탁해 두면, 벵상이나 라셀르는 오랫동안 내가 잘못되었다는 소식은 못 들을 거고, 어쩌면 영원히 못 들을 것이다.

아, 이건 내가 생각한 가장 완벽하고 바람직한 마무리 아닌가!

레아는 두 번 생각하지도 않고 발타 님을 향해 멋들어지게 허리를 숙여 보았다.

"영광입니다, 씨에 드 올랑드. 이놈의 목숨이 붙어 있는 한, 최선을 다해서 잘 모시겠습니다."

"진심으로 하는 말인가."

은빛 속눈썹이 가늘게 떨리는 것이 보였다. 이렇게 순순히 승낙할 거라고는 생각 못 하신 걸까.

"예. 진심입니다."

"얼마를 원하는가?"

"많을수록 좋습니다. 제가 몸값이 좀 비싸서, 1년에 10리브르 이하는 안 되겠습니다."

모가지 달아날 것까지 각오하고 있는 주제에, 그래도 자존심이 있으니 몸값을 헐값으로 매길 순 없었다. 그건 그거, 이건 이거.

물론 세공사로 벌던 것에 비하면 지나치게 헐값이었지만, 그렇다고 다른 에퀴에르나 시종들의 몸값과 비교해서 너무 세게 부를 수도 없었다.

"음. 그래도 자네가 버는 걸 생각하면 손해일 것 같은데."

"그러면 20리브르 주셔도 괜찮습니다. 돈이란 늘 다다익선이죠."

"여전해. 자네는."

발타 님이 머쓱한 얼굴로 웃는다. 잔뜩 긴장했다가 갑자기 맥이 풀어진 듯한 표정이었다.

"나는 조만간 성전기사단에 입단할 건데, 그곳에 이교도 시종은 데리고 들어가지 못해. 그래서 말인데……."

"개종하겠습니다."

홀린 듯 말이 툭 튀어 나간다.

어차피 내일 일을 모르는 상황이다. 레아는 아시케나지 마을에서 10년 넘게 지내면서도 여전히 삼위일체 하느님과 성모 마리아를 버리지 못했다. 그분들을 버렸다간 천벌을 받을 것만 같고, 죽을 때 종부성사를 받지 못하면 지옥에 떨어질까 노상 걱정이었다.

아빠는 반대로 성모 마리아와 성 삼위 하느님을 믿으면서도 이스라엘의 하느님과 무슬림의 알라를 버리면 천벌을 받을 거라고 생각하며 노심초사했었다.

발타는 말 한 마디 없이, 눈을 크게 뜬 채 레아를 내려다보고 있었다. 레아는 또렷한 목소리로 되풀이했다.

"발타 경께서 원하신다면 제가 개종……."

"자네, 나하고 장난하자는 건가."

그는 창백하게 변한 얼굴로 차갑게 내뱉었다. 이렇게 엄청난 대화가 오가고 있는데도, 주변에서 아무도 신경 쓰지 않는다는 것이 기이했다. 레아는 그를 똑바로 응시하며 침착하게 대답했다.

"아닙니다. 진지하게 말씀드리는 겁니다. 아니라면 대체 이교도를 어떻게 데리고 다니실 생각이셨습니까."

그의 새파란 눈동자가 매섭게 느껴진다 싶은 순간, 그가 가볍게 한숨을 쉬며 고개를 젓는다.

"굳이 내 뒤를 따라다닐 필요는 없네. 어차피 지금까지 늘 혼자

다녔고, 조금 불편해도 시중이 반드시 필요한 건 아니야."

아까랑 말이 다르잖아요. 그럼 저를 왜 시종으로 고용하는 건데요?

……라고 묻지는 않았다. 주변 상황도 그렇지만, 레아는 지금 이 상황이 너무나도 비현실적으로 느껴졌다.

"내 영지, 음…… 내 영지에는 밀밭 말고도 개간 안 된 황무지, 아니, 약초밭이 한 뙈기 있는데, 그걸 내려 줄 테니, 거기는 자네가 관리하고 뭔가를 심어서 거둬 보도록 해. 몇 아르팡 되지도 않고 그냥 한달음에 둘러볼 정도야."

"네? 땅……을 주신다고요?"

이제는 턱이 덜거덩 떨어진다. 황당하다 보니 등짝으로 진땀이 줄줄 흘러내린다. 하지만 진땀을 흘리고 있는 것은 눈앞의 발타님도 마찬가지였다.

"돈이 안 될 거 같으면 잡초밭으로 내버려 두고 내 집에 작은 작업실 만들어서 세공 일을 해도 상관없어. 판매 세금 안 받아. 시간 좀 나면 내 무기나 갑옷 손질 좀 하고, 크레도의 새끼들도 좀 돌봐 주고, 틈나는 대로 집이랑 내 영지나 관리해 주면 돼. 나는 대부분 집에 없을 것이니."

레아는 멍하니 눈을 깜박거렸다. 이해할 수 없다. 땅의 넓이가 한 뼘이든 두 뼘이든, 그건 중요한 게 아니다. 저건 시종으로 고용하는 걸 넘어서, 가신으로 신종 서약을 맺겠다는 말이고, 나를 아시케나지 마을에서 빼내서, 올랑드 영지로 데려가겠다는 말이었다.

꿀도 이런 개꿀이 있나 싶지만, 그저 좋다고 날뛰기엔 상황이 너무 이상했다. 하나밖에 없는 가신을 끌어다 놓고 알차게 부려 먹어도 모자랄 판에 돈까지 쥐 가면서 탱탱 놀게 한다?

그것도, 나와 거리를 두고 싶어서 기를 쓰고 피해 다니시던 분이, 왜 이제 와서 자신의 시종도 모자라 코딱지만 한 땅까지 나눠 줘 가며 자신의 소속으로 만들려고 하는 걸까? 게다가, 입단하시면 그 영지는 본래 주인에게 돌아갈 텐데?

……굳이 왜? 대체 왜?

레아는 천천히 걸음을 멈췄다. 발타 님 역시 말없이 멈춰 선다. 자신의 제안이 이상하게 여겨지리라는 것을 아시는 듯했다.

두 사람 사이에 시간이 멈춘 것 같다. 멈춘 시간의 좌우로 마을 사람들이 시끄럽게 떠들며, 흥겹게 떠들며 지나간다. 그들은 레아를 향해 어깨를 툭툭 치거나 축하한다거나 말을 걸지만, 두 사람이 무슨 말을 하는지, 눈앞의 키 큰 방문객이 누구인지는 신경 쓰지 않는다. 나이 든 여자들이 떠드는 소리가 길 한복판에 서 있는 두 사람을 감싸고 돌아간다.

레아는 더듬더듬 입을 열었다.

"가, 감사합니다. 그럼 자세한 내용은 결혼식이 끝나는 대로 제가 찾아뵙고……."

"결혼식이 끝날 때까지 기다리란 말인가?"

시끄러운 길 한복판에서 작은 목소리로 대화를 나누고 있는데도, 그의 목소리는 귓가에 대고 말하는 것처럼 또렷했다.

"그래도 명색이 신부 오빠인데, 결혼식에서 끝까지 자리를 지켜야 하지 않겠습니까."

"결혼식은 일주일이라 하지 않았나."

그는 레아를 가만히 내려다보며 눈썹을 찌푸리더니, 이내 마음을 정한 듯 허리를 굽혔다.

"그럼, 아예 지금 이야기를 마무리 짓는 게 어떤가. 시간은 많이 걸리지 않을 텐데."

레아는 눈을 둥그렇게 떴다. 오늘 대체 이분이 왜 이러실까.

하지만 레아는 거절하지 못했다. 그의 눈에서 알 수 없는 절박함이 느껴졌기 때문이었다.

그가 행렬에서 빠져나와 길가의 커다란 나무로 걸음을 옮긴다. 레아는 잠시 망설이다가 주춤주춤 뒤를 따랐다. 이봐, 신부 오빠가 어딜 도망가? 볼일 보러 가? 바로 와야 해! 너 똥 싸다 늦는다고 벵상한테 일러 줄 거야! 뒤이어 껄껄대는 웃음소리가 왁자하게 일어났다.

발타는 나무 뒤에 몸을 숨긴 채 잠시 숨을 골랐다. 뛰어온 것이 아닌데도 숨이 밭고 얼굴로 열이 올랐다.

그는 긴장한 얼굴로 레아를 향해 손을 내밀었다.

"손 좀 줘 보게. ……두 손 다."

"……네?"

레아가 영문도 모르고 손을 내밀자 발타는 두 손을 겹쳐서 꽉 붙잡았다.

레아는 기절할 것처럼 놀랐다. 아니 이분이 미쳤나. 내가 여자란 걸 알았나? 아, 아니, 내가 레아라는 걸 알았나?

하지만 그의 입에서 나온 말은 전혀 다른 내용이었다.

"따라 하게. '나 아시케나지 마을의 세공사 레비는, 오늘부터 올랑드의 영주 발타사르 님께 올랑드 영지의 남쪽 약초밭을 위임받게 되었습니다. 저는 이제부터 발타사르 드 올랑드 경에게 속한 가신이 되어 맡은 땅을 잘 관리하고 그에게 충성하며 정해진 의무를 바칠 것입니다.'"

레아는 입을 멍하니 벌린 채 그대로 얼어붙었다.

이, 이분이 대체 왜, 왜 이러시지?

……이건 미친 짓이다. 지금 발타 님은 여기 시끄러운 길바닥에서 신종 서약을 해치워 버리려 하고 있다. 세상에 맙소사. 이렇게 엉터리 같은 짓이 어디 있어!

그럼에도 레아는 거부할 수 없었다. 지금 이 도깨비놀음 같은 짓에는 분명 무슨 이유가 있는 것 같다.

"발타 님, 이……러시는, 이유를 알려 주실 수 있겠습니까."

"할 건가, 안 할 건가."

대답 대신 독촉이 돌아온다.

혹…… 알려 주실 수 없는 이유인가?

레아는 이를 꽉 물었다. 동생의 결혼식, 며칠 후면 이분에게 찾아가서 목을 내놓고 죄를 청해야 하는데, 지금 이 미친 놀음에 장단을 맞출 이유는 없는데.

하지만 레아는 그를 믿고 싶었다. 적어도 발타 님이 이렇게 하는 데는 이유가 있을 거라고,

아마…… 나를 위한, 나를 모르는 이유가.

그래서 레아는 두 손을 잡힌 채 그의 앞에 무릎을 꿇고 고개를 숙였다. 그가 했던 긴 문장이 잘 떠오르지 않아 더듬더듬 맹세했다.

"저 아시케나지 마을의 세공사 레비는…… 오늘부터 올랑드 영지의 남쪽 약초밭을 위임받게 되었습니다. 저는 이제부터 발타사르 드 올랑드 경에게 속한 가신이 되어 맡은 땅을 잘 관리하고 그에게 충성하며 정해진 의무를 바칠 것입니다."

레아의 말이 떨어지기가 무섭게, 발타가 말을 이어받았다.

"나, 올랑드의 영주 발타사르는, 아시케나지 마을의 세공사 레비를, 올랑드 영지에 속한 자로 받아들이고 나의 가신이자 시종으

로 임명한다. 나 올랑드의 발타사르와 아시케나지의 레비 간에 맺어진 본 서약은, 기사단 입단으로 폐하께 본 영지를 반환하기 전까지 존속함을, 성 삼위 하느님의 이름으로 맹세한다."

서약은 도깨비놀음처럼 순식간에 끝났다. 보통 신종 서약은 좀 더 장대하고 엄숙하며 여러 가지 복잡한 의식과 조항들이 있지만 중요한 것은 두 사람이 서로 충성 맹세와 보상의 약속, 그리고 계약의 상징물을 받는 것이다.

상징물은 보통은 봉토의 흙이나 영주의 검, 장갑 혹은 반지를 받게 되어 있지만, 그것을 받지 않아도 계약은 성립한다.

"……자네는 이제부터, 올랑드 영지에 속한 나의 가신이며 나의 최측근 시종일세."

"저, 이래도 되는 겁니까? 아니, 왜 이러시는지 이유라도, 그보다 증인들도 없잖습니까? 이 서약이 유효하겠습니까?"

"아…… 증인. 제기랄. 파스칼! 거기 서 있지 말고 가까이 오게."

그러자 먼발치에서 어정쩡하게 서 있던 잿빛머리 사내가 거북이처럼 목을 움츠리고 주춤주춤 다가온다. 레아도 종종 보았던 올랑드 마을의 노총각 파스칼이었다.

파스칼의 오늘 임무는 영주님 말구종이었지만, 영주님은 두 발로 잘도 걸어 다니고 계시니, 이제 결혼식 구경이라는 잿밥에만 정신이 팔려 있었다. 그는 지금 이게 무슨 사태인지 그 커다란 눈만 뚱그렇게 하고 눈동자를 뒤룩뒤룩 굴리고 있는 중이었다.

"저, 영주님…… 세공사 아저씨……."

맙소사, 파스칼 한 명이 아니다. 그의 등 뒤에 숨어서 고개를 빼꼼 내미는 것은 레아도 잘 아는 빨강 머리 소녀, 카미유였다. 이교도의 결혼식 구경이라는 말에 혹해서 몰래 따라왔다가 꼬리가 잡힌 듯했다.

발타는 카미유까지 따라온 것은 몰랐던 듯, 한숨을 쉬더니 이내 고개를 끄덕였다.

"증인이 한 명인 것보다는 두 명이 낫지. 파스칼, 카미유, 두 사람은 지금 말하는 내용을 잘 기억해 두고 필요할 때 확실한 증인이 되어 주게."

"예, 영주님."

자, 이제 증인까지 제대로 왔으니 이판사판이었다. 무엇보다 레아는 발타 님에게 꽉 잡힌 손을 빼고 싶어서 돌아 버릴 지경이라, 아까 따라 했던 말을 최대한 빠르게 되풀이했다.

잠시 후, 영주님의 엄숙한 목소리가 이어졌다.

"세공사 레비, 이제부터 그대는 아시케나지가 아닌 올랑드에 적을 둔 자임을 명심하게. 지금부터 그대는 내 보호를 받고, 나의 명을 받는 자임을 잊지 말도록."

레아는 얼떨떨한 상태로 고개를 끄덕였다. 저 말을 이 짧은 시간 동안 벌써 세 번쯤 들은 것 같다.

말을 마친 발타 님은 계약의 상징물로, 권위와 보호를 상징하는 단검을 풀어 건네주고, 재산에 대한 권한을 상징하는 반지까지 빼서 레아의 약지 손가락에 끼워 주었다.

이제 오마주의 마지막 관문인 '신뢰와 화합'의 의식이 남았다. 레아는 그 순서만큼은 제발 피하고 싶어 죽을 지경이었다. 하느님, 하느님? 제발 이 잔이 내게서 지나가게 하옵소서. 하지만 제 뜻대로 마옵시고, 아니, 그, 그냥 제 뜻대로 해 주시옵소서.

다행히 눈앞에 서 계시는 분은 그 잔을 100배쯤 더 피하고 싶은 얼굴이었다.

하지만 역시 올랑드의 발타 경은 쫄보 가문 맏딸인 자신과는 달랐다. 그는 두려움이나 비겁한 유혹에 굴복하지 않는 용감한 기사였다.

그는 레아를 붙잡아 일으켜 어깨를 끌어안고 세상 비장한 표정으로 입을 맞췄다.

레아는 바위처럼 땡땡 얼어붙은 채 입맞춤을 받았다. 입맞춤이 필요 이상으로 긴 것도 같았지만, 이게 인생 첫 키스라는 데 생각이 닿는 순간, 머리가 하얘지면서 시간 감각마저 홀랑 날아가 버리고 말았다.

"……."

"……."

증인이 된 두 사람은 얼빠진 얼굴로 열심히 손뼉을 쳤다. 왜인지는 모르지만 어쩐지 그래야만 할 것 같았다.

하지만 영주님과 1호 가신은 마지막 의식이 끝나자마자 번개처럼 몸을 떼어 내고는 반대 방향으로 줄행랑을 놓았다. 세공사는 뛰다가 돌에 걸려 된통 엎어지기까지 했지만, 의리 없는 영주님은 돌아보지 않았다. 다행히 사방이 깜깜한 곳이라 엎어질 때의 흉한 몰골이나 시뻘게진 얼굴은 들키지 않았다.

……나는 그대 목에 걸린 몰약 주머니,
그대 가슴 사이에서 밤을 지샌다오.
그대가 드리운 머리카락에 나는 그만 매여 버렸네…….

멀찍이 들리는 잔치 행렬의 노랫소리는 오랫동안 이어졌다.

6-4. 불청객

“이게 신부 오빠라는 게 어디서 꾸물대다 이제 기어 와! 뭔놈의 똥을 천년만년 싸냐, 싸다가도 끊고 튀어나와야 할 판에! 얼른 안 들어가?”

벵상이 눈을 부라리며 튀어나와 레아의 팔을 잡아끈다. 한참 걱정하며 기다린 기색이 역력했다.

“이건 또 뭐야. 똥 싸다 엎어졌냐. 옷이 왜 이 모양이야. 못 살아. 이거라도 걸치고 들어가.”

그가 레아를 쥐어박으며 어깨에 두르고 있던 숄을 씌워 준다. 레아는 군소리 없이 쥐어박히며 마당으로 들어섰다.

신랑 집 마당에는 이미 손님들이 구름 떼처럼 몰려 있었다. 새하얀 돌로 벽을 쌓은 엘리의 저택은 웅장했고, 지붕은 짚이나 널조각 대신 매끄럽게 다듬은 청석판이었으며 넓고 평평한 마당엔 고운 돌이 깔려 있어서 비가 올 때도 진흙에 발이 빠지지 않을 듯했다.

다니엘은 아버지의 집 바로 옆에 아담한 별채를 지어 신혼집으로 삼았다. 집 주변이 꽃으로 빙 둘러 있는 걸 보니, 라셸르를 위해 특별히 신경을 쓴 듯했다. 라셸르는 레아만큼이나 꽃을 좋아했다.

마당에는 결혼 잔치 자리가 마련되어 있었다. 발타는 신랑 쪽의 가장 상석, 엘리의 바로 옆에 앉아 있었는데, 레아가 뒤늦게 들어와 신부 측 자리에 앉는 것을 힐끗 보고는 아예 고개를 돌려 버린다. 레아도 그를 볼 용기가 없어서, 그의 외면이 차라리 고마웠다.

그런데 저분은 대체 왜 저렇게 시험에 든 걸까. 내가 여자인 것도 모르면서.

"어쨌든, 레아 너 그동안 정말 고생 많았다."

벵상이 어깨를 툭툭 치며 작은 목소리로 말했다. 놈은 진지하게 무슨 말을 하려면 레비나 미셸르가 아니라 원래 이름을 부르는 습관이 있었다.

"라셸르는 이제 행복하게 잘 살 거야. 네가 챙겨 준 혼수, 지참금만 해도 알리에노르 왕비마마 부럽잖을 거니까. 구두쇠 대마왕이 하나 있는 동생한텐 아낄 줄을 모른다니까."

"고마워 벵상. 너는 그렇게 많이 도와주지 않아도 되었는데."

레아는 벵상을 바라보며 진심을 담아 말했다.

벵상은 사실 두 사람과 피 한 방울 섞이지 않은 완전한 남이었다. 그래서 레아는 애초부터 라셸르의 양육과 결혼에 벵상의 도움을 받지 않을 생각이었다.

하지만 그는 두 사람에게 친형제 이상의 의무를 다했고, 그 어마어마한 지참금의 절반도 벵상이 내놓았다. 시발, 라셸르가 남이냐? 하는 욕설과 함께. 벵상이 돈을 불리는 재주가 탁월한 것은 알고 있었지만, 그건 정말 쉽지 않은 일이었다.

킹, 하는 콧방귀와 함께 예상했던 대답이 튀어나왔다.

"입에 침이나 바르시죠, 돈벌레 레비 씨. 이제부턴 동생 신경 끄고, 너나 행복하게 잘 먹고 잘 살 생각이나 해."

레아는 그를 올려다보며 살짝 웃었다. 저렇게 말하는 것조차 이제는 고마웠다.

"벵상 정말 고마워. 이 은혜를 어떻게 갚아야 할지 모르겠어."

"이게 미쳤나. 평소 하던 대로 해."

푹 웃음이 터졌다. 그러는 한편 눈물이 왈칵 쏟아졌다.

생각해 보니, 참 고마운 사람이었다. 아마 이 얼굴도 다시는 못 보겠지.

레아가 소매에 얼굴을 묻는 걸 보며 벵상이 기겁한다.

"이, 이게 진짜 밥 잘 먹고 미쳤냐. 너 왜 그래. 누가 보면 오빠가 아니라 아빠가 딸 결혼시키는 줄 알겠네."

"그냥, 고마워. 이제 벵상 너도 좋은 사람 만나서 결혼해야지. 자꾸 튕기지 말고."

"넌 내가 과부들한테 맨날 까이는 게 튕기는 걸로 보이냐? 이 자식 이거 아주 못된 놈이네."

벵상은 퉁명스럽게 내뱉었다. 레아는 씁쓸하게 웃었다. 이제 그 정도로 눈치가 없지는 않다.

"벵상 너 정도면 아주 괜찮은 신랑감이지. 할례도 받았고, 이젠 토라 정도는 알고. 계산도 잘하고, 돈도 많고. 머리도 안 벗겨졌고, 배도 조금밖에 안 나왔고. 돈 잘 붙는 찬란한 황금니에 입에선 늘 향기가 나고. 그러면 일등 신랑감 아닌가."

"시발, 왜 돌려 까는 거 같지. 그놈의 할례 얘기 좀 하지 마. 아직도 그날 당했던 일이 꿈에 나온다고."

투덜대던 벵상이 이내 버릇대로 잔소리를 늘어놓기 시작한다.

"레비 너 말야. 나한테 잔소리하기 전에 네 코나 닦으시죠? 너야말로 결혼 안 해? 언제까지 그렇게 남자로 살 거야?"

"내가 무슨 재주로 결혼해? 그냥 당분간 아시케나지 마을 아닌 곳에 가서 다른 일을 좀 해 볼까 해."

"아항? 동생 결혼시켰으니, 세공방 폐업하고 튀는 거야? ……근데 너 어디 죽으러 가는 것처럼 표정이 왜 그래?"

쓴웃음이 나왔다. 이 녀석이 눈치가 꽤 빠르다는 건 알고 있었지만, 대체 이 눈치의 끝은 어디인가.

"음, 도망은 아니고, 기사 시종 일을 해 볼까 해. 1년에 20리브르 주겠대."

"그거 미친놈 아니야? 시종 연봉이 20리브르? 2리브르 아니고? 아니 그보다, 돈 억수로 잘 버는 세공사를 왜 시종으로 데려가? 이상하네. 혹시, 작년의 그 큰손? 눈깔 빠지게 이쁜 기사님?"

"눈치 하나는 진짜. ……맞아. 지금 말려야 소용없어. 벌써 손바닥만 한 약초밭도 받았고, 오마주도 바치고 왔어. 이래 봬도 나 이제 올랑드 사람이라고."

"이건 또 무슨 소리야?"

벵상이 기겁한 얼굴로 레아를 돌아본다. 레아가 손가락에 끼워진 신종 서약의 반지를 보여 주자 입을 떡 벌린 채 눈동자를 빙그르르 돌린다.

"와, 너 진짜 얼빠라는 건 알고 있었는데 제정신 아니지? 기사하고 시종은 하루 종일 같이 먹고, 같이 자고, 같이 싸고, 홀딱 벗고 같이 씻고 같이 뒹굴고 그러는 거 몰라? 볼 거 못 볼 거 다 보는 사이인데 어쩌려고? 그, 그 사람 네가 그, 여…… 거시기인 거 알고 그러는 거야?"

"아냐. 전혀 모르셔."

대답하던 레아는 문득 이상한 점을 발견했다.

그러고 보니 그저 시종이 필요한 거라면 꼭 영지민일 필요도 없고, 신종 서약이 필요하진 않을 텐데? 그런데 왜 굳이 눈곱만 한 땅뙈기를 갈라 주면서까지 자신의 영지에 속한 자로 만들었을까? 게다가 그 약초밭은 1년 내내 뭔가를 뿌려 봐도 금화 한 푼이나 건질까 말까 하는 형편없는 돌짝밭이었다.

한참 침묵하던 벵상이 조용히 물었다.

"너, 혹시 무슨 일 있어? 정말 여기서 도망가야 할 일이 생겼어?"

"도망가는 건 아니지만…… 좀 비슷해."

"그냥 불안해서 그러는 건 아니고?"

"……미안. 너한테 설명하기는 어려워."

벵상의 한숨이 길어진다. 제기랄, 같이 일한 게 한두 해도 아닌데 아직도 남처럼 이러지.

"너 정말 이렇게 계속 힘들게 살 거야? 여기 그냥 정착해서, 라셸르처럼 결혼해서 행복하게 살아 볼 생각은 정말 없어?"

"그게 가능하겠냐. 이제 그만하자. 다른 사람 다 듣겠다."

"넌 왜 불가능하다고만 생각하냐."

"아 진짜 이 인간, 오늘따라 시끄럽네. 동생 결혼식이나 봐!"

"……야, 그냥 나랑 결혼할래?"

하늘이 빙그르르 도는 것 같다. 아, 시발. 얘 결혼식이나 다 마친 다음에 얘기해 보려고 했는데 타이밍 진짜 엿 같네. 벵상은 머리를 긁으며 투덜거렸다.

오늘은 또 대체 무슨 날일까. 레아가 대답 없이 가만히 서 있자 벵상는 여전히 과부들에게 들이댈 때처럼 장난스러운 표정으로, 하지만 차마 시선을 맞추지는 못하고 덤덤하게 말했다.

"뭐, 네가 얼굴 밝히는 건 잘 알고, 돈 밝히는 것도 알고, 내가 썩 꽃미남도 아니고 용감한 기사님도 아니라는 건 아는데."

"……."

"그래도 평생 써도 될 만큼의 돈은 모아 놨어. 결혼하면 일하지 않고 맛있는 거나 먹으면서 펑펑 써도 돼. 여기서 이렇게 조용히 평화롭게 사는 것도 나름 괜찮지 않았냐. 사람 죽는 거 한순간인데……. 살아 있는 동안은 재미있게 속 편하게 살아야지."

레아의 눈에 천천히 눈물이 괴었다.

녀석의 말이 맞다. 둘이 함께 살아간다면, 적어도 지금까지 살아온 것처럼 살 수 있을 것이다. 가끔은 무서워 떨면서, 지금처럼 양심의 가책을 애써 눌러 가며, 그래도 편안히, 조용하게, 내가 좋아하는 일을 하면서 살게 될 것이다.

아빠와 내가 꿈꾸었던 것처럼, 가늘고 길게, 소리 소문 없이 돈 벌면서 잘 먹고 잘 사는 삶.

"레아 네가 정 무서워서 여기서 못 있겠으면, 나랑 같이 떠나도 돼. 알아보니까 내가 가진 돈 정도면 베니스에서 만든 쬐그만 배 한 척은 사겠더라. 기사들처럼 칼 들고 싸워 주진 못해도, 같이 도망쳐 줄 순 있어."

"……뭐?"

"작은 바닷가 마을에서 조용히 먹고살다가 누가 널 잡으러 오면 배 타고 튀면 되지. 너야 원래 바닷가 출신이고 나도 바다를 좋아하니까 작은 항구 도시 같은 데서 자리 잡고 지금처럼 소리 소문 없이 살면 될 거야. 떠돌이 출신 장사꾼은 세상 어디 떨어뜨려 놔도 밥 잘 먹고 돈 잘 버는 종자들이니, 먹고살 걱정은 안 해도 돼."

레아는 눈을 둥그렇게 뜨고 벵상을 올려다보았다. 자신을 위해서 그런 생각까지 하고 있을 줄은 몰랐다. 벵상은 조금 머뭇거리는 듯하더니 여전히 덤덤하고 심드렁한 목소리로 덧붙였다.

"그리고 네가 오해하고 있을지 몰라 미리 말해 두는데, 내가 할례 잘못 받았다고 고자가 된 건 아니야. 흉이 져서 보기에 좀 거시기해서 그렇지 기능은 짱짱해. 아니 두세 배쯤 강력해졌어. 정말이야."

"네가 왜 과부들에게 맨날 차이는지 이제 좀 알겠네."

"그 여자들이 내 정력을 감당 못 한 거지."

레아는 콧방귀를 뀌며 웃었다.

"웃기고 있네. 솔직히 말해 봐. 총각 딱지 떼기는 뗐냐?"

"시발, 이게 나를 어떻게 보고."

한동안 침묵이 흘렀다. 레아는 그의 제안에 딱히 대답하지 않았고, 벵상은 굳이 재촉하지 않았다.

하지만 레아는 알고 있었다. 그 역시 아주 오랜 시간, 자신만 보면서 살아왔다. 결혼을 기대한 것은 아니겠지만, 또 아주 포기할 수도 없는 마음으로. 전혀 이해할 수 없는, 하지만 또 이해할 수도 있을 것 같은 그런 이상한 마음으로.

레아는 신부 측 자리에 앉아 라셀르의 결혼식을 지켜보았다. 벵상이 신부 측의 대표자로 앞으로 나가고, 바로 예식이 시작되었다.

엘리는 막내아들의 결혼에도 어찌나 공을 들였는지, 결혼식용 천막인 후파에도 돈을 진진 싸발랐다. 굵은 향나무에 최고의 목공이 와서 사방 아름다운 무늬를 아로새겼고, 그 위로는 화려한 무늬를 수놓은 고급 숄로 지붕을 덮었다.

랍비 토비아스가 후파 앞에 손수건을 잡고 섰고, 벵상과 엘리가 양쪽으로 서서 손수건의 끝을 잡는다.

“저건 무슨 뜻인가, 레비?”

“흐이익! 바, 발타 님!”

갑자기 뒤에서 들린 목소리에, 레아는 기겁하게 놀랐다.

예전부터 느낀 거지만, 이분은 너무나 기척이 없다. 레아가 꽤 예민한 편인데도 이분은 꼭 공기나 바람처럼 느껴진다. 힐끗 뒤를 돌아보니, 그는 후파 쪽을 바라보며 뒷짐을 지고 서 있다. 이분도 조금 긴장한 걸까. 어깨가 살짝 굳은 것처럼 느껴진다.

“호, 혼인 계약이 성사되었다는 뜻입니다.”

다니엘이 다가가 그 손수건을 받아 들고, 케투바(결혼 계약서)를 위로 번쩍 들어 올리더니 여기에 적힌 약속을 잘 지키겠다고 외친다. 신랑의 벌게진 얼굴을 보며, 사람들이 여기저기서 쿡쿡거렸다.

“아시케나지 사람들도 귀족들처럼 계약서를 쓰고 결혼하는 건가?”

“그렇습니다. 물론 진짜 계약이라기보다 이혼을 막기 위한 용도에 가깝긴 하죠. 신랑이 이혼을 요구할 때 신부에게 보상할 금액을 적어 두는데, 그게 3대가 갚아도 모자랄 만큼 어마어마하거든요.”

“저런, 부부 사이를 돈으로 묶어 놓겠다는 건가?”

“그럼요. 세상천지 돈으로 만든 끈만큼 질긴 게 있겠습니까. 살다가 좀 꼴 보기 싫어져도 돈 아까우면 이혼하지 말고 잘 살라는 거죠.”

“아하. 정말 아시케나지다운 대답이야. 신부 지참금도 대단했다고 소문이 장하던데.”

“하나밖에 없는 동생인걸요. 부모님도 없는데, 오빠들이라도 잘 해 줘야죠. 어차피 끝까지 동생 재산으로 남는 거고, 중간에 제가 어떻게 돼도 안심이 되고요.”

레아도 지참금이 과하다는 건 알고 있었다. 자신 때문에 엄마 아빠를 잃은 동생에 대한 부채 의식 때문일 수도 있고, 자신이 사라진 이후에도 걱정 근심 없이 잘 살기를 바라는 마음 때문이기도 했다.

이제 레아가 바라는 것은, 라셸르만이라도 무사히 행복하게 살아가는 것뿐이었다. 발타 님이 낮게 웃으며 어깨를 툭툭 친다.

“그동안 고생 많았겠어. 이제 동생은 신랑 울타리 안에서 행복하게 잘 살 테니, 자네도 이제부턴 누릴 거 누리면서 편히 살게. 다시 한번 축하하네.”

“……감사합니다, 영주님.”

덤덤한 목소리에서 따뜻한 진심이 느껴졌다. 하지만 이제 내 앞에는 ‘누릴 거 누리면서 편히 사는’ 일 따윈 남아 있지 않다.

대체 이분과 나는 무엇이 비틀렸기에, 일이 이 지경이 되었을까.

갑자기 서러움이 북받쳐, 눈시울에서 뜨거운 것이 울컥 치밀었다. 얼른 고개를 숙였지만 물방울이 떨어지는 것을 막지는 못했고, 순간 그의 웃음소리가 뚝 끊어진다.

"어, 음…… 이보게……. 혹시 내가 말실수를 했나?"

"……."

"미안하네. 음, 물론 오빠 입장에선 섭섭하기도 하겠어. 고생고생해서 저렇게 예쁘게 키워 놨는데, 어디서 날도둑놈이 튀어나와서 저렇게 웃고 있으니 분하기도 하겠지. 그래, 충분히 이해하네……."

이해는 무슨 개뿔이.

레아는 끅끅 소리를 내며 울음을 삼키려 애썼다. 발타 님은 발타 님대로 울고 있는 신부의 오빠를 달래기 위해 자못 필사적이었다.

"그, 하지만, 남자 여자가 사랑해서 부부가 되는 건, 음, 하느님께서 주신 큰 축복일세. 기쁜 일에 왜 눈물인가. 제, 제발 그만 좀 울게……. 신랑이 부러워서 그러는 거면, 자네도 결혼을…… 음."

발타는 이내 입을 다무는 것이 낫다는 결론을 내렸다. 손수건이라도 내주어야 하나 망설이다가 그마저도 포기하고 말았다.

그는 이 세공사가 우는 꼴을 많이 봤지만, 여전히 익숙해지지 못했다. '사나이의 눈물'을 몹시 치욕적인 것으로 배운 덕에, 이렇게 대놓고 우는 사내들을 보면 자신이 더 몸 둘 바를 몰랐다.

그는 시선을 돌려 '수치에 빠진' 세공사를 점잖게 외면해 준 후, 다른 사람들이 보지 못하도록 앞을 막아 주었다.

물론 그런다고 모인 사람들이 그 꼴을 못 볼 리가 없다. 에그 저거 봐. 신부 오빠 운다, 울어. 저걸 어째. 난리 났네, 난리 났어. 둘 다 울고 있어. 아이고, 저걸 어째. 다행인지 불행인지 벵상 역시 앞에서 같이 질질 짜고 있기는 했다.

세공사의 눈물은 잠시 후 멎었지만, 발타가 다시 말을 붙이기까지는 한참을 더 기다려야 했다.

"엘리 말로는, 신랑이 자네 동생을 많이 좋아했다 하던데. 둘이 연애……를 했던 건가?"

귀족이나 왕족의 결혼이란 '토지와 재산의 거래'이기 때문에 연애결혼 따윈 존재하지 않지만, 농노나 자유민의 경우 연애결혼도 흔하다 들었다. 하지만 세공사는 코끝을 찡그리며 고개를 저었다.

"그건 아닙니다. 미셸르가 청혼을 거절하지 않아 그냥 성사된 거죠. 조건도 좋고, 마음에 둔 남자도 딱히 없다 해서요."

"아하."

"뭐, 중간에 한 번 엎어질 뻔하긴 했죠. 아무리 유행이니 뭐니 해도 밤에 나무를 타고 여자 방 창문으로 잠입하는 건 제가 용서 못 하거든요. 오밤중에 저한테 몽둥이찜질을 당하고 1층으로 굴러떨어진 적이 있는데, 막상 잡아 놓고 보니 동생 약혼자라 어찌나 난감하던지……."

"허, 참. 그런 요상한 유행이 있단 말인가?"

"그게 사내의 명예라고 생각하는 놈들이 있어서요."

"숙녀의 명예는 어찌하라고?"

"그런 골 빈 놈들 대가리 속에 숙녀의 명예까지 생각할 공간이 있겠습니까. 어, 다니엘을 욕하는 건 아닙니다. 아, 네. 욕한 건 맞죠. 에휴, 썩을 놈. 욕한 건 비밀로 해 주십쇼. 이 빌어먹을 유행은 대체 언제 없어지려는지."

발타는 실없이 웃음을 터뜨렸다. 없어질 리가 있나. 서릿발 같은 도덕군자가 지배하는 시테 궁에서조차 궁정식 연애……를 가장한 불륜 로맨스가 200년 가까이 유행 중인데.

발타는 인간의 욕망이란 몹시 힘이 세며, 강철 같은 의지나 깊은 신앙, 심지어 끔찍한 징벌로도 쉽게 눌리지 않는다는 것을 잘 알고 있었다.

온갖 기사 문학에서는 기사가 귀부인에게 바치는 비밀 사랑을 아름답게 예찬하지만, 실제로 비밀 연애가 발각되면, 매우 아름답지 않은 결말이 나게 된다. 기사는 끔찍한 고문과 거세를 당한 후에 목을 잘리고, 귀부인은 화형을 당하거나, 귀나 코를 베이거나, 알몸으로 마을을 끌려다니며 돌을 맞아야 했다. 머리를 밀리고 유폐되는 정도는 운이 매우 좋은 축이었다.

"그럼 자넨 매일 동생 방의 창문을 지키고 있었던 건가? 꽤 번거로웠겠는걸."

"아이고, 무슨 말씀을. 그러면 잠은 언제 잡니까. 동생이 꼬꼬마일 때부터 문이랑 창문 앞에 밤손님 퇴치용 장치를 만들어 놨죠. 제가 누굽니까. 아시케나지 마을의 알 자자리 아니겠습니까."

레아는 어깨를 으쓱이며 적당히 공치사를 했다.

원래는 레아 자신을 보호하려는 목적으로 설치한 장치였다. 혹시 벵상 놈이 밤에 찾아와 고약한 짓을 할지도 모른다는 걱정도 있었다. 하지만 벵상은 다른 과부들 창을 백 번 넘으면 넘었지 레아와 라셸르가 있는 다락방에는 얼씬도 하지 않았다. 멋모르고 라셸르에게 껄떡대던 마을 총각 놈들만 번번이 혼쭐이 나곤 했다.

"기사보다 훌륭한 오라버니로군. 그런데 자네도 알 자자리를 아나?"

"그야, 당연하죠. 오토마타의 전설 아닙니까. ……아, 그자도 이교도이긴 하지만요."

레아는 순간 기겁했지만 애써 태연하게 덧붙이며 이야기를 무마했다. 이분과 이야기를 하노라면, 예전 이야기들이 툭툭 튀어나올 때가 있는데, 그때마다 미치고 환장할 지경이었다.

"그럼, 자네도 다른 숙녀의 집 창문으로 잠입해 본 적이 없나?"

"아직 그 정도로 대가리가 비지는……. 아직 그럴 만큼 좋아하는 숙녀를 못 만났습니다, 발타 님."

레아는 얼른 말을 돌렸다. 왕궁에서 '일만 하느라 좋아하는 여자가 없다'고 떠벌댔던 기억이 났다.

그나저나, 아까부터 왜 자꾸 이상한 걸 계속 묻고 있는 거야. 그것도 저렇게 진지하게.

레아는 그를 만날 때마다 조금씩 다른 사람을 보는 것 같았다. 아크레의 발타 님과 지금의 발타 님이 다른 것은 이해가 간다. 하지만 궁에서 만났을 때의 발타 님과 올랑드 집에서의 발타 님도 완전히 달랐고, 밤의 발타 님과 낮의 발타 님도 또 달랐다.

그리고 현재의 발타 님은 예전의 어떤 발타 님과도 같지 않았다.

확실한 건, 이분이 작년부터 들이댔다 멀어졌다를 계속 반복하는 중이며, 현재는 들이대는 중이라는 점이었다. 레아는 멀미가 날 지경이었다.

"좋아하는 숙녀분이 생기면 해 볼 참인가? 유행이라며."

"글쎄요. 만에 하나 '목숨을 건 사랑'에 빠지기라도 하면 모를까, 현재는 절대 아닙니다."

"아……. 자넨 사랑에 목숨을 걸기를 원하는 건가?"

"설마요. 저야 앉으나 서나 '무병장수 무사안일 복지부동'을 모토로 삼아, '소리 소문 없이 떼돈이나 벌며, 가늘고 길게 잘 먹고 잘 살자!'를 인생 목표로 하는 쫄보 소시민인걸요. 목숨을 건 사랑 따윈 제 인생에 유해할 따름입니다."

레아가 펄쩍 뛰며 대답하자, 그가 묘한 표정을 짓는다.

"그래도, 자네는 나처럼 독신 기사로 서원을 한 것도 아니니, 살면서 한 번쯤은 그런 감정에 빠져 보는 것도 좋지 않겠나. 그 열렬한 광기의 불꽃이 그대의 마음을 뜨겁게 태울 수 있는 날이 오기를 기원하겠네."

"아, 영주님! 그딴 건 쫄보 건강에 해롭다니까요. 왜 자꾸 악담을 하십니까."

그리고요, 님께서 연애 한 번 못 해 보셔서 낭만이 충만하셔서 그러시나 본데, 죽음을 불사한 사랑이란 게 사실 그렇게 대단한 게 아닐지도 몰라요.

저만 해도, 일단 당신을 무척 좋…… 사랑……하고, 좀 다른 의미이긴 하지만 여튼 당신께 목숨을 내놓을 거 아닙니까? 그럼 이 두 가지를 합치면 대충 '목숨을 건 사랑'이 될 수도 있잖습니까!

그런데 보세요. 이 얼마나 한심하고 너절하고 비굴한 사랑이냐고요.

갑자기 허탈해진 레아는 쓴웃음을 지그시 삼켰다.

정말 죽음을 무릅쓸 만큼 사랑하고, 또 사랑받는 느낌은 어떤 걸까?

그런 사람과 결혼해서 함께 살아간다는 건 또 어떤 느낌일까?

레아는 한숨을 쉬며 잠시 눈을 감았다. 상상의 대상은 이미 눈앞에 있고, 무엄하게도 그 상상은 지나치게 구체적이었다.

눈앞에 계신 이분과 손을 잡고, 자연스럽게 입을 맞추고, 같은 침대에서 살을 부비며 함께 자고 함께 일어나고, 그의 입으로 들어갈 음식을 만들고, 얼굴을 맞대고 앉아 그가 맛있게 먹는 것을 구경하고, 그가 입을 옷을 짓고, 그가 옷을 입는 것을 도와주고, 그를 닮은 어여쁜 아이를 낳고, 자랄수록 더욱 그를 닮아 가는 아이들을 하루하루 돌보고…….

얼굴로 가만히 열이 오른다. 얼마나 좋을까. 파리 제일의 세공사가 되는 것만큼, 아시케나지 마을 최고의 부자가 되는 것만큼, 아니, 어쩌면 그보다 훨씬 더 좋을 것만 같다. 저분이 입었던 땀에 젖은 속옷들을 종일 빨아야 하는 저주에 걸린대도, 그것마저 너무나 황홀하고 행복할 것 같다.

어떡해. 어떡하지. 불경하다는 것을 알면서도 꿀 같은 상상은 가지를 치며 자꾸 뻗어 나간다.

생각해 봐. 아침에 침대에서 눈을 떴는데, 이 눈부시게 아름다운 얼굴이 바로 눈앞에 있는 거야……. 하루 이틀도 아니고, 매일, 아침마다, 잠이 들 때마다, 밥을 먹을 때마다.

그래. 아주 불가능할 건 또 뭐야? 이분은 나를 좋아하셨으니까, 성물을 돌려 드리고, 사정을 자세히 설명한 다음에 목숨만은 살려 달라고 매달리면…….

"누이여, 너는 천만인의 어미가 될지어다!"

랍비 토비아스가 라셸르를 축복해 주는 소리가 밤하늘에 쩌렁쩌렁 퍼져 나간다. 사람들이 환호하며 손뼉을 치고, 발타 님은 엄숙한 자세로 그 장면을 참관하고 있다.

레아는 퍼뜩 정신을 차렸다.

……내가 정말 미쳤구나.

짧은 순간, 달콤한 악몽을 꾼 것 같았다.

드디어 혼인 예식이 끝났다. 사람들이 손뼉을 치며 환호하는 소리가 들린다. 마잘 토브! 신랑 신부 복 많이 받아! 두 사람에게 행운을 빌어 주는 목소리가 여기저기서 요란하게 터져 나왔다. 마잘 토브! 레아도 간절한 마음을 담아 크게 외쳤다. 라셸르, 너, 가서 잘 살아! 행복하게, 울지 말고! 가톨릭교도인 발타 역시 기꺼이 손뼉을 치며 같은 구호를 외쳐 주었다.

본격적인 잔치가 시작되었다. 사람들은 하객에게 인사를 하는 신랑과 신부에게 아몬드와 꽃을 던지고, 휘파람을 불고, 노래를 한다.

여기저기서 광대들이 나와 재주를 부리기 시작했다. 사람 키의 2배만 한 목마를 타는 종글뢰르들이 튀어나오고 꼬리가 양 갈래로 늘어진 모자를 쓴 사람들이 자로 맞춘 듯이 저글링을 한다. 악사들은 피리와 북, 바이올린으로 경쾌한 춤곡을 연주하고, 그 음악에 맞추어 신부의 들러리들이 나와 파트너들과 춤을 춘다. 한쪽에서는 트루베르들이 작은 하프와 류트에 맞추어 애정 가득한 노래를 부른다.

"발타사르 님, 한 잔 드시지요."

엘리가 다가와 포도주를 권한다. 뒤이어 벵상도 한 잔 올린다. 술이 약한 발타는 난감해하면서도 군소리 없이 두 잔을 비웠다.

뒤에서는 파스칼과 카미유가 벌써 사과주를 퍼마시고 있다. 술이 돌기 시작하자 잔치 자리는 순식간에 흥이 오르며 시끄러워졌다.

"이런 잔치를 일주일 내내 연다니. 대단하군."

"지난달부터 계속 준비하고 있었습니다. 이 잔치를 위해서 일곱 개의 화덕을 임시로 더 만들었는데, 열흘 밤낮으로 불이 꺼지지 않았습니다. 마을 아낙들이 잔치 준비로 전부 이곳에 몰려오는 바람에 지난주 내내 거리에서 여자들을 볼 수 없다고 할 정도였지요."

엘리 영감이 그답지 않게 자화자찬하며 웃는다.

잔치 음식들은 빠르게 사라지고, 또 빠르게 채워진다. 고기, 빵, 수프, 걸쭉한 스튜, 과자와 과일, 견과, 양젖으로 만든 치즈도 천국처럼 넘쳐 났다. 국물에 젖은 트랑슈와르 빵을 개에게 던져 줄 정도였다.

마을 사람들은 먹고 마시고 춤추며 한껏 흥에 겨웠다. 아주 작정하고 기다렸던 듯, 팔십 영감님부터 젖먹이 아이들까지 마을 사람들은 모조리 잔치에 나온 듯했다.

"레비. 축하주 한 잔 받게."

발타는 잔에 포도주를 가득 채워 계속 레아에게 내밀었다. 레아는 사양 않고 잔을 비웠다. 향긋한 과일향이 지나갈 때마다 목구멍과 머리가 쨍 울린다.

"야, 조금씩 먹어. 너 취하면 못 업고 가. 발모가지 잡고 집까지 질질 끌고 갈 거야."

옆구리를 찌르며 잔소리를 하던 벵상도, 마망 실비아의 건배사에 레아에게 한 잔을 따라 주지 않을 수 없었다.

"신부의 노총각 오빠들, 빨리 장가보내기 위하여!"

"위하여!"

사람들은 하나같이 잔을 높이 쳐들고 복창했다. 심지어 여자들과 손 한 번 제대로 못 잡아 본 왕실 기사님마저 건배에 동참했다.

너덧 잔을 거푸 마셔서일까. 레아는 순간적으로 머리가 빙, 돌았다. 발타도 취기가 오르는지 고개를 위로 들고 눈을 감는다. 하아아. 그의 입술 사이로 가느다란 한숨이 흘러나온다.

레아는 멍하니 눈을 깜박였다.

……이상하다?

갑자기 속이 울렁거리기 시작했다. 미약한 현기증도 조금씩 느껴진다. 등 뒤로 차가운 기운이 싸르르 흘러내린다. 레아는 인상을 구기며 입을 틀어막았다.

포도주를 너무 마셨나?

……그건 아닌 것 같은데. 예전에 발타 님 집에서 마셨을 때에 비하면 오늘 마신 건 새 발의 피인데.

혹시…… 저분과 담판 지을 일이 막상 코앞에 닥치니까 무서워서 그런가?

모르겠다. 그냥 이상하다. 이제는 손발이 싸르르 차가워지며 등과 이마로 식은땀이 흘러내리기 시작했다. 벵상과 발타 님의 얼굴에서 웃음기가 사라지는 것이 보인다.

"야 인마, 너 취했냐? 여기서 토하면 안 돼."

"레비. 무슨 일인가? 어디 안 좋은가?"

벵상이 소곤대는 소리는 아득하고, 발타 님의 걱정스러운 목소리는 지척으로 느껴진다.

드드, 드드, 드드드드, 몸이 간헐적으로 떨린다. 어렴풋한 기시감이 느껴진다. 쿵쿵대는 진동. 땅이 흔들리는 느낌. 몸이 오그라드는 것 같은 긴장감.

……아크레?

아버지가 건네주었던 단장의 검을 가지고 달려갈 때, 가슴이 졸아들고 숨이 턱턱 막히던 그 느낌이 되살아난다. 레아는 힘껏 고개를 흔들었다.

뭘까. 뜬금없이? 왜 하필 지금?

"레비? 난 이쯤에서 돌아가야 할 것 같네. 파스칼! 카미유! 떠날 채비를 하게. 크레도를 데려와."

레아는 깜짝 놀랐다.

"발타 님? 왜 벌써……."

"아니 영주님, 잔치는 이제 막 시작인데요. 이렇게 어두운데, 위험합니다."

"아직 제대로 접대도 못 해 드렸는데, 하룻밤만 주무시고 가시지요. 깨끗한 방과 따뜻한 목욕물과 새 옷을 준비해 두었습니다."

"영주님, 아무것도 안 드시고 그냥 가십니까?"

벵상과 엘리 님에 이어, 카미유와 파스칼도 놀란 얼굴로 말을 보탠다. '이제 잔치가 시작되니 허리띠 풀고 신나게 먹으려 했는데 망했다' 하는 표정이 역력했다. 하지만 발타 님은 단호했다.

"레비? 자넨 안 따라올 건가?"

"네? 지금요……?"

설마 지금 라셸르 결혼식을 팽개치고 따라오라는 말인가? 그 정도로 경우 없는 분은 아니실 텐데. 레아의 당황한 얼굴에 벵상이 나섰다.

"저, 씨에? 레비는 결혼식이 끝날 때까지 여기 있어야 합니다만…… 아."

순간 벵상이 입을 다문다. 레아가 이 영주님과 조금 전에 황당한 신종 계약을 맺었음을 떠올린 것이다. 하지만 아무리 그렇다 해도 지금 바로 따라오라는 건 말도 안 된다.

발타는 결국 마뜩잖은 얼굴로 명을 내렸다.

"정 그렇다면, 내일 날이 밝는 대로 바로 영지로 오게. 결혼식 자체는 끝나지 않았나."

"저……."

"난 며칠 후면 시테 궁으로 복귀해야 해. 한정 없이 기다릴 수 없네."

짧은 순간, 발타 님과 시선이 얽혔다. 그의 눈이 가늘어진다.

"……!"

레아는 슬그머니 자리에서 일어났다. 뒤통수가 슬금슬금 근지럽다. 말에 오른 발타 님이 뒤를 돌아보더니, 지금이라도 따라올 거냐는 듯, 레아를 응시한다.

레아는 후파 아래서 다니엘의 손을 잡고 있는 동생을 보았다. 지금 오빠가 나가면 이 잔치의 산통을 깨는 일이 될 것이다. 다행히 발타 님은 결혼식을 집어치우고 당장 따라오라고 요구하실 만큼 막무가내인 분은 아니었다.

레아는 그의 앞에서 깊이 고개를 숙였다.

"내일 날이 밝는 대로 올랑드로 가겠습니다."

엘리와 벵상의 얼굴이 확 구겨진다. 하지만 발타 님 앞이라 대놓고 불평하지는 못한다. 발타 님 역시 내키지 않는 얼굴로 고개만 끄덕였다.

"최대한 속히 오게."

"벵상, 나 마구간에 가서 시시 좀 보고 올게. 먼저 가 있어."

"그래그래, 좀 시원하게 토하고 와. 같이 가서 등이라도 두드려 줘?"

"아 진짜, 됐고……. 벵상 너라도 자리에 가 있어. 신부 가족이라곤 오빠 둘인데 둘 다 자리 비우면 어쩌라고."

레아는 마구간 쪽으로 천천히 걸음을 옮겼다. 마구간은 저택 뒤쪽으로 한참 떨어진 곳에 있었다. 그런데 마구간 쪽으로 갈수록 개들이 으르릉대며 짖는 소리가 점점 더 심해진다.

눈을 부릅뜨고 사방 둘러보던 레아는 이내 기겁하고 말았다.

"저, 저건 뭐야!"

뒷문의 울타리 너머, 작은 불빛들이 반딧불이 떼처럼 일렁거리는 것이 보인다. 불빛은 마을 뒷길을 통해 순식간에 마을 안으로 들어서고 있다. 하나, 둘, 셋, 넷, 저 반딧불이 떼처럼 무수히 반짝이는 것은 분명히 횃불이었다.

"도적 떼인가? 아, 빌어먹을."

마을에는 남은 장정들이 별로 없다. 결혼 잔치에 마을 사람 대부분이 몰려와 있기 때문이었다.

그리고 이 집은 마을 어귀에 있어서 마을 뒤쪽에서 무슨 일이 일어났는지 가장 늦게 알게 될 것이다.

아시케나지 사람들은 재산을 대부분 보석이나 금으로 갖고 있으며, 왕이든, 롬바르디아 은행가든, 기사단이든, 아무도 믿지 않아, 재산을 집에 깊이 숨겨 두는 경우가 많았다. 머리가 있는 도둑 떼라면 아시케나지 마을이 텅 비는 기회를 놓칠 성싶지 않다.

레아는 황급히 시시를 끌어냈다. 눈앞이 하얗게 물든다.

"벵상! 엘리 님, 토비아스 님! 미셸르!"

마당이 갑자기 조용해진다. 사람들은 갑자기 말을 타고 마당으로 난입한 신부의 오빠를 미친놈 쳐다보듯 했다.

"레아, 레, 레비! 왜 그래!"

벵상이 기겁을 하며 달려오고, 얌전하게 앉아 있어야 할 신부마저도 깜짝 놀라 치맛자락을 걷어쥐고 뛰어온다. 레아는 목이 터져라 고함을 질렀다.

"일단 잔치는 멈추고 다들 얼른 집으로……! 마, 마을, 뒤, 뒷길로…… 홰, 횃불이 잔뜩 몰려서…… 집에 남은 사람들……!"

"그게 무슨 소리야!"

사람들이 어리둥절해서 자리에서 일어난다. 순간, 레아는 중요한 것을 떠올리고 새파랗게 얼어붙었다.

맙소사. 성 유물 조각을 침대 밑에 숨겨 두고 왔는데!

침대 밑에 비밀 공간을 만들어 감춰 두긴 했지만, 딱히 깊이 숨겨 둔 것도 아니었다. 왕에게 받은 금관도, 기사단에서 발행한 500리브르 증서도 같이 있었지만, 지금 그건 신경조차 쓰이지 않았다.

"벵상, 나, 나 집에, 집에 먼저 가 볼게!"

"뭐? 이건 또 무슨 미친 소리야? 야! 레비 너 갑자기 왜 그래?"

벵상이 달려와 시시의 고삐를 잡아챘다. 라셸르도 새파랗게 질린 채 달려 나왔다.

"레…… 레비 오빠, 가지 마! 위험해. 아, 아니 같이 가, 나도, 나도 가!"

"넌 신부가 가긴 어딜 가! 이제부턴 여기가 네 집이야. 다니엘! 미셸르 붙잡아!"

"레비, 기다려, 같이 가. 지금 혼자 가면 위험해."

"뭐야. 대체 무슨 일이야?"

사람들은 여전히 술에 잠겨 두리번거리거나, 혹은 허둥지둥 짐을 챙기며 자리에서 일어난다. 다니엘이 황급히 일어나 사람들을 막는다.

"기다려 보세요! 지금 무슨 일이 일어났는지 먼저 알아보고 움직여도 늦지 않잖아요! 별일 아닐 수도 있는데 한꺼번에 집으로 돌아가실 겁니까?"

그의 목소리는 분노에 차 있다. 레아는 차라리 그의 희망이 맞기를 소원했다. 제발 아무 일도 아니기를. 나 혼자 욕 좀 먹고 말기를. 토비아스가 거든다.

"다니엘 말이 옳다. 누가 한두 명이 가서 무슨 일이 있는지 알아보고 와도 늦지 않아."

"그럼 제가 바로 갔다 올게요. 벵상, 넌 여기서 라셸르 좀 봐줘. 부탁해."

"야, 이 미친! 위험해!"

벵상이 욕을 씹어뱉는 소리가 들린다. 사람들은 뒤에서 멈칫대며 우왕좌왕하고, 레아는 말을 달렸다. 결혼식은 이제 뒷전이다. 침대 밑에 숨겨 둔 막대기만 생각하면 미쳐 버릴 것만 같다. 얼른 가서 땅에라도 파묻기라도 해야…….

히히히힝!

레아는 얼마 가지 못해 고삐를 잡아챘다.

제기랄!

기사와 병사들 한 무리가 횃불을 대낮처럼 밝히며 레아의 코앞으로 다가든다.

일사불란하고 절도 있는 움직임. 푸른 백합이 새겨진 망토.

……빌어먹을. 왕의 병사들이다!

길을 따라 길게 이어지는 사람들이 대체 몇 명인지 헤아릴 수조차 없었다. 시시는 그대로 얼어붙어, 아무리 옆구리를 걷어차도 꼼짝하지 않는다.

"자네 어딜 가지? 이 마을 사람인가?"

앞에 있던 덩치 좋은 기사가 힐문한다. 레아는 저도 모르게 고개를 끄덕이려다 움직임을 멈췄다.

……나, 나는 이제 이 마을 사람이 아니야.

눈앞이 핑그르르 돈다. 맙소사. 혹시 발타 님이 기어이 신종 서약을 받고 영지로 오라 했던 이유가 혹시 이건가?

아니야. 이런 일이 있을 줄 아셨으면 억지로라도 데려가셨겠지.

그래도 뭔가 어렴풋이 알고 계셨던 걸까?

레아는 떨리는 목소리로 대답했다.

"아뇨, 저는 이 마을 사람이 아니라 다른 영지의……."

"거짓말하지 마라, 더러운 이교도! 가슴에 이교도의 표식을 붙이고 있는 주제에, 첫마디부터 거짓말인가! 왕실의 휘장을 뻔히 보면서도 두렵지도 않나!"

눈매가 날카로운 사내가 노랗고 동그란 유대교도의 표식을 손가락질하며 호통을 친다. 꽤 낯이 익다. 기름을 발라 한 올도 흘러내리지 않게 정돈한 갈색 머리카락과 반듯한 콧수염, 뾰족한 매부리코, 후리후리하고 마른 체구의 중년 사내.

제기랄. 밭은 숨이 튀어나온다. 리옹에서 봤던 왕의 대법관, 기욤 드 노가레 경이다. 기욤 경 역시 레아의 얼굴을 확인하더니 눈썹을 꿈틀한다.

"아무래도 구면인 듯하군."

뒤늦게 둘러보니, 리옹에서 보았던 얼굴이 몇몇 눈에 띈다. 제기랄. 느낌이 더욱 나쁘다. 왕의 최측근들이 왜 오밤중에 병사를 몰고 결혼식장에 나타난단 말인가.

"저자를 묶어라. 감히 폐하의 명을 받든 우리를 속이려 했다. 처벌을 면치 못할 것이다."

명이 떨어지기 무섭게, 병사 세 명이 달려와 레아를 끌어 내려 바닥에 동댕이쳤다. 너무 아파서 정신이 하나도 없었지만, 레아는 필사적으로 정신을 다잡고 고함쳤다.

"거짓말한 게 아닙니다, 대법관님! 저는 올랑드 영지에 속한 사람이에요. 발타사르 경의 가신이고 시종이란 말입니다."

"올랑드의 발타사르?"

그가 잠시 멈칫한다. 하지만 잠시 후 더욱 큰 호통이 터진다.

"이교도는 입만 열면 거짓말인가! 올랑드의 영주가 시종 없이 혼자 돌아다니는 건 시테 궁의 사람들은 다 안다! 그를 모시겠다고 청을 넣었던 견습 기사들이 한둘인 줄 아나!"

"아니에요, 아닙니다! 저는 얼마 전에 그분께 오마주를 바쳤……."

레아는 한쪽 팔을 뒤로 꺾인 채 한 손을 위로 들어 올렸다. 약지 손가락에는 조금 전에 발타가 끼워 준 반지가 있었다. 레아를 붙잡은 병사가 그것을 들여다보며 보고했다.

"대법관님! 올랑드의 나뭇가지 문장이 맞는 것 같습니다만……."

하지만 병사의 말이 끝나기도 전에 퍽, 하는 소리와 함께 레아의 몸이 흙바닥에 나동그라졌다. 대법관의 옆에 서 있던 기사가 나와 창대를 휘두른 것이다.

"속지 마라. 이자는 발타사르 경과 비슷한 문장을 쓰는 세공사다."

레아는 고개를 박은 채 이를 갈았다. 투구를 쓰고는 있지만, 저

기사의 목소리는 더욱 낮이 익다. 왕의 정원으로 자신을 끌고 갔던, 아마도 알랭 드 파레이유라 불리던 호위대의 대장일 것이다. 그가 큰 소리로 레아를 비난했다.

"이 나무 문양은 발타 경의 문장이기도 하지만 이 마을에 있는 벵상 세공방의 문장이기도 하지. 교활한 아시케나지, 네가 한 짓은 폐하를 속인 것과 마찬가지야! 알고나 있나?"

그는 쇠장갑을 낀 손으로 레아의 따귀를 후려쳤다. 퍽! 퍽, 퍽! 손에 실린 힘은 어마어마해서 레아는 딱 세 대 만에 정신이 나가 버렸다. 호위대장이 뒤에 서 있는 병사들에게 짤막하게 명했다.

"묶어서 끌고 와."

† † †

결혼 잔치가 벌어지던 마당과 공터는 이제 조용했다. 음악은 멈췄고, 광대들은 다시 어둠 속으로 스며들었다. 사람들은 불안한 얼굴로 술렁술렁했고, 다니엘은 신부의 옆에서 시근대며 속으로 욕설을 삼켰다.

다니엘은 이 상황이, 결혼할 때 신부 집안의 남자들이 부리는 작은 심술이라 추측했다. 어느 정도 각오도 하고 있었다.

그래도 이건 도를 넘은 거 아닌가? 물론 신부의 오빠이니 대놓고 쌍욕은 못 하겠지만, 그래도 제대로 항의할 작정이었다.

대체 우리를 뭘로 보고.

다니엘은 신부를 열렬하게 사랑했지만, 부잣집 막내답게 자존심이 세고 오만한 구석이 있으며 욱하는 성격도 있었다.

"앗! 저, 저건 뭐야!"

횃불 무리가 반딧불이 떼처럼 너울너울하더니, 이내 말굽 소리가 요란하게 주변을 둘러싼다. 잠시 후 사람들은 무장한 왕의 병사들에게 포위당한 것을 알아차리고 새파랗게 질렸다.

"레…… 레비!"

상황을 알아보러 간다던 신부 오빠가 얼굴이 퉁퉁 부은 채 그들 사이로 팽개쳐진다. 마을에서 줄지어 끌려온 사람들이 뒤늦게 잔치 무리 속으로 비슬비슬 밀려들어 갔다.

벵상과 마망 실비아가 달려와 레아를 부축하는 사이, 왕실 대법관이 백합 문양 인장이 찍힌 양피지를 들어 보였다.

"왕실 대법관 기욤 드 노가레, 폐하의 명을 받들어 이시케나지 이교도들에게 폐하의 뜻을 전한다. 시간이 늦기는 했지만, 마을 사람이 가장 많이 모인 이 시간이야말로 폐하의 뜻을 전하기에 가장 좋은 때라고 생각한다."

사람들은 숨도 쉬지 못한 채 귀를 기울였다. 대법관은 카랑카랑 뻣센 목소리로 왕의 포고문을 읽기 시작했다.

「이곳에 거하는 아시케나지, 삼위일체 하느님과 구주 그리스도의 공로를 부인하는 추악한 이교도들이여, 나는 그대들을 오랫동안 관용하였다.

……그대들도 언젠가는 그리스도의 사랑과 은혜를 깨달아 구원에 이르게 되기를 바랐거니와, 너희 아시케나지는 그 은혜와 관용을 교활과 배신으로 갚았도다…….

너희는 이곳에 거주하기 위하여 나에게 마땅히 바쳐야 할 여러 가지 세금을 납부하지 않았으며, 온갖 교활한 방법을 동원해 정해진 비율 이상의 고리高利로 대부업을 운영하여 신민들의 삶을 피폐하고 만들고, 그대들이 소유한 재산을 대대적으로 은폐하였다.

또한 왕이 금한 이교도의 사악한 비술과 관습을 오랫동안 비밀리에 유지하여 우리의 경건한 신앙과 건전한 풍속을 뒤흔들 사악한 습속을 계속하여 자행했다.

이에 나는 프랑스의 왕이자 가톨릭교회의 수호자로서, 이 땅을 악으로 물들이는 이방의 사악한 습속과 전통을 이 땅에서 제거할 것이며, 너희가 그동안 속여 탈취했던, 왕실에 돌아와야 마땅한 재산을 환수할 것이다.

이 포고령의 반포일부터, 프랑스 전역에서 아시케나지 유대인들의 추방을 명한다. 명이 집행된 왕의 영토에 남은 이들이 있으면 그 생명과 안위와 재산을 결코 보장받지 못할 것이다…….」

결론은 간단했다. 추방령과 재산 몰수 명령이었다. 사람들은 날벼락이라도 맞은 듯 망연자실했다.

그래. 한동안 별 탈 없이 잘 붙어살았다 했다.

본래 아시케나지 사람들은 살던 곳에서 쫓겨나는 일이 잦았고, 농사도, 땅을 소유하는 것도, 그럴듯한 공직에 종사하는 것도 금지되었다. 그들이 귀금속이나 보석, 현금에 목숨을 거는 이유 역시 그들의 불안정한 삶 때문이었다.

하지만 추방이 잦다고 해서 그것을 받아들이기 쉬운 것은 결코 아니었다.

뒤이어, 호위대장 알랭의 목소리가 밤하늘을 쩡 울렸다.

"지금부터 세금 징수관들과 병사들이 집집마다 샅샅이 조사하여 왕을 속이고 탈세한 재산을 모두 회수할 것이다. 조사가 끝날 때까지, 너희는 이곳을 벗어나지 못한다."

헉! 그렇다면!

그제야 사람들의 얼굴에 공포가 번져 갔다. 포고문을 빙자하여 이렇게 마을 사람들을 한곳에 모아 둔 진짜 이유가 바로 이것이었다. 집에 있는 사람들이 급하게 재산을 빼돌려 숨겨 두지 못하도록.

"그것만은 안 됩니다! 제발……!"

"누가 감히 폐하의 명을 가로막는가!"

대법관이 싸늘하게 쏘아붙였다.

"'사악한 배교 행위를 저지른 이교도'나 '불법 대부업자', '범죄자'들은 추방을 당할 때 입을 옷가지와 생필품, 직업에 필요한 도구 외에는 아무것도 가지고 나갈 수 없다. 중범죄자의 채권債權은 인정하지 않는다는 법령에 의거하여, 너희가 빌려준 돈에 대한 이자는 물론, 원금도 받을 수 없다."

우우우, 우우.

모인 사람들 사이로 억눌린 신음이 끓어오르기 시작했다. 이건 죽으라는 것과 마찬가지였다. 특히 군자금이나 건축비로 시테 궁에 거금을 빌려주어야 했던 대부업자들은 그야말로 사색이 되었다.

엘리가 비틀비틀하며 두 사람의 앞으로 나섰다.

"대법관님, 이, 이게 무슨 말씀이신지 알아듣게 설명해 주십시오. 며칠 전에도 이 늙은이를 만나시지 않았습니까. 그때는 한마디 말씀도 없으시다가……."

대법관이 불같이 격노해 목소리를 높였다.

"그게 무슨 헛소리지? 지금 자네 말은, 내가 폐하의 지엄한 명령을 네놈에게 몰래 알려 주었어야 한다는 말인가?"

“그게 아니오라, 대법관님, 제발.”

“당장 물러나지 않으면 목숨까지 뺏기게 될 것이다, 대부업자 엘리. 그리고 뇌물을 받고 은닉 재산을 눈감아 주는 놈들도 모두 동일한 처벌을 받을 것이다! 명심하라!”

기욤 대법관은 바늘 하나 들어가지 못할 정도로 융통성 없고 엄격한 성격으로 유명했다. 엘리 영감은 눈물을 흘리기 시작했다.

우우, 우우우…….

분노와 절망에 찬 부르짖음이 점점 커지자, 무장 병사들이 대법관의 앞으로 몰려들어 방어막을 쳤다. 병사들은 적었고, 사람들은 많았다. 하지만 오랜 세월 극도로 몸을 사리며 살아왔던 사람들은 병사들이 검을 뽑는 순간 말 한마디 제대로 하지 못하고 주춤대고 물러서고 말았다.

“야, 레아, 레비? 너 얼굴 진짜 볼만하다? 아, 빌어먹을 새끼들, 사람 하나 완전히 족쳐 놨네. 장가도 못 가게. 이빨 뽑히진 않았어? 많이 아프냐?”

벵상이 레아의 얼굴을 살피며 욕설을 중얼거린다. 하지만 레아는 침대 밑에 숨겨 둔 성 유물을 대체 어떻게 해야 할지 걱정이 되어 아픈 것도 잘 느끼지 못했다.

어떡하지? 지금이라도 집에 가 봐야 하는데. 병사가 침대 뒤집어 보다가 왕관이 든 향나무 궤짝을 덜렁 가져가 버리면 어쩌지? 비싼 왕관도 왕관이지만, 성 십자가만은 절대 뺏기면 안 되는데.

결혼식 끝나고 바로 떠나려고 손 닿는 곳에 놔둔 게 실수였다. 하다못해 왕관이나 500리브르짜리 증서만이라도 따로 보관했으면 눈에 덜 띄었을 텐데. 너무 다급하다 보니 눈물이 툭툭 떨어졌다.

벵상이 조심스러운 목소리로 물었다.

"너 혹시 집에 돈 숨겨 둔 거 있어? 그래서 동동대는 거면 포기해. 돈은 또 벌면 되지만 목숨은 구해야 할 거 아냐."

"돈은 없지만…… 아, 제기랄. 벵상, 넌 숨겨 놓은 돈 있어?"

"아까 말했잖냐. 노르망디에 가서 배라도 한 척 사려고 기사단 증서로 바꿔 놨지……. 야야, 제발 그렇게 쥐어 터진 얼굴로 감동적인 표정 좀 짓지 마. 이럴 줄 알았으면 재 지참금에 때려 박지 말걸. 저 집에 보낸 거 몽땅 날리면, 아으 씨, 아까워서 어떡하지."

레아는 기운 없이 웃었다. 이럴 때조차 헛소리를 해 대는 벵상이 고마울 지경이었다. 호위대장 알랭의 커다란 목소리가 밤하늘을 울렸다.

"이 집부터 수색을 시작한다. 다들 이곳에서 움직이지 마라!"

수색은 마을에서 가장 부자인 엘리의 집에서 시작되었다. 병사들과 조사관들은 집의 모든 가구와 창고, 다락, 지붕, 땅을 쿵쿵 찍어 보며 수색했다.

샅샅이 뒤집을 필요도 없었다. 결혼식 때문이었는지, 집 안 이곳저곳에서 보석들과 금화, 은괴, 그리고 온갖 호사스러운 물건들이 줄줄이 쏟아져 나왔다. 그중에는 레아와 벵상, 다니엘이 준 선물과 지참금, 혼수품들도 포함되어 있었다.

"왜 이러십니까! 이건 저희가 아들의 결혼을 위해 모아 둔 겁니다. 세금을 빼돌린 게 아니에요! 속인 건 없습니다. 없어요!"

엘리와 늙은 아내, 그리고 그의 아들딸과 손자들까지 몰려나와 엎드려 울부짖는다. 돈을 빼기는 일은 아시케나지 사람들에게 목숨을 빼기는 것과 비슷한 공포를 유발했다.

그리고 모든 일은 순식간에 벌어졌다.

마음이 다급해진 엘리가 안으로 들어가려는 병사의 소맷자락을 붙잡고 실랑이를 했고, 병사가 팔을 크게 휘두르며 뿌리치자 엘리의 몸이 크게 허공을 날아 흙바닥에 나동그라졌다.

퍽!

엘리는 하필 머리를 돌에 세게 부딪쳤다. 그는 엎어진 채 몇 번 버르적대다가 그대로 움직임을 멈췄다. 돌바닥에 시뻘건 얼룩이 흥건하게 번지기 시작했다.

“여보, 여보! 엘리!”

그의 늙은 아내가 비명을 지르며 남편의 몸을 흔들었다. 엘리의 몸이 가죽 부대처럼 덜걱덜걱 흔들리다 축 늘어진다. 사람들이 입을 틀어막은 채 웅성거리고, 늙은 아내는 비명을 지르며 문 앞을 가로막고 외쳤다.

“죽여! 죽여라! 차라리 나도 죽이라고!”

“길을 막으면 당연히 죽는다, 아시케나지!”

여자의 외마디는 얼마 가지 않아 멈췄다. 곁에 서 있던 덩치 큰 병사가 방패로 그녀의 고개를 후려갈겼던 것이다. 여자의 작은 몸은 남편 쪽으로 붕, 날아가 바닥에 털썩 떨어졌다.

“……마르타!”

이제는 여자마저 남편의 곁에서 움직이지 않는다. 마망 실비아와 레아는 황급히 그의 곁으로 다가갔다. 방패 모서리에 머리가 푹 파여 있고 피가 흘러나오고 있었다. 눈동자는 이미 뒤로 돌아가고 몸도 부들부들 경련하는 중이었다.

"마르타 ! 마르타아아! 안 돼요! 일어나!"

마망 실비아가 그녀를 끌어안은 채 울부짖는다. 실비아의 팔로 핏물이 흠뻑 스며들기 시작했다. 여자의 경련은 얼마 지나지 않아 멎었고, 두 부부는 눈을 부릅뜬 채로 숨을 거두었다. 운명의 장난처럼, 정말 창졸간에 일어난 일이었다.

레아는 아크레에서의 그날을 떠올렸다. 운명이 자신을 가지고 희롱하던 것 같던 그날.

"죽어어, 이 저주받을 새끼들아!"

"다니엘!"

레아의 곁에 서 있던 벵상이 기겁하며 달려가 신랑을 붙잡았다. 하지만 그는 벵상을 뿌리치고 병사에게 달려들었다. 다니엘! 하지 마세요! 그러지 마아! 라셸르의 비명 같은 울부짖음. 가지 마, 가지 마아아! 다니엘! 형제들의 절규.

레아는 자신의 눈앞에서 벌어지는 풍경이 거짓말처럼 느껴졌다.

다니엘이 별채의 문가에 서 있는, 어머니를 죽인 병사에게 달려들어 허리에 찬 검을 빼어 든다. 붕, 붕붕, 그것을 몇 번 휘두르는 사이, 병사들이 순식간에 그를 둘러싼다.

칼을 뺏긴 병사는 방패로 공격을 쳐 낸다. 병사는 사슬 갑옷을 입고 있었고, 사슬 두건과 사슬 면갑을 하고 있어서 크게 상처를 입지는 않았다.

하지만 그 병사의 콧등에 길게 가로지른 듯한 칼자국이 새겨졌을 때, 뒤에서 호위대장 알랭이 노성을 터뜨렸다.

"당장 바닥에 꿇리지 않고 뭐 해!"

너무나도 뻔한 싸움이었다. 눈 깜짝할 사이, 병사들이 그의 다리와 머리, 어깨를 후려쳐 바닥에 머리를 박게 한다. 다니엘은 미친 듯이 몸부림치며 울부짖었다.

"죽어, 이 천벌 받을 새끼들아, 야웨께서 네놈들에게 자손 대대로 저주를……!"

덩치 큰 호위대장의 눈꼬리가 확 올라간다. 그는 이글이글 분노가 들끓는 얼굴로 다가오더니, 바닥에 짓눌린 채 버둥대는 다니엘의 머리채를 잡아 위로 들어 올리고는 써늘하게 말했다.

"저주여, 그 발한 자의 머리로 돌아갈지어다."

긴 검날이 그의 목을 꿰뚫었다. 주변에 있던 사람들의 입에서 비명이 터졌고, 알랭은 자리에서 일어나 엄숙하게 성호를 그었다.

"치워. 반항은 곧 반란이니 바로 베어도 좋다."

라셸르는 그 자리에서 실신했고, 사람들은 이리저리 뒷걸음치다가 뭉그러지듯 도망치기 시작했다. 순식간에 벌어진 일이라, 병사들은 그들을 제대로 막지 못했다. 알랭 호위대장이 병사들에게 천둥처럼 을러댄다.

"지금 뭐 하는 거야! 당장 잡아들이지 않고!"

병사들은 무장했지만 수가 적었고, 도망치는 자들은 압도적으로 많았다. 마을 주민들의 수는 아이들까지 합치면 천 명에 가까웠다. 사람들은 자루에서 쏟아진 콩처럼 사방으로 튀더니, 숲으로, 샛길로, 도랑으로 미친 듯이 내달렸다.

벵상이 레아의 결박을 급하게 끊으며 등을 떠밀었다.

"레아! 도망쳐, 라셸르는 내가 챙길 테니까!"

"미, 미안해. 고마워!"

레아는 뒤도 돌아보지 않고 뛰었다. 라셸르도 돌아보아야 했지만, 성 십자가 조각이 더 급했다. 치유의 십자가. 하지만 아크레

지역을 벗어난 후로는 단 한 번도 기적을 보여 주지 않았던 성물.

라셀르는 괜찮을까.

……제기랄. 지금 상황에선 벵상을 믿을 수밖에 없다.

시시를 찾을 수 없다. 딴 사람이 타고 가 버렸나. 레아는 사람들과 함께 달리는 대신 저지대 개천으로 빠져나가 달렸다. 마을에선 무두질과 염색을 하는 이들이 많아 개천에선 형용할 수 없는 악취가 풍겼고, 병사들은 개천 쪽으로 다가올 생각도 하지 않았다.

집까지 가려면 한참을 달려야 했다. 횃불이 여기저기서 일렁대고, 화살이 날고 사람들의 비명 소리가 여기저기서 터진다.

"제발, 제발!"

아까 분위기 깨든 말든 발타 님을 따라가는 게 나았을까. 여기서 죽으나 거기서 죽으나 마찬가지지만, 그래도 발타 님 일은 깔끔하게 마무리가 되었을 텐데! 레아는 또 후회하고 후회하면서, 잡풀이 우거진 더러운 진창을 철벅대고 달렸다.

마을은 이미 아수라장이었다. 먼저 도망친 주민들이 병사들의 진입을 방해하느라 집기를 던지거나 가죽 삭히는 분뇨통을 엎어 놓아 길은 엉망진창이었다. 말들마저 기겁하며 뒷걸음질할 지경이었다.

사람들은 대부분 붙잡혀 몽둥이찜질을 당하며 끌려갔고, 남아 있던 아이들은 벗은 몸에 이불만 두르고 나와 길가에서 울음을 터뜨린다. 횃불을 든 병사들과 조사관들이 집들을 구석구석 수색하며, 돈이 될 만한 것은 일일이 기록해 가며 수레에 싣고 있었다.

왕이 작정하고 일을 벌였다는 생각밖에 들지 않았다. 레아는 왕의 정원에서 '신의 선택'을 확신하며 아름답게 웃던 왕을 떠올렸다. 부드득, 이 갈리는 소리가 흘러나왔다.

자신이 떠난 아크레 역시 이와 비슷한 모습이었을 것이다. 지금 왕이 하는 행동이 맘루크 술탄의 행동과 무엇이 다른지 알 수 없었다.

레아는 개천가의 잡목에 숨어 있다가 자신의 공방으로 엉금엉금 기어들어 갔다. 다행히 레아의 집까지는 병사들이 도착하지 않았다. 시간이 얼마 남지 않았다. 입에서 단내가 난다.

수색하던 병사들이 투덜대는 소리가 들린다.

"이게 무슨 난리야? 왜 사람들이 죄다 도망치게 냅두는 거야?"

"그러게! 알랭 대장은 대체 뭐 하는 거야?"

"도망쳐 나온 이교도는 목을 베도 됩니까?"

"반항하면 바로 베고, 아니면 결박해 둬. 날 더우니 시체 치우는 것도 일이야."

레아는 기척을 최대한 죽이고 다락방으로 살금살금 올라가 창문과 방문을 닫아걸었다. 이를 악물자 피 맛이 느껴진다. 얼마나 심하게 얻어터졌으면 이래. 아직도 골이 울리는 것 같다.

레아는 깜깜한 어둠 속에서 더듬더듬 침대를 밀어내고 그 아래 든 묵직한 향나무 상자를 꺼냈다. 이 안에는 왕에게 받은 금관과 500리브르 증서, 십자가 막대기와 아빠에게 물려받은 공구, 그리고 레아가 소중히 간직하는 것들이 모두 들어 있었다.

이, 이걸, 어떻게 할까?

침대 밑의 이 공간은 들키기 쉬운 자리다. 이 방에서 어디 숨길 곳이 없을까? 내가 가지고 가야 할까? 십자가와 증서만이라도? 더 위험하지 않을까?

레아는 초조하게 입술을 깨물며 자물쇠를 움켜쥐었다. 불빛이 없이 온통 깜깜하니 열쇠 구멍이 잘 뵈지 않는다. 달각달각, 달그락. 식은땀이 흐른다.

"어이! 여기! 다락에 지금 사람 있어!"

레아는 화들짝 놀랐다. 망했다. 이 상자 어떡하지, 들고 뛰기는 너무 상자가 크고 무거운데. 창문으로 도망쳐야 할까. 올라오는 계단에서 절그럭대는 소리가 났다. 병사들이 입은 사슬 갑옷과 판금 보호대가 부딪치며 나는 소리다. 이내 문고리가 절거덕대기 시작했다.

"문 열어, 폐하의 명령이시다. 집 안을 수색해야 하니 당장 문 열고 나와!"

안 돼! 아직 궤짝을 열지 못했…….

"이 문 당장 안 열어?"

콰당, 콰당, 문을 내리찍는 소리가 난다. 레아는 자리에 주저앉았다. 온몸이 얼어붙는다. 머릿속이 새하얗게 변한다. 쾅, 쾅, 몇 번의 소리가 이어지더니 이내 쾅, 하는 소리와 함께 문이 활짝 열렸다.

"어억!"

가장 앞에 선 병사가 바닥에 나동그라진다. 문에 설치된 특별 장치가 병사의 팔꿈치를 후려갈겼다. 아악! 악! 그는 밖으로 꺾여 나간 팔꿈치를 움켜잡고 바닥을 뒹굴었다. 옷자락이 시뻘겋게 물든다.

"네 이놈! 무슨 짓이야! 피에르! 피에르? 괜찮은가?"

아아, 제기랄! 저게 설치되어 있다는 걸 잠시 잊었다. 밖에서 누가 억지로 문을 열면 그자의 머리통을 후려갈겨 도망칠 짬을 벌도록 만들어 둔 치한 퇴치용 장치.

레아는 주저앉아 머리를 감쌌다. 얼핏 보기에도 저 기사는 팔꿈치가 부서졌다. 난 이제 끝장이다.

"왕의 기사에게, 지금 감히 위해를 가한 건가? 죽고 싶은가!"

"아닙니다, 나리! 아 제발! 이건, 그냥 저절로 작동하는, 치, 치한을 막……."

"저절로? 이건 무슨 개소리야? 이봐, 이 새끼 대장에게 끌고 가! 이 자식은 즉결 처분이야. 당장!"

"저 상자는 뭔가?"

"아, 안 돼요, 기사님! 제발! 이것만은 제발!"

"아하? 그 상자를 지키시겠다고 왕의 병사를 공격했나? 압류해서 수레에 실어!"

레아는 상자를 황급히 끌어안고 엎드렸다. 안 된다. 이것만은 절대 뺏기면 안 돼. 죽는 한이 있어도!

이건, 발타 님께 돌려 드려야 하는 거란 말이에요. 어떡해. 나는 어떡해……!

하지만 더 이상 말을 이을 수 없었다. 온몸에서 퍽, 퍽, 퍽, 하는 둔탁한 소리가 나더니 이내 눈앞이 깜깜해졌다.

† † †

"영주님, 오늘따라 달이 참 밝습니다. 한여름인데 덥지도 않고, 이렇게 걷기에는 딱입니다."

"음…… 배고픈가?"

"네? 아, 고프긴 합니다만, 못 먹고 나와서 불만이 있던 건 아닙니다. 아까 마망 실비아라고 하는 분이 먹을 것을 챙겨 주셨거든요."

"아, 그래. 배부르게 잘 먹었나?"

말 위에서는 번번이 뜬금없는 대답이 돌아온다. 아까부터 계속 이 모양이다. 파스칼은 한숨을 쉬며 영주님의 말벗이 되는 걸 포기했다.

영주님의 상태는 좀 이상하긴 했다. 그냥 고삐를 잡은 채 눈을 감고 멍하니 앉아 있다가 길게 한숨을 쉬고, 기도문을 외운다. 입으로 들릴락 말락 하게 외우고는 있지만, 경건하기로 소문난 파스칼의 할머니와 어머니 덕에, 저 기도문이 회개의 기도라는 것은 잘 알고 있었다.

마귀를 쫓는 기도, 눈물로 죄의 용서를 구하는 다윗의 기도, 아니 대체 오늘 영주님께선 우리가 모르는 무슨 짓을 저지르셨기에 이러시나.

물론 굉장히 뜬금없이 아시케나지 세공사에게 신종 서약을 받기는 했지만, 신종 서약이라는 게, 유부녀와 바람피워서 그 남편까지 몰래 죽였던 다윗 대왕의 회개 기도가 나올 만한 죄는 아니지 않은가?

파스칼은 카미유를 슬쩍 곁눈질했다. 영주님 왜 저러시지? 카미유가 고개를 살래살래 젓는다. 전들 아나요. 저 똘똘한 카미유도 오리무중이면 마을에서 돌대가리 소리 듣는 자신은 생각할 필요조차 없다.

파스칼은 키 작은 카미유의 보폭에 맞추어 느릿느릿 걸었고, 정신이 반쯤 나가 있는 영주님은 달팽이가 기는지 굼벵이가 기는지 신경도 쓰지 않는 듯했다.

다가닥, 다각, 다가닥, 다각.

뒤에서 이상하게 휘청대는 듯한 말발굽 소리가 들린다. 이 밤에 여길 지나가는 사람이 또 있나? 파스칼과 카미유는 순간 긴장했지만, 이내 안도의 한숨을 쉬었다. 발타 경이 바로 검을 빼 들더니 말을 멈춘 것이다.

경무장 상태이긴 했지만, 프랑스 최고의 기사가 옆에 붙어 있다는 뜻은 백 명의 도둑 떼가 달려와도 별로 걱정할 것이 없다는 뜻이었다.

"영주님, 오 주님, 저를 도우소서, 발타, 발타사르 님."

어둠 속에서 들려온 목소리는 너무 의외의 것이었다. 가느다랗게 꺼져 가는 목소리, 그것도 여자의 목소리. 파스칼은 횃불을 높이 쳐들었다.

"살려 주세요……. 제발 저희 좀 살려 주세요. 부탁입니다……."

"마드…… 마담 미셸르?"

조금 전까지만 해도 세상에서 가장 행복해 보이던 신부는, 화려한 드레스가 온통 붉게 물든 채 눈물범벅이 된 얼굴로 다가오고 있었다. 낯익은 늙은 말도 온통 피투성이였고 한쪽 다리를 절고 있었다.

발타는 황급히 말에서 내렸다.

"무슨 일입니까! 어디서 이렇게 다치신 겁니까!"

그녀는 넋이 나간 얼굴로 발타의 앞에서 무릎을 꿇고 엎드리더니 이마를 바닥에 박고 흐느끼기 시작했다. 발타는 당황해서 급하게 무릎을 접고 예를 표했다. 그는 이 숙녀가 자신을 이렇게 과하게 낮추는 인사를 올릴 때마다 늘 불편하고 거북했다.

카미유가 얼른 다가와 풀밭 위에 수건을 깔고 여자를 앉혔다.

"마담? 괜찮으십니까? 무슨 일입니까?"

"시테 궁에서 왕의 기사들이 왔습니다. 이교도 추방과 재산 몰수 명령이 떨어졌어요. 병사들이 마을 사람들을 끌어내고 집들을 수색하는 중이에요."

맙소사. 지금? 왕의 기사들이 한밤중에 왔다고?

발타는 왕의 의도를 바로 알아차렸다. 왕의 이교도 추방령은 신앙적 열정이 아니라 군자금 확보를 위한 포석에 가깝다. 그들이 재산을 모조리 갖고 나간다면, 추방하는 의미가 없다. 그러니 사람들을 모아 놓고 집을 기습해 숨긴 재산을 압수하겠다는 것이다.

사람들은 무일푼으로 쫓겨나게 될 것이다. 운이 좋으면 목숨이나마 부지할 것이고, 운이 없으면 그마저도 빼기게 될 것이다. 그나마 세공사는…….

생각에 잠겼던 발타는 퍼뜩 정신을 차리고 물었다.

"다른 사람들은 무사합니까? 레비는…… 오빠들은? 남편은 무사합니까?"

여자의 눈에서 새로운 눈물이 넘쳤다. 하지만 그녀는 고개를 들고, 침착하게 상황을 말하려 애썼다.

"제 남편과 그의 부모님은 병사들에게 목숨을 잃었습니다. ……도망친 사람 몇몇이 병사들과 싸우다가 죽어 나가고 있어요……. 레비 오빠도 휩쓸려서……. 아, 어떡해. 발타 님, 오빠를 살려 주세요. 제발, 제발……."

"그게 무슨 말입니까. 설마 기사들과 주민 사이에 유혈 사태가 벌어졌단 말입니까!"

제기랄. 등으로 식은땀이 흘렀다. 떠난 지 얼마 되지도 않았는데 이게 무슨. 발타는 급히 말에 오른 후 파스칼에게 명령했다.

“파스칼. 마담을 모시고 바로 영지로 가. 자네 어머니에게 청해서 마담의 상처를 돌봐 드리고.”

“아, 아이고, 영주님은요? 거기 가시게요?”

발타는 대답하지 않고 바로 말고삐를 돌렸다. 피투성이가 된 신부는 바닥의 흙을 움켜잡고 뒤늦게 통곡했다.

6-5. 도주

약탈에 가까운 병사들의 '조사'와 '탈세금 회수' 작업은 얼마 지나지 않아 소강상태에 들어갔다. 이 잔치에 잠시 참석했다가 자리를 떴던 손님이 마을로 되돌아오더니, '반란자'의 목을 매달려는 호위대장을 단신으로 막아섰기 때문이었다.

"파레이유 대장. 그 손을 거두십시오. 그자는 제게 속한 사람입니다."

그 한마디에 분위기는 순식간에 싸늘해졌다. 병사들 사이에 술렁임이 훑고 지나가더니, 그의 얼굴을 확인하고 이내 쥐 죽은 듯 조용해졌다.

시테 궁에 있는 자라면 그의 얼굴을 모르는 자는 없다. 눈처럼 새하얀 은발, 요정처럼 신비한 분위기, 작은 솔로몬, 아크레의 도살자, 백은의 기사, 왕의 최측근 팔라댕, 올랑드의 발타사르 경이었다.

기사와 병사들은 순식간에 뒤로 물러섰다. 그는 피투성이가 되어 널브러진 세공사를 힐끗 내려다보더니, 말없이 주변의 병사들을 빙 둘러보았다. 감정이 없는 듯한 표정이지만, 동료 기사들은 그가 전투에서 적들을 도륙할 때 저런 표정이 되는 것을 본 적이 있었다.

알랭 드 파레이유가 팔짱을 끼고 마땅찮은 목소리로 물었다.

"자네에게 속한 자라니, 그게 무슨 말인가?"

"이자는 제게 오마주를 바친 자이고, 올랑드 영지에 속한 사람입니다. 공격당하기 전에 이자가 그걸 밝히지 않았습니까?"

뭐? 이게 무슨 미친 소리야?

사람들의 턱이 덜걱대며 떨어졌다. 알랭이 미심쩍은 목소리로 물었다.

"그 말을 믿으라는 건가? 이자가 아시케나지 마을의 세공사라는 것을 아는 자가 한둘이 아닌데?"

"알랭 경, 믿지 않는 것은 자유입니다만, 책임은 피하실 수 없습니다. 신종 서약은 약식이긴 했지만 맞는 절차를 거쳐 진행되었고, 적법한 증인도 있습니다. 제 가신임을 밝혔음에도 공격했다는 건, 저에 대한 공격으로 간주된다는 것을 아실 텐데요."

미친놈, 이 자식은 왜 갑자기 튀어나와서 이러는 거야. 동료들하고 한판 붙어 보겠다는 건가?

알랭은 입 밖으로 튀어 나가려는 말을 간신히 삼켰다. 속이 부글부글 끓어오른다.

피에르 경의 팔꿈치를 부러뜨린 저놈만큼은 반드시 즉결처분을 받아야 했다. 물론 병사들에게 이미 죽을 만큼 얻어맞아 정신이 나간 상태이긴 했지만, 본보기로라도 반드시 목을 매달아야 했다.

왕은 유혈 사태가 일어날 거라고는 예상하지 못했지만, 반항할 경우, 주동자의 즉결 처분 권한을 알랭에게 허락했다. 지금 이 세공사를 처형하는 데는 아무 문제가 없다. 아니, 없었다. 저 말간 멀대 놈이 튀어나와 딴지를 걸기 전에는.

하지만 이 세공사가 올랑드에 속한 자라면 문제가 달라진다.

발타는 알랭과 오랫동안 함께 싸운 전우이며, 왕을 최측근에서 모시는 동료 기사였다. 물론 두 사람의 성격상 가깝게 지내는 사이는 아니었지만, 서로 무시할 만한 관계도 아니었다.

게다가 발타는 알랭의 휘하에 있는 용병 기사가 아닌, 왕이 직접 서임하고 작으나마 직영지를 내린 기사였다. 발타의 말이 사실이라면 이자의 목을 함부로 매달 수 없게 된 것이다.

세공사의 팔을 붙들고 있던 병사들이 눈짓을 하며 슬금슬금 뒤로 물러났다. 다른 지역 영주의 가신을 '알고도' 건드리는 것은 벌집을 쑤시는 것과 비슷했다. 전쟁이 터질 만한 일이었다.

심지어 발타의 상위 주군인 왕조차도 그런 짓은 함부로 할 수 없었다. 아주 작은 상속 불가 영지의 영주라도 사정은 크게 다르지 않았다.

알랭은 이를 부드득 갈며 쏘아붙였다.

"발타. 이자는 왕의 수색 명령에 불복하고, 그 와중에 감히 피에르 경에게 심각한 부상을 입혔다. 반란에 준하는 마땅한 처분을 받아야 한다."

"알랭 경. 이자가 제게 속한 자임을 명확하게 먼저 밝혔음에도 공격을 당했으면, 당연히 방어를 위한 적극적인 행동을 취할 수 있습니다. 반란이라는 거창한 이름 붙일 이유가 없습니다. 적어도 잠시 공격을 보류하고 제게 확인을 했어야 옳습니다. 그렇지 않습니까."

발타 경의 차분한 목소리가 이어졌다.

"저는 제 가신을 보호하고 제게 속한 자들의 잘못을 재판할 의무가 있습니다. 설사 그자가 실수를 했다 해도, 재판은 제가 할 것이고, 벌의 집행도 제가 할 것이며, 왕실 재판에 회부할 사안이면, 그 역시 제가 할 것입니다."

"……."

"그러니 알랭 경, 그자를 제게 넘기십시오."

"못 내주겠다면."

"그러면 제가 데려가겠습니다."

발타는 담백한 표정으로 칼을 빼 들었다.

……미. 미친!

모인 기사들과 병사들은 기겁하며 뒤로 물러섰다. 잘하면 여기서 왕의 기사들끼리 개싸움이 벌어지게 생겼다.

하지만 그들은 분이 치받아 얼굴이 벌게진 호위대장과 얼음처럼 창백한 은발의 기사를 번갈아 바라보기만 할 뿐 한마디도 말을 보탤 수 없었다.

호위대장의 두꺼운 흉갑은 금방이라도 터질 것처럼 크게 들썩거렸다. 여기까지 왔는데 꼬리를 사리고 물러나는 건 자존심이 허락하지 않았다.

알랭이 으르렁대며 내뱉었다.

"방자함이 도를 넘었다, 발타. 내 이번 일을 폐하께 낱낱이 고할 것이다. 그리고 여기 모인 왕의 병사를 모조리 베어 넘기기 전에는, 넌 이자의 머리카락 하나도 가져가지 못할 것이다."

"공평치 않소, 알랭 드 파레이유."

카랑카랑 건조한 목소리가 중간에 끼어들었다. 기욤 드 노가레 경이었다.

"발타사르 드 올랑드 경은 소속 가신에 대한 적법한 권리와 의무를 행사하는 중이며, 현재 갑옷도 방패도 없이 검 한 자루뿐이오. 무장한 병사들이 떼 지어 그를 굴복시킴은 그대들을 보낸 왕의 명예를 진창에 처박는 일이 될 것이오."

대법관은 눈썹을 찌푸리고 눈동자를 불안정하게 움직이더니, 다시 고개를 들고 단호하게 말했다.

"올랑드 영주의 이의 제기와 가신의 신병 인도 요구는 합당한 부분이 있다고 판단이 되오. 일단은 그에게 신병을 인도하고, 추후 왕실 법정에 출두하여 왕의 판결을 청하는 바이오. 죄가 있다면 그때 치죄하여도 늦지 않으리이다."

"……기욤 경."

"씨에 알랭, 씨에 발타사르. 두 분은 내 체면을 보아서라도 지금은 한 걸음씩 물러서 주시기를 청하오. 이 건에 대하여는 내 폐하께 직접 고해 제대로 된 판결을 받도록 하겠소."

사실 그것은 알랭의 체면을 살려 주는, 대법관의 절묘하고도 점잖은 중재안이었다. 특히 왕이 신임하는 원칙주의자 대법관의 입에서 나온 말이니, 면을 구기지 않고 양보하기에 더 이상 좋을 순 없었다.

알랭과 주변의 기사들은 서로 돌아보며 속으로 안도의 한숨을 쉬었다. 이곳에서 발타와 기사들끼리 싸움이 나면 그것처럼 곤혹스러운 일은 없을 것이다.

물론 수적 차이가 있으니 운이 좋으면 발타 경을 굴복시킬 수야 있겠지만, 그 희생이 어느 정도가 나올지는 감도 잡히지 않았다.

그는 수천의 기사와 수만의 병사들이 몰살당했던 끔찍한 쿠르트레 전투에서, 필마단기로 플랑드르 대군의 포위를 뚫고 왕과 휘하 기사들을 탈출시킨 전설의 기사였다. 게다가 왕의 신임이 높은 직속 기사이니 혹여 죽거나 다치기라도 하면 왕의 노여움을 피할 수 없었을 것이다. 알랭은 한 걸음 뒤로 물러서며 말했다.

"대법관님의 청을 받아들이겠소."

발타는 말에서 내려서 호위대장과 대법관을 향해 깊이 허리를 숙였다.

"넓은 관용에 감사드립니다. 며칠 내로 왕실 법정에 출두해 폐하께 정황을 보고하도록 하겠습니다."

그는 곁에서 와들와들 떨고 있는 벵상을 향해 고개를 까딱했다.

"동생을 말에 싣고 따라오게. 바로 영지로 가겠네."

그는 뒤도 돌아보지 않고 마을 입구를 향해 걸음을 옮겼다. 벵상은 정신을 잃은 레아를 말에 짐짝처럼 싣고 황급히 그 뒤를 따랐다. 그들은 발타가 벵상까지 데려가는 것을 알면서도, 아무도 그를 막지 않았다. 마망 실비아와 토비아스는 뒤늦게 라셸르도 사라졌다는 것을 알았지만, 그 역시 입 밖으로 내지 않았다.

모여 있는 사람들은 도망치는 것을 포기하고 흙바닥에 주저앉아 흐느껴 울었다. 잃을 것이 많았던 그들은 위정자의 비위를 거스르지 않기 위해 오랜 시간 벌레처럼 숨죽이고 살아왔고, 그것이 관습이 되어 모든 것을 뺏기는 이 순간에도 반항할 엄두조차 내지 못했다.

마당과 마을로 향하는 길가에 여기저기 늘어진 시체들은 치우는 사람 없이 그저 방치되었고, 후파의 기둥은 부러지고, 천개는 찢어졌다. 신랑은 죽고, 신부는 사라졌으며 광대와 악사들은 뿔뿔이 도망쳤다.

열흘 동안 준비해서 차려 놓은 잔치 음식과 포도주는, 왕의 기사와 병사들의 차지가 되었다. 병사들은 주인이 죽어 버린 집의 마당에서 허리띠를 풀어 놓고 먹고 마셨다. 이레간 이어질 연회를 위해 화덕마다 크게 피워 놓은 장작불만 밤새 타올랐다.

차려진 음식들이 바닥을 드러낸 후, 수색이 다시 시작되었다.

† † †

"레비! 레비! 정신이 드나?"

누군가 나를 부르고 있다. 천국은 아닌 것 같은 게, 온몸이 아프다. 움직일 때마다 철퇴로 두들겨 맞는 것 같다. 내가 죽은 건 아니구나, 레아는 흔들리며 생각했다. 나귀나 말에 실려 있는 것 같다.

레비, 레비. 정신 차려 봐.

목소리가 잘 들리지 않는다. 누구지? 벵상인가. 아닌데. 지금 도망치는 중인가? 하지만 아무리 기를 써도 눈이 떠지지 않는다.

아……. 맞다. 상자를 뺏겼지.

갑자기 눈을 뜨기 싫어졌다. 아까 죽는 게 나았을까 싶게 온몸의 기운이 쭈욱 빠져나간다.

하지만 그대로 정신을 놓을 수도 없었다. 누군가가 자신의 몸을 계속 흔들어 대는데, 그때마다 아파 죽을 지경이었다.

"……?"

간신히 눈을 뜬 레아는 잠시 혼란에 빠졌다. 눈앞에는 오로지 시꺼먼 어둠, 그리고 시꺼먼 말의 뱃가죽과 흉하게 덜렁거리는 거시기밖에 보이지 않는다. 죽었다 살아났는데 보이는 게 고작 말의 거시기라니. 정말 살기 싫다.

주변을 둘러보고 싶은데 고개도 안 돌아가고 목소리도 안 나온다. 그녀는 한참 머리를 굴린 끝에야 자신의 몸뚱이가 말 위에 부대 자루처럼 실려 있는 것을 알아차렸다. 저놈의 거시기를 보아하니 시시 영감은 아니다.

그럼 난 대체 누구의 말에 실려 있는 걸까.

"이봐. 제발 일어나 보게, 정신 차려 봐, 괜찮아? 괜찮은가?"

……발타 님?

드디어 목소리의 주인이 누구인지 파악이 되면서 정신이 번쩍 들었다.

정말 발타 님이 오셨다고? 아까 분명히 사람들 데리고 집에 가셨는데?

하느님 맙소사. 갔다가 중간에 되짚어 오신 건가? 어떻게 알고 오셨지? 머리가 하얗게 되면서 뜬금없이 눈이 시큰했다.

"벵상, 아무래도 안 되겠어. 상처를 확인해서 응급처치라도 해야겠어."

발타는 짐짝처럼 실린 레아의 몸뚱이를 끌어 내리더니, 길섶에 망토를 깔고 성 유물이라도 모시는 것처럼 조심스럽게 눕혔다.

레아는 또 다른 의미로 눈앞이 하얗게 변했다. 지금 여기서 옷이라도 벗기고 얼마나 다쳤는지 확인했다간 그야말로 끝장인데, 막기는 고사하고 손끝 하나 들 힘도 없이 달달 떨리기만 했다.

"……음."

그런데 왜인지 발타 님의 손이 허공에서 멈칫거린다. 레아는 세이렌 호 밑에 숨었을 때보다 백 배는 더 간절하게 기도했다.

하느님, 제발 이 순간 기적을 베풀어 주소서. 지금 이 순간, 제가 입은 이 옷들이 무쇠 덩어리로 변하게 해 주시옵소서. 아 물론 황금으로 변하는 게 가장 좋지만 나무나 돌로 변해도 괜찮습니다. 평생 옷을 갈아입지 못해도 좋으니 도끼로 찍어 내기 전에는 절대 절대 벗겨지지 않게 해 주시옵소서.

천만다행히, 그는 옷을 벗기는 대신 호흡과 맥박만 확인했다. 맥을 확인하는 손이 떨리는 것이 느껴진다. 그의 거칠고 다급한 날숨이 멍든 뺨을 간질여서, 레아는 괴로웠다.

……발타 님?

레아는 보일락 말락 실눈을 떠 보았다. 깜깜한 밤하늘과 초승달, 그리고 그 달을 얼기설기 가린 나뭇가지들이 보였다. 양쪽으로 관목이 우거진 좁은 오솔길이다. 주변에는 발타 님과 벵상 말고는 아무도 없었다. 어떻게 된 건지는 모르겠지만 무사히 빠져나왔다는 뜻이었다.

발타 님은 대체 나를 어떤 방법으로 빼 오신 걸까. 점잖은 방법으로는 절대 불가능했을 텐데. 더럭 겁이 났다.

"……씨에 드 올랑…… 흐윽!"

몸이 저절로 경련했다. 소리가 샐 때마다 목구멍이 찢어진 게 아닐까 싶을 정도로 아팠다. 하지만 시퍼렇게 핏기를 잃었던 발타 님의 얼굴에는 안도감이 확 퍼진다.

"아, 괜찮은가! 레비! 정신이 든 건가? 오, 하느님."

그는 여전히 떨리는 손으로 레아의 늘어진 고개를 받쳐 들고는 귀를 바짝 갖다 댔다. 레아는 제대로 목소리를 내려고 애를 썼지만, 모기 날갯소리만큼 가는 소리만 쌕쌕 새 나오는 데다, 신음과 울음소리가 멋대로 섞여 들어갔다.

"괘, 괜찮, 지 않습…… 모, 목이, 윽, 아픕……. 으, 바, 발타, 님, 너무 아파……."

"알았네, 알았어. 말하지 마. 집에 갈 때까지만 일단 좀……."

하지만 그는 더 이상 말을 잇지 못하고 시선을 옆으로 돌린다. 붉게 열이 오른 얼굴, 분노도 동정도 아닌 불가해한 표정. 그는 지금 당황해서 어찌할 바를 모르고 있었다.

뒤에서 얼굴을 우그리고 있던 벵상이 황급히 횃불을 얼굴 가까이 가져다 댔다.

"야, 레비…… 너 얼굴 꼴이…… 아, 쫌!"

벵상의 콧잔등도 주글주글 꾸겨진다. 꼴이 어떨지는 보지 않아도 뻔하다. 얼굴 전체가 시커먼 멍과 핏물로 떡칠이 되어 있겠지.

발타 님은 달을 올려다보며 몇 번 심호흡을 한 후, 다시 차분한 표정으로 다가앉았다.

"힘들어도 조금만 버텨 보게. 영지까지 얼마 안 남았어. 마담 미셸르도 이미 거기 가 있을 테니 너무 염려하지 말고."

아, 라셸르, 무사했구나. 라셸르가 빠져나와서 이분께 도움을 요청한 거였구나. 다시 눈시울이 욱신했다.

뒤이어 벵상이 말했다.

"그래, 돈 뺏긴 건 잊어버려. 사람 목숨이 중하지. 돈이야 어디서든 다시 벌면 되잖아."

……아, 맞다. 상자를 뺏겼지.

간신히 기운을 차린 레아는 바로 좌절에 빠졌다.

모든 것이 끝장이다. 이제 그 물건은 영원히 자신의 손에 돌아오지 못한다. 기껏 용기를 끌어 올려 발타 님에게 실토하고 사죄하고 비굴하게 목숨이나마 구걸할까 말까 고뇌했던 일들이 너무

우스워졌다.

그냥, 벵상 말대로 라셸르하고 배 타고 먼 나라로 도망쳐 버릴까.

아니, 그냥 이 자리에서 죽어 버리는 게 더 낫지 않을까. 지금 상태라면, 힘겹게 붙잡고 있는 이 의식만 놓으면 영원히 깨어나지 못할 텐데.

차라리 아까 호위대장에게 목이 매달렸으면 차라리 나았으려나. 적어도 지금은 편해졌겠지? 목숨을 부지한 이 상황이 오히려 지옥 같다.

발타 님이 한숨을 쉬며 가까이 다가앉았다.

"그렇게 많이 아픈가. 내가 뭘 해 주면 좋겠나? 하느님, 제발……."

그가 소맷자락을 끌어당겨 레아의 뺨을 조심스럽게 닦아 내린다. 레아는 그제야 자신이 계속 울고 있었다는 것을 깨달았다.

발타 님은 전투나 전사에 대한 두려움은 없었지만, 누군가의 눈물을 보는 일만큼은 정말 두려워하는 것 같았다. 기사들은 눈물을 보이는 사내들을 경멸한다고 들었지만, 그는 레아가 울 때마다 말 그대로 어찌할 바를 몰라 했다.

벵상이 뒤에서 투덜거린다.

"너 빨리 안 그치냐. 이렇게 천행으로 목숨을 구했으면 3일 밤낮으로 큰절을 하고 춤을 추어도 모자랄 판에 왜 이렇게 질질 짜고 있어? 너 지금 꼴이 어떤지나 아냐?"

"그만하게. 안심해서 우는 것 아니겠는가."

"영주님, 안심한다는 놈의 얼굴이 이렇게 처절하고 암담할 일입니까. 야, 레비, 너 돈 날린 거 때문에 우는 거면, 내가 돈 벌어서 밥은 먹여 줄 테니까 작작 좀 울면 안 되겠냐."

"꺼져, 내 밥은 내가 벌어먹어……."

저놈이 아주 기회는 이때다 하고 들이대는구나. 받아 줄 생각은 눈곱만큼도 없지만, 살고 싶은 생각이 사라지니, 나 같은 것한테 아직도 맘을 떼지 못하고 있는 이 바보 같은 놈에게도 한없이 미안한 마음이 들었다.

그리고 가장 미안한 것은 눈앞에 계시는 이분이었다.

레아는 여전히 자신의 뺨을 문지르고 있는, 가늘게 떨리고 있는 사내의 손을 붙잡고 말했다.

"발타 님, 저 안 살려 주셔도 되는……. 폐하께 노여움을 사면서까지, 이러지 않으셔도……."

뺨을 닦아 내던 손이 멈춘다. 그는 조용히, 하지만 노여움이 설핏 드러나는 목소리로 말했다.

"그게 무슨 말인가. 나는 나에게 속한 자들을 보호할 책임이 있어."

말을 들으면서도 의식이 깜박깜박하는 게 느껴진다. 정말 이대로 죽을 수도 있겠다 싶다.

그래, 그것도 나쁘지 않아…….

……나는, 너무 지쳤어요, 발타 님. 미안해요…….

레아는 달달 떨리는 손을 힘겹게 들어 그의 손을 붙잡았다. 그래도, 이분께는 제대로 된 사과라도 드려야 하는데. 이분께는 끝까지 민폐만 잔뜩 끼치고 가는 건데. 하지만 나오는 말은 이미 횡설수설이다.

"발타 님, 용서해…… 난 보호받을 자격이 없…… 정말…… 돌려 드리려고……."

"레비, 말하지 말게. 알았으니까, 그만해."

"알기는 뭘……. 발타 님, 죄송해요. 저는 어차피 죽을 거였는……."

"야! 미친 소리 작작 하라니까. 여기까지 살아 온 것도 운수 대통인데 왜 질질 짜면서 재수 없는 소리만 하고 있냐고!"

참다못한 벵상이 고함을 빽 질렀다. 하지만 소리를 지르는 벵상의 눈에서도 눈물이 줄줄 흘러내리고 있었다.

"그런 말 할 거면 입 다물게. 말은 탈 수 있겠나?"

발타는 화를 내는 대신 단호하게 말을 막았다. 더 이상 대답은 나오지 않는다.

그는 세공사를 한 팔로 기대 안은 채 말고삐를 잡았다. 다시 정신을 잃은 세공사의 몸이 품에서 축 늘어지며, 말이 흔들릴 때마다 몸이 앞뒤 좌우로 크게 기우뚱거렸다.

'아 미치겠네, 저거 어쩌지. 레아 저거 아주 해파리처럼 축축 늘어지네. 저, 저거 허리를 저렇게 꽉 잡히면, 드, 들키지 않을까. 야, 흐느적대지 마, 가슴 잡히잖아, 아우!'

벵상은 벵상대로 초조해서 미칠 지경이었다. 발타 경은, 흐느적대는 레아가 굴러떨어지지 않도록 무척 애를 먹으며 말을 모는 중이었다.

불행 중 다행으로, 레아는 평소 몸매가 겉으로 드러나지 않게 가슴 부분을 붕대로 칭칭 감아 두고, 딱딱한 가죽으로 만든 조끼를 밑에 단단히 받쳐 입곤 했다. 너무 오랫동안 그 지경으로 지내서 가슴이 쪼그라붙은 건지, 하여간 겉으로 보면 티가 나지 않았다. 가벼운 몸싸움 정도로는 여자라는 것을 전혀 알아채지 못할 정도였다.

하지만 저렇게 허리든 등짝이든, 가, 가슴이든, 닥치는 대로 붙잡고 몸을 바짝 붙이고 가면 들키지 않겠느냐고. 저렇게 가면 남자들끼리라도 정분이 날 판이다.

발타 경은 가다가 중간중간 자꾸 말을 세웠다. 레아의 몸뚱이를 추스르느라 그 역시 난감해하는 눈치였다. 벵상이 얼른 나섰다.

"저, 씨에 드 올랑드. 불편하시면 제가 업고 가겠습니다."

"……업고 가기엔 멀어."

발타는 한숨을 쉬며 말에서 내리더니 레아를 짐짝처럼 말 등에 얹는다.

"벵상, 동생이 떨어지지 않도록 자네가 옆에서 붙잡고 가게."

그는 횃불과 고삐를 잡고 말구종처럼 앞장섰다. 벵상은 레아가 떨어지지 않게 옷자락을 움켜쥐고 그 뒤를 따라갈 수밖에 없었다.

그가 걸음을 옮길 때마다 은빛 머리카락이 물결처럼 굽이치며 흔들렸다. 올랑드 영지까지 걷는 동안, 그는 가끔 걸음을 멈추고 이마를 짚은 채 한숨을 쉬었고, 가끔은 긴 날숨 사이로 나직한 기도문을 읊기도 했다.

라틴어를 모르는 벵상은 그가 레아를 살려 달라고 간절히 기도를 올린다고 믿고, 기도가 잠시 멈출 때마다 작은 소리로 아멘, 아멘, 하며 열심히 화답했다.

말 위에 축 늘어진 레아는 정신이 깜박깜박했고, 잠시 정신이 돌아올 때마다 흐느끼는 듯한 신음 소리를 냈다. 그때마다 앞서가는 발타의 몸은 채찍이라도 맞은 것처럼 휘청거렸다.

하지만 그는 끝까지 뒤를 돌아보지 않았다.

벵상은 곰곰 생각에 잠겼다.

저 인간과 레아 사이의 분위기가 영 심상치 않다.

사실, 레아는 작년부터 심상치 않은 짓을 계속해 오고 있었다. 리옹에서의 사고도 그렇고, 저 대왕 돈벌레가 땡전 한 푼 못 받을 선물용 무기와 속옷, 손수건 따위를 지극정성으로 만들고 있었다.

공방에 우두커니 앉아서 한숨만 퐁퐁 쉬다가 하느작하느작 한 땀 한 땀 수를 놓고, 또 천장을 바라보고 빈사의 백조처럼 애잔하게 한숨을 쉬는 꼴을 보며, 벵상은 뭔가가 크게 잘못되어 가고 있다고 생각했다.

더욱이, 저분이 아까 칼을 빼 들고 기사들과 맞서려 하던 것 역시 허세가 아니었다. 밥 먹듯 전투를 치러야 했던 아크레의 성전 기사들에겐 허세가 없다. 그들은 모든 대결이 실전이었던 사람들로, 적을 죽이는 것이 숨 쉬듯 익숙하고, 말보다 몸이 먼저 움직이는 전투용 오토마타들이었다.

그러니까 저 정신 나간 기사님은, 아까 동료이자 왕의 기사들까지 죽여 가며 레아를 살리려 했었다는 거다!

두 사람은 아크레에서부터 서로 알고 있었던 걸까?

문득, 앞에서 나직나직 흘러나오는 기사님의 기도문이, 레아를 살려 달라는 기도가 아닌 것 같다는 생각이 들었다.

……거기까지.

벵상은 어깨를 으쓱하며 생각을 접었다. 그 너머의 일은 자신의 영역이 아니었다.

† † †

“벵상 오빠! 레비! 오빠!”

안에서 초조하게 기다리던 라셸르가 뛰어나온다. 뒤이어 아까 잔치에서 보았던 영지민 두 명이 가족과 함께 나와 영주님께 인사를 올린다.

발타는 레아를 자신의 침대로 옮겨 눕혔다. 여전히 시뻘겋게 물든 드레스를 입고 있던 라셸르는 피투성이가 된 레아를 끌어안고 대성통곡했다.

"벵상, 나는 다른 곳에 있을 테니, 여기서 동생의 상처를 돌보도록 해. 여벌 옷이 벽장에 있으니 갈아입히고, 상태 확인해서 나에게 알려 주게. 마담 미셸르가 입을 만한 옷이나 필요한 건 카미유를 통해 보내겠네. 일단, 오늘 밤은 다른 생각 말고 푹 쉬도록 해."

잠시 후 카미유와 그녀의 어머니, 할머니가 들이닥쳤다. 먹을 것과 입을 것, 시트를 급하게 찢어서 만든 붕대, 물이 담긴 나무 대야와 약초가 든 주머니를 한 아름 끌어안고서 이것저것 잡다한 당부를 늘어놓는다.

"영주님께서 전해 주라 하셨습니다. 이 약초는 물에 적셔서 찧어 상처에 계속 갈아 붙이면 덧나지 않고 금방 낫는다고 하셨습니다."

"사혈은 하지 말고, 심하게 부어오른 곳은 수건에 차가운 우물물을 적셔서 찜질을 해 주고, 뼈는 부러진 곳이 없는 것 같지만 이상이 있으면 바로 알려 달라 하셨습니다."

"이 약초들은 자기 전에 먹으라고 하십니다. 통증이 덜할 거라고요."

"……예. 저 영주님은 오늘 어디서 주무시나요?"

카미유의 도움을 받아 옷을 갈아입은 라셸르가 물었다.

"저희 집 다락에서 계시겠다 하십니다. 지붕도 썩어서 다 내려앉았는데……. 침대를 양보해 드린다 하는데도 막무가내십니다. 육신의 편안과 호사보다 불편과 고통이 영혼에는 더 좋은 법이라 하시면서요. 세상에! 그렇게나 젊으신데 말씀 한 마디만 들어도 어찌나 은혜로운지! 우리 영주님은 아직 성자 반열까지는 아니지만, 신앙심이 어찌나 깊고 행실이 반듯하신지 모른답니다. 이번 사순절 내내 채찍과 금식과 고행으로 시간을 보내셨고, 밤마다 눈물겨운 참회의 기도를 바치시는데 그만 뒤에서 후광이 비치는 것 같지 뭡니까……."

이가 몽땅 빠진 노파가 입술을 호물호물하며 전혀 알고 싶지 않은 이야기를 늘어놓는다.

잠시 후 파스칼과 그의 동생들이 장작과 두꺼운 새 이불, 그리고 새 짚단을 서너 뭉치 갖다 주고 물러났고, 다른 집에서는 귀리와 버터, 후추를 넣은 뜨거운 죽을 갖다 주었다. 아마 이 마을 영주께서 집집마다 돌아다니면서 '삥'을 뜯어 보내는 모양이었다.

라셸르는 벵상까지 헛간으로 내보낸 후 레아의 상처를 살폈다. 다행히 상반신을 붕대와 가죽으로 감아 놓은 게 나름 갑옷 역할을 했는지, 뼈가 부러지지는 않았다. 하지만 타박상과 자상은 심한 편이었다.

라셸르는 상처를 잘 닦고 영주님이 보내 주신 약초즙을 바른 후 붕대를 감아 주었다. 그리고 영주님의 벽장 속에 있는 속옷들을 꺼내 입혔다. 지난 몇 달 동안 언니가 열심히 만들던 옷들이었다. 들고 있으니 눈물만 나온다.

"나야, 미셸르. 들어가도 돼? 레비는 좀 어때?"

"괜찮아요. 지금 잠들었어요."

벵상이 문을 열고 빼죽 고개를 들이밀더니 레아의 모습을 보고 뒤늦게 안도의 한숨을 쉰다. 레아는 잠이 든 것은 아니지만, 그냥 잠이 든 척했다. 별로 살고 싶은 마음도 없고, 반응할 기운도 없었다.

벵상이 고개를 절레절레 저으며 진저리를 친다.

"어휴, 이거 피를 닦아도 온몸이 아주 시꺼멓네. 독한 새끼들. 대체 얼마나 얻어맞으면 이 모양이야? 그래도 여기까지 살아 왔으니 죽지는 않겠지?"

"벵상 오빠! 그런 나쁜 말은 꺼내지도 마세요! 작은오빤 죽지 않을 거예요."

"그럼. 이 겁보 찌질이가 또 가늘고 길게 장수할 팔자지. 아마 백 살 넘게 문제없이 살면서 사람 들들 볶아 댈걸?"

가물가물하는 와중에도 쓴웃음이 나왔다. 참 애정과 걱정을 저따위로밖에 표현하지 못하는 것도 재주다, 재주.

"여기 영주님이 우리를 왜 구해 주신 거야? 이럴 줄 알고 레비한테 신종 서약을 받은 건가?"

"……모르겠어요."

"혹시 라셸르, 레아하고 영주님하고 혹시 예전부터 알고 있던 사이야?"

라셸르는 침대 옆에 쌓아 둔 짚단에 주저앉으며 지친 목소리로 대답했다.

"모르겠어요. 언니가 말하지 않은 것까지 제가 어떻게 알겠어요."

라셸르가 동그랗게 몸을 꼬부리고 무릎에 이마를 기댄다. 물결처럼 흘러내리는 금발 사이로 긴 한숨이 흘러나왔다. 레아는 라셸르가 울고 있다고 생각했지만, 흐느끼는 소리는 끝까지 들리지 않았다.

벵상은 뒤늦게 집 안 구석구석을 둘러보더니 어리둥절한 표정을 지었다.

"그나저나 이거 뭐야? 여기 영주님 저택…… 맞아? 그냥 영지민들이 살던 집 아니야?"

"영주님 저택 맞대요."

"이게? 여기가?"

벵상은 겁도 없이 콧방귀를 뀌었다.

"백은의 기사님이 마상 시합마다 플로린을 갈퀴로 쓸어 모은다는 소문이 파다한데 대체 집은 왜 이렇게 눈곱만 해? 그 돈은 어디에 다 날리시고? 우리 집의 반토막도 안 되어 보이잖아!"

"그러게요."

라셸르는 고개를 끄덕였지만, 레아는 동조할 수 없었다. 벵상이 멍충아. 우리 이제 집 없어. 우리 집 없는 거지야. 아시케나지 마을에 있는 집은 죄다 뺏겼다고.

하지만 벵상의 뒷담은 끝도 없이 계속되었다.

"집 꼬락서니도 대체 왜 이 모양이야? 침대에는 커튼 하나 없고, 이불도 비단이불 아니고. 하다못해 집에 은주전자 은촛대 하나 없잖아. 나막신에다가 초를 켜 놓는 건 또 무슨 센스야."

그 말을 들은 레아는 정신이 오락가락하는 와중에도 화가 났다.

아니 그래도 내가 발타 님 집을 얼마나 살 만하게 꾸며 놨는데! 자작나무로 외벽을 두르고, 나무와 청석판으로 지붕을 이고, 쥐구멍과 썩은 부분은 톱밥과 아교로 말끔하게 채우고, 카펫과 태피스트리를 깔고, 덧창을 새로 달고, 바닥에 새로 기름을 먹이고, 돌쩌귀 경첩까지 전부 새로 갈아서 문 열 때도 삐그덕 소리조차 안 나지 않냐.

곰팡내만 풍풍대던 집 안에선 이제 향내가 솔솔 나고, 마당에는 색색이 꽃도 심고 돌도 깔고, 마구간에 헛간에 곁방에 뒷간까지 새로 지었는데! 내 피와 땀과 눈물과 돈을 싸발라서, 엉?

물론 입을 들썩거릴 기운조차 없으니, 으으으, 으으으, 하는 소리밖에 나오지 않는다.

"……!"

창밖에서 미세한 기척이 들렸다. 사박사박, 들고양이가 움직일 때처럼 몹시 보드랍고 가벼운 소리였다. 레아는 그것이 누구의 기척인지 바로 알아차렸다. 안타깝게도 벵상은 그 소리를 인식할 정도로 예민하지는 못해서, 눈치 없는 뒷담은 계속 이어졌다.

갑자기 창밖에서 낮은 목소리가 들렸다.

"내가 그간 집에 신경을 쓰지 않았어. 그나마 레비가 살 만한 곳으로 만들어 줘서 얼마나 고마운지 몰라. 그전에는 사람이 살 곳이 아니었네. 나는 지금 시테 궁이 부럽지 않아."

"히익! 여, 영주님!"

겁 없이 뒷담을 까던 황금 이빨 사나이는 그대로 바닥에 납작 엎드렸다. 레아는 콧등이 시큰해졌다. 아닌 척 모르는 척하면서도 다 알고 계셨다. 나에게 고마워하고 계셨다. 왕궁 부럽지 않다는 말까지 들으니, 그동안 이곳을 오가며 계속 고생했던 기억이 모두 사라지는 것 같았다.

"아, 아이고, 오셨으면 들어오시지요."

벵상은 화닥닥 문을 열어 주었다. 라셸르는 뒤늦게 자리에서 일어나 흩어진 머리카락을 정리하고 매무시를 다듬었다.

순간 레아는 저도 모르게 눈을 크게 뜰 뻔했다. 발타 님이 들어오자 라셸르가 바짝 긴장한 얼굴로 무릎을 꿇더니, 머리를 바닥에 닿을 만큼 깊이 숙였던 것이다.

아크레에서 노예가 주인에게 절대복종했던 것처럼, 레아나 벵상이 왕 앞에서 바짝 낮추어 예를 표했던 것처럼. 생각해 보니 마을에서 봤을 때도 그랬던 것 같다.

발타 님은 놀랐다기보다 곤혹스러워하는 표정으로 라셸르의 손을 잡아 일으켰다. 이미 몇 번 겪었던 일인 듯했다. 그가 조용히 말했다.

“마담 미셸르. 레비의 상태가 궁금해서 와 봤습니다. 어떻습니까.”

“보내 주신 약을 먹이고 응급처치를 해 주었더니 깊이 잠이 들었습니다.”

발타는 기척도 없이 곁으로 와서 레아를 한동안 내려다보았다. 그의 손이 가늘게 꿈틀거리는 것이 보였다. 설마, 손이라도 잡아주려는 건가? 천만다행히, 그는 주먹을 힘껏 말아 쥐고는 손을 뒤로 돌렸다.

라셸르가 찬찬히 설명했다.

“뼈가 부러진 곳은 없고, 팔과 다리에 자상이 있긴 했습니다. 그래도 주신 지혈초로 단단히 지혈을 하니 피는 잘 멎었습니다. 멍이 많이 들긴 했습니다만, 시간이 지나면 괜찮아질 겁니다.”

그의 얼굴로 안도의 기색이 퍼져 나갔다.

“마담 미셸르께서는 좀 괜찮으십니까.”

“은혜로 이렇게 목숨을 부지하게 되었습니다. 진심으로 엎드려 감사드립니다.”

라셸르는 필사적으로 침착한 태도를 유지하며 감사를 표했다. 그 모습이 안타까운 듯, 발타가 정중하게 제안했다.

"마담. 거취가 정해질 때까지 오라버니들과 이곳에 머무르셔도 괜찮습니다. 레비가 일전에 곁방을 따로 지어 두었으니 작아서 다소 불편하셔도 그 방에서 머무르시면 어떨까 합니다."

라셸르는 잠시 머뭇거리다가 작은 목소리로 물었다.

"발타 님, 다니엘은 정말 죽었나요?"

"……그렇습니다."

"확실히, 죽은 게 맞나요?"

바삭하게 마른 동생의 목소리에, 레아는 다시 눈시울이 시큰했다.

라셸르는 다니엘이 죽은 걸 아직 받아들이지 못한 것 같다. 하긴, 결혼식을 마치자마자 과부가 되고 살 집도 먹을 것도 없이 쫓기게 되었으니 제정신인 것이 오히려 이상할 것이다.

벵상이 안타까운 목소리로 끼어들었다.

"미셸르, 내가 아까 확인했어. 다니엘은 숨을 거두었고, 내가 나올 때는 벌써 돌처럼 딱딱해졌어. 세 사람 모두."

하지만 라셸르는 들은 척도 하지 않고, 애타게 고개를 저었다.

"혹시, 그래도 아직 살아 있는데 잘못 봤을 수도 있잖아요. 잘못 느꼈을 수도 있잖아요. 왜 죽은 줄 알았던 사람이 깨어나고 그러는 경우도 가끔 있잖아요……."

"마담. 그런 경우는 없습니다. 하느님께서 특별한 기적을 베푸시지 않는 한은."

"……."

"큰 불행을 당하신 마담께 어떻게 위로를 해 드려야 할지는 모르겠습니다만, 일단 두 오라버니들은 무사하니 찬찬히 거취를 의논해 보도록 하십시오. 다만 이곳에 정착하기를 원하신다면 개종을 하셔야 할 것입니다. 그래야 제가 두 분을 추방에서 제외해 달라고 폐하께 청을 넣을 수 있을 것입니다."

그러자 라셸르는 고개를 들고 물었다.

"레비 오빠는 개종하겠다고 했나요?"

"그렇습니다. 어려운 결정인 것은 알지만, 강요하는 것은 아니니 의논하신 후에……."

"그럼, 저도 그렇게 하겠습니다."

싸늘한 침묵이 내려앉았다.

"마담 미셸르. 진심으로 하시는 말씀이십니까."

"네. 저는 오래전부터 성 삼위 하느님을 흠숭하고 성모님의 자애로운 품에 안기고 싶었습니다."

라셸르는 아주 작은 목소리로, 하지만 망설임 없이 대답했다. 발타는 레아에게 물을 때처럼 제정신이냐고 따지지는 않았지만, 썩 기껍지도 않았다.

"세공사 벵상, 자네도 그런가?"

"어, 저, 저도…… 당연히 그렇게 하겠습……."

"아하. 아시케나지에겐 이런 일이 당연한 일인가?"

"……."

"나로서는 이해하기 좀 어렵군. 개종이 그렇게 당연한 일이라면, 그대들은 왜 그리 긴 세월 동안 이교도로 박해를 받으며 살아왔을까?"

발타는 이제 냉소를 숨기지도 않았다. 하지만 벵상과 라셸르는 부끄러워하는 기색조차 없다. 아시케나지답지 않은 반응이군. 발타는 곰곰이 생각했다. 그러고 보면 세공사의 반응도 저 둘과 비슷했다.

"물론 나는 잃어버린 양들이 그리스도의 품으로 돌아오는 것을 진심으로 기쁘게 생각하네."

결국 발타는, 수굿해진 목소리로 그들을 치하할 수밖에 없었다. 그것이 애초에 그가 바라던 방향이었으므로.

……휴우.

레아는 저도 모르게 살그머니 한숨을 쉬었다. 정말 다행이다. 개종을 안 하면 두 사람은 별수 없이 추방을 당할 텐데, 그런 최악의 사태는 면하게 된 것이다.

아마 벵상도, 라셸르도 나처럼 원래의 길(?)로 돌아오고 싶은 마음을 갖고 있었나 보다.

다만, 이건 '길 잃은 양 찾았네, 기쁘도다.' 같은 간단한 문제는 아니었다. 아빠를 보면 알 수 있다. 섬길 대상이 바뀌거나 혹은 나뉠 때마다, 목숨을 바칠 만한 신념은 뭉텅뭉텅 깎여 나가고, 빈 자리에는 온갖 의심으로 채워지게 마련이다.

어, 잠깐…… 그런데 라셸르는 어렸을 때 기억이 없을 텐데?

뒤통수가 싸늘해진다. 순간, 발타 님의 조용한 목소리가 흘러들어 온다.

"마담 미셸르. 레비는 벵상과 제가 지킬 터이니, 마담께서는 시내 건너에 있는 카미유의 집에 가서 주무십시오. 뜨거운 아몬드 우유와 빈 침상을 준비해 두라 일렀으니, 지금 가시면 따끈하게 속을 데우고 주무실 수 있을 겁니다."

"감사합니다, 영주님."

라셸르는 잠자코 허리를 숙이고 뒤로 물러났다.

발타는 이제 레아가 누워 있는 침대 옆의 의자에 앉았다. 레아는 말없이 내려다보는 그의 시선을 느꼈지만, 감히 실눈조차 뜰 수 없었다.

이상한 일이다. 호흡 소리조차 거의 느껴지지 않는데, 이렇게 무겁고 짙은 시선이 만질 듯 느껴진다는 게. 그가 어떤 눈으로 내려다보고 있을지 미칠 듯 궁금하면서, 한편으로는 상상하는 것조차 두려웠다.

주변으로 팽팽한 긴장감이 흘렀다. 레아는 발타 님이 자신이 깨어 있다는 것을 알고 있다고 느꼈다. 게다가 레아가 그 사실을 알고 있다는 것마저 알고 계시다.

하지만 그는 어떤 기척도 내지 않고 깨우지도 않는다. 레아는 못이 빽빽이 박힌 고문 침상 위에 누운 것처럼, 숨을 쉴 때마다 전신이 아팠다.

"벵상."

"예, 영주님."

"아크레라는 도시를 아나?"

벵상은 가슴이 덜컹했다. 영주님은 그 말을 하는 순간 레아의 손이 꿈틀하는 것을 물끄러미 내려다보고 있었다.

벵상은 필사적으로 호흡을 가다듬으며 태연하게 대답했다.

"알고말고요. 우트르메르에 있는, 예전 예루살렘 왕국의 수도였지요."

"그걸 묻는 게 아니라는 걸 알 텐데."

그의 목소리가 조금 차가워진다.

벵상은 바지 자락을 쥐어뜯으며 우물쭈물했다. 내 이럴 줄 알았어. 역시 저 기사님은 레아와 어떻게든 연관이 있는 사람이 틀림없다니까.

하지만 레아가 결사적으로 도망 다니는 진짜 이유를 모르니, 뭐라고 대답해야 할지도 알 수 없었다. 시치미를 떼어야 한다는 건 아는데, 이게 참. 벵상은 망설였다. 이렇게 큰 은혜를 베풀어 준 분에게 거짓말로 뒤통수를 쳤다가 노여움을 사서 쫓겨나게 되면, 그야말로 큰일이었다.

벵상은 한참 고민하다가 어렵게 입을 열었다.

"무엇을 알고 싶으신 겁니까, 영주님."

하지만 그 말이 떨어지는 순간 영주님의 표정이 크게 흔들렸다. 무릎 위에 가만히 놔둔 두 주먹에 힘이 바짝 들어간다.

"……아니, 아닐세……. 그냥 물어봤어."

그는 오히려 한 걸음 물러섰다. 희고 정갈한 얼굴에 혼돈과 자괴감이 번진다. 진실을 간절히 원하면서도, 그것이 밝혀지는 순간을 극도로 두려워하는 것처럼 보였다.

벵상은 자신과 라셸르의 존재가, 레아에게 큰 족쇄였던 것은 아닐까, 어렴풋이 직감했다.

발타는 병자의 침대 옆에 앉아 고스란히 밤을 새웠다. 벵상은 옆의 짚단에 시트를 깔고 쭈그린 채 꾸벅꾸벅 졸다가 틈틈이 침대 쪽을 훔쳐보았다.

가끔 레아가 끙끙 앓는 소리를 내면, 발타는 부스럭거리며 일어나 이마에 물수건을 대 주거나 물을 먹여 주었다. 레아의 손이 허공을 휘저으면 손을 꽉 잡아 주기도 했으나, 그때마다 채찍에라도 맞은 것처럼 바로 몸을 뒤로 물리곤 했다.

촛불은 밤새 꺼지지 않았고, 발타는 밤새 레아를 내려다보며 말

없이 그 곁을 지켰다. 죽음의 기운이 다가오지 못하도록 막고 있는 치유의 대천사 라파엘처럼, 혹은 천사들의 군대 장관이라는 생미셸 대천사처럼.

그 모습이 지나치게 현실감이 없어, 벵상은 다시 눈을 감으며 아, 꿈인가 보다, 하고 몽롱하게 중얼거렸다.

길고, 길고, 긴 꿈이었다.

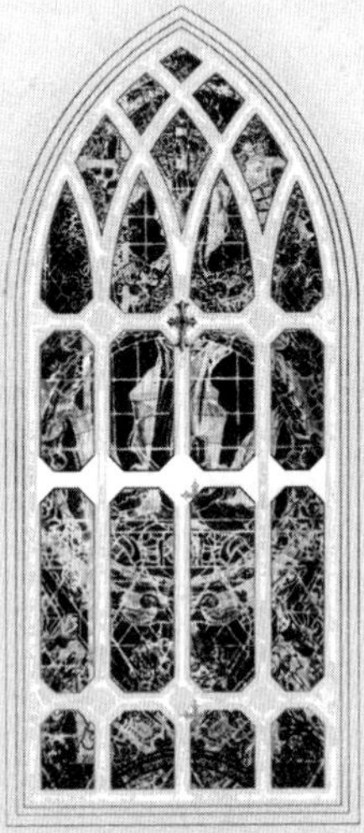

6-6. 비밀 임무

"……저희 영주님이 좀 이상하시긴 하죠. ……아니, 비범하시긴 하죠."

말을 해 놓고도 카미유는 영주님 집 방향을 힐끔힐끔 쳐다보았다.

카미유네 아침 식탁에는 불청객이 셋이나 늘었다. 지옥에서 돌아온 듯 온몸이 시꺼메진 세공사, 그리고 그 세공사의 형과 누이동생이라는 사람까지 아침 식탁에 끼어 앉았다.

팔꿈치가 닿을 만큼 좁아터졌지만 어쩔 수 없었다. 그들은 영주님의 손님이었다. 영주님이 삐쳐서 밀린 세금 10년 치 넘게 모두 내놔라 하는 것보다는 식탁이 복작대는 것이 백배 나은 일이었다.

물론 그들이 아시케나지 마을에서 쫓겨 온 이교도라는 사실을 알게 되자마자 할머니와 엄마의 태도는 서릿발처럼 냉랭해지긴 했다. 하지만 영주님의 권유로 개종할 예정이라는 말에, 두 여자의 태도는 갓 구워 낸 빵처럼 말랑말랑해졌다. 그러더니 성호 긋는 법을 세 번이나 시범을 보이고, 일부러 기도문도 소리 내어 외웠다.

라셸르와 벵상은 걸쭉한 스튜 한 그릇과 계란 반숙, 그리고 소금에 절인 오리고기를 얹은 딱딱한 빵을 다 먹을 때까지, 영주님에 대한 열렬한 칭송을 들어야만 했다.

두 여자는 그 아름답고 용맹한 영주님께서 수많은 숙녀의 유혹을 뿌리치고 하느님 앞에서 '비둘기와 같이 순결을 지키고 있다'는 사실에 대해 몹시 자랑스러워했으며, 참회와 고행, 금식으로 점철된 최근 행적을 열렬히 칭송했다.

두 여자는 아름다운 영주님께서 생 루이 선왕 폐하처럼 성인의 반열에 오를지도 모른다고 진심으로 믿고 있었고, 시성 기념으로 만들어질 공식 초상화가 영주님의 실물을 고스란히 담을 수 있게 되기를 간절히 바랐다.

물론 두 여자는 영주님께서 이교도의 병간호를 하시느라 밤을 꼬박 새운 끝에, 3시과 미사마저 때려치우고 기절한 것처럼 곯아떨어졌다는 사실은 전혀 알지 못했다. 밤새 가시 침대에 누워 있던 레아는 그가 잠에 빠지자마자 카미유의 집으로 줄행랑을 놓았다.

끼어어어어허헝, 끼허허허헝!

저 멀리서 크레도가 우렁차게 우는 소리가 들린다. 저놈은 배가 고파도 지랄, 배가 불러도 지랄, 여튼 성질은 여전히 지랄 맞다. 주제에 관종 기도 있어서 주인이 자신을 팽개치고 꿀잠을 자는 꼴을 봐주질 못한다. 게다가 꼴에 망아지 두 마리의 아빠가 되는 바람에, 그 시끄러움이 세 곱절이 되었다.

카미유의 엄마 마리안느의 말로는, 크레도의 연애를 주선한 것은, 오지랖 넓은 시테 궁의 어전 시종 나리였다고 했다.

입단을 앞둔 영주님께서 '좋은 말이 두어 필 더 필요할 듯하다'는 말씀을 해 주신 덕에, 크레도는 최고 혈통의 암말들과 천국 같은 한 시절을 보낼 수 있었다. 점잖고 수줍음 많은 주인께서는 '혈통 확인을 위한 거사의 증인'으로 입회할 때마다 난처한 얼굴을 했지만, 극락을 오가던 크레도는 주인의 민망함 따위 눈곱만큼도 신경 쓰지 않았다. 그리고 그렇게 태어난 망아지들 역시 아빠를 닮아서 주인의 피곤함 따위 눈곱만큼도 신경 쓰지 않았다.

끼어어어허허헝. 끼어허허허허헝.

아주 사자후다 사자후, 눈치 없는 놈들. 가서 저 자식들 주둥이라도 꽉꽉 묶어 놓고 올까 보다. 아, 그래. 주인님이 밤을 새웠으면 새벽잠이라도 좀 주무시게 둬야지.

저 성깔 더러운 놈들 입에 파스닙이나 당근 몇 뿌리만 박아 주면 조용해지지 않을까. 다행히 뼈가 부러진 게 아니라, 지팡이만 있으면 혼자 가 볼 수도 있을 것 같다.

"레비, 이 멍충아. 그 꼴로 어딜 가는 거야? 얼씨구, 뒤뚱뒤뚱 오리가 따로 없네요? 그 와중에 영주님 식사 챙겨서 가져가는 거야? 방금 잠드신 것 같은데, 깨웠다간 바로 칼 맞을걸?"

벵상이 기다렸다는 듯 튀어나와 잔소리를 시작한다. 그러더니 옆으로 붙어 어슬렁어슬렁 몇 걸음 걷는다. 무슨 할 말이 있는 것도 같은데, 집 근처에 다다를 때까지 줄창 잔소리만 하더니, 주변에 아무도 없는 것을 보고서야 툭, 한마디 집어 던진다.

"레아야, 실은 아까 너 없을 때 라셀르하고 얘기를 좀 해 봤어."

"무슨 얘기?"

"나, 며칠 내로 라셸르 데리고 노르망디로 떠날까 해. 여기선 이제 꿈도 희망도 없어. 라셸르도 파리를 떠나고 싶대."

레아는 우울한 얼굴로 고개를 끄덕였다. 라셸르는 자신의 결혼식에서 남편과 일가족이 죽었고, 온 마을 사람들이 추방당했다. 심약한 라셸르에게는 여기 사는 것 자체가 고문과도 같을 것이다.

"가서 라셸르 괜찮은 남자 찾아서 결혼시키고…… 결혼하기 싫다 하면 지금처럼 내가 돌보면서 데리고 있어도 되고. 난 조그만 배나 한 척 사서 세계 최고의 미인을 찾아서 장가나 들어야겠어. 플로렌스나 베니스에 미인들이 그렇게 많다던데."

레아는 대답 한마디 하지 못한 채 멍하니 듣기만 했다. 너무 현실감이 없어서 꿈을 꾸는 것만 같다.

"레아 넌 안 올 거지?"

"……나, 나는……."

레아는 제대로 대답하지 못했다. 벵상이 너도 올래? 라고 묻는 대신 안 올 거지? 하고 묻는 이유를 알 것 같았다. 레아의 눈에서 눈물이 주르르 흘러내리자 벵상은 손수건을 내주는 대신 콧방귀를 뀐다.

"뭐 꼭 그렇게 감격의 눈물까지 흘릴 필요는 없어. 날 위해 눈물 흘렸던 여자들이 한둘이 아니라서 뭐 그렇게 감동스럽지는 않아."

이 망할 자식은 조금 감동할 만하면 저놈의 주둥이로 산통을 다 깨서 항상 고마워 죽겠다.

"꼭 지금 대답 안 해도 돼. 어차피 장사꾼은 똥파리 똥 냄새 따라다니듯 돈 냄새를 따라다니는 거고, 여기선 이제 돈 벌기 텄으니 뜨는 것뿐이야."

"……넌 어째 말을 해도 그렇게 더러운 말만 골라 하냐. 그것도 재주다 재주."

"고맙다고 해. 안 그랬으면 너, 나한테 홀랑 반했을 거잖아."

벵상은 황금 이빨을 드러내며 씩 웃었다. 다시 눈물이 쏟아졌다.

"나나 라셸르 보고 싶으면 노르망디로 와. 너를 데리고 멀리 도망칠 쪽배 정도는 항구에 놔둘 테니까."

"죽어도 안 가, 이 개똥같은 자식아. 예쁜 플로렌스 마누라하고 천년만년 잘 먹고 잘 살라고!"

"그러잖아도 그럴 거라니까!"

벵상은 어깨를 펑, 치고 등을 돌렸다. 하필 제일 지독하게 멍이 든 곳이라, 레아는 어깨를 감싸 안고는 눈물을 줄줄 흘렸다.

† † †

"……저 말들은 뭐지?"

레아는 저도 모르게 주춤주춤 걸음을 멈췄다. 마구간 주변에는 못 보던 말이 여러 필 묶여 있었다. 크레도 부자父子가 저렇게 난리를 친 게 낯선 말들이 얼쩡대서 그랬던 건가? 대체 누구 말들이지?

하지만 아무리 둘러보아도 사람은 아무도 보이지 않았다. 레아는 불안한 마음을 누르며 출입문을 살그머니 열어 보았다.

쉿.

침대 곁에 서 있는 사내가 고개를 옆으로 돌리더니 검지를 입술에 갖다 댄다. 어깨까지 닿는 잘 다듬어진 금발에, 여름 하늘처럼 쨍하게 파란 눈동자, 특유의 냉랭하고 무표정한 얼굴. 그리고 머리 위에 보기 좋게 얹혀 있는 황금관. 레아의 손에서 당근이 든 자루가 툭 떨어졌다.

……망했다.

댁이 왜 여기서 나오느냐고요?

레아는 속으로 울부짖으며 무릎을 꿇었다. 왕은 발타를 말없이 내려다보다가 기척을 죽이고 밖으로 걸어 나왔다.

"발타는 피곤해서 잠이 들면 옆에서 벼락이 떨어져도 일어나지 못해. 하지만 가벼운 무기 소리나 살기에는 기가 막히게 눈을 뜨지. 괜히 깨우지 말고 일어날 때까지 내버려 두게. 저래 봬도 나름 휴가 중이란 말이야."

그러고 보니 집 옆쪽과 마구간 방향으로 백합이 수놓인 쉬르코를 걸친 기사들이 보일 듯 말 듯 대기하고 있었다. 저렇게 중무장을 하고도 기척을 숨길 수 있다는 것이 신기했다.

"오늘 아침에 아주 재미있는 보고를 받았다, 아시케나지."

왕이 레아를 돌아보며 웃는다. 뭐가 즐거운 걸까? 온몸이 시꺼멓게 멍든 꼴을 보고도 웃음이 나올까. 몸은 괜찮은가, 하는 말 따위는 단 한 마디도 나오지 않았다. 레아는 저 왕이 무표정인 것이 늘 무서웠지만 웃을 때는 그야말로 온몸이 우그러드는 것처럼 공포스러웠다.

"같이 좀 걷지 않겠나. 릴리트 다크레."

왕은 남의 이름 대신 멋대로 별명을 지어 부르는 이상한 습관이 있는 듯했다.

……아무리 그래도 아크레의 릴리트라니. 진심으로 고약한 성격이다.

아버지가 들려준 아시케나지의 옛이야기에서, 릴리트는 하와 이전, 아담의 첫 부인이자, 그를 버린 악녀이자, 유혹하는 밤의 악마가 된 여자라고 했다.

연애 한 번 못 해 보고 바야흐로 노처녀로 삭아 가는 이 불쌍한 여자가, 왕의 눈에는 사악한 음란 마귀로 보이는 모양이다.

빵 굽는 오두막 쪽으로 걸음을 옮기는 왕의 뒤로 기사 네 명이 멀찍이 거리를 두고 따라온다. 왕은 표정이 없고, 기사들은 투구로 가려 표정이 보이지 않는다. 레아는 두 손을 모으고 덜덜 떨면서 따랐다. 숨 막히게 무서우니 통증조차 제대로 느껴지지 않는다.

"나의 팔라댕이 이교도에게 신종 서약을 받고, 작은 약초밭도 갈라 넘겨주고, 시종으로 거두겠다 했다던데. 그대를 어지간히 구하고 싶었던 모양이야."

"황공하옵니다. 저도 사실 이게 어떻게 된 일인지 얼떨떨하여……."

"내가 그를 만나지 말라 했던 명령은 기억하지 못했나?"

입속이 바짝바짝 말랐다.

"그, 그게, 우연히 뵙게 된 것입니다. 제 동생의 결혼식에 대부업자 엘리의 손님으로 오셨습니다. 저는 눈앞에서 뵙기 전까지는 꿈에도 몰랐습니다."

"아하, 손님에게 잠시 인사를 하는 와중에 오마주를 바치고 인장 반지까지 받았군."

말의 내용만 보면 빈정거림이 가득한데, 왕의 목소리에서는 아무런 감정이 느껴지지 않는다. 심지어 노여움조차 느껴지지 않는다. 그는 무심하게 말을 이었다.

"이교도는 나의 기사가 될 수도 없고, 내 기사의 시종이 될 수도 없다. 발타도 잘 알고 있을 텐데?"

"오마주를 바치기 전에, 개종하기로 약조하였습니다, 폐하."

그가 걸음을 멈추더니 뒤를 돌아 레아를 빤히 바라본다. 예의 무표정은 여전한데 레아는 어쩐지 그가 웃는 것처럼 느껴졌다. 기꺼운 웃음, 혹은 비웃음. 확실하지 않았다. 그는 빵 굽는 오두막 앞에서 멈춰 서더니 레아를 향해 몸을 돌렸다.

"……고해성사와 참회와 보속이겠지, 개종이 아니라. 아주 오랜 세월 이교에 빠져 있었던 길 잃은 어린양이여."

아크레의 숙녀는 더러운 아시케나지였다가 유혹하는 밤의 마녀 릴리트가 되었다가 바로 길 잃은 어린양이 된다.

레아는 오그라든 가슴으로 달달 떨다가 문득 화가 나기 시작했다. 이렇게 말 한 마디 한 마디에 겁을 먹는 것도, 쪼그라붙은 심장을 부여잡고 숨고 도망치는 것도 이제는 신물이 난다. 긴 세월 동안 쫓기고, 죽을 만큼 두들겨 맞고도 뭔가를 계속 무서워해야만 한다는 게 지긋지긋했다.

레아는 자포자기하는 마음으로 툭툭 말했다.

"폐하, 저를 죽이고 싶으시면 여기서 그냥 제 목숨을 거두어 주시기를 부탁드립니다. ……사냥감처럼 쫓기다 죽느니, 차라리 그것이 나을 것 같습니다."

성 유물을 돌려 드릴 생각만 하고 버텨 왔는데, 그 희망조차 없어지고 나니 오히려 속이 편하다. 지금까지 왜 그렇게 덜덜 떨며 살아왔는지 모르겠다.

이제는 발타 님 손에 죽든, 왕의 손에 죽든 별 상관도 없을 것 같다. 억울함을 호소할 기운도 없다. 벵상이 라셸르를 데리고 플로렌스나 베니스로 가겠다고 한 것 역시 어떤 의미에서는 해방이기도 했다.

“나는 이교도를 쫓아내고 반란자를 처형하려는 것이지, 길 잃은 어린양을 죽이려는 게 아니다. 세공사. 자네 본래 세례명이 뭐였지?”

“라파엘라입니다, 폐하.”

“그대에게 치유의 대천사의 가호가 있기를. 견진성사도 받았나?”

“네, 폐하.”

“그럼 일은 쉽겠어.”

왕은 뒤에서 따르는 기사들을 향해 손짓했다.

“알랭, 올랑드를 관할하는 주임 사제를 모셔 오도록. 잃었다가 되찾은 양 한 마리가 고해성사를 원한다더라 해.”

그가 투구를 벗어 들고 왕에게 고개를 숙이더니 바로 물러난다. 레아는 그가 어제 왕의 병사들을 이끌고 왔던 파레이유 대장임을 뒤늦게 알아차렸다. 왕은 레아를 돌아보며 빙긋 웃었다.

“자, 그러면 내 작은 솔로몬에게 가 볼까. 그 잠꾸러기를 깨우는 건 늘 마음 아프지만, 자네도 왔으니 일어나야겠지.”

“폐하, 어, 어떻게 이렇게 말씀도 없이 갑작스럽게…….”

발타는 슈미즈 한 장만 걸치고 이불 속에 파묻혀 있다가 봉변을 당했다. 그는 왕을 보며 멍하니 눈을 비비고, 고개를 흔들고 다시 눈을 비비더니-꿈이기를 간절히 바라는 것 같았다- 바로 침대에서 뛰어 내려와 맨발로 무릎을 꿇었다.

왕은 그가 난처해하는 것을 보면서도, 그가 얼굴을 씻고 제대로 옷을 갖춰 입을 시간을 주지는 않았다.

"갑작스러운 소식에 봉변당한 건 내가 먼저야, 발타. 편히 쉬면서 밀린 일이나 하라 했더니, 대체 무슨 일을 한 거지?"

"심려를 끼쳐 드려 송구합니다. 어젯밤의 불미스러웠던 일에 대해서는 오늘 바로 가 뵙고 죄를 청할 생각이었습니다."

"사죄할 일이 아닌데 사죄를 받으면 별로 기분이 좋지는 않아. 폭군이 된 기분이라."

"……."

"네 가신을 보호하는 것은 네 의무이고 네 가신임을 밝혔음에도 공격한 것은 알랭의 부하지. 자네가 죄를 청할 일은 아니야. 다만, 궁금한 것이 있어서 직접 이야기를 들어 보려 찾아온 거야. 세바스티앙, 가져오게."

문 뒤에서 대기하고 있던 기사 한 명이 두 손으로 향나무 궤짝 하나를 공손히 받쳐 들고 들어온다.

레아는 그 상자를 보는 순간 그대로 얼어붙었다.

내, 내 상자다!

심장이 격렬하게 뛰기 시작했다. 방금 전까지 그냥 이대로 죽는 게 낫겠어, 하던 생각이 깡그리 사라졌다. 당장 달려 나가 저 안에 내가 곱게 싸 둔 나무가 있는지 찾아보고 싶다. 그것을 빼내오고 싶다.

하지만 지금 저 상자의 주인은 왕이고, 레아는 완전히 얼어붙어서 손끝 하나 움직일 수조차 없었다.

"내가 아침부터 이곳까지 오게 된 이유는 이것 때문이다."

왕은 자물쇠가 뜯겨 나간 궤의 뚜껑을 들어 올리더니, 가장 위에 얹힌 왕관을 옆으로 젖혀 놓고, 돌돌 말아 둔 양피지를 한 장

꺼냈다. 손발이 차갑게 식는 것 같았다.

"어제 알랭이 압수한 물건 중에, 꽤 호화로운 향나무 궤가 하나 있었는데, 안에 들어 있던 왕관과 이 종잇장 때문에 나에게 일찍부터 보고가 올라왔지. 안 그러면 깐깐한 대법관께서 물목을 작성해서 바로 경매에 부쳤을 텐데."

왕은 그 '종잇장'을 발타에게 넘겨주었다. 잠이 덜 깬 듯, 다소 어리둥절한 얼굴로 받아 든 발타는 이내 눈이 크게 벌어졌다. 그는 혼란한 표정을 감추지 못한 채 레아 쪽으로 시선을 돌렸다.

레아는 필사적으로 외면했다. 지금 이 자리에서 벗어날 수만 있다면 악마라도 소환할 수 있을 것 같다.

왕은 짧게 명했다.

"자네라면 기사단의 보안 문서를 잘 알아볼 수 있을 테지. 읽어보게."

「어음 발행인 : 프랑스 파리 아시케나지 마을의 세공사,
아모스의 아들, 벵상의 동생, 레비.

수취인 : 발타사르 드 올랑드 경, 프랑스, 파리.

어음 지급인 : 성전기사단 파리 본부.

당신은 본 증서의 내용대로, 올랑드의 영주 발타사르 경에게 500리브르를 플로린 금화로 계산하여 지불하십시오(에퀴 금화 및 두카토, 우트르메르의 금화 등은 제외하여 주십시오).

성전기사단 파리 본부는, AD 1306년 성령강림일 닷새 후, 파리 아시케나지 마을의 세공사 아모스의 둘째 아들 레비로부터 플로린 금화 1천 개로 500리브르를 수탁하였습니다.

수수료는 선금으로 별도 지불하였으니, 수취인에게 규정에 맞게 500리브르를 계산하여 지급하시기 바랍니다.

하느님께서 당신을 지켜 주시기를 기원합니다.

성전기사단 프랑스 지부 단장 제라르 드 빌리에의 이름으로,

작성자-성전기사단 프랑스 파리 본부, 회계관 도미니크 드 벨랑.」

"성전기사단에서 발행한 수탁 증서야. 자네가 수취인으로 되어 있는."

"……."

"액수가 적지도 않아. 이교도 세공사가 10여 년 동안 500리브르를 모을 수 있다니. 아시케나지들이 세금 떼먹는 도사들이라고 앙게랑이 이를 가는 이유가 있었어."

"폐하. 저는 영문을 알 수 없습니다. 제가 청한 일은 아닙니다."

"다행이군. 그대가 이런 멍청한 짓을 요청하진 않았으리라 믿었어."

두 사람의 시선이 레아의 시꺼멓게 멍든 얼굴에 꽂혔다. 레아는 당황해서 머릿속까지 새까맣게 물드는 것 같았다.

이럴 때 대체 무슨 말을 해야 할 것인가. 레아는 고집스럽게 입을 다물고 고개만 땅에 박고 있었다. 그나마 구구절절 사연이 담긴 편지를 동봉해 두지 않았던 것이 얼마나 다행인지 모른다.

"그런데 더 이상한 건 다른 물건들이지. 내가 하사한 왕관은 이해가 가는데, 나머지는 최고급 향나무 상자에 담아 두기엔 지나치게 평범한 물건들 아닌가."

발타는 여전히 영문을 모르는 얼굴로, 상자에서 낡은 가죽 자루를 끄집어냈다. 자루 안에는 끌과 줄, 줄톱, 연마제, 송곳, 집게, 크고 작은 망치들이 담겨 있었다.

그의 얼굴에 의아한 표정이 떠오른다. 당연하다. 공구 따위를 담기에는 상자가 지나치게 고급스러우니까. 상자의 가장자리는 동방의 세련된 문양을 음각해 테를 둘렀고, 매끈하게 다듬은 안쪽 면에도 화려한 장식을 일일이 새겨 넣었다. 누가 보아도 허름한 공구 따위를 넣어 둘 상자가 아니었다.

"……폐하, 낡아 보여도 제게는 귀한 것입니다. 그 공구 자루라도 돌려주시기를 간절히 부탁드립니다……."

레아는 왕의 앞에 납작 엎드려 애걸했다. 목숨을 구걸할 때만큼이나 절박했다. 왕은 허리를 굽히고 그중 자루가 유난히 긴 망치를 꺼내 두 손으로 쥐었다. 숨이 턱 멎는 것 같았다.

빌어먹을. 하필 저걸.

"밥벌이 도구라 이건가……. 세공사가 쓰기엔 너무 크지 않은가. 자루가 너무 길기도 하고, 울퉁불퉁, 제대로 다듬어지지도 않았어."

"그, 그것은 자주 쓰지는 않아도 아비에게 물려받은 것이라 소중하게 간직하고 있습니다. 손에 익으면 크게 불편하지도 않고요. 폐하, 부탁이니……."

목구멍도 혓바닥도 바작바작 마른다. 아니 피가 마른다.

레아는 성 십자가를 남의 눈에 띄지 않도록 가죽으로 친친 감은 후 망치 머리를 붙여 숨겨 두고 있었다. 겉보기엔 허름해 보여도, 세공사에게 손에 익은 공구란 매우 중요한 것이니 끝까지 갖고 다녀도 큰 오해를 사지는 않으리라 믿었다.

하지만 왕은 하필 그 엉성한 망치를 골라잡았고, 레아는 성 유물을 공구들 틈에 숨겨 놓은 것이 과연 맞는 일이었는지 크나큰 회의가 들었다. 이제 저 망치의 정체마저 들통이 났다간 '그리스도와 성 십자가를 모욕한 이교도'라는 팻말을 목에 걸고 돌에 맞아 죽을지도 모른다.

"자넨 내게 하사받은 왕관이나 500리브르 수탁 증서보다 세공 도구가 더 소중한가? 애석하지만, 아시케나지 마을에서 압수된 물건들은 조만간 경매에 부쳐질 거야. 이 공구 자루 정도면 얼마 받지도 못하겠지만……."

레아는 저도 모르게 손을 앞으로 뻗으며 벌떡 일어났다.

"폐하. 그러면 제가 사겠습니다. 얼마를 부르시든, 제가……."

"레비. 폐하의 앞이야. 예의를 갖추게."

발타가 엄한 목소리로 말을 끊는다. 아차 싶었다. 자신의 태도는 누가 보아도 이상할 것이다. 하지만 너무 절박하다 보니 말을 멈출 수가 없었다.

"부탁입니다. 저 망치, 아니 저 상자 안에 있는 물건들은 너무나 소중한 것들입니다…… 제발."

망치만 소중하다 하면 틀림없이 오해를 살 것 같아서 얼른 말을 덧대긴 했지만, 그 말이 채 끝나기도 전에 왕이 픽 웃는 소리가 들렸다.

"'너무나 소중한 것들'로 뵈는 건 500리브르 어음과 나에게 받은 왕관 말고는 없던데."

"……."

"발타, 자네도 한번 보겠나. 파리에서 가장 이름난 세공사라는 자가 이렇게 귀한 향나무 상자 안에 깊이 숨겨 둔 '너무나 소중한 것들'이 무엇인지."

강철의 왕, 대리석의 왕이라 불리는 사내는 비웃음마저 얼음처럼 차가웠다. 하지만 레아는 그 비웃음에 굴욕감을 느낄 수조차 없었다.

발타는 공구 자루를 내려놓고 상자 밑에 깔려 있던 물건들을 하나씩 꺼내기 시작했다.

레아는 왕의 앞에서 무릎을 꿇은 채 고개를 푹 숙였다. 그의 얼굴을 볼 용기가 나지 않았다. 아니, 왕과 그 뒤에 서 있는 사람들의 시선조차 견딜 수 없었다.

칼이 한 자루만 있으면, 바로 죽는다는 보장만 있으면 이대로 목을 찔러 버릴 텐데.

공구 주머니 속의 물건을 그저 무심히 바라보던 발타는, 그 아래 있는 낡은 물건들을 꺼내고는 고개를 갸웃한다.

"……이건…… 오래된 슈미즈와 브레 아닙니까?"

레아는 눈을 질끈 감았다. 그의 손에 들린 것은 오래됐다고 하기에도 민망한, 누렇게 색이 바래고 다 삭아 너덜너덜해진 누더기였다. 그러잖아도 낡고 찢어지고 구멍이 나 있던 것이었는데, 그걸 또 십수 년간 간직해 왔으니, 아무리 곱게 빨았다 한들 그 꼴이 오죽했을까.

하지만 그는, 귀퉁이에 놓인 누렇게 바랜 장미 자수 손수건을 꺼내면서부터 표정이 조금씩 이상해지기 시작했다. 그리고 뒤이어 해지고 닳아빠진 가죽 쇼스와 허리춤에 차는 다 삭아 가는 앨모너를 꺼내 들면서부터, 그의 손은 눈에 띌 정도로 떨리기 시작했다.

결국 발타는, 가장 아래 깔려 있던 푸른색 콧트를 꺼내 들고는 천천히 허리를 구부렸다. 그것을 꽉 움켜쥔 손이 가늘게 떨리고 있었다.

"……폐하."

"고개를 들어라, 발타."

이상한 기색을 눈치챈 왕이 단호한 어조로 말했다.

"……폐하……."

"발타사르 드 올랑드, 고개를 들고 나에게 얼굴을 보이라고 했다."

왕의 목소리가 더욱 엄해진다. 하지만 발타는 명을 따르지 못하고 옷에 얼굴을 박은 채 허리를 더욱 깊이 구부렸다. 그의 둥글게 구부러진 등이 우들우들 떨리는 것이 보일 지경이었다. 이제 그의 이마는 거의 바닥에 닿을 정도로 깊어졌다.

"……폐하, 제, 제가 감히 부탁을 하나 드려도 되겠습니까."

왕은 낡은 옷가지 위로 짙은 물방울이 번져 가는 것을 발견했다. 왕의 상반신이 짧게 흔들렸다.

"네가 나에게 무언가를 이리 간절히 부탁하는 건 처음이구나."

"이 상자를 제게 내려주실 수 있으시겠습니까."

"거절한다."

왕은 이유도 묻지 않고 차갑게 내뱉었다. 폐하. 폐하. 발타의 목소리를 무지르듯, 왕이 웃기 시작했다.

"마음이 바뀌었다. 그 물건들은 경매에 부치는 대신 내 개인 소유로 삼겠다. 세바스티앙! 저 궤와 상자를 시테 궁, 내 침실에 갖다 놓도록."

"폐하, 성전시가단이 발행한 이 증서는 어찌할까요."

"그 상자 안에 있던 것은 모두 가져간다. 하나도 남김없이."

세바스티앙은 옷을 꽉 잡은 채 엎드린 발타 앞에서 한참 망설이다가 결국 그의 손에서 옷들을 억지로 빼냈다. 발타는 그때까지도 고개를 들지 못한 채 엎드려 있었고, 낡은 푸른색 콧트는 물이라도 엎지른 것처럼 흥건한 얼룩이 남아 있었다.

세바스티앙은 500리브르 수취 증서까지 챙긴 뒤 조심스럽게 뒤로 물러났다. 그는 이 기묘한 상황이 너무 거북했고, 존경하는 선배 기사의 이상한 행동을 이해할 수 없었다.

특히, 이 낡아 빠진 누더기와 공구 나부랭이, 어음 쪼가리를 굳이 가져가겠다는 왕을 가장 이해할 수 없었다. 이 증서는 지정 수취인이 아니면 돈을 받지 못하니, 왕이 갖고 있어 봐야, 결국 종잇장에 불과하다. 그런데 왜 굳이?

"폐하, 관할 사제 페드로 루카 신부님을 모시고…… 어?"

신부를 데리고 들어오던 파레이유 대장이 자리에서 멈칫한다. 발타는 여전히 그 자리에 같은 자세로 엎드려 있고, 방 안의 분위기는 말할 수 없이 기묘했다. 세바스티앙이 아무것도 묻지 말라는 눈치를 주지 않아도, 누구에게도 한 마디도 붙일 수 없을 지경이었다.

"페드로 루카 신부, 오랫동안 광야를 헤맸던 타락한 영혼의 고해성사를 받아 주어야겠소. 세공사, 따라오게."

† † †

대죄를 참회하고 보속을 행하는 것은 적어도 개종보다는 쉬웠다. 레아는 집 앞의 빵 굽는 오두막에서 대대적인 고백을 시작했다. 십수 년간 쌓인 죄란 십수 년간 털지 않은 양탄자의 먼지와 비슷해서, 털어도 털어도 끝이 없었다.

그녀는 그리스도를 죽였던 아시케나지 이교도로 살았던 죄와, 그리스도의 신성을 부인했던 죄와, 동정 성모님의 공덕과 신비를 의심한 죄와, 남자의 옷을 입고 남자 행세를 하며 창조 질서(?)를 교란한 죄와, 머리로 섬겨야 할 남자들을 형제로 부르며 교회의 질서를 능멸한 죄와, 남자들처럼 맨다리와 맨발을 드러내고 다녀 사내들을 부지불식간 타락의 길로 인도할 뻔한 죄와, 왕과 성전기사들을 속으로 욕했던 죄와, 왕과 선량한 영주와 주변 사람들을 기망한 죄와, 전시에 군마를 훔쳐 도망친 죄와, 왕과 교회에 마땅히 바쳐야 할 세금을 빼돌린 죄와, 사순절마다 고기와 단 과자를 먹었던 죄와, 미사를 드리지 못했던 죄와, 하루 세 번의 기도를 빼먹은 죄와, 화가 나면 가끔 욕을 한 죄와, 불쌍한 고아들과 과부들을 돕지 않았던 죄와, 잘생긴 남자들을 좋아한 죄와, 성기사로 서원한 기사님에게 반했던 죄와, 가끔 그에게 더러운 마음을 품었던 죄와, 기타 모든 생각나지 않는 일들까지 탈탈 털어 고백한 후, 간신히 파리에서 쫓겨나지 않을 권리를 얻게 되었다.

하지만 성 십자가와 관련된 이야기만큼은 털어놓을 수 없었다. 고백한 내용은 절대 비밀에 부쳐진다고 하지만, 그래도 성 십자가쯤 되면 일이 너무나 커진다.

필립이라는 인간이 어떤 인간이냐. 성 십자가 유물 집착의 끝판왕이며, 동시에 레아의 고해성사 내용을 맘만 먹으면 얼마든지 알아내실 수 있는 분 아니던가.

필립 폐하는 '교회와 신앙의 수호자'이며 '교회는 국가에 속한다'는 확고한 신념을 가진 분으로, 자그마치 선대 교황을 재판에 회부하고 따귀까지 후려치게 한 막가파에, 파문으로 협박하던 주교님들까지 줄줄이 갈아 치우시던 분이다.

그러니, 나 같은 쫄보 가문의 장녀는, 최후의 안전장치는 절대 포기하면 안 되는 것이다.

오두막의 문을 열고 나서자 왕이 팔짱을 낀 채 기다리고 있었다. 왕이 가볍게 턱짓을 하자 그를 둘러싼 기사들과 신부가 뒤로 멀찍이 물러난다.

"레아 다크레."

"폐하, 저는 아크레를 떠나면서 그 이름을 버렸습니다. 여기서는 레비……."

"경고하겠다. 내 말을 가로막지 마라."

왕이 차가운 목소리로 말을 쳐 냈다. 저도 모르게 어깨가 확 움츠러들었다.

"그간 자네의 행적을 계속 보고받고는 있었다. 내가 그를 만나지 못하게 명했던 이유는."

"……."

"내 작은 솔로몬을 긴 세월 그리도 끔찍하게 괴롭힌 자가, 뻔뻔하게 그의 곁에 들러붙어 있는 꼴을 보고 싶지 않아서였다. 독신자(瀆神者, 신을 모독하는 자) 이교도 따위가 감히……."

"폐하. 제, 제가 언제 그분 곁에 뻔뻔하게 들러붙어……."

순간 빡, 하는 소리가 들리며 몸이 휘청, 했다. 뒤늦게 불로 지지는 것 같은 통증이 목과 어깨 쪽으로 내달린다. 왕이 손에 들고 있던 채찍으로 레아의 목을 후려갈긴 것이다.

레아는 비명도 지르지 못한 채 목을 감싸 안고 쭈그려 앉았다. 너무 아파 순간 정신이 나간 것 같았다. 그가 잔잔한 목소리로 말했다.

"내 말을 가로막지 말라 했다."

"으, 아으…… 흐."

저도 모르게 눈물이 툭툭 떨어졌다. 왕은 여전히 평이한 어조로 조곤조곤한 말을 이었다.

"발타는 내가 보았던 사람들 중 가장 완벽한 기사이자, 어떤 수도승보다 성결하고 흠 없는 신앙의 소유자다. 타락한 릴리트 따위가 함부로 들러붙어도 될 사람이 아니야."

타락한 릴리트……?

순간 레아의 속에서 툭, 무언가가 끊어지는 소리가 들렸다.

그래서 어쩌라고? 발타 님 옆에서 얼쩡대지 말고 꺼지라고?

……네가 뭔데?

순간, 속에서 이상한 목소리가 툭 튀어나온다. 레아는 제 생각에 화들짝 놀랐다. 하지만 속에서 올라오는 목소리는 점점 더 또렷해진다.

그래. 나는 그동안 참을 만큼 참았고, 더 이상 비겁할 수 없을 만큼 비겁했고, 더 이상 비굴할 수 없을 만큼 비굴했어.

그래서 나아진 게 뭔데?

레아는 멍하니 눈을 깜박였다. 그동안 두려움에 눌려 있던 생각들이 화산처럼 터져 나오기 시작했다.

여기서 어떻게 더 나빠질 수 있는데? 지금 이게 사는 거야? 목숨줄이 붙어 있는 것도, 죽음이 잠시 미뤄진 것뿐이잖아.

레아에게 '두려움'이란, 살고 싶어 하는 마음의 다른 이름이었다. 소중한 것을 잃고 싶지 않은 마음이었다. 사랑하는 사람들의 행복을 지켜 주고 싶은 마음이었다.

……하지만 결국은 아무것도 지켜 내지 못했다. 다 잃고 만신창

이가 된 나만 남았다.

툭, 툭툭. 툭.

흙바닥으로 눈물 떨어지는 소리가 들린다. 레아는 그것이, 자신을 쫄보로 묶어 두던 겹겹의 끈이 한 가닥씩 끊어져 나가는 소리로 들렸다.

그저 숨고 피하고 비겁하게 도망 다니는 것만으로는 모자랐던 거였다. 내가 정말 사람답게 살고 싶으면, 소중한 것을 잃고 싶지 않았다면, 사랑하는 사람의 행복을 지키려면…….

나는, 그래서는 안 되었던 거였다…….

마음 한구석에서부터 천천히 평화가 스며들기 시작했다. 두려움은 여전했지만 놀랄 것도, 가슴 졸일 것도, 지킬 것도 남아 있지 않은 마음은 기이할 정도로 고요하고 잔잔했다.

나는, 이제 그분을 뒤에 남겨 놓고 도망치는 일 따위는 다시 되풀이하지 않을 것이다. 그분을 고통스럽게 남겨 두는 일은 한 번으로 족하다.

그분과 풀어야 할 것을 풀지 않고는, 내 남은 인생은 이제 한 걸음도 더 나가지 못할 것이다.

이 만용의 결말이 발타 님 손에 개같이 죽는 일이라고 해도.

뭐, 어차피 발타 님 아니었으면 어젯밤에 죽었을 거였잖아? 지금도 폐하 앞에 이렇게 뻗대 봐야 죽기밖에 더하겠냐고.

레아는 눈물을 닦을 생각도 않고 천천히 고개를 들었다. 한참 시간이 흘렀음에도 왕은 한결같은 자세로 레아를 내려다보고 있었다. 레아는 그가 다른 사람보다 깊은 인내심을 갖고 있다는 것을 불현듯 깨달았다.

"폐하. 저는 발타 님과 신종 서약을 맺었습니다, 올랑드 영주님께서 원하시면 곁에서 모실 것이고, 내치면 내쳐질 것이고, 제 목숨을 거두신다 하면…… 그 또한 피하지 않을 것입니다."

영주와 가신 사이의 신종 서약은 상위 군주라 할지라도 마음대로 파기하라고 명할 수 없다. 왕은 레아가 대놓고 반발하는 것을 알아차리고 흥미롭다는 표정을 지었다.

"발타가 너를 죽인다? 자넨 그에게서 훔친 '마음'을 아직 돌려주지 못한 모양이군."

그때 왕의 정원에서 레아가 얼결에 내뱉었던 말을, 그는 기억하고 있었다. 레아는 점점 속이 비틀렸다. 그거, 나한테 그것을 강제로 뺏어 간 날강도 놈이 함부로 지껄일 말은 아니지 않나?

"예. 그리고 유감스럽게도, 이젠 영영 돌려 드릴 수 없게 됐습니다."

"왜?"

"누구한테 무언가를 빼앗겼으니까요."

"……허. 지금 삭아 바스러진 속옷 따위를 빼앗긴 마음이라 하는 건가?"

푸르게 날이 선 시선이 정면으로 쏟아져 내린다. 두 사람의 눈동자는, 이럴 때 너무나도 닮았다. 그의 이마에 천천히 균열이 발생한다. 분노인지 놀람인지, 혹은 호기심인지 정확하지는 않았지만, 레아는 왕을 만나고 처음으로 그에게서 인간다운 감정을 느꼈다. 그가 대리석이나 강철이 아닌, 살아 있는 사람처럼 느껴지는 순간, 레아의 마음에 남아 있던 두려움이 조금씩 걷히기 시작했다.

"500리브르를 잃어버리더니, 겁대가리도 같이 잃어버렸군. 아시케나지는 재산을 뺏긴 원망을 그따위 방식으로 표현하나?"

"……발타 님께 드릴 것을 빼앗아 가신 건 사실이잖습니까."

"그리 소중한 재산이라면, 세금을 제대로 냈어야지, 세공사. 어린아이처럼 공짜로 달라고 떼쓰는 건가? 제대로 된 비용을 지불하고 찾아가게. 그게 거래의 기본 아닌가."

"거래의 기본 좋아하시네! 그게 몇만 명의 재산을 강제로 뺏고 내쫓은 날강도 놈, 아니 날강도 님이 할 말이냐! 댁이 신뢰해 마지않는 마리니 보좌 주교나 세금 징수관들이 얼마나 개새끼들인 줄은 아냐? 그 개놈들이, 우리가 100드니에를 벌었다 하면 200드니에 쥐어짜 가는 건 아냐? 그래 놓고 우리가 떼먹긴 뭘 떼먹어!"

……라는 말을 왕에게 실제로 해 보면 어떤 기분일까, 레아는 잠시 상상해 보았다. 할까, 말까, 말까, 쫄보의 재갈은 여전히 억셌지만 결국 고삐가 풀린 레아는 입을 열었다.

"폐하, 주님께서도 말씀하시지 않았습니까. 거저 받았으면 거저 주어라, 라고."

최대한 완곡하게 표현했지만, 어쨌든 '넌 그거 돈 내고 가져갔냐?'라는 말을 드디어 해치워 버렸다.

왕은 놀란 내색 하나 없이 레아의 얼굴을 뚫어져라 바라본다. 레아는 그를 향해 싱긋 웃어 보였다. 그녀는 이제 이 상황이 안전하게 잘 풀려 나가리라는 희망을 포기했다.

이제는 받아들일 때가 됐다. 안전하게, 소리 소문 없이, 잘 먹고 잘 사는 삶 따위는 어차피 내 팔자에 존재하지 않는다는 것을. 아빠는 너무나 어려운 목표를 물려주셨던 것이다.

"나한테 기어이 돌려받을 생각인 것 같은데, 그래, 어찌 돌려받을 참인가?"

이분도 참 악취미시네. 여기서 대체 뭔 대답을 하라고? 댁의 침실에 잠입해서 훔쳐 내겠습니다? 왕비님도 돌아가셨다니 음란마녀(?) 릴리트답게 베갯머리송사란 걸 해 보겠습니다? 물론 눈 하나 깜짝 안 할 것 같긴 하지만. 악마에게 혼을 팔아 거래를 해 볼까요? 아니, 그보다…….

"돌려주실 생각은 있으십니까?"

"아하, 하하하, 하하하하하."

갑자기 맑은 웃음소리가 터졌다. 다시 얻어맞을까 조마조마 왕의 반응을 가늠하려던 레아는 어깨를 움츠리고 소스라쳤지만, 왕은 다시 채찍을 쓸 생각이 없어 보였다. 다만, 이렇게 방자한 대거리가 튀어나오리란 예상은 못 한 듯했다.

멀찍이 서 있던 기사들이 흠칫 놀라서 시선을 보내다가, 왕이 그쪽을 둘러보자 얼른 고개를 숙인다. 대화가 들릴 만한 거리는 아니지만 왕은 그들을 향해 손짓을 했고, 그들은 지금보다 2배쯤 더 먼 거리로 물러났다.

"아크레의 숙녀께서 만용을 자랑하고 싶다면야, 왕의 명예를 걸고 기꺼이 응해 드리지. 그러면 우리, 제대로 거래를 해 보는 게 어떤가."

"무슨…… 거래 말씀이십니까?"

"숙녀께서 원하는 것 하나. 내가 원하는 것도 하나. 맞교환이지. 어떤가."

불길한 기운이 등 뒤로 슬금슬금 기어 내려온다. 하지만 레아는 굴하지 않고 꿋꿋하게 거래에 응했다.

"폐하께서 원하시는 게 뭔지 먼저 알아야……."

"글쎄. 그 상자가 목숨보다도 소중하다면, 내가 원하는 게 무엇인지 따질 필요가 있나? 무조건 수락해야 할 텐데."

왕이 화사하게 웃었다. 그건 그렇다. 죽는 한이 있어도 찾아와야 할 것이니, 묻지도 따지지도 말고 수락해야지. 얼빠진 얼굴로 고개를 끄덕이려던 레아는 퍼뜩 정신을 차렸다.

저 말을 벵상이 똑같이 했다고 상상하는 순간, 바로 설득력이 사라지는 걸 보니, 저건 얼굴로 최면을 거는 게 틀림없다. 그건 진짜 반칙 아니냐고. 레아의 속을 읽기라도 한 듯, 왕의 표정이 좀 더 부드러워진다.

"다소 위험하긴 하지만 크게 어려운 일도 아닐 것이다. 원래는 이 일을 발타가 해 주기를 바랐어. 그라면 모든 일이 수월하게 풀릴 터인데, 애석하게도 발타는 그 일만큼은 완강하게 거절하고 있어서."

아니 대체 무슨 일이기에, 왕의 일이라면 껌벅 죽는 발타 님이 명을 거절해? 그것도 완강하게?

갑자기 두려움을 뚫고 호기심과 강력한 의지가 솟아올랐다.

다만 한 가지 걸리는 게 있었다. 뭔가 믿고 거래를 하기엔 현재 왕의 신용도가 바닥이라는 점이었다.

필립 폐하께서는 대부업자나 상인들의 뒤통수를 친 전적이 화려했다. 돈을 빌려 놓고 '돈 없음, 배 째. 그런데 내 뒤에 기사들 보이지?' 모드로 나가거나, 돈 갚을 사람을 어제처럼 대대적으로 쫓아내고 재산을 압수하거나—예전에 롬바르디아 은행가들도 똑같이 당했다— 몇 년 전 발행한 금화를 생 루이 폐하 시대의 가치로 되돌린다면서, 금화 한 닢의 가치를 자그마치 3리브르 훌쩍 넘게 올려 버리거나.

그것도 모자라 금화 속의 금까지 야금야금 빼 잡수시다 보니 나오는 금화마다 점점 얄팍해지는 중인데, 그따위 저질 금화를 또 부지런히 찍어 내서 그걸로 천문학적인 빚을 갚고 계시니, 말만 왕이지 깡패도 이런 깡패가 없었다.

그런저런 일로 최근 파리 물가는 3배 가까이 뛰어서 여기저기서 망해 나앉은 장사꾼들이 폭동을 일으키기 일보 직전이었다. 하지만 왕은 까딱도 하지 않았다. 왕은 프랑스의 부국강병을 위해 혼신의 힘을 다하고 있지만, 돈으로 직접 얽힌 사람들에겐 악질 대마왕일 뿐이었다.

"폐하, 만약에 폐하께서 약속을 지키지 않으시면 전 어떡합니까?"

"세공사, 나는 프로방스식 궁중 언어를 좋아하진 않지만, 그대는 그거라도 좀 배워 보는 게 좋겠어."

주제에 상처받지 않게 서너 바퀴쯤 빙 돌려 말해 달라는 건가? 욕 나온다, 진짜.

레아의 일그러진 얼굴을 무시하며 왕은 태평하게 말을 이었다.

"물론 신뢰는 시간을 들여 차근차근 쌓아야 한다는 건 알지만, 그러기엔 시간이 없지. 그런데 아쉬운 건 내가 아니라 자네란 말이야."

……아, 맞다.

"사실 나는 해진 속옷이나 낡은 세공 도구 따위는 관심이 없고, 서로 원하는 걸 맞교환하는 거니까 자네가 딱히 불리할 것도 없네. 내가 돌려주지 않으면 자네도 구해 온 걸 내놓지 않으면 그만이니까. 그래도 안심이 되지 않으면, 없던 일로 하지."

침이 꼴깍 넘어갔다. 저 정도까지 말한다면, 해볼 만하지 않은가.

레아는 문득, 자신이 목숨 내놓고 또박또박 대거리하기 시작하면서 왕 역시 말이 길어지고 있음을 알아차렸다. 벌벌 떨며 제대로 대답조차 못 할 때보다 확실히 너그러운 반응이었다.

좋아, 레아는 드디어 협상장에 나설 생각이 들었다.

"폐하. 원하시는 걸 말씀해 주십시오. 제 능력이 닿는 한, 최대한 해 보겠습니다."

왕은 주변을 한 바퀴 빙 둘러보고, 주변에 들을 수 있는 사람이 한 명도 없다는 것을 확인한 후, 입을 열었다.

"성전기사단에는, 단장의 홀이라 불리는 검이 있다. 기사단의 권력과 재산에 대한 권한을 상징하는 물건이야."

순간 숨이 멎는 것 같았다. 왕은 여전히 침착한 표정으로, 하지만 한결 낮아진 목소리로 설명을 이어 나갔다.

"그리고 그 안에는, 치유의 이적을 보인 성 십자가 조각이 들어 있지. 지금 내가 가장 필요로 하는 것은 그것이다."

뭐? 뭐가 어째?

레아는 벌어진 입을 다물지도 못하고 눈만 껌벅거렸다.

아아, 발타 님이 왕의 부탁을 단호하게 거절했던 것도 이해가 된다. 그 안에 알맹이가 없다는 걸 알고 있으니까.

레아는 멍한 얼굴로 왕의 얼굴을 바라보았다. 왕은 사무적으로 설명을 이어 나갔다.

"물론 쉽지는 않겠지. 아크레를 탈출한 후에는 그것을 더욱 깊이 감추어서 최근 입단식에서는 신입 기사들에게 보여 주지도 않는다고 하니."

왕은 왜 입단식에서 그것을 보여 줄 수 없는지 알지 못한다. 하지만 그 자리에서 '폐하, 당신은 이미 목표를 달성하셨나이다.'라고는 절대 말할 수 없었다.

"그런데 폐하, 어째서 단장의 홀을……."

"그건 본래 신께서 우리 왕실을 선택한 증거로 내리신 성물인데, 성전기사단의 사악한 술수로 뺏겼기 때문이다. 내가 십자군의 총사령관을 허락한 이상, 우리 왕실에 돌아옴이 마땅치 아니한가."

레아는 그의 확고한 신념이 경이로웠다. 자신은 어떤 일에 대해서도 그렇게 확고한 믿음을 가질 수 없을 것 같았다.

"세공사. 성전기사단은 지금까지 '단장의 홀이 성전기사단의 소유가 된 이유는, 신께서 그것을 원하셨기 때문이다.'라고 말해 왔다. 그 말은……."

왕은 잠시 고개를 들고 말을 멈췄다. 한쪽 입술이 미세하게 비틀렸다.

"그것이 무사히 내 손에 들어오면, 그 역시 신의 뜻이라는 말 아니겠는가."

레아는 멍하니 눈을 깜박거렸다. 엄청난 말들이 입속에서 미친 듯이 소용돌이친다. 뭐 이런 억지가 다 있지? 하, 하지만 뺏겼을 때도 그쪽이 억지를 썼다고 했나? 아, 아니 그러면, 알맹이가 내 손에 들어왔던 이유는 뭔데? 하루 이틀도 아니고, 십수 년 동안, 고인 물처럼 내 손에 있었던 이유는 뭔데? 그것도 신의 뜻이어서인가?

……그리고 그게 지금 왕에게 간 이유는 뭔데?

머리가 터질 것 같았다.

레아는 속에 비밀을 품고 줄타기를 할 생각은 전혀 없었지만, 이 빌어먹을 이야기를 도저히 털어놓을 수가 없었다. 세이렌 호에서, 생 장 대성당에서 귀를 틀어막고 아예 그따위 이야기를 듣지 말았어야 했다.

어쨌든 한 가지는 확실했다. 신의 뜻은 내가 판단할 문제가 아니고, 왕의 주장대로 그것을 찾아와 넘겨주는 것은 내 능력 밖의 일이라는 점이다.

지금까지는 저 성 유물을 발타 님께 돌려 드리는 것이 제일 극악한 임무인 줄 알았는데, 이제는 그게 가장 쉬운 일처럼 보인다. 동생 결혼식이 어떻게 되든 말든, 왕이 접근금지를 했든 아니든, 그냥 발타 님 집에 가서 돌려주고 끝냈어야 했다.

그래. 일이 이렇게 꼬인 이유는 내가 겁을 집어먹고, 숨고 도망치고, 차일피일 미뤘기 때문이었다.

내 탓이오, 내 탓이오. 대놓고 한숨을 쉬는 레아를 보며 왕이 팔짱을 낀다.

"왕 앞에서 그렇게 대놓고 한숨을 쉬면 안 된다는 것을 배워야만 아나?"

"아, 죄송합니다. 몰랐습니다."

"잔느가 살아 있었으면 등짝을 맞았을 걸세. 한숨 소리 정말 싫어했거든."

"잘못했습니다. 절대로 안 쉬겠습니다."

레아는 정색하며 대답했다. 서거한 왕비에 대해서는 감히 한 마디도 덧댈 수가 없었다.

문득 궁금해졌다. 저 감정도 없고 피도 눈물도 없을 것 같은 왕은, 왕비를 사랑했을까? 왕비마마는 행복했을까?

잔느 이레 드 나바르. 나바르 왕국의 여왕, 상파뉴와 브리의 여백작. 왕에게는 거대한 영지를 안겨 주었던 왕비.

……그리고 아기 때부터 파리로 망명을 와서 필립 태자와 함께 자란, 남매 같은 사이.

잔느 왕비는 열한 살에 다섯 살 위인 필립 태자와 결혼을 하여 열다섯 살에 첫 아이를 낳았고, 9년간 일곱 명의 왕자와 공주를 낳았다. 한창 젊을 때라고 해도 거의 해마다 한 명씩 낳은 꼴이었다.

결과로만 보면, 빈말로라도 금슬이 안 좋았다고는 할 수 없다. 두 분이 깊이 사랑하셨나 보다, 하고 낭만적으로 생각할 수도 있다.

그런데 막상 왕이라는 인간을 실제로 보면, 그 생각이 쏙 들어간다.

저런 인간이 여자를 사랑하는 게 가능했을까? 샹송이나 로망스에 나오는 귀부인이나 숙녀를 향한 기사들의 열렬한 사랑까지는 아니라도, 따뜻하고 간질간질한 대화라든가 다정하고 애정 어린 행동 같은 거. 왕에게서는 도저히 그림이 나오지 않는다.

의외인 것은, 왕은 돈 문제에선 엄청난 뒤통수 대마왕이지만, 여자 문제에 대해서만큼은 티끌만큼의 추문도 없다는 점이었다. 태자 시절부터 결혼 생활 내내, 그리고 왕비가 서거하고 1년이 훌쩍 넘은 지금까지도 여자관계는 결벽이라 할 만큼 깨끗하기로 소문이 나 있었다. 재혼 이야기조차 꺼내지 못하게 명했다는 말도 있었다.

하지만 그것을 서거한 왕비에 대한 애정의 표현이라고 믿기에, 필립이라는 인간은 너무나 돌덩어리 같았다. 하얗고, 아름답고, 차갑고, 딱딱한 대리석 같은.

"무슨 생각을 하고 있나, 세공사."

레아는 퍼뜩 정신을 차렸다. 왕은 대답을 기다리고 있었다. 그는 인내심이 부족하진 않았지만, 대놓고 딴생각하는 것까지 봐주진 않았다.

"폐하. 그 명은 받들기 어려울 것 같습니다. 온갖 비밀 장소까지 구석구석 뒤져야 하는데, 들키면 발타 님까지 싸잡혀 목이 날아갈 텐데요."

"그럼, 거래는 거절하는 건가?"

"아, 아닙니다! 다만 그 물건의 가치가 지나치게 크고, 위험도가 지나치게 높다는 거죠. 200리브르짜리 왕관이나 500리브르 수탁 증서와는 균형이 맞지 않습니다. 하지만 덜 위험한 일이라면 기꺼이 하겠습니다."

"……아하. 역시 아시케나지. 최후의 순간까지 흥정이지."

레아는 그의 담백하고 무심한 듯한 말투에서, 얼핏얼핏 감정을 느끼기 시작했다.

왕은 천천히 앞서 걸었다. 레아는 그의 뒷모습을 보며 잠자코 따라 걸었다. 왕실 백합 문양이 수놓인 길고 푸른 망토를 걸친 왕의 뒷모습은 중후하고 아름다웠다. 화려한 왕관 아래서 맑게 반짝이는 금발은 부드럽게 말려 어깨를 덮고 있었는데 바람이 불 때마다 보기 좋게 흩날렸다.

왕은 백성들에게 왕실의 권위를 가시적으로 드러내는 일에 각별히 신경을 쓴다 들었는데, 그래서인지 그의 외양과 차림새는 누구보다 화려하고 위엄이 넘쳤다.

"합당한 의견으로 인정한다. 그러면 이건 어떨까."

왕이 고개를 돌려 뒤를 돌아본다. 수종하는 기사들은 이미 까마득하게 멀어졌고, 왕과 레아는 올랑드의 밀밭 한가운데 서 있었다. 노랗게 익어 가는 밀이 왕의 무릎께에서 넘실거린다.

왕은 손을 늘어뜨려 밀을 후르르 훑으며 조금 더 앞서 나간다. 그의 어깨를 타고, 좀 더 선명해진 목소리가 바람에 실려 전해진다.

"나는, 베르트랑이 제안한 십자군 총사령관직을 수락했지만, 군자금이 부족해. 우리 왕실에선 신앙의 수호자라는 의무 하나로 십자군의 지휘를 여러 번 맡았고, 파산 직전까지 몰렸지. 그래서 성전기사단의 통수권을 요구했다가 단칼에 거절을 당했고."

'왕이여! 이젠 솔직해질 때도 되지 않았습니까! 당신이 필요로 하는 것은 십자군의 동료와 전우가 아니라, 솔로몬 성전의 황금 창고라는 것을 모르는 이가 어디 있습니까!'

'왕이여, 지금 당신의 요구는 강도의 짓거리와 다름이 없소!'

'폐하의 입단이 빠른 시간 내에 단장의 자리에 올라 기사단을 지배하기 위함임을 우리가 모르지 않는 바…….'

'폐하의 입단 신청을 정식으로 거절했음을 알려 드립니다.'

당시의 일을 회상하며 왕이 차갑게 웃었다.

"상상이 되나, 세공사? 고작 프랑슈콩테의 롱비, 그 콩알만 한 영지를 가진 자의 아들이, 감히 프랑스의 주인인 나에게 그렇게 대답했다. 나의 신하들과 교황의 앞에서."

자긍심 강한 왕이 느낀 모욕감은 충분히 짐작할 수 있다. 발타님을 강력하게 변호하고 길을 잃은 행인에게 친절하게 길을 가르쳐 주던 단장님은 원래 그리도 오만하고 아래위도 없는 사람이었던 걸까. 아니면 기사단에 대한 자긍심이 하늘을 찌르고 있는 걸까. 자신이 한 나라의 왕과 동등한 아니, 더 강력한 힘을 가졌다고 생각하는 걸까?

지금 왕의 표정은 물결 없는 호수처럼 평온하지만, 말의 내용에서는 극심한 분노가 느껴진다. 레아는 그 괴리감이 더 무서웠다.

"그래서, 나는 발타가 입단한 후에 베르트랑을 압박해서 그를 빠른 시일 내에 단장까지 밀어 올리려 하고 있다."

네네? 뭐, 뭐라고요? 왕의 말을 듣자마자 턱이 저절로 덜컥 내려앉는다.

무, 물론, 발타 님은 기사단에서 자랐고, 왕실의 강력한 지지가 있기 때문에 기사단 내에서도 은근 지지기반이 있는 것 같다. 기욤 드 보주 단장님만 해도 왕의 친척 아니었나.

그렇다면 저 계획은 꽤 가능성이 있을 것도 같은데……. 문제는…….

"그런데 폐하. 단장직은 종신직 아닙니까? 게다가 단장 선출을 위한 13인 회의에는 교황 성하께서도 개입하지 못하신다고 들었는데요. 자크 단장님을 억지로 해임이라도 시키면 내부의 반발이 엄청날 겁니다."

"그렇다고 10년이든 20년이든 단장이 늙어 죽기만 기다려야 하나? 그러기엔 자크가 너무 건강해. 만날 때마다 회춘하는 것 같던데. 우트르메르를 잃었으니 전사하기를 기다릴 수도 없고. 암살이라도 해야 할 판이야."

"폐, 폐하, 황공하오나 그런 농은 거두어 주십시오. 다른 사람들이 오해할까 염려됩니다."

레아는 기겁하며 어깨를 떨었다. 물론 오해도 농담도 아니란 건 알지만 그렇게라도 말해야 했다. 그리고 왕 역시 오해나 농담으로 위장하지도 않는다.

“지금 상황에선 발타 이상의 적임자를 찾을 수는 없어. 그는 기사로서 타의 추종을 불허하는 무용을 자랑하고, 야전에서 판세를 잘 읽고 얻을 것과 포기할 것을 정확하게 판단하는 전략가의 재능도 충분히 보여 주었다.”

“아, 예…….”

“신의 뜻을 가장 우선하는 경건하고 모범적인 그리스도교도이며, 소르본의 교수들과 신학 논쟁을 할 정도로 정통 교리와 이단에 대한 지식도 풍부하고, 사생활도 티끌 하나 없이 깨끗하다. 추문으로 트집 잡힐 일도 전혀 없지.”

레아는 얼빠진 채로 듣고 있기만 했다. 발타 님이 그렇게 대단하신 분인 줄은 몰랐다. 폐하께서 애지중지 총애할 만하다. 그런데 발타 님은 그동안 왜 그렇게 궁상 처량 찌질 모드로 다니셨던 거지. 청빈도 절제도 정도껏이지.

왕은 길게 이어지던 말을 멈추고 목을 가다듬더니 미간을 슬쩍 접었다. 그답지 않게 말을 너무 많이 하고 있다는 자각이 든 모양이다. 그는 대충 말을 정리했다.

“다만 모종의 이유로 입단이 너무 미뤄진 것이 흠이야. 10년 전에만 입단했어도 지금쯤 제라르 빌리에 대신 프랑스지부 단장이 되었거나 필립 우블르 대신 노르망디 단장 정도는 되어 있었을 테고, 무리 없이 다음번 총단장 후보로 나설 수 있었을 텐데. 이젠 다들 늙어 빠져서 발타만 한 적임자도 드물 테니.”

“…….”

“그렇다 해도, 현재 발타는 프랑스 왕실과 교황의 지지를 등에 업고 있으니, 다소 무리는 있어도 불가능한 계획은 아닐 것이다.”

"그런데 폐하, 그렇게 되면 발타 님이…… 무척 곤란한 상황이 될 듯합니다. 지난번에 장신구를 전달해 드리며 들은 말씀으로는, 발타 님과 현 단장님은 개인적으로도 각별한 사이인 것 같았습니다."

"하긴. 자크는 발타를 끔찍하게 아끼지. 그의 대부이기도 하고. ……하지만 그렇다 해서 발타가 상황을 못 견디고 포기할 것 같은가?"

왕이 레아를 비스듬하게 돌아본다. 앞에서 불어오는 바람에 황금빛 밀밭이 물결치듯 흔들리고, 왕의 금빛 긴 머리카락도 얼굴로 자잘하게 흩날렸다.

"발타는 인간적인 감정보다 신념과 신앙을 우선하는 자다. 거룩한 목표에 가장 헌신적인 만큼 가장 냉철하고 잔혹해질 수 있지. 그게 발타와 내가 가장 닮은 점이고, 내가 발타를 가장 아끼고 사랑하는 이유지."

하지만 레아는 왕의 말에는 선뜻 동의할 수 없었다.

폐하께선 기욤 단장님이 전사하던 날의 발타 님을 보지 못했잖아요. 투구로 얼굴을 가린 채, 소리도 없이 눈물만 줄줄 흘리던 그 모습을 보지 못했잖아. 내 목에 끝내 칼을 박지 못하고 손을 비틀어 놓고, 먼발치에서 나를 비통하게 바라보던 그 얼굴을, 당신은 보지 못했잖아.

하지만 왕의 말이 맞을지도 모른다. 그럼에도 발타 님은 왕의 편이며, 내 목에 칼을 박기 위해 그렇게나 오랜 세월 나를 추적하지 않았던가. 그 모든 것은 발타 님에게 신념이고 거룩한 목표를 위해 반드시 해야 할 일인 것이다.

밀밭은 바닷물처럼 격렬하게 파도쳤다. 왕은 그 속에서 새파란 눈동자로 레아만 응시하며 석상처럼 서 있었다.

푸른 사파이어가 박힌 황금의 관, 어지러이 흩날리는 금빛 머리카락 사이로 보이는 새파랗게 빛나는 눈동자, 한쪽으로 일그러지듯 올라가는 붉은 입술. 레아는 한 마디도 할 수 없었다. 그의 몸 전체를 감싸고도는 지독한 아름다움에 멀미가 날 것 같았다.

"레아 다크레. 단장을 적법하게 해임하고, 새 단장을 선출할 만한 정보를 확보해 와라."

드디어 왕이 새로운 조건을 제시했다.

"발타는 조만간 기사단에 입단할 것이고, 새로운 십자군이 결성되면, 나는 베르트랑을 동원해 현 단장을 해임하고 발타를 신임 단장으로 밀어 올릴 것이다. 발타는 성전기사단의 24대 단장이자 나의 오른팔로서 1만 5천의 기사단원들을 이끌고 성전聖戰에 참가하게 될 것이다."

"폐하……."

"그러니, 확보해 와라. 그의 약점이 될 만한 정보는 아무리 작은 것이라도, 하나도 놓치지 말고 가져와라. 단장의 홀을 가져올 수 없다면, 그 홀을 대신할 만큼 가치 있는 정보를 내게 바쳐라."

레아는 천천히 눈을 감았다. 신의 선택을 상징하는 성물을 속임수로 빼겼다고 주장하는 왕, 신성 재판을 통해 신의 선택을 확증했다 주장하는 성전기사단, 그것을 속임수를 써서 되찾고 싶어 하는 왕, 그것을 지키기 위해 무고한 일가족을 희생시킨 성전기사단.

하나같이 자신의 길이 신의 뜻이라고 믿는 사람들.

레아는 이제 어느 쪽이 정의롭고 불의한지, 어느 쪽이 옳고 그른지 구별할 수 없었다.

다만, 한 가지는 알 수 있었다.

이제 나는 발타 님과 사이에 친친 엉킨 끈을 잘라 내야 한다. 그것을 끊지 않으면 나 자신은 물론이고, 발타 님 역시 한 걸음도 앞으로 나갈 수 없을 것이다.

정보를 찾아내는 것은 쉽지 않을 것이다. 기사단에서 단장의 흘을 찾아내거나, 왕의 침실에 들어가서 성 십자가 조각을 훔쳐 오는 것보다 쉬울 것 같지는 않았다. 하지만 선택의 여지는 없었다. 레아는 그의 앞에 무릎을 꿇고 고개를 숙였다.

"명을 받들겠습니다. 폐하."

"그와 별개로, 너는 정기적으로 나에게 와서 발타와 기사단의 상황을 보고해야 할 것이다. 발타의 시종이자 올랑드 영지의 임시 관리자라는 직책으로 드나들면 될 것이다."

"예. 폐하."

"오는 사순절(부활절 전 40일의 고행 절기)까지 기한을 주겠다. 부활절까지 8개월이 남았으니, 그동안 아주 작은 정보라도 샅샅이 모아들여야 할 것이다. 정보가 흡족하면, 너는 부활절 신년 미사가 시작되기 전에 원하는 것을 돌려받을 수 있을 것이다. 알겠나?"

"예, 폐하."

잠깐만. 그런데…….

뒤늦게 현실적인 걱정이 몰아닥쳤다. 아시케나지 마을에선 개인 공방에서 혼자 일을 했고, 벵상도 방패막이가 되어 줘서 큰 문제가 없었는데, 기사단에서는 그야말로 공동생활인데 어떡하지? 가령 달거리 중일 때는? 견습 기사는 아니니 공동 훈련은 안 받아도 되겠지만, 같이 씻어야 한다거나 여럿이 있는 곳에서 옷을 갈아입어야 할 상황은 수도 없이 많을 텐데.

"……그, 그런데, 기사단 건물 안에서는, 먹을 때도 같이 먹고, 잘 때도 같이 잔다고 하는데, 사실인가요? 저, 시종들도……?"

"그렇긴 하지만, 그대는 그다지 아름답지 않으니 염려할 일은 별로 없을 듯한데."

시발 이걸 말이라고.

기가 막히니 말도 안 나온다. 아 물론 내가, 지금 온통 시꺼멓게 멍들고 상남자처럼 하고 다닌 세월이 워낙 길어 놓으니 성별이 약간 달라 보일 수는 있지. 가슴도 납작해지고, 팔뚝 다리통에 귀여운 알통도 나와 있긴 하지. 목소리도 남자처럼 걸걸하고 굵게 내는 습관이 들었고.

하지만 아무리 그래도 그게 미혼의 숙녀에게 할 말은 아니지. 프로방스 궁중 용어 좀 배우라던 분이 어디 사는 누구시냐, 진짜.

폐하, 제가 아무리 망치와 줄톱을 영혼의 벗 삼아 살아왔다 해도 인간적으로 그러시는 거 아니에요. 레아는 괜히 서글퍼졌다.

"아름답지 못해서 정말 죄송합니다만, 못생긴 것과 성별이 조금 달라서 위험하고 불편한 것과는 별개의 문제 같아서요."

"그런 위험과 불편이, 나에게까지 호소할 종류의 일인가?"

왕은 이해할 수 없다는 표정으로 레아를 바라보았다. 아니, 남자들만 드글대는 소굴에 들어가 살아야 하는 여자가 어떤 마음일지 전혀 이해가 안 되나?

하긴. 을의 미주알 사정까지 일일이 고려해 주는 갑님은 없는 법이지. 자력 생존이 진리다.

"……알아서 해 보겠습니다."

"당연히 자네가 알아서 해야지."

끝까지 간다, 저 싸가지. 왕이니까 저 싸가지가 다 통하는구나.

갑자기 돌아가신 잔느 왕비님이 불쌍해지려고 한다. 레아가 기가 막힌 얼굴로 왕을 바라보자 그가 미간을 가볍게 접고 묻는다.

"할 말 있나?"

많아요. 아주 많죠. 여자 마음을 몰라도 어찌 이리 모를 수가. 오늘부로 막 나가기로 결심한 소심한 쫄보의 머리 뚜껑이 조금씩 덜경덜경한다. 아까 왕에게 채찍으로 얻어맞은 곳이 점점 아파 오는 것도 점점 부아가 났다.

"음, 저, 임무 수행과 관련해서 조금 걱정되는 게 있는데요."

"뭐지?"

"제가 이교도 노동자로 너무 오랫동안 살아서, 왕실의 예법과 교양 있게 말하는 법을 잘 모르는데……."

"내용이 중요하지, 화법이 무슨 상관이지?"

아무리 막 나가기로 했다지만 다시 목소리가 쪼그라드는 것은 어쩔 수 없다. 레아는 눈을 질끈 감고 확 말해 버렸다.

"그래도 보고하다가 방자하다고 또 채찍으로 맞고 싶지는 않사와……."

"허!"

왕의 표정이 아주 잠깐 일그러졌다. 아니, 정확하게 말하면 매끈하게 다듬어진 가면 같은 얼굴이 아주 짧은 순간 깨져서 속의 표정이 나타난 듯한 느낌이었다.

"이 끝 간 데 없는 무례함이 놀랍군. 겁이 없는 것인가, 멍청한 것인가. 아까 얻어맞은 일로 오금을 박고 싶단 말인가? 감히 나에게?"

"아이고, 아닙니다, 폐하. 제가 어찌 감히! 반대로 겁이 너무 많아 살 궁리를 하는 것이지요. 쫄보들은 본래 겁이 나면 입이 떨어지지 않는데…… 그러면 보고를 받으셔야 할 폐하께서 손해 아닙니까…….”

왕은 이마를 짚은 채 한숨을 쉬더니 선선히 고개를 끄덕였다.

“좋네, 중차대한 임무를 맡겼는데 채찍이 두려워 보고를 누락시킬 순 없으니, 자네의 두려움 역시 포용하도록 하지. 자네가 내게 올리는 모든 보고와 발언에 대해, 한시적으로 면책 특권을 허락하겠다.”

오, 이건 뜻밖의 횡재 아닌가! 지금 레아가 획득한 권리는 자그마치 ‘수다쟁이의 면책 특권’이라 할 만한 것인데, 그것 하나만으로도 마음이 한결 가벼워지는 것을 느꼈다.

그와 별개로, 이런 사소한 내용마저 납작 엎드려 면책 특권을 받아야만 한다는 것이 좀 문제라는 생각도 들었다.

이건 눈앞의 남자가 왕이라서 그렇다기보다 성격 문제다. 대체 돌아가신 왕비님은 저런 남자하고 어떻게 그 긴 세월을 살았을까. 왕비마마는 그래도 일상적인 이야기나 내용 없는 수다를 떨지는 않으셨을까?

혹시 왕비마마께도 이런 면책 특권이 필요했을까……. 아내와 아이들의 실없는 수다에 맞장구를 쳐 주고 혹은 농담을 하며 대화를 이어 가는 왕의 모습은 상상조차 되지 않았다.

밝고 명랑한 성격이었다는 왕비마마는 대체 이런 남자를 어떻게 버티면서 사셨을까. 돈도 많고, 땅도 많고, 거기다 일국의 어린 여왕이었다는 분이, 어쩌다 이런 재미없고 무서운 남자와 결혼하게 되었을까. 화가 나면 부부 싸움 같은 것도 하셨으려나. 싸움이 되었을까? 저렇게 무서운 남자한테?

갑자기 왕의 목소리가 생각을 툭 끊는다.

"궁금한 게 있는 얼굴이군, 세공사."

"아, 별건 아닙니다. 폐하께선 왕비마마께서 살아 계실 때 부부 싸움 같은 거 안 하셨는지……."

왕은 걸음을 멈추고 완전히 몸을 돌렸다. 레아도 기겁하게 당황했지만, 왕 역시 당황했다는 것이 느껴진다.

하지만 이제는 면책 특권이 있으니, 아까처럼 채찍에 얻어맞을 위험은 없었다. 레아는 어쩐지 조금 의기양양해졌다. 왕의 한숨 소리가 들린다.

"면책 특권을 이따위 쓸데없는 내용에 낭비할 생각이었나?"

"이, 이런 것이 궁금하니, 그…… 미리 면책 특권을 부탁한 것 아니겠습니까."

왕은 여전히 찌푸린 표정이긴 하지만 순순히 대답해 주었다.

"잔느와 나는 싸울 일이 없었다. 신뢰할 수 있는 동반자로서 서로 존경했으니까. 잔느는 강하고, 현명하고, 이해심과 믿음이 깊은 여자였다."

눈이 둥그레졌다. 제대로 된 대답이 나올 거라는 기대 자체를 안 했는데, 진지한 대답이 나왔고, 일단 내용이 너무 의외다.

"정말 아름답고 정열적인 여인이었다. 어릴 때는 꽤 귀여웠지."

왕이 의식하지 못한 채 가볍게 웃으며 덧붙였다. 이제는 턱이 덜거덩 아래로 떨어진다.

레아는 잔느 왕비를 직접 본 적은 없지만, 그녀가 미인과 꽤 거리가 있다는 소문은 여러 번 들어 알고 있었다. 키가 작고, 똥똥하고, 피부가 가무스름하고, 얼굴은 둥그렇고, 옅은 황갈색 머리카락에 낮은 코에 작은 눈을 가지고 있다고 했다. 지나치게 아름다운 왕과 대비되는 왕비라, 소문이 더 장하게 퍼졌던 것도 같다.

본인이나 발타 님, 혹은 형제나 아들들이 눈부신 미남투성이이니 미의 기준이 상식과 많이 달라진 걸까? 아니면 결혼 생활 내내 콩깍지가 씐 상태로 사셨던 건가? 예상외로, 왕비가 왕에게 많은 사랑을 받았던 건 아닐까 하는 생각이 들었다.

"왕비마마께서는…… 행복하셨겠습니다."

"그건 모르지. 나는 잔느가 아니니까. 그랬으면 좋았겠지만, 아니어도 할 수 없는 일 아닌가."

와. 정말. 저 말갛고 뽀얗고 아름다운 머리통 속엔 대체 어떤 생각이 들어 있는 거야? 망치로 좀 깨서 확인해 보고 싶다.

왕은 길게 말하고 싶지 않은 듯 고개를 저으며 되물었다.

"그런데 왜 그게 궁금하지? 자네도 나한테 재혼하라는 얘길 하고 싶은가? 이미 신하들에게 신물 나게 듣고 있는데?"

"그야, 왕비마마께서 주님의 부르심을 받은 지 1년이 넘었으니, 폐하께서 힘드실까 걱정해서 그러는 거 아니겠습니까."

교회에서 제정한 무수히 많은 '금욕의 밤'을 뚫고, 일곱 명의 자녀를 보았던 댁의 만행(?)을 생각하면, 신하들이 댁의 독수공방을 걱정하는 마음이 당연 이해가 가지 않겠냐고요.

"잔느 말고 다른 여인을 곁에 둘 생각은 없어. 하지만 내가 필요한 걸 갖고 있는 여자가 있으면, 다시 결혼할 수도 있겠지."

왕은 사무적으로 대답하며 말을 끊었다. 하긴. 왕족들의 결혼은 그렇다. 사랑이 아니라 철저하게 필요에 의해 이루어지는 것. 왕은 자신 역시 프랑스의 필요에 따라 사용되는 최고급 상품이라는 것을 잘 알고 있었다.

"그대는 나와 맺은 약속을 누구에게도 발설하지 않는 게 좋을 거야. 그대와 그대가 사랑하는 사람들의 목숨을 위해서."

"물론입니다."

아아, 황금 이빨의 선견지명을 찬양하라. 벵상이 노르망디로 떠난다는 것은 그야말로 신의 한 수였다. 레아는 속으로 안도의 한숨을 쉬며 깊이 허리를 숙였다.

"무엇보다, 발타에게 절대로 꼬리를 밟히지 않게 해야겠지."

"예. 폐하. 명심하고 조심하겠습니다."

"돌아갈까. 내 작은 솔로몬이 오고 있는 것 같군."

왕은 발타의 집 쪽으로 방향을 틀어 천천히 걷기 시작했다. 세 구획으로 나뉘어진 밀밭은 썩 넓은 편은 아니었지만, 바람결에 넘실대는 황금빛 물결은 장관이었다. 왕은 금빛 파도를 헤치며 오래오래, 천천히 걸었다.

"잔느는 밀밭이 파도처럼 일렁이는 풍경을 좋아했어. 그래서 왕의 정원 한구석에 밀을 심었었지."

왕의 혼잣말이 그의 어깨를 넘어, 바람을 타고 레아에게 흘러왔다. 레아는 공사 중이라 황량하기만 하던 왕의 정원 한구석에, 노란 밀밭이 물결치는 기묘한 풍경을 상상하고는 잠시 눈을 깜박였다.

"……나는 잔느가 밀밭에 서 있는 모습이 참 좋았다."

허공에 대고 중얼대는 왕의 목소리는 여전히 덤덤하고 무심했다. 레아는 어쩐지 울고 싶었다.

"폐하, 제가 게을러 아까 예의를 갖추어 영접하지 못하였습니다. 용서하십시오."

발타가 밀밭을 헤치고 다가와, 허리를 숙이고 왕의 반지에 입을 맞추었다. 그새 의복을 갖추어 입었는지, 사슬 갑옷에 왕실 백합 문양이 수놓인 쉬르코를 두르고 무기까지 갖춘 정식 왕실 기사 차림이었다.

레아는 그 뒤에서 두 손을 잡은 채 얌전히 기다렸다. 왕은 농담인지 아닌지도 알 수 없는 어조로 말했다.

"무례한 줄은 아는군. 하지만 신의 선택을 받은 위대한 전사 삼손도 잠의 유혹은 이기지 못했으니, 그대의 단잠 정도는 너그러이 봐주겠네. 무엇보다 자네 가신의 무례함에야 비할 것인가."

말이 떨어지기가 무섭게, 발타는 황급히 무릎을 꿇었다.

"용서해 주십시오. 이자는 어제 간신히 제 가신이 되어, 폐하께 제대로 된 예를 갖추는 법을 아직 배우지 못했습니다. 제가 확실하게 가르쳐서 다시는 이런 일이 없도록 하겠습니다. 대신해서 죄를 청합니다."

"이젠 개의치 않는다. 고개를 들고 얼굴을 보여라, 내 작은 솔로몬."

왕은 눈가에 붉은 기운이 희미하게 남아 있는 기사의 얼굴을 물끄러미 내려다보았다. 왕은 발타가 난처해하는 모습을 유쾌하게 여겼지만, 그의 눈물은 늘 불쾌했다. 다만, 그 불쾌감의 근원은 구체적으로 파악하기 어려웠다.

왕은 감정을 분별하기 어렵다고 느낄 때가 있었다. '쾌'와 '불쾌' 이상으로 세세히 나뉘는 감정에 이름 붙이는 것이 피곤했다. 옳고 그른 것, 유리한 것과 불리한 것, 거룩한 것과 타락한 것, 신뢰와 불신, 전진과 후퇴를 판단하는 것은 차라리 쉬웠다. 왕은 신중하고 감정에 휩쓸리는 일이 적으며, 어떤 종류의 판단에서도 단호한 사람이었다. 반면, 감정은 세밀하지도 명료하지도 못했고 늘 어딘가 모호하게 뭉뚱그려진 듯한 기분이 들곤 했다.

발타는 아까와 달리, 침착한 목소리로 왕에게 청을 올렸다.

"폐하, 저자는 제 가신으로 올랑드에 속한 자가 되었으니, 그를 대신해 제가 청을 올리나이다. 아까 보았던 제 가신의 상자를 돌려받기를 부탁드립니다. 혹 대가를 지불해야 한다면, 1만 리브르든, 10만 리브르든, 말씀하시는 대로 바치겠습니다."

말이 떨어지기가 무섭게, 레아는 꽁꽁 얼어붙었다. 미쳤다. 10만 리브르? 그건 발타 님 전 재산이고, 혼자서 천년만년 펑펑 쓰고도 남을 만큼 어마어마한 돈이다.

레아가 새파랗게 질려서 한 걸음 앞으로 내디디는 순간, 발타가 한 팔을 들어 레아의 앞을 막았다.

왕이 쓴웃음을 지으며 고개를 저었다.

"미련하다. 자네 이름으로 된 500리브르 증서 때문이라기엔 액수가 지나치게 크지 않은가."

"하오나, 폐하."

"너무 신경 쓰지 마라. 어차피 자네 시종에게 상자를 돌려주기로 했으니까. 다만, 한동안 내 심부름을 해 주어야 한다는 조건을 달았으니, 자네가 몇 달 양해해 줘야겠어."

"무슨 심부름…… 말씀이십니까?"

"자네가 입단하면, 자넬 기사단에서 시중하는 틈틈이 올랑드 영지의 관리를 맡기고, 가끔 자네 소식이나 들어 볼까 해서."

발타의 시선이 왕의 뒤에서 두 손을 모으고 서 있는 레아에게가 닿는다. 레아는 이를 꼭 물고 꿋꿋하게 버텼다. 그가 어디까지 알게 되었는지 모르겠지만, 일단 정체가 들통났다는 걸 가정하고 행동해야 했다.

"좋은 생각이신 듯합니다. 꼼꼼하고 손재주가 많으며 숫자에

밝은 자이니, 폐하의 마음에 흡족하도록 일을 해낼 것입니다. 다만, 저는 이자를 데리고 기사단에 갈 생각은 없습니다."

"데리고 가. 명령이야."

왕은 이유도 묻지 않고 단호하게 말했다.

"나는 네가 기사단에서 영향력 있는 지위로 속히 올라갈 수 있도록 밖에서 최대한 지원할 생각이다. 그러니 외출과 행동에 제약이 있는 너를 대신해서 너와 나 사이를 연결해 줄 사람이 필요해."

"폐하. 하오나 이자가 굳이……."

"내 말을 막지 마라, 발타! 시간이 없어 무리수를 두는 것이니."

왕은 평소답지 않게 엄히 무질렀다.

"나는 교황청이 제안한 십자군 총사령관직을 수락했고, 기사단에 대한 영향력을 최대한 빨리 확보할 생각이다. 자크는 독실한 신앙과 예루살렘 탈환에 대한 열정을 갖고 있지만, 전략적이지 못하고, 독불장군이며, 나에게 결코 우호적이지 않아."

"……."

"물론 나를 지원하는 기사들도 적잖이 입단해 각 지부에서 활동하고는 있지만, 가문이 한미하고 전과도 미약해 큰 영향력을 갖고 있지는 못하다. 네 입단이 빨랐으면 지금쯤 그들의 구심점이 되어 적절한 세력을 이룰 수도 있었겠지만, 이제는 베르트랑의 도움을 받을 수밖에 없어."

이 말이 나올 줄 알았던 듯, 발타의 고개가 깊이 수그러들었다.

"입단이 지금까지 미루어진 것에 대해서는 제가 감히 아뢸 말씀이 없습니다. 폐하의 명을 따르겠습니다."

"물론 기사단 내에서의 네 행적이나 그쪽 동향이 정기적으로 내게 전해지는 것이 불쾌하리라는 것은 안다. 하지만 그 기간이 그리 길지는 않을 것이다."

"제가 폐하께 감출 일이 무엇이고 불쾌할 일이 또 무엇이겠습니까. 맹세한 대로, 속히 입단하여 폐하의 대업에 도움이 되도록 최선을 다하겠습니다."

"너는."

왕은 발타를 똑바로 바라보며 단호하게 말했다.

"성전기사이기 전에 나의 사람이며, 프랑스 왕의 팔라댕이며, 신성 프랑스의 신민임을 잊지 마라. 너는 나의 오른편에서 서서, 신의 뜻에 따라 예루살렘을 함께 탈환할 자다."

"한시도 잊지 않고 있습니다. 심려치 마십시오."

발타는 고개를 숙이고 담담하게 대답했다.

레아는 두 사람의 대화를 들으며, 새삼 생각했다.

왕은, 정말 잔인하구나…….

발타 님과 기욤 전 단장님, 현 단장인 자크 경이 가족 이상으로 끈끈한 관계라는 걸 잘 아시는 분이 어떻게 저럴 수가 있을까.

물론 자크 경과 왕이 대립하지 않는 상황이 가장 좋겠지만, 어디 그게 마음대로 되겠는가. 현재 정황을 보면 파국으로 치달을 가능성도 적지 않은데.

그때, 발타 님은 누구의 편에 서게 될까.

궁금하다. 아니, 걱정스러웠다. 왕을 택하든 기사단을 택하든, 신념을 택하든 마음을 택하든, 한결같이 발타 님에게 깊은 고통을 안겨 주게 될 것이다.

왕의 엄숙한 목소리가 이어졌다.

"아까 올랑드의 주임 사제가 왔고, 그대의 시종은 그동안의 죄를 고백하고 다시 그리스도의 품에 안겼다. 길 잃은 양을 다시 찾았으니 복된 날이로다. 아모스의 아들, 레비 아시케나지. 내 앞으로 나오게."

"예, 폐하."

레아는 왕의 앞으로 나가 그의 손짓에 따라 무릎을 꿇고 앉았다. 발타는 그 옆에 두 손을 모은 채 레아를 서슬 푸른 눈으로 내려다보고 있었다.

왕은 레아의 머리 위에 손을 얹었다.

"나는 그대가 주님의 품으로 돌아와, 거룩하고 신성한 과업과 나의 충성스러운 기사를 위해 헌신하게 된 것을 기쁘게 여긴다. 가톨릭 교회와 그리스도교 신앙의 수호자인 나, 프랑스의 왕 필립은, 발타사르 드 올랑드의 시종인 그대를 성 삼위 하느님의 이름으로 축복한다. 전능하신 성부와 성자와 성령께서는 지금 무릎 꿇은 자에게 강복하소서."

왕은 자신의 가문이 신의 선택을 받았음을 추호도 의심하지 않았다. 왕은 탐욕적이고 속물적인 동시에 가장 경건하고 거룩한 자였다. 레아는 자리에서 일어나 왕과 발타에게 깊이 고개를 숙였다.

"발타, 자네 대부께서 머잖아 파리로 영구 귀환할 걸세. 시프르 섬에서 예루살렘 왕 앙리를 쫓아내느라 귀환을 질질 끌었지. 그 정신없는 와중에 자네의 입단식만은 직접 치러 주겠다 했다며."

축복을 마친 왕의 목소리는 예전처럼 가볍고 심드렁해졌다.

"나도 자네 입단을 기념하기 위한 축하연이라도 열까 해. 왕의 정원에서 마상 시합은 어떨까. 자네가 서임을 받을 때는 아크레 함락으로 너무 경황이 없어서 소규모 마상시합도 제대로 열지 못했었지. 두고두고 안타까웠다."

"단장님께서는 교황 성하의 뜻을 받들어, 오래전부터 성전기사들의 마상 시합 참가를 금하셨습니다. 폐하."

"글쎄? 역대 교황들의 칙령대로라면 기사들 중 열에 아홉은 죄다 파문인데? 대체 마상 시합 한 번 안 해 본 기사가 어디 있다고. 자네만 해도."

"폐하, 돈을 벌려고 했던 짓입니다. 저는 별로 기억하고 싶지 않습니다."

"마상 시합 최고의 인기 스타가 할 말은 아닌데. 그 말 들으면 실망할 숙녀나 귀부인들이 많을 거야."

"……원래 숙녀분들께 악명이 자자합니다. 새삼스럽지 않습니다."

"그러고 보니, 자네가 입단하면 순결한 백은의 기사님을 마상 시합에서 두 번 다시 못 보게 되는 건가. 국가 단위로 아까운 일이군. 베르트랑에게 마상 시합 면죄부를 받는 방법을 생각해 볼까."

"폐하. 단장님은 원칙을 철저히 지키시는 분입니다. 그리고 기사단에서는 규율을 어기면 채찍질을 당하거나 1년 내내 바닥에서 식사를 하게 될 수도 있습니다. 저를 생각해서라도 부디 참아 주십시오."

"자크는 융통성이 없어. 안하무인에 돌격 앞으로밖에 모르지. 누가 부르고뉴 프랑슈콩테 출신 아니랄까 봐. 고댕 경이 그리 급서하지 않았으면 단장 후보에 이름도 내밀지 못했을 거야."

왕은 말이 많아졌고, 발타는 그 시답잖은 말을 일일이 받아 주었다. 레아는 두 손을 모으고 뒤에서 조용히 따라 걸었다. 대기하고 있던 기사들도 천천히 이동해 뒤로 길게 줄을 지어 따른다.

왕은 집에 도착해 앞마당에 매인 말에 올랐다. 파레이유 대장과 왕실 기사들도 말에 올라 왕의 주변으로 늘어섰다. 그중 한 명은 레아의 향나무 상자를 끈으로 단단히 묶어 말에 실어 두었다.

레아는 그곳에 시선을 주지 않으려 애썼다. 조금만 참자. 왕이 원하는 대로 발타 님에 대한 근황이나 기사단 정보를 쏠쏠히 전해 주면서 몇 달만 잘 버티면 돌려받을 수 있어. 무슨 짓을 해서든 돌려받으면 되는 거다.

"내 작은 솔로몬. 남은 휴가를 잘 즐기도록 하게. 소원대로 늦잠도 맘껏 자고. 입단하면 늦잠은 영원히 물 건너가게 되니까."

"배려해 주셔서 감사합니다. 이 누추한 곳까지 친히 왕림해 주셨는데 제대로 모시지 못해 죄송합니다."

새벽부터 밤중까지 뺑뺑이를 돌리며 등골을 빼먹던 고용주는 뻔뻔한 소리를 해 대고, 호구 기사께서는 또 고맙다며 고개를 숙인다. 레아가 속으로 콧방귀를 뀌며 왕을 욕하는 동안, 왕이 발타에게 한마디 덧댄다.

"일이 정리되는 대로 빨리 시테 궁으로 복귀해. 기다리고 있겠네."

정말, 끝까지 악덕 고용주였다.

왕의 일행이 마을 어귀 언덕을 지나 아른아른 자취를 감출 즈음, 그들을 말없이 바라보던 발타가 여전히 등을 돌린 채, 조용히 입을 열었다.

"……저한테 할 말이 있을 텐데요. 마드무아젤 레아."

6-7. 제발, 변명해 보세요

“……저한테 할 말이 있을 텐데요. 마드무아젤 레아.”

조용조용한 말임에도, 등 뒤로 소름이 쫙 곤두선다.

들킨 것 같다고 짐작은 하고 있었다. 오래전 세이렌 호에서 자신이 빌려주었던 옷과 손수건, 낡은 신발을 보고 크게 충격받는 걸 본 순간, 각오는 하고 있었다.

그 긴 세월, 그렇게 두려워하면서도 마음 졸이며 기다리던 순간이었다. 나름 이 순간을 위해서 준비도 많이 했던 것 같은데, 각오 따윈 까맣게 날아가 버렸다. 그냥, 말이 나오지 않는다. 레아는 그 자리에 무릎을 꿇고 엎드렸다.

“무슨 말씀이든 해 보십시오.”

“드릴 말씀이 없습니다, 발타 님.”

“용서해 달라는 말조차 하실 생각이 없으십니까.”

“……제가 어떻게 감히 그런 말씀을 드리겠습니까. 무슨 낯으로.”

발타는 천천히 몸을 돌렸다. 왕과 대화할 때 보였던 부드러운 분위기는 완전히 사라졌고, 새파란 눈동자는 이제 얼음처럼 차가워졌다. 그는 흙바닥에 이마를 대고 있는 레아를 내려다보며 차분하게 말했다.

“맞습니다. 사과 따위는 중요한 게 아니죠. 그때 가져간 성 십자가 조각부터 돌려주십시오.”

“지금은…… 갖고 있지 않습니다.”

“그러시겠지요.”

스르릉. 가벼운 금속음이 들렸다. 레아의 목에 차가운 검 끝이 와 닿았다. 자신이 만들어서 바친 에스토크였다. 그 차가운 감촉에 새삼 소름이 끼쳤다.

“아크레 앞바다에 빠뜨렸다고 하실 겁니까. 도망 다니다가 강도에게 빼앗겼다고 하실 겁니까. 혹은, 로마나 외국의 왕실에 몰래 파셨을까요.”

웃음기는 전혀 없지만, 한 마디 한 마디에서 비웃음이 도드라진다.

“도, 돌려 드리고 싶었습니다. 계속, 내내 그러려고 했는데, 어, 어제…… 저렇게 재산이 모두 압수가 돼서…….”

“아하. 폐하께서 성 십자가를 압수해 가셨군요. 그래서 제게 돌려 드릴 수 없게 됐군요. 그렇죠?”

“그렇습니다. 지금 그건 폐하께서 가져가셨고, 저는 그걸 나중에 돌려받아서 발타 님께 드리려고…….”

“적당히 하세요, 마드무아젤.”

목을 누르는 칼끝에 힘이 더 들어간다. 살갗이 툭 터져 피가 나오기 직전의 그 아슬아슬한 경계를 잘 아는 듯했다.

칼이 닿은 곳의 아픔은 전혀 느껴지지 않았다. 대신 목구멍으로 쇳물이 넘어가는 것 같아 눈물이 주르르 흘러내렸다.

"흐으, 읏. 흐윽……."

이 눈물이 얼마나 가증해 보일지 잘 아는데, 이 눈물만 멈춰 준다면 무슨 짓이든지 할 수 있을 것 같은데, 그것조차 마음대로 되지 않는다. 레아는 땅바닥에 이마를 댄 채 두 손으로 입을 틀어막았다. 내가 발타 님이라도 이런 뻔뻔한 년은 이 자리에서 당장 목을 쳐 버릴 것 같다.

"마드무아젤, 저는 오랫동안 고민해 왔습니다. 당신을 운 좋게 찾아내고, 성 십자가까지 되찾고 나면, 나는 어떻게 당신의 목숨을 거두어야 할까."

레아의 구부린 등 위로 자조적인 목소리가 얼음 조각처럼 떨어져 내렸다.

"사실, 진작 알아차렸어야 했습니다. 왕궁에서 다시 만났을 때부터. 그런데 당신을 몇 번이나 만나면서도, 그때마다…… 이해할 수 없는 혼란을 겪으면서도, 저는 끝까지 당신을 알아보지 못했습니다. ……제 마음 어디에선가 당신을 알아보는 걸 거부한 거겠죠. 당신의 목숨을 거두겠다는 생각만으로도 두려워 죽을 것 같았거든요."

"……."

"그래도 이런 장면을 맞닥뜨릴 거라고는 한 번도 상상하지 못했습니다."

저도, 이런 최악의 상황에서, 최악의 방법으로 실토할 계획은 전혀 없었어요. 레아는 속으로 부르짖었다.

나는 라셸르의 결혼식을 마치고, 모든 일을 정리한 후에 당신

앞에 나가 솔직하게 모든 것을 털어놓을 계획이었다. 나를 감추고 있던 남자 옷 따위 다 벗어 버리고, 아름답고 정갈한 드레스를 갖춰 입고, 가장 솔직하고 나다운 모습으로 당신을 만나러 가고 싶었다.

성 십자가를 돌려 드리고, 그동안의 일을 고백하고, 사죄하고, 당신의 처분을 받아들이기로 결심했었다. 너저분하게 변명이나 애걸 따위 늘어놓는 대신, 내가 그리도 부러워했던, 용맹한 기사님들처럼 의연하게 당신의 처분을 받아들이려 했다.

그 알량한 결심을 하기 위해서, 그 긴 세월 동안 얼마나 용기를 쥐어짜야 했는지, 당신은 모른다.

……그런데 결국은.

"정말 잘못했습니다, 발타 님. 저 때문에 오랫동안 고생하셨던 거 압니다. 저 때문에……. 저, 때문에……."

레아는 억울한 마음을 호소할 생각을 포기했다. 내가 악한 의도로 나쁜 짓을 저지른 것은 아니지만, 그로 인해 끔찍하게 고통받는 사람이 생겼다면, 그 죗값은 결국 내가 치러야 하는 것이다.

"고생이라."

발타는 칼을 거두어들이지 않은 채, 조용조용 말했다.

"고작…… 고생. 그렇군요."

"……발타 님."

"성 유물을 폐하께 뺏겼다고 하셨지요."

"네, 매, 맹세코 정말입니다. 몇 달만 기다리시면 되찾아서 발타 님께……."

"지금부터 한 번만 더 그따위 소리를 지껄이면, 당신이 만든 이 검이, 당신의 목을 관통하게 될 겁니다."

차분하던 목소리가 한 계단 올라가며 말이 빨라진다.

"물론 제 생각에도, 누군가에게 빼겨서 찾아 드리겠다고 하는 게 가장 현명한 대답일 것 같습니다. 성물을 돌려주면 바로 그날이 죽는 날이 될 테니까요. 하지만 폐하를 파는 일만큼은, 그분의 기사로서 용납할 수 없습니다."

"……거짓말이 아닙니다, 발타 님. 정말로……."

너무나 억울하고 안타까워서, 다시 눈물이 흘러내렸다.

"마드무아젤 레아, 아니 세공사 레비는 제게 속한 사람이며, 현재 제 영지에 적을 두고 있는 사람입니다. 저는 아주 작은 영지의 주인이지만, 당신을 재판할 권한이 있습니다. 제가 아는 죄목만 해도 한두 가지가 아니니까요. 인정하십니까."

"……예."

"거기에, 진실을 알아내기 위해 취조를 행할 수 있으며, 판결 후 당신의 목을 베거나 나무에 매달 수도 있습니다. 성전기사단에게 사건의 전말을 보고하고, 당신의 신병을 인도할 수도 있겠군요. 그때는 저 역시 징계를 피할 순 없겠지만, 그게 중요한 건 아니지요."

"예. 흐, 흑, 흐으으……."

"다만…… 안타깝게도, 지금은 그렇게 할 수 없습니다."

레아는 눈을 크게 뜨고 발타를 올려다보았다. 그가 레아의 목에서 칼끝을 천천히 떼어 낸다.

"당신이 폐하에게 별도의 임무를 맡았기 때문에, 그 임무가 끝날 때까지 당신의 목숨을 보존해 두어야 합니다. 이것도 당신이 획책한 일일 수도 있겠군요."

"아니에요. 그건 정말 아닙니다."

레아는 엎드린 채 흐느껴 울기만 했다. 무슨 변명을 해도 믿어 줄 것 같지 않다. 나 같아도 당연히 믿지 못할 테니까.

이 와중에도 억울하다고 치솟는 마음이 저주스럽고, 라셸르와 벵상이라도 무사하니 다행이라고 안도하는 마음이 기가 막혔다.

그는 여전히 써늘한 눈으로 내려다보며 조용조용 말을 이었다.

"두려울 수는 있다고 생각했습니다. 저도 기사지만, 사람인지라 죽는 게 두려울 때가 있으니까요. 이해합니다."

"……."

"하지만 저를 만나면 그 성 유물을 돌려줄 정도의 양심은 있을 거라 생각했습니다."

"저도 그러고 싶었습니다. 하지만 지금은 없습니다. 정말이에요. 어제, 저희 마을이 어떻게 되었는지 아시잖아요."

나직한 웃음소리가 머리 위에서 흩어졌다.

"물론 돌려주려 하셨겠죠. 혹시 그날 밤에 제게 떠들어 댔던 말 중에 고귀한 숙녀분께 죄를 지었다는 게 저를 두고 하셨던 말입니까?"

"제가, 제 입으로 숙녀라고 말을 하지는 않았습니다."

레아는 고개를 들고 급하게 부인했다.

물론 그날 밤엔 술에 꽤 취해 있었고, 발타 님은 세상 어떤 미녀보다 아름다웠지만, 이분이 남자라는 걸 잊어버릴 만큼 정신이 나가진 않았다.

그는 시커먼 멍과 먼지와 눈물로 뒤범벅이 된 얼굴을 잠시 내려다보더니 칼을 거두어들이고 한 걸음 물러섰다.

"말끝마다 거짓을 싸발라 두는군요. 저를 만나서 잘못된 걸 바로잡고 진심으로 사과하고 싶다더니. 여인을 유혹하는 사내들의 달콤한 거짓말보다 못하지 않을 듯합니다."

"제가 잘못했습니다. 제 목숨을 취하신다 해도 드릴 말씀이 없습니다."

"당연히 그럴 생각입니다. 다만, 당신에게 궁금한 게 있기는 합니다."

발타는 레아의 맞은편에 무릎을 접고 앉았다. 손에 낀 그의 쇠장갑이 레아의 턱에 와서 닿았다. 그는 레아의 턱을 들어 올리고 눈을 똑바로 응시했다.

"왕궁에서 저를 확인했으면, 그날 바로 도망을 쳐야 했을 텐데, 어째서 도망치지 않았습니까? 아니, 그것도 모자라서, 왜 그리 끈덕지게 저를 찾아오신 겁니까."

"……서, 성 유물을 돌려 드리려고……."

"그러면 제 손에 죽을 걸 몰랐습니까? 제가 그날 밤에 분명 목숨을 거두겠다고 말씀드렸을 텐데요."

"아, 알고 있었어요. 하지만 가족은 살려 주신다고……."

"마드무아젤 미셸르, 아니 라셸르겠군요. 동생만 살려 주면 당신은 죽어도 상관없다고 생각했다는 겁니까? 그래서 그걸 돌려주고 죽여 달라고 그렇게 끈덕지게 쫓아다녔다고요? 지금 그 말을 믿으라는 겁니까?"

"믿지 않으셔도 됩니다. 저도…… 그동안 일어난 일들이 잘 믿어지지 않으니까요."

레아는 그가 격노하거나 자신의 대답을 비웃을 거라 생각했다. 하지만 그는 그중 어느 것도 하지 않았다.

"그러면, 제 앞으로 전 재산 500리브르를 남겨 두신 이유는 뭡니까. 제게 검과 갑옷과 무기를 만들어 준 이유는, 그따위 속옷에 자수 따위나 놓고, 거지 소굴 같던 제 집을 저렇게 수리하면서 몇 달을 보낸 이유는 뭡니까.”

차분하던 목소리에 점점 감정이 실리기 시작했다. 무쇠로 만들어진 장갑에서 덜걱덜걱하는 소리가 났다. 너무 바짝 쳐들린 턱이 아팠다.

“대답하세요, 마드무아젤. 제가 빌려 드렸던 지저분한 속옷이나 낡아 빠진 신발 따위를, 10년이 훨씬 넘도록 소중히 간직하고 있던, 그 정신 나간 짓거리의 이유를, 제가 납득이 가게 설명해 보시란 말입니다.”

여기서 어떻게 그 말을 해. 지금 이렇게 비굴하게 목숨을 구걸하는 상황에서. 눈물이 그렁그렁한 채 고개를 힘껏 저었다.

발타의 목소리가 확 올라간다.

“제발 아무 변명이라도 좀 해 보십시오! 당신을 살려 줘야만 할 이유 같은 거, 뭐라도 좋으니까! 그 긴 세월 동안 그런 변명 같은 거 하나 생각 못 했습니까? 그렇게 악착같이 숨어 살면서, 목숨을 구걸할 방법 같은 거 하나도 생각해 두지 않았습니까?”

“그야, 제가 다, 당신을……. 흐, 으윽.”

레아는 마지막으로 튀어 나가려는 말을 기겁하며 잡아챘다.

그의 움직임이 멎었다. 레아는 그 말의 꼬리가 그의 귀에 들어갔는지 안 들어갔는지는 확신할 수 없었다. 밀밭과 황무지, 관목숲으로 이어지는 너른 들판, 그곳을 휩쓸고 온 꼬리가 긴 바람이 웅웅 울며 두 사람 사이를 지나간다. 레아는 커다랗게 벌어진 그의 눈을 보고, 소리 없이 달싹대는 입술을 보았다.

“아…….”

발타가 뒤로 물러난다. 무섭게 추궁하던 기세가 순식간에 사라졌다. 레아는 그따위 말을 내뱉으려던 혀를 뽑아 버리고 싶었다. 해서는 안 될 말이었다. 들었을까. 못 들었을까. 못 들었겠지. 그래도 혹 알아차렸을까. 알아차렸어도 도망칠 수는 없다.

"저, 저는 두려웠습니다. 발타 님이 죽을 때까지 제게 배신당했다고 생각하실까 봐, 제가 당신 마음을 능멸하고 농락했다고 생각하실까 봐, 당신의 진심을 이용하고 비웃었다고 오해할까 봐……."

"……."

"당신이 나를 죽을 때까지 증오하면서 괴로워할까 봐……. 나 같은 것 때문에 그렇게 마음 아파하실까 봐, 그러느니 차라리 모든 엉킨 것을 풀고 당신 손에 죽는 게 나을 것 같았어요."

"……하, 하하."

그가 갑자기 웃기 시작했다. 예상했던 비웃음이었다. 하지만 그것을 듣는 것은 생각보다 훨씬 고통스러웠다.

"당신께 진작 돌려 드려야 했습니다. 아크레에서, 언제가 되든 이것을 돌려 드리러 당신을 찾아가겠다고 맹세했습니다. 정말 죄송합니다. 정말 얼마나 고통스러우셨을지, 나는 상상도 할 수 없어요. 용서해 달라는 말도 못 하겠습니다. 여기서 제 목숨을 거둬 가신대도……."

"됐습니다. 그것을 어디 모셔 두었는지만 말씀하세요. 제가 찾아오겠습니다. 제 입단 전에 이 일이 해결된다면 가장 좋겠군요."

발타가 말을 가로막았다. 레아는 그의 새파란 눈동자를 물끄러미 올려다보았다. 이미 몇 번이나 대답했다. 하지만 믿지 않는다. 그러면 이제 뭐라고 대답해야 할까.

"기억이 잘 나지 않으십니까, 마드무아젤? 성전기사단과 교황청에는 정보의 진위를 감별해 내고, 잊어버린 기억을 되살려 드리는 데 특화된 전문가들이 많이 있습니다. 마드무아젤을 잘 도와드릴 수 있을 겁니다."

몸이 걷잡을 수 없이 떨린다. 레아가 대답하지 못하자, 추궁하는 목소리는 더욱 싸늘해진다.

"저는 투르 드 봉벡에서 딱 일주일을 있었는데, 알지도 못하는 부모님과 형제자매까지 모조리 만들어서 팔고 싶더군요. 수십 년이 지난 지금까지 손톱 발톱이 벗겨지고 살이 녹아내리는 악몽에 시달립니다."

"……."

"그런데 당신은 일주일 정도로 끝내기엔 사안이 중차대하군요. 숨긴 곳이 기억날 때까지, 한 달이든 1년이든 고문탑에 갇혀 있어야 할 텐데요."

"……발타 님. 아무리 그러셔도, 같은 말씀밖에 못 드립니다. 그건 아까 폐하께서 가져가신 향나무 상자에 들어 있었습니다……."

레아는 결국 큰 소리로 울부짖기 시작했다. 갑자기 발타의 얼굴에서 혈색이 빠져나간다.

"폐하께서 제일 먼저 집었다 내려놓은 그 망치 자루가 성 십자가였습니다. 발타 님도 예전에 보셨으니 어떤 모양인지, 어떤 크기인지 아실 거 아닙니까. 이곳에 가져오기 전까지, 가장 눈에 띄지 않게 숨겨 둔 겁니다."

발타의 눈이 크게 벌어졌다. 믿을 수 없다는 듯, 입술이 몇 번 들썩거렸다.

"어, 어떻게 그런 참람한 짓을……. 폐하……께서 그것을 알고 가져가셨습니까?"

"모르십니다. 폐하께서 아셨다면 신년 부활절 예배 전에 돌려 주신다는 말씀은 절대 하지 않으셨을 겁니다. 폐하께선 단장의 홀이 신의 선택을 상징하는 물건이고, 본래 왕실의 것이었다가 기사단의 사악한 술수로 뺏긴 것이니 이제는 왕실로 찾아와야 한다고 하셨으니까요."

"……당신에게 그런 말씀까지 하셨단 말입니까."

그는 그제야 성 십자가 유물이 왕에게 들어갔다는 사실을 받아들이는 것 같았다. 그는 희게 질린 얼굴로 말을 이었다.

"그것은 왕실의 물건이 아닙니다. 신성 재판에 의해 성전기사단에게 귀속된 것을 다시 가져와야 한다는 폐하의 주장은 억지에 불과합니다. 그것은 마땅히 성전기사단의 품으로 돌아가야 합니다."

레아는 멍하니 눈을 깜박거렸다.

"발타 님이라면, 폐하께 알려 드리고 그분께 성 십자가를 바칠 거라고 생각했습니다."

그의 눈썹이 꿈틀, 위로 솟구친다.

"제가 왜 그런 옳지 않은 일을 할 거라 생각하십니까."

"……."

"저는 신의 뜻에 반하는 행동을 지지할 수는 없습니다. 성전기사단은 그들의 소유권 주장이 신의 뜻임을 신성 재판으로 입증했지만, 프랑스 왕실에서는 입증하지 못했습니다. 현재 제 판단으로는 그 유물은 기사단으로 되돌아가야 마땅합니다."

아. 이건 예상외의 말이었다. 레아가 어리둥절한 얼굴로 고개를 갸웃하자 그가 한 톤 낮아진 목소리로 설명을 덧대었다.

"저는 폐하나 기욤 단장님, 자크 단장님을 사랑하고 존경하지만, 그런 이유로 두 분께 헌신하는 것은 아닙니다. 그분들을 위해 일하는 것이 신의 뜻을 이루는 길과 동일 선상에 있다고 믿기 때문입니다."

문득, 아까 왕이 했던 말이 떠올랐다.

'발타는 인간적인 감정보다 신념과 신앙을 우선하는 자다.'

왕은 발타 님을 바로 봤다. 그런데 발타 님이 왕이 아닌 기사단의 편이 될 거라는 생각은 안 해 봤을까?

안 해 봤을 것 같다. 왕은 자신의 의지가 신의 뜻에 부합한다는 확고한 신념을 갖고 있었다.

"폐하께서 약조해 주셨다면, 부활절까지 기다릴 수밖에 없겠군요. 여덟 달이라. 15년에 비하면 기다릴 만하겠습니다."

발타가 일어나 쇠장갑을 벗더니 손을 내밀었다.

"일어나십시오. 남들이 이상하게 볼 테니 일단 집으로 들어가시는 게 좋겠습니다."

레아는 그의 손을 잡고 간신히 몸을 일으켰다. 몸이 축 늘어지고 진이 빠져 걷는 것조차 힘들었다. 발타는 레아의 어깨를 조심스럽게 부축해 천천히 걸음을 옮겼다. 그는 레아와 반대로 온몸의 근육을 바짝 곤두세우고 있었다.

레아는 쩍쩍 갈라진 입술을 간신히 열었다.

"아크레가 함락되기 며칠 전에, 맘루크의 알 아슈라프 칼릴이 마지막 총공세를 펼치기 전에."

"……."

"기욤 단장님이 한밤중에 단신으로 저희 집을 찾아오셨습니다. 알 자자리가 만들었다는 검집을 들고서요. 급한 일이니 당장 수리해서 가져오라 하셨다는 말까지만 들었습니다."

듣기 싫다고 말을 막을 법도 한데, 발타는 잠자코 걸음을 옮길 뿐이었다. 그렇다고 딱히 반응을 보이지도 않는다.

"저희는 아크레를 탈출하려고 대기 중이었고, 엄마는 출산을 앞두고 있었습니다. 아빠는 고장난 검집을 진종일, 밤새 고치셨고, 다음 날 새벽에 엄마의 진통이 시작됐어요."

"……."

"검은 돌려 드려야 했고, 그날 오전에 배를 타고 나가야 했어요. 아빠는 그 검을 놔두고 도망칠 수도 있었지만, 그렇게 하는 대신 저에게 그것을 단장님께 돌려 드리고 오라고 시켰습니다. 제발 무사히 돌아오라고, 눈물을 흘리면서 신신당부하셨습니다."

레아는 그날 있었던, 운명의 장난 같던 이야기를 천천히 풀어놓았다. 무너진 담벼락에 깔려 부러진 검집, 튕겨 나온 나뭇조각, 부목으로 쓰였던 성물, 뒤바뀌어 던져진 브로치, 동생이 주워 온 막대기, 정말로 원하지 않았지만, 원래 있던 자리로 돌려보낼 수조차 없던 물건. 당신을 만난 후, 극심한 두려움을 이겨 내고 돌려보내려 결심하자, 결심을 비웃듯이 다른 사람에게 가 버린 나뭇조각.

……무슨 의지라도 있는 것처럼, 계속 나에게 왔다가 도망치듯 갑자기 떠난 성 유물.

"저 따위가 감히 욕심낼 수 있는 물건이 아니었어요. 남몰래 단장님의 검집 안에 되돌려 놓을 방법만 있었다면 백 번 천 번 그렇게 했을 것입니다."

"……."

"억울함을 호소하려는 것도 아니고, 용서받을 수 있다는 생각도 안 해요. 그냥, 운명의 장난이 이렇게 사람을 몰아가기도 한다고, 말씀이라도 드리고 싶었습니다."

발타는 가타부타 한마디 없이 잠자코 걸음만 옮긴다.

레아는 더 이상 불안해하지 않기로 마음먹었다. 이제 할 말은 다 했고, 그것으로 됐다는 생각이 들었다.

덜컥.

침대 주변에는 엉망으로 뒤엉킨 이불과, 그가 급하게 갈아입은 듯한 옷가지가 흩어져 있었다. 그는 옷가지와 이불을 주섬주섬 정리하고 레아를 침대 위에 앉힌 후, 그 앞에 무릎을 접고 앉는다.

"마드무아젤. 한 가지만 묻겠습니다."

"예, 발타 님."

"그 성 십자가는 그 이후 치유의 이적을 보인 적이 있습니까."

"없어요. 단 한 번도 없었습니다."

"그것을 놓고 이적의 출현을 기도해 본 적 있습니까? 시도해 본 적 있습니까?"

"왜 없었겠어요? 마망 실비아의 아이들이 죽어 갈 때, 기르던 동물이, 나귀와 말이 죽을 때, 친척분이 다리가 썩어서 잘려 나갈 때, 수도 없이 많이 시도해 봤지요."

"……."

"하지만 아무런 일도 일어나지 않았어요. 기적적으로 치유된 적은 한 번도 없었습니다. 다 죽었어요, 전부 다!"

"……."

"그런데 어느 날 생각하니, 이교도를 위해 성 십자가가 기적을 나타내는 게 더 이상하지 않을까 하는 생각이 들었습니다. 함부로 주님을 시험하는 것 자체가 죄가 될 것 같았습니다. 그 이후로는 더 이상 시도해 보지 않았습니다."

"그렇군요. 당신이 차독 제사장 집안이라 해서 혹시나 해서 여쭤봤습니다."

"그게 성 십자가와 무슨 상관이 있습니까?"

레아가 어리둥절한 얼굴로 눈을 동그랗게 뜨자, 그가 몸을 일으키며 간단하게 설명했다.

"어느 정도 상관있다는 견해도 있습니다. 신학자 야코부스가 채록한 '황금전설'에는, 성 십자가가 만들어진 나무가, 에덴 동산에 있던 생명의 나무 혹은 치유의 나무였다는 기록이 전해지고 있습니다."

"아……?"

"대제사장 아론의 지팡이도 같은 나무에서 만들어졌다는 전승이 있는 것으로 압니다."

레아는 미간을 찌푸리고 기억을 더듬었다. 아빠에게 산더미처럼 들어 온 옛 전승 중에는, 에덴동산과 생명나무에 대한 비하인드 스토리도 있었고, 그와 비슷한 이야기를 들었던 듯도 했다.

† † †

아론, 이집트 탈출의 지도자인 모세의 형이자 이스라엘 최초의 대제사장. 레아의 직계 조상.

아론의 지팡이는 신의 기적을 나타내는 상징물로 여겨졌다. 그 지팡이는 파라오 앞에서 뱀으로 변했고, 이집트에 내려진 열 가지 재앙에서 죽음과 삶을 가르는 이정표 노릇을 했다. 광야에서 죽어가는 백성들을 살린 '치유의 구리 뱀'을 모신 장대 역시 아론의 지팡이였다는 말도 전해진다.

아론은 모세의 대언자이자 대행자였으므로, 사람들은 그의 지팡이를 모세의 것으로 동일시하기도 했다. 하느님께서 당신의 선택을 입증하기 위해 지팡이에 싹을 틔우는 이적을 보인 것도 아론의 지팡이에서였다.

그런 이유 때문일까. 솔로몬 성전에 가장 귀하게 모셔진 세 가지 보물 중에는 아론의 싹 난 지팡이가 포함되어 있었다.

그 세 가지 보물이란, 십계명 돌판과 하느님께서 내려 주신 만나가 담긴 항아리, 그리고 하느님께서 싹을 틔워 주신 아론의 지팡이였다. 그것은 성전의 가장 안쪽 깊은 지성소에 모셔졌는데, 그곳은 1년에 단 하루, 대제사장 말고는 들어갈 수 없는 곳이었다.

그 세 가지 보물은 어느 순간 자취를 감추었다. 바빌로니아 침공으로 나라가 망하고 백성들이 포로로 끌려가고, 솔로몬 성전이 파괴될 때, 선지자 예레미야가 그 세 가지 보물을 성전에 있던 어마어마한 보물들과 함께 다른 곳에 깊이 숨겨 두었다는 전설이 남아 있을 뿐이었다.

그 비밀 장소가 어디인지는 모른다. 성전 지하의 깊은 동굴이라는 말도 있고, 깊은 산속이라는 말도 있다. 물론 소문일 뿐이었다.

어쨌든 대제사장 가문의 보물이었던 아론의 지팡이는 그 이후, 세상에 다시는 나타나지 않았다.

그리고 먼 훗날, 성전기사단이 옛 솔로몬 성전 터의 건물을 본부로 사용하게 되면서, 지하의 거대한 동굴을 발견하게 되었다.

레아가 아는 것은 그것까지였다. 그녀는 이불을 꽉 움켜잡은 채 꺼져 가는 목소리로 중얼거렸다.

"발타 님, 저는…… 차독 대제사장 집안의 딸이라고는 하지만, 그게 진짜인지 가짜인지 아무도 모릅니다. 확실한 건, 전 아크레를 떠난 후 계속 이교도로 살았다는 거고, 그 성 유물은 그때부터 단 한 번도 기적을 보이지 않았다는 것입니다."

"하긴, 말씀대로 아시케나지 이교도가 주님의 이적을 바라는 것 자체가 신성모독이 될 수도 있겠습니다."

발타는 레아의 창백한 얼굴을 보더니 캐묻는 것을 포기하고 몸을 물렸다.

"힘드셨을 텐데, 일단 누워 쉬십시오. 상처에 붙일 약 정도는 만들어 두겠습니다."

그는 차갑게 내뱉고는 뒤도 돌아보지 않고 밖으로 나갔다.

† † †

레아는 그의 침대에 기절한 듯 누워 있었다. 몸은 까무룩하게 늘어지는데, 긴장의 끈을 놓을 수 없는 상황이라 잠조차 제대로 잘 수 없었다. 차라리 일어나 있고 싶어도, 도저히 몸을 일으킬 수 없었다. 조금이라도 움직이면 온몸에서 찢어지는 비명을 질러댔다.

그가 창밖에서 서성이는 것이 느껴진다. 뜰에서 잡초처럼 무성하게 자라던 풀이 사실은 약초들이라고 했다. 상처에 붙일 약이나 만든다고 하더니, 그걸 따고 있는 모양이다.

맞아. 발타 님은 의술에도 해박하다고 했었지…….

저분은 대체 못하시는 게 뭘까. 싸우는 것도 잘하고, 신학 이론도 잘 알고, 각 나라의 말도 잘하고, 신앙도 좋고, 얼굴도 잘생기고, 키도 크고, 매너도 좋고, 여자들한테 인기도 많고. 못하는 게 있기나 할까.

……아, 요리를 못하시는구나.

그리고 결혼도 연애도 못 하시지. 아, 돈도 못 모으시겠구나. 인기 다 소용없네.

갑자기 웃음이 푹 튀어나온다. 그래 놓고 바로 기겁했다. 생각이 없는 것도 정도껏이지, 어떻게 여기서 웃음이 나온담.

그나저나 성전기사단은 왜 기사들에게 굳이 순결 서약을 받는 거지? 저런 훌륭하고 아까운 인재야말로 앞장서서 결혼을 시켜서 2세를 많이 생산하도록 하는 게 훨씬 건설적이지 않을까? 사제품을 받은 신부님들 중에서도 아내를 두신 분이 한둘이 아닌데, 저렇게 아름답고 창창하고 기운 넘치는 기사들을 모조리 생고자로 만들어 버리다니.

당사자는 밤마다 얼마나 괴롭고, 주변의 딸 가진 부모들은 얼마나 아깝고, 국가적으로 세계적으로 얼마나 낭비냐고.

시답잖은 생각을 하던 레아는 저도 모르게 얕게 잠이 들었다. 달그락. 문이 열리는 소리가 들리고 그가 다가오는 기척이 느껴졌지만, 눈이 잘 떠지지 않았다. 팔다리가 물을 잔뜩 먹은 솜처럼 침대에 들러붙어 있는 것 같았다.

"주무십니까."

"……네."

"주무시는군요."

그는 이불을 조심스레 들추고 레아의 얼굴을 가만히 내려다보앉다. 노여움이 느껴지는 시선이었다.

"대체, 어디서…… 또 새로운 상처가 생겼습니까. 어제의 상처로도 모자랐습니까."

대놓고 아프게 할 작정인지 손끝이 목덜미의 상처를 죽 훑어 내린다. 끙, 레아는 간신히 입을 열었다.

"폐, 하…… 마, 말을 가로막…… 말라고……."

"……채찍 자국입니까."

긴 한숨이 귓가에 느껴졌다. 그의 얼굴을 보고 싶었지만, 어쩐지 안 될 것 같아서 그냥 참았다. 그는 다시 탁자로 되돌아갔다. 잠시 후 서걱서걱서걱 툭툭툭툭, 뭔가 써는 소리가 들리기 시작했다.

집에 날붙이라곤 아무것도 없으니, 전투용 검으로 약초를 다지고 있는 것 같다. 잠시 후 콩콩콩 하는 가벼운 소리가 이어진다. 눈을 감고 있는데도 그가 작은 나무 그릇에 약초를 넣고 빻고 있는 모습이 환히 보이는 것 같다. 소르르 잠이 밀려들었다.

레아는 그가 약초를 찧은 즙을 상처에 처덕처덕 발라 주는 내내 눈을 제대로 뜰 수 없었다. 가죽 지퐁으로 꽉꽉 감싼 가슴과 배, 등은 건드리지 못하고, 겉으로 드러난 얼굴과 목, 팔다리만 발라 주었다. 비몽사몽 하는 와중에도 그가 긴장을 하고 있는 것이 느껴졌다.

잠시 후 발타는 쉬르코와 사슬 갑옷을 벗어서 곁에 두더니 어제처럼 침대 곁의 의자에 앉았다. 시종이 침대에 퍼져 있고 기사가 의자에 앉아 시종의 시중을 들다니, 세상 말세다.

잠시 후 발타의 고개가 천천히 수그러들었다. 그러더니 의자에 앉은 채 바로 단잠에 빠진다. 은빛 폭포가 그의 얼굴 주변으로 사르르 흘러내리는 것을 보니, 가슴이 지끈한다.

레아는 입술을 꽉 깨물고 돌아누웠다.

새로운 운명의 똥밭이 시작된 것 같다.

6-8. 릴리트의 시간

레아는 종일 자고, 발타는 종일 옆에 앉아 있었다. 하루 세 번 정해진 기도 시간을 제외하면 대체로 자거나 졸고 있었지만, 레아에게 약을 발라 주기도 하고, 온몸이 오그라들게 쓴 약을 먹이기도 하고, 간단한 요리를 하기도 했다. 물론 곱게 먹으라고 권하는 것은 아니었다.

"싫어도 삼키십시오. 폐하의 명을 완수하려면 몸부터 회복하셔야 할 거 아닙니까."

식탁 위의 나무 그릇에는 무언가가 흐물흐물 풀어진, 흙빛이 나는 스튜가 담겨 있었다. 그 안에 무엇이 들어갔는지는 여전히 미스터리지만, 레아는 묻지 않고 먹기로 했다. 설마 독이야 넣었겠느냐고.

그는 엄숙하게 성호를 긋고 식사 기도를 했고, 레아도 15년 만에 성호를 그었다. 처음 아시케나지가 되었을 때는 성호를 안 긋고 식사를 하는 것이 큰 죄를 짓는 것 같았지만, 지금은 성호를 긋는 것이 어색하고 죄의식이 느껴졌다.

죄의식은 결국 습관인 걸까? 눈앞에 계신 분께 묻고 싶었지만 어쩐지 불벼락이 떨어질 것 같아, 레아는 잠자코 먹기만 했다.

발타의 요리 실력은 작년에 비해 전혀 나아지지 않았다. 하지만 레아의 인내심은 작년에 비해 개선되어, 이제는 이 형언할 수 없는 맛이 나는 스튜를 달콤한 와인 없이도 먹을 수 있게 되었다.

그는 레아와 마주 앉아 묵묵히 지옥의 스튜를 먹고, 가난한 농노들처럼 딱딱한 접시빵도 말없이 모두 먹었다. 그리고 손수 식탁 정리를 하고 우물가에서 솥과 그릇들을 닦았다.

약을 발라 주려고 다가온 발타는 슈미즈 위로 어깨를 짚어 보고, 한참 머뭇거리다가 레아의 목에 손을 대 보았다.

잠시 후 그가 언짢은 목소리로 내뱉었다.

“아프면 아프다고 말을 하십시오. 열이 심해지고 있지 않습니까.”

그는 등과 어깨, 다리 이곳저곳으로 스며 나온 핏자국을 노려보았다. 그제 밤 라셸르가 급하게 약을 발라 처치를 해 놓고, 다시 가죽으로 꽉꽉 묶어 놓은 것이었다. 발타는 그 속에 상처와 피딱지가 얽혀 곪아 가고 있다는 것을 알면서도 감히 손을 대지는 못했다.

“동생분이 처치를 하고 다시 묶어 두신 겁니까.”

“네.”

“왜 이렇게 하신 건진 충분히 알겠지만, 지금처럼 가죽으로 꽉 짓눌러 두면 안에서 상처가 덧날 겁니다. 지금 이것 때문에 열이 오르고 있는 겁니다.”

"……."

"이것들은 전부 벗고 약을 바른 다음에 붕대만 감고 계십시오. 동생분을 불러 드릴 테니 도움을 받으시는 게 좋겠습니다. 저는 나가 있도록 하겠습니다."

발타는 라셸르를 찾으러 나갔고, 어둑어둑해져서야 돌아왔다. 그의 이마와 목덜미에는 땀이 맺혀 있었고, 표정이 썩 좋지는 않아 보였다.

"이웃 마을까지 다 둘러보았는데, 동생분과 벵상이 보이지 않습니다."

"아……."

레아는 멍하니 앉아 얼빠진 소리를 냈다. 맞다. 간다고, 며칠 내로 간다고 하긴 했는데 바로 떠났나?

……나하고 인사도 없이?

순간, 아침에 왕과 기사들이 이 집을 찾아왔던 것이 떠올랐다.

아, 맙소사. 그 왕실 기사들은 아시케나지 마을을 습격했던 사람들이고, 다니엘과 엘리, 마르타를 죽이기도 했다. 가장 앞에 서 있던 파레이유 대장을 못 알아봤을 리 없다. 특히 두 사람은 아직 올랑드 영지민이 아니라 아시케나지였기 때문에, 들키는 순간 바로 붙잡혀 갈 수도 있었다.

……그래서 바로 도망쳤구나.

그, 그래도 어떻게 나한테 한마디 말도 없이, 인사도 없이 가지?

아니다. 인사 따위 할 시간이 어디 있어. 발타 님의 가신이라는 나조차 밀밭 한복판에서 왕에게 말채찍으로 얻어맞고 있었는데.

만약에 먼발치에서 그 꼴을 보고 있었으면…….

눈시울이 시큰하면서 머리가 핑 돌았다. 갑자기 세상에서 나 혼자 남은 듯한 기분이 들었다. 레아는 두 손으로 머리를 감싼 채 천천히 허리를 구부렸다.

똑똑똑. 노크 소리가 들리더니, 양 갈래 빨간 머리 소녀가 통통 들어와 영주님께 나붓이 고개를 숙인다.

"영주님. 벵상 아시케나지 세공사와 마담 미셸르께서 급하게 짐을 챙겨 떠나시면서, 세공사 레비에게 전해 달라는 말씀이 있었습니다."

"침대에 계시니 직접 전해 드려라."

카미유는 침대 앞으로 와서 무릎을 사뿐 구부려 인사를 하고는 또박또박 말을 전했다.

"벵상 아저씨께서 동생이신 레비 아저씨께 전해 달라 하셨습니다. 폐하의 군대가 여기까지 온 것 같아, 인사도 못 하고 급하게 떠난다고, 우리 걱정은 말고 부디 무사히 아프지 말고 건강하게 지내라고, 살아만 있으면 언젠가 다시 만날 테니 아무리 힘들어도 죽지만 말라고 하셨습니다."

발타의 시선이 천천히 레아에게 향했다. 레아는 여전히 두 손으로 머리를 감싼 채 머리를 이마에 박고 몸을 우들우들 떨었다.

"……그리고 마담 미셸르께서는……."

카미유는 눈물이 잔뜩 고인 채 입술을 꽉 깨물고 있는 레아를 보며 조심스럽게 말했다.

"레비 오라버님께는 영원한 사랑과 깊은 감사를, 발타 님께는 깊은 존경과 최고의 경외를 바친다고 하셨습니다. 그리고 먼 훗날 두 분을 다시 뵐 날이 있으면, 반드시 은혜를 갚겠노라고. 어, 레비 아저씨? 왜, 왜 우세요? 하, 하여튼 그렇게…… 전해 달라 하셨습니다."

툭, 툭, 투투투툭.

눈물이 이불 위로 연이어 떨어지기 시작했다. 은혜라니, 감사라니. 그게 친언니인 나한테 할 소릴까.

먼 훗날 만나기는 뭘 만나, 이 바보야. 아크레를 떠난 후부터 지금까지 항상 언제 죽을지 몰라 전전긍긍하면서 살아왔는데, 뭘 믿고 나중에 만나자고 해?

사실 지금까지 소리 소문 없이 잘 살아왔던 것 자체가 천운이다. 나도 발타 님께 은혜를 갚겠다고 쉴 새 없이 맹세하면서 결국은 뒤통수만 되풀이하고 있다. 은혜를 갚겠다는 말처럼 부질없는 말이 어디 있다고.

왜 나중에라도 정말 만날 것처럼 그런 식으로 말하냐고…….

레아는 두 손으로 얼굴을 감싼 채 소리 없이 흐느꼈다. 카미유는 허둥지둥 문을 닫고 나갔고, 발타는 아차 하는 사이에 나갈 기회를 놓쳤다. 문을 열려고 하는 순간 레아의 흐느낌 소리가 들렸고, 그는 그대로 얼어붙었다.

"레아."

한참 망설이던 발타는, 결국 레아가 있는 침대로 다가와 귀퉁이에 앉았다. 하지만 말 한마디 없이 그냥 앉아만 있다. 레아의 눈물이 이불 위에 방울방울 얼룩을 만들어 갈 때, 그의 땀방울은 턱을 타고 흘러내렸다.

"차라리, 두 사람은 여길 떠나는 것이 안전할 겁니다."

그 말을 듣는 순간 눈물이 갑자기 폭포처럼 터졌다. 흐, 흐윽, 흐으으으! 이제 걷잡을 수 없이 눈물이 쏟아졌다. 그의 손이 멈칫거리며 몇 번 다가오려 하다가 결국 시트만 그러잡고 물러난다.

잠시 후, 그는 아예 등을 돌려 버렸다.

레아는 그의 완강한 뒷모습조차 너무 서러워, 오래 흐느꼈다.

† † †

레아는 그날 밤부터 급격히 열이 올랐고, 열흘 동안 침대 밖으로 제대로 나오지도 못한 채 호되게 앓았다. 발타 역시 금쪽같은 휴가(?)를 시종의 병간호로 고스란히 날려야 했다.

원래 왕의 가신 영주들은 1년에 한 달 반이나 두 달 정도만 왕궁에서 근무하면 된다. 그것도, 대신 일할 용병을 보내거나, 병역 면제세를 납부하는 것으로 그해의 복무를 때우는 경우도 많았다.

하지만 저분의 경우, 그런 대체 복무(?)를 허락받지 못했다. 애초에 코딱지만 한 영지 관리 따위 해 본 적도 없고, 영지민을 각잡고 보호하지도 않고, 마상 시합도 영업 종료했으니, 이젠 왕이 밤이고 낮이고 사시사철 계속 부려 먹어도 도망칠 핑계가 없었다.

물론 초과 근무 수당은 받는다고 하는데, 마상 시합에서 돈을 갈퀴로 쓸어 모으던 분에게 플로린 금화 몇 닢을 수당으로 주어봐야 무슨 의미가 있겠나.

정말 필립 폐하는 얼굴만 반드르르하지 뻔뻔함과 욕심이 하늘을 찌르는 새끼…… 찌르는 분이었다.

어쨌든 가죽으로 꽉꽉 감싸 둔 가슴과 등의 상처가 더위에 왕창 덧나기 시작하면서, 레아는 거의 정신을 잃을 지경이 됐다. 엎친 데 덮친다고, 나흘째 되는 날 새벽부터는 달거리도 터졌다. 그야말로 세상의 종말이 따로 없었다.

"마드무아젤, 레아! 레아! 괜찮으십니까? 정신 좀 차려 보세요. 레아! 제가 누군지 알겠습니까? 레아!"

금요일 아침 첫 기도를 마치고 레아를 살펴보던 발타는 기겁하며 정신없이 레아를 깨웠다.

열이 높아서 한참 동안 정신을 차리지 못하던 레아는, 정신이 반쯤 날아간 발타에게 뺨을 몇 대나 맞고서야 몽롱하게나마 눈을 떴다. 처음에는 덜덜 떨면서 톡톡 건드리는 정도더니, 나중에는 작정하고 힘을 주어 때리는데, 광대뼈가 박살이 날 만큼 아팠다.

"바, 발타 님, 으으, 왜……. 아?"

레아는 그가 이성을 잃은 이유를 침대를 내려다보고서야 알아차렸다. 상처가 터져서 피나 고름이 조금씩 묻어나던 것과는 차원이 다른 출혈이 펼쳐져 있었다.

아, 제기랄. 레아는 속으로 욕을 집어삼키며 이불을 확 끌어안다가 그대로 침대 아래로 굴러떨어졌다. 천장과 바닥이 빙그르르 돌며 뒤집히더니 눈앞으로 번쩍 벼락이 치고 이내 사방이 온통 새하얗게 변했다.

레아는 필사적으로 더듬대며 침대로 올라가 이불로 몸을 둘둘 말았다. 열이 너무 올라서인지 피부가 극심하게 따갑고, 온 세상이 출렁출렁 흔들렸다.

"아, 마드무아젤, 혹시……."

한참 후에야 사태를 눈치챈 발타는 얼굴이 희게 변한 채, 방구석으로 쏜살같이 물러났다.

"……."

"……."

두 사람은 말 한마디 하지 못하고 시선도 마주치지 못한 채 대혼돈에 빠졌다.

저분이 의술에 해박하다고 하는 것은 어디까지나 남자들, 그것도 부러지고 터지고 찢어져 나가는 기사들의 외상이나 일반적인 약초 사용에 대한 것이고, 여자들의 몸에서 일어나는 일들에 대해서는 개뿔 아는 것이 없었다.

이불로 몸을 둘둘 말고 고개를 처박은 레아를 향해, 발타가 기어 들어가는 목소리로 말했다.

"죄송합니다. 자……해라도 하신 줄 알았습니다. 카미유를……불러 드리겠습니다."

"아, 안 돼요, 발타 님. 절대 안 돼요."

레아가 다급하게 말렸다.

이 작은 마을에 소문이 도는 것은 순식간이다. 영주님과 같이 먹고 자고 하던 이교도 출신 시종이 여자였다? 소문은 시테 섬은 물론이고 기사단 본부까지 빛의 속도로 퍼질 것이다.

그랬다간 왕에게 받은 임무는 물 건너가게 된다. 창피한 것은 순간이지만-순간이 아닐지도 모른다- 성 십자가는 반드시 돌려받아야만 했다.

발타는 사색이 된 채, 여전히 기어들어 가는 목소리로 물었다.

"그럼, 제가…… 어떻게 도와드리면 되겠습니까."

이걸 댁이 어떻게 뭘 도와줘. 레아는 정신이 오락가락하면서도 생각이 그대로 말로 튀어 나가지 않도록 필사적으로 정신줄을 붙잡고 중얼거렸다.

"죄송……합니다. 제가, 시트하고 옷은 세탁을……. 리, 리넨 천이 좀 있으면……."

"세탁이요? 지금 그걸 걱정하실 때입니까? 제대로 일어나지도 못하면서?"

기가 막힌 듯한 한숨 소리가 나왔다. 레아 생각에도 제정신은 아닌 것 같았다.

도망치듯 밖으로 나간 발타는 한참 후 몇 가지 물건을 사 들고 돌아왔다. 붕대와 다용도로 쓰일 법한 깨끗한 리넨 천과 침대보와 이불로 쓰일 만한 새 천이 그의 팔에 둘둘 감겨 있었다. 몇 가지 먹을거리도 같이 있었다.

그는 방 한구석에 레아가 옷을 갈아입을 수 있도록 천을 둘러쳐 주었고, 레아가 비틀비틀하며 옷을 갈아입는 동안 짚단과 시트와 이불을 교환해 주었다.

그리고 레아가 다시 침대에 와서 앉자, 그가 조심스럽게 말했다.

"마드무아젤. 상처가 계속 덧나고 있습니다. 안에 받쳐 입으신 가죽조끼는 벗으셔야 할 것 같습니다. 전장에서 상처가 났을 때, 덧나면서 열이 나기 시작하면 목숨까지 잃는 경우가 많습니다. 이것저것 따지실 때가 아닙니다."

레아는 모든 것을 포기했다. 그녀가 이불을 끌어안은 채 슈미즈를 등까지 걷어 올리자, 발타는 친친 묶어 놓은 끈을 뒤에서 하나하나 잘라 냈다.

"아흐윽!"

등의 피딱지가 옷과 함께 떨어져 나갈 때마다 레아는 비명을 삼키면서 몸을 비틀었다. 상처를 보는 일에 익숙한 발타 역시 그때마다 소스라치며 손을 멈추었다. 그는 한참 심호흡을 하고는 이를 악문 채 피와 고름을 닦아 내고 직접 만든 약초즙을 발라 주었다.

"상처에 농이 빠지고 덧난 것이 가라앉을 때까지 가볍게 붕대만 감고 슈미즈만 입고 계십시오. 이곳에는 아무도 들어오지 못하게 하겠습니다. ……등은 다 됐으니 앞부분은 직접 바르십시오."

발타는 초록색 약물이 담긴 그릇을 내밀며 말했다. 레아는 이불을 뒤집어쓴 채 손이 닿는 곳에 약을 바르고 대충 붕대를 감은 후 그의 커다란 슈미즈를 뒤집어썼다. 상처 부위가 싸하고 선뜻했지만, 가죽 지퐁을 벗은 것만으로도 한결 살 것 같았다.

"이것은 염증과 열기를 가라앉히는 약초즙입니다. 많이 쓰지만 참고 삼키십시오."

발타가 등을 받치고 입에 나무 그릇을 대 주었다. 레아는 가죽 물들일 때 쓰는 염료처럼 진하고 탁한 초록색 물을 억지로 삼켰다. 열 때문에 혀가 감각이 마비됐는지 전혀 쓰지 않았다.

발타가 제대로 치료를 시작하자 천천히 열이 내리면서, 사흘째부터는 약의 쓴맛과 광란의 스튜 맛을 조금씩 느낄 수 있게 되었다. 배신감과 증오심이 머리끝까지 차 있을 텐데도, 발타는 최선을 다해 레아를 보살폈다.

무엇보다 다행인 것은, 이 집에 허락 없이 함부로 들어오는 사람이 없고, 용변을 보는 곳이 정해져 있다는 점이었다.

작년에 이곳에 왔을 때, 나무와 관목이 무성한 뒤뜰의 실개천 위에, 통나무와 널판 몇 장으로 디딤판을 만들어 둔 것을 발견했는데, 집수리를 하면서 사면 가림막을 설치해 두었다. 심지어 비가 와도 걱정 없게 경사 지붕까지 꼼꼼하게 씌웠다. 오로지 발타님의 체면과 명예를 위해!

그리고 지금 그 덕을 자신이 보고 있다. 사람이 착한 일을 하면 복을 받는다는 것은 틀림없는 사실이었다. 그곳에 앉아 있으면 위에서는 삐이삐이 새소리에 아래서는 졸졸 물결 소리가 들리며 마음이 평온해지는데, 그 순간만큼은 알리에노르 왕비님이 부럽지 않았다.

레아가 정신이 오락가락하며 앓는 동안, 발타는 잠도 제대로 자지 못하며 레아를 살폈다. 주로 밤에 열이 심해졌기 때문에, 시시때때로 일어나 열이 높은지 호흡이 고른지 확인했다. 그리고 낮에는 아무 곳에나 머리를 박고 불편한 자세로 토막잠을 잤다.

그는 작년에 레아와 함께 밤을 보낼 때, 정말 색기가 충만한 아슬아슬 속옷 차림이었지만, 레아가 여자인 것을 알게 된 후로는 그렇게 도발적인 모습은 티끌만큼도 보여 주지 않았다.

그는 사슬 갑옷과 투구까지는 아니지만 무릎까지 닿는 긴 튜닉이나 콧트, 브레, 쇼스, 왕실 백합이 수놓인 쉬르코 차림으로 지냈다. 이 무더위에. 심지어 잠을 잘 때조차 맨발이 보이지 않을 정도로 신경을 썼다.

그런데 발타 님, 저 여자인 거 모르고 도발적으로 돌아다니시던 게 차라리 나은 것 같아요…….

정신이 오락가락해서인지, 그런 이상한 생각도 들었다.

† † †

열흘째 되던 날 새벽, 몸이 가뿐해졌다. 온몸을 짓뭉개는 것 같던 통증도 한결 옅어지고, 무엇보다 열이 완전히 떨어졌다. 이제부터는 자유롭게 돌아다녀도 될 것 같았다.

정신을 차리고 일어나 보니, 사방은 아직 어스름한 어둠에 잠겨 있었고, 침대 옆 탁자에 작은 촛불만 하나 남아 있었다. 발타는 밤에 레아의 상태를 확인하기 위해 늘 굵은 초 한 자루를 켜 두곤 했다.

그는 레아의 침대 옆에 짚단과 깔개를 놓고 잠을 청하곤 했는데, 오늘따라 침대 발치에 팔을 괴고 엎드려 자고 있었다.

“……발타 님, 왜 이렇게 불편하게…….”

레아는 문득 말을 멈췄다.

촛불이 만들어 낸 그늘 때문일까, 그의 얼굴에는 그림자가 뚜렷하다. 며칠 전보다 더 야위어 보였다. 눈 밑에 그늘이 어둑하게 내려앉았고 늘 매끈하던 턱에는 수염도 비죽비죽 돋아 있었다.

……어떡해.

레아는 그를 한참 동안 내려다보았다. 그의 이해할 수 없는 모습은, 이해할 수 없는 감정을 불러일으켰다. 고맙고 미안하고 무서운 것을 넘어선, 전혀 다른 영역에 있는 감정이었다.

이분은 나와 어떤 인연으로 엮여서 이렇게 되셨을까.

나는 또 왜 이분을 이렇게 오래오래, 깊이 마음에 두게 되었을까.

누군가를 아무리 사랑해도, 눈에 보이지 않으면 결국 그 감정이 없어진다 했다. 우리 아빠도 그렇게 사랑하던 여자가 있었지만, 먼 이국의 땅에서 새로 여자를 만났고, 깊이 사랑할 수 있었다. 그것은 이상한 일이 아니다. 원래 그런 것이다.

하지만 나는 왜 이분을 잊지 못했을까. 이 감정은 왜 이렇게 꼬리가 길게 남아 있을까.

그리고 이분은 왜 나를 그렇게 오랫동안 마음에 담아 두고 계셨을까.

"으음……."

나직한 신음 소리가 흘러나온다. 레아는 가만히 시선을 돌려 그를 내려다보았다. 하아. 그의 주먹이 침대를 더듬더듬하더니 시트를 꾹 감아쥔다. 그의 입에서 아주 가는 목소리가 흘러나온다. 레아는 허리를 굽히고 조심스럽게 귀를 기울였다.

"레아……."

레아는 화들짝 놀라 뒤로 물러앉았다.

"레아, 레아. 레아……."

그는 눈을 감은 채 나직한 목소리로 그녀의 이름만 불렀다. 희게 꺼풀이 일어난 입술이 보일락 말락 달싹거린다. 레아. 레아. 다른 말은 한 마디도 없이 그저 이름만, 레아. 레아.

레아는 입술을 깨물었다. 시트를 꽉 말아 쥔 손이, 길고 희고 매끈한, 전사답지 않은 손이 미치도록 사랑스러웠다.

침대 위로 흩어져 있는 은빛 머리카락이 촛불의 희미한 불빛으로 말갛게 빛난다. 깊게 감긴 눈꺼풀과 살짝 떨리는 것처럼 보이는 긴 속눈썹, 입술, 거칠고 메마른, 하지만 달콤한 목소리가 흘러내리는 입술.

레아. 나의 레아.

……나의 레아.

레아는 눈을 감은 채 나직하게 탄식했다.

이분은 오래전 나를 죽이는 데 실패하셨고, 이제는 나를 증오하는 것조차 실패하신 듯하다.

이분은 대체 어쩌다가 나를 이렇게 사랑하는 저주에 빠진 걸까.

레아는 손을 내밀어 침대 위로 흐트러진 그의 머리카락 끝을 가만히 매만졌다. 그의 머릿결은 가는 비단실처럼 부드러웠다. 아주 작은 살기에도 일어나신다더니 일반적인 기척에는 꽤 무디신 듯했다.

이분은 대체 어쩌다가 입단 서원 따위를 하게 됐을까.

대체 어쩌다가 고독한 독신 수도사의 길을 걷겠다는, 그런 말도 안 되는 맹세를 하게 된 걸까.

그런 맹세를 할 때, 이분을 사랑하는 주변 분들은 대체 왜 아무도 말리지 않았을까.

만약 내가 누나나 동생이었으면, 다리에 매달려서라도 울면서 말렸을 텐데.

그의 흐트러진 머리카락을 가만히 어루만지던 레아는 아주 조심스럽게 고개를 숙였다. 그는 여전히 단잠에 빠져 있다. 심장이 미친 듯이 쿵쿵댄다.

레아는 허리를 바짝 수그려 그의 머리카락에 입술을 대고 가만히 눌렀다. 아. 머리카락에마저도 단맛이 나는 것만 같다.

나는 왜 당신을 사랑하게 된 걸까.

당신은 어째서 하느님께 그렇게 말도 안 되는 약속을 하신 건가요.

그런 약속 따위를 하지 않았다면, 우리는 그때 아크레의 세이렌 호에서 다른 선택을 할 수도 있지 않았을까요.

……지금이라도, 다른 선택을 할 수 있지 않을까요.

불현듯 가슴이 시렸다.

당신은, 내가 탐나지 않나요? 조금이라도? 나를 갖고 싶었던 적이 없나요? 나는 당신을 이렇게, 이렇게 미치도록 갖고 싶은데. 당신의 머리카락 하나, 옷 한 자락이라도 이렇게나 간절하게 갖고 싶어서, 당신의 낡은 옷과 신발을 그리도 오랫동안 간직해 왔는데.

레아는 다시 엎드려 그의 머리카락에 입을 맞추고, 그의 옷자락에도 입을 맞추었다. 잠이 얕아지려는지 그의 손끝이 살짝 꿈틀거리다가 풀린다. 그의 입술이 달뜬 한숨을 가볍게 토해 내더니 이내 잠잠해진다.

속에서 이상한 열기가 이글거린다. 그것은 안쓰러움, 미안함, 죄책감, 고마움과는 전혀 다른 감정이었다.

레아는 그 낯선 감정의 이름을 잘 알고 있었으나, 이 순간 그 낱말이 몹시 낯설게 느껴졌다. 그것은 달콤하고 아름답다기보다 오히려 끝없는 탐욕이나 저항할 수 없는 폭력처럼 느껴졌다.

나는 당신을 갖고 싶어.

순식간에 정체를 드러낸 욕망은 너무나도 무력해, 눈물이 되어 후드드 떨어졌다.

……지금 이분을 무너뜨리고 나를 갖게 만들 수만 있다면.

기사단에 들어가기 전에, 아주 짧은 순간이라도 이분을 가질 수만 있다면, 나는 릴리트, 그 아름답고도 사악한 밤의 마귀가 되어버려도 좋을 텐데.

레아는 그의 머리 위로 천천히 허리를 구부렸다. 머리카락이 닿지 않게, 나의 숨소리가 이분에게 닿지 않게, 가까이, 가까이, 조금만, 조금만 더 가까이.

입술이 그의 귀 가까이 가 닿는다. 열흘 전 밀밭에서 차마 나오지 못했던 말이 입술 뒤에서 일렁거린다. 해 봐, 말해 봐, 그는 듣지 못해. 지금은 듣지 못해. 그의 꿈에 들어가서 속삭이는 것처럼. 말해.

"……나는 당신을……."

넘실대던 물결이 입술 밖으로 한 방울, 한 방울 떨어져 나오기 시작했다. 나는 당신을, 나는 당신을 미치도록, 나는 당신을 온 영혼을 걸고, 나는 당신을, 내 목숨을 던질 만큼, 나는, 나의 생을 다 버려도 좋을 만큼. 아아, 한번 새어 나오기 시작한 물방울은 실개천처럼 흐르다가 이내 폭포처럼 막무가내가 되어 터져 나오려 한다.

"나는 발타 님 당신을……."

레아는 그의 귀에 아주 가만히 입술을 댔다. 입술 끝에 솜털이 살풋 느껴질 만큼만, 아몬드 꽃잎이 하느작하느작 풀 위에 내려앉는 것처럼, 민들레 씨앗의 보드라운 솜털이 나풀나풀 내려앉듯, 꽃을 찾은 노란 나비 한 마리가 팔락팔락, 아니 소리조차 없이, 발그레하게 물든 장미 위에 내려앉듯, 그렇게 고요히.

나비가 내려앉고도 장미는 털끝만큼도 움직이지 않았다. 그의 귓가는 갓 피어난 새벽의 장미처럼 붉었으나, 여전히 단잠에 빠져 있는 기사는 털끝만큼도 움직이지 않았다.

……나는 당신의 아이를 갖고 싶어.

레아는 속삭였다. 릴리트처럼 뻔뻔하게, 탐욕스럽게, 사악하게, 그리고 달콤하게.

나는, 당신의 아이만이라도 갖고 싶어.

당신의 몸은 하느님께 정결히 바쳐진 것. 당신의 마음도 하느님께 거룩하게 바쳐진 것, 당신의 모든 시간도 하느님께 온전하게 바쳐진 것.

왜 당신은…… 자신을 위해 이렇게까지 아무것도 남겨 두지 않았어요?

나는 당신을 갖고 싶어요. 당신이 입단하기 전까지 허락된 아주 짧은 기간이라도 좋아. 당신에게 주어진 평생의 시간 중에서 아주 짧은 조각을, 당신에게 허락된 지상의 육신 중에서 아주 작은 한 알의 씨앗이라도 좋아. 나는 그 씨앗을 품고 키워 내고 싶어.

겨자씨만 한 믿음이 하늘을 뒤덮는 나무가 되듯, 당신에게서 얻어 낸 한 조각으로 나의 남은 하늘을 채우고 싶어요.

당신은 나를 갖고 싶은가요? 당신의 씨앗 한 알을 나의 품에 남겨 주고 갈 수 있어요?

이제 사방은 너무나도 조용해서 가늘게 흘러나오던 그의 숨소리마저 들리지 않는다. 그리고 당연히 대답은 돌아오지 않는다.

물론 그가 어떤 대답을 할지는 잘 알고 있다. 그는 타락한 릴리트의 유혹에 넘어가는 대신 칼과 방패를 들고 싸울 것이고, 신께 자신의 모든 것을 남김없이 바칠 것이다. 그가 기사단에 입단하기로 서약한 이상, 약속에서 빠져나올 방법은 없다.

레아는 그를 내려다보며 빙그레 웃었다.

우리의 신은, 왜 이렇게 잔혹하지요, 발타 님?

시간이 이 자리에서 그대로 멈춘 것 같았다. 레아는 두 사람이 그냥 이렇게 고스란히 돌이 되어 굳어 버리면 어떨까 생각했다. 그러면 이 장소가 천국이 되는 거겠지. 아니, 이분의 입장에서는 지옥일까. 그리 생각해 보니 천국과 지옥은 동일한 장소일 수도 있겠다.

그의 눈꺼풀이 꿈틀거리는 것을 보며, 레아는 천천히 몸을 떼었다. 한스러울 정도로 아쉬웠다. 그의 미간에 깊은 주름이 잡히면서 속눈썹이 가늘게 떨린다. 깜박, 깜박깜박. 아크레 앞바다처럼 여전히 새파랗고 맑은 그의 눈동자에 레아는 눈이 시었다.

"……일어나셨습니까, 마드무아젤."

잠에서 막 깨어서일까. 그의 목소리는 열기에 바스러진 가죽처럼 거슬거슬했다. 레아는 대답하는 대신 그를 빤히 바라보았다. 그의 눈동자가 살짝 커진다. 두 사람 사이로 기묘한 열기가 출렁거렸다.

"몸은 좀 어떠십니까."

그가 몸을 옆으로 비스듬히 비껴 시선을 피한다. 그는 레아가 이불로 몸을 가리고 앉아 있는 모습조차 오래 쳐다보지 못했다. 뒤늦게 엉킨 머리를 손가락으로 빗어 내리고 구겨진 쉬르코와 망토 자락을 가다듬는 손이 갈팡질팡한다. 유난히 붉은 귓가와 목덜미가 낯설었다.

혹시 깨어 계셨던 걸까. 아직 잠에서 덜 깨신 걸까. 레아는 아까와 똑같은 목소리로 속삭여 보았다.

"발타 님."

그의 부산한 움직임이 멈춘다. 다른 곳으로 돌아갔던 그의 시선이 천천히 레아에게 돌아온다. 정말 듣고 계셨던 건가. 하지만 왜인지 당황스럽지는 않았다. 그저, 그의 붉어진 목덜미와 귓가를 미칠 듯이 만져 보고 싶었다.

이제 두 사람 사이는 찐득하고 무거운 공기로 가득해졌다. 벌써 날이 이렇게 더워졌던가. 열은 내렸는데, 이제는 온 세상이 후끈후끈 달아오르는 것 같다.

레아는 팔을 내밀어, 그의 어깨에 내려앉은 눈부신 머리카락을 가만히 손끝으로 쓰다듬었다.

"발타 님."

"……."

그가 황급히 손을 들어, 머리카락을 어루만지는 레아의 손을 움켜잡는다. 그의 손이 떨리는 것이 감지된다. 그는 레아의 손을 잡아 뿌리치려 했으나, 그의 손은 오래전 아크레 세이렌 호에서 그랬던 것처럼 주인의 의지에 복종하지 않는다.

레아는 발타의 손을 귀중한 성 유물처럼 꼭 감싸 안았다. 만지면 금세 뭉개지는 장미 꽃잎처럼, 희고 고결한 백합의 꽃잎처럼, 레아는 그의 손을 곱게 감싸 안고 조심조심 어루만졌다.

그의 호흡이 가빠지는 것이 들린다. 레아는 그의 얼굴을 볼 용기가 나지 않았다. 레아는 천천히 고개를 숙여 그의 손등에 입술을 가져다 댔다. 피와 폭력에 물든 기사의 손답지 않게 매끈하고 하얀 그의 손은 늘 이상했다.

촉.

그의 손등에서는 가볍고, 부드럽고, 사랑스러운 소리가 났다. 아마 이 손 아래를 흐르는 피는 꿀처럼 달콤할 것이다.

릴리트, 나는 그 사악한 유혹의 마귀에게 사로잡힌 걸지도 몰라. 하지만 발타 님을 차지하기 위해서라면, 남은 생을 광야에서 방황하며 울부짖는 유혹의 마귀 릴리트가 되어도 좋으리라. 촉, 촉촉. 레아는 계속해서 그의 손등에 입을 맞추었다.

"레아. 그만……."

그의 숨이 가빠진다. 말과 달리, 그의 목덜미는 애처로울 정도로 붉게 물들었다. 레아는 이제 그의 어깨와 목 위로 흐트러진 머리카락 위로 고개를 숙였다. 흐읍, 그녀가 머리카락에 입술을 대는 순간, 그의 몸은 채찍으로 맞기라도 한 것처럼 소스라친다.

하지만 그는 레아를 뿌리치는 대신, 손을 들어 레아의 목을 감쌌다. 그의 손가락 끝은, 며칠 전 왕이 새겨 둔 긴 채찍 자국으로 향했다. 그의 손가락은, 붉은 핏자국을 따라 아래로 길게 미끄러져 내렸다. 세상에서 가장 귀한 보석을 어루만지는 것 같다.

"많이 아프셨겠습니다."

레아는 그의 이마 위로 고개를 숙였다. 그의 새파란 눈이 커다랗게 벌어지는 것이 보였다. 레아는 그의 이마에 입술을 댔다. 그의 몸이 우들우들 떨리는 것이 느껴졌다. 얼마나 긴 시간인지 느껴지지 않았다.

목을 더듬던 그의 손가락이 천천히 위로 올라와, 뺨을 가만히 감싼다. 새파란 그의 눈동자는 레아의 시선을 더 이상 회피하지 않는다.

그의 얼굴이 새삼 낯설게 느껴졌다. 그의 손에서 떨림이 멈추었다. 그의 눈빛에서 지글대는 열기가 터져 나오기 시작했다. 레아는 불현듯 생각했다.

내가 속삭이는 말을 듣고 계셨던 걸까.

……흐윽.

그의 눈동자가 레아의 눈앞으로 천천히 다가오나 싶더니, 이내 생각이 툭 끊어진다. 그의 날숨이 레아의 입속으로 고스란히 흘러들어 왔다.

레아는 눈을 꽉 감고 입맞춤을 받았다. 그녀의 입속으로 아주 조심스럽게, 수줍게 들어온 발타 님은, 생각보다 훨씬 달았다.

그가 팔을 벌려 레아의 허리를 끌어안는다. 얼마나 힘을 주어 안았는지 허리와 등이 짓이겨지는 것 같다. 숨이 막힐 정도로 진한 향, 활짝 피어오른 백합꽃 속에 몸이 풍덩 빠져 버린 벌새가 된 기분이었다.

"……열……이 떨어졌군요."

그가 입술을 붙인 채 나직하게 말했다. 그의 말이, 그의 거친 숨결이 레아의 입속에서 굴러다닌다. 달고 간지럽다. 바로 눈앞에서 새파란 눈동자가 깜박깜박한다. 붉게 물든 목덜미와 귓가에서도 진한 향이 흘러나오는 것 같다.

꼬끼오~!

기다리기라도 한 듯, 멀리서 수탉이 우는 소리가 들렸다. 발타 님의 몸이 짧게 소스라치는 것이 느껴진다. 한 마리가 울기 시작하자, 동네의 몇 안 되는 닭들이 여기저기서 울어 대기 시작한다. 여전히 깜깜한 줄 알았던 창에선 어느새 말간 새벽빛이 스며들고 있었다. 레아는 그에게 안긴 채 조그만 목소리로 대답했다.

"몸은 다 나았어요. 그동안 심려를 끼쳐 드려서 죄송합니다."

"다행입니다."

발타는 눈을 내리깔고 조용히 대답하더니, 이내 팔을 풀고 몸을 뒤로 물렸다.

그의 붉어진 얼굴로 참담함이 번져 가기 시작했다. 제정신일 때는 결코 허용하지 않았을 짓을 해 버린 것이다. 활짝 열린 창문으로 새벽빛이 환하게 밀려들어 오자 그의 얼굴에 스며 나온 당혹감과 자괴감이 더욱 또렷해졌다.

그는 자리에서 일어나더니 이를 악문 채 말했다.

"죄송합니다, 마드무아젤. 제 잘못입니다. 앞으로는 다시는 이런 일이 없도록 하겠습니다."

"발타 님. 잠깐, 잠깐만요!"

"오늘쯤…… 궁에 돌아가야 할 것 같습니다."

그는 방구석으로 물러나 매무시를 가다듬더니 서둘러 문을 열고 밖으로 나갔다. 기다리기라도 했던 듯, 마을의 다른 수탉들과 크레도, 망아지들이 떼를 지어 울기 시작했다.

발타가 열어 놓고 나간 문으로 써늘한 새벽 공기기 밀려들어 왔다. 가슴이 선뜩해졌다.

벌써 아침이구나.

릴리트의 시간은 끝났다.

7부. 데우스 불트

신께서 원하신다

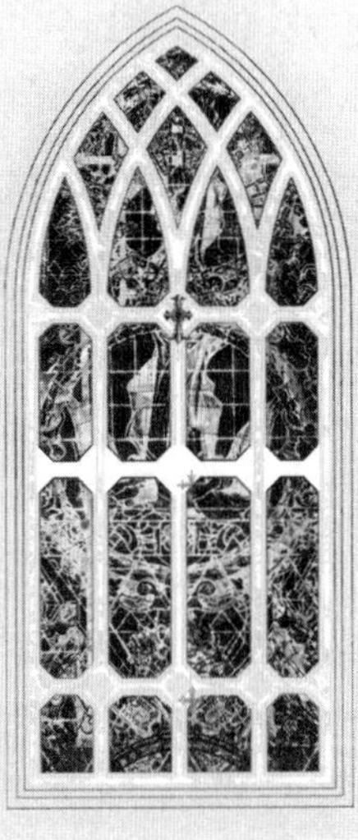

7-1. 비밀 정보원

"입단식을 겸한 헌신 미사는 별일 없이 마무리가 됐고, 발타 님은 신입 단원으로 기사단에 대한 기본 교육을 받고는 있습니다. 눈치를 보아하니 별도의 비공개 신고식 같은 게 따로 있는 듯하고요. 단장님께서 파리에 도착하신 후 진행될 것 같은데, 그에 대한 정보는 아주 오리무중입니다."

왕의 앞에 마주 앉은 푸른 드레스 차림의 여자는 또렷한 목소리로 보고를 시작했다.

"입단식에서 특이한 점은 없었나?"

"없었습니다. 예비 금식이나 그런 것도 없었고요. 아, 예수님의 성의라고 하는 천이 모셔졌는데, 그곳에 허리띠와 검을 대어 축성하고, 그것에 입을 맞추는 것으로 입단 서약을 했습니다. 주님과 성모님께 헌신을 맹세하는 서약이었습니다."

"음. 그랬단 말이지."

기둥 뒤에서 눈에 띄지 않게 시립하고 있던 위그는, 바짝 긴장하며 두 사람의 대화에 귀를 기울였다. 서기관 장을 위한 신하들은 모두 어전에서 물러났고, 자신만이 이 대화의 유일한 증인이다. 내용을 잘 기억해 두어야 했다.

폐하께서 이교도 출신 여인에게 중차대한 임무를 맡긴 지 벌써 몇 달이 흘렀다. 발타 경과의 연락책이자 성전기사단의 비밀 정보원으로 저 여자를 탕플 탑에 밀어 넣은 것이다. 남자들만 우글대는 곳에!

폐하는 정말이지 여러 가지로 범상치 않으신 분이다. 물론 돈 500리브르에 눈이 멀어 이 무서운 계약에 응한 여자도 폐하만큼이나 범상치 않다.

당사자는 재수 옴 붙었다 생각하는 것 같지만, 사실 억수로 운 좋은 여자다. 살던 마을이 풍비박산되고, 프랑스 전역에서 10만의 아시케나지인들이 빈털터리로 쫓겨날 때, 저 여자는 발타사르 경과 번개처럼 신종 서약을 맺고 개종까지 해치워 가며 파리에 남아 있게 되었으니까.

게다가 오랫동안 남자 행세를 하며 미풍양속을 파괴하고 창조 질서를 교란했음에도 어떠한 벌도 받지 않았다. 아버지가 생 루이 선왕 폐하의 십자군에 복무했다더니, 그 복락을 딸이 누리고 있는 게 아닐까 싶다.

어쨌든 파리에서 계속 남자로 살았던 저 여자는 이제 여자로 변장(?)하고 시테 궁에 드나들게 되었다. 그 일을 위해 첩보작전을 방불케 하는 방법이 동원되었다.

'제가 궁에 드나드는 것이 들통나면 발타 경은 그날로 기사단에서 쫓겨나게 될 터이고, 저는 쥐도 새도 모르게 사라졌다가 어느 날 갑자기 쁘띠퐁 다리 밑에서 둥둥 떠오르게 될 겁니다!' 하는 무시무시한 협박 때문이었다.

그 와중에 '폐하께서 재산을 압수하시는 바람에 여성용 드레스나 금실로 수놓인 털외투나 베일 달린 모자 하나 살 돈이 없사와 변장에 큰 애로사항이 있나이다.' 하는 하소연까지, 자칭 쫄보라는 여자는 뻔뻔함이 아주 제대로였다.

더 놀라운 것은, 폐하께서 생트 샤펠에서 미사를 드릴 때와 똑같은 표정으로 그 장한 하소연을 다 들어 주고, 필요한 물품을 대주기까지 했다는 점이다.

그래서 일주일에 두 번, 접선용으로 정해진 몽모랑시 여인숙 앞으로 왕이 마차를 보내면, 기다리고 있던 세공사 레비가 마차에 오른다. 커튼이 꼭꼭 둘러쳐진 마차 안에는 왕이 보낸 여성용 드레스와 장갑, 모자, 베일 따위가 얌전히 놓여 있다.

궁에 도착해서 마차 문이 열리면, 마드무아젤 레아 올랑드라고 불리는 키 큰 숙녀가 몇 겹의 베일로 얼굴을 가리고, 긴 치맛자락을 걷어쥔 채 가뿐하게 뛰어내린다.

그녀는 에스코트 따위 필요 없이, 왕의 접견실에 도착할 때까지 그 긴 복도와 홀과 높은 계단들을 사슴처럼 뛰어갔다. 그리고 접견실에 어전 시종 한 명을 제외한 모든 사람이 나간 후에야 베일을 걷었다.

"화, 황공하옵니다, 폐하. 제가 아크레를 떠난 이래 여자 옷을 입어 본 것이 처음이온지라……."

드레스 차림으로 처음 시테 궁에 나타난 여자는 감동에 찬 얼굴로 감사 인사를 드렸다. 물론 여자의 감격에 별 관심이 없는 폐하께서는 기대에 어긋나지 않게 산통을 깨 주었다.

“여자가 여자 옷을 입은 것이 그리 감격할 일인가. 하느님의 창조 질서를 교란하는 옷차림은, 내 궁에서 용납하지 못한다.”

그녀는 남자의 인사와 여자의 인사도 헷갈려 드레스의 무릎 부분에 시커먼 먼지까지 묻히고 말았다. 폐하께서는 인사 방법을 지적하는 대신 접견실 바닥에 새 카펫을 깔아 두라고 명령했다.

여자는 어지간한 남자들만큼이나 키가 컸고, 얼굴선이 굵고 시원한 편이라, 수염을 붙이고 남자 행세를 하고 있어도 별다른 위화감이 없긴 했다. 그래도 여성용 드레스를 입고 화장을 하면, 그럭저럭 여자라고 주장할 수 있을 정도는 되었다. 다만 찰랑찰랑 물결치는 맑은 금발과 새파란 사파이어를 동그랗게 깎아 박은 듯한 눈동자는 지나가다가도 고개를 돌려 볼 만큼 시선을 끌었다.

그런 여자를 보며 위그는 가끔 자책했다. 어쨌든 숙녀를 바로 알아보지 못한 자신은 경멸받아 마땅했다. ‘폐하, 하느님께서는 여자를 그런 형상으로 만들지 않으셨습니다.’라니. 아아, 대체 어디 사는 바보가 그따위 멍청한 말을 했지.

여자 보기를 목석처럼 하시는 폐하께서도 한눈에 알아보신 것을, 다른 사람도 아니고, 연애 및 남녀 매칭 전문가임을 자처하는 위그 드 부빌의 뼈아픈 흑역사였다.

물론 자신보다 더 심각한 건 발타사르 경이다. 그는 심지어 저 여자와 몇 번이나 밤을 함께 보내 놓고도 눈치를 못 챘다. 그야말로 프랑스 남성의 대망신이었다.

“단장님께서 시프르 섬에서 성 요한 기사단과 왕위 분쟁으로 한판 붙는 바람에 일정이 밀렸지요. 그래도 아모리 공을 기어이 왕위에 올려서 나름 기세가 등등한 모양입니다. 일이 정리되는 대로 휘하 기사님들을 이끌고 파리로 올라오시지 않을까 싶습니다."
"그 잘난 콧대가 하늘을 찌르겠군. 그래, 귀환 규모는?"
"정단원 기사 60여 명과 그에 딸린 보조 병력이고, 시프르 섬에 보관 중인 기사단의 자산도 파리의 탕플 탑으로 옮길 것 같다 합니다. 제일 안전한 곳이니까요. 그 사실까지 아는 사람은 많지 않지만, 어쨌든 기사단의 중심축이 우트르메르에서 파리로 옮겨지는 것이라 다들 긴장하고 있지요."
"이번에 입단한 신입 기사들은 몇 명 정도라던가."
"입단 예배를 드린 인원은 열두 명 정도에 불과합니다. 그분들은 신입 단원용 숙소에 있는데, 단장님께서 오셔서 별도의 입단 절차를 거쳐야 공동 숙소에 합류하게 되는 것 같습니다."
"프랑스 지부 새 단원이 고작 그 정도면 다른 나라 지부들 상황은 알 만하군."
왕이 미간을 접은 채 낮은 목소리로 중얼거린다.
"그래도 열두 명이나마 지원을 했다니, 그것대로 놀랍지 않은가. 지켜야 할 예루살렘 왕국도 함락됐고 순례객도 없는데 대체 뭘 지키겠다고? 영지 없고 돈도 없는 떠돌이 기사들이 몰려온 게지."
왕은 한 손으로 턱을 괸 채 피시시 웃었다. 여자는 생긋 웃으며 보고를 마무리했다.
"오늘은 여기까지입니다. 기사단 내부 정보는 아무리 사소한 것이라도 철저하게 비밀에 부치고 있어서 알아내기가 쉽지 않습니다."
"그들은 예전부터 그랬다. 비밀이 많을수록 존경받는다고 믿었지. 다른 기사단도 비슷하고, 하다못해 동업조합에서도 나름의 비밀 입단식 같은 게 있지 않은가."

왕의 말투는 담백했지만 비웃음이 서려 있었고, 여자는 그 비웃음에 기꺼이 동참했다.

"비밀의 양만큼 존경을 받는다면, 저 같은 여자도 성녀 카트린만큼이나 존경을 받을 텐데요. 비밀과 사연 많은 거로만 따지면 저만 한 여자도 드물 테니까요."

"성녀 카트린처럼 고문받다가 순교를 하고 싶다는 건가?"

왕의 냉랭한 반문에 여자가 화들짝 놀라더니 얼른 고개를 흔들었다.

"폐하. 그 무슨 간 떨어질 말씀을……. 저 같은 쫄보 가문 출신은 명예롭고 용감한 죽음이나 거룩한 순교 같은 건 꿈조차 꾸지 않는답니다. 말씀드렸잖습니까. 저희 집안은 가훈부터가 '소리 소문 없이 떼돈이나 벌며, 가늘고 길게 잘 먹고 잘 살자'인걸요."

"아하."

"예수님께서 성녀님께 하셨던 것처럼 꿈에 나타나서 결혼반지를 끼워 주신다고 해도, 저는 제발 다른 여자를 찾아보시라고 말씀드리고 천리만리 도망칠 거예요."

"그런 말을 입 밖에 내다니, 부끄럽지도 않은가? 이름 없는 겁쟁이로 살다 죽는 것보다는 명예로운 이름을 남기고 죽는 것이 더 기쁘지 않은가?"

"폐하, 저는 레아라는 이름 있는 겁쟁이고요, 명예로운 이름을 남기고 일찍 죽는 것보다는, 운명의 똥밭에 구르면서도 이렇게 머리와 몸뚱이가 붙은 채로 맛있는 사과주를 마시며 오래오래 사는 것이 훨씬 더 기쁘답니다."

"이교에 몸담고 있더니 오래전 이교 철학자들이나 할 법한 발언을 함부로 하는군."

"어머나, 똑똑하다는 칭찬 같아요."

"몹쓸 물이 들었다는 말이야."

왕은 단조로운 목소리로 내뱉었다.

왕의 대화 방식이 썩 일반적이지 않다는 건 널리 알려졌지만, 저 여자의 말하는 방식도 범상치 않았다. 그것도 모자라 '수다쟁이의 면책 특권'까지 받은 여자는 더욱 범상치 않았다.

여자는 왕실의 숙녀나 귀부인들처럼 조신하게 말을 가리거나 세련되게 돌려 말하는 궁중 화법을 구사하지 못했다. 물론 폐하나 발타 경, 기욤 대법관 등의 화법도 직설적이기는 했지만, 세련되고 위엄이 있거나, 극도로 절제되어 있거나, 품위 있고 사무적이라는 점이 여자와 달랐다.

하지만 겁을 집어먹은 것 같으면서도 요상하게 수다스럽고, 뒤로 빼는 것 같으면서도 어쨌든 할 말은 다 하고야 마는 여자의 말버릇은 묘하게 유쾌한 감정을 불러일으켰다. 그래서 모든 대화를 무미건조하게 만들어 버리는 왕조차도 그녀와의 대화를 은근히 즐기는 것처럼 보였다.

두 사람의 대화는 삐그덕삐그덕하는 것 같으면서도 오랫동안 잘 굴러가는 튼튼한 마차 같았다.

"내 앞에서 하고 싶은 말을 다 하는 걸 보니, 이제 사과주는 필요 없을 것 같네. 더 마셨다간 간신히 돌아온 어린양이 파문을 당할지도 모르겠어. 물론 파문 철회를 시킬 수야 있지만 그게 꽤 시간도 걸리고 번거롭거든. 그리고 난 베르트랑과는 좋은 관계를 유지하고 싶고. 위그, 치우게."

파문과 철회에 관해 전문가가 되어 버린 왕이 썰렁한 농담을 내뱉는다. 사과술을 좋아하는 여자가 보일락 말락 아랫입술을 비죽거린다. 별걸 가지고 다 심술이시네. 여자는 표정을 잘 감추지 못해서, 속의 말이 얼굴에 고스란히 드러나는 편이었다.

"그래, 발타는 어떻게 지내고 있는가?"

"회계실 업무가 산더미라 밤낮 피곤에 절어서, 어떤 때는 식사를 하시면서도 꾸벅꾸벅……."

"갓 입단한 수습 단원한테 대체 뭘 시키는 거야?"

왕이 말허리를 차갑게 끊고 들어온다.

"수습이라기엔 발타 님이 기사단과 너무 인연이 깊으니까요. 사정없이 뺑뺑이를 돌려도 된다 이거죠. 그래서 가련한 발타 님은, 독수리 발톱에 채인 병아리처럼 회계실로 끌려가고 말았지요. 알고 보니 아크레 시절부터 점찍어 놓고 호시탐탐 기다리고 있었더라고요."

"뻔뻔한 것들."

"능력자들이란 원래 어딜 가나 고달픈 법 아니겠어요?"

전직 악덕 고용주는 뻔뻔하게도 뻔뻔하다 욕을 하고, 여자는 전직 악덕 고용주까지 싸잡아 돌려 까며 입을 가리고 웃는다.

"기사단 회계실은 지금 혼돈의 도가니예요. 조만간 시프르 본부와 재정이 통합된다지 않습니까? 잘못하면 단장님께 영혼까지 탈탈 털리게 생긴 거죠! 그런데!"

"그런데?"

왕이 냉랭한 목소리로 따라 했다.

"신입 충원이 거의 안 되니, 실무자랍시고 남아 있는 건, 눈도 침침하고 손도 달달거리고, 플로린과 두카토와 디나르를 환산하는 데 반나절씩 걸리는 영감님들뿐이거든요. 게다가 폐하 덕분에 올해 환율이 심하게 요동쳐서 다들 지옥의 불구덩이에 빠진 거죠. 어머나, 폐하를 원망하는 건 아니고요. 그저 굳어 버린 머리를 한탄할 뿐이랍니다."

"……."

"그나마 최고 경력자인 벨리오니 경은 대련 때 생긴 상처가 덧나서 오른팔을 절단하셨고, 오토 경과 오스카 경은 눈동자에 뿌옇게 안개가 끼는 병에 걸리면서 집무실 계단도 못 올라오신답니다."

"어두운 촛불 아래서 오랫동안 눈을 혹사하면 종종 그런 병에 걸린다 들었다. 백색 암흑의 저주라 하지. 그 병은 영구히 치유가 되지 않는다."

"헉, 정말요? 그럼 발타 님께는 절대 밤에 일하지 마십사 말씀드리겠습니다."

"의술에 해박한 아이니 알아서 하겠지."

그렇게 크고 장성한 기사를 아이라고 부르는 사람은 왕밖에 없을 것이다. 왕은 발타 경을 늘 자신의 보호 아래 있는 아이처럼 말하곤 했다.

그녀는 사과주가 깰 때까지 그녀가 주워 온 크고 작은 정보들을 모조리 털어놓았다. 이 정보들을 수집하기 위해 쫄보의 간덩어리가 하루에도 몇 번이나 떨어졌다 붙었다 했는지도 곁들여 하소연이다. 그 자질구레한 하소연까지 엄숙하게 다 들어 준 왕은 여자를 마차까지 배웅했다.

"이래저래 고생하는군. 나온 김에 올랑드에서 편히 쉬고 들어가. 발타에게 안부 전하고."

왕이 누군가를 에스코트하는 것은 실로 오랜만이었다.

† † †

레아가 기사단 본부로 돌아간 것은 이튿날 9시과의 오후 미사가 끝난 후였다. 기사단 본부의 담장은 끝도 보이지 않게 길었으며, 유럽에서 가장 안전한 금고라는 소문답게 경비는 무척이나 삼엄했다.

“자넨 뭐지? 못 보던 얼굴이군. 뒤로 물러나게. 급한 일이니.”

레아가 출입 서류를 꺼내 드는 순간, 붉은 십자가가 새겨진 망토 차림의 기사님께서 태연하게 앞을 가로막는다. 그 뒤로 말먹이용 건초와 천, 식량이 높이 쌓인 짐마차가 열 대 넘게 줄지어 따라오고 있었다. 여전히 복지부동과 무사태평을 추구하는 레아는 찍소리 없이 새치기를 당해 주었다.

단장님의 도착 날짜가 다가오면서, 이런 짐수레들이 하루가 멀다 하고 본부로 들어오는 중이었다. 당연하다면 당연한 일이다. 기사가 60이면 그들에게 딸린 보조 병력이나 하인들은 10배가 훨씬 넘게 마련이다.

게다가 일반 단원들은 소박하고 청빈했지만, 고위 단원, 특히 단장 정도 되면 그 권위와 호사가 왕과 교황이 부럽지 않을 만큼 대단해진다. 짐이 많을 수밖에 없었다.

“출입 허가증 여기 있습니다. 발타 경의 시종 레비입니다.”

“아, 이번에 입단하신 발타사르 경의 시종…… 올랑드의 레비라고 했던가.”

원래 기사단에서는 단원뿐 아니라 보조 병력과 일꾼의 출입을 통제하는 편이었다. 하지만 단장의 대자이자 왕의 총애를 받는 신입 단원의 정중한 요청까지 거절하지는 않았다.

'폐하께서 조만간 제 후임을 정하신다 하시니, 그때까지만 이자를 가끔 보내 영지의 밀린 일을 처리하게 해 주십시오.'

프랑스 지부 단장인 제라르 경은 순순히 정기 출입증을 내주었고, 그 덕에 레아는 일주일에 두 번(특별히 고기가 나오지 않는 날로 골랐다), 정기적으로 수도원을 빠져나와 몽모랑시 여인숙으로 가서 왕이 보내 둔 마차를 타고 궁으로 가서 경과보고를 할 수 있게 되었다.

그리고 발타 님의 집에서 영지의 밀린 업무를 처리하고—할 건 사실 별로 없다. 올랑드 영지민들은 방치당한 영지의 백성답게 스스로 강인하게 잘 살아가는 중이었다— 기사단 숙소에서 설친 잠을 보충하고, 개운하게 씻고, 고기와 우유와 과일주와 갓 구운 빵을 배 터지게 먹고, 기사단의 빌어먹을 침묵 수행에 대비해서 카미유와 한껏 수다를 떤 후에 기사단으로 복귀하는 것이다.

달거리가 있을 때도 '영지에 급한 일이 생겨서' 한마디면 만사형통이었다. 사나흘 동안 올랑드의 영주님 저택(?)에 박혀 있다 돌아가면 발타가 가끔 묻기도 한다. 영지에 무슨 일이 있었나? 아니면 폐하께서 부르신 건가? 아뇨, 발타 님, 대자연이 저를 불렀습니다. 레아는 가끔 그렇게 대답하고 싶은 충동을 느꼈다.

처음에는 기사단에 갈 때 수염이라도 붙이고 들어가야 하나 걱정했는데, 기우였다. 일단 레아는 어지간한 남자들만큼 키가 컸고, 기사들 사이에 파묻혀 있어도 딱히 위화감을 주지도 않았다.

그건 순전히 발타 님 덕이다. 그분 곁에 있는 사람은 누구든 바위에 눌린 한 송이 순무처럼 보였던 것이다. 수염이 있고 없고는 그저 잔뿌리가 많은 순무냐 매끈한 순무냐 차이일 뿐이었다.

레아는 넉살 좋게 웃으며 준비해 온 뇌물을 초병들에게 내밀었다.

"출출하실 텐데 이거라도 좀 드시죠. 아침에 화덕에서 꺼낸 빵인데 속이 보들보들해서 맥주 없이도 드실 수 있습니다."

"듣던 중 반갑네! 속담 중에 '배고플 때 말랑말랑한 빵 하나는, 침대에서 딱딱한 마누라 열 명보다 낫다.'란 말이 있지."

"저런, 아내 대신 빵을 택하다뇨! 이곳에서 몹쓸 물이 들었군요."

"허허, 자네 아직 젊다 이거지? 하지만 기사님들 앞에선 그런 말은 안 하는 게 좋아. 밤에 허벅지 찌르던 칼로 자네 등짝을 찍는 수가 있어."

나이 지긋한 수직 병사가 뒤에서 껄껄대고 웃는다.

"다녀왔습니다, 발타 님."

"예."

발타는 시선도 주지 않은 채 짧게 대답했다. 레아는 한숨을 쉬며 회계실 구석의 의자에 쪼그리고 앉아 욱신대는 다리를 두들겨 댔다. 이곳에 온 지 몇 달 만에 레아의 종아리는 크레도의 허벅지처럼 땅땅해진 상태였다.

회계실이 있는 돌출탑은 한숨 나오는 높이와 끝도 없는 계단과 미로 같은 컴컴한 복도와 방들로 이루어진 난공불락의 요새였다. 경비가 지나치게 삼엄해서 이곳에 비밀 금고가 숨겨져 있네, 고문실이 있네, 마법에 걸린 비밀의 방이 있네 하는 소문이 무성했다.

그중 가장 솔깃한 소문은, 육욕에 시달리던 기사들이 불러낸 음란 마귀들을 봉인해 둔, 자물쇠가 걸린 음침한 방에 대한 것이었다. 그 문을 열면 릴리트가 빠져나와 음욕에 시달리는 기사들에게 달라붙어 온갖 해괴한 경험을 다 시켜 준 후 수치심에 못 이겨 탑 꼭대기에서 뛰어내리게 만든다는 것이다.

릴리트에 대한 두려움보다 호기심이 지나치게 컸던 레아는 심부름을 하는 척, 1층에서부터 까마득한 꼭대기까지 샅샅이 살펴보았지만, 말짱 헛소문이었다. 자물쇠가 걸린 음침한 방 따위는 하나도 없었다.

다만 자물쇠가 안 걸린 음침한 방은 아주 많았다. 발타 님이 일하시는 회계실 역시 그중 하나였다. 창이 별로 없고 춥고 습한 데다 촛불마저 많이 켜 두지 않아 밤이고 낮이고 어두침침했다. 이런 데서 일하다간 백색 암흑의 저주에 걸리기 전에 정신병에 걸릴 것만 같았다.

레아는 회계실을 슬그머니 둘러보고 대놓고 코끝을 찡그렸다.

……오늘도 혼자 계시네. 정말 다들 너무하시는 거 아냐?

원래 이 방에서는 '숫자 계산'에 특화된 전문가들이 모여서 수입과 지출을 두 개의 장부에 기록하고 결산 업무를 보곤 했다. 그런데 '백색 암흑의 저주'에 걸린 이들이 빠지고, 다른 두 사람은 견습 기사에게 훈련을 시키느라 자리를 비울 때가 많았다.

그러다 보니, 오늘도 발타 님 혼자 남아 있다. 어마어마한 숫자와 영수증, 어음 뭉치와 계산용 밀랍판들과 첨필과 긁혀 나온 밀랍 부스러기들과 양피지 장부와 잉크와 깃펜과 잉크 얼룩 사이에서, 신경을 잔뜩 곤두세운 채.

발타 님은 계산을 잘하시지만 계산을 정말 싫어했고, 싸움도 잘하시지만 싸움도 정말 싫어했다. 신학 이론, 이단론, 철학, 사라센 선진 의학 전문가라는데, 신학 논쟁을 세상에서 제일 싫어했고, 사라센에 대해선 입도 뻥긋하지 않았다.

발타 님이 제일 좋아하시는 건, 자는 것과 조는 것과 기사와 숙녀 간에 싹트는 불어라 봄바람 나부랭이 소설과 달콤한 간식인데, 주변에서는 지독하게 협조를 해 주지 않았다. 이분은 진짜 인생을 무슨 낙으로 사시는 걸까. 생각할수록 불쌍하기 짝이 없는 분이었다.

레아는 힐끔힐끔 눈치를 보며 조그맣게 속삭였다.

"폐하께서는 별일 없으십니다. 올랑드 영지에선 카트린 아주머니께서 쌍둥이를 낳으셨습니다. 아들 쌍둥이예요. 그래서 영지민이 두 명 늘었습니다."

"예."

"며칠 전 마을에 도둑 떼가 들었는데, 사람들이 무기를 들고 몰려나와 도둑들을 때려죽였습니다. 마리안느 아주머니가 사람들을 이끌고 삼손처럼 싸웠다고 합니다. 장례 미사는 없었지만, 신부님께서 오셔서 불쌍한 영혼들을 위해 기도는 해 주셨고, 바로 숲에 매장했습니다."

"……예."

발타 님은 주변에 사람들이 있을 때는 보통 시종에게 대하는 말투로 필요한 대화는 했는데, 단둘이 있게 되면 말투가 극도로 정중해지는 대신 대화 자체를 몹시 꺼렸다. 물론 말하기 싫은 건 당연히 이해가 되지만, 그때마다 가슴이 녹아내리는 것 같았다.

"저, 발타 님, 제가 빵하고 과자를 좀 구워 왔는데요, 출출하면

드시…….”

“됐습니다.”

“그, 그럼 나중에 동료분들과 나눠 드셔도…….”

“됐다고 했습니다. 계산 중이니 조용히 하세요.”

“……예.”

사각사각사각, 그가 기어이 칼을 빼 들고 깃펜을 깎기 시작한다. 스트레스를 잔뜩 받았을 때 나오는 습관이다. 짜증스러운 한숨 소리가 들린 것도 같다.

냉랭한 분위기를 견디지 못한 레아는 빵과 구운 계란이 담긴 주머니를 슬그머니 놔두고는 그가 옆에 벗어 둔 갑옷들을 주섬주섬 챙겼다.

“저……는 이것들 좀 손질해서 숙소에 갖다 두겠습니다.”

그가 뒤늦게 고개를 들고 미간을 찌푸리는 것을, 레아는 애써 못 본 척하고 복도로 나왔다.

……그래, 뭐. 내가 저지른 짓이 있는데, 무슨 자상한 대접을 받겠다고.

레아는 잔뜩 풀이 죽어 대장간으로 향했다.

“어이, 레비? 며칠 만이야, 이거! 오늘 작업 다 끝내니까 오는 거야?”

“왜 이래. 아르장트리 전속 세공사님한테? 이봐, 지금 올랑드 영지 갔다 오는 거지? 먹을 거 싸 왔으면 뭐라도 내놔 봐. 오호, 역시 경우를 아는 친구야. 크핫핫핫.”

망치질을 하던 대장장이 두엇이 코를 실룩대며 반가운 척을 한다.

기사단의 성채나 요새에는 으레 널찍한 대장간이 갖춰져 있게 마련이었다. 무구 제작과 수리를 전담하는 야장들은 일꾼 중에서 가장 귀하게 대우받았다. 지부장이나 단장님의 경우 전속 대장장이까지 따로 두고 있을 정도였다.

물론 신참이 전속 대장장이를 달고 다니는 것은 꽤 눈치가 보일 일이었다. 하지만 무기 제작까지 할 수 있는 세공사 출신 시종이란, 말구종이나 잔심부름만 시키기엔 너무 아까운 고급 인력이었다. 위에서 몰랐다면 모를까, 알고서는 그냥 내버려 둘 턱이 없었다.

그리하여 발타가 회계실로 끌려가던 날, 레아 역시 대장간으로 끌려갔다. 첫날부터 갈려 나간 건 발타 혼자만은 아니었다.

며칠 후, 신입 단원들과 함께 대장간 앞을 지나가던 발타는, 레아가 웃통을 벗은 대장장이들과 뒤섞여 벌겋게 달아오른 쇠에 망치질하는 꼴을 보고 말에서 굴러떨어질 뻔했다.

'지금까지 남자들 틈에서 일을 하고 있었던 겁니까? 생각이 있는 겁니까, 없는 겁니까?'

격노한 발타가 레아를 뒤로 불러내서 쥐 잡듯 닦아세우는데, 레아는 어이가 없어 말이 나오지 않았다.

'아니 여기가 수녀원이라도 되나요? 사방 둘러봐도 남자뿐인데 무슨 재주로 여자들 틈에서 일을 하라는 건가요? 아니면, 개인 세공방이라도 만들어 주실 건가요?'

레아의 매우 상식적인 반박에, 그는 말 한마디 하지 못한 채 대놓고 인상만 썼다.

다음 날 레아는 난데없이 회계실에 끌려갔다. 검산할 때 보조 인력이 필요하다고 했다. 하지만 그녀가 할 수 있는 일은 아무것도 없었다. 사용되는 숫자의 규모가 너무 컸던 것이다.

성전기사단 전 지부와 3천여 기사관에서 1년간 도는 돈의 규모는 5천만 리브르가 넘는다 했다. 겨우 500리브르에 영혼이 털리고 목숨 건 임무를 수행 중인 레아는 5천만이라는 숫자만 들어도 기절할 것 같았다. 일단 레아는 그걸 로마 숫자로 어떻게 표기하는지조차 몰랐다.

수백 건에 이르는 대규모 대출 어음과 수수료를 빙자한 이자 계산서도 산더미고, 기사단 유지에 들어가는 비용도 엄청났다. 기사들과 시종, 하인들이 쓰는 갑옷, 무기, 의복, 물품, 식료품, 성의 유지 보수비, 그 어마어마한 영수증을 보는 것만으로도 토해 버릴 것만 같았다. 게다가 폐하께서 올해 금화의 가치를 생 루이 대왕 시절의 가치로 확 올려놓았기 때문에, 환산 방법마저 끔찍할 만큼 복잡해졌다.

반면, 발타는 계산이 빠르고, 오차도 없었다. 그는 로마 숫자가 아닌 이교의 냄새가 풀풀 나는 수상한 숫자와 생전 처음 보는 도표식 계산법을 사용했다. 게다가 고위 담당자들도 잘 사용하지 못한다는, 사라센의 특수 장부 기록법까지 알고 있었다. 애초에 레아의 도움 따위는 손톱만큼도 필요 없는 상황이었다.

레아는 아무 일도 없이 종일 옆에서 멀뚱멀뚱 앉아 있는 것이 너무 행복…… 불편했다. 발타 역시 레아가 곁에 있으면 온몸이 뻣뻣해질 정도로 거북해하면서도, 눈앞에 보이지 않으면 이곳저

곳 쑤석이며 찾으러 다녔다. 그 짓은 '같이 일하는 사람들이 수상하게 생각한다'고 레아가 협박할 때까지 보름이나 계속되었다.

치익, 치이익.

달군 쇠가 물통에 들어갈 때마다 어두침침한 대장간에 새하얀 안개가 무럭무럭 피어오른다. 덩치 큰 야장 한 명이 땀을 줄줄 흘리며 모루에 망치질을 하고, 옆에 있던 도제 한 놈이 뜨거운 집게를 놓쳐 욕설과 함께 따귀를 얻어맞는다. 이곳은 말이 절반, 욕설이 절반이고 걸핏하면 주먹질이 오가는 곳이었다.

하지만 이렇게 행동과 입이 거친 야장들도, 여리여리한 레아에게 함부로 대하지 못했다.

물론 처음에는 대놓고 텃세를 부리며 깔아뭉개려 하긴 했었다. 그러나 얼마 가지 않아 레아가 파리에서 손꼽히는 귀금속 세공사이며, 특히 다마스쿠스 검을 만들 줄 안다는 소문이 퍼지면서 텃세가 싹 사라지고 말았다. 발타가 대장간의 야장들에게 물결무늬 검을 은근슬쩍 보여 준 것도 단순한 자랑 때문만은 아니었던 듯했다.

레아는 챙겨 온 사슬갑옷을 들고 이음매나 고리가 나간 곳이 있나 살핀 후, 판금 보호대에서 찌그러진 부분을 펴고, 은쟁반처럼 말갛게 닦았다. 날이 무뎌진 단검들도 숫돌에 갈아 새파랗게 날을 세웠다.

발타는 관리가 잘 된 무기와 갑옷, 그리고 잘 세탁된 의복을 무척 흡족해했지만, 그것을 표현하지 않으려고 무척 애를 썼다. 레아는 그가 억지로 딱딱한 표정을 지을 때마다 섭섭하다기보다 부끄럽고 발끝이 곱아들었다.

"정신 안 차리지, 장 파트리크! 이렇게 허리를 정면에서 꽉 잡힌 상태면, 왼손으로 단검을 뽑아서 역수로 목덜미에 박아! 팔로 고개를 옆으로 꺾으면, 투구 사이 뒷덜미에 틈이 나온다! 사슬 올이 터져 나갈 정도로 세게 박아 넣어야 해."

대장간 앞쪽의 공터에서는 기사들이 자신의 에퀴에르들에게 무기 사용법을 알려 주고 대련 중이었다. 무기 종류에 따라 공격하는 방법, 방어와 동시에 반격하는 방법, 팔을 붙잡고 공격을 흘리는 방법까지 하나하나 알려 주고 있다.

"단검을 단숨에 빼내서 박지 않으면 이 몽둥이가 네 뒤통수를 박살 낼 거야. 이렇……게! 자, 너는 지금 공격 타이밍을 놓쳤어. 그러면 이건 어떻게 막을 참이냐!"

견습 기사는 바짝 붙였던 몸을 팔꿈치로 밀어 빼내려 한다. 하지만 한발 늦어서 곤봉이 그의 투구를 후려갈긴다. 힘을 세게 준 건 아니고 곤봉도 천으로 둘둘 감겨 있었지만 견습 기사는 그대로 흙바닥에 나가떨어졌다.

"엄살 부리지 말고 일어나라, 장 파트리크."

"엄……살 아닙니다, 숙부님! 머리가…… 울립니다."

"곧 서임받을 놈이 그런 약한 소리를 하다니, 부끄러운 줄 알아! 네 아버지의 이름에 먹칠을 할 셈이냐!"

하지만 견습 기사가 일어나지 못하고 바닥에서 몇 번 허우적대자, 기사는 칼을 던지고 달려가 견습 기사의 투구를 벗겼다. 투구 속에서는 놀랄 만큼 앳된 얼굴이 나타났다.

기사는 걱정스러운 얼굴로 뒤통수를 헤집어 피가 나는지 확인하더니 별 이상이 없는 것을 알자마자 화를 버럭 냈다.

"이런 멍청한 녀석. 재빠르게 움직이지 못하니 이 꼴이지. 머리통이 깨지진 않았지만, 일단 오늘 훈련은 여기까지."

견습 기사를 붙잡아 일으키는 기사의 수염투성이 얼굴엔, 말투와 달리 근심이 가득했다.

"일어나 봐. 어지럽진 않나? 걷는 건 괜찮고?"

"예, 괜찮습니다, 숙부님. 걱정을 끼쳐 드려 죄송합니다."

레아는 손을 멈춘 채 그들의 모습을 넋 놓고 바라보았다. 가슴이 간질간질해지는 것 같다.

발타 님도 기욤 단장님이나 자크 단장님에게 저런 식으로 배웠겠지. 어린 발타 님이 저렇게 훈련받던 모습을 상상하니 저절로 얼굴이 달아오르고 가슴이 두근거렸다.

내가 남자로 태어났으면, 발타 님 에퀴에르가 될 수도 있지 않았을까.

그럼 나도 발타 님에게 저런 식으로 야단맞아 가며 배웠으려나.

다시 콧속이 시큰해져서 레아는 멀거니 눈만 깜박거렸다.

저녁 기도 시간을 알리는 종이 울린다. 훈련장에 있던 기사와 견습 기사들, 그리고 대장장이와 일꾼들은 자리에서 일어나 경건하게 두 손을 모으고 기도했다.

레아도 얼른 일어나 두 손을 모았다. 이제는 자신이 무엇을 믿는지도 잘 모르게 되어 버렸지만, 습관의 힘은 강력해서, 종소리가 나면 저절로 몸이 일으켜지고 성호가 저절로 그어졌다.

기사들은 바로 무기를 정리했고, 일꾼들도 일을 슬슬 마무리하기 시작했다. 저녁 식사 시간이었다.

기사와 견습 기사들의 식당은 널찍한 1층 홀이었는데 냄새의 방이라는 이상한 별명으로 불리고 있었다. 습기가 잘 빠지지 않는데다 환기도 잘 되지 않아 땀 냄새와 음식 냄새, 곰팡이 냄새가 환상적으로 뒤엉켜 있기 때문이었다.

물론 냄새가 심하다 해서 후딱 먹고 튈 수는 없었다. 기사님들은 동료들이 정해진 자리에 모두 착석할 때까지 주기도문을 수십 번 암송하며 반듯한 자세로 기다려야 했고, 감사 기도까지 마친 후에야 식사를 할 수 있었다. 그것도 말 한마디 없이, 허리를 꼿꼿이 펴고, 신부님의 성경 낭독을 들으면서, 엄숙한 표정으로 먹어야만 했다.

마부나 대장장이, 세탁부, 요리사 같은 일꾼들의 사정은 그보다는 훨씬 나았다. 물론 주방 옆의 좁고 어두침침한 식당에서 바짝 끼어 앉아 먹다 보니 꽤 불편하긴 했지만—별명마저 '작은 엉덩이의 방'이었다— 그곳에선 맘대로 떠들어도 되고, 성경 낭송 따위도 없었다. 농부들에게 싸구려 맥주를 얻어 와 나눠 마셔도 주정만 부리지 않으면 적당히 눈감아 주었고, 동료가 밥을 먹든지 말든지 내버려 두었다.

한참 후 식당으로 터덜터덜 향하던 레아는 잠시 홀 쪽으로 시선을 돌렸다. 입구 앞에 기사와 견습 기사들이 서 있었다. 그들은 식사를 할 때도 하얀 단복을 갖춰 입어야 했기 때문에, 식당 앞은 하얀 구름이 뭉게뭉게 모여 있는 것처럼 보였다.

……발타 님?

정말 알 수 없는 일이다. 똑같은 사람들이 저렇게 뭉쳐 있는데 어떻게 단번에 눈에 띄는지 모르겠다.

"……."

시선을 느꼈는지 발타 님이 잠시 고개를 뒤로 돌렸고, 눈이 마주쳤다. 멀리 떨어져 있는데도 그쪽도 자신을 바로 알아봤다는 것을 느낄 수 있었다. 갑자기 고개를 확 돌렸기 때문이었다.

목이 꽉 막히면서 속이 답답해진다. 레아는 저도 모르게 슬금슬금 왔던 길로 뒷걸음질했다. 아까 농담 따먹기를 하던 얼굴 시커먼 대장장이가 먼발치에서 손짓한다.

"이봐, 레비? 어디 가? 저녁 안 먹어?"

"별로 배가 안 고픈데요. 제 몫까지 맛있게 드십쇼."

지금 뭐라도 먹었다간 죄다 얹힐 것 같아서요.

레아는 오던 길을 터덜터덜 되짚어 아무도 없는 대장간으로 되돌아왔다. 그리고 텅 빈 공터를 바라보며 멍하니 앉아 있었다. 주변에는 아무도 없고, 사방은 쥐 죽은 듯 조용했다.

시간이 얼마나 흘렀을까. 하늘이 컴컴한 보라색이 되고, 나무들이 시커먼 윤곽선만 남을 즈음, 옆에서 낮익은 목소리가 들렸다.

"왜 식사 안 하십니까."

헉! 레아는 기겁하며 가슴을 쓸어내렸다. 심장 떨어지는 줄 알았다. 하여간 이렇게 기척 없이 다니시는 건 정말 고약한 습관이다.

그나저나 저녁 안 먹은 건 어떻게 아셨지?

"바, 밖에서 고기 많이 먹고 와서 배가 불러서요."

"이 깜깜한 데서 위험하게 혼자 뭐 하십니까."

"그냥, 이런저런 생각 하고 있었어요."

"무슨 생각이요?"

그의 표정이 전혀 보이지 않는다. 레아는 실없이 용감해졌다.

"아까 견습 기사들 훈련하던 모습이나……."

"훈련이요?"

"그냥, 뭐…… 저도 남자로 태어났으면 좋았을 텐데……. 그런 생각이요."

"그게 뭐가 좋습니까."

"발타 님의 진짜 에퀴에르가 되어서 기사 교육을 받을 수 있었을 테니까요. 발타 님한테 검술 지도, 격투 지도도 받을 수 있고, 몽둥이로 뒤통수도 맞을 수 있고, 신나게 욕도 먹을 수 있고……."

발타 님의 헛웃음 소리가 들렸다. 빈정댄다고 생각한 모양이다.

빈정댄 거 아닌데. 진심인데…….

레아와 달리 정식 견습 기사들은 모시는 기사에게 오랜 시간을 전적으로 헌신하고 봉사하며, 그 기사의 모든 것을 배운다. 싸우는 법, 무기 다루는 법뿐만 아니라 기사로서의 명예와 관용, 사상, 신앙과 충성심, 여인과 약자를 배려하는 법, 남자들 사이에서 우위를 차지하는 법, 학문과 인생철학부터 일상의 사소한 습관들까지 모두.

그러니 영주 혹은 기사와 에퀴에르 사이에 부부나 혈육 이상의 깊은 신뢰가 형성되는 건 당연한 일이다.

물론 이분과 그런 관계를 바라는 것 자체가 멍청한 생각인 건 안다. 목이 아릿해진다.

"레아 당신이 남자로 태어났으면, 아크레에서 진작 결혼해서 아내와 아이 낳고 살다가 전투에 끌려 나갔을 겁니다."

"아, 네……."

목이 아릿하던 것이 싹 사라진다. 발타는 냉랭한 목소리로 말을 이었다.

"그러면 성벽에서 전사를 했거나, 팔다리가 잘렸거나, 눈이 뽑혔거나, 포로로 잡혀서 노예로 팔렸겠지요."

"여자로 태어나서 다행이라는 말씀을 해 주고 싶으신 건가요?"
"악담은 그냥 악담으로 받아들이십시오."
"……."
"기분 나쁘십니까. 저한테 죽을 각오까지 하고 있다면서 그 정도도 감당 안 되십니까."
"정말 죽이실 건가요?"
"왜요? 이제 와서 살려 달라 애걸이라도 하시게요?"
레아는 무거운 한숨을 쉬며 대답했다.
"……아뇨."
당신은 모른다. 그렇게 비굴해지지 않으려 내가 얼마나 악착같이 버티고 있는지. 어쩌면 목숨만은 살려 줄지 모른다고 쉴 새 없이 기대하는 마음을, 얼마나 악착같이 짓밟고 있는지. 그렇게 뻔뻔한 희망을 자꾸 품으려는 나 자신을, 얼마나 경멸하고 있는지…….
당신은 아마…… 영원히 알 수 없을 것이다.
그는 한참 동안 침묵하다가 차가운 목소리로 물었다.
"왜 이렇게 태연하십니까. 몇 달 있다가 죽을 수도 있는데."
"태연하지 않아요. 매일 무서워 죽겠는데요."
"그런데 어떻게 그렇게 뻔뻔하게 웃으면서 먹고 자고 돌아다닐 수 있습니까."
"제가 웃으며 돌아다니는 게 그렇게 뻔뻔해 보였나요?"
레아는 조금 서글퍼졌다. 웃지도 말고 먹지도 자지도 말라는 건가.
"처형 날을 받아 둔 자들도 감옥의 동료들과 가끔은 웃고 떠들지 않나요? 아크레의 기사님들도, 마지막 날 전투에서 돌아가실 거 뻔히 알고 나가셨잖아요……. 조만간 돌아가실 거 알면서도 태연하게 웃고 일하고 먹고 자고 하루하루 살아가셨잖아요."

"착각하지 마세요. 당신은 성스러운 전투에 참가해 순교하는 게 아닙니다."

"누가 순교하는 거래요? 그냥, 무서운데도 어떻게든 참으면서, 잊어버리려고 노력하면서 하루하루 살아가는 거라고요."

"다시 한번 묻겠습니다. 왜 이렇게 태연합니까."

"……."

"당신, 사실 억울하잖아. 당신이 정말 잘못한 게 뭔데? 내내 쫓기다 이딴 식으로 죽어야 하는 거, 억울하지 않습니까?"

"……."

"왜 도망치지 않으십니까. 성을 나가서 그냥 안 들어오면 되는 거잖아. 폐하든 나든, 당신이 없어져도 며칠 동안 알지도 못해. 그사이에 당신은 잘난 전 약혼자나 동생이 있는 곳을 찾아가면 되는 거 아닙니까! 그 사람들한테 행선지 정도는 들었을 거 아닙니까!"

"자꾸 그렇게 밀어 대지 마세요, 발타 님……. 흐윽."

꾹꾹 참던 눈물이 기어이 터졌다.

"그러잖아도…… 하루에 백 번씩 도망치고 싶단 말이에요. 하루에도 백 번씩, 천 번씩, 다 팽개치고 도망치고 싶은 거, 죽어라 참고 있단 말이에요."

"그러니까, 왜냐고 묻고……."

"제가 도망치면, 발타 님이 다 뒤집어쓰실 거잖아요!"

그가 짧게 숨을 들이켜는 소리가 들렸다. 설마 내가 그걸 모를 거라 생각했나?

"저는 레아 당신과는 달리, 단장님 손에 죽지는 않을 텐데요."

"죽는 것보다 힘든 일들을 겪으시겠죠. 소중한 사람들과 명예와 신성한 사명까지 남김없이 잃어버리겠죠."

그는 모른 척 덮어 버리지 않을 것이다. 왕과 어떠한 마찰을 빚든 그것을 돌려받을 것이고, 자신이 죄를 뒤집어쓰고 단장님께 돌려줄 것이다. 레아라는 여자에 대해서는 한 마디도 입에 담지 않고서.

그리고 그 방법은 '범인을 잡아 목숨을 거둔 후 성유물을 기사단에 돌려준다'는 그의 원래의 계획과 아주 다른 결말을 맞게 될 것이다.

"저는 더 이상 그런 짓 못 해요. 이제는 도망가지 않을 거예요, 발타 님."

"지금 도망치지 않는 이유가, 저 때문이라고 말하는 겁니까?"

이제 외진 대장간은 완전히 캄캄해졌고, 서로의 형체조차 제대로 보이지 않았다. 레아는 드디어 마지막으로 딱 한 걸음 더 용기를 냈다.

"아뇨, 저 때문이라고 말하는 거예요. 제가 발타 님을 좋아해서 그러는 거라고 말씀드리는 거예요."

행여 이 말이 튀어나올까 그동안 얼마나 가슴을 졸였는지. 목숨을 구걸하려고 고백하는 것처럼 보일까 봐.

그 비열함과 구차함만은 피하고 싶었는데.

다 소용없었다. 이건 어차피 임자를 찾아가야 할 말이었다.

사랑이라는 감정은 홍수와 비슷했다. 파리에 도착한 지 4년 만에 센 강에 홍수가 났을 때, 레아는 시뻘겋게 흙탕이 된 강물이 거대한 다리와 높은 성벽을 한꺼번에 휩쓸어 무너뜨리는 것을 보며, 누군가를 향한 무지막지한 감정을 떠올렸다. 사람의 의지는 감정의 홍수 앞에선 작은 담벼락만도 못했다.

발타는 얼음처럼 딱딱하게 굳었고, 레아는 천천히, 또렷하게 되풀이했다.

"저 때문이에요. 제가 발타 님을 너무 사랑해서 그러는 거라고……."

"레아!"

한 박자 늦게, 그가 격노한 목소리로 말을 막았다. 하지만 레아는 입속에 남은 말을 내처 해 버렸다.

"발타 님은 그냥 계속 저 미워하셔도 돼요. 그래도 저는 남은 동안이라도, 혼자서라도 발타 님을 마음껏 사랑하려고 해요. 그것만은 좀 봐주세요. 뭘 요구하거나 불편하게 해 드리진 않을 거예요."

하고 싶은 말은 다 했다. 속이 후련할 줄 알았는데 가슴이 터질 것처럼 답답했다.

대답은 돌아오지 않는다. 대신 다가오는 기척이 미세하게 느껴진다. 그는 사뿐대는 발걸음 소리조차 없이 앞으로 다가왔다.

"……!"

고개가 뒤로 꺾이면서, 뒷목이 으스러질 것처럼 짓눌렸다. 입속으로 그가 거칠게 들어왔다. 그의 한 손이 레아의 허리를 힘껏 끌어당긴다.

허억.

고통스러운 신음이 그의 입속으로 빨려 들어갔다. 그가 이렇게 힘이 센 사람이었던가? 허리가 부러질 것 같다. 옆구리를 꽉 움켜잡은 손가락이 살점을 뜯어내는 것처럼 느껴진다.

눈을 질끈 감았다. 너무 아파서 정신이 빠져나갈 것 같았지만, 그 아픔마저 황홀했다. 끔찍하게 황홀했다. 어둠은 천국과 지옥을 한꺼번에 품고 있었고, 눈을 다시 뜰 때까지 시간은 영원처럼 길었다.

"나는, 당신을…… 저주라고 생각해."

"발타 님."

"영원히 벗어날 수 없는 저주."

이제야 그의 얼굴이 희미하게 보인다. 고통스럽게 일그러진 얼굴이었다.

"……가세요."

갑자기 차가운 물벼락을 맞은 것 같다. 그가 꽉 잠긴 목소리로 들릴락 말락 속삭인다.

"당신…… 미워하지 않습니다. 원망하지도 않습니다."

"발타, 발타사르 님!"

"당신 10년 넘게 찾아다닌 거, 내가 잘못했어. 그러니까…… 제발 가세요."

그의 목소리는 아예 애걸에 가까웠다. 레아는 힘겹게 고개를 저었다.

"나는……."

가지 못해요. 이제는 가지 못해요. 그러기에, 나는 당신을 너무 사랑하게 됐는걸. 차라리 당신 손에 죽는 것이 낫다고 여길 만큼.

그런데 당신에게 모든 걸 다 뒤집어씌우고 도망가는 짓을, 내가 어떻게 해……. 사람의 탈을 쓰고, 어떻게 그래요.

그는 잠시 후 몸을 떼어 내더니 고개를 옆으로 돌렸다. 이 깜깜한 어둠 속에서도 그의 은빛 속눈썹이 가늘게 떨리는 것이 똑똑하게 보였다. 푹 수그러든 고개, 뺨을 타고 흘러내리는 은빛 물결, 꽉 움켜쥔 주먹, 가는 떨림. 그 희미한 실루엣만으로도 그가 혼란과 끔찍한 자괴감에 빠져 갈팡질팡하는 것을 알 수 있었다.

"제, 제가…… 잘못했습니다."

"발타 님."

"……하지 말아야 할 짓을 했습니다. 용서하세요."

레아는 그를 잡지 않았다. 천천히 뒤로 몸을 물리던 그는, 멈칫 걸음을 멈추고 망설였다.

발타…… 님?

그는 머뭇거리며 다시 다가왔고, 불룩한 무언가를 레아에게 쥐여 준 후, 손이라도 닿을세라 다시 뒷걸음질했다. 어둠 속에서 낮은 목소리가 들렸다.

"시장하실 텐데 숙소에 들어가 드십시오. 저는 늦게 들어갈 듯합니다."

그가 주고 간 것은, 허리에 달렸던 소지품 주머니였고, 그 안에는 자신이 만들어 온 빵이 한 덩어리 들어 있었다. 귀한 보물이라도 되는 것처럼 깨끗한 손수건에 곱게 싸여서.

어디 가서 몰래 드시려고 하셨던 건가?

……필요 없다고 하더니, 이게 뭐야.

레아는 그 주머니를 든 채 어둠 속에서 한참을 멍하니 서 있었다. 몸의 기운이 다 빠져나간 것 같았다.

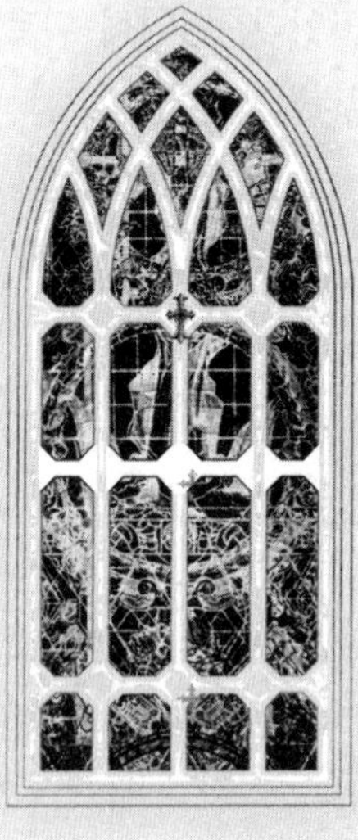

7-2. 고요한 밤 거룩한 밤 비밀에 묻힌 밤

숙소까지 오는 길은 유난히 써늘했다. 발타 님의 말을 듣고 나니 아까보다 훨씬 더 춥게 느껴졌다.

레아는 고개를 힘껏 저어 나쁜 생각을 떨쳐 버리려 애썼다. 이런 서글픈 생각이나 섭섭함에 사로잡히면 이곳에, 그분의 옆에 있을 수 없다.

레아는 손질한 무기와 갑옷, 그리고 세탁해서 말려 둔 옷가지를 바리바리 끌어안고 숙소의 문을 열었다. 온기는커녕 썰렁한 바람이 후르르 뺨을 스치고 지나간다. 저도 모르게 몸을 부르르 떨었다.

입단식을 앞둔 신입 단원들과 그들의 시종들을 위한 임시 숙소는, 1층의 천장이 높은 홀이었다. 카펫 따윈 없는 돌바닥에 돌벽이라 썰렁한 것을 넘어 입김이 나올 지경이다.

아니, 성전기사단은 그렇게 돈이 많으면서, 복지 정책은 대체 왜 이 모양이지.

기사님들의 자리는 그나마 안쪽이지만, 시종이나 하인들의 잠자리는 출입구 앞이라 누가 드나들 때마다 칼바람이 쑹쑹 들어왔다. 그런 주제에 벽난로는 안쪽에 하나뿐이라, 아침에 일어나면 온몸이 뻣뻣했다.

기사들에게는 그래도 바닥의 한기가 올라오지 않는, 네 다리 침상과 마른 짚단, 시트와 양털 깔개, 담요가 제공되었다. 하지만 하인들에겐 두 겹의 나무판자와 짚단, 시트 한 장, 담요 한 장만 주어졌다. 옷가지를 껴입고 망토까지 뒤집어써야 잠을 청할 수 있을 정도였다.

다행히 레아의 시트 밑에는 따뜻한 양털이 안 보이게 깔려 있다. 발타가 양털 냄새가 거슬려 잠을 잘 수 없다며 넘겨준 것이었다. 레아의 코가 무디어서인지 별다른 냄새는 나지 않았지만, 모시는 분이 그렇다는 데야 감사합니다, 하고 받아 쓸 수밖에 없었다.

"아, 진짜……."

발타의 침대로 다가간 레아는 시트를 들춰 보고 조금 웃었다. 늘 완벽하고 단정할 것 같은 기사님께서는 침대 정리를 대충 하는 습관이 있었다. 이불 속에서 최후의 순간까지 꾸물대기 때문이었다. 특히 날이 점점 추워지면서, 발타는 새벽 첫 기도 시간에 일어나는 것을 고문을 당하는 것처럼 괴로워했다.

그리고 땀에 젖은 빨랫거리를 레아에게 던져 주는 대신 짚단에 숨겨 두는 이상한 습관도 있었다. 레아가 매일 찾아내서 가져가는데도 그 고약한 습관은 고쳐지지 않았다. 모아 두었다가 나 없을 때 몰래 빨려는 걸까? 그러기엔 몸이 세 개라도 모자랄 텐데.

아무려나 상관없다. 숨겨 둔 것을 보물찾기 하는 것도 레아의 큰 즐거움이었다. 이렇게 말하면 변태 같지만, 레아는 발타의 옷가지나 손수건, 양말 따위를 찾아내서, 잿물을 내려 새하얗게 삶고 말갛게 헹구고 뽀송뽀송하게 말려서 반듯하게 접어 침대 위에 갖다 놓을 때마다 그렇게 뿌듯할 수가 없었다.

발타는 옷을 갈아입을 때면 눈처럼 새하얗게 변한 옷을 손에 든 채 레아를 짧게 곁눈질하곤 했는데, 그럴 때마다 가슴이 두근거리다 못해 아플 지경이었다.

랄랄라 랄랄라 랄라리랄라. 레아는 풍기문란을 유발하는 콧노래를 하며 발타의 자리를 정돈했다.

정리할 물건이라고 해 봤자, 무기나 갑옷 따위를 제외하면 몇 점 되지도 않는다. 침대 옆의 나무 의자, 옆의 동료와 함께 쓰는 작은 탁자와 그 위에 놓인 소기름 양초, 부싯돌, 밀랍판과 첨필, 여벌 옷과 쇼스, 두건 달린 망토, 손수건, 장갑, 일주일에 한 번씩 잡비 용도로 나오는 드니에 동전들을 모아 둔 낡은 주머니, 나무로 만든 물그릇. 그리고 침대 밑에 놓인 궤짝과 슬리퍼, 손잡이가 달린 용변 그릇. 그게 성전기사들에게 주어진 소지품의 전부였다.

레아는 성전기사단을 도저히 좋아할 수 없었지만, 기사님들을 존경하는 마음은 여전했다. 그 혈기 넘치는 귀족 기사들이 개인 재산도 가정도 사생활조차 없이, 사제품을 받은 신부님이나 수도승들보다 더 청빈하고 경건하게 살아가려 노력한다는 건 인정할 수밖에 없었다.

물론 사람 사는 곳이 다 그렇듯, 성격이나 인품이 고약한 인간도 있고, 교양 수준도 천차만별이긴 하다. 하지만 경건한 삶을 위한 의지와 노력만큼은 부정할 수 없었고, 그것은 지저분한 바위

속에 얽힌, 작고 새하얀 은의 결정처럼 아름다운 것이었다.

기사님들이 슬슬 돌아올 시간이 되었다. 레아는 살짝 눌린 짚단을 풍신하게 부풀리고, 말린 라벤더 꽃잎을 수건에 싸서 머리맡에 넣은 후, 시트를 주름 하나 없이 반반하게 펴 잠자리를 정돈했다.

벽난로와 네 개의 질화로에 불도 피웠다. 하지만 그 넓은 방에 훈훈하게 온기가 감돌 때까지, 아니, 다른 기사님들과 시종들이 모두 들어와 옷을 갈아입고, 취침 전 기도를 마칠 때까지 발타는 돌아오지 않았다.

신입 단원을 담당하는 조제 드 긴느 경이 레아에게 다가왔다.

"레비. 발타 형제는 오늘 기도실에서 밤샘 기도를 하겠다는군."

"예? 아, 혹시 제가 없는 사이 무슨 심란한 일이 있으셨나요?"

자신이 심란의 원흉인 것을 뻔히 알면서, 레아는 뻔뻔하게 물었다. 조제 경은 팔짱을 끼며 피식 웃는다.

"글쎄, 정식 입단을 앞두면 좀 심란할 수도 있지. 특히 세속에서 높은 명예와 많은 재산을 갖고 있던 기사라면 더 그럴 수 있지. ……그래 봐야 다 한때인 것을."

기사단에서 평생을 보내고 인생의 황혼을 맞이한 백발의 기사는, 신참 기사들의 흔들림에 너그러웠다. 물론 지난 미사 때 입단 절차도 다 끝났는데 '정식 입단을 앞두고'라는 말이 나오는 건 아무래도 이상했지만, 레아는 당연히 모르는 척했다.

"……어쨌든 자네는 말이나 한번 살펴보고 와서 쉬게."

† † †

레아는 깜깜한 어둠 속에서 가만히 눈을 깜박였다. 사방은 쥐 죽은 듯 고요하고 여기저기서 코 고는 소리만 조금씩 들린다.

잠이 오지 않는다. 발타 님 역시 밤새도록 들어오지 않으신다.

그러고 보니 여기서 발타 님 없이 자는 건 오늘이 처음이네.

처음에는 남자들만 우글대는 곳에서 어떻게 잠을 잘 수 있을까 걱정이 태산이었다. 하지만 의외로, 긴장하며 밤을 새워야 하는 분위기는 아니었다.

저녁 미사와 취침 기도가 끝나면 다음 날 조과기도 시간까지는 절대 침묵을 유지하며, 침대에서 잠만 자야 했다. 숙소에서는 밤에 일어날 여러 불미스러운 사태를 방지하기 위해 늘 촛불을 켜 두었다. 동료들끼리 노닥거리며 밤에 장난을 치는 건 상상도 할 수 없는 분위기라, 무슨 일이 일어나고 자시고 할 일이 없었다.

그래도 불안한 마음이 들면 레아는 발타가 있는 곳을 가만히 곁눈질하곤 했다. 레아가 누워 있는 침상에서 그리 멀지 않은 대각선 방향에, 그의 침대가 있었다.

원래 그의 자리는 안쪽의 아늑한 자리였는데, 추위를 많이 타는 노기사에게 그 자리를 양보하고 견습 기사들이 있는 입구 쪽으로 자리를 옮겼다.

그래서 레아는 잠자리에 들 때마다 발타가 반듯하게 누워 있는 모습을 볼 수 있었다. 고개를 돌리다가 가끔 눈길이 마주칠 때도 있었고, 이불 속에서 그의 주의 깊은 시선이 느껴질 때도 있었다. 그때마다 '제가 지켜보고 있으니 걱정 말고 푹 주무십시오.' 하는 목소리가 들리는 것만 같았다. 그러면 이내 온몸이 따뜻하고 편안해지면서 잠이 솔솔 쏟아지곤 하는 것이다.

물론 희망이 만든 착각일 수도 있지만, 그 느낌이 너무 뚜렷해서 부정하는 것도 쉽지 않았다.

그와 별개로, 그의 불면증은 걱정스러웠다. 그렇게 고된 하루를 보내고도 쉽게 잠을 못 이루시는 걸 보면 불면증이 고질인 것 같기도 하다.

저런 분이 잠이 많다고? 폐하의 말씀은 말짱 헛소리다. 레아는 숙면에 특효라는 라벤더 꽃잎을 구해 잘 말려서 머리맡에 놔 드렸지만, 딱히 효과는 없는 것 같았다.

레아는 습관적으로 발타가 있는 침대를 곁눈질하고, 침대가 텅 빈 것을 확인하고 다시 한숨을 쉬었다.

가슴에 커다란 구멍이 난 것 같다.

내가 일주일에 며칠씩 자리를 비울 때, 발타 님도 가슴에 큰 구멍이 난 것 같았을까.

기도실에 있다고 하셨지. 왜 밤새 기도실에 박혀 있는지 뻔하다. 아까 나한테 저지른 짓 때문에 죽어라 참회 기도를 드리고 있겠지.

레아는 컴컴한 허공을 보며 멍하니 눈을 깜박였다.

정말 이런 말 하긴 뭐하지만…….

레아는 가만히 한숨을 쉬며 눈을 감았다.

……정말 못해.

그분은 입맞춤을 참 못한다. 아무리 경험이 없다지만, 그래, 경험은 나도 없지, 하지만 이건 정말 아니지 않냐고.

레아는 단언할 수 있었다. 발타 님은 키스 솜씨가 정말 형편없다. 그렇게 예의 바르고 점잖고 부드럽고 아름다운 분이, 입술만 대면 미모로 딴 점수를 다 잃어버린다.

그래, 그때 발타 님 집에서 처음 입을 맞출 때는 처음이니까, 잠결이니까 그랬다고 쳐도, 두 번째까지 이렇게 허둥대고 헤맬 일이냐고. 급하고, 거칠고, 아프고, 숨 막히고, 요령 없고……. 그 와중에 이빨은 자꾸 부딪치고. 아니, 일단 당황해서 허둥지둥하는 게 여자에게까지 느껴지는 것부터가 빵점 아니냐고.

나 같으면 그동안 열심히 연구하고 연습해서…….

망상이 자꾸 뭉게뭉게 피어오른다. 레아는 부스럭부스럭 이불 속으로 머리를 파묻고 머리카락을 쥐어뜯었다.

이 바보야, 성전기사님이 대체 키스를 어디서 연습해? 그런 건 다 이해를 해 줘야지.

아니, 상상으로라도 연습 못 하나? 나 같으면 밤마다 상상 속에서 열심히 연습해 보겠다.

음, 그러고 보니 발타 님만 원망할 일도 아니다. 나 혼자라도 연습을 했으면 그렇게 엉망인 사태가 벌어지진 않았을 텐데.

미쳤어? 키스를 손꼽아 기다리기라도 한 거야? 열심히 연습해서, 유혹해서, 목숨이라도 구걸할 생각이야?

정말이지 넌 밤의 마녀 릴리트라고 욕먹어도 싸. 그렇게 금욕적이고 경건한 분을 보면서 밤새 그런 생각이나 하고 있으니.

……글쎄? 그분이 경건하기만 한지 어떻게 알아? 머릿속에 들어갔던 것도 아닌데.

설마, 레아 너 그분이 고자라고 생각하는 건 아니겠지? 혹시 알아? 그분도 머릿속에선 너와 이런 짓도 하고 저런 짓도 하고 아들 손자 증손자까지 다 봤을지도 모르잖아.

엉망진창으로 키스를 하긴 했지만, 어쨌든 그분도 남자란 말이야……. 그분이 그렇게 어릴 때 여기 입단하기로 서원하지 않았으면 지금쯤 키스 따위는 엄청나게 능숙한 상태일 거란 말이야.

아니, 그 전에 진작 결혼하셨겠지. 폐하께 그렇게 총애를 받고 있으니, 대규모 영지를 상속한 아가씨나 과부의 남편이 되었을지도 몰라. 저렇게 아름답고 용맹한 기사가 인품까지도 훌륭하니, 어떤 숙녀가 싫어했겠어.

저렇게 수줍음 많고 부끄러움이 많은 분도, 자주 하다 보면 키스든, 그보다 더한 것이든 엄청 능숙해지지 않았을까.

……키스든 섹스든…….

끼이이.

순간 밤새 이어질 것 같던 생각이 툭 끊어졌다.

조용히 문이 열리는 소리가 들리더니 부드러운 발걸음 소리가 들렸다. 고양이가 사뿐하게 걷는 듯, 기척을 한껏 죽인 소리.

……그의 걸음 소리였다. 약간 느릿하고 지친 듯한.

그는 레아의 침대 곁을 지나 자신의 침대로 느릿하게 걸었다. 레아의 침대 앞에서 잠시 걸음을 멈추는 듯하더니 그대로 지나쳐 간다. 순간 옅은 피비린내가 훅 스치고 지나간다.

저도 모르게 눈을 떠서 그의 뒷모습을 살폈다. 그는 겉옷과 가죽 신발, 쇼스를 벗어 침대 아래 놔두고는 소리 없이 침대 속으로 들어갔다.

짙은 어둠 속에서, 슈미즈 등 쪽으로 거무스름한 얼룩이 얼핏얼핏 보였다. 옅은 피비린내가 다시 느껴졌다.

흐으.

몸을 눕히는 순간, 아주 짧은 신음이 한 토막 굴러 나오더니 바로 꼬리가 끊긴다. 그는 평소처럼 등을 대고 눕는 대신 베개를 끌어안고 엎드렸다. 몸을 뒤척일 때마다 짤막하게 숨을 들이쉬며 신음을 삼키는 소리가 들렸다.

레아는 이불 속에서 입술을 깨문 채 자책했다. 자신이 밤새 이불을 뒤집어쓰고 더러운 망상에 잠겨 있는 동안, 저분은 자신을 채찍질하고 있었다. 더러운 생각을 끊어 내려고. 그 잠시의 입맞춤을 스스로 엄하게 책망하면서. 저렇게나 혹독하게.

한심해. 나는 대체 뭘 하고 있었던 거지.

나는 세상에서 가장 사악하고 더러운 릴리트가 맞을 거다, 아마.

레아는 그대로 밤을 새웠다. 발타도 잠을 이루지 못했다. 두 사람 모두 서로가 잠들지 못하고 있다는 것을 알고 있었다. 어떻게 아느냐고 물으면 모르겠는데, 그냥 안다. 레아는 푹신한 양털이 가시넝쿨처럼 느껴졌다.

꼬끼오!

수탉 한 마리가 섣부르게 울어 댄다. 늘 미리 우는 밉상 수탉이 오늘따라 고맙다. 아직 일어날 시간은 아니지만, 레아는 말이라도 돌보러 가는 척하며 몸을 일으켰다. 살금살금 그의 곁으로 다가가자 조금씩 몸을 뒤틀며 잠을 청하던 그의 움직임이 딱 굳어 버린다.

"……!"

그는 무서운 악귀라도 보는 것처럼 레아를 올려다보았다. 커다랗게 벌어진 눈동자는 이상한 열기에 잠식된 것 같기도 하고 공포에 질린 것 같기도 하다.

발타 님. 많이 아프세요? 괜찮으세요? 약이라도…….

신경 쓰지 마세요. 자리로 돌아가세요.

발타 님.

내 옆에 오지 마세요. 제발!

그가 엎드린 채 머리를 감싸고 숨을 몰아쉬었다. 대침묵의 시간. 두 사람은 한마디도 할 수 없다. 하지만 레아는 그가 자신을 온몸으로 거부하고 있음을 똑똑히 알 수 있었다.

……당신은 지금 저를 고문하고 계십니다. 제발 돌아가세요.

그는 소리 없이, 필사적으로 애걸했다.

곁에 있는 것 자체가 그에게 괴로움이 된다는 것을 너무 늦게 알았다. 그는 레아의 출입, 행동, 만나는 사람, 안전, 숨소리 한 자락에도 신경을 곤두세웠다. 지금도 그의 주변으로 팽팽한 긴장감과 충동이 일렁거렸다.

미안해요, 발타 님. 용서해 주세요. 제 감정만 앞세워 당신을 괴롭게 하려던 건 아니었어요.

레아는 조용히 몸을 돌려 옷을 챙겨 입고 두꺼운 망토를 두르고 살금살금 문밖으로 나섰다. 어둠 속으로 하얗게 입김이 쏟아진다. 창밖을 보니 조과를 알리는 종이 울리려면 한참 더 기다려야 할 것 같다.

뒤에서 자신을 응시하는 시선이 끈질기다. 하지만 그는 끝내 레아를 막지 않았다.

나 이제 어디로 가야 하지?

레아는 복도 한가운데 선 채 망연자실했다. 시커먼 어둠에 잠긴 좁고 긴 복도는 레비아탄의 목구멍처럼 보였다. 자신을 삼키려고 입을 쩍 벌린 거대한 괴물.

레아는 자신의 앞에 펼쳐진 길이 저 복도처럼 느껴졌다.

† † †

발타는 그녀를 추적하는 긴 세월 동안, 자신의 불순한 의도를 의심했다.

그리고 이제는 그간 인정하지 못했던 자신의 더럽고 음습한 마음을 인정했다.

그는 자신이 찾아 헤매던 것이 여자가 아닌 성유물이라 믿었었다. 그 여자를 생각할 때마다 미칠 것 같던 이유가, 분노와 배신감 때문이라 믿었다.

그녀를 생각할 때마다 치솟던 격렬한 감정은 그래서 정당성을 얻었고, 그 가증한 여자를 얼른 찾아 성유물을 회수하고 여자를 처벌하면, 이 감정도 사라질 것이라고 믿었다.

하지만 생각해 보면 이상한 점이 한두 가지가 아니다. 성물을 신속하게 회수하는 것만이 목표라면, 마상 시합에서 돈을 벌어 세공사를 찾아다니는 방법에 매달릴 필요가 없었다.

단장이 된 자크 경에게 상황을 실토하고 유럽에 빼곡하게 퍼져 있는 수만의 성전기사들을 동원했으면, 그녀와 어린 동생은 마르세유에 도착하자마자 붙잡혀 목이 잘리고 성물은 바로 회수되었을 것이다.

혹은 자신을 기꺼이 도울 준비가 되어 있는 필립 폐하에게 부탁해 볼 수도 있었다. 폐하께서 직속 관리와 민간 세금 징수관들을 통해 구축한 정보망은 마르세유를 비롯한 툴루즈, 노르망디, 브라방, 부르고뉴, 바다 건너 앙글레테르까지 아우르고 있었다. 그의 도움이라도 받았더라면, 그녀는 파리에 도착하기도 전에 붙잡혀 똑같은 최후를 맞이했을 것이다.

하지만 자신은 그렇게 하지 않았다. 지하실에 매달려 고문당하다 죽어 갈 여자를 상상할 때마다 속이 뒤집히고 식은땀이 흘렀다.

이상한 일이다. 어차피 내가 잡아도 내 손으로 처단할 생각 아니었나?

그녀를 벌하는 것은 백번 옳은 일이었다. 아크레의 법으로도 정당했고, 성전기사단의 법으로도 정당했고, 전 유럽과 우트르메르를 지배하던 교회의 법으로도 정당했다. 모국에서 큰 죄를 짓고 다른 나라로 도망한 자는, 추적자들이 찾아내 모국의 법으로 처단함이 마땅했다.

아크레를 위시한 왕국의 영토는 모두 사라센에게 빼앗겼지만, 예루살렘 왕은 시프르 섬에서 여전히 왕으로서 존재했고, 성전기사단은 전 유럽을 지배하는 교황의 검이었다. 그녀는 누구에게 잡히든 심한 고문을 당한 후 목이 매달리거나, 신의 자비를 얻는다면 두 손목이 잘리거나, 두 눈을 뽑히게 될 것이었다.

하지만 그 모습을 상상할 때마다 발타는 구토를 참을 수 없었다. 직후에는 걷잡을 수 없는 떨림이 뒤따랐다. 어렸을 적, 다시 투르 드 봉벡에 끌려간다고 상상할 때마다 나타난 것과 동일한 반응이었다.

하여 발타는 자신이 그녀의 죽음을 극도로 두려워한다는 것을 깨닫고 당황했다.

그녀가 정말로 죽어 마땅한 죄를 지은 걸까.

한 번은, 한 번이라도 제대로 이야기를 들어 봐야 하지 않을까. 같잖은 변명이라도.

당혹스러운 마음에 뒤이어 떠오른 것은, 더욱 당혹스러운 의심이었다.

'발타, 발타 님. 도, 돌려 드릴게요! 기다, 기다려, 잠깐만! 지금

당장, 돌려 드릴게요!'

그녀가 손에 성유물을 쥔 채 바다에 빠졌을 때, 그녀가 외치던 소리가 설핏설핏 떠올랐다. 그 먼 거리에서 그 소리가 들렸다는 것이 이상했다. 발타는 눈을 감고 지그시 이를 물었다.

'나, 훔친 거 아니에요. 맹세, 맹세할게, 잠깐만, 잠깐, 콜록, 억, 잠, 돌려 드릴게, 돌려 드리러 갈게요. 제발, 기, 기다려……'

물론 헛된 희망이 불러온 환청이라 여겼지만, 그녀가 동생을 뒤에 두고 배를 따라 한참 헤엄쳐 왔던 것만큼은, 착각이 아니었다.

발타는 그따위 기억 한 조각에 매달리려는 자신을 용납할 수 없었다. 그의 이성과 감정은 완전히 반대 방향으로 쉴 새 없이 그를 다그치고 충동질했다.

괴리는 이곳저곳에서 터져 나오기 시작했다. 하지만 그는 감정을 철저하게 짓밟는 것으로 그 괴리를 무마해 왔다. 그래야만 했다.

그리고 그 어그러짐을 정통으로 직면하게 된 것은, 시테 궁에서 레아와 재회했을 때였다.

그때 그녀를 얼마든지 알아볼 수 있었다. 자신의 집까지 가는 동안, 함께 밤을 지새우며, 리옹에서 마차로 올라오는 내내, 폐하의 정원에서 다시 만났을 때, 그녀가 여자인 걸 알아볼 기회는 수도 없이 많았다.

하지만 나의 마음은, 그녀와 너무나도 닮은 사내를 보면서, 그녀가 변장했을 수도 있다는 당연한 가정을 원천봉쇄하고, 필사적으로 억지 결론을 내렸던 것이다.

그자와 올랑드의 집에서 함께 밤을 보냈을 때, 내가 가장 경멸하고 끔찍하게 여기던 동성에 대한 욕망을 난생처음 느꼈을 때, 나는 무턱대고 극심한 자괴감에 빠지는 대신 그를 의심했어야 옳았다. 백번이라도 의심했어야 했다.

나의 본능은 눈앞의 그 세공사가 내가 찾던 그 여자였음을 인식했던 게 분명했다. 하지만 또 다른 나는 그것을 극구 부인했다. 그것을 인정하는 순간, 내 손으로 그녀의 목을 매달아야 했을 테니까.

이제 나는 그녀가 아무 잘못 없이 쫓기고 있다고 간절하게 믿고 싶어 한다.

이 불행한 여자를 위해 도움을 주고 싶다는 유혹에까지 시달린다.

나는 벌을 받고 있는 것이다.

발타는 머리를 움켜잡은 채 신음했다.

그녀를 사랑하는 마음을 끊어 내지 못한 벌, 성물을 찾는다는 이유로 그녀를 놓지 못하고, 안심하고 집착한 데 대한 벌, 내 마음을 정결하게 다스리지 못했던 벌, 더러운 음욕의 대상으로 때때로 그녀를…… 아니 쉴 새 없이 그녀를 떠올렸던 벌.

그 벌을, 이렇게 받는 것이다.

발타는 베개에 얼굴을 힘껏 묻었다. 침대 아래에서 향긋한 꽃냄새가 풍긴다.

그 새벽, 어스름한 어둠 속에서 내 귓가에 속삭이던 말이 몸 속 깊은 곳까지 흘러들어 오는 것 같다. 끓는 쇳물이 귓속으로 스며

드는 것 같다.

나는 당신의 아이를 갖고 싶어.

당신과 나의 아이. 당신과 나의 아이. 레아, 당신과 나의 아이.

나는, 당신을…….

간신히 억누르고 왔다 생각했던 음욕이 무섭게 치밀었다. 기도문을 외우는 것은 이 격렬한 파도를 다스리는 데 전혀 도움이 되지 않는다. 입술을 힘껏 깨물었다. 찝찌름한 쇳내가 혀에 스민다.

입단식이 며칠 남지 않았다. 공식적인 입단식은 마쳤지만, 비밀리에 이루어지는 '진짜 입단식'이 있다는 것과 그것을 통과해야만 진정으로 동료로 받아들여진다는 것만 알음알음 알고 있었다.

발타는 어릴 때부터 기사단에서 자랐지만, 비밀 입단식에 대해서 제대로 말해 준 사람은 아무도 없었다. 그만큼 철저한 비밀이라는 뜻일 것이다.

교황 성하께서는 양대 기사단 통합을 위해 두 명의 단장을 푸아티에로 소환한 상태이고, 자크 단장님은 먼저 파리에 들러 비밀 입단식과 재정 통합 작업을 마친 후 푸아티에로 가실 것이다.

단장님은 기사단의 전 재산과 남은 병력을 모두 이끌고 마르세유 항구에 도착했다. 전서구가 보낸 내용대로라면 일행은 3~4일 내로 파리에 도착하게 될 것이다.

'난 기욤과 생각이 달라. 성전기사가 되어 독신으로 살아가는 것만이 거룩한 삶은 아니야…….'

오래전 자크 단장님은 발타에게 진심을 담아 충고했었다.

'기사단에 입단해서 평생 독신으로 늙어 가는 대신, 결혼해서 가정을 꾸리고 살다가 십자군이 다시 결성될 때 참전하는 방법도 있어.'

'여자를 만드신 것도 하느님이고, 여자를 남자에게 인도하신 것도 하느님이고, 가정이라는 울타리를 만드신 것도 하느님이란 말이지.'

'발타. 기회는 여러 번 오는 게 아니야……. 마음에 둔 숙녀가 있으면 결혼하는 게 나아.'

'파리대학 아벨라르 교수의 스캔들을 모르는 건 아니겠지. 그런 건 하느님의 이름에 영광을 돌리는 게 아니라 먹칠을 하는 일이야…….'

대부님. 당신의 말씀이 옳았습니다. 나는 버틸 자신이 없습니다.

그는 베개에 얼굴을 깊이 누른 채, 어젯밤 기도실에서 밤새 올렸던 기도를 되풀이했다.

하느님, 제 의지로는, 더 이상 그녀에 대한 감정을 억누를 수 없습니다.

하오니 입단식이 있기 전, 그녀를 제 곁에서 떠나게 해 주십시오. 제가 당신께 한 약속을 깨뜨리기 전에, 제가 이 더러운 욕망에 굴복하기 전에, 걷잡을 수 없이 무너져서 돌이킬 수 없는 짓을 저지르기 전에, 나를 옥죄고 있는 이 사악한 힘이, 그녀를 향한 집착이, 애증이 소멸하기를, 이 끔찍한 욕망이 결국은 저를 잡아먹기 전에…….

그녀가 나를 떠나가기를, 간절히 바라나이다.

그리하여 제가 기어이 그녀를 잊는 날이 오기를, 그녀도 결국은 나를 잊는 날이 오기를, 그녀가 사랑하는 사내와 결혼하여, 그 사내의 아이를 낳고, 그렇게도 원하던 행복을 누리며 살게 되는 날이 오기를…….

주여, 저는 진심으로, 간절히 바라나이다.

그는 피투성이가 된 등의 통증과, 그것을 넘어서는 격렬한 내적 고통과 그 모든 것을 모조리 집어삼키는 강렬한 욕망과 싸우며, 필사적으로 기도했다.

† † †

조제 드 긴느 경은 아침 두 번째 기도 후 점호를 마치고 잠자리를 정돈하는 발타에게 다가갔다. 어젯밤 기도실에서 늦게야 돌아온 그는 잠을 거의 이루지 못한 눈치였고, 자계 채찍을 사용한 듯 새로 갈아입은 슈미즈의 등 쪽으로 붉은 얼룩이 스며 나오고 있었다. 얼핏 보아도 움직임이 부자연스럽고 느릿했다.

기사단에서 30년 가까이 신입 단원들의 교육을 맡고 있는 조제는 청년 기사들을 괴롭히는 몇 가지 고통에 대해 잘 알고 있었고, 이렇게 필사적으로 싸워 나가는 기사들을 가끔 만나기도 했다. 그 모습이 기특하면서도 안쓰럽게 느껴지는 것을 보면 아무래도 나이를 먹은 것 같긴 하다.

"자네 시종은 오늘도 영지에 갔나? 새벽부터 보이지 않던데. 마구간 구유에도 물이 얼어 있고. 자네 말들이 하도 시끄럽게 울어서 장 파트리크가 새 물과 건초를 주었다고 했네."

"아."

그는 잠시 움직임을 멈추더니 고개를 들었다. 피곤에 젖은 얼굴이 순간적으로 창백해진 것 같다. 눈꺼풀이 한 번, 두 번 느리게 깜박였다.

"영지에 도둑 떼가 들어 소요가 있었습니다. 관할 신부님 입회하에 죽은 도둑들을 매장했지만 추가로 처리할 일이 있을 듯해서, 언제든 다녀오라 일러두긴 했었습니다. 후임 영주가 선임될 때까지만 양해해 주십시오. 지금부터 제 말은 제가 돌보겠습니다."

그는 담백한 목소리로 설명했다. 하지만 새벽빛을 받아 투명하게 반짝이는 은빛 속눈썹이 가늘게 떨리는 것처럼 느껴졌다.

"번잡한 일이 있었군. 나야 신경 쓸 일이 있나, 제라르 단장이 자유 출입증도 끊어 준 것을. 그나저나 시중들 자가 자주 자리를 비우니 불편하겠군."

"괜찮습니다. 원래 시동이나 시종 없이 늘 혼자 다녔습니다."

"이제부터는 그래선 안 되네. 전투의 효율이 심하게 떨어지거든. 차라리 지금이라도 전속 하사관을 청하는 게 나을 거야. 어차피 정식 단원이 되면 견습 기사들이 두엇 더 붙을 게야. 자네를 모시고 싶어 하는 에퀴에르는 차고 넘쳐."

"예."

"일단 의사를 보내 줄 테니 약이라도 바르고 쉬고 있어. 오늘 오전 훈련은 쉬는 것이 좋겠다고 교관에게 말해 둘 테니."

조제 경은 등의 상처에 대한 이유는 묻지 않는다. 발타도 딱히 그에 대해 언급하지 않고 고개를 숙여 짧게 감사만 표한다.

옛 긴느 백령 출신의 조제 경은 발타와 좋은 관계를 맺어 두고 싶었다. 발타가 직접 입 밖에 낸 적은 없지만, 그가 왕과 혈연관계라는 소문은 이미 기사단에 파다하게 퍼져 있었다.

고위 단원들은 발타를 이미 중요 지부의 차기 단장 혹은 차차기 총단장 정도로 생각해 두고 있는 듯했다. 아무래도 신경이 더 쓰일 수밖에 없었다.

고위 단원들의 설레발은 괜한 것이 아니었다. 성전기사단이 파리에 정착하기로 한 이상, 시테 궁과 기사단의 교두보는 반드시 필요했는데, 눈앞의 이 걸출한 기사는 불같은 성격의 단장님과 속을 알 수 없는 필립 폐하 양쪽에 깊은 신임을 받고 있었다.

그는 야전에서 숱한 경험을 쌓은 전사였으며, 지중해 일대와 우트르메르의 방언, 옛 언어들을 구사할 수 있고, 재무 쪽에서는 기사단의 회계관 못잖은 실력을 자랑한다 했다. 그의 모든 능력은 고위 단원이 되는 데 큰 가산 요소였다.

다만 그는 지나치게 아름다웠고, 그 때문인지 남의 눈에 띄는 것을 지나치게 꺼렸으며, 필요 이상 조용하고 겸손했다. 그것은 그가 고위 단원이 되는 데 불리한 요소였다.

"단장님께서는 며칠 안으로 파리에 도착하실 게고, 바로 별도의 비공개 입단식이 있을 걸세. 그를 위한 예비 금식이 시작되니 몸과 마음을 정결하게 준비해 두게."

"예."

발타는 허물어지듯 침대에 주저앉았다. 주변에선 훈련을 나갈 동료 기사와 시종들이 웅성웅성 떠들어 대는 동안, 그는 허리를 깊이 숙이고 머리를 감싸고 나직하게 중얼거렸다.

"Dabit tibi petitiones cordis tvi……."

……그가 네 마음의 소원을 이루어 주시리로다…….

발타는 가슴을 지그시 눌렀다. 아팠다. 가슴을 칼로 후벼 파는 것처럼 지독하게 아팠다.

† † †

복도로 나온 레아는 어디로 갈까 고민하다가 어깨를 축 늘어뜨리고 회계실로 향했다. 열쇠를 숨겨 둔 곳을 알고 있어 다행이다. 그곳에 걸어 둔 태피스트리나 양털 깔개라도 뒤집어쓰고 잠깐이라도 눈을 붙여야 할 것 같았다.

동이 아직 트지 않아 복도는 깜깜했다. 레아는 조심조심 벽을 짚어 가며 회계실로 올라가서 창틀 사이에 숨겨 둔 열쇠를 찾아 방으로 들어갔다. 벽에 붙어 있는 접객용 긴 의자는 침대보다 훨씬 좁긴 했지만 어쨌든 쪼그리고 누워 있을 수는 있었다.

어둠 속에서 그가 일하는 공간이 점점 눈에 익는다. 발타 님이 일하는 책상, 발타 님이 앉는 의자, 좁은 창문. 발타 님은 신경이 곤두서면 펜을 하염없이 깎았다. 새파랗게 갈아 놓은 단검을 꺼내서, 깃털 끝을 그야말로 바늘처럼 뾰족하게 갈았다.

어둠 속에 그분이 앉아 있는 것 같다. 그분의 기척이 느껴지는 것만 같다.

"……쉿, 조심해서 올라오십시오. 누가 있나 확인하고."

헉, 이게 무슨 소리야.

밖에서 누군가 속삭이는 듯한 소리에 레아는 기겁했다.

……이 복도엔 밤에 누가 드나들 일이 없는데?

이 층의 방들은 모두 사무실이나 접견실이고, 장부나 기밀문서들도 많아서 밤이면 방문을 모두 잠가 두고 불도 모두 꺼 놓는다. 레아는 얼른 입을 틀어막고 몸을 바짝 오그렸다.

"아무도 없소, 형제. 이 시간에 누가 여길 와. 밖에서 보일지 모르니 촛불 끄시오."

기척을 죽이고는 있지만, 발타 님처럼 완벽하게 죽이지는 못한 듯, 몇 명의 기사들이 복도를 지나가는 것이 느껴진다. 레아는 달달 떨며 일어나 덧창의 손톱만 한 틈으로 눈을 바짝 붙였다.

잠시 후 그들은 다시 커다란 궤짝들을 들고 복도를 가로질렀다. 그런데, 복도 중간의 커다란 기둥 옆을 지나가는 순간 그들의 형체가 갑자기 사라졌다.

"……헉!"

레아는 비명이 나오려는 것을, 두 손으로 간신히 틀어막았다.

귀퉁이에 있는 계단참까지는 거리가 멀고, 다른 방문도 없는 그냥 복도다. 그런데 이상하게 기둥만 있는 벽 쪽에서 불빛이 팍 튀어나왔다가 바로 사라지곤 했다.

부옇게 동이 트기 전까지, 그들은 계속 도깨비처럼 나타났다 사라졌다를 반복했다. 희미하게 얼굴을 구별할 수 있게 될 즈음에야, 레아는 그들이 회계실에서 보았던 단원들임을 알았다.

가장 나중에 나온 기사는 더욱 낯이 익다. 시테 궁에서 재정과 군자금 관리를 책임지고 있던 기사단 감찰관 위그 드 패로 경이었다.

"이게 끝인가?"

"예, 다 옮겼습니다, 감찰관님. 내일부터는 이렇게 조심스럽게 밤 작업을 할 일이 없을 겁니다.”

“그렇군. 그동안 고생했네. 이제 자크 단장도 안심하고 파리로 입성하실 수 있겠군.”

사람들이 검은 두건을 뒤집어쓰고 물러난다. 그들의 형체는 순식간에 어둠 속으로 스며들었다.

다음 권에서 계속